Jack Vance

Zeil 25

En andere verhalen

Zeil 25

EN ANDERE VERHALEN

Jack Vance

VERZAMELD
WERK 6

Planet of the Black Dust © 1946, 2005
Dead Ahead © 1950, 2005
The Enchanted Princess © 1954, 2005
The Potters of Firsk © 1950, 2005
The Visitors © 1951, 2005
The Uninhibited Robot © 1951, 2005
Dover Spargill's Ghastly Floater © 1951, 2005
Sabotage on Sulfur Planet © 1952, 2005
Three Legged-Joe © 1953, 2005
Four Hundred Blackbirds © 1953, 2005
Sjambak © 1953, 2005
Parapsyche © 1958, 2005
Sail 25 © 1962, 2005
Copyright © Jack Vance

Vertaling Pon Ruiter (1, 5, 7, 10), Jaime Martijn (2, 4, 6, 8, 13),
Annemarie van Ewyck (3), Venugopalan Ittekot (9, 11)
en Ruud Bal (12)
Omslagillustratie Howard Kistler

Uitgegeven door Spatterlight, Amstelveen 2020

ISBN 978-1-61947-236-5

www.spatterlight.nl

Inhoud

Zwart stof

HALVERWEGE DE HONDENWACHT verscheen kapitein Creed op de brug van de ruimtevrachtvaarder *Perseus*. Hij liep naar de voorste patrijspoort en bleef daar staan kijken naar de bloedrode ster die iets links van het midden voor hen lag.

Het was een naamloze kleine zon in de Serpensgroep, op grote afstand van de gebruikelijke handelsroutes. De route tussen de Aarde en Rasalhague lag ver naar de ene kant, het Delta Aquila traject een heel eind naar de andere kant, en de Delta Aquila–Sabik verbindingsroute lag nog eens een half lichtjaar verderop.

Kapitein Creed bleef naar de kleine rode ster kijken, diep in gedachten verzonken. Het was een grote man met een stevige buik, een niet erg uitgesproken gezicht en een verzorgde, pikzwarte baard. Zijn lome ogen, met daaronder donkere kringen, stonden uitdrukkingsloos, en veel leven sprak er niet uit. Hij droeg een keurig zwart pak met daaronder glimmend gepoetste schoenen, en zijn handen waren wit en onberispelijk verzorgd.

Kapitein Creed was meer dan alleen gezagvoerder van de *Perseus*. Samen met zijn broer was hij eigenaar van de European-Arcturus Lijn, een rederij met een indrukwekkende naam. Alleen was het hoofdkantoor een haveloze kamer in de oude Co-Martiaanse Toren in Tran, en bestonden de activa van het bedrijf uit de *Perseus* en uit een lading aromatische oliën die Creed bij McVann's Ster in Ophiuchus in consignatie had ingeladen.

De *Perseus* vormde niet bepaald het grootste deel van deze activa. Het was een oud, traag schip, gehavend door meteorietinslagen, dat niet meer dan zeshonderd ton kon vervoeren.

Maar de lading was een heel andere zaak: talloze flessen zeldzame aromatische geuren, essence van syrangbloesem, olie van sterpapaver, attar van groene orchideeën, muskus van geplette mianvliegen, distillaat van McVann-blauwbos — exotische reukstoffen, geleverd door de bolmensen van McVann's Ster, een paar milliliter per keer. Kapitein Creed reageerde dan ook hoogst geïrriteerd toen de verzekeraar niet verder wilde gaan dan tachtig miljoen dollar, en had alles uit de kast getrokken voor een verzekerd bedrag dat veel dichter bij de werkelijke waarde lag.

Terwijl hij op de brug een sigaar stond te roken, voegde Blaine, de eerste stuurman, zich bij hem, een lange, magere man, die op een pluk zwart haar na zo kaal als een biljartbal was. Blaine had een lange, messcherpe neus en een mond die permanent in een snauw was vertrokken. Hij had een snelle, roekeloze manier van praten, die kapitein Creed weleens tegen de haren in streek.

"Het is allemaal geregeld," zei hij. "Over een minuut of tien knallen ze, stuk voor stuk." Creed legde hem met gefronst voorhoofd en een snelle hoofdbeweging het zwijgen op. Toen pas zag Blaine dat ze niet alleen waren: Holderlin, de tweede stuurman, een jonge man met een hard gezicht en een felle oogopslag, stond voorin aan het stuur.

Hij had alleen maar een losse, versleten broek aan. Door de rode gloed van de ster voor hen kreeg zijn lichaam een duivelse rode gloed en leek ook zijn gezicht te baden in het bloed. Als twee haviken keken ze naar hem, en de uitdrukking op zijn gezicht stelde hen niet volledig gerust.

Kapitein Creed probeerde de angel uit de situatie te halen. "Ik denk dat je het mis hebt. De periode van dit type variabele ster ligt lager en vertoont minder afwijkingen. Als je nog een keer naar de cijfers kijkt, zie je dat vanzelf."

Blaine wierp nog een laatste blik op Holderlin, mompelde toen iets onverstaanbaars en vertrok naar de machinekamer.

Even later deed Creed een paar stappen naar voren.

"Vijf graden dichter naar de ster toe, Holderlin. We zijn iets uit de koers geraakt. Op die manier brengt de zwaartekracht ons weer waar we willen zijn."

Holderlin wierp hem een verbaasde blik toe, maar gehoorzaamde toen zwijgend. Wat was dit voor onzinnige opdracht? Het schip merkte de gevolgen van de zwaartekracht nu al terdege. Wilden ze hem met zo'n doorzichtige smoes een rad voor ogen draaien? Dan hielden ze hem voor dommer dan hij was.

Zelfs een kind zou achterdocht zijn gaan koesteren over wat er aan boord van de *Perseus* was gebeurd. In Porphyry, de ruimtehaven van McVann's Ster, had kapitein Creed de radioman en de twee boordtechnici ontslagen, zonder te zeggen waarom.

Op zich was dat niet eens zo vreemd, maar Creed had geen vervangers in dienst genomen. De enige man die naast Creed, Blaine en Holderlin nog aan boord was, was Farjoram, de half-krankzinnige Callistonische kok.

Na hun vertrek had Holderlin gemerkt dat Blaine en Creed ingespannen met de radio bezig waren. Maar toen hij het automatische frequentielog inspecteerde, bleek daaruit niet dat er gesprekken waren gevoerd.

Een dag of vijf geleden, toen hij geen wacht had en de anderen er dus van uitgingen dat hij lag te slapen, had hij bij het verlaten van zijn kleine hut gemerkt dat de deur naar de reddingssloep aan stuurboord op een kier stond. Hij had er niets van gezegd, maar later, toen Blaine en Creed lagen te slapen, had hij beide sloepen geïnspecteerd. Hij had vastgesteld dat alle brandstof aan boord van die sloep was overgeheveld, op een heel klein beetje na, en dat de radiozender was gesaboteerd.

De sloep aan bakboord had meer dan genoeg brandstof en voedsel aan boord. Holderlin vulde bij de sloep aan stuurboord de voorraad brandstof aan, zonder daar iets over te zeggen, en laadde nog een extra voorraad in.

En nu had hij Blaine betrapt op een onvoorzichtige uitspraak, en was Creed met zijn raadselachtige opdracht gekomen om nog dichter in de richting van de ster te sturen. Holderlins harde bruine gezicht stond uitdrukkingsloos toen hij naar Creed keek, die met zijn grote lichaam voor de patrijspoort stond en hem zo het zicht op de rode ster benam, maar zijn hersenen wogen razendsnel alle mogelijke opties af. Van de drieëndertig jaren die hij telde, had hij er veertien door de ruimte gezworven, en in die tijd had hij op zijn tellen leren passen.

Er ging een lichte schok door het schip. Kapitein Creed keek heel even opzij, maar blikte toen weer in de ruimte. Holderlin zei niets, maar al zijn zintuigen werkten op de top van hun kunnen.

Na een paar minuten verscheen Blaine weer op de brug. Holderlin voelde de blik van verstandhouding tussen Blaine en Creed meer dan dat hij hem zag.

"Zo," zei Creed. "Dichterbij hoeven we niet te komen. Tien graden naar stuurboord. Zet de besturing maar op de gyroscoop."

Holderlin draaide aan het stuurwiel. Hij voelde dat de straalmotoren meer vermogen leverden, maar het schip kwam niet op een andere koers.

"Het schip reageert niet, kapitein."

"Wat krijgen we nou?" riep Creed. "Blaine, ga meteen naar de stuurraketten kijken. Het schip reageert niet op het stuurwiel."

Creed wilde waarschijnlijk niet al te openlijk actie ondernemen, dacht Holderlin, want anders zou hij niet met dit ingewikkelde rookgordijn zijn gekomen. Of misschien hadden ze weet van het vuurwapen dat hij in zijn zak had. Blaine rende weg en keerde al na heel korte tijd terug, een wolfachtige grijns om zijn al verwrongen lippen.

"De stuurraketten zijn aan elkaar gesmolten, kapitein. De goedkope pakking die ze in Aureolis hebben geïnstalleerd, heeft het begeven."

Kapitein Creed keek van de felle kleine zon voor hem naar Blaine en Holderlin. Zijn hele fortuin liep gevaar, en toch leek de nakende ramp hem merkwaardig weinig te doen. Hij gaf de opdracht die Holderlin al half en half verwachtte.

"We moeten van boord. Blaine, verstuur een noodsignaal. Holderlin, ga Farjoram halen en wacht bij de reddingssloep aan stuurboordzijde."

Holderlin ging op zoek naar de kok. Maar toen hij langs Blaine en diens zender liep, zag hij dat de grote rode schakelaar met 'Noodsignaal' erop nog niet was overgehaald.

Kort daarop voegden kapitein Creed en Blaine zich bij Holderlin en de kok op het sloependek.

"Ga ik aan boord van uw sloep, kapitein, of gaan Blaine en ik samen?" vroeg Holderlin, alsof hij Creeds opdracht vergeten was of daar bezwaar tegen aantekende. Blaine wierp een geschrokken blik op de kapitein.

"Jullie nemen de sloep aan stuurboord," zei de kapitein minzaam.

"Ik neem met Blaine de andere sloep." Hij draaide zich om en wilde al aan boord gaan, maar Holderlin deed een stap naar voren en liet hem een formulier zien dat hij al een paar dagen op zak had.

"Een ogenblik. Als ik het bevel krijg over deze sloep, wil ik graag dat u deze verklaring tekent dat het schip is vergaan. Dan zijn de kok en ik gedekt voor het geval uw sloep iets overkomt."

"Er gaat niemand iets overkomen," zei Creed, terwijl hij langs zijn zwarte baard streek. "Blaine heeft contact opgenomen met een patrouillekruiser. Die bevindt zich maar honderd miljoen mijl van hier."

"Niettemin meen ik dat conform de Astronautische Code zo'n document vereist is."

Blaine stootte tersluiks de kapitein aan.

"We moeten ons uiteraard aan de voorschriften houden, Holderlin," zei de kapitein, en zette zijn handtekening onder het formulier. Zonder verder nog iets te zeggen gingen hij en Blaine aan boord van de sloep.

"Vertrekken maar," gelastte Creed. "Wij wachten even tot jullie weg zijn."

Holderlin draaide zich om. De kok was verdwenen.

"Farjoram," riep hij. *"Farjoram!"*

Holderlin ging hem zoeken. De behaarde kleine Callistoniër zat ineengedoken in zijn hut, zijn rode ogen groot van angst. Er stond schuim om zijn mond.

"Kom mee," zei Holderlin.

De Callistoniër begon paniekerig te brabbelen.

"Nee, nee. Ik niet in sloep. Ga weg. Jij gaan. Ik blijven."

Holderlin herinnerde zich het verhaal dat de ronde had gedaan over de Callistoniër. Farjoram en acht anderen waren vier maanden op drift geweest in de Fenesische Duisternis. Toen hun reddingssloep uiteindelijk werd opgepikt, was alleen Farjoram nog over, tussen de kaal gekloven botten van zijn metgezellen. Even ging er een huivering langs zijn rug.

"Opschieten," riep kapitein Creed. "Zo meteen storten we in de zon."

"Kom mee," zei hij ruw. "Anders vermoorden ze je."

Bij wijze van antwoord trok de Callistoniër een lang mes en stak dat krampachtig een paar keer in zijn keel. Hij zakte aan Holderlins voeten in elkaar. Die liep in zijn eentje terug.

"Waar is Farjoram?" zei Creed scherp.

"Die heeft zelfmoord gepleegd. Met een mes."

"Hmf," gromde Creed. "Dan moet je maar alleen vertrekken. Het rendez-vous is honderd miljoen kilometer van hier, op de lijn tussen deze ster en Delta Aquila."

"Begrepen," zei Holderlin. Hij sloot de sloep zorgvuldig af en vertrok.

De zon was dichtbij, maar niet te dichtbij. Als zijn sloep te weinig brandstof zou hebben gehad, zou hij reddeloos verloren zijn geweest. Maar de afstand was groot genoeg om te verwezenlijken wat Creed en Blaine volgens hem van plan waren. Er lag niet ver van hier vast een ander schip klaar. Dat zou vastkoppelen aan de *Perseus* en het schip op veilige afstand van de zon brengen.

Holderlin activeerde een paar seconden zijn raketten en zette ze toen uit, alsof hij door zijn brandstof heen was. Even later dreef hij langzaam bij de *Perseus* weg, zo te zien hulpeloos aangetrokken door de zwaartekracht van de rode ster. Hij zag hoe de andere sloep zich losmaakte van de *Perseus* en zich met grote snelheid van het schip verwijderde, niet naar het afgesproken rendez-vous, maar in de richting van waar ze gekomen waren.

Een paar minuten liet Holderlin zich meedrijven met de zwaartekracht, voor het geval kapitein Creed of Blaine een kijker op hem gericht hadden. Maar veel tijd had hij niet. Het schip dat achter hen aan kwam, zou zich langszij de *Perseus* manœuvreren, de kostbare lading aan boord nemen en het oude schip dan in de rode zon laten storten.

Holderlin had heel andere plannen. Hij vond dat hij nu wel lang genoeg had gewacht. Eerst vergewiste hij zich ervan dat het door Creed ondertekende document veilig was opgeborgen. Toen activeerde hij zijn raketten en keerde terug naar de *Perseus*.

Hij bracht de voorplecht van de sloep gelijk met de voorste sleepring van de *Perseus*, trok een drukpak aan, begaf zich in de ruimte en koppelde de twee aan elkaar. Toen klom hij terug in de sloep, zette de raketten aan en sleepte de *Perseus* naar een plek waar die veilig was voor de zwaartekracht van de rode ster.

Weer trok hij zijn drukpak aan en stak over naar de ingangssluis van de *Perseus*. Binnen trok hij zijn pak uit en rende naar de brug. Daar activeerde hij een peilgolf. Bijna meteen kreeg hij een signaal terug. Het andere schip was heel dichtbij. Zo dichtbij dat hij niet kon vluchten naar de enige plek die hij kon bedenken: de ene planeet die om de rode ster draaide.

Met zijn telekijker kreeg hij het schip in beeld. Het was een lang, zwart vaartuig met een omhooglopende voorplecht, grote impulsbuizen met zware ribben en een brug die bijna wegzonk in de romp. Hij herkende het type meteen: dit was een van de snelle, zwaarbewapende schepen die door de Aardse Belisarius Corporatie waren gebouwd voor de route tussen Scorpio en Sagittarius.

Twee jaar eerder had hij aangemonsterd op een schip van dit type. Hij herinnerde zich nog goed wat er onderweg was gebeurd. Voorbij Fomalhaut was het schip aangevallen door een oorlogsbol uit het Clantlalaanse Stelsel. De bol had een gelukstreffer gescoord op de hoofdgenerator. Daardoor was het schip uitgeschakeld. Alleen doordat net op tijd drie Aardse kruisers op het toneel verschenen, waren ze aan gevangenschap en slavernij ontsnapt.

Holderlin wist nog precies hoe het indertijd gegaan was. De torpedo had het schip midscheeps geraakt, net voor de onderste pulsaandrijving. Via een klein loosgat daar had hij de buitenwand van het schip doorboord. Dat bleek de achilleshiel van de zware bepantsering van dit type te zijn.

Hij wachtte gespannen af toen het schip steeds dichterbij kwam. De sloep die aan de *Perseus* was gekoppeld, hing voor een groot deel in de schaduw van de scheepsromp van het grotere schip. Hopelijk viel hij daardoor niet erg op.

Het schip kwam steeds dichterbij, met een achteloosheid die aan brutaliteit grensde. Niemand leek enige achterdocht te koesteren. Op Holderlins harde gezicht verscheen een grijns toen hij de oude naaldstraler van de *Perseus* richtte.

Het verliep allemaal in een dromerige kalmte. Als een reusachtige zwarte haai gleed het andere schip over hem heen. Het kleine loosgat trok als een magneet aan zijn wapen.

Hij haalde de trekker over en begon hardop te lachen toen een grote

scheur zich opende waar ooit het loosgat had gezeten. De lichten doof-
den, de drijfstraal verdween, elk blijk van leven verdween en het zwarte
schip begon traag rond te draaien door de kracht waarmee de straal
doel had getroffen.

Holderlin rende naar het bedieningspaneel van de raketten. Hij
was veilig. Voorlopig dan. Hij had zeker een paar uur. In die tijd moest
hij zich zo goed zien te verstoppen dat het zwarte schip hem niet kon
vinden. En als de bemanning niet een hulpgenerator aan de praat kon
krijgen, zouden ze misschien zelf het schip moeten verlaten, want de
rode ster was niet ver meer.

Hij activeerde de motoren en stuurde de *Perseus* in de richting van
de enige planeet van de rode zon. De sloep zat nog steeds aan het grotere schip gekoppeld.

Een uur later was de planeet een stuk groter geworden en vloog
hij de groenige atmosfeer binnen. Om buiten bereik te komen van de
televiewschermen van de kapers, stuurde hij naar de achterkant van de
planeet.

In zijn eigen teleview zag hij een wereld die half zo groot was als de
aarde, bezaaid met ruige kloven en hoge bergpieken, met daartussen
vlakten. Die waren overdekt met een wollige zwarte deken. Toen hij
dichterbij kwam, bleek dat een dichte laag vegetatie te zijn.

De atmosfeer had een opvallende groene kleur, met erboven grote,
pluizige wolken, die in het rode licht van de zon opgloeiden in alle
mogelijke tinten oranje, goud, rood en geel.

Holderlin stuurde de *Perseus* in de richting van een hoog oprijzende
zwarte piek. Het dichte woud daaromheen bood een goede schuilplaats. In zijn eentje stuurde hij het schip richting de planeet, zonder
dat hij de defecte stuurraketten kon gebruiken, een grote prestatie.

Twee gespannen uren lang zat hij in elkaar gedoken in de sloep en
manoeuvreerde hij de *Perseus* voorzichtig heen en weer, tot het schip
uiteindelijk door zijn stuwraketten gedragen door de groene atmosfeer
brak, langs de vurig gekleurde wolken.

Hij had twee touwen meegenomen naar de sloep. Een daarvan zat
vast aan de voortstuwing. Daarmee kon hij snel weer opstijgen als de
ondergrond te zacht of te oneffen was. Met de tweede kon hij de voortstuwing uitzetten als het schip eenmaal stevig stond.

Zwart stof

De *Perseus* zakte door de groene lucht, brak door het zwarte woud en landde onzacht op stevige grond. Holderlin gaf een ruk aan het tweede koord. Het gebulder verstomde. Slapjes liet hij zich achterover vallen in zijn stuurstoel.

Maar algauw kwam hij weer in beweging. De groene atmosfeer zag er ongezond uit. Weer hees hij zich in zijn drukpak en keerde hij terug naar de *Perseus*.

Daar draaide hij aan het wiel van de radio. Alleen maar stilte. Door een patrijspoort zag hij dat het zachte zwarte gebladerte zich boven het schip had gesloten. De *Perseus* was goed verborgen. Holderlin viel in slaap.

Toen hij wakker werd, was alles als daarvoor. De radio zweeg nog steeds. Met de Bramley Airolyzer testte hij de samenstelling van de atmosfeer. Zoals hij al verwachtte, bevatte de lucht giftige stoffen. Maar blijkbaar waren er geen gassen die menselijk weefsel aantastten en was er voldoende zuurstof.

Hij voorzag dus een respirator van de benodigde filters en ging naar buiten om te bezien hoe de stuurraketten eraan toe waren. Hij zakte tot zijn enkels weg in ongrijpbaar zwart, roetachtig stof, dat met elke luchtvlaag omhoog kolkte in slierten zwarte rook.

Ook onder het lopen wierp hij hele wolken van het zwarte spul op. Het hechtte zich aan zijn kleren en liep in zijn schoenen. Holderlin vloekte. Dit ging een smerig klusje worden. Koppig ploeterde hij door het stof heen naar de stuurraketten.

Die waren er beter en slechter aan toe dan hij had verwacht. De pakking was gescheurd en lag in stukken, en er zaten fragmenten in de opening van de stuwbuis. De elektronroosters waren defect, maar de achterwanden van telexkristal waren nog intact.

Met de stuwbuizen zelf was niets aan de hand. Ze waren niet open-gereten, vervormd of gescheurd en zo te zien waren ook de veldlussen niet verbrand. Holderlin vermoedde dat in beide een kleine lading vanzitrol tot ontploffing was gebracht.

Voor zover hij zich herinnerde, waren er geen reservepakkingen aan boord, maar om zekerheid te hebben doorzocht hij toch het hele schip. Niets. Maar de door de marine in Artikel 80 van de Astronautische Code voorgeschreven oven en een voorraad flux waren wel aan boord.

Ze waren een reliek uit het begin van de ruimtevaart, toen pakkingen die de tand des tijds konden doorstaan nog onbekend waren. In die tijd had elk schip tientallen reservepakkingen aan boord, maar toch brandden die onder invloed van de hitte en de druk maar al te vaak de een na de ander door en moest het schip op een planeet landen en daar een nieuwe voorraad bakken. Nu moest hij dus op zoek naar een afzetting van zuivere klei.

Om zijn voeten kolkte het zwarte stof omhoog. Misschien dat hij klei kon vinden, als hij hier begon te graven.

Terwijl hij zo naast de stuwers stond, hoorde hij iets dat zich met een zware, slepende tred door het bos bewoog. Hij rende terug naar de toegangssluis, omdat hij wist dat je op onbekende planeten met voorzichtigheid en snel reageren verder kwam dan met een naaldstraler en stalen bepantsering.

Het wezen dat het geluid voortbracht, liep dicht langs het schip. Het was een tenger, sjokkend schepsel, een meter of vijf lang, dat vaag iets van een mens had, maar gebouwd was als een spin. De armen en benen waren van bot, de huid was groenig zwart, het gezicht uitzonderlijk lang en uitdrukkingsloos. Aan de achterkant van het hoofd ontsproot een flinke bos vuurrood haar. De ogen waren melkachtig wit, de oren stonden breed uit. Het wezen liep langs de *Perseus* zonder het schip een blik waardig te keuren of van enige belangstelling blijk te geven.

"Hee!" riep Holderlin, terwijl hij van de stuwraketten op de grond sprong. *"Kom hier!"*

Het wezen bleef heel even staan, keek hem in het rode licht dof aan en slofte toen traag verder. Om de poten kolkte het zwarte stof op. Even later was het in de pluizige zwarte vegetatie verdwenen.

Holderlin wijdde zich weer aan het repareren van de beschadigde stuwbuizen. Hij moest genoeg klei zien te vinden om vier nieuwe pakkingen te maken. Honderdvijftig tot tweehonderd kilo. Hij haalde een spade uit het schip en begon te spitten.

Na een halfuur had hij alleen nog maar hete zwarte humus. En hoe dieper hij kwam, hoe taaier de wortels van de fungusbomen werden. Geërgerd gaf hij er de brui aan.

Toen hij bezweet en stoffig uit het gat klauterde, streek een windvlaag langs de bovenkant van de vegetatie en beroerde de pluizige twijgen. Dankzij de zwarte nevel die omlaag dreef, wist Holderlin nu wat het zwarte poeder rond zijn voeten was: stuifmeel.

Hij moest klei zien te vinden. Schone gele klei, hoe dichterbij, hoe beter, want hij had geen zin om er einden mee te gaan zeulen. Hij keek naar waar de reddingssloep aan zijn kabel naast de neus van de *Perseus* hing en zag dat de karabijnhaak waarmee de twee verbonden waren nooit zo losgemaakt kon worden. Daartoe zou hij de sloep op zijn zwaartekrachteenheden rechtop moeten zetten, zodat alle spanning van de kabel was.

Maar toen hij dat uiteindelijk voor elkaar had en eruit klom, ontdekte hij dat de neus van de sloep toch scheef was komen te staan. Als hij de twee vaartuigen ontkoppelde, zou de sloep waarschijnlijk naar voren vallen en zou hij tegen de grond slaan.

Vloekend op de koppeling en de reddingssloep, besloot Holderlin de sloep tegen de *Perseus* aan te laten hangen, net als eerst, en klauterde omlaag. Hij ging het schip in en pakte daar een zak, een lichte spade, een fles water en reserveladingen voor zijn respirator.

"*Perseus*, meld u. Wie aan boord is van de *Perseus*, melden!"

Holderlin grijnsde grimmig en ging naast de luidspreker zitten.

"Wie aan boord is van de *Perseus*, meld u," zei de stem weer. "Hier spreekt kapitein Creed. Als u in leven bent en dit hoort, reageer dan onmiddellijk. U bent ons te slim af geweest. Maar daar zitten we niet mee. Maar hoe u deze planeet ook hebt weten te bereiken, verder kunt u niet. We hebben een detectorscherm om deze wereld gelegd en blokkeren elk noodsein dat u uitzendt."

Blijkbaar wist kapitein Creed nog niet wie er met zijn schip vandoor was gegaan, en hoe. Een tweede stem klonk op, harder en scherper.

"Reageer onmiddellijk," zei de tweede stem, "en zeg erbij wat je positie is. Dan krijg je een aandeel in de winst. Als je dat niet doet, zullen we je weten te vinden, ook al moeten we deze planeet meter voor meter afzoeken."

Tijdens deze mededeling was het signaal steeds sterker geworden, en nu hoorde Holderlin een zacht grommen, dat snel in volume toenam tot een gebrul. Hij rende naar de patrijspoort en zag het zwarte piratenschip snel op zich af komen door de groene hemel, vlak onder het veelkleurige wolkendek.

Toen het bijna boven hem was, braakten de remraketten grote wolken uit en minderde het schip majestueus vaart. In de val, dacht Holderlin. Met bonkend hart begon hij naar zijn sloep te rennen. Hij kon de haak wel met zijn naaldstraler doorsnijden!

Maar het zwarte schip gleed verder, over de berg heen en zonk daar langzaam uit het zicht, terwijl het rode zonlicht op de flanken viel. Holderlin haalde weer wat geruster adem. Het was een kleine wereld, en de berg viel nogal op. Dat ze hem hier kwamen zoeken had waarschijnlijk dezelfde redenen die hem ertoe gebracht hadden om zich hier te verbergen.

In elk geval wist hij waar zijn vijanden waren, en daar kon hij zijn voordeel mee doen. Hoe hij aan hen moest ontkomen — daar had hij nog geen ideeën over. Zij leken onkwetsbaar, want tegenover hun snelle, zwaarbewapende schip kon hij alleen maar een kreupele oude vrachtvaarder stellen. En de bemanning zou zeker uit dertig tot veertig koppen bestaan.

Holderlin haalde zijn schouders op. Eerst moest hij zijn voortstuwing repareren. Dan zou hij proberen te ontsnappen. Als hij met zijn geurige lading Laroknik op Gavnad kon bereiken, de zesde planeet van Delta Aquila, lag het heelal voor hem open.

Hij zou een ruimtejacht kopen, een villa op Fan, de Entertainmentplaneet. Hij zou een asteroïde kopen en een wereld naar zijn eigen smaak inrichten, net als de miljonairs van het Imperium. Hij zette zijn dromen van zich af, pakte zijn zak en liep in de richting van de berg om daar naar klei te gaan zoeken.

Een meter of achthonderd van zijn schip werd de pluizige zwarte vegetatie dunner en even later stond hij op een open plek.

Op die open plek liepen tientallen van de hoge, mensachtige wezens heen en weer. Maar hun haar was niet rood, zoals bij het wezen dat hij eerder was tegengekomen. Hun haar was groenig zwart van kleur. Ze waren in de weer met een enorm dier, dat duidelijk tam was. Het had een groot, rond lichaam, zo groot als een compleet huis, dat werd gedragen door een cirkel van hoge, gebogen poten. Met twee lange tentakels propte het zwarte boomtakken in een muil bovenop de romp. Onder het lichaam hing een rij uiers. Daarmee waren de spinnige wezens in de weer. Ze lieten een dunne groene vloeistof in potten stromen.

Holderlin stak de open plek over, duidelijk zichtbaar in de rode gloed van de zon, maar afgezien van een paar doffe blikken besteedden de wezens geen aandacht aan hem. Na nog eens anderhalve kilometer bereikte hij de rand van het bos. Verderop rees de steile helling van de berg op.

Bijna meteen vond hij wat hij zocht. Dankzij de geringere zwaartekracht kon hij zijn zak een stuk voller laden dan op aarde mogelijk zou zijn geweest. Misschien was het wel de helft van wat hij nodig had. Daarmee ging hij op weg.

Maar tijdens de tocht door het zwarte bos werd de zak steeds zwaarder, en toen hij de open plek bereikte waar de spinnerige wezens bezig waren met hun vee, deden zijn rug en zijn armen behoorlijk pijn.

Hij bleef even staan om uit te rusten. Toen viel hem een gedachte in. Zou hij een van deze wezens niet over kunnen halen om hem te helpen?

"Hee, *jij daar!*" riep hij zo goed en zo kwaad als dat ging door de respirator. "Kom eens hier!"

Het wezen keek hem zonder enige belangstelling aan.

"Kom hier!" riep hij weer, al was wel duidelijk dat het wezen hem niet verstond. "Je moet me helpen. Dan krijg je —" hij grabbelde in zijn zakken en haalde daar een klein seinspiegeltje uit "— dit."

Hij hief het op en het wezen liep op hem toe. Het bukte zich om het spiegeltje aan te pakken en op het sombere lange gezicht verscheen zowaar iets van belangstelling.

"Pak aan," zei Holderlin, "en loop met me mee."

Uiteindelijk begreep het wezen wat er van hem werd verlangd. Zonder iets van geestdrift of tegenzin te laten blijken, nam het de zak in zijn dunne armen en sjokte achter Holderlin aan. Toen ze weer bij de *Perseus* waren, liep Holderlin naar binnen en kwam met een blinkend stuk ketting weer naar buiten. Dat liet hij aan zijn helper zien.

"Dat is voor jou. Na nog een keer. Begrijp je? Nog een keer. Ga je mee?" Gehoorzaam liep het wezen achter hem aan.

Op de plek waar hij de eerste klei gevonden had, schepte Holderlin nog een zak vol en gaf die aan het wezen.

Boven hen klonk het geluid van voetstappen, schurend langs de rotsen. Holderlin dook weg. Het wezen bleef gewoon staan, met de zak klei in zijn handen.

Drie figuren kwamen aangelopen. Twee van hen hijgden in een respirator. Een van hen was Blaine, de ander een lange man. Zijn puntige oren en hoge wenkbrauwen verrieden dat hij Tranklibloed had. De derde was het spinachtige wezen met de pluk rood haar.

"Kijk daar eens!" riep de Tranklihalfbloed toen hij Holderlins helper zag. "Die zak is —"

Het waren zijn laatste woorden. Een naaldstraler knetterde en hij zakte in elkaar. Blaine draaide zich bliksemsnel om en graaide naar zijn eigen wapen, maar verstarde toen een stem zei: "Laat dat, Blaine. Je bent al zo goed als dood."

Langzaam liet Blaine zijn armen langs zijn zijden zakken en keek woest de kant op van de man van wie deze woorden afkomstig waren. Zijn misvormde bovenlip trilde. Holderlin kwam de schaduwen uit en betrad de door het rode zonlicht beschenen plek. Zijn gezicht stond even meedogenloos als dat van de dood zelf.

"Zocht je mij?"

Hij liep naar Blaine toe en verloste hem van zijn naaldstraler. Toen zag hij de rode bos haar van het inheemse wezen. Die was hij in het woud tegengekomen. Hij stond duidelijk aan de kant van zijn vijanden.

Weer knetterde de naaldstraler. Het lange lijf stortte als een bos geknakte rietstengels tegen de grond. Holderlins helper keek onaangedaan toe.

"Klikspanen kunnen we niet gebruiken," zei Holderlin, terwijl hij zijn ijsblauwe ogen op Blaine vestigde.

"Hou toch op, Holderlin," grauwde Blaine. "Je komt hier nooit levend weg."

"Denk je dat jij het langer uithoudt dan ik?" zei Holderlin spottend. "Wat heb je daar? Een radio? Geef maar hier." Hij stak het ding in zijn zak. "Dat wezen ging je naar de *Perseus* brengen, en dan zou jij vandaar de coördinaten van de plek doorgeven. Toch?"

"Klopt," gaf Blaine zuur toe, zich kennelijk afvragend wanneer Holderlin hem dood zou schieten.

Die dacht even na.

"Hoe heet jullie schip?"

"De *Maetho* — van Killer Donahue. Je komt hier nooit weg, Holderlin. Niet als Donahue achter je aan zit."

"Dat zullen we nog weleens zien," zei Holderlin kortaf.

Dus het was de *Maetho*! Holderlin had weleens verhalen gehoord over Donahue — een tengere man van veertig met donker haar en zwarte ogen die om hoekjes heen kon kijken en in het hart van mensen blikte. Hij had een komisch clownsgezicht, maar zijn bloederige verleden als piraat was bepaald in tegenspraak met dat vrolijke voorkomen.

Even bleef Holderlin naar de pafferige Blaine staan kijken. Het overgebleven inheemse wezen hield passief de zak klei in zijn handen.

"Je wou toch de *Perseus* zien?" zei Holderlin uiteindelijk. "Lopen dan maar." Hij gebaarde met de naaldstraler.

Traag en met een nors gezicht zette Blaine zich in beweging.

"Wil je nu meteen dood? Of doe je wat ik zeg?"

"Jij hebt de straler," gromde Blaine. "En dus heb ik niks te zeggen."

"Mooi. Een beetje tempo dus graag. Vanavond gaan we pakkingen bakken voor de stuurraketten." Hij gebaarde naar het wachtende wezen. Met Blaine voorop sjokten ze naar het schip.

"Wat is er aan de andere kant van de berg? De schuilplaats van Donahue?"

Blaine knikte nors, maar kwam toen tot de conclusie dat hij er alleen maar voordeel bij kon hebben om Holderlin gunstig te stemmen.

"Daar haalt hij thamestof. Dat verkoopt hij op Fan."

Thame was een afrodisiacum.

"De inheemsen verzamelen het in potjes. Hij geeft er zout voor terug. Daar zijn ze gek op."

Holderlin zweeg. Hij bewaarde zijn energie om door het zwarte stof te ploegen.

"Als je hier toch weg weet te komen," zei Blaine, "dan kun je die essences toch nog nergens verkopen. Een vleug syrang en de Tellurische Onderzoeksdienst hijgt je in je nek."

"Ik wil ze helemaal niet verkopen. Dacht je dat ik gek was? Waarom heb ik Creed dat formulier laten ondertekenen, denk je? Ik ga voor het bergersloon. Dat bedraagt negentig procent van de waarde van schip en lading."

Blaine zweeg.

Toen ze uiteindelijk bij het schip kwamen, vermoeid en onder het zwarte stof, liet het wezen de zak vallen en stak een lange, dunne arm uit.

"Fawp, fawp," zei het.

Verbaasd keek Holderlin het wezen aan.

"Hij wil zout hebben," zei Blaine, die Holderlin kennelijk nog steeds gunstig wilde stemmen. "Ze doen alles voor zout."

"Je meent het. Nou, dan lopen we toch even naar de kombuis om zout te halen?"

Holderlin gaf het wezen wat zout en de beloofde ketting en stuurde het weg. Toen draaide hij zich om naar Blaine en gaf die de radio.

"Neem contact op met Creed of Donahue en zeg dat je volgens dat wezen pas morgenavond bij het schip komt. Het staat een heel eind verderop."

Blaine aarzelde heel even, maar die aarzeling verdween toen Holderlin veelbetekenend zijn hand op zijn straler legde. Toen deed hij wat hem was opgedragen en riep Creed op. Die was zo te horen tevreden over wat hij te horen kreeg.

"Zeg dat je je pas morgenavond weer meldt," zei Holderlin. "En dat dat komt omdat Holderlin anders misschien een echo opvangt die van de bergwand kaatst."

Blaine gehoorzaamde.

"Mooi zo. Blaine, we gaan het heel goed met elkaar vinden. Misschien schiet ik je niet eens dood als ik klaar met je ben."

Blaine slikte nerveus. Hij had niet veel op met zulke praatjes. Holderlin strekte zijn armen. "Nu gaan we pakkingen maken. En omdat jij die hebt gesaboteerd, mag jij het grootste deel van het werk doen."

De hele nacht waren ze bezig om in de atoomoven pakkingen te bakken. Zoals Holderlin al had gezegd, werkte Blaine het hardste. Zijn kale hoofd glom in de gloed van de oven.

Zodra de pakkingen klaar waren — nu niet langer van klei, maar zware, metaalachtige buizen — werden ze door Holderlin gemonteerd. En toen de nijdige kleine zon boven de horizon verscheen, was de *Perseus* eens te meer in staat om een uitgezette koers te volgen.

Met hulp van Blaine koppelde Holderlin de reddingssloep los van de romp en zette die naast de *Perseus* aan de grond. Daarna sloot hij Blaine op in een voorraadkast.

"Je mag van geluk spreken," zei hij. "Jij kunt gaan slapen. Ik heb nog heel wat te doen." Hij had in de wapenkamer van de *Perseus* een bus zien staan met daarin vijf kilo vanzitrol, een stof die in chemisch opzicht stabiel was, maar dat op atomair gebied zeker niet was. Hij schepte een pond in een papieren zak. Zo kon hij desnoods een gat dwars door de planeet heen slaan dat groot genoeg was voor de *Perseus*.

Hij vond ook een detonator, kroop daarmee in de sloep en vertrok. Na wat Blaine hem verteld had, dacht hij wel veilig te zijn voor spiedende ogen en dus vloog hij laag over het zwarte oerwoud, tot hij een kilometer of vijftig van de *Perseus* een open plek vond die hem wel aanstond, niet te groot en ook niet te klein.

Hij landde en begroef de vanzitrol en de detonator in het midden. Daarna keerde hij terug naar de *Perseus* en sliep een uur of vijf.

Toen hij wakker werd, maakte hij ook Blaine wakker. Ze gingen de reddingssloep in en vlogen naar de open plek waar hij de explosieven had begraven. Dit keer zette Holderlin de sloep tweehonderd meter van de plek neer, in het oerwoud.

"Blaine," zei hij, "roep Creed op en zeg dat je de *Perseus* hebt gevonden. Zeg dat hij je signaal uit moet peilen en meteen hierheen moet komen. Vertel erbij dat er vlakbij een open plek is waar hij makkelijk kan landen."

"En dan?" zei Blaine onzeker.

"Dan wacht jij daar totdat de *Maetho* er is. Daarna laat ik de keus aan jou. Als je weer aan boord wilt van de *Maetho* blijf je gewoon daar staan. Als je bij mij wilt blijven, ren je zo snel je kan naar de sloep. Aan jou de keus."

Blaine zei niets terug, maar er sloop een achterdochtige blik in zijn ogen en om zijn mond verscheen een sluwe krul.

"Verstuur het bericht."

Dat deed Blaine. Holderlin was tevreden. Holderlin zat in de *Perseus*, zei Blaine. Daar werd hij door Mordang, de Tranklihalfbloed, bewaakt, terwijl Blaine contact opnam.

"Goed werk, Blaine!" klonk de stem van Creed. Toen kwam Donahue met een paar scherpe vragen. Was de *Perseus* neergestort? Nee, zei Blaine, het schip was onbeschadigd. Kon de naaldstraler van de *Perseus* de open plek bestrijken? Nee, die was volkomen veilig, want hij lag zo'n achthonderd meter bij het schip vandaan. Donahue droeg Blaine op om op de open plek op zijn schip te wachten.

Twintig minuten later zagen Holderlin, verstopt in het oerwoud, en Blaine, die op de open plek nerveus stond te wachten, de grote massa van de *Maetho* boven zich.

Ongeveer vijfhonderd meter boven de plek bleef het schip hangen. Blaine, kwetsbaar, in het volle licht van de zon, zwaaide op bevel van Holderlin met zijn arm. Even gebeurde er niets. Blijkbaar nam Donahue, behoedzaam als hij was, eerst de situatie in zich op.

Na enige tijd zag de gespannen afwachtende Holderlin een kleine verkenner het schip verlaten en naar de open plek zakken. Zijn mond verstrakte, Hij vloekte, kort en verbitterd.

Dat betekende dat Creed of Donahue argwaan koesterden. Zijn plan was tot mislukken gedoemd. Hij zou snel moeten zijn om heelhuids weg te komen. Ook Blaine wist dat het spel uit was. Nerveus keek hij om zich heen. Wat moest hij doen?

Hij kwam tot de conclusie dat onder de omstandigheden Holderlin het minst grote gevaar was en begon quasi-onopvallend in de richting van het bos te schuifelen. Meteen knetterde de stem van Donahue uit een luidspreker.

"Blaine! Staan blijven!"

Bang zette Blaine het op een holletje, maar het zwarte stof hinderde hem. Uit de *Maetho* klonk het geluid van een naaldstraler en in een grote wolk zwart stof viel Blaine uiteen in zijn samenstellende atomen.

Holderlin stond al naast de sloep. Er was een klein kansje dat de verkenner bij de landing de begraven explosieven niet zou raken. Dan zou de *Maetho* zelf landen en uiteen worden gereten. Maar hij betwijfelde of het zo zou gaan, want de detonator was gevoelig en de open plek niet groot.

Toen hij de sloep binnenging, weerklonk een oorverdovende explosie. Hij had gelijk gekregen. De grond sidderde en een massa aarde, stukken steen en brokstukken van bomen regende op het oerwoud neer. De *Maetho* werd als een ballon omhoog geslingerd en een verstikkende lijkwade van zwart stof verduisterde de hemel.

Woest slingerde Holderlin de sloep omhoog en schoot laag, tussen de bomen door, van de noodlottige plek vandaan. Hij vocht voor zijn leven, zocht zich een weg tussen de grootste bomen door, botste tegen exemplaren op die hij niet kon ontwijken.

Zijn vlucht kwam maar net op tijd, want de bewapening van de *Maetho* had venijnig het vuur geopend op het oerwoud en verkoolde talloze vierkante meters. Twee keer sloegen miljoenwattploffers vlak naast hem in.

Na een paar enerverende minuten was hij het gebied uit. Hij nam snelheid terug en zocht zich met meer beleid een weg tussen de bomen door.

Toen de *Maetho* eindelijk ophield met schieten, was het oerwoud over een afstand van vele kilometers uiteengereten en waren er overal kraters. Behoedzaam liet Holderlin de sloep omhoogkomen, zodat hij tussen de boomtoppen door kon kijken. Hij zag dat het grote zwarte oorlogsschip via de top van de berg naar zijn basis terugkeerde. Boven de open plek hing nog steeds een naar de hemel reikende zwarte wolk.

Hij keerde terug naar de *Perseus*, vervuld van sombere gedachten. Hij had zijn best gedaan, maar het was niet genoeg geweest, en binnen luttele uren zouden Creed en Donahue op het spoor komen van een ander wezen dat hen naar zijn schip zou leiden.

Hij ging languit op zijn brits liggen, zijn handen achter zijn hoofd. Iets in de informatie die Blaine hem had gegeven, zette hem plotsklaps tot actie aan. Hij had een plan! Hij kwam overeind, lepelde nog meer vanzitrol uit de bus, haalde een paar zakken zout uit de kombuis en vertrok met de sloep.

Drie, vier uur later, toen de duisternis zich snel verbreidde over het zwarte woud, keerde hij terug. Maar nu werd zijn tred gekenmerkt door veerkracht en keek hij triomfantelijk om zich heen.

Holderlin liep naar de teleview en stuurde een gewaagd bericht de ether in. "Aan allen aan boord van de *Maetho*. Creed of Donahue, meld je. *Maetho*, meld je."

Het scherm kwam meteen tot leven. Hij zag Donahue en daarachter het zwartbebaarde gezicht van kapitein Creed.

"Nou?" snauwde Donahue. "Wat moet je?"

Holderlin grijnsde. "Niks. Over twee minuten laat ik jullie schip ontploffen. Als jullie leven je lief is, ga je van boord."

"Wat krijgen we nou?" De stem van Donahue klonk als splijtend hout. "Probeer je me te overbluffen?"

"Dat weet je over twee minuten," zei Holderlin. "In drie van de potten thamestof die je vandaag hebt geladen, zit vanzitrol. En ik heb een gammastraaldetonator die jij niet kan storen. Je hebt twee minuten om je schip te verlaten."

Donahue draaide zich bliksemsnel om en zette de geluidsinstallatie van het schip aan. "Iedereen van boord!" brulde hij. *"Het schip uit!"*

Toen, als een kat, tolde hij nog een keer om zijn as. Holderlin keek gespannen toe. Kapitein Creed was op weg naar de luchtsluis. Toen hij de ogen van Donahue zag, en de moorddadige blik die daarin lag, bleef hij staan en draaide hij zich langzaam om.

Donahue opende zijn mond en Holderlin merkte dat hij buiten zinnen was, want hij braakte een lange stroom obsceniteiten uit.

"Laffe hond, je hebt me helemaal kapotgemaakt," gilde Donahue met een hoge stem, waarin de waanzin doorklonk, en zijn tengere lichaam kromde zich alsof hij een epileptische aanval kreeg.

"Ga het schip nu maar uit, dan praten we later wel," zei Creed koeltjes.

"Jij blijft hier, vet stuk vreten," gilde Donahue en trok zijn naaldstraler.

Creed was hem met zijn mouwpistool voor, en Donahue stortte kermend ter aarde, met een grote wond in zijn schouder.

Met zijn linkerhand wist hij toch zijn naaldstraler te trekken en vuurde een wilde serie schoten af op Creed. Die dook weg achter de radiopost, waardoor hij niet meer bij de luchtsluis kon komen. Een schot raakte de verbinding met de televiewer. Het scherm werd donker.

Holderlin zat op zijn horloge te kijken, met een vinger boven de zwarte knop.

Twintig seconden, tien, acht, zeven, zes, vijf, vier, drie, twee — "Ik geef ze er vijf seconden bij," zei hij tegen zichzelf. Een — twee — drie — vier — vijf! Hij drukte op de knop en bleef roerloos zitten wachten op de schokgolf van de andere kant van de berg.

Whoemmm!

Holderlin kwam overeind, een grijns op zijn gezicht. Hij sloot alle patrijspoorten en ging achter het stuurpaneel zitten. Hij had een drukke week voor zich, want nu kwam het werk van vier mannen op hem neer. Hij activeerde de voortstuwing en zette koers naar Laroknik op Gavnad.

Recht vooruit

Chiram kwam de kamer binnen, liep met korte, stevige passen naar de tafel en ging zitten. Pas toen leek hij de vierentwintig mannen en vrouwen op te merken die op nette rijen vouwstoelen zaten.

"Ik kan u ongeveer twintig minuten geven," zei Chiram. "Wat wilt u precies?"

"Zou u een korte verklaring kunnen afleggen?" vroeg Ed Jeff van de *All-Planet Newsfax*. "En dan misschien enkele vragen beantwoorden."

Chiram overwoog dit. Hij was een gedrongen gebouwde man van middelbare leeftijd die besluitvaardigheid uitstraalde. Zijn leeuwenmanen hadden de kleur en het uiterlijk van staalwol, zijn ogen waren scherp en namen alles nauwlettend op, zijn goed gevormde mond was aan de zware kant. Zijn kleding was grijs en donkerblauw — degelijk maar niet plechtig, alsof Chiram zich kleedde zonder zich te laten beïnvloeden door ijdelheid of het verlangen om indruk te maken.

"Mijn partners en ik," zei hij, "zijn begonnen aan een research-programma dat uiteindelijk zal leiden tot een poging om rond het heelal te varen. Deze onderneming wordt gefinancierd door Jay Banners." Hij zweeg. De verslaggevers wachtten af. "Dat is mijn verklaring," besloot Chiram droog.

De stemmen van de mensen die nu zijn oor wilden bereiken, klotsten kaatsend door elkaar. Hij stak zijn hand op. "Eén tegelijk... U, meneer, wat was uw vraag?"

"U zei: een poging om rond het heelal te varen, niet alleen rond de Melkweg?"

Chiram knikte. "Rond het heelal, inderdaad."

"Hoe weet u dat het rond is?"

"Dat weten we niet," zei hij met een glimlach. "Er is geen echt bewijs voor, en de wiskunde geeft slechts een vage aanwijzing in die richting. Het is zuiver een aanname waar wij ons leven aan verbinden."

De journalisten maakten geluiden van ontzag. Chiram ontspande zich iets. "Schattingen van de omtrek van het heelal bewegen zich tussen de tien en de honderd miljard lichtjaar. Wij zijn van plan van de Aarde te vertrekken en een bepaalde koers in te slaan — bijna iedere koers is goed. Na een voldoende lange periode met voldoende hoge snelheid, hopen wij vanuit de tegenovergestelde richting terug te keren."

"Hoe groot is uw kans om de Aarde op de terugweg weer te vinden?"

Chiram kneep zijn lippen op elkaar; hij vond dat de vraag op een te luchtige toon was gesteld.

"In theorie," antwoordde hij toen stijf, "moeten wij automatisch op ons uitgangspunt terugkomen zolang wij maar een exacte koers aanhouden. Ons researchprogramma concentreert zich op de mogelijkheden om feilloos in rechte lijn te vliegen. Een afwijking van een honderdste seconde genomen over honderd miljard lichtjaar, betekent een afwijking van driehonderdduizend lichtjaar. Als we met zo'n afwijking te maken krijgen, vinden we onze Melkweg natuurlijk nooit meer terug en dan zijn we voorgoed verdwaald. Ons eerste probleem is dat wij er zeker van moeten kunnen zijn dat wij in absoluut rechte lijn vliegen."

"Kunt u die koers niet afmeten aan de sterren voor en achter het schip?"

Chiram schudde zijn hoofd. "Het licht van achter kan ons niet inhalen; wij zullen zelfs dat licht voorbijstreven en het beeld van de sterren achter ons toevoegen aan die we nog voor ons hebben." Hij vouwde zijn stevige handen ineen op de tafel voor hem. "Dat is ons tweede probleem: zien. Onze snelheid zal bijzonder groot worden, die van de ogenblikkelijke verplaatsing benaderen. Aannemend dat we een nuttig effect van negentig procent bereiken met ons destriatieveld, brengt een gemiddelde snelheid van zes- of zevenduizend lichtjaar per seconde ons binnen zes maanden honderd miljard lichtjaar ver. De uitwerking van straling op een niet afgeschermd voorwerp zou rampzalig zijn. Het zwakste infrarood zou door een soort Dopplereffect samengeperst worden tot harde kosmische straling; gewoon zichtbaar licht zou duizendmaal zo hard worden, een veel hogere energie krijgen, en de kosmische straling zou inslaan met een frequentie van tien tot de een- of tweeëndertigste macht. Ik kan mij niet voorstellen wat zulke straling zou uitrichten, maar ik weet wel dat het niet plezierig zou zijn. Wij proberen een waarnemingssysteem te ontwikkelen dat onder deze extreme omstandigheden nog functioneert. Het zicht naar opzij is natuurlijk gewoon, het licht van weerskanten raakt het schip met de normale frequenties."

"Hoelang zal het duren om deze problemen te overwinnen?"

Chiram zei op afgemeten toon: "Wij boeken vooruitgang."

"Hoe zult u zeker weten dat u teruggekeerd bent? Het ene melkwegstelsel zal wel behoorlijk op het andere lijken..."

Chiram trommelde op de tafel. "Dat is een goede vraag. Het spijt me dat ik geen precies antwoord heb. Wij zullen ons moeten verlaten op onze oplettendheid en we zullen iedere Melkweg met het goede formaat en de goede vorm grondig moeten bestuderen. Het feit dat onze Melkweg ruwweg tweemaal zo groot is als gemiddeld, moet iets helpen. Voor een groot deel zullen wij op ons geluk moeten vertrouwen."

"Wat gebeurt er als het heelal nu niet bolvormig blijkt, maar oneindig is?"

Chiram nagelde de man met een verachtelijke blik aan zijn stoel. "U praat onzin. Hoe kan ik daar nu op antwoorden?"

De verslaggever verbeterde zichzelf haastig. "Ik bedoel, stelt u zichzelf een tijdslimiet voordat u omkeert en teruggaat?"

"Wij geloven dat het heelal bolvormig is," antwoordde Chiram koel. "In vierdimensionale zin, uiteraard. Wij blijven constant versnellen en onze snelheid neemt constant toe. Als het heelal een bol is, komen we terug; is het oneindig, dan vliegen we eeuwig door."

Er landden twee schepen, een slanke cilinder en een eigenaardig vaartuig in de vorm van een ring. Chiram stapte uit de cilinder en beende over de betonnen hellingbaan naar het glazen kantoor.

Jay Banners, die het geld leverde, en een slungelige jongen stonden op hem te wachten. Banners had hetzelfde figuur als Chiram maar hij had niet zo veel haar meer en zijn gelaatstrekken waren zachter. Hij zag er gemoedelijk, vriendelijk uit; Jay Banners had niets spartaans of ascetisch.

Chiram was betrokken geweest bij de ontwikkeling van de striatica, het gravitron en de daaruit voortvloeiende inertienegatieve striatie-velden. Hij was lid geweest van de eerste expeditie naar Centaurus. Banners was nooit in de ruimte geweest maar bezat de meerderheid van de aandelen in Star Island Development en was directeur van een stuk of zes andere bedrijven.

Hij zwaaide met een mollige hand naar Chiram. "Herb, ik wil graag dat je kennismaakt met mijn zoon, Jay Junior. En nu heb ik een verrassing voor je. Hou je hoed vast. Jay wil mee. Dus ik heb hem gezegd dat we zouden kijken wat we kunnen doen." Hij keek Chiram verwachtingsvol aan.

Chirams mondhoeken gingen omhoog en hij keek zuinig alsof hij in een onverwacht zure appel had gebeten. "Tja, hoor eens, Banners...ik weet niet of dat wel zo raadzaam is...Een man zonder ervaring," mompelde hij. "We hebben de bemanning al samengesteld..."

"O ga nou gauw," zei Banners. "Jay is nou niet bepaald een amateur van niks, een groentje. Hij komt net van de hogeschool af, hij kent de ruimte van binnen en van buiten, hij heeft astrogatie en dat soort dingen gestudeerd, hè, Jay?"

"Ja pa," zei Jay lui.

Chiram liet zijn ogen koud over Jay Junior gaan. Het was een jongeman met lange armen en benen en zijn glanzende zwarte haar vond Chiram te lang. Hij zei: "Het wordt een behoorlijk zware reis, jongeman. Strikte discipline. We zitten opgesloten in een kleine kajuit zonder enig vermaak, en dat is lang niet niks. En onze kans om terug te komen is maar een op tien...Een oude man als ik kan het zich veroorloven om zijn leven te verspillen. Maar zo'n knaap als jij heeft zijn hele leven nog voor zich."

Jay haalde onverschillig zijn schouders op en zijn vader zei: "Dat heb ik hem ook allemaal verteld, Herb, maar hij houdt voet bij stuk, hij moet beslist mee. En toen bedacht ik me dat het wel goed zou zijn om een Banners aan boord te hebben. Dan is het pas echt de Chiram–Banners expeditie, wat jij, Herb?"

Chiram roffelde woest met zijn knokkels op de tafel omdat hij niets te zeggen wist.

Jay zei: "Op school hebben we heel wat nieuwe methoden geleerd. Misschien kan ik u weleens helpen als u het niet meer weet."

Chiram liep rood aan. Hij wendde zich af.

"Zeg, Jay," zei Banners, "een beetje kalm aan met een oude man, hè. Ik weet wel dat jij alle nieuwerwetsigheden kent, maar vergeet niet dat mannen als Herb Chiram de hele zaak hebben uitgevonden."

Jay haalde zijn schouders op en pafte gemelijk op een sigaret.

"Dat is dan afgesproken," zei Banners joviaal. "En luister, Herb, pak hem niet met fluwelen handschoenen aan omdat hij mijn zoon is. Behandel hem als een ingehuurde helper. Hij is taai — net als zijn pa. Hij kan er wel tegen. Als hij zich misdraagt, lees hem dan grondig de les."

Chiram ging uit een raam staan kijken.

Banners zei: "We zagen hoe je de schepen landde. Hoe is de test verlopen?"

"Heel goed," antwoordde Chiram. "Van de Aarde tot Pluto weken we zesenveertig centimeter van de rechte lijn af. Dat komt neer op iets van tien tot de min achtste of negende seconde. Misschien nog minder. Ik moet het nog uitrekenen. In ieder geval kunnen we ermee werken."

Jay knipte de as van zijn sigaret met zijn pink naar de vloer. "Het zal wel het beste zijn om gyrokompassen te installeren, voor alle zekerheid."

Chiram zei scherp en koud: "Gyrokompassen zijn enorm inaccuraat vergeleken met het principe van de zuiger."

"Leg Jay eens uit hoe het werkt," vroeg Banners. "Ik heb het nooit helemaal begrepen. Ik weet dat Ring en Naald elkaar afwisselen —"

Chiram legde het uit met een zware, ongeduldige stem. "Een voorwerp in vrije val volgt een volkomen rechte lijn als het tenminste afgeschermd is tegen zwaartekracht — zoals binnenin een destriatiehuls. Ons probleem was dat we de nauwkeurigheid van de vrije val moesten combineren met versnelling. Toen besloten we twee schepen te gebruiken, die afwisselend versnellen en vrij vliegen — en het schip in vrije val corrigeert de koers van het schip dat bezig is te versnellen.

"De ene component vliegt vrij — bijvoorbeeld Naald, de cilinder. Ring ligt tienduizend mijl achter. Dan versnelt Ring: hierdoor zou het schip van de rechte koers kunnen afwijken. Zodra de destriatiehulzen elkaar ontmoeten, maken de radarstralen contact en dan wordt iedere lichte afwijking in de koers gecorrigeerd. De Ring glijdt over de Naald, de motor gaat uit, hij vliegt vrij door. Als hij tienduizend mijl uitgelopen is, versnelt de Naald en stoomt door het gat in de Ring. Dit proces verloopt automatisch, heel snel, en heel accuraat."

Banners informeerde ernstig: "Zou je niet doodmoe worden van dat voortdurende stoppen en weer starten, Herb?"

Jay hing zijn ene been over het bureau. "Nee. Vergeet niet pa, dat we sinds jouw tijd de inertie volledig met het schip geïntegreerd hebben. Je voelt er niets meer van, behalve de normale ingebouwde zwaartekracht."

Banners lachte toegeeflijk en gaf Chiram een klap op zijn stijve schouder. "Zeg nooit dat ik je niet gewaarschuwd heb, Herb. Deze knaap hier is heel wat verder dan wij ouwe knarren... Zo gaat het, het oude gaat eruit, het nieuwe komt binnen."

Jay blies bedaard een voldane rookwolk door de kamer. Chiram staarde hem enkele seconden aan, deed twee stappen weg, twee stappen terug.

"Banners," zei hij toen kordaat, "alles welbeschouwd vind ik het niet verstandig om je zoon mee te nemen."

Jay's wenkbrauwen gingen omhoog; zijn mond werd slap. Banners senior staarde hem aan; toen ontspande hij zich. "Luister Herb, ik weet dat het gevaarlijk is, ik weet dat je die verantwoordelijkheid er niet bij wilt hebben. Maar Jay is vastbesloten. Hij zal wel door een meisje opgepord zijn. En ik zie wel graag dat hij de reis meemaakt. Trouwens, ik heb zitten denken dat ik ook best zou willen gaan..."

Chiram zei haastig: "Okay, okay... Ik waarschuw je, knaap, dat het een hard leven is. Als je een bevel krijgt, moet je onmiddellijk gehoorzamen en niet tegenspreken. Als je dat begrijpt — dan heb ik verder eigenlijk niets te zeggen."

"Jullie zullen prima met elkaar op kunnen schieten," verklaarde Banners overtuigd. "Met jouw ervaring, Herb, en met Jay zijn opleiding — dan moet de reis wel een doorslaand succes worden. Zie je het voor je, Herb? De Chiram-Banners Expeditie — commandant Herb Chiram, navigator Jay Banners Junior. Klinkt dat nu niet fantastisch?"

"Ik word er duizelig van," zei Chiram.

Jay liet zijn peuk op de vloer vallen en zei nadenkend: "Weet u, dat idee van die Ring en die Naald zou best verstandig kunnen zijn — maar ik zou toch meer vertrouwen hebben in een goede gyroscoop...We zouden er in ieder geval een paar mee moeten nemen voor de corroboratische index."

Chiram zei fronsend: " 'De corroboratische index'? Wat is dat?" Zijn stem klonk minachtend.

"Een nogal nieuw idee. Ik leg het u weleens uit. Grof gezegd is het het gemiddelde oppervlak van de integraal onder een reeks waarschijnlijkheidskrommen, allemaal toepasselijk gecorrigeerd."

Banners knikte plechtig. "Die knaap heeft een denkhoofd op zijn schouders, Herb. Laten we maar een paar gyroscopen installeren. Het kan geen kwaad om op veilig te spelen."

Chiram maakte een heel lichte buiging voor Jay. "Dan belast ik jou met de gyroscopen. Let erop dat ze niet meer ruimte innemen dan een twintigste kubieke meter."

Jay knikte. "Prima. Het kan nog wel kleiner. Sinds uw tijd is de machinerie kleiner en accurater geworden, meneer Chiram." Hij wreef over zijn bovenlip. "Trouwens — als u dat wilt neem ik de navigatie helemaal van u over. Ik ben er behoorlijk goed in, op school had ik de hele cursus lang een tien."

Chiram reageerde snuivend. "Daar komt niets van in, jongeman. En je moet nu meteen goed begrijpen, voor we ook maar een minuut verder zijn, dat je moet doen wat je gezegd wordt, je moet bevelen opvolgen en je schoolboekideeën hou je voor je tot erom gevraagd wordt!"

Jay staarde stomverbaasd naar Chiram. Toen keerde hij zich naar zijn vader, die plechtig het hoofd schudde. "Zo gaat het, Jay. Ouwe Herb hier is een strenge. Die ziet geen grapjes door de vingers, denk dat maar niet. Wat hij zegt, dat gebeurt: onthoud dat maar."

Chiram, Jay Banners Jr., een zwijgzame technicus die Bob Galt heette en Julius Johnson, de kok, een toffeekleurige, glimlachende man met een plat gezicht en een plat hoofd, vormden de bemanning van de cilinder, Naald. Twee veteranen van de ruimte, Art Henry en Joe Lavindar, zaten aan boord van de Ring.

Het vertrek werd vastgelegd door filmcamera's en televisie en gade-geslagen door een publiek van vier miljoen man. De twee schepen stegen na elkaar op en zouden elkaar een miljoen mijl voorbij de Maan ontmoeten. Hier zouden ze zich bij elkaar voegen, zich oriënteren en op weg gaan naar Deneb in de Zwaan, licht omhoog van het vlak van de Melkweg.

Chiram riep zijn bemanning bijeen in de kleine salon onder het brugdek, die als eetzaal en recreatieruimte zou dienen.

Bob Galt zat op het ene eind van de bank. Het was een kleine, gebo-gen man die volkomen genoeg had aan zichzelf. Zijn gezicht was als dat van een nijdige papegaai. Naast hem zat Julius Johnson, de kok, met zijn brede mond in een eeuwige grijns getrokken. Jay zat slungelig op het andere eind van de bank met zijn benen over elkaar en zijn ogen half dicht.

Chiram stond voor hen, gedrongen, kaarsrecht, met zijn ijzergrijze haren vers geknipt.

"Zo mannen, zoals jullie weten hebben we een zware reis voor de boeg. Als we terugkeren, zijn we helden. De kans is groot dat we nooit terugkeren. Als de ruimte oneindig is, vliegen we eeuwig verder. Als onze koers afwijkt van een rechte lijn, zijn we even slecht af. En verder hebben jullie natuurlijk de fantastische verhalen gelezen over de moge-lijkheid dat we aangevallen worden door buitenaardse ruimteschepen of wezens die in de blote ruimte wonen. Onzin natuurlijk.

"Het grootste gevaar zijn wijzelf. Verveling, kleine ergernissen — dat zijn onze ergste vijanden. We zitten hier dicht op elkaar gepakt, zullen voortdurend over elkaar struikelen. Ik kan geen andere situatie beden-ken die zo geschikt is om iemand van zijn slechtste, dan wel zijn beste kant te tonen. Nu heb ik met jullie twee, Bob en Julius, heel wat keren gevaren, en ik ken jullie goed. Jij Jay, vertegenwoordigt je vader en ik weet zeker dat jij net als de rest van ons je uiterste best zal doen om de reis zo te laten verlopen dat we niet allemaal tegen de wanden opvliegen.

"Veel werk hebben we niet te doen. Ik wou wel dat er meer werk was. Julius heeft natuurlijk de kokerij en de kombuis onder zijn hoede." Nu werd zijn stem licht sarcastisch. "Jay heeft zijn gyroscopen om op te letten en ik heb begrepen dat hij een gedetailleerd verslag bijhoudt... Nou ja, ieder zijn meug.

"Ik neem de eerste wacht, Jay de tweede, Bob de derde. Onze voornaamste taken zijn het oliën van de machinerie, vastleggen wat we in de beeldpanelen zien, en het destriatieveld op het normale percentage houden. Elk van ons is verantwoordelijk voor de reinheid van zichzelf, zijn kleren, zijn kooi. Alles moet netjes blijven. Niets is zo demoraliserend als slonzigheid. Scheren en schone kleren zijn verplicht...Dat is voorlopig alles."

Hij klauterde naar het brugdek.

De Maan was een ontzaglijke zilveren meloen bespetterd met zwarte vorst. De satelliet hing bol in de ruimte, iets lager en naar links. Direct voor het schip zweefde de Ring. Door het gat scheen een tros van sterren.

Chiram loodste de cilinder in het gat, haalde een schakelaar om; de cilinder huiverde, schokte even toen de richtstralen relais lieten afgaan en de schepen langs dezelfde as legden.

Recht vooruit lag Deneb — hun koers door het heelal.

Chiram riep de Ring op over de radio. "Alles in orde daar?"

"Klaar om te vertrekken," kwam de stem van Henry.

Chiram zei: "Schakel jullie veld in." Hij zette een andere schakelaar over en de zwaartekrachteenheid begon te gonzen, ratelde en ronkte toen gestaag. Nu was de bemanning samen met de schepen vrij van inertie.

Chiram draaide een glanzend wiel rond en de reis was begonnen.

Na een ogenblik schoot er een flits langs de patrijspoorten in de zijkant. Dat was de Ring, die vooruitsnelde. Een tweede flits, en de Naald boorde zich door de Ring. De flitsen volgden elkaar steeds sneller op, gingen over in een continu flakkeren, en dat werd onzichtbaar.

De sterren begonnen te bewegen, langs elkaar te glijden, als stralende stofjes in een zonnestraal. Ze stroomden voorbij — dicht op elkaar, verder uiteen, trossen, zwermen, grillige gaswolken, en als ze voorbij de midscheeps kwamen, verdwenen ze doordat hun licht achterbleef bij de vaart van Ring en Naald.

Vlammen, duizelend licht, flitsen — sterren in paren, trio's, kwartetten, sterren in voortijlende grote gezelschappen. Sterren als rivieren en sterren als geïsoleerde bakens. Sterren naderden van ver weg, passeerden onder en boven en opzij van de schepen als vonken op de wind. En weldra verdwenen ze ook voor en opzij toen Ring en Naald de intergalactische ruimte binnenvlogen.

De snelheid nam continu toe. Het ene schip flitste door het oog van het andere, de ring gleed over de naald en elk gidste het ander langs een meetkundig rechte lijn. Zo recht dat na duizend lichtjaar de fout honderd kilometer kon bedragen — en de fouten hieven elkaar misschien op over langere afstanden, of niet.

Jay controleerde de koers op zijn gyrokompas. Na een minuut tikte hij op het huis van het apparaat. "Precies," verklaarde hij. "We liggen recht op koers."

"Blij dat te horen," zei Chiram ironisch. "Hou het maar goed in de gaten."

De grote nevel in Andromeda passeerde onderlangs, een tollende pannenkoek van koud vuur. Hij verdween naar achter en was weg.

Snelheid, snelheid, snelheid. De versnelling nam toe terwijl de relais de twee schepen zo vlug als ze konden door elkaar schoten.

De wachten verstreken, de dagen verstreken. De melkwegen vlogen voorbij als lichtgevende vleermuizen — kronkelende horlogeveren, hete poelen van gas. Bij begin en eind van iedere wacht controleerde Jay zijn gyroscoop en daarna schreef hij twee of drie uur in zijn journaal — de bijzonderheden van de reis, korte filosofische verhandelingen, waarnemingen van de persoonlijkheid van zijn scheepsmaten.

Julius en Bob speelden kaart en schaak; af en toe deed Chiram met hen mee. Jay schaakte een paar keer — vaak genoeg om erachter te komen dat Julius hem net zo vaak kon verslaan als hij wilde. Toen gaf hij het op. Julius bleef grijnzen en sprak weinig; Bob liep rond met zijn boze papegaaiengezicht en zei helemaal niets. Chiram hield zich afzijdig. Hij oefende toezicht op ieder detail met een nauwkeurig, van humor gespeend oog en gaf de weinige nodige bevelen met een zorgvuldig beheerste stem. En na een paar pogingen om over navigatietechnieken te discussiëren met Chiram, werd Jay even zwijgzaam als de anderen.

De melkwegen gleden naar achter en verdwenen. Na iedere wacht controleerde Jay met ingespannen blik zijn gyroscoop. Op een dag riep hij Chiram erbij.

"We zijn van de koers afgeraakt. Kijk — geen twijfel mogelijk. Een volle graad. Ik zie het al een paar dagen erger worden."

Chiram keek er een ogenblik naar. Toen schudde hij zijn hoofd en keek naar iets anders. "Je kampt ergens met een precessie."

Jay knorde. "Ik denk eerder dat die richtbundels tussen de twee schepen een afwijking vertonen."

Chiram loerde langs zijn neus naar Jay's toestel en zei onvermurwbaar: "Dat is amper mogelijk. Ze worden automatisch gecompenseerd en dubbel gecontroleerd. Vergeet ook niet dat we met twee afzonderlijke stellen bundels werken — de ene corrigeert op basis van golfinterferentie, de andere door de hoek en de intensiteit van de bundel tegen elkaar af te wegen. Ze zijn volmaakt gesynchroniseerd en anders zou het alarm afgaan... Die gyro van jou loopt ergens mank."

Verstoord keek Jay weer op zijn wijzerplaat. "Een hele graad," zei hij binnensmonds. "Dat betekent een miljoen lichtjaar — honderd miljoen lichtjaar — Maar Chiram was al weggelopen.

Jay ging naast zijn gyro zitten en hield het instrument in het oog als een kat die naast een aquarium met goudvissen zit. Als het instrument de waarheid vertelde, dan waren ze onherstelbaar verdwaald. Hij liet zich op handen en knieën vallen en inspecteerde alle onderdelen van de gyro zo goed als hij kon. Alles leek volmaakt in orde.

Hij slofte naar de tafel waar Bob en Julius zaten te schaken. Met zijn handen op zijn rug verstrengeld keek hij neer op het bord. Ze schonken geen aandacht aan hem.

"Nou," zei Jay toen, met een blik op de gyro, "we zijn er geweest. We komen nooit meer thuis."

"O ja? Hoe dat zo?" informeerde Julius terwijl hij een pion verplaatste.

"De gyro liegt niet," zei Jay. "We zijn een graad uit de koers."

Bob Galt keek hem vlug even aan, onbewogen, en wijdde zich meteen weer aan het schaakbord.

"Ik heb het tegen de ouwe verteld," zei Jay bitter. "Voor we vertrokken heb ik hem al gezegd dat zijn systeem te ingewikkeld was om goed te kunnen werken."

"Eens moeten we allemaal dood, jochie," zei Julius. "Dus waarom niet hier... Ik maak me geen zorgen. We eten er goed van, ik heb ouwe Galt hier in het nauw..." Zijn grijns werd nog breder.

Bob zei honend: "Moet je hem horen." Hij verplaatste zijn paard zodat het Julius' pion bedreigde. "Zeg dat nu nog eens."

Julius boog zich over het bord. "Ontspan je toch, jochie, geniet van het landschap..."

Jay liep na een aarzeling weg, gooide zich op zijn brits aan de andere kant. Zijn lippen bewogen terwijl hij geluidloos lag te vloeken. Twintig minuten lag hij stil naar de scheepswand te staren. Een volle graad uit de koers...

Hij steunde zich op zijn elleboog, keek terwijl de melkwegen langsflitsten op de beeldpanelen. Sterren — miljoenen, biljarden sterren, gekruld tot lichtende slingers. Deze sterren hier waren naamloos, onbekend voor de astronomen op dat verre atoom, de Aarde... Hij dacht aan de Aarde, zo ver weg dat het niet voor te stellen was. Hoe zouden ze ooit weer dat kostbare stofje in het wijde heelal terugvinden? Vermoedelijk zou de Aarde op te sporen zijn als ze weer terechtkwamen in het melkwegstelsel. Maar nu — ze waren een hele graad van de koers af! En niemand aan boord kon het een barst verdommen... Nou, bij God, dacht Jay woedend, deze doffe dieren geven dan misschien geen stuiver om hun leven, maar ik ben Jay Banners Junior en ik heb mijn hele leven nog voor me!... Dus, als hij het schip nu weer in de goede koers bracht, dan hadden ze nog een kans om de Melkweg te raken op de terugweg. Ze zouden hem er dankbaar voor zijn, Chiram en Galt en Julius, wanneer hij het hun ten slotte zei: ze zouden grappen maken, goedmoedig schelden — en Chiram, die koppige stier, zou natuurlijk heel stijf doen. Maar dan had hij het toch maar aan Jay te danken dat ze thuiskwamen, hij zou moeten toegeven dat hij zich had vergist, hij zou een toontje lager moeten zingen... En als de geschiedenis dan toevallig uitlekte — Jay kreeg hele visioenen. Kranten, de televisie, afgeladen straten die hem toejuichten...

Hij kwam van zijn kooi af. Chiram lag te slapen, zijn in witte sokken gestoken voeten lagen keurig op elkaar.

Jay keek de kajuit door. Het was Galts wacht; de technicus was verdiept in het spel. Hij zat met een hand boven zijn dame. Met rimpels in zijn voorhoofd veegde Julius zijn mond af.

Jay drentelde door de kajuit, nam de drie treden naar de brug, boog zich nonchalant over de kaartentafel en keek naar het uitzicht op het voorste scherm. Zwarte ruimte, melkwegen als oplichtende kwallen in een oceaan om middernacht. Ze zweefden naderbij van ver vooruit, dreven achteloos langs, waarbij de minder verre over de verste heen schoven terwijl het perspectief veranderde.

Het was een hypnotisch, rustgevend gezicht, dromerig in zijn geluidloze majesteit… Achter zich hoorde hij Julius lachen. Jay kwam tot zichzelf. Behoedzaam keek hij naar de besturing, die zich in een hok met een reling eromheen bevond. Alleen Chiram hoorde daarbinnen te gaan. Jay keek in het beeldpaneel voor opzij. Het andere schip was uiteraard onzichtbaar doordat het onafgebroken heen en weer vloog over de Naald terwijl de twee schepen nog altijd versnelden. Jay keek op de computerklok die hun snelheid aangaf: nu al 6.200 lichtjaren per seconde en het nam toe. Hij keek weer naar de besturing. Dat daar moest hij hebben, die glimmende geribbelde knop. De allerlichtste aanraking en de richtbundels zouden aan de ene kant bijna onmeetbaar verzwakken, waardoor de as die de twee schepen volgden iets verlegd werd.

Jay nam een achteloze stap naar het hok, liet zijn arm uitschieten en de knop aanraken… Hij kreeg een enorme klap tegen zijn schouder. Hij viel wankelend naar achter, zonk naar het dek. Geleidelijk kreeg hij in de gaten dat er drie paar benen naast hem stonden en hij hoorde een ruwe, onvriendelijke stem zeggen: "Ik zit al een tijd te wachten op zo'n stompzinnige streek, al sinds hij me die suffe machine van 'm liet zien."

"Hij is maar een kind dat niet helemaal goed bij z'n hoofd is," klonk Julius' lichte, zorgeloze stem.

Galts voeten keerden zich abrupt af.

Met dezelfde boze stem van daarvoor zei Chiram: "Til hem op, breng hem naar zijn kooi en keten zijn enkel aan de stang… Julius, gooi een pleister op dat kogelgat. Zo'n gek als deze kunnen we niet vertrouwen als hij op vrije voeten rondloopt."

Jay had niets te klagen. Julius behandelde de wond met zachtheid; zijn grote bruine handen bewogen er licht en vlug overheen en zijn grijns verdween geen moment. Jay kreeg zijn eten op een blad en werd losgelaten om naar de wc te gaan. Meer aandacht kreeg hij niet. Het trage leven in het schip kabbelde rustig verder, om hem heen. Hij werd genegeerd, niemand zei iets tegen hem, hij sprak tegen niemand.

Vanaf zijn kooi kon hij het inwendige van het schip in de lengte overzien en hij zag alles wat er aan boord voorviel; Julius en Galt die eindeloos zaten te schaken, Julius met zijn gezicht naar Jay toe, als hij nadacht met een grote hand over zijn platte gezicht wrijvend, Galt gebogen over het schaakbord zodat alleen de scherpe hoeken van zijn profiel zichtbaar waren. Chiram kaartte niet meer, schaakte niet meer; zijn enige verstrooiing vond hij in het langzaam op en neer benen door de kajuit, terwijl hij 's ochtends en 's avonds een halfuur met een hometrainer bezig was.

Het beeld werd Jay uit den treure vertrouwd. Het was onveranderlijk. Dezelfde kleuren, dezelfde schaduwpatronen, hetzelfde pragmatische klossen van Chiram, dezelfde grijns op Julius' gezicht, Galts schouders altijd onder dezelfde hoek gebogen.

Het schip had zich in de duisternis gestort. Er waren geen melkwegen meer, geen nevels. "Blijkbaar zijn we de buitenste grens van het exploderend heelal gepasseerd," hoorde Jay Chiram weemoedig zeggen. Wat zal het worden? vroeg Jay zich af. De oneindigheid? Hij had begrepen dat het exploderend heelal was als een ballon die opgeblazen werd, met de tijd en de ruimte en alles — niet gewoon maar het wegvliegen van een triljard sterren in het niets…

Was de ruimte oneindig? Vlogen zij als dromen het duister in? Alsmaar doorgaan en doorgaan — en dan nog een poos.

Buiten de patrijspoorten was het diepzwart. Geen vonk, geen lichtflits was er te zien. Ze waren nog steeds bezig te versnellen. Hoeveel was het nu? 8.000 lichtjaren per seconde? 10.000?

Jay keerde de kajuit de rug toe en schreef verder in zijn dagboek. Hij schreef steeds overvloedig — bladzijden vol gepeins, brokken haastig neergepende gedichten, waar hij dikwijls naar terugging om eraan te schaven. Hij hield statistieken bij: een gedetailleerde studie van Chirams ijsberen, zijn gemiddelde aantal stappen per vierkante meter dek, het patroon van Julius' menu's. Nauwkeurig noteerde hij zijn dromen en urenlang probeerde hij na te gaan aan welke gebeurtenissen ze ontsproten. Hij schreef uitgebreide verslagen over wat er aan Chiram niet deugde — 'voor de annalen', maakte hij zichzelf wijs — en even krachtige rechtvaardigingen van zijn eigen gedrag. Hij stelde eindeloze lijsten op van plaatsen waar hij geweest was, zijn vriendinnen, boeken, kleuren, liederen. Hij schetste Chiram, Julius en Galt keer op keer.

Uren, dagen, weken. De gesprekken werden steeds spaarzamer en hielden toen op. Julius en Bob schaakten en wanneer Bob zijn taken verrichtte, speelde Julius patience — ongehaast, zorgvuldig, iedere kaart bekijkend alsof het een verrassing zou kunnen zijn.

Schaken — ijsberen — eten — slapen — de tochtjes naar de wc waarbij Julius vreedzaam en bedaard achter hem liep. Af en toe speelde Jay met het idee om Julius te overmeesteren en alle bemanningsleden te doden. Maar Julius was sterk en zwaar. En wat schoot hij er trouwens mee op?

Buiten bleef het zwart... Bewogen ze eigenlijk wel? Of was beweging een eigenaardigheid van hun eigen deel van de ruimte, waar er andere voorwerpen waren om beweging aan af te meten? Was de oneindigheid slechts een zachte donkere val waar geen enkele inspanning tot vooruitgang kon leiden? Eeuwige duisternis buiten de ramen. Als je nu eens te voet was, daarbuiten liep...

Jay legde zijn dagboek neer en staarde. Zijn ogen puilden uit. Een schurend geluid kroop door zijn keel naar buiten. Chiram hield op met lopen, verdraaide zijn hoofd. Jay wees met een lange trillende arm naar de patrijspoort.

"Het was een gezicht! Ik zag het naar binnen kijken!"

Chiram keerde zich geschrokken naar het beeldpaneel. De slapende Galt bromde en kreunde. Julius, die zat te patiencen, schudde onverstoorbaar de kaarten met zijn gladde bruine armen. Chiram keek Jay sceptisch aan.

Jay riep: "Ik zag het zo duidelijk als maar kan, echt! Ik zweer het! Ik ben niet gek! Het was een witte gedaante, en die kwam naar het schip toevliegen en toen keek het gezicht door de patrijspoort naar binnen..."

Julius hield op met schudden, Galt leunde uit zijn kooi. Chiram beende naar het venster en keek even. Toen zei hij bruusk tegen Jay: "Je hebt een akelige droom gehad."

Jay legde zijn hoofd op zijn arm, knipperde de tranen weg. Zo ver, zo ver van huis... Geesten die uit de ruimte naar binnen gluurden... Kwamen zielen hier terecht als ze gestorven waren? Moesten ze hier door de leegte dolen, zo totaal verlaten en eenzaam...

"Ik zag het," zei hij. "Ik zag het, ik meen het echt. Ik zag het."

"Kalm maar, knaap, bedaar toch," zei Julius. "We krijgen er allemaal nog de zenuwen van."

Jay ging op zijn zij naar de patrijspoort liggen staren. Zijn adem stokte in zijn keel. "Daar was het weer! Het is een gezicht, horen jullie me niet?" Hij rees op van zijn kooi, zijn nu heel lange sluike zwarte haar dobberde voor zijn gezicht.

Zijn nat glinsterende mond trilde onbeheerst.

Chiram ging naar het medicijnkastje en vulde een drukspuit. Hij wenkte de anderen. Galt en Julius hielden Jay's armen en benen in bedwang terwijl Chiram op de knop drukte. Het slaapmiddel werd door Jay's bleke huid geperst, kwam in zijn bloed en spoedde zich naar zijn hersens...

Toen hij wakker werd zaten Galt en Julius te schaken en Chiram sliep. Bang keek Jay naar de patrijspoort. Hij zag alleen zwart. Duisternis. Lichtloosheid.

Hij slaakte een zucht en kreunde. Julius wierp hem een snelle blik toe en wijdde zich daarna weer aan zijn spel. Met een nieuwe zucht pakte Jay zijn dagboek.

Weken, maanden. Met een fantastische snelheid onderweg naar — wat? Op een dag riep Jay naar Chiram, die zijn geijsbeer onderbrak.

"Wel?" vroeg de oudere man kort.

"Als u me losmaakt," zei Jay dof, "neem ik graag mijn oude taken weer op."

Chiram zei met een zorgvuldig beheerste stem, waaruit hij iedere emotie weerde: "Het spijt me dat we je in je bewegingsvrijheid moesten beperken. Het was nodig, niet om je te straffen maar voor de veiligheid van de expeditie. Omdat jij onverantwoordelijk bent. Omdat ik je niet kan vertrouwen."

"Ik beloof u dat ik me goed zal gedragen — verantwoordelijk. Ik heb m'n lesje geleerd... Als we nu eeuwig doorvliegen zoals nu? Door het niets? Bent u van plan om mij de rest van mijn leven in de boeien te laten?"

Chiram nam hem peinzend op terwijl hij zijn best deed te doorgronden wat rechtvaardig zou zijn.

Toen riep Galt vanaf de brug: "Hé, kaptein! Licht in zicht! *Licht!*"

Met drie stappen stond Chiram bij de patrijspoort. Jay steunde zich op zijn elleboog en rekte zijn nek uit.

Ver vooruit hing een gloeiende mistbal.

Chiram zei gedempt: "Zo zou een heelal van miljarden melkwegen eruitzien — van heel grote afstand."

"Zijn we al rond, kaptein?" vroeg Galt op scherpe toon.

Chiram zei langzaam: "Ik weet het niet, Bob. We zijn al zover gekomen — zoveel verder dan iedereen had voorspeld... Het zou ons heelal kunnen zijn, of misschien is het een ander. Ik tast net zozeer in het duister als jij."

"Als het ons heelal is, kaptein, hoeveel kans hebben we dan om de Aarde te prikken?"

Chiram antwoordde pas na enige tijd. "Verdomd als ik het wist, Bob. Ik kan alleen maar hopen."

"Moeten we misschien afremmen? We gaan wel ontzaglijk hard."

"Tweeëntwintigduizend lichtjaar per seconde. Maar we kunnen veel sneller stoppen dan versnellen, gewoon door het veld te minderen."

Het was een ogenblik of wat stil. Toen zei Galt: "Dat licht wordt wel waanzinnig snel groter..."

Chiram zei effen: "Het is geen heelal. Alleen maar een gaswolk. Ik zal de spectroscoop erop richten."

De lichtende mist werd groot, wolkte onder het schip door en was weer verdwenen. Vooruit was alles weer zwart. Chiram kwam van de brug af en hervatte zijn gebogen op en neer lopen.

Toen hij opkeek, ontmoette hij de blik van Jay. Jay steunde zich nog steeds op zijn armen en keek nog steeds naar buiten.

Chiram zei: "Goed. Ik zal het met jou riskeren."

Jay zonk langzaam terug op zijn kooi en ontspande zich totaal.

"Ik beveel je om geen voet meer op de brug te zetten. De volgende keer schiet ik raak."

Jay knikte woordeloos. Achter zijn lange haar glinsterden zijn ogen. Chiram trok een sleutel uit zijn zak, maakte de ketting los en begon zonder een woord meteen weer aan zijn wandeling.

Vijf minuten lag Jay roerloos op zijn kooi. Toen zei Julius uit de kombuis: "Kom het maar halen —"

Jay zag dat hij de tafel voor vier man had gedekt.

✳

Hij waste en schoor zich. Vrijheid was een luxe. Dit was weer leven — al bestond het uit niets dan eten, slapen, in het duister staren. Dit was leven: zo zou het de rest van zijn leven zijn. Een eigenaardig bestaan. Het leek heel natuurlijk, verstandig. De Aarde was een onbelangrijke herinnering, een tafereel dat hij zich uit zijn kindertijd herinnerde.

De gyroscopen…Ja, wat zouden die nu te vertellen hebben? Daar had hij al heel lang niet aan gedacht, misschien had hij ze uit zijn geest gebannen omdat ze een symbool van zijn schande waren. Maar wat gaven ze te zien?

Hij liep naar de hoek van de werkbank waar ze lagen en lichtte de stofkap op. Hij staarde er lang naar.

"En, knaap, wat beweren die dingen?" vroeg Julius luchtig. "Zijn we nog op de goede koers?"

Jay duwde de kap langzaam dicht. Hij zei: "De laatste keer dat ik keek, weken we een graad af naar rechts. Nu is het vijfentachtig graden — naar links!"

Julius schudde goedmoedig verbaasd het hoofd. Grijnzend zei hij: "Dat ziet er niet zo best uit!"

Jay kauwde op zijn lip. "Het is wel verdomd vreemd dat dit zo kan gaan…"

Galt riep luid: "Hé, kaptein! Er komt weer licht aan — en deze keer zijn het beslist sterren!"

Ze naderden het heelal als een schip dat aanstuurt op een eiland — eerst was het een waas, dat vervolgens groter en duidelijker werd en ten slotte viel het schip in het niet naast de enorme massa. De melkwegen stormden hen tegemoet, wolken van wild licht stoven langs.

Chiram stond als uit marmer gehouwen op de brug met een hand op de schakeling van het destriatieveld. Galt stond naast hem met zijn hoofd tussen zijn schouders getrokken.

Ze passeerden rakelings boven een draaikolk van melkwegen. De afzonderlijke sterren glinsterden en glansden en lokten met prachtig zonnige planeten.

Galt zei: "Dat lijkt er wel een beetje op, kaptein."

Chiram schudde zijn hoofd. "Die is niet groot genoeg. Vergeet niet dat wij uit een opvallend grote melkweg komen — een paar maal groter dan gemiddeld. Daar kijk ik naar uit. Maar," en zijn stem werd zacht, "het hoeft helemaal ons eigen heelal niet te zijn. Misschien is het een heel ander stelsel van melkwegen. We kunnen het niet bepalen... Als we recht tegen een ongewoon grote melkweg aanvliegen, met ongeveer de goede vorm — dan schakelen we de motoren uit."

"Kijk," zei Bob. "Daar zie ik een grote, u ook? En hij ziet er ook net zo uit als die van ons." Opgewonden riep hij: "Dat is hem, kaptein!"

Besluiteloos zei Chiram: "Nou, Bob, ik weet het niet. Hij ligt wel heel ver naar opzij... Natuurlijk hebben we wel een heel eind gereisd, maar als we eenmaal onze oude koers verlaten, en we vergissen ons — dan zijn we echt voorgoed verdwaald."

"Dat zijn we ook als we doorvliegen," zei Galt.

Chiram werd verscheurd door twijfel. Jay zag dat hij een zenuw-trekking in zijn lippen had. Zijn hand ging naar de besturing, nam de veldschakelaar stevig beet.

Plotseling zei Jay: "Dat is hem niet, we zitten zelfs niet in het goede heelal."

"Hou je kop!" zei Galt, boos en met een rood gezicht naar beneden kijkend.

Chiram reageerde niet.

"Kaptein," zei Jay, "ik kan het bewijzen. Luister!"

Chiram keek hem aan. "Hoe wil je dat bewijzen?"

"Met de gyroscopen." Hij ging haastig verder, terwijl Galt veracht-telijk zijn neus ophaalde. Hij probeerde Chirams vijandigheid met woorden te overwinnen.

"De gyroscoop houdt steeds dezelfde as vast. Hij wijst onafgebro-ken in dezelfde richting. Toen we een paar weken onderweg waren, zag ik een afwijking van een graad. Maar ik interpreteerde die afwijking verkeerd. Ik dacht dat het een fout in de koers aanduidde. Maar ik ver-giste me; de gyroscoop gaf juist aan hoe ver we al gekomen waren. Een driehonderdzestigste deel van de reis. Ik heb er nu net weer naar geke-ken. Hij wijst nu vijfentachtig graden naar de andere kant aan — ofwel we zijn al tweehonderdvijfenzeventig graden gekomen. Met andere woorden, al meer dan driekwart. En als de gyroscoop weer op nul staat, zijn we thuis."

Chiram monsterde Jay met zijn ogen halfdicht — hij keek naar Jay, door hem heen en voorbij hem. Galts boze mond werd slap van twijfel en zijn blos trok weg. Hij keek naar de grote melkweg die nu midscheeps op korte afstand passeerde.

Chiram vroeg: "Wat zegt de gyroscoop nu?"

Jay rende erheen en tilde de kap op. "Twee-zeven-zes."

Chiram zei: "We gaan verder. Recht vooruit!"

Ze vlogen langs het heelal en kwamen terecht in een nieuwe oceaan van nacht. Ditmaal was de bemanning rusteloos en waakzaam. Chiram controleerde de gyroscoop nu even oplettend als Jay. Dag na dag draaide de wijzer rond. 290 — 300 — 310 — 320.

Galt bracht zijn tijd op de brug door, waar hij vooruit staarde. Hij kwam ternauwernood beneden om te eten. Geschaakt werd er niet meer — Julius speelde patience, langzaam, zorgvuldig iedere kaart bekijkend.

330 en nu voegde Chiram zich bij Galt om de wacht te houden.

340. "We moeten nu in de buurt komen," zei Galt, starend in de bodemloze duisternis.

Chiram zei: "We zijn er pas wanneer we arriveren."

350. Galt boog voorover, drukte zijn handen op de kaartentafel, zijn hoofd was op gelijke hoogte met zijn ellebogen.

"Ik zie licht! Licht!"

Chiram staarde naar het fletse schijnsel.

"Daar is het." Hij schakelde de versnelling uit en de schepen ijlden voort met een constante snelheid. Voor het eerst sinds het begin van de reis verscheen het zusterschip Ring weer: ze waren het bijna vergeten.

Bij 355 streken de melkwegen langs als de voorsteden van een metropool.

Bij 357 kregen ze een gevoel alsof ze de eerste bekende straten binnenreden.

358. Verwachtingsvol keken ze her en der. Hun voeten bewogen zich vlug over het dek, hun hoofden bewogen rusteloos.

"Het is nog te vroeg," zei Chiram steeds weer. "Te vroeg…we moeten nog een heel eind."

359. Chiram had stilzwijgend laten merken dat zijn bevel aan Jay niet

meer gold en nu stonden ze alle vier samen op het brugdek te wijzen, te kijken, in zichzelf te mompelen.

360. "Daar! Die grote! Verrek, het is net als het gezicht van iemand die je kent!"

Recht vooruit lag de immense, om zijn as draaiende Melkweg. De omvang nam steeds toe, de armen van gloeiende sterren spreidden zich uit om de schepen te omhelzen. Chiram liet het veld ontspannen. De striatie van de ruimte kreeg vat op hun atomen, en het schip werd afgeremd als een kogel die in het water wordt geschoten.

Ze zweefden de buitenste gelederen van sterren binnen, door de verste uitlopers, voorbij de bolvormige trossen, over de centrale kern.

Recht voor hen, alsof het toverij was, was de hemel plotseling vol vertrouwde patronen.

"Daar voor ons!" riep Chiram. "Kijk — dat is het sterrenbeeld de Zwaan, in die richting zijn we begonnen... En daar — recht vooruit — die gele ster..."

DE BETOVERDE PRINSES

James Aiken herkende de man die bij de receptie stond. Het was Victor Martinon, voormalig producent bij Pageant. Martinon had moeten afvloeien in het kader van de jongste bezuinigigen en toen dat met grote koppen in *Variety* was verschenen, was het iedereen in de filmindustrie koud over de rug gelopen. Martinon was een flamboyant figuur, die steevast voor kassuccessen zorgde. Als die al aan de dijk werd gezet, wie was er dan nog veilig?

Aiken liep naar de balie, verwonderd Martinon aan te treffen in een omgeving als Dr. Krebius' Kinderkliniek. Martinon was een veelzijdig minnaar en bleef nooit zolang met dezelfde getrouwd dat er kinderen van kwamen. Maar als Martinon hier met hetzelfde doel was als hij... dat was even heel wat anders. Aikens belangstelling nam met sprongen toe.

"Hallo, Martinon."

"Hallo," zei Martinon die Aiken niet herkend had en ook niet van zins was aardig te doen tegen een onbekende.

"We hebben indertijd samengewerkt bij *Clair de Lune* — ik heb toen de set gebouwd voor de Droombootscène."

Clair de Lune was Martinons een na laatste film.

"O, ja. Knappe prestatie. Nog steeds bij Pageant?"

"Ik heb nu m'n eigen studio. Ik doe speciale effecten voor de TV."

"Tja, een mens moet eten," zei Martinon, als wilde hij zeggen dat Aiken nu zo diep gezonken was, dat het niet erger meer kon.

Aiken kneep zijn lippen op elkaar, een uitdrukking die een mengeling van gevoelens weerspiegelde. "Wel, mocht je weer aan de slag raken in filmland, hou me dan in gedachten," zei hij.

"Tuurlijk."

Aiken had Martinon toch al nooit gemogen. Martinon was groot en fors gebouwd. Hij was rond de veertig en had zilverwit haar dat geborsteld was met brillantine tot het fonkelde. Zijn ogen deden ergens denken aan die van een uil — groot en zwart en omgeven door fijne rimpeltjes; zijn snor had iets katachtigs. Hij ging voortreffelijk gekleed. Aiken was pezig en donker en bezat geen snor. Hij was vijfentwintig maar doordat hij met zijn ene been trok, als gevolg van een oorlogsverwonding, leek hij ouder dan hij was. Martinon was elegant en geurde naar heidevelden. Aiken was bruusk en hoekig en geurde eerlijk gezegd naar niets.

Aiken zei tegen de verpleegster achter de balie: "Het zoontje van mijn zus ligt hier. Barry Tedlow."

"O, Barry, ja, dat leuke joch."

"Ze was gisteren bij hem op bezoek en ze heeft me verteld dat er toen een film werd vertoond. En die zou ik graag bekijken, als dat zou kunnen."

De verpleegster keek Martinon van terzijde aan. "Ik zie geen bezwaar, eigenlijk. Maar u kunt het beter aan Dr. Krebius vragen. Tenzij meneer Martinon zegt dat het goed is..."

"O?" Aiken keek Martinon aan. "Is het er een van jou?"

Martinon knikte. "Min of meer, ja. Het zijn, zeg maar, experimentele films. Ik weet eigenlijk niet of we die op het ogenblik al aan derden willen laten zien."

"Daar is Dr. Krebius," zei de verpleegster kalm en Martinon fronste zijn voorhoofd.

Dr. Krebius was vierkant gebouwd, had een rood gezicht en een openhartige manier van doen. Zijn haar was nog witter dan dat van Martinon en stond overeind als een heibezem. Hij droeg een korte, witte doktersjas en verspreidde een zwakke geur van schone was en zeep.

De verpleegster zei: "Deze meneer had van de films gehoord; hij wil ze graag eens zien."

"Aha!" Dr. Krebius bekeek Aiken met ogen die precies kleine blauwe stalen kogels leken.

"Onze kleine verhaaltjes." Hij had een dik accent en een brommerige stem die diep uit zijn keel kwam.

"En u bent wie?"

"James Aiken. Mijn zus heeft hier gister een film gezien en ze heeft me erover verteld."

"Aha, ha," grommelde Dr. Krebius terwijl hij zich tot Martinon wendde, als wilde hij hem een klap op zijn schouder geven. "Wellicht moeten wij toegang heffen, wat? Geld verdienen voor de kliniek!"

Martinon zei op afgemeten toon: "Aiken heeft zelf een studio. Zijn belangstelling is dus zuiver beroepsmatig."

"Maar dat maakt toch niets uit! Laat hem kijken! Hij doet geen kwaad!"

Martinon haalde zijn schouders op en liep weg, de gang in.

Krebius wendde zich weer tot Aiken. "Wij vertonen niet veel. Kleine verhaaltjes om de kinderen te plezieren." Hij keek even op zijn horloge. "Over zes minuten, stipt om twee uur. Zo werken wij hier, stipt op de seconde. Op die wijze genezen wij de zieke kleine beentjes en de blinde oogjes."

"O ja?" vroeg Aiken. "Hebt u hier ook blinde kinderen?"

"Maar dat is mijn specialiteit! U kent niet de Krebuskliniek in Leipzig?"

Aiken schudde zijn hoofd. "Helaas niet."

"Tien jaar lang doen wij daar geweldig werk. Wij zijn veel verder dan u hier. En waarom? Er is meer te doen, wij moeten kloekmoedig zijn!" Hij priemde met zijn stevige wijsvinger tegen Aikens borst. "Twee jaar geleden geef ik mijn prachtige ziekenhuis de brui. Met die communisten is niet te leven! Zij geven mij opdracht, maak lenzen voor soldaten dat ze beter door het geweer kunnen kijken. Mijn werk is het genezen van de ogen, niet om ze stuk te laten schieten. En zo kom ik hierheen."

"Ik begrijp het," zei Aiken. Hij aarzelde. Martinons houding had hem het onbehaaglijke gevoel gegeven dat hij niet gewenst was.

Krebius nam hem aandachtig op van onder zijn borstelige wenkbrauwen.

"Tussen twee haakjes," vervolgde Aiken. "Ik zit zelf in de speciale effecten, zoals Martinon al zei. Als er wat nieuws is wil ik het altijd graag zien."

"Maar natuurlijk! Waarom niet? Ik ben niet geïnteresseerd in de film. Hij is niet van mij. Kijk naar uw hartenlust. Martinon is zo behoedzaam. Behoedzaamheid is angst. Ik heb geen angst. Ik ben alleen behoedzaam met mijn gereedschap. Dan wel, ja!" Hij stak zijn handen met de stompe vingers omhoog. "Dan ben ik onwrikbaar als een bankschroef. Het oog is een zeer delicaat orgaan!"

Hij maakte een buiging en liep weg, de gang in. Aiken en de verpleegster keken hem na. Aiken moest grinniken en keek de verpleegster eens aan die ook al stond te glimlachen.

"U moet hem anders eens zien als hij opgewonden is. Ik ben opgegroeid op een boerderij, weet u. Met zo'n oud keukenfornuis dat gloeiendheet werd gestookt. Als je daar water op morste..."

"Ik kom zelf ook van een boerderij," zei Aiken.

"Nou ja, dat is helemaal Dr. Krebius. Ga maar gauw, want hij maakte geen grapjes. We werken hier op onderdelen van seconden. Deze gang uit en dan de deur aan het eind, dan komt u op de zaal waar ze vandaag de film draaien."

Aiken liep de gang af, duwde de klapdeuren open en stond in een zaaltje waarvan de gordijnen waren dichtgetrokken. De gehandicapte kinderen lagen in bedden langs de wand of zaten in rolstoelen die in het gangpad stonden opgesteld. Aiken keek of Barry er ook was, maar hij zag hem niet. Op een tafel bij de deur stond een 16 mm-projector en aan de muur ertegenover was een filmdoek opgehangen. Martinon stond bij de projector en was bezig de film in te leggen. Hij knikte Aiken afgemeten toe.

Op de klok aan de wand was het een halve minuut voor twee. Martinon zette de lamp en de motor aan en stelde het beeld scherp. Een verpleegster nam met een groot rood boek op schoot plaats onder het filmdoek.

Om exact twee uur stond de verpleegster op en kondigde aan: "Vandaag gaan we kijken naar een volgende aflevering van het leven van Odysseus. Jullie weten nog wel van de laatste keer, dat hij met zijn mannen gevangen was genomen door Polyphemus, een verschrikkelijke reus met één oog, die woonde op het eiland dat wij tegenwoordig Sicilië noemen. Polyphemus was een afschuwelijk monster want hij was begonnen de Grieken een voor een op te eten." Een opgetogen gehuiver en gefluister ging door het zaaltje heen. "Vandaag zien we hoe Odysseus en zijn mannen een plan beramen om te ontsnappen." Ze knikte. Het licht ging uit.

Martinon zette de projector aan.

Er klonk een luid geratel. De witte rechthoek van licht op het doek begon te trillen en te beven. Martinon zette de projector uit. Het licht ging weer aan. Martinon boog zich met een bezorgd gezicht over de projector heen. Hij sloeg er eens op, schudde hem heen en weer en probeerde de schakelaar nog eens. Hetzelfde ratelende geluid. Hij keek op en schudde terneergeslagen zijn hoofd. "Ik denk dat het niet wil, vandaag."

De kinderen zuchtten in koor.

Aiken liep naar de projector. "Wat is ermee?"

"Het zat er al een tijd aan te komen," zei Martinon. "Het is iets met het transport. Ik zal hem weg moeten brengen naar de reparateur."

"Laat mij eens kijken. Ik heb precies hetzelfde model thuis staan en ik ken het als mijn broekzak."

"Nee, laat maar," zei Martinon nog, maar Aiken was al bezig het mechaniek aan een onderzoek te onderwerpen. Hij knipte zijn zakmes open en was er een paar tellen mee in de weer.

"Zo doet-ie het weer. Er zat een tandje van het transport los."

"O, nou, bedankt," mompelde Martinon.

Aiken ging zitten. Martinon wenkte de verpleegster met zijn blik. Ze boog zich over het boek en begon voor te lezen. Het licht ging weer uit.

De Odyssee! Wat Aiken zag was een enorme spelonk, schemerig verlicht door een groot vuur. Grauwe rotswanden gingen verloren in het duister boven in de grot. Tegen een wand lag een enorm gevaarte dat de gedaante had van een mens. Achter hem was een twaalftal mannen koortsachtig aan het werk; in de grote rokerige ruimte leken ze wel miniatuurtjes, poppetjes. Ze hielden een enorme gepunte staak in de vlammen. Het rode schijnsel van het vuur speelde en danste over hun bezwete lijven.

De camera kwam dichterbij. Nu kon hij gelaatstrekken onderscheiden — jonge krijgers waren het, die zwoegden met hartstochtelijke vastberadenheid, met de moed der wanhoop.

Odysseus was direct te herkennen, een man met een gezicht als van de Jehova in de Sixtijnse Kapel. Hij gaf een teken. Met een zwaai hesen de mannen de spies op hun schouders. Diep gebogen onder het gewicht draafden ze de grot door, in de richting van het gezicht dat vaag in het schemerlicht viel te ontwaren.

Het was een pafferig gezicht, gespeend van verstand, met een enkel oog midden in het voorhoofd. De camera ging langzaam achteruit om Polyphemus te tonen in zijn volle lengte. De Grieken stormden toe met hun vlammende spies; het oog ging onverwacht open en staarde vol verbijstering naar het gebeuren, en toen begroef de staak zich middenin het oog — tot wel halverwege.

Polyphemus' hoofd schokte achterover. De speer zwiepte omhoog en de Grieken doken weg in de schaduwen en waren verdwenen. Onder hevige pijnen graaide Polyphemus naar zijn gezicht en wist de speer los te rukken. Log wankelde hij door de grot, voor zich uit tastend met zijn ene hand; de andere had hij voor zijn bebloede gezicht geslagen.

Het beeld ging over naar de Grieken die zich dicht tegen de rotswand hadden gedrukt. Harige torens van benen kwamen dreunend voorbij. Een grote hand kwam graaiend en grabbelend vlak langs hen heen.

De Grieken hielden hun adem in en het zweet glom op hun bovenlijven.

Struikelend liep Polyphemus verder, pal het vuur in. De boomstammen rolden opzij en de vonken vlogen in het rond.

Polyphemus bulkte het uit van woede.

Nu toonde de camera de Grieken, die bezig waren zich vast te snoeren onder de buiken van monsterlijk grote schapen.

Polyphemus stond voor de ingang van zijn grot. Hij rolde de sluitsteen weg, ging wijdbeens voor de opening staan en tastte elk schaap af, dat tussen zijn benen naar buiten liep.

De Grieken draafden de heuvel af naar het gouden strand en duwden hun galei af. Ze hesen het zeil en de wind dreef hen weg van de kust, over de wijnkleurige zee.

Polyphemus kwam hen achterna naar het strand. Hij greep een rotsblok en wierp het in hun richting.

Traag vloog het rotsblok door de lucht om met een boog neer te komen. Het plonsde vlak voor het Griekse schip in zee; de galei werd opgetild door een fontein van water en helderwit schuim. Polyphemus bukte zich om een tweede rotsblok te pakken. Toen vervaagde het beeld.

"En dat was het weer voor vandaag," zei de verpleegster.

De kinderen zuchtten van teleurstelling en begonnen druk te kwebbelen.

Martinon keek Aiken aan met een vreemde scheve grijns. "Wat vind je ervan?"

"Niet kwaad," zei Aiken. "Helemaal niet kwaad. Hier en daar een beetje onafgewerkt. Je research kan een stuk beter. Dat schip, dat was helemaal geen Griekse galei — het leek eerder op een drakar van de Vikingen."

Martinon knikte nonchalant. "Het is mijn film niet. Ik ben feitelijk maar een buitenstaander. Maar ik ben het met je eens. Reuze-intelligent maar geen finesse, zoals zoveel van die avant-garde troep."

"Ik herkende geen van de acteurs. Wie heeft hem eigenlijk gemaakt?"

"Studio Merlijn."

"Nooit van gehoord."

"Ze zijn nog maar net begonnen. Een vriend van me is erbij betrokken. Hij vroeg of ik de film eens aan wat kinderen wilde laten zien om hun reactie te peilen."

"Ze vonden het prachtig," zei Aiken.

Martinon haalde zijn schouders op. "Kinderen vinden al gauw iets prachtig."

Aiken draaide zich om. "Nou, het beste, en bedankt."

"Zit wel goed."

In de hal zag Aiken dr. Krebius staan met een knap blond meisje. Krebius groette hem met een joviaal gebaar. "En de film? U vond hem mooi?"

"Heel fraai," zei Aiken. "Maar ik begrijp het niet helemaal."

"Aha!" zei Krebius terwijl hij leep knipoogde in de richting van het meisje. "Onze kleine geheimpjes, die mogen we niet verklappen."

"Geheimpjes?" vroeg ze zacht. "Wat voor geheimpjes?"

"Ach, dat vergeet ik weer. Je kent onze geheimpjes niet," zei Krebius.

Aiken keek het meisje vol belangstelling aan, wierp dan een snelle blik op de dokter, die knikte. "Dit is onze kleine Carol Bannister. Ze is blind."

"Akelig voor je," zei Aiken. Ze richtte haar ogen op hem. Heel grote, diep-delftsblauwe ogen, mild en vredig. Hij zag nu dat ze waarschijnlijk een paar jaar ouder was dan hij eerst had gedacht.

Krebius streelde haar zijdezachte blonde haar alsof hij een spaniël aaide. "Het is toch zo jammer wanneer knappe meisjes niet kunnen lonken en flirten en niet kunnen zien hoe jongensharten van boem-boem gaan. Maar onze Carol — wel, we werken hard en we hopen en misschien dat ze op een goede dag net zo goed kan zien als u of ik, wie weet."

"Ik hoop het van harte," zei Aiken.

"Dankjewel," zei het meisje zachtjes en Aiken groette en vertrok.

Onverklaarbaar somber gestemd kwam hij terug in zijn studio, maar ontdekte daar dat hij volstrekt niet in staat was om te werken. Een uur lang bleef hij peinzend zitten roken en toen kreeg hij een ingeving en belde een vriend die assistent en nieuwsgaarder was bij een beroemde Hollywoodse roddeljournaliste.

"Hallo Larry. Aiken hier."

"Ja, wat is er?"

"Ik zoek informatie over Studio Merlijn. Heb jij daar soms wat over?"

"Niks. Nooit van gehoord. Wat doen ze?"

Aiken had grote zin de hele zaak maar te laten rusten. "O, wat korte filmpjes, sprookjes en dat soort dingen."

"En is het wat?"

Aiken haalde zich de film weer voor de geest en de verwondering van daarstraks kwam weer bij hem op. "Ja," zei hij. "Het is zeker wat. Grandioos, eerlijk gezegd."

"Je meent het. Studio Merlijn, zei je?"

"Precies. En ik denk — maar dat is alleen maar een vermoeden hoor — dat Victor Martinon er iets mee te maken heeft."

"Martinon, hè? Ik vraag het Fidelia wel even." Fidelia was Larry's werkgeefster. "Misschien dat zij iets weet. En als het een tip is, bij voorbaat dank."

"Niets te danken."

Een uur later belde Larry terug. "Ik ben drie dingen te weten gekomen. Ten eerste, niemand in het wereldje weet iets van Studio Merlijn. Een compleet vacuüm. Ten tweede, Vic Martinon heeft wat leep voetenwerk verricht hier en daar en heeft publiekelijk de uitdrukking Studio Merlijn in de mond genomen. Ten derde, vanavond gaan ze onaangekondigd proefdraaien, in een van de bioscopen in de stad."

"Vanavond? Waar dan?"
"De Garden City bioscoop op Pomona."
"Oké, Larry; bedankt."

Aiken zag de laatste vijf minuten van de speelfilm, die ogenblikkelijk werd gevolgd door een dia die op het doek werd geprojecteerd:

Blijft u alstublieft zitten.
Nu volgt een proefvertoning van een nieuwe film.
Uw reacties worden op prijs gesteld.

De dia loste op en er kwam een titel in beeld, een montage van gekleurde letters tegen een zilvergroene achtergrond:

VASILLISSA
DE BETOVERDE PRINSES

Een fantasie gebaseerd op een oud
Russisch sprookje.
STUDIO MERLIJN

De zilvergroene achtergrond ging over in oranje; in forse grijze letters verscheen er: *Geproduceerd door Victor Martinon.*

Verdere titels bleven achterwege. Het oranje loste op in een wazige grijze nevel met zwervende vleugen roze en groen.

Een stem begon te spreken. "We gaan nu terug naar het verre verleden en het verre Rusland van vroeger, waar op een goede dag een jonge houthakker die Iwan heette een duif vond onder een boom, toen hij terugkeerde uit het woud. Het duifje had haar vleugel gebroken en keek Iwan zo treurig aan dat die medelijden met het diertje kreeg..."

De mist scheurde open en daar lag sprookjesland, een landschap dat baadde in een stralend schijnsel, in weelde en kleur. Het was echt en onecht tegelijk, een land van verlangen, dat nooit werkelijkheid zou worden. Een woud met oeroude bomen, terrassen van varens waar de zon door het bladerdak piekte, vochtige witte bloemen, bedden viooltjes. Het gebladerte was bruin en goud, roestrood en limoengeel en donkergroen, en tussen de bladeren kwamen bundels zonlicht omlaag. Voorbij het bos lag een groene weide, bespikkeld met madeliefjes, boterbloemen, dotterbloemen en korenbloemen; een eind verder in het dal staken de donkere houten gevels op van een dorpje; de uientoren van het kerkje was nog net te ontwaren.

De vertellersstem vervolgde het verhaal: "Iwan verzorgde de duif tot ze geheel genezen was en als dank ontving hij van haar een kistje van malachiet. Toen hij het kistje openmaakte stond er eensklaps een schitterend paleis midden in het weiland, een paleis omgeven door verrukkelijke tuinen, met terrassen van ivoor, standbeelden van jade en git en vermiljoensteen.

"Maar op een dag kwam daar de Tsaar van de Zee voorbij en hij zag het paleis en ontstak in woede, dat Iwan zich zoiets rijks durfde aanmatigen. En hij droeg Iwan allerlei onmogelijke taken op — hij moest binnen een nacht een heel woud omkappen, hij moest een vliegend schip voor hem bouwen, hij moest een ijzeren hengst zien te temmen, en nog veel meer.

"Maar de duif kwam Iwan te hulp. Zij was Vasillissa, een schoon jong meisje met lang honingblond haar..."

Het sprookje sprong moeiteloos van het ene wonder naar het andere; veldslagen, reizen naar de uithoeken der aarde, en de uiteindelijke overwinning op de tsaar.

Het publiek was muisstil. Elk oog was strak op het doek gericht, alsof zich daar het meest kostbare deel van hun leven afspeelde. De landschappen straalden van wonderschoon licht — roze en blauw, zwart en goud. De handeling was rijk en beeldend en doortrokken van een poëtische waarachtigheid die alles werkelijk maakte. De tsaar, een forse man met een donker gezicht, droeg een scharlakenrood gewaad en daaroverheen een zwart ijzeren borstkuras, bezet met jade. Chumichka, zijn hofmeester, hobbelde rond op zijn misvormde benen en keek woest om zich heen met zijn langgerekte, scheve, bleke gezicht.

Het wemelde van de monsters en de fabeldieren: griffioenen, stekelhonden, vissen met voeten en vuurvogels.

En dan Vasillissa! Toen Aiken Vasillissa zag verschijnen schrok hij op, zo verrast was hij. Vasillissa was een wonderschoon meisje met gouden haren en vrolijk als een bloem. Vasillissa was even magisch als

Iwans prachtige paleis. Net als het sprookjeslandschap, wekte ze een diep verlangen bij hem op. In een bepaalde scène was ze naar de rivier afgedaald om een heks te vangen die de gedaante van een karper had aangenomen. Het wateroppervlak van de kolk glom als flessenglas, overschaduwd door zwartgroene populieren. Vasillissa stond over het water te turen. De karper sprong uit het water omhoog zodat zilveren waterdruppels wegspatten. Ze wendde snel haar hoofd om zodat het blonde haar uitzwierde...

"Ik ben gewoon volslagen gek," zei Aiken bij zichzelf.

Eindelijk wisten Vasillissa en Iwan voorgoed te ontkomen aan de toorn van de tsaar. "En ze leefden nog lang en gelukkig in het paleis aan de rand van het Doroghenywoud," zei de stem. En toen was de film afgelopen.

Aiken haalde diep adem. Hij klapte mee met de rest van het publiek, stond op en reed in dolle vaart terug naar zijn flat.

Urenlang lag hij die nacht wakker. De betoverende Vasillissa! Vandaag had hij haar gezien als een blind meisje met zijdezacht blond haar; tenger, nadenkend, wat schuchter. Carol Bannister was Vasillissa en tegelijk was ze het niet. Carol was blind. Vasillissa bezat schitterende blauwe ogen en kon er uitstekend mee zien. Wat een vreemde toestand, dacht Aiken, en hij bleef maar woelen en sukkelde nu en dan in slaap. En dan droomde hij, en als hij dan weer wakker werd ging hij weer liggen nadenken.

James Aiken was echt geen knappe man, hoewel hij een zekere ongrijpbare flair bezat, een intense persoonlijkheid. Zijn mond stond misprijzend, hard en spottend. Hij was mager en hoekig en hij trok met een been. Hij dronk en rookte fors; hij had weinig vrienden en gaf zich niet af met vrouwen. Hij was intelligent, hij had veel verbeeldings-kracht en hij was snel en vaardig met zijn handen. De Aiken Special Effects Studio deed dan ook goede zaken. Hij dwong weinig loyaliteit af bij zijn werknemers. Ze vonden hem cynisch en chagrijnig. Maar een cynicus is diep in zijn hart een teleurgestelde idealist; in heel Los Angeles was er geen gevoeliger en weemoediger idealist te vinden dan James Aiken.

Vasillissa de Betoverde Prinses!

Hij bleef piekeren over Carol Bannister. Het was niet zo dat ze Vasillissa had gespeeld, ze *was* Vasillissa! En de magische weemoed kwam hem in de keel als een smaak van verzuring en hij wist dat niets anders in het leven zo wezenlijk belangrijk was als dit ene.

Om kwart voor tien de volgende ochtend reed hij de Arroyo Seco-boulevard af en ging de kronkelige Lomita Way op, die naar Dr. Krebius' Kinderkliniek voerde.

Hij meldde zich bij de balie en vroeg Dr. Krebius te spreken. Hij moest even wachten en werd toen binnengelaten in een sober kantoor.

Krebius stond op en maakte een stijve buiging. "Ja, meneer Aiken?" Hij was niet de joviale, openhartige dokter van gisteren; hij leek nu stug en achterdochtig.

Aiken vroeg: "Kan ik gaan zitten?"

"Zeker." Krebius liet zich zakken op zijn bureaustoel, met een rug zo stijf als een bezemsteel.

"Wat wenst u?"

"Ik wil met u praten over Carol Bannister."

Krebius trok vragend zijn wenkbrauwen op, alsof het onderwerp hem had verrast. "Zo u wilt."

"Heeft ze ooit aan acteren gedaan? Voor de filmindustrie?"

"Carol?" Krebius keek oprecht verbaasd. "Nee, nooit. Ik ken haar al jaren. Mijn zuster is gehuwd met de neef van haar vader. Zij heeft nooit geacteerd. Misschien bedoelt u haar moeder, Marya Leone."

"Marya Leone? Is dat Carols moeder?"

Krebius veroorloofde zich een kil glimlachje. "Inderdaad."

"Dan heb ik nog meer medelijden met Carol." Marya Leone, een lang geleden verflenste soubrette, stond op de Sunset Strip bekend als een verstokte en ongeneeslijke alcoholiste. Een brokje oude roddel kwam ineens bij hem boven. "Een van haar echtgenoten heeft indertijd zelfmoord gepleegd."

"Dat was Carols vader, vier jaar geleden. Diezelfde nacht raakte Carol haar gezichtsvermogen kwijt. Haar leven wordt overschaduwd door zware tragedies."

Krebius schoof naar achteren op zijn stoel. Zijn witte wenkbrauwen fronsten zich boven de harde blauwe ogen.

Aiken vroeg op verzoenende toon: "Meent u dat daar verband

tussen bestaat, tussen haar blindheid en die zelfmoord? Door de geestelijke schok misschien?"

Krebius spreidde zijn handen in een gebaar dat van alles kon betekenen. "Wie zal het zeggen? Ze waren op vakantie in de bergen, in een buitenhuis dat Marya Leone toentertijd nog bezat. Carol was veertien. Op een nacht was er een groot onweder. Er vielen woorden. Howard Bannister sloeg de hand aan zichzelf en in de kamer daarnaast sloeg de bliksem in, vlak naast onze kleine Carol. Sindsdien kan ze niet meer zien."

"Hysterische blindheid, dat was de term waaraan ik dacht. Kan het zijn dat ze daaraan lijdt?"

Krebius maakte een handgebaar als daareven. Aiken voelde dat de vijandigheid en de achterdocht van de ander begonnen af te nemen. "Misschien, maar ik geloof het niet. De oogzenuw functioneert niet meer naar behoren, hoewel hij in vele opzichten reageert als was hij volkomen gezond. Carol is het slachtoffer van een unieke kwaal. En de oorzaak — wie zal het zeggen? Bliksem? Shock? Doodsangst? Bij gebrek aan precedenten moet ik nieuwe wegen zoeken. Ik tracht de zenuw te prikkelen. Ik heb speciale apparatuur daartoe ontwikkeld. Ik heb haar lief als was ze mijn eigen kind." Krebius leunde over het bureau heen en sloeg er op met zijn vuist om zijn woorden kracht bij te zetten.

"Hoe liggen de kansen, dat ze ooit weer zal kunnen zien?"

Krebius leunde tegen de rugleuning van zijn stoel en wendde zijn blik af. "Ik weet het niet. Ik meen dat ze ooit haar gezichtsvermogen terug zal hebben."

"En ze heeft baat bij uw behandeling?"

"Dat geloof ik vast en zeker."

"Nog een vraag, doctor. Wat heeft Victor Martinon hiermee te maken?"

Krebius scheen zich ineens weer onbehaaglijk te voelen. "Hij is een vriend van haar moeder. Men zegt..." Zijn stem stierf weg. "Men zegt wel dat hij indertijd..."

Aiken knikte. "Juist, ja. Maar waarom..."

"Victor helpt bij de behandeling," viel Krebius hem in de rede. "Hij is geïnteresseerd in de therapie."

"Victor Martinon?" Aiken lachte spottend, vol ongeloof, en Krebius werd rood. "Ik zie Martinon echt niet als iemand die goede werken verricht."

"Desalniettemin assisteert hij me bij de behandeling," zei Krebius.

"Van Carol?"

"Van Carol, ja." Krebius' houding werd weer stug en vijandig. Zijn ogen blikkerden, zijn witte wenkbrauwen stonden recht overeind en hij had zijn kin naar voren gestoken. Op ijzige toon vroeg hij: "Mag ik vragen wat voor belang u stelt in Carol?"

Aiken had de vraag verwacht maar had geen glad antwoord klaar. Hij schoof ongemakkelijk op zijn stoelzitting heen en weer. "Daar geef ik liever geen antwoord op...Beschouwt u het maar als een harts-aangelegenheid."

Krebius trok van verbazing zijn wenkbrauwen op.

"Hartsaangelegenheid? Onze kleine Carol? Die is nog maar een kind!"

"Misschien kent u haar toch niet zo goed als u wel denkt."

"Misschien niet," mompelde Krebius in gedachten verzonken. "Misschien niet. Ze groeien zo snel op, de kleinen."

"Tussen twee haakjes, heeft Carol toevallig zusjes?" vroeg Aiken. "Of een nichtje dat op haar lijkt?"

"Nee, nee. Volstrekt niet."

Aiken liet het er verder bij. Hij stond op. "Ik zal niet langer beslag leggen op uw tijd, doctor. Maar ik wil graag nog even met Carol praten, als dat mag."

Krebius keek nijdig op, als wilde hij weigeren, maar toen haalde hij zijn schouders op en gromde: "Ik heb geen bezwaren. Zij mag de kli-niek echter niet verlaten. Ik ben voor haar verantwoordelijk."

"Dank u wel." Aiken liep het kantoor uit en ging naar de balie van de receptie. Martinon kwam juist binnen door de hoofdingang. Toen hij Aiken zag, vertraagde hij zijn pas.

"Hallo, Aiken, wat doe jij hier?"

"Ik mag jou hetzelfde wel vragen."

"Ik heb hier iets te doen."

"Ik ook." Aiken wendde zich tot de verpleegster. "Ik zou graag Carol Bannister willen spreken. Dr. Krebius heeft net toestemming gegeven."

"Ik zal even bellen. Neemt u zolang in de wachtkamer plaats."

"Dank u." Aiken knikte Martinon toe en liep de wachtkamer binnen die aan de hal grensde, tegenover het kantoor van Krebius.

Martinon keek hem na, draaide zich om en liep zonder te kloppen Krebius' kantoor binnen.

De tijd verstreek. Aiken zat op het puntje van zijn stoel en zijn handen waren klam. Hij was geweldig zenuwachtig en al even nijdig op zichzelf. Wie zou er zo dadelijk door de deur komen? Carol Bannister? Vasillissa? Was hij in de war, vergiste hij zich, was hij bezig zich belachelijk te maken? De minuten regen zich aaneen en Aiken kon niet meer stil blijven zitten. Hij stond op, slenterde de kamer door. Door de open deur zag hij Martinon weer de hal in komen, gevolgd door Dr. Krebius. Martinon zag bleek en was zichtbaar nerveus. Krebius keek nors. Ze beenden de gang in, zonder een woord tegen elkaar te zeggen, en verdwenen door een deur waarop *Laboratorium* stond.

Nu was de gang weer leeg. Aiken liep terug naar zijn stoel en dwong zich rustig te blijven zitten.

Er verscheen een verpleegster in de deuropening. "Meneer Aiken?" informeerde ze zakelijk.

"Ja." Hij stond op.

Carol kwam binnen, tastend langs de deurpost. Met haar witte bloes en haar grijze rok zag ze eruit als een schoolmeisje; haar honingblonde haar was glanzend geborsteld. Ze oogde tengerder en breekbaarder dan Aiken zich haar herinnerde, maar natuurlijk werd die herinnering nu gekleurd door het beeld van Vasillissa, zo levendig, lichtvoetig en roekeloos.

Ze keek onzeker in Aikens richting, met grote, lege, Delftsblauwe ogen.

"Dag…" Ze begreep er kennelijk niet veel van.

Aiken pakte haar bij de arm en leidde haar naar de bank. De verpleegster schonk Aiken een knikje en verdween toen. "Ik ben James Aiken. Ik heb gisteren even met je gepraat, in de hal."

"O ja, nu weet ik het weer."

Aiken nam haar gezicht aandachtig in zich op. Was dit Carol of was ze Vasillissa? En als ze Vasillissa was, hoe was het dan mogelijk dat Carol niets kon zien? Hij kwam tot de slotsom dat ze beslist en onmiskenbaar

Vasillissa was. Maar een Vasillissa die leefde in een nieuwe wereld, in een nieuwe tijd, en een die niet in staat was gebruik te maken van haar toverkracht. De duif met de gebroken vleugel.

Ze schoof ongedurig heen en weer. Aiken zei haastig: "Je vraagt je natuurlijk af wat ik kom doen."

Ze lachte. "Ik vind het wel leuk dat je er bent. Ik voel me vaak eenzaam."

"Dr. Krebius heeft me verteld dat je je gezichtsvermogen bent kwijtgeraakt tijdens een onweer…"

Haar gezicht werd op slag kil en strak. Hij had iets verkeerds gezegd.

"Hij zegt ook dat je waarschijnlijk wel weer zult kunnen zien."

"Ja."

"Die behandeling die je krijgt — helpt die een beetje?"

"Met de Opticon bedoel je?"

"Als dat zo heet, ja."

"Nou, tot een maand of drie, vier geleden dacht ik dat ik kleuren kon zien. Korte flitsen, begrijp je wel. Maar nu zie ik ze niet meer."

"Hoelang behandelt Martinon je nu?"

"O, een paar maanden. Maar hij doet het heel anders dan Dr. Krebius."

"O, wat doet hij dan?"

Ze haalde haar schouders op. "Hij doet eigenlijk niet zoveel. Hij leest me voor en dat is het."

Aiken begreep het niet. "Wat schiet je daarmee op?"

"Weet ik niet. Het zal wel zijn om me bezig te houden terwijl het apparaat aanstaat."

"Wist je dat Martinon vroeger filmproducer is geweest?"

"Ik weet wel dat hij iets met film deed, maar hij heeft me nooit verteld wat precies."

"Hoelang ken je hem al?"

"Niet zo lang. Hij zegt dat hij moeder nog van vroeger kent. Moeder is filmster geweest."

"Ja, dat weet ik. Marya Leone."

"Ze is nu zwaar aan de drank," zei Carol op een toon, die niet verried of ze het zich al dan niet aantrok. Ze richtte de blik van blinde ogen op hem. "Mag ik je gezicht bekijken?"

"Natuurlijk."

Haar vingertoppen betastten zijn haar en zijn voorhoofd, gleden over zijn oogkassen, zijn neus, mond en kin. Maar ze zei niets.

"En?" vroeg Aiken.

"Ben je detective of zo?"

"Ik ben een gefrustreerd kunstenaar."

"O…Je vraagt zo veel."

"Vind je het heel erg? Ik heb namelijk nog veel meer te vragen."

"Nee, ik vind het niet erg, als ik jou eerst wat mag vragen."

"Ga je gang, vraag maar."

Ze aarzelde. "Nou, waarom kom je me eigenlijk opzoeken?"

Aiken glimlachte flauwtjes. "Gisteravond zag ik een film en die heette *Vasillissa, de betoverde prinses*."

"Van het sprookje? Dat ken ik heel goed, over Iwan en de wrede tsaar van de Zee."

"Vasillissa was in deze film een heel mooi meisje. Ze had lang blond zijdezacht haar, net als jij. Ze had blauwe ogen, net als jij. Enne…" Aiken aarzelde voor hij ermee voor de dag kwam want het kon alles grondig bederven. "Heel eerlijk gezegd was jij haar."

"Ik?"

"Ja, jij. Carol Bannister."

Carol lachte. "Da's veel te veel eer, hoor. Ik heb nog nooit toneelgespeeld, zelfs niet op de middelbare school. Ik heb zoveel aanstellerij van moeder moeten aanzien, dat ik meteen genezen was, mocht ik er ooit zin in hebben gehad."

"Maar je was het."

"Dat kan niet!" Ze glimlachte, vermaakt en tegelijk bezorgd.

"De film is geproduceerd door Victor Martinon; Martinon is kind aan huis in de kliniek waar jij wordt verzorgd. Dat kan geen toeval meer zijn. Er is hier iets raars aan de hand."

Carol zweeg. Ze zat na te denken. Een ongeruste uitdrukking verscheen op haar gezicht.

"Ik heb gisteren nog een film gezien," zei Aiken. "Het was een deel van *De Odyssee*."

"*De Odyssee*…Dat verhaal heeft Victor me voorgelezen. En *De betoverde prinses* ook."

"Dat is heel merkwaardig," zei Aiken.

"Ja, en de afgelopen paar dagen…" Ze kreeg een kleur, felle rozerode blosjes.

"Wat is er?"

"Hij begint van die akelige dingen te zeggen. Rare vragen en zo."

Aiken voelde hoe zijn nekvel langzaam verstrakte. Carol draaide zich naar hem toe alsof ze hem kon zien, stak snel haar hand uit en betastte zijn gezicht. "Je bent boos!" zei ze.

"Ja, ik ben boos."

"Maar waarom dan?" vroeg ze verbaasd.

De woorden rolden in een niet te stuiten vloed over Aikens lippen. "Misschien begrijp je het, misschien ook niet. Gisteravond zag ik die film. Ik zag Vasillissa en — je mag het vreemd vinden, maar het is nu eenmaal zo — alles wat ze deed, de manier waarop ze haar hoofd hield, de manier waarop ze bewoog, dat deed me iets. Ik klink nou net als een schooljongen, maar ik werd op slag verliefd op Vasillissa."

"Maar ik ben Vasillissa niet," zei ze.

"O jawel. Jij bent Vasillissa, je bent alleen betoverd. Je bent ingevroren in een blok ijs. Ik wil je helpen, ik wil jou, Vasillissa, bevrijden."

Carol lachte. "Dan ben jij Iwan."

"In mijn hart ben ik Iwan, ja." zei Aiken.

Ze stak opnieuw haar hand uit en beroerde zijn gezicht, maar nu was haar aanraking anders, veel persoonlijker. "Je voelt niet aan als Iwan."

"Ik zie er ook niet uit als Iwan."

Een gedaante doemde op in de deuropening. Carol liet haar hand zakken en draaide zich om.

"Meneer Aiken," zei Krebius. "Ik zou het op prijs stellen als ik u even kon spreken op mijn kantoor."

Aiken kwam langzaam overeind. "Een ogenblikje, doctor."

"Nu meteen, alstublieft."

"Goed dan." Aiken draaide zich om naar Carol maar die was ook opgestaan en had zijn arm vastgepakt.

"Doctor," vroeg ze. "Gaat het over mij dat u hem spreken wilt?"

"Ja, kind."

"Ik ben geen kind, dr. Krebius. Als het over mij gaat wil ik erbij zijn."

Hij keek haar verbijsterd aan. "Maar Carol, het wordt een gesprek van mannen onder elkaar!"

"Als het over mij gaat, wil ik weten wat er gezegd wordt."

Aiken vroeg: "Was u van plan me te zeggen dat ik me niet met haar bemoeien mag? In dat geval kunt u zich de moeite besparen."

"Kom!" blafte Krebius. Hij draaide zich om, beende met dreunende passen de hal door naar zijn kantoor en smeet de deur open.

Aiken wilde samen met Carol naar binnen gaan, maar Krebius stak zijn arm uit en versperde Carol de doorgang. "Naar je kamer, kindje!"

"Als u iets te zeggen hebt, zegt u het tegen ons allebei, doctor," zei Aiken op zachte toon. "En u spreekt de waarheid. Zo niet, dan ga ik regelrecht naar Volksgezondheid en laat een onderzoek tegen u instellen op beschuldiging van malafide praktijken."

Krebius' arm viel omlaag als een natte jutezak. "U bedreigt mij! Ik heb niets te verbergen! Mijn reputatie spreekt voor zich!"

"Waarom staat u dan toe dat Martinon misbruik maakt van Carol?"

Krebius trok een hooghartig gezicht en zei stijfjes: "U spreekt over dingen waarvan u geen weet hebt."

Carol zei: "Ja, maar ik heb er ook geen weet van."

"Kom dan binnen," zei Krebius. "Allebei!" Hij draaide zich om en bleef toen stokstijf staan, met grote ogen starend naar zijn bureau. Er lagen vier grote glanzende foto's op kabinetformaat op het blad, met de afbeelding naar boven gekeerd. Krebius beende haastig de kamer door en griste de foto's van het bureau. Zijn handen beefden en hij liet er een op de grond vallen. Aiken bekeek het ding met opgetrokken wenkbrauwen en stak toen een sigaret op. Krebius greep de gevallen foto en propte hem met een woedend gezicht samen met de andere in een la.

"Dit is leugenarij!" zei hij schor. "Valsheid en bedrog!" Hij sprong overeind en liet dreunend zijn vuist neerkomen op het bureau. "Het is onzin van de allergemeenste soort!"

"Oké!" zei Aiken. "Ik geloof u wel."

Krebius zakte hijgend op zijn stoel.

"Heeft Martinon u onder druk gezet met die foto's?" vroeg Aiken.

Krebius keek hem aan met doffe blik.

"Want u hoeft zich daar echt geen kopzorgen over te maken," zei Aiken. "Als hij ze ooit aan derden laat zien, krijgt hij er veel erger last mee dan u."

Krebius schudde zijn hoofd. "Ik verzoek u de kliniek te verlaten, meneer Aiken," zei hij schor. "En nooit meer terug te komen."

"Doctor, u moet ons de waarheid zeggen. Hoe heeft Martinon die opnamen kunnen maken? Op een of andere manier schijnt hij te hebben gefotografeerd wat Carol dacht."

"Wat ik dacht?" Carol haalde diep adem. *"Heeft hij mijn gedachten gefotografeerd?"* Ze dacht even na. "O, mijn god!" zei ze toen, en sloeg haar handen voor haar gezicht.

Krebius zat naar voren gebogen aan zijn bureau met zijn handen in zijn haar. "Ja," mompelde hij. "En moge God ons vergeven."

"Maar doctor!" riep Carol.

Krebius gebaarde met zijn ene hand. "Ik kwam erachter toen ik de Opticon bij jou beproefde. Ik zag beelden verschijnen, heel flauwe beelden. Ik stond versteld."

" 'Versteld' is niet het juiste woord voor hoe ik me op dit ogenblik voel," zei Carol bitter.

"Ik heb die machine speciaal voor jou laten maken, kindlief. Jij had een unieke handicap — je was volledig toegerust om te kunnen zien, maar je zag niets. De Opticon was bedoeld om de oogzenuwen te prikkelen. Ik vuurde kleurige lichtflitsen op je netvlies af en observeerde wat het resultaat was. Tot mijn verbijstering trof ik daarna beelden aan op je netvlies."

"Maar waarom heeft u mij dan helemaal niets verteld?" wilde Carol weten.

"Omdat je dan verlegen zou zijn geworden. Dan zou je niet meer onbekommerd hebben kunnen denken. En alleen in jouw ogen heb ik deze wonderen kunnen gadeslaan, verder bij niemand ter wereld." Dr. Krebius leunde naar achteren. "Wij weten dat het proces van het zien een eenrichtingsverkeer is. Licht valt op het netvlies en de staafjes en kegeltjes spelen hun elektrische boodschap door naar de hersenen waar het gezichtsvermogen zetelt. Bij Carol is dat eenrichtingsverkeer gestremd. Maar bij haar blijkt het proces in omgekeerde richting te werken. De energie van de hersens vormt beelden op het netvlies.

"Ik nam daar foto's van — als wetenschappelijk curiosum, anders niet. Ik ging naar het huis van je moeder om te vragen om geld. Ik ben niet in goeden doen. Ik ontmoette Victor en we dronken samen whisky." Krebius kneep zijn ogen tot spleetjes. "Ik liet hem de foto's zien. Hij wilde experimenteren. Ik zag daar geen kwaad in. Misschien dat het geld zou opleveren voor ons allemaal. En voor jou, Carol, vooral voor jou. Ik heb gezegd: goed, maar de behandeling moet doorgaan, ik sta geen inbreuk toe op de therapie."

"Maar u was niet daadwerkelijk op de hoogte van wat Victor deed?"

"Nee. Ik meende dat dat niet nodig was."

"Nou, hij heeft haar in elk geval geen therapie gegeven."

Krebius deed er het zwijgen toe.

"Hij wil niet dat Carol weer leert zien," zei Aiken. "Ze is een goudmijntje voor hem."

"Ja, ja. Ik begrijp het nu."

"Bovendien heeft ze hem een wapen tegen u in handen gegeven." Aiken wendde zich tot Carol. "Heeft Victor ooit met jou gepraat over dr. Krebius?"

Carol liep rood aan van verlegenheid. "Hij heeft me allerlei akelige dingen gevraagd over u. Ik moest wel denken aan wat hij zei, ik kon er niets aan doen."

"Carol heeft een sterk visueel gerichte fantasie," zei Krebius droevig. "Het is haar schuld niet, maar die foto's..."

"Hij kan dat nooit hard maken als het voor de rechter zou komen."

"Nee, maar mijn reputatie!"

Aiken zweeg.

Krebius mompelde: "Ik ben dom geweest, misdadig dom. Hoe kan ik dat ogenblik van zwakte ooit weer goedmaken?" Hij stond op en waggelde op Carol af. "Kindlief, ik zal je genezen," zei hij haperend. "Je zult weer kunnen zien. Je hebt een voortreffelijk netvlies, je hebt een gezonde oogzenuw. Stimuleren, dat is het! We zullen zorgen dat je weer kunt zien!" En zachtjes voegde hij eraan toe: "Als je me alsjeblieft maar wilt vergeven."

Carol antwoordde met verstikte stem. Haar gezicht was smal en afgetrokken, verwezen leek het wel.

Aiken zei: "Ik zou hier graag een tweede arts bij halen en wel dr. Barnett."

"Nee," zei Krebius. "Ik weet meer van ogen af dan wie dan ook hier in Californië."

"Maar weet u alles af van de geest?"

Krebius zweeg een ogenblik. Toen zei hij: "U bent geobsedeerd door psychologie. Alles is vandaag de dag psychologisch — wonderen moeten gebeuren. En de gedegen ouderwetse geneeskunst verdwijnt in het vuilnisvat."

"Maar u zult toch wel eerder gevallen hebben meegemaakt van hysterische blindheid," protesteerde Aiken.

Carol zei zwakjes. "Ik ben niet hysterisch. Ik ben alleen maar kwaad."

"Ja," zei Aiken. "Maar op het slagveld in oorlogstijd komt het wel voor, dat soldaten niet meer kunnen lopen of horen of zien, wanneer ze iets verschrikkelijks hebben meegemaakt. Ik heb het zelf zien gebeuren."

"Ik weet dat alles heel wel," zei Krebius. "In Leipzig heb ik dergelijke gevallen een paar maal onder behandeling gehad. Goed, we zullen het proberen." Hij haalde diep adem en pakte Carols beide handen. "Kindlief, stem je toe in een experiment? Het kan heel onaangenaam voor je zijn."

"Waarvoor is het?" vroeg ze zacht.

"Om jou te helpen om weer te kunnen zien!"

"Wat gaat u dan doen?"

"Eerst geef ik je een kleine injectie om je geest te kalmeren, zodat je makkelijker kan praten."

"Maar ik wil niet praten," zei ze onaandoenlijk.

"Zelfs niet als je daardoor je gezichtsvermogen terug zou krijgen?"

Ze scheen op het punt te staan opnieuw nee te zeggen, maar op het laatste moment slikte ze haar weigering in.

"Goed, dan. Als u echt denkt dat het helpen zal."

"O, hallo!" zei Victor Martinon, staand in de deuropening. Hij keek van de een naar de ander en zei toen tegen Aiken: "Zo Aiken, nog steeds hier? Wat een luxe om je tijd zo te kunnen verspillen. Kom Carol, tijd voor je oefeningen."

"Vandaag niet, Victor," zei Krebius.

Martinon trok zijn fraaie wenkbrauwen op. "Hoezo niet?"

"Vandaag proberen we een nieuwe benadering." zei Krebius.

"Werkelijk?" zei Martinon op een toon van milde verbazing.

"Kom, Carol," zei Krebius. "We gaan naar de Opticon. We zullen trachten het monster te fotograferen dat je geest tiranniseert."

Carol kwam met stijve bewegingen overeind en liep naar de deur. Aiken ging achter haar aan. In de hal zei Martinon: "Het spijt me, Aiken, maar ik geloof dat dr. Krebius het niet prettig vindt om toeschouwers te hebben als hij therapie geeft, nietwaar doctor?"

Krebius zei stijfjes: "Aiken kan erbij blijven als hij dat wil."

Martinon haalde zijn schouders op. "U zegt het maar. Ik ben niet aansprakelijk voor de gevolgen als Carols moeder ernaar vraagt."

"Sinds wanneer kan het moeder wat schelen wat er met mij gebeurt?" zei Carol.

"Ze is erg op je gesteld, Carol," zei Martinon geduldig. "Bovendien is ze ziek."

Carols gezicht werd strak en bitter. "Gewoon een kater, waarschijnlijk."

Aiken zei op luchtige toon: "Ik wist niet dat je nog steeds omging met Marya Leone."

"Ik ken haar al jaren," zei Martinon met simpele waardigheid. "Ik heb haar nog haar laatste rol bezorgd — in *Wat een groentjes!*"

Krebius duwde de deur van het laboratorium open. Carol ging naar binnen, liep in een rechte lijn naar de zware, zwarte onderzoeksstoel en ging zitten. Krebius maakte een kast open en haalde er een groot apparaat uit op wieltjes, met twee lange kokerlenzen op ooghoogte. "Ogenblikje," zei Krebius en liep de kamer uit.

Martinon nam plaats op een stoel tegen de muur en sloeg zijn benen over elkaar met een gezicht dat verveeld geduld uitdrukte. "Kennelijk ziet iedereen me voor kwaaie pier aan."

Aiken zei: "Wat anderen denken weet ik niet, maar wat mij betreft..."

Martinon maakte een achteloos gebaar met zijn sigaret. "Laat maar zitten. De moeilijkheid met jou is dat je niet begrijpt wat ik hier probeer te doen."

"Geld verdienen?"

Martinon knikte langzaam. "Geld verdienen, ja, dat natuurlijk ook. Maar het gaat ook om een heel nieuwe techniek om films te maken. Een volslagen nieuwe bedrijfstak die kant en klaar uit de grond kan worden gestampt." Hij deed er verder het zwijgen toe.

Aiken klopte Carol op haar hand. "Je ziet eruit of je bang bent."

"Ik ben ook bang. Wat gaat er zo dadelijk gebeuren?"

"Niks bijzonders."

"Denk jij dat ik gek ben en dat ik daardoor niet meer kan zien?"

"Nee. Maar misschien huist er iets in je geest dat niet wil dat je ziet."

"Maar ik wil juist zo graag weer zien! Als ik het wil, waarom lukt het dan niet? Dat is toch niet logisch?"

"Ach, theorieën te over, elke dag wel weer een nieuwe," zei Martinon met vermoeide stem.

Een ogenblik later zei Carol: "Ik ben bang voor die Opticon. Ik durf niet meer te denken."

Aiken keek even Martinon aan, die zijn blik onaandoenlijk beantwoordde. "Dat kan ik me levendig voorstellen."

"De wetenschappelijke benadering is jou vreemd," merkte Martinon op.

"Jou is ook het een en ander vreemd," zei Aiken.

Krebius kwam binnen met een gevulde injectiespuit.

"Wat is dat?" vroeg Aiken.

"Scopolamine."

"Het waarheidsserum," zei Martinon.

Krebius negeerde hem eenvoudig. Hij maakte een plekje op Carols arm schoon met alcohol. "Zo, Carol, even een prikje en dan voel je je vanzelf rustig worden."

Een halfuur verstreek in doodse stilte. Carol lag op de stoel; een adertje klopte zichtbaar in haar keel.

Krebius boog zich over haar heen. "Hoe voel je je, Carol?"

"Goed," zei ze slaperig.

"Mooi," zei Krebius doortastend. "Nu stellen we de apparatuur in." Hij legde haar armen in haar schoot, reed de Opticon vlak voor de stoel en stelde de twee lenzen in zodat de sensoren op haar oogbollen rustten. "Zo. Gaat het zo?"

"Gaat wel."

"Kun je iets zien?"

"Nee."

"Wil je kunnen zien?"

Carol zweeg even alsof ze zocht naar een keur van antwoorden die allemaal verschillend waren. "Ja, ik wil zien."

"Heb je er een reden voor dat je niet kunt zien?"

Een nog langere stilte. "Er is een gezicht dat ik niet wil zien, geloof ik."

"Wiens gezicht?"

"Ik weet niet hoe hij heet."

"Goed, Carol," zei dr. Krebius. "Laten we nu vijf jaar teruggaan in de tijd. Waar woonde je toen?"

"Ik woonde bij moeder in Beverly Hills. Ik ging naar de middelbare school."

"Kon je toen zien?"

"O, ja."

Krebius drukte op een knop en de Opticon begon te klikken en te zoemen. Aiken herkende het geluid van film die langs een sluiter werd gevoerd. Krebius tastte naar de schakelaar op de muur en deed het licht uit. Een zwakke nachtlamp bij de schakelaar verbreidde een robijnrood schijnsel. Verder was de kamer bijna geheel in duisternis gehuld.

Krebius zei zacht: "Herinner je je die keer dat jullie naar het buiten-huis gingen bij het meer, in de siërra?"

Carol aarzelde. "Ja, dat herinner ik me." Ze leek langzaam te verstar-ren. Zelfs in het donker kon Aiken zien hoe haar handen zich balden tot vuisten.

"Niet bang zijn, Carol," zei Krebius. "Niemand doet je kwaad. Vertel ons wat er toen gebeurde."

"Ik herinner het me niet meer zo goed."

"Wat is er toen gebeurd, Carol?"

De spanning steeg, iedereen in het vertrek voelde het.

Krebius' stem klonk scherper. Martinon, die bij de nachtlamp zat, glimlachte nu niet meer.

Carol begon met zachte stem: "Moeder was wanhopig. Haar laatste film was geflopt. De studio wilde haar contract niet verlengen... ze was zwaar aan de drank."

"Wat gebeurde er op die avond toen het onweerde?"

Vijf seconden verstreken. Een stoel kraakte; Martinon boog zich naar voren.

Carols stem daalde tot een hees gefluister. "Moeder had een vriend op bezoek. Haar minnaar. Ik heb nooit geweten hoe hij heette. Ze waren in de keuken bezig drankjes in te schenken. Ze waren lacherig... Toen kwam mijn vader met de auto... Ik hield van mijn vader; ik had liever bij hem willen wonen, maar de rechter…Buiten onweerde het. De wind loeide eerst heel hard maar hield toen ineens op. En de wolken kwamen steeds lager, of ze je neerdrukten, zo voelde het."

Martinon zei: "Je jaagt dat arme kind nog de stuipen op het lijf."

"Hou je mond!" zei Aiken zachtjes.

"Ga door," zei Krebius. "Ga door, Carol. Vertel het ons maar. Gooi het er allemaal uit. Kijk de waarheid recht in de ogen."

Carols stem werd allengs luider. "Vader kwam binnen. Ik vertelde wat ik gezien had. Hij was heel boos. Moeder kwam giechelend binnen zwalken. Vader zei dat hij mij bij haar zou weghalen, dat ze volkomen ongeschikt was om voor mij te zorgen. Toen zag hij moeders vriend…" Carol jankte het nu uit van angst en verdriet. "Buiten weerlichtte het. En toen ging het licht uit." Ze gilde. "En toen schoot hij Vader dood. Ik zag het bij het licht van de bliksem. En toen…en toen was er een afschuwelijke klap. De hele wereld spatte uit elkaar…" Haar stem was schor en ze hijgde. "Een bliksemstraal, pal in mijn ogen…"

Was het verbeelding, vroeg Aiken zich af, of zag hij nu werkelijk een wit lichtschijnsel blikkeren in Carols ogen? Ze lag slap op de stoel, bewegingloos.

Krebius stond op. "Mijn God!" mompelde hij. "Dat is verschrikkelijk. Al die tijd heeft ze die kennis in haar kleine hoofdje moeten meedragen, dat haar vader is vermoord waar ze bij stond!"

"Ja, en toen is ze blind geworden opdat ze haar moeders gezicht nooit meer hoefde te zien," zei Aiken.

Martinon zei: "Is dat niet een beetje een voorbarige conclusie? Misschien is ze gewoon blind geworden van de blikseminslag. Misschien blijft ze dus wel blind."

"Daar komen we gauw genoeg achter," zei Aiken. Hij legde zijn hand op Carols voorhoofd, heet en vochtig van het zweet. Haar haren kleefden klam tegen zijn vingers.

Krebius knipte een lamp aan.

Martinon liep naar de Opticon. "Een interessante sessie in elk geval. Ik zal de film ontwikkelen. Ik ben benieuwd wat erop staat."

"Nee," zei Aiken opeens. "Blijf met je vingers van die film af."

"Waarom zou ik?" vroeg Martinon. "Ik verschaf het materiaal voor het apparaat. Die film is van mij."

"Die film is het bewijs dat Bannister helemaal geen zelfmoord heeft gepleegd," zei Aiken. "Je hebt gehoord wat Carol heeft gezegd. Hij is vermoord. Het gezicht van de moordenaar staat op die film."

"Ja," zei Krebius. "Het lijkt me beter dat ik die film onder mijn hoede neem, Victor."

"Het spijt me zeer," zei Martinon. "Maar dit is mijn film. Je mag hem zien zodra ik hem heb ontwikkeld." Hij begon de Opticon open te maken.

Aiken liep op hem af. "En het spijt mij ook zeer, Martinon, maar ik wil die film hebben. Ik ben zeer benieuwd naar het gezicht van de moordenaar."

"Blijf uit mijn buurt," zei Martinon op vlakke toon.

Aiken duwde hem bij de Opticon weg. Martinon had net de film vastgepakt. De rol schoot eruit. Kletterend kwam hij op de vloer terecht waar hij zich afrolde in grote luie lussen.

"Nu krijgen jullie nooit meer te zien wie het gedaan heeft!" zei Martinon.

De verwaten zelfverzekerdheid van Martinon werd Aiken te veel. Hij haalde uit naar dat keurige grijze snorretje. Martinon pareerde de stoot vakkundig en gaf Aiken een harde klap zodat deze languit tussen de afgerolde film belandde.

"Heren, heren!" riep Krebius. "Laten we ons toch vooral als heren gedragen!"

Aiken krabbelde overeind, op zijn knieën, dook in elkaar en gaf Martinon een kopstoot. Martinon wankelde en belandde met gespreide armen tegen de muur. Op dat moment sloeg Carol haar ogen op. Victor stond pal voor haar.

Ze staarde Martinon aan en begon toen te schreeuwen, een schorre, gebarsten kreet van doodsangst. Ze krabbelde van de onderzoeksstoel terwijl ze naar Martinon wees.

"Ik ken jou! Ik ken jou! Jij hebt mijn vader vermoord!"

"Tja," zei Martinon. "Nu wordt het echt vervelend." Hij stak zijn hand in zijn zak en haalde een knipmes tevoorschijn. Hij drukte op het handvat en het staal schoot naar buiten. Hij deed een stap in Carols richting.

"Martinon!" schreeuwde Aiken. "Je bent gek!" Hij trok de Opticon om, bovenop Martinon, zodat die met apparaat en al tegen de grond sloeg. Aiken zette zijn voet op de pols van de producer en het mes schoot kletterend weg over de vloer. Hij greep Martinon bij de knoop van diens das, draaide de strop strak aan, boorde zijn vuist in Martinons hals op de plaats waar de slagader liep en liet het hoofd met geweld op de vloer neerkomen.

Na een tijdje bewoog Martinon niet meer. Aiken liet hem los. "Bel de politie." Hij krabbelde overeind. Martinon rolde om op zijn buik, kreunde, maar bleef verder liggen als een zoutzak.

Krebius holde naar de hal. Aiken draaide zich om en keek naar Carol. Ze zat in elkaar gedoken met haar benen opgetrokken op een stoel. Met grote ogen keek ze hem aan.

"Hallo, Carol," zei Aiken. "Je kunt nu weer zien, is het niet?"

"Ja, ik kan weer zien."

"Weet je wie ik ben?"

"Natuurlijk wel. Jij bent James Aiken."

Toen keek ze naar de man op de vloer en fluisterde: "Is dat...is dat Victor?"

"En al die tijd heeft hij, met mij..." Haar ogen vielen dicht. "Ik ben zo moe...ik heb slaap."

"Doe je best om nog even niet in slaap te vallen, alsjeblieft."

"Nee..."

Een politieauto kwam met gillende remmen buiten tot stilstand. Victor Martinon werd afgevoerd.

In het kantoor van Krebius dronk Carol zwarte koffie. "Nu wil ik helemaal niet meer slapen," zei ze. "Ik ben bang dat ik weer blind zal zijn als ik wakker word."

"Nee," zei Aiken. "Dat gebeurt nooit meer. De betovering is verbroken. Vasillissa is vrij."

"Dat is pas magie!" zei Carol. Ze keek hem aan en glimlachte. En plotseling was ze de echte Vasillissa, net zo'n vrolijke, slimme durfal als de betoverde prinses. Ze stak haar hand uit en pakte de zijne.

"Ja, dit is pas magie," zei Aiken.

DE POTTENBAKKERS VAN FIRSK

DE GELE SCHAAL op het bureau van Thomm was een centimeter of dertig hoog en even breed, terwijl de voet een doorsnede had van twintig centimeter. Het profiel was een simpele welving, zuiver en scherp en helemaal af; de kom was van dun materiaal zonder breekbaar te lijken en wekte een stevige indruk.

Het vakmanschap van de vorm werd geëvenaard door de schoonheid van het glazuur — een roemrijk, doorschijnend geel, lichtend als de nagloed op een warme zomerdag. De kleur was de essentie van goudsbloemen, een zwevend saffraan, een geel als van transparant goud, een geel glas dat in zijn innerlijk gordijnen van licht leek te scheppen en die uitsloeg, een briljant maar weldadig geel, zuur als citroen, zoet als kweeperengelei, koesterend als zonlicht.

Keselsky had heimelijke blikken op de kom zitten werpen tijdens zijn onderhoud met Thomm, de personeelschef van het ministerie van planetaire zaken. Nu het gesprek afgelopen was, kon hij het niet nalaten zich over de kom te buigen om hem van dichtbij te bekijken. Met een oprechte klank in zijn stem zei hij: "Zo'n mooi stuk heb ik echt nog nooit gezien."

Thomm, vroeg in de middelbare leeftijd, met een kordate grijze snor en een scherp maar verdraagzaam oog, ging makkelijk zitten. "Het is een souvenir," zei hij. "Zo kan ik het tenminste wel noemen. Ik heb het jaren geleden gekregen, toen ik ongeveer even oud was als u." Hij keek op zijn bureauklok. "Etenstijd."

Keselsky keek geschrokken op en tastte haastig naar zijn tas. "Het spijt me, ik had geen idee —"

Thomm hield zijn hand omhoog. "Rustig. Ik zou het prettig vinden als u met mij wilt lunchen."

Keselsky mompelde verlegen een verontschuldiging, maar Thomm drong aan. "Blijf toch zitten, echt." Er verscheen een menukaart op het scherm. "Zo — staat er iets van uw gading op?"

Zonder verdere aansporing deed Keselsky een keus en Thomm sprak hun bestelling in een microfoon. De muur opende zich en er gleed een gedekte tafel naar binnen.

Ook tijdens het eten liefkoosde Keselsky de kom met zijn ogen. Tijdens de koffie reikte Thomm zijn bezoeker de schaal aan. Keselsky woog de kom, streelde hem, keek diep in het glazuur.

"Waar ter wereld heeft u zo'n verschrikkelijk mooi stuk gevonden?" vroeg hij terwijl hij de kom van onder bekeek en verwonderd de tekens die in de klei waren gekrast inspecteerde.

"Niet op de wereld," zei Thomm. "Op de planeet Firsk." Hij ging er voor zitten. "Er zit een verhaal aan vast." Hij wachtte met een vragend gezicht.

Keselsky bezwoer hem haastig dat hij niets liever deed dan luisteren terwijl Thomm uitweidde over alles wat hem inviel. Thomm grijnsde flauw. Het was tenslotte Keselsky's eerste baan.

"Ik zei al dat ik ongeveer even oud was als u," begon Thomm. "Misschien twee jaar ouder, maar ik zat ook al negentien maanden op de Kanaalplaneet. Toen ik werd overgeplaatst naar Firsk was ik natuurlijk heel blij, want Kanaal is een naargeestige planeet, zoals u misschien weet, vol met ijs en vorstmuggen en de sloomste inheemsen van het heelal —"

Thomm was betoverd door Firsk. Firsk was alles wat de Kanaalplaneet niet was: warm, geurig, de planeet van de Mi-Tuun, een sierlijk volk met een rijke, kenmerkende en heel oude cultuur. Firsk was allesbehalve een grote planeet, hoewel de zwaartekracht die van de Aarde benaderde. Het landoppervlak was klein en bestond uit een enkel continent in de vorm van een halter.

Het bureau voor planetaire zaken bevond zich in Penolpan, op enkele kilometers van de Zuiderzee en het was een sprookjesachtige en charmante stad. Er was altijd ergens muziek te horen; de lucht was gekruid met wierook en duizend bloemengeuren. De lage huizen van biezen, perkament en donker hout stonden achteloos gegroepeerd en waren voor driekwart verscholen onder het bladerdek van bomen en klimranken. Grachten met groen water sierden de stad. Her en der waren houten bruggen met klimop en oranje bloemen en op het water zwommen boten die gecompliceerd en veelkleurig gedecoreerd waren.

De bewoners van Penolpan, de barnsteenkleurige Mi-Tuun, waren een vriendelijk volkje dat zich overgaf aan de geneugten des levens, sensueel zonder uitwassen, ontspannen en opgewekt en ze lieten hun leven leiden door rituelen. Ze visten op de Zuiderzee, ze verbouwden granen en fruit, fabriceerden goederen van hout, hars en papier. Metaal was schaars op Firsk en in veel gevallen werkte men met instrumenten en gereedschappen van aardewerk, die zo vakkundig en handig gemaakt waren dat ze even goed voldeden als metalen voorwerpen.

Thomm vond zijn werk op het bureau in Penolpan bijzonder aangenaam en de enige vlieg in de soep was zijn chef, George Covill, een kleine, blozende man met opvallende blauwe ogen, zware, gerimpelde oogleden en spaarzaam zandkleurig haar. Als Covill niet tevreden was, wat vaak gebeurde, had hij de hebbelijkheid om zijn hoofd scheef te houden en vijf seconden lang gespannen te staren. En dan, als het euvel groot was, ontplofte hij van woede. Zo niet, dan beende hij met grote stappen weg.

In Penolpan waren Covills taken meer van technische dan van sociologische aard en omdat het bureau evenwichtige culturen niet wilde verstoren, had hij niet veel te doen. Hij importeerde siliciumdraad ter vervanging van de wortelvezel waarvan de Mi-Tuun hun visnetten maakten; hij bouwde een kleine kraakinstallatie en zette daarmee de visolie die de bewoners voor hun lampen gebruikten om in een lichtere, zuiverder vloeistof. Het geverniste papier van de huizen in Penolpan had de neiging om vocht op te nemen en na een paar maanden spleet het. Covill liet plasticvernis komen dat de huizen onbeperkt lang beschermde. Afgezien van deze kleine verbeteringen voerde Covill weinig uit. Het beleid van het bureau was erop gericht de inheemse levensstandaard te verbeteren binnen het raam van de desbetreffende cultuur en men introduceerde Aardse methoden, ideeën en wijsbegeerte alleen voor zover de inheemsen het zelf nodig vonden en dan nog geleidelijk.

Maar het duurde niet lang voordat Thomm tot de conclusie kwam dat Covill slechts lippendienst bewees aan de filosofie van het bureau. Sommige van zijn daden maakten een duistere en willekeurige indruk op de vers opgeleide Thomm. Covill bouwde een kantoor in Aardse stijl aan de belangrijkste gracht van Penolpan en het beton en glas vormden een schrijnend en onvergeeflijk contrast met het vriendelijke ivoorwit en de bruine tinten van Penolpan. Hij hield zich star vast aan de kantooruren en het kwam herhaaldelijk voor dat Thomm een delegatie Mi-Tuun, in hun ceremoniële gewaden gestoken, met gestotterde verontschuldigingen weg moest sturen terwijl Covill, die geen zin had in zijn nette kleren, met ontbloot bovenlijf in een rieten stoel hing met een sigaar en een glas bier terwijl hij naar vrouwenshows op zijn telescherm zat te kijken.

Een van Thomms taken was het bestrijden van ongedierte. Covill vond dit beneden zijn waardigheid. Tijdens een van zijn ronden hoorde Thomm voor het eerst de Pottenbakkers van Firsk noemen.

Beladen met insectenverdelger en bengelende rattengifhulzen aan zijn riem, was hij de armste buitenwijken van Penolpan binnen gedwaald, waar de bomen ophielden en de droge vlakte zich uitstrekte tot aan de Kukmankbergen. In deze naar verhouding kleurloze buurt stiet hij op een lange, open loods, een aardewerkbazaar. Op de schappen en tafels stonden en lagen aardewerkartikelen van iedere soort en aard, van stenen kruiken voor het inleggen van vis tot minuscule vaasjes, dun als papier en wit doorschijnend als melk. Hier zag hij grote en kleine borden, kommen in alle vormen en maten en geen twee waren er gelijk, karaffen, terrines, mandflessen, bekers en kroezen. Op een van de rekken zag hij aardewerkmessen, waarvan de klei zo verglaasd was dat de messen een geluid als van metaal maakten als hij ertegen tikte, en de snede was scherper dan het snijvlak van een scheermes.

Thomm was stomverwonderd door het kleurengamma. Een zeldzaam rijk robijnrood, het groen van stromend rivierwater, turkoois dat tienmaal dieper was dan de kleur van de hemel. Hij zag metalen tinten paars, bruin doorschoten met blonde lichtvlekjes, roze, violet en grijs in alle nuances, gevlekt roestbruin, blauw van koper en kobalt, rood glas met bizarre strepen en stromingen erin. Sommige glazuursoorten pronkten met een weelde van kristallen als sneeuwvlokken, andere bevatten drijvende lovertjes van metaal.

Thomm was verrukt van zijn vondst. Hier zag hij schoonheid van vorm, van materiaal, van vakmanschap. De degelijke modellen, sterk door de natuurlijke kracht van hout en klei, de glazuren van gekleurd glas, de snelle, rusteloze welvingen van de vazen, het volume van de kommen, de weidse borden en schalen — ze riepen een ontzaglijk enthousiasme wakker in Thomm. En toch — de bazaar had een paar dingen die hem verbaasden. In de eerste plaats — hij keek de schappen langs — er ontbrak iets. Tussen alle vele kleuren miste hij — geel. Er was geen enkele tint geel tussen al het glazuur. Crèmekleur, strokleur, amber — maar geen vol, gloeiend geel.

Misschien vermeden de pottenbakkers die kleur uit bijgeloof, dacht Thomm, of misschien was die kleur alleen bestemd voor het koninklijk huis, zoals bij de oude Chinezen op Aarde, of misschien associeerden ze geel met ziekten of de dood — Deze gedachtentrein bracht hem bij het tweede raadsel: wie waren de pottenbakkers? In Penolpan had men geen ovens om zulk aardewerk te bakken.

Hij ging naar de verkoopster toe, een meisje met een bijzonder lieftallig uiterlijk. Ze droeg de *pareu* van de Mi-Tuun, een gebloemde sjerp om het middel en biezen sandalen. Haar huid had dezelfde gloeiende tint als de amberkleurige vazen achter haar en ze was slank, rustig en vriendelijk.

"Ik vind dit allemaal heel mooi," zei Thomm. "Hoeveel kost dit bijvoorbeeld?" Hij raakte een hoge karaf aan die lichtgroen geglazuurd was en gestreept met grillige zilverdraden.

De prijs die zij noemde was hoger dan hij verwachtte. Toen ze zag dat hij verrast was, zei het meisje: "Het zijn onze voorouders, en ze even goedkoop verkopen als hout of glas zou oneerbiedig zijn."

Thomm keek vragend, maar besloot er niet op in te gaan omdat hij het aanzag voor een ceremoniële vereenzelviging.

"Waar wordt het aardewerk gemaakt?" vroeg hij. "In Penolpan?"

Het meisje aarzelde en Thomm voelde dat zij er niet over wilde praten. Ze draaide het hoofd en keek naar de Kukmankbergen. "Ginds in de heuvels staan de ovens; daarheen gaan onze voorouders en de potten komen terug. Verder weet ik niets."

Thomm zei voorzichtig: "Praat je er liever niet over?"

Met een schouderophalen antwoordde zij: "Eigenlijk vind ik het niet erg. Maar wij Mi-Tuun zijn bang voor de Pottenbakkers en de gedachte aan hen maakt ons neerslachtig."

"Maar hoe komt dat?"

Ze zei met een vertrokken gezicht: "Niemand weet wat er achter de eerste heuvel ligt. Soms zien we de gloed van de ovens, en soms wanneer er geen doden zijn voor de Pottenbakkers, komen ze de levenden halen."

Thomm dacht dat als dit waar was, dan was het een zaak waarin het bureau moest ingrijpen, zo nodig met de sterke arm.

"Wie zijn die Pottenbakkers?"

"Daar," zei zij, wijzend. "Dat is een Pottenbakker."

Hij zag een man die over de vlakte wegreed. Hij was langer en zwaarder dan de Mi-Tuun. Thomm zag hem niet zo duidelijk, omdat de man in een lange grijze boernoes was gehuld, maar hij leek een bleke huid en roodbruin haar te hebben. Zijn lastdier droeg uitpuilende zadeltassen.

"Wat heeft hij nu gehaald?"

"Vis, papier, textiel, olie — deze goederen heeft hij geruild voor zijn potten."

Thomm tilde zijn bestrijdingsapparatuur weer op. "Ik denk dat ik de Pottenbakkers binnenkort eens zal opzoeken."

"Nee —" zei het meisje.

"Waarom niet?"

"Het is heel gevaarlijk. Ze zijn fel, gesloten —"

Thomm glimlachte. "Ik zal voorzichtig zijn."

Covill bleek half in slaap languit in een rieten ligstoel te hangen. Toen hij Thomm zag, hees hij zich rechtop.

"Waar voor de duivel ben jij geweest? Ik heb je toch gezegd dat je de prijsopgave voor die energiecentrale vandaag klaar moest hebben."

"Ik heb hem op uw bureau gelegd," zei Thomm beleefd. "Als u in het kantoor was geweest, had u hem beslist gezien."

Covill keek hem nijdig aan, maar deze keer had hij geen antwoord. Met een grom ging hij weer liggen. In het algemeen besteedde Thomm weinig aandacht aan de scherpe tong van Covill, omdat hij begreep dat

Covill zich gepasseerd voelde door het hoofdkantoor. Covill vond dat zijn capaciteiten hem recht gaven op een belangrijkere post.

Thomm ging zitten en hielp zich aan een fles bier uit Covills voorraad. "Weet u iets van de pottenbakkerijen daar in de bergen?"

Covill bromde: "Een bende bandieten, zoiets zijn 't." Hij boog zich voorover om zijn glas te pakken.

"Ik ben vandaag in de aardewerkbazaar gaan kijken," zei Thomm. "De verkoopster noemde de potten 'voorouders'. Ik vond het nogal vreemd."

"Hoe langer je tussen de planeten rondhangt," verklaarde Covill, "hoe vreemder de dingen die je meemaakt. Ik laat me nergens meer door verrassen — hoogstens nog door overplaatsing naar het hoofdkantoor." Bitter snuivend nam hij een grote slok bier. Verkwikt ging hij verder, minder kribbig: "Ik heb wel wat rare dingen over die Pottenbakkers gehoord, maar niets bepaalds en ik heb nooit de tijd gehad om eens te gaan kijken. Het zal wel een godsdienstige rite zijn, ceremonies die bij de dood horen. Ze halen de lijken weg, begraven die tegen betaling of in ruil voor goederen."

"De verkoopster zei dat wanneer ze geen doden krijgen, ze soms de levenden komen halen."

"Hè? Wat zeg je?" Covills harde blauwe ogen schitterden in zijn rode gezicht. Thomm herhaalde wat hij gehoord had.

Covill krabde aan zijn kin en hees zich na een poosje overeind. "Laten we erheen vliegen en eens gaan kijken wat die Pottenbakkers uitvreten. Ik wil er al een hele tijd heen."

Thomm haalde de kopter uit de hangar, landde voor het kantoor en Covill klauterde voorzichtig naar binnen. Covills aanval van energie verbaasde Thomm, vooral omdat er een tocht per kopter aan te pas kwam. Covill had een grondige hekel aan vliegen en weigerde gewoonlijk een voet in een vliegtuig te zetten.

De rotorbladen zongen, beten in de lucht en trokken de kopter omhoog. Penolpan veranderde in een schaakbord van bruine daken en bladeren. Vijftig kilometer van de stad, na een droge zandvlakte, rees de Kukmankbergketen op — kale ronde bergen en pieken van grijze rots. Het opsporen van een nederzetting in deze stenenwoestenij leek op het eerste gezicht onbegonnen werk.

Naar beneden turend mopperde Covill iets van dien aard, maar Thomm wees naar een rookkolom. "Pottenbakkers hebben ovens nodig."

Toen ze in de buurt van de rookzuil kwamen, zagen ze dat hij niet uit een oven van bakstenen kwam, maar uit een scheur bovenin een rotskegel.

"Vulkaan," zei Covill alsof zijn gelijk bewezen werd. "Laten we het daar bij die richel eens proberen — als we daar niets vinden gaan we terug."

Thomm had aandachtig naar de grond zitten kijken. "Ik geloof dat we ze al gevonden hebben. Kijk goed, dan ziet u gebouwen."

Hij liet de kopter een stuk dalen en nu waren de rijen stenen huizen duidelijk te herkennen.

"Moeten we landen?" vroeg Thomm weifelend. "Het moeten tamelijk ruwe gasten zijn."

"Natuurlijk, land maar rustig," zei Covill kortaf. "Wij zijn toch officiële vertegenwoordigers van het Stelsel."

Voor een stam van bergbewoners betekende dat misschien niet zo veel, dacht Thomm, maar hij landde toch op een stenen plaat middenin het dorp.

Als de kopter de Pottenbakkers niet bang had gemaakt, waren ze in ieder geval wel op hun hoede. Minutenlang was er geen teken van leven te bekennen. De stenen hutten leken even verlaten als grafkoepels.

Covill stapte uit en Thomm volgde hem, nadat hij zich ervan had verzekerd dat hij zijn gammapistool binnen bereik had. Covill bleef bij de kopter staan terwijl hij speurend naar de rijen huizen keek. "Achterdochtig stelletje woestelingen," mopperde hij. "Nou ja…we moeten maar hier blijven tot iemand het initiatief neemt."

Daar was Thomm het van harte mee eens en daarom bleven ze in de schaduw van de kopter wachten. Dit dorp was beslist van de Pottenbakkers — overal lagen scherven, schitterende stukken glazuur die lagen te glinsteren als verloren juwelen. Lager op de helling lag een berg gebroken porselein dat blijkbaar bedoeld was voor later gebruik, en daarachter stond een lange schuur met een pannendak. Vergeefs zocht Thomm een oven. Toen viel zijn oog op een spleet in de bergwand, een spleet waar een uitgesleten pad naartoe liep. Er vormde zich een boeiende theorie in zijn geest — maar nu waren er drie mannen verschenen, lang en kaarsrecht in grijze mantels. Ze hadden de kap op hun rug hangen en ze zagen eruit als middeleeuwse monniken, alleen hadden ze geen tonsuur maar dun rood haar dat in een punt boven hun hoofd uitliep.

De aanvoerder naderde met resolute pas en Thomm spande zijn spieren, op alles voorbereid. Covill niet; hij leek volkomen op zijn gemak, hooghartig, als een edelman tussen horigen.

Drie meter van hen af bleef de aanvoerder staan — hij was langer dan Thomm, had een haakneus en harde intelligente ogen als zwarte steentjes. Hij wachtte een ogenblik, maar Covill keek hem alleen aan. Ten slotte sprak de Pottenbakker op een wellevende toon: "Wat brengt vreemdelingen naar het dorp van de Pottenbakkers?"

"Ik ben Covill, van het bureau voor planetaire zaken in Penolpan, officieel vertegenwoordiger van het Stelsel. Dit is alleen een routine-bezoek om te zien hoe het hier met u staat."

"Wij hebben geen bezwaren te uiten," zei de aanvoerder.

"Ik heb meldingen gehoord dat jullie Mi-Tuun ontvoeren," zei Covill. "Zit daar iets van waarheid in?"

"Ontvoeren?" vroeg het opperhoofd peinzend. "Wat is dat?"

Covill legde het uit. Het opperhoofd wreef over zijn kin terwijl hij Covill aanstaarde met diepzwarte ogen.

"Wij hebben een heel oude overeenkomst," zei hij ten slotte. "De Pottenbakkers krijgen de lijken van de gestorvenen; en af en toe als de nood hoog is, lopen wij inderdaad een jaar of twee op de natuur voor-uit. Maar wat hindert dat? De ziel leeft eeuwig voort in de pot die hij opluistert met zijn aanwezigheid."

Covill pakte zijn pijp en nu hield Thomm zijn adem in. Het stoppen van de pijp was soms een manœuvre die voorafging aan de koude, zij-delingse blikken die af en toe uitmondden in een explosie van woede. Maar nu hield Covill zich tenminste nog in bedwang.

"Wat doet u precies met de lijken?"

Het stamhoofd keek verrast. "Begrijpt u dat niet? Nee? Maar u bent dan ook geen pottenbakker — Voor ons glazuur hebben wij lood, zand, klei, loogzout, spaat en kalk nodig. Alles behalve de kalk hebben we bij de hand, en de kalk halen we uit de beenderen van de doden."

Covill stak zijn pijp aan en pafte erop. Thomm bedaarde. Het gevaar was voorlopig geweken.

"Ik begrijp het," zei Covill. "Wij willen ons niet bemoeien met inheemse gebruiken, riten of gewoontes, zolang de orde niet verstoord wordt. Maar u moet wel begrijpen dat er geen ontvoeringen meer mogen plaatsvinden. De lijken — dat is een zaak tussen u en wie er verantwoordelijk is voor die lijken, maar levende mensen zijn belangrijker dan potten. Als u kalk nodig heeft, dan kan ik u er tonnen van bezorgen. Er moeten ergens op de planeet kalksteenbedden zijn. Een dezer dagen zal ik Thomm ernaar laten zoeken en dan krijgt u meer kalk dan u ooit op kunt."

Het stamhoofd schudde geamuseerd zijn hoofd. "Natuurlijke kalk is een armzalig surrogaat voor de verse, levende kalk uit beenderen. Er zijn nog enkele andere zouten die van invloed zijn en natuurlijk zit de geest van de dode in de beenderen en die gaat over in het glazuur en geeft het een innerlijk vuur dat op geen enkele andere manier te verkrijgen is."

Covill pafte erop los terwijl hij het opperhoofd aanstaarde met zijn harde blauwe ogen. "Het kan me niet schelen wat u gebruikt," zei hij uiteindelijk, "zolang er niemand ontvoerd en vermoord wordt. Als u kalk nodig heeft, dan help ik u het te vinden, daar ben ik hier voor, om u te helpen en om uw levensstandaard te verhogen; maar ik ben hier ook om de Mi-Tuun te beschermen tegen overvallers. Ik kan het allebei doen — het een even goed als het ander."

Het stamhoofd ontblootte zijn tanden. Voordat hij een boos antwoord kon snauwen vroeg Thomm: "Waar zijn uw ovens?"

Het stamhoofd keek hem koel aan. "Het bakken gebeurt in de Grote Maandelijkse Brand. Wij stapelen ons werk in de grotten en dan, op de tweeëntwintigste dag, rijst de verzengende gloed van beneden op. Een volle dag loeit de hitte wit en brullend naar boven. Twee weken later zijn de grotten genoeg afgekoeld dat wij ons werk weer op kunnen halen."

"Wat interessant," zei Covill. "Ik zou uw fabriek graag bekijken. Waar bewaart u uw aardewerk, in die schuur daarbeneden?"

Het opperhoofd verroerde geen spier. "Geen man mag in die schuur kijken," zei hij langzaam, "tenzij hij een Pottenbakker is — en dan nog pas nadat hij bewezen heeft dat hij de klei meester is."

"Hoe bewijst hij dat?" vroeg Covill luchtig.

"Op de leeftijd van veertien jaar gaat hij van huis met een hamer, een vijzel en een pond beenderkalk. Hij moet klei, lood, zand en spaat zoeken. Hij moet ijzer vinden voor bruine tinten, malachiet voor groene, kobaltaarde voor blauw en hij moet een glazuur malen in zijn vijzel, een tegel vormen en versieren, en die in de Mond van de Grote Brand plaatsen. Als de tegel geslaagd is, stevig en intact en goed geglazuurd, dan wordt hem toegestaan de schuur binnen te gaan en zich de geheimen van het vak eigen te maken."

Covill haalde de pijp uit zijn mond en vroeg: "En als die tegel mislukt?"

"Slechte Pottenbakkers hebben wij niet nodig," zei het stamhoofd. "Beenderkalk kunnen we altijd gebruiken."

Thomm had naar de kleurige scherven staan kijken. "Waarom gebruikt u geen geel glazuur?"

Het opperhoofd maakte een wrevelig gebaar. "Geel glazuur? Dat is een geheim dat geen enkele Pottenbakker ooit heeft ontsluierd. IJzer geeft een geelbruine kleur, zilver een grijsgele, chroom een groengele tint en antimonium wordt weggebrand in de hitte van de Grote Brand. Het zuivere, rijke geel, de kleur van de zon... Ach, dat is een droom."

Covill vond het niet interessant. "Nou, wij vliegen weer terug, als u ons niet rond wilt leiden. Denk eraan dat als u soms technische hulp nodig heeft, dan kan ik u helpen. Ik kan er zelfs achter komen hoe u dat geel kunt maken dat u zo graag wilt hebben."

"Onmogelijk," zei het stamhoofd. "Zoeken wij, de Pottenbakkers van het heelal, daar niet al duizenden jaren naar?"

"...Maar er mogen geen mensen meer gedood worden. Als het niet anders kan, maak ik definitief een eind aan het bakken van potten."

Het stamhoofd keek hem laaiend aan. "Uw woorden zijn niet vriendelijk!"

"Als u denkt dat ik het niet kan," zei Covill, "dan vergist u zich. Ik smijt gewoon een bom in de keel van die vulkaan van u en dan stort de hele berg in. Het Stelsel beschermt iedereen, overal, en dat houdt ook in dat we de Mi-Tuun beschermen tegen Pottenbakkers die zich gedragen als Bottenpakkers."

Thomm plukte nerveus aan Covills mouw. "Ga terug in de kopter," fluisterde hij. "Ze worden nijdig. Zo meteen vallen ze ons aan."

Covill keerde de woedend kijkende Opperpottenbakker zijn rug toe en klom waardig in de kopter. Thomm volgde hem behoedzamer. Volgens hem was het opperhoofd bezig het besluit te nemen om de twee mannen aan te vallen en Thomm had geen trek in een gevecht.

Hij liet haastig de koppeling opkomen; de rotorbladen maalden door de lucht en de kopter steeg op, weg van de boze groep zwijgende Pottenbakkers in hun grijze mantels.

Covill leunde voldaan achterover. "Er is maar één manier om met zulke mensen af te rekenen. Je moet ze de baas worden. Alleen dan krijgen ze respect voor je. Als je ook maar een heel klein beetje onzeker doet, dan voelen ze dat en dan ben je verkocht."

Thomm zei niets. Covills methode kon op korte termijn wel resultaten opleveren, maar op de lange duur leek zijn optreden kortzichtig, onverdraagzaam, onsympathiek. Als hij het woord had gevoerd, dan had hij uitgeweid over het vermogen van het bureau om vervangers te leveren voor de beenderkalk en desgewenst hulp te verlenen bij het oplossen van technische moeilijkheden — hoewel de Pottenbakkers virtuoze vaklieden leken die niets meer te leren hadden. Alleen geel glazuur konden ze niet maken.

's Avonds stopte Thomm een informatiestrook uit de bibliotheek in zijn draagbare viewer. Het ging over pottenbakken en Thomm bestudeerde het onderwerp ijverig.

Covills stokpaardje — een kleine atoomcentrale om Penolpan van elektriciteit te voorzien — hield hem de volgende paar dagen bezig. Het plan beviel hem niet. Penolpan met zijn grachten die zacht verlicht werden door gele lantaarns, met tuinen in kaarslicht en geurend naar nachtelijke bloemen, was een stad uit een sprookjesland en elektriciteit, motoren, kunstlicht en waterpompen zouden beslist afbreuk doen aan die charme. Maar Covill was overtuigd dat de planeet zou profiteren van een geleidelijke integratie in het ontzaglijk grote industriële complex van het Stelsel.

Nog tweemaal kwam Thomm langs de aardewerkbazaar en beide keren bewonderde hij de koopwaar en sprak hij met het meisje in de winkel. Ze bezat een fascinerende schoonheid, ze was sierlijk en charmant en ademde de ziel van Penolpan; ze stelde belang in alles wat Thomm haar over de rest van het heelal vertelde en Thomm, jong, weekhartig en eenzaam, verheugde zich steeds heviger op zijn bezoeken aan haar.

Covill gaf hem een poos lang veel werk te doen. Het was weer tijd om rapporten in te dienen bij het hoofdkantoor en Covill liet dit graag aan Thomm over terwijl hijzelf lag te suffen in zijn rieten stoel of in zijn speciale rode en zwarte boot door de grachten van Penolpan tufte.

Eindelijk, laat op een middag, gooide Thomm zijn werk opzij en liep de straat op in de schaduw van de grote kaotangbomen. Hij wandelde over de centrale markt, waar de kooplieden het nog druk hadden met late klanten, en sloeg een pad in langs een met gras beschoeide gracht. Weldra arriveerde hij bij de bazaar.

Maar hij zocht vergeefs naar het meisje. Opzij stond een magere man in een zwart jasje. Hij wachtte rustig tot Thomm zijn wensen bekend maakte. Uiteindelijk sprak Thomm hem aan. "Waar is Su-then?"

De man aarzelde en Thomm werd ongeduldig.

"Nou, waar is ze? Is ze ziek? Werkt ze hier niet meer?"

"Ze is weggegaan."

"Waarheen?"

"Naar haar voorouders."

Thomm verstijfde. "Wat?"

De man boog zijn hoofd.

"Is ze dood?"

"Ja, zij is dood."

"Maar — hoe kan dat dan? Een dag of wat geleden was ze volkomen gezond."

De Mi-Tuun aarzelde opnieuw. "Er zijn vele manieren van sterven, Aardeman."

Thomm werd nijdig. "Zeg me toch gewoon wat er met haar gebeurd is!"

Geschrokken door Thomms heftige reactie stamelde de man: "De Pottenbakkers hebben haar naar de heuvels geroepen; zij is heengegaan, maar spoedig zal zij eeuwig leven, haar geest gehuld in roemrijk glas."

"Begrijp ik het goed?" zei Thomm. "Hebben de Pottenbakkers haar meegenomen? Levend?"

"Ja — levend."

De Pottenbakkers van Firsk

"En nog meer mensen?"

"Nog drie."

"Allemaal levend?"

"Allemaal."

Thomm rende terug naar het bureau.

Toevallig zat Covill in het kantoor. Hij controleerde Thomms werk. Thomm riep: "De Pottenbakkers zijn weer bezig — ze hebben vier Mi-Tuun ontvoerd in de laatste twee dagen."

Covill stak zijn kin vooruit en begon hartgrondig te vloeken. Thomm realiseerde zich dat Covill niet zozeer nijdig was om de ontvoeringen als wel omdat de Pottenbakkers hem uitgedaagd hadden en zijn bevelen naast zich neer hadden gelegd. Covill zelf was beledigd; nu gingen er spaanders vallen.

"Haal de kopter," beval Covill kortaf. "Zet hem voor de deur neer."

Toen Thomm landde, wachtte Covill hem op met een van de drie atoombommen uit het arsenaal van het bureau — een lange cilinder aan een parachute. Covill klemde hem op zijn plaats op de kopter en ging achteruit. "Vlieg hiermee boven die vervloekte vulkaan," zei hij ruw. "En laat hem in de krater vallen. Ik zal die moordzuchtige schurken een lesje leren dat ze niet gauw meer vergeten. De volgende landt op hun dorp."

Het verbaasde Thomm niet dat Covill niet mee wilde in het vliegtuig. Zonder iets te zeggen steeg hij op en vloog naar de Kukmankbergen.

Zijn woede bedaarde. De Pottenbakkers zaten in de sleur van hun gebruiken en waren zich niet bewust van kwaad. Covills bevelen leken onberaden, koppig, wraakgierig, overhaast. Als de vier Mi-Tuun nu nog leefden? Zou het niet beter zijn om te onderhandelen over hun vrijlating? In plaats van boven de vulkaan te gaan hangen, landde hij in het grijze dorp en toen hij gekeken had of hij zijn gammapistool bij zich had, sprong hij op de naargeestige steen van het pleintje.

Ditmaal hoefde hij maar heel even te wachten. Het stamhoofd kwam met grote passen naar hem toe geschreden. Hij had een grimmige lach op zijn gezicht en zijn boernoes wapperde van zijn gespierde armen en benen.

"Zo — het is de brutale kleine hertog weer. Uitstekend — we hebben gebrek aan beenderkalk en met jou kunnen we goede dingen doen.

Bereid je ziel voor op de Grote Brand en je volgende leven zal de eeuwige roem van een volmaakt glazuur zijn."

Thomm was bang, maar ook roekeloos. Hij raakte zijn wapen aan. "Ik kan een heleboel Pottenbakkers doden, en u zult de eerste zijn," zei hij met een stem die hij zelf vreemd vond klinken. "Ik kom de vier Mi-Tuun halen die u uit Penolpan heeft gestolen. Die ontvoeringen moeten ophouden. U schijnt niet te begrijpen dat wij u kunnen straffen."

Het stamhoofd bracht zijn handen op zijn rug. Hij leek niet onder de indruk. "Jullie kunnen dan vliegen als de vogels, maar vogels kunnen niet meer doen dan de mensen op de grond bevuilen."

Thomm trok zijn wapen tevoorschijn en wees op een steen die een halve kilometer van hen af lag. "Kijk naar die kei." En met een explosieve kogel maakte hij grind van de steen.

Het stamhoofd ging met gefronst voorhoofd een stap achteruit. "Inderdaad, je hebt meer kracht dan ik dacht. Maar —" Hij gebaarde naar de cirkel van Pottenbakkers die hen omringde. "Wij kunnen je doden voordat je veel schade kunt aanrichten. Wij Pottenbakkers vrezen de dood niet, want de dood is eeuwige meditatie vanuit het glas."

"Luister," zei Thomm ernstig. "Ik ben niet gekomen om te dreigen, maar om te onderhandelen. Mijn chef, Covill, heeft mij bevolen de berg op te blazen en uw grotten te verwoesten — en dat kan ik even makkelijk doen als die kei kapot schieten."

De Pottenbakkers begonnen te mompelen.

"Als u mij iets doet, reken dan maar dat u ervoor zult boeten. Maar zoals ik zei, ik ben tegen de wil van mijn chef geland om een overeenkomst met u te sluiten."

"Wat voor overeenkomst zou ons nu interesseren?" zei de hoofdpottenbakker verachtelijk. "Wij hebben alleen belangstelling voor ons vak." Hij gaf een teken en voordat Thomm wist wat er gebeurde, hadden twee stevige Pottenbakkers hem beetgegrepen en hem het pistool ontfutseld.

"Ik kan u het geheim van het ware gele glazuur geven!" riep Thomm wanhopig. "Het koninklijke lichtgevende geel dat het vuur van uw oven zal weerstaan!"

"Holle woorden," zei het stamhoofd. Toen vroeg hij spottend: "En wat wil je in ruil voor je geheim?"

"De terugkeer van de vier Mi-Tuun die u net uit Penolpan heeft ontvoerd en uw belofte dat u nooit meer iemand zult ontvoeren."

Het stamhoofd luisterde aandachtig. "Hoe zouden we dan glazuur moeten maken?" zei hij geduldig, alsof hij iets vanzelfsprekends uitlegde aan een kind. "Beenderkalk is een onmisbaar ingrediënt."

"Zoals Covill u verteld heeft, kunnen wij u onbeperkte hoeveelheden kalk leveren met alle gewenste eigenschappen. Op Aarde maken we al duizenden jaren aardewerk en wij weten een heleboel van zulke dingen."

De hoofdman van de Pottenbakkers gaf een minachtende ruk met zijn hoofd. "Dat is duidelijk niet waar. Kijk —" hij schopte tegen Thomms gammapistool "— de substantie hiervan is dof, ondoorschijnend metaal. Een volk dat klei en transparant glas kent, zou nooit zulk soort materiaal gebruiken."

"Misschien is het verstandig als u het goedvindt dat ik het demonstreer," stelde Thomm voor. "Als ik u geel glazuur geef, wilt u dan met mij onderhandelen?"

De Pottenbakker monsterde Thomm bijna een volle minuut. Toen zei hij ongaarne: "Wat voor geel kun je maken?"

Thomm zei wrang: "Ik ben geen pottenbakker, en ik kan het niet precies voorspellen — maar de formule die ik bedoel kan iedere tint geel opleveren, van heel licht tot levendig oranje."

De man maakte een gebaar. "Laat hem los. Wij zullen hem zelf laten bewijzen dat hij liegt."

Thomm oefende zijn spieren, die nog pijn deden door de greep van de twee Pottenbakkers. Hij raapte zijn pistool van de grond en onder de sardonische blikken van het stamhoofd stak hij het weg.

"We spreken dit af," zei Thomm. "Ik laat u zien hoe u geel glazuur moet maken en ik garandeer u een overvloedige aanvoer van kalk. U laat de Mi-Tuun vrij en belooft nooit meer levende mannen en vrouwen uit Penolpan te ontvoeren."

"De afspraak staat of valt met de productie van geel glazuur," zei de hoofdman. "Wijzelf kunnen al het vuile geel maken dat we willen. Als jouw geel zuiver en echt uit het vuur komt, dan stem ik in met jouw voorstel. Zo niet, dan beschouwen wij Pottenbakkers je als een bedrieger en jouw ziel zal voor eeuwig onderdak vinden in een allervernederendst gebruiksvoorwerp."

Thomm ging naar de kopter, maakte de atoombom los uit zijn klemmen en verwijderde de parachute. De lange cilinder op zijn rug nemend, zei hij: "Breng me naar de pottenbakkerij. Ik zal zien wat ik doen kan."

Zonder een woord bracht het stamhoofd hem de helling af naar de lange schuur, die ze betraden door een stenen boog. Aan de rechterkant stonden kuipen met klei en twintig of dertig pottenbakkersschijven in een rij langs de muur. Op een rek in het midden van de schuur stond aardewerk te drogen. Links stonden vaten en tafels en er hingen planken aan de muur. Uit een deuropening kwam een schurend geluid. Hier was blijkbaar een molen in bedrijf. Het stamhoofd leidde Thomm naar links, langs de glazuurtafels naar het eind van de schuur. Op de schappen stonden kruiken, kommen en zakken met symbolen erop die Thomm niet kende. En door een deuropening zag Thomm de Mi-Tuun, die blijkbaar niet bewaakt werden. Ze zaten mistroostig maar lijdzaam op banken. Het meisje Su-then keek op, zag hem en haar mond viel open. Ze sprong overeind, maar aarzelde op de drempel onder de strenge blik van de hoofdman.

Thomm zei tegen haar: "Met een beetje geluk kom je weer vrij." Aan de hoofdman vroeg hij: "Welke zuren heeft u?"

De man wees naar een rij stenen flessen. "Het zuur van zout, het zuur van azijn, het zuur van fluorspaat, het zuur van salpeter en het zuur van zwavel."

Met een tevreden knikje legde Thomm de bom op de tafel, opende het luikje en trok er een van de uraniumhulzen uit. Met zijn zakmes schrapte hij er stukken af die hij in vijf porseleinen kommen deed. In elke kom goot hij een hoeveelheid zuur, steeds een ander. Uit het metaal kwamen gasbellen vrij.

De hoofdman keek met zijn armen over elkaar toe. "Wat probeer je te doen?"

Thomm ging een stap achteruit en monsterde zijn borrelende kommen. "Ik wil een uraniumzout laten neerslaan. Haal soda en loog voor me."

Uiteindelijk zette zich in een van zijn kommen een geel poeder af. Hij waste het triomfantelijk.

"Zo," zei hij. "Nu moet ik helder glazuur hebben."

Hij vulde zes kommen met glazuur en in elk ervan mengde hij een andere hoeveelheid van zijn gele zout. Vermoeid zei hij toen met een gebaar: "Daar heeft u het glazuur. Test het maar."

Het stamhoofd gaf een bevel en een Pottenbakker kwam aanzetten met een armvol tegels. Het stamhoofd merkte de eerste kom, doopte er een tegel in en nummerde ook de tegel. Zo deed hij ook met de rest.

Toen laadde een van de Pottenbakkers de tegels in een kleine bakstenen oven, metselde de deur dicht en stak eronder een vuur aan.

De hoofdman zei: "Nu heb je twintig uur de tijd om je af te vragen of het bakken je leven of dood zal brengen. Die tijd mag je doorbrengen in het gezelschap van je vrienden. Je kunt niet vertrekken, want je wordt goed bewaakt." Hij marcheerde bruusk weg.

Thomm ging naar het kamertje. Su-then stond nog in de deur. Ze viel hem blij in zijn armen.

De uren kropen voorbij. De vlammen loeiden langs de oven omhoog en de stenen werden roodgloeiend, geel en ten slotte witheet en daarna ging het vuur langzaam uit. Nu lagen de tegels af te koelen en achter de dichtgemetselde deur waren de kleuren al geschapen. Thomm bedwong zich om de deur niet open te breken. Toen het donker werd sukkelde hij in slaap. Hij lag onrustig te doezelen met Su-then's hoofd op zijn schouder.

Hij werd gewekt door zware voetstappen. De hoofdman brak de deur van de oven weg. Thomm ging er vol spanning bij staan. In de oven was het donker; hij zag alleen de witte tegels met de glans van de glaslaag erop. De hoofdman stak zijn arm in de oven en trok de eerste tegel eruit. De bovenkant werd ontsierd door een troebele mosterdkorst. Thomm slikte moeilijk. De hoofdman grijnsde sarcastisch tegen hem. Hij pakte nog een tegel. Deze toonde een massa bruine blaren. Weer grijnsde de hoofdman. De derde tegel was een brok modder.

Nu lachte het stamhoofd van oor tot oor. "Verwaand kereltje, jouw glazuur is nog erger dan de belabberdste poging van onze kinderen."

Hij pakte de vierde tegel. Een gloed van schitterend geel en het leek wel of de hele schuur oplichtte.

De hoofdman van de Pottenbakkers snakte naar adem, de andere leden van de stam hunkerden naar voren en Thomm zakte slap langs de muur naar beneden. "Geel —"

※

Toen Thomm eindelijk terugkwam in het bureau, bleek Covill woedend te zijn. "Waar ben jij voor de donder geweest? Ik stuur je weg met een boodschap die hoogstens twee uur moest kosten en je blijft twee dagen weg."

Thomm zei: "Ik heb de vier Mi-Tuun teruggehaald en ik heb een afspraak met de Pottenbakkers gemaakt. Ze zullen niemand meer ontvoeren."

Covills mond viel open. "*Wat* heb je gedaan?"

Thomm herhaalde het.

"Heb je mijn bevelen niet opgevolgd?"

"Nee," zei Thomm. "Ik vond mijn idee beter en dat is dus wel gebleken."

Covills ogen waren harde blauwe vuurtjes. "Thomm, hier heb je het verbruid. Planetaire zaken kan jou niet gebruiken. Als ik er niet op kan rekenen dat je de bevelen van je chef opvolgt, dan ben je voor het bureau geen cent waard. Pak je spullen en vertrek met de volgende boot."

"Als u dat wilt, uitstekend," zei Thomm en hij wilde weggaan.

"Tot vier uur vannacht ben je nog in dienst van het bureau," zei Covill koud. "Tot dan gehoorzaam je mij. Breng de kopter terug naar de hangar en leg de bom weer in het arsenaal."

"Die bom heb ik niet meer," zei Thomm. "Ik heb het uranium aan de Pottenbakkers gegeven. Dat hoort bij de afspraak."

"*Wat?*" bulderde Covill, met een gezicht of hij een beroerte kreeg. "*Wat?*"

"U heeft het best verstaan," zei Thomm. "En als u denkt dat u de bom beter had kunnen gebruiken door hun handeltje op te blazen, dan bent u hartstikke gek."

"Thomm, jij stapt nu ogenblikkelijk in die kopter, je vliegt terug en je haalt dat uranium. Durf niet zonder het spul terug te komen. Allemachtig, ongelooflijk domme stomkop, met dat uranium kunnen de Pottenbakkers heel Penolpan van de planeet wegvagen."

"Als u dat uranium wilt hebben," zei Thomm, "dan gaat u het zelf maar halen. Ik ben ontslagen en ik doe niet meer mee."

Covill staarde hem aan. In zijn razernij leek hij op te zwellen als een kikker. Dikke woorden dropen van zijn lippen.

Thomm zei: "Als ik u was, zou ik geen slapende honden wakker maken. Het zou gevaarlijk kunnen zijn om dat uranium terug te halen."

Covill hing twee gammapistolen aan zijn riem en beende woest naar buiten. Even later hoorde Thomm de kopter starten.

"Daar gaat een dapper man," zei hij bij zichzelf. "En een idioot."

Drie weken later kwam Su-then opgewonden vertellen dat er bezoek was en toen Thomm opkeek zag hij de hoofdman van de Pottenbakkers met twee stamleden bij zich — allemaal even streng en ontzagwekkend in hun grijze mantels.

Thomm begroette de mannen hoffelijk en bood ze een stoel aan, maar ze bleven staan.

"Ik ben naar de stad gekomen," zei het stamhoofd, "om te vragen of de overeenkomst die wij gesloten hebben nog geldt."

"Wat mij betreft wel," antwoordde Thomm.

"Er kwam een gek naar het dorp van de Pottenbakkers," vervolgde de man. "Hij zei dat jij geen gezag had, dat onze overeenkomst wel in orde was, maar dat hij niet kon toestaan dat de Pottenbakkers het zware metaal hielden waarmee wij glas als de zonsondergang kunnen maken."

Thomm vroeg: "Wat gebeurde er toen?"

"Er werd geweld gebruikt," zei de hoofdman op effen toon. "Hij doodde zes goede schijfdraaiers. Maar dat maakt niet uit. Ik kom vragen of onze afspraak stand houdt."

"Ja," zei Thomm. "Hij wordt gegarandeerd door mijn woord en door het woord van mijn grote opperhoofd op Aarde. Ik heb met hem gesproken en hij verklaart dat de overeenkomst goed is."

Het stamhoofd knikte. "In dat geval breng ik je een geschenk." Hij wenkte en een van zijn mannen zette een grote kom op Thomms bureau. Het was een wondermooie, geelstralende kom.

"De gek mag zich werkelijk gelukkig prijzen," zei de hoofdman, "want zijn geest huist nu in het lichtste glas dat ooit uit de Grote Brand is gekomen."

Thomms wenkbrauwen vlogen omhoog. "U bedoelt dat Covills beenderen —"

"De vurige ziel van de gek heeft luister verleend aan een reeds glorieus glazuur," zei de hoofdman. "Hij leeft eeuwig in de betoverende glans —"

DE BEZOEKERS

Eerste stuurman Avery kwam door de buis naar de brug lopen, zuigend aan de bol koffie die hij in zijn hand had. Tweede stuurman Dart kwam stijfjes overeind van de stoel waarop hij zijn wacht had doorgebracht. "Neem jij het over?"

Avery was mager en had een haviksneus. Zijn huid had de kleur van gelig leer en wat hij nog aan haar had, was lang en dun. Zijn zwarte ogen werden omsloten door smalle oogleden en door de hoek waarop ze ten opzichte van zijn wangen stonden, was zijn gezicht clownesk en melancholiek tegelijk. Dart was klein en gezet, met een bijbehorend gezicht. Zijn haar was net zo rood als de vacht van een Airedaleterriër en zijn bewegingen waren abrupt en nadrukkelijk. Met een snelle, brede zwaai van zijn korte armen rekte hij zich uit en ging naast Avery in de koepel staan.

Avery boog zich naar voren, keek omhoog, naar links en naar rechts, om te zien hoe de roze en elektriserend blauwe lijnen over het zwart van de macroïde ruimte liepen. Over zijn schouder zei hij: "Het beeld is nogal lichtzwak. Krik het eens een beetje op. Ik heb nog geen tien meter zicht."

Dart knipperde slaperig met zijn ogen en stelde een reostaat bij, zodat de gepolariseerde lichtbundel van de projectoren op de voorplecht een stuk feller werd en de kraakbeenachtige krachtlijnen van de macroïde ruimte een stuk duidelijker te onderscheiden waren.

Avery bromde even. "Stukken beter. Daar komt een focus aan, waar die twee booglijnen naar elkaar toe lopen."

Dart keek mee. De lijnen trilden, bogen naar elkaar toe. Vlagen kleur begonnen uit het gebied ertussen weg te lopen: flets geel, roze, groen. Plotseling vlamde een vonk rood op.

"Daar heb je je focus," zei Avery zuur. "Een meter voor je neus. Het hart van een zon."

Met iets van gêne streek Dart over zijn kin. Hij was blij dat Avery, en niet kapitein Badt, hem op zijn onoplettendheid had gewezen. "Je hebt helemaal gelijk."

"Klein tot middelgroot, aan de hoek van die binnenste blauwe lijn te zien," zei Avery. "Zullen we meteen even kijken of er planeten zijn? Want daar komen we voor."

Centimeter voor centimeter zochten ze de koepel af. Omhoog, omlaag, naar links, naar rechts. "Hé, daar heb je er een," zei Dart. "Net als het plaatje in het handboek. Misschien strijken we toch nog die bonus op."

De felrode vonk vervaagde naar geel en de kluwen gekleurde draden die op de aanwezigheid van een planeet duidde, begon zich te ontrollen. Avery deed twee stappen naar achteren en zette de aandrijving uit. De lijnen werden statisch.

Eem tijdje bestudeerde hij het patroon in de halfronde koepel. "De zon staat ongeveer daar." Hij wees naar een plek tussen hem en Dart in. "De planeet bevindt zich net binnen de koepel."

"We gaan het helemaal maken," zei Dart.

Avery verwrong zijn mond tot een sarcastische grijns. "Precies. Of het blijkt dus helemaal niks te zijn. Dat kan ook."

"Er zijn horden mensen die vinden dat ze geniaal zijn. En toch heeft niemand ooit ontdekt hoe het precies werkt. Snap jij dat nou?"

Avery had zijn blik gericht op de koepel om te zien of hij nog meer lijnkluwens zag. "Hoe wat precies werkt?"

"Wat er gebeurt als je de macroïde ruimte in gaat."

"Jij en je gefilosofeer altijd. Het heelal krimpt. Of wij en het schip worden kosmisch groot. Het belangrijkste is dat je zo wel ergens komt. Ga maar eens met Bascomb praten. Dan krijg je tien verschillende antwoorden. Over geniaal gesproken." Bascomb was de scheepsbioloog en daarnaast een onvermoeibaar polemist, die steeds nieuwe theorieën bedacht.

Avery wierp nog een laatste blik op de knik in de lijn. "Bel de kapitein en laat iedereen aan dek komen. We gaan over naar de normale ruimte."

✳

De unigen was een intelligent organisme, al kon je eigenlijk niet van een vorm of structuur spreken. Hij bestond uit mobiele kernen van een lichtgevende substantie die geen materie was en ook nog geen energie. Er waren miljoenen kernen, alle onderling verbonden door strengen die veel weghadden van de krachtlijnen in de macroïde ruimte.

Je zou de unigen kunnen vergelijken met een groot brein, met de kernen als grijze materie en de krachtlijnen als zenuwbanen. De unigen kon de vorm aannemen van een heldere bol of zijn kernen met de snelheid van het licht naar alle uithoeken van het heelal sturen.

Net als alle andere aspecten van de werkelijkheid was de unigen gebonden aan entropie. Om in leven te blijven verwerkte hij energie, meer of minder, al naar die beschikbaar was. Om te kunnen voortbestaan was de unigen voortdurend op zoek naar energiebronnen.

Er waren tijden van overvloed. Dan werd de unigen zwaar van de energie en breidde hij via parthenogenese het aantal kernen uit. Maar het kwam ook voor dat het licht van de kernen goeddeels doofde. Dan ging de unigen als een wolf op jacht en stroopte planeten, satellieten, meteoren en donkere sterren af, op zoek naar kruimels desnoods laagwaardige energie. Tijdens een van die magere perioden benaderde een van de kernen de planeet van een kleine zon en merkte daar quanta op die wezen op de aanwezigheid van radioactiviteit — een uitgesproken kleurenpatroon tegen een gevlekte achtergrond.

Hoop, een emotie die was opgebouwd uit verlangen en verbeelding, was een emotie die de unigen wel kende. Hij liet de kern verder gaan. Nu manifesteerde de straling zich hard en scherp. De baan gekleurd licht werd langer en nog langer, en in het midden ervan lichtte een plek extra fel op, als een diamant op een strook zilver. Dat was duidelijk de plek waar het radioactieve materiaal aan de oppervlakte kwam. Naar deze plek stuurde de unigen de kern.

Terwijl die zich omlaag liet zakken, zocht de unigen naar mogelijke bronnen van gevaar: sporen van energievreters, bronnen van statische elektriciteit zoals wolken, die met een vonk de strakke windingen van een kern zouden kunnen verstoren.

De lucht was zuiver en de planeet leek vrij van gevaarlijke levensvormen. Als een heldere sneeuwvlok liet de kern zich naar de bron van radioactiviteit vallen.

Het schip draaide in een verkenningsbaan om de planeet. Kapitein Badt, een zwijgzame man die weinig tegenspraak duldde, stond op de brug, naast het telescherm, en luisterde naar wat de technici te rapporteren hadden. Wat hij daarvan vond, liet hij niet merken.

Een ontevreden Dart mompelde tegen Avery: "Niet bepaald een plek die veel toeristen zal trekken, die planeet."

"Er zijn stukken die er niet fraai uitzien, nee. Maar al met al is hij toch wel de moeite waard."

Dart zuchtte en schudde zijn ronde rossige hoofd heen en weer. "Er is nog nooit een wereld geweest die zo onherbergzaam was dat er geen kolonisten heen wilden. Als het niet zo koud is dat de lucht bevriest en niet zo heet dat water er vanzelf gaat koken en als je er adem kunt halen zonder dat je ogen uit je hoofd gaan puilen, willen er mensen wonen."

"Ik ben geboren op een planeet die heel wat erger was dan deze," zei Avery kortaf.

Dart zweeg even, maar ging toen verder met het air van een man die zich niet laat ontmoedigen: "Nou ja, er is te wonen. De lucht is niet giftig en bevat de juiste mix van gassen, de temperatuur en de zwaartekracht zitten binnen de marges en we hebben geen leven weten te vinden. Vooralsnog dan." Hij liep naar de koepel, die nu uitzicht bood op de planeet onder hen. "Thuis is de oceaan blauw. Op Alexander is hij geel en op Coralasan rood. Hier is hij groen. Hoe is het mogelijk."

"De samenstelling zal wel heel anders zijn," zei Avery. "De rode en de gele kleur komen van plankton. Het groen hier van algen of mos of zeewier. Geen idee hoe dik die laag is. Misschien wel dik genoeg om er koeien op te laten lopen."

"Goed als veevoer," knikte Dart. "Ik heb van hier zicht op tien miljoen vierkante kilometer. Waarschijnlijk is dat spul de bron van de zuurstof in de lucht. Volgens Bascomb is er geen oppervlaktevegetatie. Misschien korstmossen en een paar struiken of zo. Die zee moet tjokvol humus zitten."

De luidspreker van het lab klikte twee keer. Aan de andere kant van de brug blafte kapitein Badt: "Zeg het maar."

De sonocode van zijn stem zette het circuit open. De stem van Jason, de geoloog, zei: "U wilde weten wat voor atmosfeer deze wereld heeft.

Eenendertig procent zuurstof, elf procent helium, veertig procent stikstof, tien procent argon, vier procent kooldioxide, en de resterende vier procent inert. In feite een atmosfeer zoals op aarde."

"Dank je," zei kapitein Badt formeel. "Uit."

Met een frons op zijn voorhoofd beende hij heen en weer, zijn handen op zijn rug.

"De ouwe heeft haast," zei Avery zacht tegen Dart. "Ik kan zien wat hij denkt. Hij heeft het niet op verkenningswerk. Dus als dit een planeet van de A-klasse blijkt te zijn, gebruikt hij dat volgens mij als smoes om terug te gaan naar de aarde."

De kapitein liep nog een paar keer stijf heen en weer, bleef toen staan en beende toen naar de luidspreker. "Jason!"

"Ja, kapitein?"

"Wat kun je nu al zeggen over de geologische situatie?"

"Niet veel, daarvoor zitten we te hoog. Maar de hoogteverschillen lijken eerder door magmatische activiteit dan door erosie te zijn ontstaan. Vermoed ik."

"Misschien dus een goede planeet voor ertsen?"

"Dat denk ik wel, ja. Veel plooiingen, veel kloven, niet te veel sediment. Langs de kust zijn de rotsen behoorlijk gehavend. Daar verwacht ik schist, gneis en conglomeraten die met kwarts en calciet aan elkaar zitten."

"Dank je." Kapitein Badt liep naar het magnischerm en keek hoe het landschap onder hen voorbijgleed. Hij draaide zich om naar Avery. "Ik denk dat we verder onderzoek maar laten voor wat het is en gaan landen."

De luidspreker dubbelklikte weer. "Zeg het maar."

Het was opnieuw Jason. "Ik heb een groot gebied met radioactieve ertsen ontdekt, misschien pekblende of anders carnotiet. Net een zoeklicht als ik de scope er overheen haal. Het loopt langs de kust. Net ten zuiden van die lange inham."

"Dank je." Tegen Avery: "Daar zetten we hem aan de grond."

Twee verkenners, Avery en Jason, liepen langs het zwarte grind waaruit de kust bestond. Aan hun linkerkant spreidde de oceaan zich uit, zo ver het oog reikte, groen en vlak, als een enorm biljartlaken. Rechts van hen leidden zwart beschaduwde kloven de bergen in, die messcherp en kaal omhoog rezen. De zon was kleiner en geler dan die van de aarde, en daardoor was het licht wat flets, alsof de aardse zon door een rooksluier scheen. De lucht was geschikt voor mensen, maar ze hadden toch een helm op om zich te beschermen tegen wellicht gevaarlijke bacteriën of sporen.

Via een camera op de helm van Avery keek kapitein Badt vanuit het schip mee. "Zie je insecten of andere dieren?"

"Tot dusver niet. In de groene laag prut op die oceaan zou weleens een massa insecten kunnen zitten. Jason heeft er een steen op gegooid en die is er niet doorheen gegaan. Volgens mij kun je er met sneeuwschoenen overheen lopen."

"Wat is dat voor vegetatie rechts?"

Avery bleef staan en bekeek de struik. "Niet erg anders dan die om het schip heen. Weer zo'n kwastenplant, alleen wat groter dan de rest. Het land lijkt me vrij droog, ondanks de oceaan. Om goeie grond te krijgen heb je regen nodig. Toch, Jason?"

"Precies."

Kapitein Badt zei: "Naar die oceaan kijken we later wel. Voorlopig heb ik meer belangstelling voor dat uranium. Je zit er bijna bovenop."

"Het ligt zo'n honderd meter verder. Een strook zwarte rotsen. Ja, de detector van Jason is als een gek aan het ratelen. Volgens Jason is het pekblende. Uraniumoxide." Abrupt bleef hij staan.

"Wat is er?"

"Ik zie een hele zwerm lichtjes. Ze gaan op en neer. Net muggen."

Kapitein Badt stelde het beeld op het scherm scherp. "Ja, ik zie ze."

"Misschien een soort vuurvliegjes," zei Jason.

Avery deed behoedzaam een paar stappen naar voren en bleef toen weer staan. Een van de lichtvlekken schoot omhoog en naar hem toe, draaide eerst om zijn hoofd, toen om dat van Jason en vloog toen terug naar de uraniumrotsen.

Onzeker zei Avery: "Ze lijken me niet gevaarlijk. Een soort insect, zo te zien."

"Bijzonder dat ze allemaal bij elkaar zitten," zei kapitein Badt. "Alsof ze dat uranium eten, of de straling prettig vinden."

"Verder is er niks te zien. Geen vegetatie of zo. Het zal dus het uranium wel zijn."

"Ik stuur Bascomb er wel heen," zei kapitein Badt. "Die weet er meer van."

De kern die de planeet had ontdekt, hechtte zich aan een uitloper van het uraniumoxide. Na enige tijd kwamen er nog meer kernen bij, uit gebieden waar minder te halen viel. Het absorberen van energie nam een aanvang. Een kern genereerde voldoende hitte om een kleine hoeveelheid erts te laten verdampen. Dat gas werd door de kern opgenomen en aan een complexe alchemistische bewerking onderworpen. Daardoor kwam in het gas aanwezige latente energie vrij. De kern absorbeerde die energie, drukte die samen, versterkte de structuur ervan en trok de krachten in strakke patronen. Tegelijkertijd liet hij via zijn verbindingslijnen een vloed energie naar de rest van de unigen stromen, en overal in het heelal flonkerden kernen met een nieuwe goudgroene gloed.

Als je verbazing gelijkstelt met het waarnemen van gebeurtenissen die tot dan waren afgedaan als onwaarschijnlijk, was de unigen verbaasd toen hij twee wezens in zijn richting zag lopen, langs het strand.

Ook op andere werelden had de unigen levende wezens waargenomen. Soms waren die gevaarlijk, zoals de spiegelmetalen energie-etende wezens die rondzwommen in de dichte atmosfeer van een andere uraniumrijke planeet. Anderen waren onbelangrijke concurrenten op voedselgebied. Deze trage wezens leken onschadelijk.

Om de zaak beter te bekijken stuurde de unigen er een kern heen. Even later kwam een melding binnen over infrarode straling en fluctuerende elektromagnetische velden.

"Onschadelijke autochtone wezens," concludeerde de unigen. "Leven op basis van laag-energetische reacties, zoals de landwormen van Planeet 11432. Onbruikbaar als energiebron, niet in staat om de harde energie van een kern te beschadigen."

De unigen liet de twee wezens voor wat ze waren en wijdde zijn aandacht aan de uraniumafzetting. Merkwaardig... Op het erts was iets verschenen wat wel een plant leek: kleine sprieten, die omhoog waren gekomen uit kleine vlakke knoppen. Die waren er eerst niet geweest.

Daar kwam weer zo'n traag wezen aan. Net als de anderen straalde hij infrarode energie uit, op steeds verspringende zwakke golflengten.

Het wezen hield stil en kwam toen langzaam op de uraniumafzetting af.

De unigen nam het met iets van nieuwsgierigheid waar. Tot exacte visuele waarneming was hij niet in staat; de bewegingen van de landworm waren voor hem steeds verschuivende waaiers straling.

Het wezen leek een metalen voorwerp te manipuleren dat blonk en het licht van de zon weerkaatste — kennelijk een brok pekblende dat zijn aandacht had getrokken.

De landworm kwam nog dichterbij. Hij maakte een paar vage bewegingen en leek plotseling een van zijn ledematen naar voren te steken. Weer een beweging en een net van koolstof bevattend materiaal viel over een van de kernen heen.

Interessant, dacht de unigen. Het wezen werd kennelijk aangetrokken door de glinstering en de beweging. De daaruit voortvloeiende handeling wees op nieuwsgierigheid. Was het wezen toch hoger ontwikkeld dan zijn structuur leek te beduiden? Misschien hield het zich in leven door kleine lichtgevende wezens te vangen. Fluorescerende kwallen uit de zee misschien?

De landworm trok het net strakker dicht. Om het probleem op te lossen, liet de unigen toe dat de kern werd meegevoerd.

Een harde dop van een tweede koolstof bevattend materiaal werd over de kern geplaatst, zodat die werd ingesloten.

Was dit misschien het spijsverteringskanaal van de landworm? Maar er was niets te merken van maagsappen of van een wringende of plettende beweging.

De landworm bewoog zich even van de afzetting vandaan en voerde een aantal mysterieuze bewegingen uit. De unigen begreep niet wat de zin ervan was.

Twee metalen naalden drongen de kooi binnen. Ontsteld probeerde de unigen de kern terug te halen.

Avery en Jason liepen verder langs de strook pekblende. Na enige tijd verdween die en strekte de kustlijn van grijszwarte kiezels zich uit van de groenfluwelen oceaan tot aan de logge schouder van de berg.

"Hier is niks, kapitein," zei Avery. "De kust loopt gewoon door, en de bergen ook, zeker een kilometer of vijftien."

"Oké, kom dan maar terug. Bascomb gaat trouwens achter de flikkerende lichtjes aan. Hij denkt dat het dampslierten zijn. Een soort emanaties."

Avery knipoogde, verbrak de verbinding en zei tegen Jason: "Bascomb is pas tevreden als hij een van die dingen als een vlinder heeft opgeprikt."

Jason hief zijn hand op en beduidde Avery dat die moest luisteren. Avery schakelde het communicatiekanaal weer in en hoorde Bascombs precieze stem.

"— op een afstand van tien meter laat de spectroscoop een uniforme golf zien. De straling is in alle frequenties even sterk. Dat is merkwaardig. Normale fosforverbindingen vertonen elk een eigen stralingsniveau en idem frequentie. Misschien is dit vergelijkbaar met Sint-Elmusvuur, al moet ik bekennen dat ik niet helemaal begrijp —"

Ongeduldig gromde kapitein Badt: "Zijn het levende dingen of niet?"

Bascomb klonk geïrriteerd. "Geen idee. Per slot is dit een vreemde planeet. Het woord 'leven' heeft wel duizend betekenissen. Ik heb trouwens buitengewoon merkwaardige vegetatie gezien. Op de pekblende."

"Avery heeft niets over vegetatie gezegd. Terwijl ik er specifiek naar heb gevraagd."

Bascomb snoof. "Die vegetatie kan hem onmogelijk zijn ontgaan. Het is een rij scheuten, een centimeter of vijftien lang. Een soort harde sprieten. Ze komen uit een soort zuignappen op de rots. Het heeft veel weg van iets wat ik ooit op Martius Juvenalis heb gezien, waar ook pekblende aan de oppervlakte komt... Heel merkwaardig. De wortels lijken zich dwars door de rotsen heen te hebben geboord."

"Jij bent de bioloog," zei kapitein Badt. "Dit is jouw vakgebied."

In de stem van Bascomb klonk iets van opgewekt zelfvertrouwen door. "Zo meteen weten we meer. Ik heb weleens gehoord van emanaties bij afzettingen pekblende, maar die nooit zelf waargenomen. Misschien krijg je door de combinatie van geconcentreerde straling en minuscule hoeveelheden vocht..."

Kapitein Badt schraapte zijn keel. "Pak het maar op je eigen manier aan. Maar kijk wel uit. Maak ze niet onrustig. Ze zouden gevaarlijk kunnen zijn."

"Ik heb een net en een bewaardoos bij me. Wat ik wil doen, is er een vangen en hem onder de microscoop bekijken."

"Als je maar weet wat je doet," zei de kapitein vermoeid.

"Ik heb mijn hele leven gewijd aan het bestuderen van buitenaards leven," zei Bascomb stijfjes. "Ik vermoed eigenlijk dat deze lichtjes net zoiets zijn als de vonkteken op Procyon B... Even mijn net uitschuiven. Ha, ik heb er een. In de bewaardoos ermee. Tjee, wat een licht. Ziet u het ook?"

"Ja, ik zie het. En als je hem onder de microscoop legt?"

"Hmm." Bascomb bekeek zijn vangst door een zakvergroter. "Geen resolutie. Middenin zie ik vuur. Daar zit het insect natuurlijk. Ik laat er een elektrische vonk doorheen gaan. Dan is het beest dood en kan ik het sterker uitvergroten."

"Doe nou niks ondoordachts —" begon kapitein Badt. Het scherm werd een felle witte flits en ging toen uit. "Bascomb! Bascomb!"

Er kwam geen antwoord.

Het vernietigen van een kern liet een rusteloze huivering door de unigen gaan. Een kern was een geïntegreerd onderdeel van het brein van de unigen en was geconditioneerd voor het modificeren van een bepaalde categorie gedachten. Als een kern werd vernietigd, werd het denken in die categorie stilgezet tot een andere kern kon worden aangemaakt en voorzien van exact dezelfde verbindingen.

De implicaties van wat er was gebeurd, waren nog meer reden tot zorg. De metalen energievreters op een andere planeet gebruikten dezelfde techniek — een stroom elektronen die de kern bombardeerden om het evenwicht daarbinnen te verstoren. Het resultaat was een energieflits die deze eivormige metalen wezens konden absorberen. Blijkbaar was de landworm verrast door de explosie, omdat hij de kern aanzag voor een minder energierijk wezen, en daardoor vernietigd.

Het zou weleens verstandig kunnen zijn, dacht de unigen, om de landwormen te vernietigen zodra ze zich lieten zien. Daardoor zouden verdere ongelukken worden voorkomen.

Nog een bron van ergernis: de vegetatie verbreidde zich steeds verder over de pekblende en boorde daar diepe wortels in. Blijkbaar werd het vrijgemaakte materiaal opgenomen door de harde pennen. Toen de unigen met een kern probeerde het vrijgekomen uranium te absorberen, stuitte die op een harde schil van inert materiaal, die bestand bleek tegen de hitte van de kern.

In het hele heelal begonnen kernen te flakkeren en te trillen toen de unigen zijn rekenvermogen aansprak. Er moesten drastische maatregelen worden genomen.

Een eind verderop zagen Avery en Jason de witte flits van de explosie, die de zwarte kloven heel even liet oplichten in naargeestig wit licht. Daarna kwam een golvend gedreun, gevolgd door de schokgolf van de explosie.

Geschrokken activeerde Avery de commtoets. "Hier Avery. Wat is er gebeurd?"

"Die stomme Bascomb heeft zich net opgeblazen," zei kapitein Badt met rauwe stem.

"We lopen langs het strand, anderhalve kilometer bij de explosie vandaan. Moeten we —"

"Niks doen," onderbrak de kapitein hem. "Nergens aankomen. Dit is een rare planeet. Het is gevaarlijk hier. Dat heeft Bascomb net laten zien."

"Wat heeft hij gedaan?"

"Blijkbaar heeft hij een elektrische stroom door een van die lichtdingen gejaagd. En dat ontplofte."

Avery bleef staan en keek wantrouwig de kust langs. "Wij liepen er vlak langs zonder dat ze ons iets deden. Het moet door de elektriciteit komen."

"Kijk goed uit onderweg. Ik wil niet nog meer mensen verliezen. Blijf bij die lichtjes vandaan."

"Komt voor elkaar." Avery gebaarde naar Jason. "We gaan verder. Blijf zo dicht mogelijk bij het water."

Langs de natte rand van de oceaan liepen ze door. Na een bocht in de kust kregen ze de plek in het oog waar de explosie zich had voorgedaan.

"Zo te zien is er niet veel van Bascomb over," zei Jason ontdaan.

"Maar een echte krater is er ook niet. Ik snap het niet."

"Moet je kijken. Er zijn nu duizenden van die lichtdingen. Net bijen bij een kast. En moet je eens kijken naar wat er uit de rotsen groeit.

Dat was er niet toen we hier op de heenweg langskwamen. Die dingen schieten als paddenstoelen uit de grond."

Avery richtte er zijn kijker op. "Waarschijnlijk heeft het iets te maken met die lichtdingen. Die zouden weleens sporen of stuifmeel kunnen zijn."

"Alles is mogelijk. Op Antaeus heb ik lianen gezien die vijftig kilometer lang zijn, en meters in omtrek. Als je er met een stok in port, gaan ze over hun hele lengte trillen. De kinderen in de kolonie daar gebruiken ze om elkaar morseberichten te sturen. Dat vinden de lianen niet leuk, alleen kunnen ze er niks tegen doen."

Avery had over Jasons schouder naar de dansende lichtjes staan kijken. "Net ogen die naar ons kijken...Voor ze een kolonie hierheen sturen, moeten die rotdingen worden vernietigd. Ze zijn gevaarlijk met elektriciteit in de buurt."

"Duiken!" zei Jason. "Er komen er een paar op ons af."

Nerveus zei Avery: "Doe niet zo schichtig, joh. Ze waaien gewoon met de wind mee."

"Maak dat de kat wijs," riep Jason, en begon in de richting van het schip te rennen.

De unigen keek hoe de landwormen langs de kustlijn terugkeerden, blijkbaar op zoek naar de zeematerie waarmee ze zich voedden. Om de vernietiging van nog meer kernen te voorkomen was het verstandig de wezens te vernietigen en dit deel van de planeet van hen te ontdoen.

Hij stuurde twee kernen op de landwormen af. Die leken te beseffen dat er gevaar dreigde en zetten zich log in beweging. De unigen versnelde de kernen. Die schoten met half de snelheid van het licht naar voren, doorboorden de landwormen, draaiden zich om en deden het nog twintig keer. De landwormen zakten op het zwarte grind in elkaar en bleven slap liggen.

De unigen liet de kernen terugkeren naar de uraniumafzetting en wijdde zich aan een serieuzere zaak: de vegetatie die die afzetting verstikte met zijn wortels en knopen.

De unigen richtte de hitte van twintig kernen op een van de harde pennen. Een gat verscheen. De pen zakte scheef weg en verschrompelde.

Voldoening was een emotie die de structuur van de unigen vreemd was. Het dichtstbijzijnde equivalent was een kalm gevoel dat hij de situatie meester was en kon doen wat hij wilde. In deze toestand zette de unigen systematisch de aanval in op de pennen.

Een tweede viel om en werd bruin, en een derde...

Boven de unigen verscheen een vliegend voorwerp. Het had veel weg van een landworm, alleen stootte het meer infrarode straling uit.

Zaten die wezens dan overal?

Tweede stuurman Dart was met het idee gekomen, eerst nogal omzichtig, omdat hij verwachtte dat kapitein Badt hem met een ijzige blik het zwijgen op zou leggen. Maar die stond stil als een standbeeld naar het lege magnischerm te staren, dat nog steeds op de frequentie van Avery stond ingesteld.

Iets assertiever zei Dart: "We kunnen nog steeds niet met zekerheid zeggen of de planeet bewoonbaar is of niet. Als we nu vertrekken, weten we eigenlijk niks."

Met een stem waaruit alle leven was weggelekt, zei kapitein Badt: "Ik kan hier niet nog meer mensen aan wagen."

Dart streek met zijn hand over zijn korte rode haar. Er viel hem een gedachte in: kapitein Badt begon oud te worden.

"Die lichtjes zijn gemene krengen," zei Dart nadrukkelijk. "Dat weten we. Ze hebben drie man vermoord. Maar we kunnen ze aan. Een elektrische puls laat ze ontploffen. En nog iets: ze gedragen zich als bijen bij een kast. Ze doen pas iets als ze worden aangevallen. Bascomb, Avery en Jason zijn dood omdat ze te dicht in de buurt van die pekblende zijn gekomen. Ik heb een idee, en dat durf ik best zelf uit te voeren. We maken een licht frame en bespannen dat met draden die we om en om een positieve en een negatieve lading geven. Dan pak ik de helikopter en vlieg met dat frame heen en weer boven de pekblende. Er zitten nou zo veel lichtjes dat ik er per keer wel twee- tot driehonderd kapot maak."

Kapitein Badt balde zijn handen tot vuisten en opende die toen weer. "Best. Doe maar." Hij draaide zich om en staarde opnieuw naar het lege magnischerm. Dit zou zijn laatste reis zijn.

Met de hulp van Henry, de energieman van het schip, construeerde Dart het frame, bespande het en bevestigde er een hoog-potentiaal-batterij aan. Daarna gespte hij zich in de stoel van de helikopter en ging recht omhoog, met onder zich anderhalve kilometer lichte kabel. Hij werd een puntje aan de grijze hemel.

"Okido," zei Henry in zijn commset. "Nu maak ik die vliegenvanger van jou aan de kabel vast en dan — Wacht, ik heb een ander idee. Hij moet met de vlakke kant naar voren, dus ik maak er een vaan aan vast. Dan krijg je meer luchtweerstand."

Hij deed wat hij had gezegd en haalde de schakelaar van de batterij over. "Je kunt."

Anderhalve kilometer boven hen zette Dart koers naar de pekblende.

Kapitein Badt klemde zijn vuist om de reling van de brug en keek naar het frame dat laag boven de grond gleed.

"Iets omhoog, Dart," zei hij. "Een metertje. Ja, zo. Houden zo. Zo gaat hij goed. Kalmpjes aan."

De unigen kon naast de heetste ultrakosmische straling ook de laagste radiogolven waarnemen, een spectrum van een miljoen kleuren. Hij beschikte impliciet over stereoscopisch beeld omdat elke kern als visueel orgaan functioneerde. Resolutie werd bereikt door alleen straling toe te laten die normaal was voor het oppervlak van de kern. Op die manier werd een grof driedimensionaal beeld verkregen, al waren details zoals een metalen frame aan een lange kabel vrijwel onzichtbaar.

De eerste waarschuwing die de unigen kreeg, was de druk van de dichterbij komende elektrostatische velden. Toen zwierde het frame over de pekblende afzetting heen, dwars door de plek waar de meeste kernen zich ophielden.

De explosie genereerde zo veel hitte dat er een vlammend bassin van gesmolten materie ontstond met een doorsnee van vijftien meter. De kernen die niet tot ontploffing werden gebracht, werden in de richting van de oceaan geslingerd.

Pal onder de explosie werd de vegetatie verzengd. Elders raakte hij nauwelijks beschadigd.

De structuur van de unigen was net zomin tot woede in staat als tot voldoening, maar hij bezat wel een intense drang tot overleven. Boven hem vloog de landworm. Een ander exemplaar had met elektriciteit een kern vernietigd. Misschien had dit exemplaar dus iets te maken met de rampzalige explosie. Vier kernen schoten met de snelheid van het licht omhoog en boorden zich heen en weer door de landworm, als naalden die de rand van een laken stikken. Het wezen viel uit zijn toestel en sloeg tegen de grond.

De unigen verzamelde zijn kernen dertig meter boven het uranium. Zesennegentig kernen waren vernietigd.

Hij overwoog wat hem te doen stond. De planeet was rijk aan uranium, maar er huisden ook dodelijke landwormen.

De unigen kwam tot een besluit. Er was ook elders in het heelal uranium te vinden, op duizenden werelden die zwijgend en donker waren en geen leven bevatten. Hij had een les geleerd: mijd werelden met levensvormen, hoe primitief die ook waren.

De kernen flitsten de hemel in en verdwenen in de ruimte.

Kapitein Badt liet de rand van de tafel los. "Nu is het genoeg," zei hij met vlakke stem. "Een wereld waar we binnen vier uur vier goeie mensen kwijtraken — een wereld waar zwermen dolle atoombijen voorkomen — dat is geen wereld die geschikt is voor menselijke bewoning. Vier goeie mensen..."

Zo bleef hij even staan, in elkaar gedoken en terneergeslagen.

De cadet liep de brug op, een blik van verbijstering op zijn gezicht. De discipline waaraan kapitein Badt zich een heel leven lang had gehouden liet zich gelden. Hij rechtte zijn rug en in zijn blik was eens te meer gezag te lezen.

"Cadet, tot nader order ben jij eerste stuurman. We vertrekken en gaan terug naar de aarde. Controleer alle luchtsluizen."

"Ja, kapitein," zei de nieuwe eerste stuurman.

Op de planeet heerste rust. De oceaan was een lichtgroene vlakte, de bergen gingen over in een massa spleten, kloven en plateaus — zwarte rots, grijze rots, met hier en daar verwaaide as.

Op de pekblende rees de vegetatie hoog op, een meter, drie, vijf. Grijze naalden, doorschoten met wit, ivoor en zilver. In elke naald opende zich een centrale ader, waardoor de naald een buis werd, recht en stijf als de loop van een kanon.

Onderin de buis kwam de vrucht van de plant tot ontwikkeling. De sporendoos was omsloten door een omhulsel waarin water sijpelde. Onder de sporendoos bevond zich een bolvormig compartiment, dat via vier uitwaaierende kanalen met de onderkant van de buis communiceerde.

In dit compartiment bevond zich een hoeveelheid uranium-235 — dertig gram, zestig, negentig — dat door een evolutionaire vorm van metabolisme via de membranen van de plant was opgenomen.

De vruchten waren rijp. Een voor een bereikten de naalden de eindfase. De spanning in het met water gevulde omhulsel werd zo hoog dat dat knapte. Daardoor liep het water in het compartiment eronder, met het uranium.

Een explosie. Stoom spoot door de naalden omhoog en nam de sporendoos mee. Met harde klappen schoten die de lucht in. Omhoog, steeds verder omhoog, met woeste snelheid in de richting van de ruimte...

Het water was verdampt. Uit de naalden kwam nog een laatste zuchtje stoom. De sporendozen gleden steeds verder omhoog. De zwaartekracht van de planeet nam af, werd een flard, een nog maar nauwelijks waarneembaar iets. Verder gleden de sporendozen. Ze koelden af en spleten open. Uit elke doos gleden duizend capsules de ruimte in. Door de onregelmatige manier waarop de dozen openbarstten, werden de capsules in allerlei richtingen verspreid en zetten ze koers naar een veelheid aan verschillende sterren.

Een eindeloze stroom leven in de ruimte.

Later een treffen met een planeet, het loslaten van sporen, het zoeken naar het hete element, de climax, de explosie, de start.

Dan de ruimte, en een zweven dat jaren kon duren. Richting eindeloosheid en wat daar voorbij lag...

De planeetmachine

I

De bartender was de grootste man in de Naaf. Hij had een rood gezicht als een muur, borst en buik als een wijnvat van vlees en bot. Hij smeet zijn dronkenlappen de deur uit door ze met die buik voor zich uit te stoten, dicht tegen ze aan dansend als een olifant. Volgens betrouwbare bronnen waren deze stoten te vergelijken met de trap van een muilezel. Marvin Allixter, zenuwachtig mager en op weg naar de veertig, wilde hem een schurk noemen, en een geslepen duitendief, maar voorzichtigheidshalve hield hij zijn tong in bedwang.

De bartender draaide de bol om en om, inspecteerde het ingesloten wezentje van alle kanten. Het gloeide en glinsterde als een prisma — zongeel, smaragdgroen, smeltend mauve, helderroze — de zuiverst denkbare kleuren. "Twintig frank," zei hij zonder geestdrift.

"Twintig?" Dramatisch ramde Allixter met allebei zijn vuisten op de toog. "Nu maak *jij* een grapje."

"Nee hoor," bromde de man.

Allixter boog zich ernstig naar voren met de bedoeling een beroep op 's mans rede te doen. "Luister eens, Buck. Deze bol is van puur rotskristal, misschien wel een miljoen jaar oud. En denk eraan dat de Kickerjees een jaar lang graven en heel gelukkig zijn als ze er dan een of twee vinden, en dan nog middenin een groot stuk kwarts. Dan gaan ze slijpen en polijsten en poetsen en één foute beweging en — *kledder!* — de bol valt aan scherven, het beestje druipt eruit en gaat dood."

De barman wendde zich af om het glas van twee grijnzende pakhuiswerkers vol te schenken. "Dat spul is veel te breekbaar. Als een van die dronkenlappen hier het kapotmaakte, was ik twintig frank armer."

"Twintig frank?" zei Allixter verbijsterd. "Zo'n bedrag kun je niet in één adem noemen met dit juweeltje. Jezus, voor twintig frank verkoop ik nog liever m'n oor."

"Kom maar op." De barman zwaaide grijnzend met een mes.

Nu probeerde Allixter op de hebzucht van de man te werken. "Dit juweeltje heeft mij vijfhonderd frank gekost aan de bron."

De bartender lachte hem in zijn gezicht uit. "Die knapen van de buisploeg zingen allemaal hetzelfde ouwe liedje. Jullie vinden ergens een hebbedingetje, ginds in de stations, je smokkelt het mee terug door de buis, je hangt een fantasierijk verhaal op over hoeveel het ding je gekost heeft en je verpatst het aan de eerste sufkop die naar je wil luisteren." Hij tapte een klein glaasje water en dronk het op met een knipoog naar de pakhuiswerkers.

"Okay, ik heb me ook een keer laten vernachelen. Kocht een beestje van Hank Evans, die beweerde dat het ding kon dansen, dat het alle inheemse dansen van Kalong kende, en het beest zag er ook uit of het kon dansen. Ik heb er tweeënveertig frank voor betaald. Toen kwam ik erachter dat het beestje pijn aan z'n voeten had in deze zwaartekracht en dat het alleen maar van zijn ene voetje op zijn andere sprong om de pijn te verlichten. Dat was dus het dansen."

Allixter zat onrustig op zijn kruk te schuiven en keek vluchtig over zijn schouder naar de deur. Sam Schmitz, de taakverdeler, liet zijn pieper al een uur zoemen en Sam was niet iemand met veel geduld. Allixter leunde tegen de bar en gaf zich een nonchalante houding. "Kijk dan eens naar de kleuren die dit monstertje kan maken — daar! Dat rood! Ooit zoiets fels gezien? Zou dat nou niet geweldig staan als het om de hals van een dame hing?"

Kitty, de weelderige blonde gastvrouw, zei met een ademloze alt: "Ik vind het snoezig. Ik zou het verschrikkelijk graag dragen."

De bartender raapte de bol nog een keer op. "Ik ken geen dames," zei hij, terwijl hij het ding weifelend inspecteerde. "Het is wel een mooi dingetje. Ja, misschien wil ik er wel twintig frank voor dokken."

Achter hem zoemde het telescherm. Hij schakelde beeld en geluid in twee richtingen tegelijk aan zonder af te wachten wie opbelde. Toen ging hij opzij om niet in de weg te staan. Allixter kreeg de kans niet om onder de bar te duiken. Sam Schmitz staarde hem recht in het oog.

"*Allixter!*" brulde Schmitz. "Je hebt vijf minuten de tijd om je te melden. Daarna hoeft het niet meer!" Meteen schakelde het scherm zich uit.

Allixter staarde vanonder zijn peinzende donkere wenkbrauwen naar de barman, die rustig terugkeek. "Aangezien je haast hebt," zei Buck, "geef ik je er vijfentwintig frank voor. Het is best een aardig dingetje."

Allixter stond op. Hij gooide de bol van zijn ene hand in zijn andere. De barman stak geschrokken zijn hand uit. "Pas op — je breekt hem nog." Hij deed een greep in de kassa. "Hier heb je vijfentwintig frank."

"Vijfhonderd," zei Allixter.

"Dat gaat niet," zei de barman.

"Maak er dan vierhonderd van."

Buck schudde zijn hoofd terwijl hij Allixter met listig toegeknepen ogen bleef aankijken. Allixter draaide zich om en liep zonder een woord de bar uit. Buck wachtte als een standbeeld. Allixters donkere gezicht verscheen weer om de hoek van de deur. "Driehonderd."

"Vijfentwintig frank."

Allixter zette een gefolterd gezicht en vertrok nu echt.

Op straat aarzelde hij even. Het station, een immense kubus van een gebouw, rees als een klif omhoog in de winterse zon en domineerde de tamelijk ongunstig bekende buurt van de Naaf. Aan de voet van de kubus lagen de pakhuizen, glinsterende aluminium blokken van elk een halve kilometer lengte. Vrachtwagens en bestelauto's sabbelden aan de laadperrons als rode en blauwe bloedzuigers.

De daken van de pakhuizen deden dienst als vrachtdekken waar flexibele laadbomen de ruimen van de luchtschepen volpakten met de voortbrengselen van honderd werelden. Allixter bezag de bedrijvigheid een ogenblik terwijl hij er zich goed van bewust was dat negen tiende van het verkeer zich van hieraf onzichtbaar afspeelde in de buizen — naar stations op Aarde, naar de planeten, naar de sterren.

"Pokke!" zei hij. Hij liep ongehaast naar de cel op de hoek terwijl hij nog eens naar de kristallen bol keek. Eigenlijk had hij hem moeten verkopen. Vijfentwintig frank was nog altijd vierentwintig frank winst. Maar dat idee wees hij van de hand. Je kon maar weinig meenemen door de buizen en dan moest je wel een fatsoenlijke winst maken.

De bol was in werkelijkheid een soort zeedier dat aangespoeld was op een roze strand op — hij was de naam van de planeet vergeten. De code van het station was 9-3-2. Hij stak het ding weg in zijn zak, klom in de schelp in de cel, vloog in een spiraal omhoog en wipte naar buiten in het licht. Hij stapte op het dek van de stationsadministratie.

Een paar meter van hem vandaan was het glazen hok waar Sam Schmitz, de voorman en taakverdeler, op een hoge kruk zat. Allixter schoof een ruitje opzij en zei vriendelijk: "Hallo, Sam." Schmitz had een pafferig rond gezicht met een felrode kleur. Hij bezat de kin en de uitdrukking van een buldog.

"Allixter," zei Schmitz, "ik heb een verrassing voor je. We gaan de boel hier strakker organiseren. Jullie figuren van de reparatiedienst hebben je in je kop gehaald dat jullie een stelletje aristocraten zijn, alleen verantwoordelijk aan God. Dat is een vergissing van jullie. Drie uur geleden had je op je post moeten zijn. Twee uur lang heeft de chef aan m'n kop lopen zeuren om een mecanicien. Waar vind ik jou? In Buck's Bar. Ik wil best aardig tegen jullie zijn, maar dan moet je wel iets terugdoen."

Allixter luisterde zonder zich in te spannen en hij knikte waar nodig. Waar kon hij die bol nu nog slijten? Misschien kon hij beter wachten tot hij een week vrij had en hem dan meenemen naar Edmonton of Chicago. Of beter nog, wachten tot hij nog een paar dingen bij elkaar had gehaald en dan naar Parijs of Mexico gaan, waar je echt rijk kon worden. Schmitz pauzeerde even om adem te halen.

"Staat er iets op het programma, Sam?" vroeg Allixter.

De reactie verbaasde hem. Sam beefde van woede. "Allejezus! Waar denk je dat ik de afgelopen vijf minuten over heb zitten oreren?"

Allixter dacht haastig terug aan wat hij gehoord had, een zin hier en een paar woorden daar, maar het was niet genoeg. Over zijn kin strijkend zei hij: "Ik heb het niet helemaal kunnen volgen, Sam. Wil je het nog een keer zeggen…? Wat scheelt er precies aan?"

Sam had er genoeg van. "Ga naar de chef. Hij vertelt het je wel. Ik kan er niet meer tegen."

Allixter liep over het dek naar een gang en bleef staan voor een grote groene deur waar in bronzen letters op stond: DIRECTEUR ONDER-HOUD EN REPARATIE, TREED BINNEN.

Hij drukte op de knop. De deur schoof weg en hij ging het voorkantoor in. De secretaresse keek op. Allixter zei: "De chef verwacht me."

"Dat is geen geheim." In een microfoon zei ze: "Hier is Scotty Allixter." Ze luisterde naar wat haar oortelefoon antwoordde en knikte toen tegen Allixter. Ze ontgrendelde het slot van de binnendeur. Hij duwde de deur opzij en stapte het kantoor binnen. Zoals altijd had de lucht er een scherpe medicinale geur die zijn neus irriteerde.

De chef was een kleine man die volgens een hoekig ontwerp gebouwd was. Zijn huid was gerimpeld en gelig als een oude citroen. Zijn ogen waren zwarte balletjes die vonkten met een soort innerlijke elektriciteit. Van zijn hoofd rezen een paar sliertjes kroeshaar op, sommige wit, andere zwart, de rest zonder bepaalde kleur. De huid van zijn hals was geribbeld als die van een alligator en de rechterkant werd tot aan zijn ronde kin ontsierd door een zware plak littekenweefsel. Allixter had de chef nooit zien lachen, had hem nooit anders horen spreken dan met een dorre dreunstem.

Hij zei zonder inleiding: "Schmitz zal je wel voorgelicht hebben over dit karwei."

Allixter ging zitten. "Eerlijk gezegd, chef, heb ik niet alles begrepen."

De chef begon te spreken alsof hij tafelmanieren uitlegde aan een idioot — zacht, en zorgvuldig articulerend. "Jij bent naar Station Rhetus geweest?"

"Code zes min vier min negen. Jazeker. Ze hebben een nieuwe Mammoetinstallatie."

"Wel, zes min vier min negen komt uit fase binnen."

Allixters zware rechte wenkbrauwen vormden een boogje. "Nu al? Maar we hebben net —"

De chef zei droog: "Korte inhoud van het voorafgaande. Toen de buis binnenkwam, raakte hij maar net de grenzen van de afstemmer. Ik berekende het op een speling van eenendertig honderdste procent in de fase."

Allixter krabde aan zijn kin. "Klinkt als een lek in de selector."

"Dat zou kunnen," beaamde de chef.

"Of misschien hebben ze een nieuwe man in de expeditie en speelt hij met de afstellingen."

De chef zei: "Om zeker te stellen dat we de eenheid recht voor zijn raap raken, stuur ik jou uit naar zes min vier min negen, met evenveel speling als de buis binnenkwam."

Allixter sidderde. "Dat klinkt gevaarlijk. Als de code niet recht in de contacten ponst, dan arriveer ik in nogal trieste toestand op Rhetus."

De chef duwde zijn stoel achteruit. "Het is werk voor een mecanicien. Jij hebt dienst. Dus is het jouw taak."

Allixter keek met rimpels in zijn voorhoofd door het raam naar de mist boven het Grote Slavenmeer. "Er zit een luchtje aan. Ze hebben daar een nieuwe Mammoet en die werken nauwkeurig."

"Dat klopt."

Allixter keek de chef achterdochtig aan. "Weet u zeker dat het Rhetus is?"

"Dat heb ik nooit gezegd. Ik zei dat de code zes min vier min negen was."

"Heeft u een foto van die code?"

Zonder een woord gooide de chef hem een oscillogram toe.

Allixter zei: "Amplitude zes, frequenties vier en negen." Hij fronste. "Bijna zes, bijna vier en bijna negen. Niet helemaal. Maar voldoende dichtbij om in de contacten te passen."

"Precies. Nou, pak je spullen, klim door de buis en controleer die installatie."

Allixter plukte bezorgd aan zijn wigvormige, Keltische kin. "Misschien..." Hij ging niet verder.

"Misschien wat?"

"Weet u wat ik denk?"

"Nee."

"Volgens mij is het een amateurstation of een kapersbende. Door de Rhetus-buis komt waardevolle lading. Als nu een of ander stel boeven de buis af wist te leiden naar hun eigen station..."

"Als je daar bang voor bent, mag je een pistool meenemen."

Allixter wreef zich nerveus in de handen. "Als je 't mij vraagt is dit een klusje voor de politie, chef."

De chef zandstraalde hem met zijn bijtende zwarte ogen. "Als je 't mij vraagt is het een speling van eenendertig honderdste procent in de code. Misschien staat een of andere stomme eendvogel op de verkeerde knoppen van die Mammoet te drukken. Ik wil dat jij de zaken recht gaat trekken. Waar denk je dat je duizend frank per maand voor beurt?"

Allixter mompelde iets over de oneindige waarde van het menselijk leven. De chef zei: "Als je het niet leuk vindt, dan weet ik wel betere mecaniciens dan jij die het graag willen doen."

"Ik vind het leuk," zei Allixter.

"Draag type X."

Allixters wenkbrauwen veranderden in vraagtekens. "Rhetus heeft een goeie atmosfeer. Type X is tegen halogenen."

"Draag type X. We nemen geen onnodig risico. Stel dat het inderdaad kapers zijn? Neem ook een linguahelper mee. En een pistool."

"Ik zie dat wij op dezelfde golflengte zitten," zei Allixter.

"Vergeet niet reserve-energie mee te nemen en controleer je ademtuig. Evans meldde een lekkende slang. Ik heb het ding afgedankt, maar misschien zijn ze allemaal zo."

II

De kleedkamer van de mecaniciens was verlaten. Treurig gestemd trok Allixter een type X aan — een overall van de hals tot de tenen met een ingeweven web van verwarmingselementen, dan een dunne, chemisch neutrale laag om hem te beschermen tegen een misschien gevaarlijke atmosfeer, en verder hoge laarzen van geweven metaal en siliconenrubber bestand tegen hitte, kou, vocht en mechanische schade. Aan riemen om zijn middel en over zijn schouder hingen zijn gereedschapskist, een ademtoestel en een eenheid die de vochtigheid regelde, twee verse energiepakken, een mes in een schede, een schokker en een lasapparaat.

Op de gang kwam hij Sam Schmitz tegen. "Carr staat achter de knoppen. Hij controleert je voor de gewijzigde code..."

Een deur met de tekst GEVAAR, GEEN TOEGANG gleed voor hen open en ze gingen de centrale hal binnen, een lange zaal vol geluid, bedrijvigheid, stof en vooral duizend buitenissige geuren van de duizend goederen van andere planeten die over de band binnenstroomden.

Het lichtgevende plafond wierp een koud wit schijnsel over alles dat alle schaduwen vernietigde. Van romantiek of geheimen kon in dit licht geen sprake zijn — ieder artikel op de banden toonde zich bloot aan de controleurs. De muren waren van de vloer tot het plafond met gekleurde blokken beschilderd om de diverse platforms, waar tijdelijk opgeslagen partijen op doorzending wachtten, duidelijk aan te geven.

Een smal platform met een glazen hek sneed de zaal in twee. De werkers in blauwe en witte jassen sprongen van het platform op de banden en weer terug terwijl ze de koopwaar controleerden die aan de ene kant binnenkwam en aan de andere kant verzonden werd — kisten, zakken, dozen, balen, bundels, pakken en kratten.

Machinerie, metaal in baar en in onderdelen voor machines, partijen Aards fruit en groente gingen naar de kolonies, de nederzettingen, de mijnen. Ladingen anderwereldse exotica die de bourgeoisie van Parijs, Londen, Benares en Saharastad moesten verlokken en stimuleren. Tanks met water, eiken vaten whisky, groene flessen wijn.

Geprefabriceerde huizen, vliegers, auto's, speedboten voor de meren van de Tanagrahooglanden. Prachtige houtsoorten, rijk generfd en getekend uit de hardhoutmoerassen van een oerwoudplaneet. Ertsen, stenen, mineralen, kristallen, glassoorten, zand — alles reed over de banden, hetzij op weg naar de dubbele gordijnen van donker goudbruin, doorschoten met flikkerende lichtstrepen aan het eind van de zaal, hetzij daaruit afkomstig.

Bij het gordijn op de uitgaande band zat een grote blonde kerel in een hokje op een verhoging. Hij kauwde driftig op kauwgum. Allixter en Schmitz staken vlug de binnenkomende band over, stapten over het platform van de werkers en reden op de uitband mee naar het hok van de operateur.

Carr trok een hendel naar zich toe en de band kwam tot stilstand. "Helemaal klaar om te gaan?"

"Ja, alles is zover," antwoordde Schmitz monter. Hij wipte het hok in terwijl Allixter droevig naar het gordijn keek. "Hoe is 't met het vrouwtje, Carr?" vroeg Schmitz. "Ik hoorde dat ze een beetje dermatitis had opgelopen van iets wat jij op je kleren mee naar huis nam."

"Ze is alweer beter," zei Carr. "Het kwam door dat kapokspul van Deneb Kaitos. Laat eens kijken — ik moet die valse code instellen. Hé, Scotty," riep hij omlaag, "heb je je testament al gemaakt? Dit is net of je uit een vliegtuig springt met je neus dichtgeknepen in de hoop dat je in het water terechtkomt."

Allixter maakte een achteloos gebaar. "Dagelijkse kost voor mij, Carr, beste kerel. Stel die knoppen nu maar in — ik wil vanavond nog voor het eten terug zijn."

Carr schudde spijtig, bewonderend het hoofd. "Ze betalen je er duizend frank voor — nou, van mij mag het. Ik heb weleens spul gezien dat de buizen uitkwam als de instelling een klein beetje uit fase was. Hele triplexplaten kwamen eruit als verfrommelde zakdoeken — en een complete turbine waar niets van overgebleven was dan anderhalve liter roest met een raar kleurtje."

Allixters mond verstrakte en hij liet zijn knokkels kraken.

"Daar zijn we al," zei Carr. Een rode lamp op zijn regelbord flitste aan, flikkerde, doorliep verschillende tinten oranje en brandde toen felwit. "Contact."

Schmitz leunde over de rand van het hok. "Okay dan maar, Allixter, doe er wat aan."

Allixter trok zijn kap over zijn hoofd, verzegelde hem, liet lucht in zijn pak stromen. Carr grinnikte zacht tegen Schmitz: "Scotty zit 'm deze keer echt te knijpen."

Schmitz grijnsde. "Hij is bang dat hij uitkomt in het pakhuis van een kapersbende."

Carr keek hem nieuwsgierig aan. "Echt?"

Schmitz spuugde. "Ach welnee. Hij gaat naar Rhetus om de codeur bij te regelen. Zo zie ik het." Hij spuugde nog een keer. "Natuurlijk kan ik het best mis hebben."

Allixter tilde zijn kap op en schreeuwde tegen Schmitz: "Geef me de linguahelper nou."

Met een grijns vroeg Schmitz: "Ken je geen Engels meer? Op Rhetus hoor je niets anders, hoor."

"De chef zei dat ik de linguahelper mee moest nemen. Dus schiet maar op."

Er ging een zoemer op het regelbord van Carr. Hij bromde: "Doe het nu maar. Ik kan de band niet de hele dag stilleggen. Ouwe Hannegan zit al te jammeren dat ik zijn druiven naar Centauri moet sturen."

Schmitz snauwde een paar woorden in een microfoon en een ogenblik later verscheen er een koerier die de vertaalmachine voor zich uit rolde. Het was een zwarte kast die tussen twee wielen was opgehangen.

"Voorzichtig met dat ding," waarschuwde Schmitz. "Het is duur en het is de enige goeie die we nog hebben nadat Olson de semantanalysator heeft laten doorbranden. Laat hem niet op Rhetus staan."

"Wat een zorgen om een stom stukje machine," mopperde Allixter zacht, "en je geeft geen cent om ouwe Scotty hier."

Hij sloot zijn kap weer en terwijl hij de vertaalmachine voor zich uit rolde, stapte hij door het gordijn.

Allixter stond op een beenwit platform onder de blote hemel. Hij kreeg even een gemelijk, triomfantelijk gevoel. "Ik leef nog. Ik ben geen verfrommelde zakdoek geworden, geen anderhalve liter roest. De chef had blijkbaar gelijk — dat moet ik de ouwe zuurpruim nageven. Maar…"

Hij staarde om zich heen naar de grijs met zwarte vlakte. Op onderling nauwkeurig gelijke afstanden rezen massieve betonnen rotondes op uit de grond, waarvan de meeste verbrijzeld waren alsof ze van binnenuit ontploft waren.

"Rhetus is het in ieder geval niet — het lijkt er niet op. En dat zijn geen mensen daar en ook geen Rhets…" Hij keerde zich bezorgd om naar de buisinstallatie. Het was een voor hem vreemd type — een cilinder van donkere goudbruine mist. Hij leek langzaam om een draaikolk te wentelen.

Waar ter wereld was hij nu eigenlijk? Hij keek naar de lucht — een wazig violet bezaaid met myriaden verre zonnen, grillige vlagen gekleurd vuur. Was het dag of nacht? Hij speurde de horizon af, bezorgd, zwetend binnen zijn luchthuls. De perspectieven waren vreemd, de verlichting was vreemd, de schaduwen waren vreemd. Overal waar hij keek zag hij alleen vreemde dingen, de niet-menselijke wildernis van de verste werelden.

"Ik bof niet," dacht Allixter. "Ik ben verdwaald."

Het was een naargeestig landschap, een troosteloze vlakte vol reusachtige grijze wrakken. Waar de verbrijzelde muren ingestort waren, was machinerie te zien — raderen, stangen, reeksen ingewikkelde overbrengingsmechanismen en bedradingen, plompe machinekasten en schakeldozen. Alles was kapot, stil, verweerd.

Allixter richtte zijn aandacht weer op de cilinder met goudbruine nevel. Dit was het in-gordijn, maar waar was de installatie die hem terug moest sturen? Gewoonlijk waren die twee bij elkaar te vinden. De wezens die aan de rand van het witte platform stonden, begonnen hem te naderen, blijkbaar besluiteloos en verbluft. Allixter tastte niet naar zijn schokker. Als het mogelijk was om een dolfijn met een mens te kruisen en een bosje roodgroene pennen op de schedel van het kroost te planten, dan zou je dit resultaat krijgen.

Terwijl ze naderden en hem opnamen met grote, doffe ogen, maakten ze communicatiegeluiden — gepiep, ruisende fluittonen, sis-klanken — en deze geluiden brachten ze voort door een luchtbel onder hun oksels te vangen en die weg te knijpen langs een huidplooi.

Allixter zei: "Hoe maken jullie het, vrienden? Ik ben de vertegen-woordiger van Buisonderhoud en het ziet eruit of ik overgestapt ben op een totaal ander netwerk, een miljoen lichtjaar van de Aarde van-daan, als het niet verder is. Ik ben bang dat ik totaal afgesneden ben van mijn eigen keten van stations en zelfs Magere Hein zelf zou me niet kunnen vertellen hoe ik weer thuiskom."

De inheemse wezens staakten hun geblaas toen hij sprak, en begon-nen daarna opnieuw. Allixter kauwde op zijn lippen en lachte zuur. Hij liet de linguahelper teder heen en weer wiebelen en mompelde: "En Sam Schmitz wilde me hier halfnaakt naartoe sturen!"

Hij zette de twee poten van de vertaalmachine uit en haalde de slui-ter voor het scherm weg. "Kom eens hier, Joe," riep hij naar een van de wezens dat iets vooraan stond. "Laten we eens kennismaken."

Joe staarde hem aan zonder te reageren. Allixter herhaalde zijn uit-nodigende gebaar. Joe gleed vooruit op soepele benen. "Joe, ik zie wel dat jij een verstandig baasje bent," zei Allixter. "We zullen het best met elkaar kunnen vinden."

Hij stelde de machine in op Cyclus A. Het scherm werd wit. Er verschenen meetkundige figuren op — een cirkel, een vierkant, een driehoek, een lijn en een punt.

Joe keek er aandachtig naar, en de anderen dromden achter hem samen. Allixter wees naar de cirkel en zei "Cirkel", en daarna "Vierkant", en benoemde een voor een de figuren. Toen wenkte hij Joe en hij drukte op de opnameknop en wees naar de cirkel.

Joe zweeg.

Allixter liet de toets terugspringen en herhaalde de introductie.

Toen hij deze keer naar de cirkel wees om Joe's benaming vast te leggen, blies Joe een geluid uit zijn oksel. Allixter wees de andere figuren aan en Joe maakte andere geluiden.

Aangemoedigd ging Allixter over naar Fase Twee — tellen. Het scherm vormde een afbeelding bestaand uit enkele horizontale strepen. Op de eerste streep was een stip getekend, op de tweede twee, enzovoort tot en met twintig. Warmlopend voor zijn taak maakte Joe geluiden voor de getallen. Toen toonde het scherm een willekeurige serie stippen en Joe produceerde een ander geluid.

Nu probeerde Allixter het met kleuren. Joe staarde onbewogen naar het scherm. Rood, groen, violet — ze leverden geen reactie op. Allixter haalde zijn schouders op. "Daar worden we nooit uit wijs. Jullie zien met infrarood of ultraviolet."

De cyclus vorderde naar meer gecompliceerde situaties. Een stip bewoog zich snel over het scherm, gevolgd door een langzaam bewegende stip. Het werd herhaald en Allixter wees de eerste stip aan. Joe bracht een geluidje voort. Allixter wees naar de langzame stip, wat een nieuw geluid opleverde.

Van de onderkant van het scherm groeide een lijn tot bijna bovenaan. Een tweede verticale lijn werd niet langer dan een paar centimeter. Joe maakte geluiden waarvan Allixter hoopte dat ze 'lang' en 'kort' betekenden, of 'hoog' en 'laag'.

Een cirkel zwol op tot aan de rand van het scherm en daarnaast verscheen een stipje. Joe's woorden voor 'groot' en 'klein' werden vastgelegd in het machinegeheugen.

Weldra waren de vergelijkende situaties afgewerkt en begon het scherm dingen te tonen die met een zelfstandig naamwoord benoemd konden worden — bergen, een oceaan, een boom, een huis, een fabriek, vuur, water, een man, een vrouw. Daarna kwamen ingewikkelder objecten — een turbine in een plastic behuizing om het idee van machinerie over te brengen — een gestileerde tekening van een dynamo met een uitwendige stroomkring in de vorm van een spoel om een staaf, waaruit een magnetisch veld straalde. Vervolgens liep de stroom naar een onderbreking in de draad waar bliksemflitsjes over de tussenruimte sprongen. Allixter wees naar deze flitsjes en de linguahelper legde Joe's woord voor elektriciteit vast.

Zo werden er tweehonderd fundamentele zelfstandige naamwoorden opgeslagen in het geheugen. Daarna wijdde de cyclus zich aan intermenselijke relaties. De films waren ontworpen om aan mensen te tonen en er waren mensen afgebeeld. Allixter hoopte maar dat het niet verwarrend zou werken.

Eerst viel een man een ander aan en sloeg hem met een knuppel. Het slachtoffer viel neer met een ingeslagen schedel. Allixter wees: de machine borg het woord voor 'dood' of 'lijk' op. Toen stak de moordenaar zijn woeste smoel naar de camera toe en stormde naar voren met zijn knuppel omhoog. Joe sprong piepend achteruit. Met een grijns herhaalde Allixter de scène en deze keer kreeg de machine het woord voor 'aanvaller' of 'vijand' of misschien voor 'aanval'.

Een uur later waren er twintig situaties getoond en verwerkt. Allixter kreeg de indruk dat de inboorlingen langzamerhand nerveus werden. Ze wierpen onrustige blikken in alle richtingen, gebaarden met geagiteerd wapperende handjes.

Allixter keek zoekend in het rond, maar hij zag niets dat op gevaar duidde. Maar hij merkte wel dat zijn zenuwen het ook te kwaad kregen en hij kon zich moeilijk concentreren op de linguahelper.

Cyclus A was voltooid — alle woorden en situaties van de fundamentele woordenschat waren opgenomen, hoewel nuttige en essentiële abstracties, zoals vragende vormen en voornaamwoorden, nog ontbraken.

Allixter schakelde de machine op de praatstand. Hij sprak in de microfoon, erop lettend dat hij alleen de fundamentele woorden gebruikte. "Verlangen terugkeren door machine. Leiden naar uit-machine."

De linguahelper absorbeerde zijn woorden, zocht er de tegenhangers in de piep-, sis-, fluittaal bij en produceerde die.

Joe luisterde aandachtig — toen keek hij Allixter aan. Zijn schouders trilden, de lucht jankte en spetterde langs de huidplooien van zijn oksels.

De linguahelper zocht zijn geheugen af en vormde de woorden: "Roepen naar machine...Verlangen...Machine man...Gebroken machine...Man komen door machine...Slecht..."

Er was meer gezegd dan de machine weer kon geven. Allixter zei: "Gebruiken woorden geven machine."

Joe staarde met zijn grote, doffe ogen. Zijn lange pluim van rode en groene pennen hing neerslachtig omlaag. Hij probeerde het nog een keer. "Man roepen verre machine bouwer. Man komen. Verlangen vriend bouwen machine."

Allixter keek kregel naar de naargeestige horizon, naar de besterde violette hemel waar nooit dag of nacht te zien zou zijn. Hij overwoog of hij nu Cyclus B zou afwerken — een proces dat het geduld van hemzelf en Joe op de proef zou stellen, maar waarmee hij misschien de installatie op kon sporen die hem terug kon sturen naar de Aarde.

Hij probeerde het nog eens. "Verlangen terugkeren door machine. Leiden naar uit-machine." Hij gebaarde naar het goudbruine gordijn. "Zien in-machine. Verlangen uit-machine."

Nu was er iets niet in orde. De nervositeit die hij al eerder had opgemerkt werd acuut. De inboorlingen doken in elkaar op het beenwitte platform in gladde ballen, met hun kammen om zich heen gevouwen als half gesloten paraplu's. Allixter zocht Joe. Joe zat aan zijn voeten, even stijf opgerold als zijn soortgenoten.

Plotseling bang klapte Allixter de plaat voor het scherm van de vertaalmachine en sloeg de kap boven de knoppen dicht. Een gebouw in de buurt trok zijn aandacht. De machinerie binnenin bewoog — malend, stampend, snauwend. Elektriciteit of een andere energiestroom sprong over tussen oude contacten.

Geroeste stangen sidderden en wrongen en knersten. Raderen kreunden en gierden om droge lagers. Zonder waarschuwing ontplofte het hele gebouw. De brokken beton en metaal spatten in grote verwarring de lucht in en vielen kletterend in alle richtingen neer. Kleinere stukken kaatsten over het platform en de inboorlingen schetterden van angst.

Een paar fragmenten raakten Allixter op zijn soepele luchthuls. Het viel hem in dat hij nog altijd niets wist van de samenstelling van de dampkring en dat als zijn huls doorboord was, hij misschien al vergiftigd was.

Uit zijn tas haalde hij een spectrometer. Hij liet lucht in het vacuümreservoir lopen. Vervolgens drukte hij de stralingsknop in en las de donkere lijnen op het matglas af tegen de standaard schaalverdeling. Fluor, chloor, broom, fluorwaterstof, kooldioxide, waterdamp, argon, xenon, krypton — geen heilzame omgeving voor zijn soort, zag hij. Hij staarde berekenend naar de bouwwerken. Als hij een paar analyses van die metalen uit kon voeren, zou hij een omwenteling teweeg kunnen brengen in de anti-roestindustrie — en binnen de kortste keren een miljoen verdienen.

Hij keek weer naar de ruïne van het ontplofte gebouw. Plotseling lichtte het witheet op en de hitte leek niet weg te vloeien, maar juist toe te nemen. Het wrak smolt tot een plas ziedende sintels. De bodem direct in de omgeving begon te stomen, verschroeide, zakte weg in de zich uitbreidende lavaplas.

Allixter dacht — Dat is harde straling en als het gevaarlijk radioactief is, dan wordt het hoog tijd dat ik mijn biezen pak.

Hij duwde de linguahelper voor zich uit naar de rand van het platform en maakte zich op om op de grijszwarte grond een halve meter lager te springen. Achter hem zaten de inboorlingen nog steeds ineengedoken als zachte ballen, keurig afgedekt door hun kam.

Joe keek op, zag Allixter. Hij repte zich naar hem toe op zijn soepele pootjes terwijl hij dringende geluiden uitperste. Allixter schakelde de vertaalmachine weer in.

"Gevaar, gevaar, slecht, diep, dood," intoneerde de machine zakelijk en kalm.

Allixter deinsde terug van de rand. Joe bleef naast hem staan en gooide een rotsbrokje naar beneden. Er spoot een pluimpje vederlicht stof op, dat vlug weer wegzonk. Allixter knipperde met zijn ogen.

Het had geen haar gescheeld of daar verdween Scotty Allixter, dacht hij. Het was een oceaan van as daar beneden — dons. Met andere ogen staarde hij over de egale grijze vlakte, waaruit de vernielde gebouwen omhoogstaken als eilanden. Hij haalde zijn schouders op. Het ging zijn begrip te boven. Hij had vaak genoeg van Aardbewoners gehoord die gek waren geworden toen ze de paradoxen en eigenaardigheden van de buitenstations probeerden te doorgronden.

Hij kreeg een inval. Hij keek onderzoekend de rand van het beenwitte platform langs. Het was als een vlot op een grijze zee, met de langzaam wentelende cilinder in het midden. Hoe waren de inboorlingen hier dan gekomen? Waren zij soms ook vanaf een andere wereld via de cilinder gearriveerd?

Joe's zachte vingers tastten naar zijn arm. Hij begon snel met zijn schouders te pompen en de machine vertaalde: "Weg. Komen. Leiden naar groot machine."

Allixter zei hoopvol: "Verlangen uit-machine. Verlangen terugkeren. Leiden naar uit-machine."

Joe piepte: "Komen — volgen. Vriend naar groot machine lijk. Groot machine wrak vriend. Groot machine verlangen vriend. Komen — volgen. Bouwen groot machine."

Allixter dacht dat, hoe erg het ook was, het niet erger kon zijn dan hier op dit platform blijven staan.

Joe morrelde aan een rooster, trok het weg en liep een steile trap af die eronder lag. De machine voor zich uit duwend, volgde Allixter hem.

De gang werd donker. Allixter knipte zijn koplamp aan. Verderop zag hij twee goudbruine gordijnen. Het in-gordijn onderscheidde zich door een subtiel verschil in de gouden flikkeringen van het uit-gordijn.

Joe liep door het uit-gordijn en verdween. Toen Allixter aarzelde, verscheen hij weer door het andere gordijn, wenkte met een zekere klaaglijke volharding en wipte opnieuw door het gordijn weg.

Allixter zuchtte. Met de machine stapte hij door de poort.

III

Hij stond in een brede gang met glazige witte tegels op de vloer. Joe gleed door een hoge, enigszins Romeins aandoende boog. Allixter volgde hem en kwam uit in een kamer in de open lucht. Ook hier bestond de vloer uit vierkante tegels van bijna twee meter breed. Meubels of apparaten waren er niet. Rondom de vloer ondersteunden zuiltjes zo dun als pijpenstelen een buitensporig zwaar fronton. Allixter schrok ervan. Hij verwachtte eigenlijk dat het hele bouwsel zo in zou storten.

Behoedzaam liep hij naar het midden van de ruimte. Onder de vloer voelde hij getril als van zware machines. Opnieuw onrustig schatte hij hoe stevig de zuilen stonden en zijn gemoedsrust verbeterde niet toen hij zag dat ze stonden te trillen en beven. Joe scheen zich van geen gevaar bewust te zijn. Allixter ging schoorvoetend op de rand van de vloer af, ieder moment verwachtend dat het fronton op zijn hoofd zou landen.

Het uitzicht was hier anders. Van hier had het panorama, vreemd en onaards als het was, een bepaalde spookachtige betovering. Tussen twee lage heuvels lag een langgerekt, troebel dal als in een wieg. Drie of vier kilometer van hem vandaan, op de bodem van het dal, lag een spiegelglad meer en het oppervlak weerkaatste de zwerm veelkleurige zonnen.

Op de heuvels stonden struiken die wel op Aardse wijnstokken leken en in het dal lagen zwartgroene rijstvelden in rechthoekige blokken tot aan de grens van het gezichtsvermogen. Allixter vond iets dat op een dorp leek midden tussen hemzelf en het meer — een rij nette loodsen die van voor en van achter open waren onder een rij spilvormige limoengroene bomen als Italiaanse populieren.

Er klonk een scherp geluid, een ontstellende knal die door het dal daverde. Joe gaf een gil, deinsde terug, hurkte midden op de vloer bevend ineen. Allixter kreeg kippenvel van angst dat het fronton hem zou verpletteren, maar hij wist zich toch niet los te rukken van het schouwspel in het dal.

De heuvel aan de rechterkant was opengespleten. De scheur was minstens twee kilometer lang en honderd meter breed. Uit de kloof lekte een gordijn van wit vuur dat schuin door het dal straalde. De hitte brandde Allixters gezicht en hij verschool zich achter een van de slanke zuiltjes, dat sidderend heen en weer deinde.

"Wauw!" zei Allixter tegen zichzelf. "Deze planeet is niet geschikt voor een vakantie. Geen wonder dat het een wrak is!"

Joe kwam bevend naast hem staan als een bange hond die troost zoekt. Allixter moest toch lachen. "Ik snap wel waarom deze mannetjes doen alsof ze doodsbang zijn. Je weet nooit waar de volgende klap valt."

Hij bestudeerde Joe met nieuwe concentratie. Een rond gezicht met doffe ogen onder een waanzinnige hoofdtooi, gezicht zonder uitdrukking, toevallig in de verte menselijk. Ronde armen met een franje van zwarte haren, ronde, slangsoepele beentjes die als buizen aan een boiler met het lichaam verbonden waren.

Allixter vroeg zich af wat Joe's bedoelingen waren. Welke gedachten er ook door het denkorgaan van het wezen gingen, ze waren in ieder geval niet te beschrijven naar Aardse begrippen. "We hebben minstens één ding gemeen, Joe," zei Allixter. "Geen van ons tweeën wil in scherven geschoten worden."

Met één ding mocht hij blij zijn, dacht Allixter — de geestelijke patronen van Joe waren niet die van een geëvolueerd roofdier. Volgens het Theorema van Gram behield de vleeseter die een beschaving ontwikkelde de hardvochtigheid en de strijdlust van zijn voorvaderen. De planteneter neigde naar het vreedzame, rust, discipline en vaste gewoonten, terwijl de alleseters grillig waren, onderhevig aan zenuwaandoeningen en onvoorspelbare emoties.

Joe trok aan Allixters arm. Allixter verzette zich even, maar ontspande zich dan en volgde het wezen. "Het is zinloos om niet met je mee te gaan, want ik kom toch nooit meer thuis. Misschien breng je me nu wel naar de uit-buis — en dat doet me eraan denken dat ik op moet letten of er leuke dingetjes zijn die ik mee terug kan nemen. Van duizend frank in de maand word je niet rijk."

Hij liet zijn nieuwsgierige blikken over de flikkerende hemel dwalen. "Ik moet in het hart van een sterrenhoop zijn — misschien niet eens in de Melkweg. Ik ben wel ver van huis. Het is de hebzucht die me hier gebracht heeft, mijn ouwe ondeugd. Nou ja, maar eens kijken wat die beste brave Joe van plan is."

Joe leidde hem langs de open ruimte over een pad van dunne stenen latten. Allixter voelde ze vibreren en bonzen onder zijn voeten alsof de latten meedreunden op het ritme van zware machines in de omgeving. Achter de open kamer begon een heuvel. Een stenen gebouw stak eruit met zijn achterkant in de helling begraven.

De muren waren enorme, roestig lijkende grijs-gele massa's metselwerk, beslagen met metalen staven als een fort. Het pad van stenen stroken hield op. Ze liepen verder over de kale grond, die steeds heviger begon te bonzen. Joe bleef staan voor een zware deur die op een kier stond en op zijn scharnieren hing te trillen.

Joe piepte wat. Allixter schakelde de vertaler in.

"Groot machine slecht. Bouwen goed. Gevaar. Groot machine kapot vriend één. Vriend twee —" nu klopte hij op Allixters borst "— vriend twee. Bouwen-man komen door gat. Gaan zien groot machine. Gevaar. Kapot vriend. Groot gevaar. Groot machine vijand. Maken groot kapot."

Allixter ging behoedzaam op de deur af. "Je laat het niet erg uitnodigend klinken." Hij tuurde door de deurspleet in een grote, kale zaal.

De vloer was gemaakt van grote vierkanten van glanzende rode steen met zijden van twee en een halve meter. De muren waren van plafond tot vloer bedekt met rechthoekige panelen die blijkbaar verwijderd konden worden. Waar een van deze panelen opzij was gedraaid, zag Allixter massa's geraffineerde en verfijnde machinerie.

Er liep een spoor rond de hal en in de verte zag Allixter een karretje waar een grote zwarte kast op stond. Te zien aan de instrumenten en knoppen op een kant van deze mobiele kast was het ook een gecompliceerd mechanisme.

Dit waren de anorganische kanten van de zaal, en Allixter overzag ze in een oogopslag. Toen richtte hij zijn aandacht op een ander object, een object dat boeiender was en meer vertelde over zijn eigen toekomst. Het was een lijk en het lag op de vloer — een man met een verpletterde schedel.

Het gezicht van de dode was broodmager en groengeel. Zijn lichaam was vel over been. Het leek of een exotische vogel wreed geplukt was, vermoord en neergesmeten.

Het lijk lag schijnbaar al verscheidene dagen op deze plek en Allixter was wel blij dat hij in zijn luchthuls over eigen zuurstof beschikte.

Hij zag geen luchtpak of ademhelm op het lijk. De man had de halogenen kunnen inademen die de planeet giftig maakten voor een man van de Aarde. Wat raar, dacht Allixter. Joe duwde hem naar voren. "Gaan. Groot machine kapot. Gevaar."

Allixter wilde niet. "Verlangen leven. Verlangen vermijden gevaar. Angst."

Joe zei: "Zien." Hij duwde de deur open en glipte zijdelings naar binnen. Terwijl hij door de hal draafde liep hij als een gek met zijn schouders te pompen zodat hij een onafgebroken stroom van schrille geluiden produceerde.

"Joe," zei Allixter bewonderend, "als we op Aarde waren zou ik je meenemen naar Schotland en je aanmelden voor 's Konings Hooglandersregiment en dan kon je eerste doedelzak spelen zonder doedelzak. Wauw, wat zou jij er goed uitzien in een kilt."

Joe hield niet op met trompetteren totdat hij zich weer buiten de hal bij Allixter voegde.

"Gaan," zei Joe. "Praten, gevaar afwezig. Stil, gevaar." Hij klopte op

Allixters borst. "Groot machine bouwen-man komen door gat, bouwen groot machine."

Het begon Allixter eindelijk te dagen. "Ik geloof dat ik het begrijp. Er is daar een of andere machine die ik van jou moet repareren. Hij is gevaarlijk als hij niet gerepareerd is en het is daarbinnen gevaarlijk als ik niet blijf praten." Hij lachte gemeen.

"Schmitz zou me nu moeten zien. Hij noemt me de Zwijgzame Schot en nu moet ik gaan kletsen en kakelen als een kauwtje. Nou ja." Hij zuchtte. "Duizend frank in de maand betekent een onbezorgde oude dag — als ik mijn baan tenminste overleef. En van honger zal ik niet omkomen…"

Hij keek weer naar binnen. Hij kauwde geërgerd op zijn lip en wenste dat hij de vragende wijs in de taal van Joe had uitgepluisd.

"Misschien ben ik wel de beste mecanicien van deze wereld," zei Allixter, "maar zonder van toeten of blazen te weten, beginnen met het repareren van een vreemde machine op een vreemde planeet, terwijl ik niet eens weet waar hij eigenlijk voor dient — dat is toch wat sterk."

Joe porde hem bezorgd aan. In de verte hoorde hij een enorme dreun als van een ontzaglijke ontploffing. Joe sidderde, piepte van opwinding en waaierde met de pennen van zijn hoofdtooi.

"Je gaat maar één keer dood," merkte Allixter op, "en als het nu mijn tijd is, dan komen de chef en Sam Schmitz er in ieder geval niets van te weten en dan missen ze die lol."

Hij duwde de deur wijd open en wilde net naar binnen gaan toen Joe naar boven wees en piepte: "Gevaar."

Allixter keek op. Boven zijn hoofd hing een enorme hamer aan een kogelgewricht aan het plafond. Hij stond op scherp tegen de muur. Blijkbaar was dit het instrument waarmee het lijk op de vloer verpletterd was.

"Gevaar," zei Joe. "Praten veel."

Allixter liep de zaal in achter de linguahelper aan. "Ik wou dat ik thuis was," zei hij met luider stemme. "Ik wou dat ik wist waar de buis uitkwam. Zo dichtbij en toch zo ver en nu hangt mijn leven van mijn stem af. Ik voel me net een kanarie."

De linguahelper, die vertaalbare woorden opving, piepte en kreunde zodat de zaal weergalmde van de geluiden.

Allixter dacht: "Waarom zou ik me inspannen met vermoeiend praten terwijl ik een uitstekende praatmachine bij de hand heb?" Zo denkende duwde hij de machine naar het midden van de zaal en drukte de knop van Cyclus A in zodat deze herhaald werd, samen met Joe's vastgelegde antwoorden. Zo, dacht hij, dat moet genoeg lawaai opleveren om iedere luisteraar af te leiden.

Schattend naar de hamer kijkend inspecteerde hij de zaal. Hij hoefde er niet aan te twijfelen dat de man wiens lijk nog op de vloer lag bezig was geweest de machinerie te repareren toen de dood hem overviel. Er waren panelen van de muur genomen en het huis van de mobiele machine was weggehaald. Diverse raderen, tandwielen en onbeschrijflijke onderdelen lagen keurig op een blad naast een bak met gereedschap. Blijkbaar was de monteur net begonnen toen — Allixter keek weer bezorgd naar de hamer van Damocles.

Nee, dacht hij. Dat is te penibel — te riskant.

Op de mobiele eenheid klimmend haalde hij zijn lasapparaat uit zijn gordel. Zich uitrekkend liet hij de vlam over de steel van de hamer spelen. Het spetterde vonken en het metaal smolt. De hamer kletterde neer. Hij raakte de linguahelper net niet. Allixter sloeg zich voor zijn kop.

Toen begon er een stem in de inheemse taal te roepen. Allixter klauterde haastig naar de vloer en keek zoekend om zich heen naar de spreker. Het zweet dat van zijn rug liep gaf hem koude rillingen.

Hij was alleen.

De stem bleef praten, en na een ogenblik vond Allixter uit waar hij vandaan kwam — uit een metalen rooster aan de overkant van de zaal. Vlak erboven zat een gefacetteerde lens van vijftien centimeter doorsnede die iets in de zaal uitstak.

Allixter rolde de vertaalmachine erheen en zei: "Vriend, vriend. Komen uit, kijken." De spreker moest een soortgenoot van het lijk zijn, dacht hij — misschien iemand die hem op afstand observeerde via de lens.

De luidspreker zei in het Engels: "Bouwen over veel werelden. Bouwen woorden door machine."

Blijkbaar was de toeschouwer een intelligent wezen, dacht Allixter. Goed, dan maar Cyclus B. Hij schakelde hem in, maar de stem deed geen poging om de machine woorden te geven. Hij zei: "Man praten. Man praten."

"Ha-hmm," zei Allixter bij zichzelf. "Verstandig knaapje, hij wil Engels leren. Hij heeft zeker liever dat ik praat dan dat hij het zelf doet. Het zal wel bij mijn werk horen, al ben ik aangenomen als mecanicien en niet als taalkundige. Nou ja..."

Hij begon de Engelse woorden bij de afbeeldingen op het scherm te geven.

Cyclus B, met de voornaamwoorden, was afgewerkt. Hij begon met Cyclus C. De stem zei: "Meer woorden, sneller. Alles komt begrepen en herinnerd."

"Hmm," mompelde Allixter. "Ik heb met een genie te maken. Die knaap heeft een geheugen als een spons. Goed dan, hij krijgt zoveel als hij aankan." En hij beschreef heel gedetailleerd de taferelen die het scherm aanbood, en hij completeerde de fundamentele denkbeelden met massa's extra materiaal.

Na twee uur was hij gevorderd tot en met Cyclus F, wat normaal gesproken het werk van een maand inhield.

Toen hij de schakelaar omzette, zei hij: "Zo, beste vriend, waar je ook bent, nu moet je met me kunnen praten en misschien wil je een paar vragen van me beantwoorden."

IV

Zijn eigen stem echode uit de luidspreker. Allixter staarde er verbaasd naar. "Vraag — archief geeft informatie terug. Dat is zijn taak."

"Ten eerste..." Allixter aarzelde. Wat kwam er eerst? Terwijl hij nadacht hoorde hij geknars en een suizend geluid. Het stompje van de hamersteel zwaaide naar hem toe. Als de hamer er nog aan had gehangen, had Allixter nu naast het lijk op de vloer gelegen.

Hij dook bang in elkaar. "Wie probeert me toch te vermoorden? En waarom? Ik wil alleen maar terug naar de Aarde."

De luidspreker zei ontwapenend bedaard: "Beschermingsinstrumenten proberen u te doden omdat remmingsmechanisme gedesorganiseerd is."

Met een bezorgde blik naar het lijk zei Allixter: "Hoe moet ik dan in leven blijven?"

"Constante impuls van de aandachtseenheden put energie uit de

B-sub-C-monitor en houdt relais open. Zolang u materiaal levert dat aandachtsbanken bezighoudt, zullen automatische beschermende instrumenten niet functioneren."

"Ik zal mijn best doen," zei Allixter. "Zijn gesprekken veilig?"

"Zolang aandacht gaande wordt gehouden. Drie seconden tijdsverloop is kritieke norm. Deze tijd is nodig om lading langs relais weg te laten vloeien."

"Wie ben jij? Met wie spreek ik?"

"Deze stem is de wellevendheidseenheid van de Planeetmachine."

"Zeg dat nog eens?" zei Allixter verwonderd.

De boodschap werd herhaald. Allixter staarde verbijsterd en met ontzag naar de luidspreker. "Als ik het goed begrijp ben je dus een soort robot?"

"Ja."

Drie seconden gingen snel voorbij. Haastig vroeg Allixter: "Wat voor functie heb je? Wat doe je?"

"Wanneer functioneel, leidt machine wereldwijde installaties die energie van zonnen verzamelen en deze energie beschikken voor aangewezen taken."

"En dat zijn?"

"Machine delft, smelt, raffineert erts, maakt alliages en vormt metalen onderdelen, beheert fotosynthetische tanks die fluorsilicium- en fluorkoolstofverbindingen produceren, monteert en fabriceert artikelen in Classificatie Zo, Programma's Ba-Negentien tot en met Pec-Drieëntwintig. Wanneer voltooid, worden producten afgeleverd door tunnel aan moederplaneet Plagigonstok."

Allixter beet zich vast in een onderdeel van de uitleg. "Dus deze planeet is een kolonie van een andere wereld? Plag-Plagi — nog iets? En de inboorlingen, wat doen die hier?"

"Inboorlingen doen nodige ongeschoolde arbeid. Worden in natura uitbetaald."

Allixter keek even naar het lijk. "En waar zijn alle — hoe noem je ze?"

"Vraag onduidelijk."

"Wat voor wezen is dat lijk daar op de vloer — welk ras?"

"Hij is een Plag, een Meester van het Heelal."

Allixter lachte wat. "Zijn er nog meer in de buurt?"

"Er zijn er twaalf in soortgelijke toestand."

De planeetmachine

Er liep een rillinkje over Allixters rug. "Wat bedoel je met soortgelijke toestand?"

"Lichaamsfuncties zijn verstoord door desorganisatie van hersencentra."

"Zijn ze dood?"

"Ze zijn dood."

"Heb je ze vermoord?"

"Beschermingsinstrumenten hebben hen vermoord."

"Waarom?"

"Remmingsmechanisme functioneert niet. Machine heeft fundamentele opdracht geen Plags te doden. Deze opdracht is geblokkeerd. Nu doodt machine Plags zonder remming en verwoest Plagse installaties naar willekeur."

"Waarom maak je de inboorlingen dan niet dood?"

"Remmers betreffende autochtonen functioneren nog. Machine beschermt autochtonen. Machine doodt buitenaardse levensvormen die deze kamer betreden, mentaal centrum van machine. U overleeft alleen bij toeval — aandachtseenheden, lekkend uit B-sub-C-monitor, schakelen uitroeiers uit."

Allixter maakte een grimas. "Ergens deugt er iets niet."

De machine zweeg. Allixter wachtte op een antwoord. Een seconde — twee seconden — met een steek van paniek realiseerde hij zich dat de machine alleen op vragen antwoordde, dat hij niet geprogrammeerd was om over koetjes en kalfjes te praten met terloopse voorbijgangers.

Hij flapte eruit: "Ja. Nee. Ik heb robots en rekenmachines en automaten gezien maar zoiets als jij heb ik nog nooit gezien. Je bent een behoorlijk groot apparaat — ik bedoel, is het niet?"

"Ja."

Een seconde — twee seconden. Allixters geest bleef leeg.

"Eh — de Plags hebben al deze machines gebouwd?"

"Plags organiseerden de kern, bestaand uit segmenten voor planning en ontwerp, mechanische, energie- en operatiesegmenten en schetsten de gewenste resultaten. Volgende elementen werden ontwikkeld door planningsegment, ontworpen door ontwerpsegment, geconstrueerd in centrale fabriek. Hele planeet is nu bezaaid met instanties die het planningsegment nuttig acht."

"Waarom al die ontploffingen? De gebouwen die uit elkaar spatten, de heuvels die vuur spuwen?"

"Installaties ten dienste van Plags worden verwoest. Verwoestende instanties bestaan. Remmers weerhielden deze instanties vroeger. Nu zijn remmers uitgeschakeld. Verwoestende instanties treden naar willekeur op."

Allixter grijnsde. "De Plags zullen dit wel niet waarderen — nee?"

"Accurate informatie niet beschikbaar."

"Hoe zullen de Plags de machine repareren?"

"Geen informatie. Plags worden gedood zodra ze arriveren."

"Hoe komt het dat de inboorlingen me stonden op te wachten bij het in-gordijn?"

"Accurate informatie niet beschikbaar. Mogelijkheid bestaat dat zij bericht naar Plagigonstok verzonden met verzoek om reparatieploeg en op antwoord wachtten."

"Ah!" Allixter knikte alsof hij nu alles begreep. "Hoelang is de machine al kapot? En waarom hebben de Plagse monteurs hem niet gerepareerd voordat hij kapotging?"

"Als machine defect is, verplaatst onderhoudseenheid zich over sporen naar defect en doet wat nodig is. Monteurs repareren nooit machine. Is te gecompliceerd. In dit geval was onderhoudseenheid defect en monteur kwam hem repareren. Toen sloot remmer kort. Fundamentele bevelen traden in werking en uitroeiers doodden Plag."

Allixter zuchtte. Toen realiseerde hij zich dat zuchten ook tijd kostte, en hij vroeg: "Hoe kan ik deze tijdslimiet van drie seconden verlengen? Ik kan jou hier niet eeuwig vragen blijven stellen."

"U kunt problemen opwerpen om aandachtseenheden bezig te houden of beter u kunt hetzij remmers, hetzij onderhoudseenheid repareren."

"En terwijl ik bezig ben, dood je me?"

"Ja."

"Waarom steekt een kip een weg over?"

"Vermoedelijk balanceren motiveringen en remmingen met betrekking tot voorgenomen handelwijze in evenwicht welk aanspoort tot de beweging in plaats van tot de stilstand."

"Wanneer is twee en twee drie?"

De stem zei: "Aandachtsbank zal zich zes minuten met dit probleem bezighouden. Deze tijd is benodigd om alle mogelijke condities in alle verschillende wiskundige richtingen welke in mijn kern zijn ingebouwd te verkennen."

Allixter keek snel op zijn horloge. "Mooi zo. Dan heb ik even de tijd om een paar moeilijke te bedenken."

Kalm wreef hij over zijn voorhoofd, waardoor de elastische huls indeukte. Zes minuten — zou hij ooit nog kunnen slapen? En dan zijn oude leventje op Aarde! Met heimwee dacht hij terug aan Buck's Bar in de Naaf, de bekende gezichten om de notenhouten tap, de grote glazen bierpullen met de schuimkragen die over de rand stroomden...

Hij rukte zich terug naar het heden. Zo te zien moest hij zijn toekomst vullen met het bezighouden van deze planetaire robot middels puzzels, raadsels en wiskundige probleempjes. In ieder geval wist hij nu hoe hij de machine langer dan drie seconden onledig kon houden. Er zat niets anders op dan dat hij de kwestie bij de wortel aanvatte, door de machine te repareren. Wat was er verdomme mee aan de hand? Zat de fout in de remmers? In de onderhoudseenheid? Allebei kapot — wat een nare situatie. Er was niets dat de reparateur kon repareren.

Hij slenterde wat rond en keek achter het weggehaalde paneel. Het inwendige was onmogelijk gecompliceerd, een en al onbekende vormen, geleiders en draden in rij na rij. Het zou maanden werk kosten om ook maar een stukje van het mechanisme na te lopen.

Hij raapte een van de gereedschappen op. Kijk eens aan, dacht hij, fijne spullen hebben ze hier. Als ik dit handliertje nu kon patenteren, dan was ik zo miljonair. En wat is dit? Een zaag, wel wel. Ik zou het nooit geloofd hebben...Jee, die tanden gaan dwars door de hardste legering. Slim hoor, die Plaggen.

Maar deze geleider hier, zoiets hebben we op Aarde ook. Zelfde ontwerp, identiek — heel eigenaardig. Een van die vreemde toevallen die je steeds opvallen als je tussen de werelden pendelt... Allemachtig, hoe laat is het? Nog vijf seconden.

Maar hij verkeerde niet direct in gevaar. De robot had heel wat te melden. "Opgeslagen onder oplosbaarheidsindices bestaat er een aantal situaties waarin twee eenheden van de ene substantie en twee eenheden van een andere substantie, gemengd, resulteren in drie eenheden van een derde substantie. Maar dit geldt niet algemeen. In het geval evenwel van ..." De stem begon dreunend aan een wiskundige terminologie waarvan Allixter niets begreep.

Hij luisterde er vijf minuten naar, maar aan de stroom van informatie scheen geen einde te komen. Met een half oor luisterend beende hij heen en weer terwijl hij de zaal onderzocht. De rode tegels van de vloer waren van een rubberachtige substantie en microscopisch precies gelegd.

Allixter hakte er een reepje van los met zijn mes, waarna hij het in zijn tas opborg. Op Aarde zat er een fortuin in dit spul — rubber dat tegen fluor bestand was. Zijn vingers vonden in de tas een hard, rond voorwerp waarvan hij niet wist wat het was. Hij haalde het tevoorschijn.

Ah ja, het zeekristal dat zulke intrigerende lichtstralen afgaf. Pas een etmaal geleden had hij het ding van het strand van — hoe heette die planeet ook weer? — meegenomen en nu ... Allixter grijnsde zuur. Duizend frank per maand om waanzinnige robots te vertroetelen tot ze weer normaal waren, om over een bizarre grijze planeet te dolen, op zoek naar de buis terug naar de Aarde. Hij zou er bovenop kunnen staan, maar het ding kon ook tienduizend kilometer in het noorden, oosten, zuiden of westen liggen.

Zijn oog viel op de deur. Deze stond op een kiertje. Hij liep erheen om hem open te doen. Als het gevaarlijk werd, kon hij tenminste vluchten. Maar de deur klikte dicht.

Allixter vloekte. De naarlingen! Het was stil in de zaal. Hij merkte dat de stem niet meer sprak. Wel hoorde hij een scherp sissen.

"Wat gebeurt er?" vroeg hij terwijl hij zich ongerust omdraaide.

Zijn eigen stem klonk uit de luidspreker. "Beschermsysteem is in werking getreden. U wordt gesmoord in atmosfeer van zuivere stikstof."

"Aha, zit dat zo," zei Allixter. Behoedzaam betastte hij zijn huls. "Ik wil niet graag gedood worden. Misschien kunnen we ons beter concentreren op —"

Een explosie deed de machinerie beven en schudde hem door elkaar. Buiten hoorde hij de inboorling bezorgd piepen. "Goeie God, wat was dat?"

"Landelijk opruim- en simplificatiestelsel is bezig, niet belemmerd door veiligheidsvoorzorgen, nutteloze overblijfselen van voormalige operaties weg te vagen. Een groot aantal fabricage-eenheden en —" De stem gorgelde wat. "Geen woord voorradig voor dit denkbeeld. Plagse industriële installaties worden vernietigd en er is geen bevel in het werkgeheugen dat het slopen tegengaat —"

Allixter zei haastig: "Maak in godsnaam de ruimtebuis niet kapot. Anders kan ik niet meer naar huis!"

"Bevel genoteerd," zei de dorre stem.

"We moeten je remmers weer aan het werk krijgen voordat —" Een staccato keten van explosies als een serie zware voetzoekers benam hem het woord. Beverig maakte hij zijn zin af. "Voordat je echt iets kapot maakt, wou ik zeggen."

V

Allixter vroeg: "Wat is de snelste manier om die remmers weer te laten functioneren?"

De robot antwoordde: "Onderhoudseenheid is geprogrammeerd om de versleten onderdelen van de kring bij te stellen, te smeren en te vervangen in vier komma drie zes minuten. Een Plagse mecanicien kan dezelfde taak uitvoeren in zesentwintig uur."

Allixter keek peinzend naar de mobiele reparatie-eenheid. "Wat is de beste manier om de reparatiemachine weer aan de praat te krijgen?"

"Geen gegevens beschikbaar over schadeomvang."

Allixter zei sarcastisch: "Mooie robot ben jij, hoor. Je weet niet eens wat er pal voor je neus gebeurt."

Klonk er een zweem van menselijke spotlust door in het antwoord van de machine? "Optisch stelsel van machine kan niet door ondoorzichtig paneel dringen."

"Tot hoever langs het spoor kun je kijken?"

"Straal twee komma zes zeven, zoals aangeduid met witte tekens, is optimaal."

Allixter zei teleurgesteld: "Die tekens kan ik niet lezen. Dat is het schrift van de Plags."

"Informatie genoteerd," zei de machine toonloos.

Allixter zei: "Ik zal de eenheid verplaatsen — jij moet zeggen wanneer je hem kunt zien. Ondertussen," voegde hij er nadenkend aan toe, "mag je een lijst samenstellen van priemgetallen die eindigen met de cijfers zeven-negen-zeven."

De luidspreker maakte een blatend geluid dat weer menselijk aandeed. Allixter zette zijn schouder tegen de verrijdbare machine.

Langzaam rolde deze over zijn spoor. Na een poos zei de luidspreker: "Optimaal." Toen: "De lijst van de eerste honderd priemgetallen die eindigen met de cijfers zeven-negen-zeven is als volgt —"

"Noteer maar," zei Allixter. "Kijk naar deze machine. En probeer me niet te vermoorden terwijl ik bezig ben. Ga je daarmee akkoord?"

De toonloze stem zei: "Beschermend mechanisme handelt onafhankelijk."

"Okay," zei Allixter. "Je schijnt belang te stellen in wiskunde. Maak maar eens een lijst van priemgetallen die als ze vermenigvuldigd worden met de priemgetallen direct ervoor en erna, waarna het product tot de zesde macht wordt verheven, vervolgens door zeven gedeeld en de rest wordt weggelaten, een priemgetal opleveren dat eindigt op een-een-een."

De luidspreker stotterde wat.

"Die berekeningen voer je uit," zei Allixter, "wanneer je je aandacht niet bij de reparatie hebt. Wat moet er nu eerst gebeuren?"

"Verwijder de luiken aan weerskanten."

Allixter deed het.

"Neem de koperen band van de anderhalve centimeter grote schakelaar af, trek de spie uit de nokkenas, snij de lasverbinding van de lagerklem weg…"

De machine was goed gesmeerd en goed gebouwd. Na een halfuur ontdekte Allixter de oorzaak van de storing: de knieverbinding van een dwarspen was afgebroken.

"Laat dubbele spiraal terugklappen met werktuig in hoek van blad. Grijp stang met klem aan, draai negentig graden — tanden laten los en gebroken deel komt vrij."

Allixter deed wat hem aangeraden werd en het beschadigde onderdeel raakte los.

"Materiaal is allemaal standaard," zei de machine. "Reservepen te vinden in derde kast aan overkant van zaal."

"Blijf jij maar lekker bezig met dat lijstje van getallen terwijl ik die pen haal," zei Allixter.

"Geheugenbank heeft capaciteit van acht miljard cijfers," deelde de robot mee. "Bank nu halfvol."

"Als hij vol is, wis hem dan uit en begin opnieuw."

"Instructie genoteerd."

Allixter liep langs het verfomfaaide lijk van de Plag. Plotseling nieuwsgierig keerde hij het lijk om met zijn voet en keek naar de voorkant. Het grondplan van de Plag was onmiskenbaar menselijk, hoewel de neus en de kin lang en hard waren, de huid een eigenaardige gele kleur als van een geplukte kip had en de haren op staalwol leken. Het wezen droeg een pak van donkergroen fluweel dat glansde waar het licht het onder de juiste hoek raakte.

"Wat gek," zei Allixter bij zichzelf. Hij stak zijn hand uit en trok aan een metalen lusje. "Een ritssluiting. De eerste die ik ooit op een niet-Aards kledingstuk heb gezien. Als hij nu maar iets *beters* had — dan kon ik het meenemen en er patent op aanvragen en een miljoen verdienen — en als de chef dan nog een keer zegt: 'Doe deze verdomde boodschap voor me, maak die verdomde buis in orde, snuit de neus van die verhongerende Mafkesiniër,' dan zeg ik: 'Chef, die duizend frank waar je me iedere maand opnieuw weer mee beledigt...'"

Hij staarde naar de dode Plag, bestudeerde het gezicht, de ritssluiting, en toen, met opkrullende lippen van afkeer, fouilleerde hij het lijk.

Het wezen had niets bij zich behalve een paar kleine metalen dingen als sleutels en een van vezelmateriaal gemaakt aantekenboekje met tekens in groenzwarte inkt. In de tas die de Plag had gehad, zaten een paar kleine gereedschappen.

Zacht fluitend zocht Allixter de dwarspen uit de kast en liep ermee terug naar de reparateur. "Robot," zei hij.

"Aandachtig."

"Dit remmende mechanisme — is het helemaal doorgebrand, totaal onwerkzaam?"

"Nee."

Allixter wachtte, maar toen hij de vraag beantwoord had, zag de robot geen reden om uit te weiden. Allixter knikte wijs. "Dacht ik al. Ieder organisme met zoveel macht en verantwoordelijkheid als jij zou

bijna evenveel remmers nodig hebben als er mogelijkheden tot handelen zijn. Klopt dat?"

"Ja."

"De remming tegen het doden van inboorlingen werkt nog. Net als
de remming tegen het doorbranden van je eigen stoppen. En volgens
mij, als je echt wilde, zou je me heel makkelijk kunnen doden. Met
andere woorden, alleen de simpele prikkeling van je aandachtskringen
zou een diepgewortelde impuls om een vermoedelijk vijandige ander-
ling te doden niet verstoren."

De robot vroeg: "Hoe vaak wilt u dat de geheugenbanken gevuld
worden met priemgetallen die eindigen op een-een-een en weer
gewist?"

"Begint het je te vervelen?"

"Onbegrijpelijk denkbeeld."

"Nou — voor de afwisseling geef ik je een nieuwe opdracht. Kijk
naar elke vierkante meter van de planeet en bereken de kans dat er
binnen de volgende tien minuten een meteoor van vijf kilo plus of min
een pond op valt."

De luidspreker antwoordde alleen met een zwak gonzen. Allixter
liet zijn gedachten weer over het patroon spelen dat langzaam vorm
aannam in zijn geest. Het was zo veelomvattend, zo veelbetekenend dat
hij het ongelooflijk vond — aanvankelijk.

Hij ging terug naar het lijk en keek nog een keer in het verstijfde
gezicht. Hij keerde zich naar de luidspreker. "Welke delen van de remmer zijn doorgebrand?"

"Vlokken R acht-zesenzestig-tweeënnegentig tot en met R negen-
elf-eenennegentig."

"En dat deel slaat alleen op de Plags?"

"Ja."

"En het is zo erg dat in plaats dat de remmer jou ervan weerhoudt
een Plag of een constructie van de Plags te beschadigen, jij nu juist al
het Plagse op de planeet wilt verwoesten?"

"Ja."

Allixter dacht erover na. "Waar is de ruimtebuis naar buiten toe?"

"Aan de noordkant van dit gebouw komt een deur van geel metaal
uit op een grote opslagruimte. Achterin de hal bevindt zich het station."

"Wat is de code voor Plagi-Plagi —" Hij schudde zijn hoofd. "De Plaggenplaneet?"

"Fase tien, frequenties negen en drie."

"In welke eenheden?"

"In Plagse eenheden."

"Zet die om in Aardse eenheden."

"Fase acht komma vier-twee, frequenties zeven komma vijf-acht en twee komma vijf-drie."

Aha, dacht Allixter. Op hoog niveau zouden ze enkele verrassingen te verwerken krijgen — massa's verrassingen. Als ze de mensen wilden bedotten, hadden ze iemand anders dan Scotty Allixter moeten uitkiezen. Er was nog een punt van belang. "Hoe moet ik de codeknoppen instellen voor de Aarde?"

De luidspreker bracht een reeks piepklanken voort.

"Beschrijf de standen in het Engels."

"Knop een, bovenop — instellen op het symbool dat lijkt op een B op zijn kant. Knop twee — op het symbool dat lijkt op een N binnen een ovaal. Knop drie — op het symbool dat uit twee concentrische driehoeken bestaat."

Allixter zocht in zijn zak naar een stuk papier en kreeg prompt de bol met de veranderende kleuren weer te pakken. Hij stak hem terug, vond zijn bloknoot en noteerde daarop de gegevens.

"Zo," zei hij. "Ik ga naar de remmersbank. Ik wil de remmingen die op dit moment doorgebrand zijn, voorgoed en compleet uitwissen. Wat is de makkelijkste manier?"

"Naast het paneel is een reeks wijzers en een knop. Stel de wijzers in en druk dan op de knop. Met deze handeling wordt de betekenis uit de vlokken gewist."

"Prima," zei Allixter. "En als alles gerepareerd is, zijn ze nog steeds blanco?"

"Juist."

"Uitstekend." Allixter ging naar de wijzers. "Vertel me nu hoe ik ze moet instellen."

Hij luisterde en draaide aan de wijzers en drukte op de knoppen tot zijn pols pijn deed.

"Nu zijn die remmingen dus permanent uitgewist?"

"Ja."

"En jij vernietigt iedere Plag die voet op de planeet zet?"

"Machine heeft geen bevel tot het tegendeel. Plags worden vernietigd."

"Hoe schep ik nieuwe remmingen?"

"Sluit lege vlok aan, spreek bevel uit."

"Verbind me met een lege vlok."

"Verbinding gelegd."

"Het is verboden mij te doden."

"Bevel in strijd met fundamentele opdracht. Bevel tegengehouden door monitor."

Allixter knarsetandde. "Hoe moet ik dan naar huis? Zodra ik jou alleen laat, ga je je best doen om mij te doden."

"Probleem bevat onvoorspelbare variabelen."

"Nou, bedankt," zei Allixter. "Met andere woorden, zoek het zelf maar uit. Goed, goed. Ben je nog bezig met dat probleem dat ik je opgaf?"

"Ja."

"Hoe ver ben je al?"

"Bij benadering half voltooid."

"Snel hoor."

"Berekening van zulk materiaal is grotendeels automatisch."

"Hmm." Allixter wreef door de luchthuls over zijn kin. "Leg contact met een lege remmingsvlok."

"Contact gelegd."

"Vernietig geen installaties als dat de inboorlingen kwaad doet of hun leven bemoeilijkt."

"Instructie genoteerd."

Allixter aarzelde. Hij keek weifelend naar de verrijdbare reparateur. "Als ik hem weer in elkaar zet, hangt hij die grote hamer dan weer op?"

"Ja."

Allixter grijnsde. "Nou ja — we gaan verder."

Hij herstelde de reparateur volgens instructies en maakte het apparaat daarna dicht. Het ding bleef roerloos staan. "Hoe starten we hem weer?" vroeg hij.

"Regelkast op achterkant is uitgerust met hoofdschakelaar. Haal deze neer."

Allixter durfde niet zo goed. Er waren te veel onvoorspelbare mogelijkheden. "Wat gaat de reparatiemachine het eerst doen?" vroeg hij sluw.

"Hij zal de beschadigde stukken van de remmingsbank vervangen."

"Maar ze zijn nu blanco?"

"Ja."

"En dan?"

"Hij zal Lager KB-vierhonderdacht smeren, dat warmgelopen is, en een versleten isolatie in het Paradoxoplosstelsel vervangen."

"Wanneer hangt hij de hamer op?"

"Over achttien komma negen minuten."

"Hm. Tijd genoeg om hieruit te komen, maar verder... Zal ik de afstemming van de uit-buis kunnen veranderen en van de planeet kunnen vertrekken voordat er nog meer geweld losbarst?"

"Probleem bevat onvoorspelbare variabelen."

Allixter begon te ijsberen. "Als ik de aandacht van de machine vasthoud, ontkom ik wel. Zo niet, dan word ik geëxecuteerd als ongewenste vreemdeling... Alle robots zouden een hobby moeten hebben, iets om ze bezig te houden zodat ze geen kattenkwaad uithalen. Misschien..." Hij aarzelde. "Het gaat me wel geld kosten." Hij dacht scherp na. "Maar wat maakt een paar frank uit, vergeleken met mijn leven?"

Hij trok de kwartsbol uit zijn zak en het kristallen wezentje dat erin opgesloten zat gloeide, glansde, vonkte met steeds wisselende kleuren — blauw, rood, zeegroen. Allixter zette de bol op een uitstekend randje ter hoogte van zijn kin. "Kun je die bol zien?"

"Ja."

"Zie je die kleuren?"

"Ja."

"Kijk naar de bol en die kleuren. Dit gaat jouw hobby worden, iets waarmee je je kunt amuseren tijdens de eenzame uren van de nacht. Je moet voorspellen welke kleur de bol gaat krijgen. Als je het mis hebt, herzie je je berekeningen en doe je een nieuwe voorspelling."

"Instructie genoteerd," zei de robot.

Allixter raakte de gladde kwartsbal nog even aan. "Zo, mijn kleine juweeltje, wees nu maar zo grillig als je kunt. Ik wil wedden dat ieder vonkje leven met vrije wil iedere machine in de war kan brengen en verslaan, hoe gecompliceerd en wijs die machine ook is. Dus pronk maar met al je mooie kleuren en doe het zo wild en listig als je kunt." Hij haalde de schakelaar op de verrijdbare reparateur om.

De deur zat nog op slot. Allixter brandde hem open met zijn lasser en stapte op het pad van stenen latten dat uitkeek op de nevelige grijze vallei. Hoog boven hem gloeiden de myriaden zonnen — vlammen in talloze kleuren, dichtbij en ver weg in de violette hemel.

"Het noorden is die kant op," peinsde hij. "Daar heb je die opslagruimte en daar zie ik de gouden deur al..."

VI

Het station in de Naaf was stil toen Allixter door het gordijn kwam. Op de uit-band lagen alleen enkele tientallen trossen groen-witte druiven, een dozijn groen geschilderde zuurstoftanks — alles op weg naar een mijnstation op een ertsrijke maar luchtloze asteroïde.

De in-band was leeg en toen de operateur Allixter door had gelaten, wijdde hij zich weer aan zijn tijdschrift.

Allixter sloop langs het expeditiekantoor, maar Schmitz zag hem toch. Hij schoof het glazen luik open. "He, Scotty," bulderde hij. "Kom meteen weer hier en dien je verslag in. Het is hier geen commune, weet je! Heb je de regels niet gelezen?"

Allixter aarzelde, maar ging terug.

"Hier," zei Schmitz, terwijl hij hem een geel formulier toegooide. "Vul maar in — en laten we het voortaan doen zonder dat ik je op je kop moet zitten. Ik heb ook mijn werk, weet je. Jullie kerels werken me op m'n zenuwen. Dat loopt maar binnen en dat rent maar weer naar buiten als een kudde trutten in een havenkroeg. En als ze me dan komen vragen wie waar is geweest en wie wat heeft gedaan —"

"Wees eens even stil, Sam," zei Allixter. "Ik moet opbellen."

Schmitz keek verbaasd. "Ga je gang maar, pak mijn telefoon maar. Ik vind het niet erg. Zolang je me goed behandelt, mag alles. Wil je mijn telefoon hebben? Prima! Als je maar doet wat je moet doen, dan zal ik niet klagen. Mijn God, man! Waar is de linguahelper? De chef slaat ons bont en blauw als —"

"Die heb ik in het station achtergelaten." Allixter bladerde in het telefoonboek. Hij keek op. Schmitz keek hem aandachtig aan. Zijn helderblauwe ogen glansden als gegalvaniseerde metalen ringen in zijn ronde rode gezicht.

Allixter klapte het boek dicht. "Nee, ik wacht maar even. Goeiedag, Sam Schmitz."

"*He!*" brulde Schmitz. "Je verslag!"

"Ik ben zo weer terug."

"Wanneer is dat? Vergeet niet dat ik voor alles verantwoordelijk ben, ik ben degene die uitgekafferd wordt als jullie de lijn trekken..."

Met een stem als zijde zei Allixter: "Kun je nog een kwartiertje wachten, Sammy, schat van me? Dan krijg je een verslag van me, zo mooi dat je zou willen dat je het mee naar huis kon nemen en inlijsten en aan je muur hangen."

Schmitz zat grommend, nerveus, zijn taaklijst doornemend een kwartier te wachten. "Die verdomde Allixter. Die is het ergst. Die Schotten zijn allemaal gek, ze drinken te veel van die bruine smurrie die ze whisky noemen. Goddank dat er nog bier bestaat... He zeg, daar is-ie alweer."

De vier mannen die Allixter bij zich had droegen grijze uniformen en ze leken sterk op elkaar. Ze waren alle vier lang, mager, beheerst. Hun gezicht was bot, hun ogen waren scherp en priemend en hun mond hielden ze stijf dicht.

"Hemeltjelief!" flapte Schmitz eruit. "De Wereldveiligheidsdienst, en niet minder. Wat heeft Allixter nou weer op z'n geweten?" Automatisch ging zijn hand naar de knop op de telefoon om de chef te waarschuwen.

"*Niet doen*, Schmitz!" riep Allixter. "Blijf van die telefoon af!"

Een van de veiligheidsmannen deed de deur naar het hok van Schmitz open en wenkte hem eruit. "Ik geloof dat u beter mee kunt komen."

Breedsprakig protesterend gehoorzaamde Schmitz, dravend op zijn korte beentjes om de lange agenten bij te houden. De agenten stelden zich naast de grote groene deur met de bronzen letters op. Allixter drukte op de knop, de deur gleed open, hij glipte naar binnen. De secretaresse keek op van haar tafel. "Zeg tegen de chef dat ik terug ben," zei Allixter.

Aarzelend drukte ze een knop in. "Scotty Allixter komt verslag uitbrengen."

Na een pauze kwam het antwoord: "Laat hem maar komen."

Ze liet het slot openspringen en Allixter liep naar de binnendeur. Nu kwamen de veiligheidsagenten ook binnen. Een van hen ging recht op het bureau van de secretaresse af, die snel de chef wilde waarschuwen, en hield haar arm vast.

Allixter schoof de binnendeur weg. De laboratoriumlucht sloeg hem in het gezicht. Met de vier agenten achter zich ging hij naar binnen.

De chef zat achter zijn bureau met zijn rug naar het licht. Hij bewoog even, maar bleef toch stil zitten. "Wat betekent dit?" vroeg hij toonloos.

De luitenant van de veiligheidsdienst zei: "U bent gearresteerd."

"Waarom?"

"Wegens massale diefstal, spionage en onwettige aanwezigheid op de planeet. Om te beginnen. Waarschijnlijk volgen er nog meer aanklachten wanneer er een volledig onderzoek is uitgevoerd."

"Heeft u een arrestatiebevel?"

"Jazeker."

"Laat kijken."

De luitenant trad naar voren met een blauwe map. De chef las het document met een sardonische trek om zijn mond. Allixter dacht: Al die jaren kom ik al in dit kantoor, praat ik met die man, kijk ik naar hem, en nu pas zie ik hem zoals hij is, het schepsel van een andere wereld met geel kippenvel en een adem van gifgas.

Plotseling merkte hij dat de lucht in het kantoor, die altijd al bijtend en medicinaal rook, extra scherp was geworden. Hij schreeuwde: "We moeten hier weg, hij probeert ons te vergiftigen!"

De chef sprong snel overeind.

De luitenant ging een stap naar voren. "Blijf staan of ik schiet."

Allixter gooide de deur wijd open en redde daarmee zijn leven. Van de rand van het bureau van de chef schoot een vlak van groezelig geel vuur door de kamer. Het brandde de vier mannen doormidden. Allixter deinsde rillend weg van de knetterende ionen die afgebogen werden door de metalen wand en vlak langs zijn middel sisten.

Hij had zijn gereedschap niet bij zich. Hij was ongewapend. Hij rende naar de telefoon van de secretaresse. Zij drukte zich versuft en met glazige ogen tegen de wand. Allixter sloeg op de alarmknop en brulde: "Moord! Het kantoor van de chef—" In de andere kamer hoorde hij een schielijke beweging en hij keek vertwijfeld naar de gangdeur. Om te ontkomen moest hij door de vuurlijn.

Er naderden langzame voetstappen. Allixter zei gesmoord: "Als je je lange neus door de deur steekt, breek ik hem af…"

De chef schuifelde behoedzaam verder. Hij drukte zich tegen de wand aan de andere kant om schuin door de deur op Allixter te kunnen schieten. Allixter drukte op de knop van de deur, en deze gleed dicht. Toen sprintte hij naar de buitendeur. Toen hij verdween, knalde er een schokker achter hem en de muur aan de andere kant van de gang stortte in.

Allixter rende door de gang naar de nog steeds rustige transporthal. Hij dook tussen vaten aceton door, rende over het bijna verlaten platform en sprong in het hok van de operateur.

Ademloos deed hij zijn best om duidelijk verstaanbaar te spreken. "Je moet me helpen. Het is een zaak van de veiligheidsdienst…Open de incontacten zo wijd mogelijk en stel deze code in: fase acht komma vier-twee, frequenties zeven komma vijf-acht en twee komma vijf-drie."

De operateur keek hem verwonderd aan. "Wat is dat nou voor code? Ik heb nog nooit gehoord van —"

"Hou je kop!" snauwde Allixter. "Doe het gewoon! En breng alles wat er binnenkomt het station in."

De operateur haalde zijn schouders op en draaide aan de knoppen. "Acht komma vier-twee — en de rest?"

"Zeven-vijf-acht! Twee-vijf-drie! Schiet in godsnaam op!"

De operateur activeerde de code. Allixter sprong naar het goudbruine gordijn op het punt waar de band uit de vloer kwam.

Tien seconden…vijftien seconden. Hij staarde in de bruine nevel, die doorschoten was met lichtflitsen, totdat — er bewoog iets. De chef verscheen. Hij keek over zijn schouder. Zijn mond viel open.

Allixter sprong op hem, greep hem vanachter beet en smeet hem op de band. Het wapen van de chef stuiterde weg. Allixter greep het beet en stond op.

"Zo, ouwe — kalm maar. Ik heb je eerlijk gevangen en daar doe je niets tegen. Ik zou het vervelend vinden als ik je aan flarden moest schokken."

VII

Allixter stond in het middelpunt van de belangstelling van een publiek dat hem met ontzag opnam. Het bier, de beste import uit Nederland en Duitsland, stroomde rijkelijk over de tap van Buck's Bar en er stond altijd iemand klaar om te betalen.

Het verhaal was al ettelijke keren verteld, maar niet alle details van de episode waren voor iedereen duidelijk. Van degenen die niet alles begrepen, drong Sam Schmitz het hardnekkigst aan op opheldering.

"Allixter, luister nou eens," zei hij klaaglijk. "Jij komt mijn kantoor binnenstormen en ik leg je geen strobreed in de weg. Ik sta vierkant achter je, zoals altijd, maar je had me grote ellende kunnen bezorgen. Je had gelijk, dat geef ik toe, maar als je je nu eens vergist had? Dan hadden we samen in de soep gezeten. Ergens zit het me niet helemaal lekker, hoor."

"Schmitz," zei Allixter, toegeeflijk maar uit de hoogte, "je kletst."

"Maar hoe wist je dan zo zeker dat het de chef was? Ik snap niet eens hoe je op het idee kwam dat ze iemand hier in de Naaf moesten hebben. Je beweert dat je het gededuceerd hebt — maar ik snap het toch niet."

"Bekijk het zo, Sam." Allixter verkwikte zijn keel met een pul Hochstein Lager. "Die opdracht van mij was nep. Een poos nadat ik daar arriveerde, dacht ik nog dat het gewoon een vergissing was. Maar toen begon ik na te denken. Een boel rare dingetjes bleven aan me knagen. De chef stond erop dat ik de linguahelper meenam. Waarom zou ik een linguahelper nodig hebben op Rhetus? Antwoord: de chef wist dat ik terecht zou komen tussen wezens die uit hun oksels kletsten.

"En waarom gaf hij me bevel om een luchthuls type X te dragen? Bestand tegen halogenen? Rhetus heeft een dampkring van kooldioxide, argon, helium, een beetje zuurstof, en we dragen er alleen helmen. Dus waarom? Omdat hij wist dat waar ik naartoe ging, ze een atmosfeer van fluor hebben.

"En toen ik de dode Plag op de vloer zag, vond ik een paar rare dingen. Hij had een Aardse ritssluiting in zijn kleren. Niet een die erop leek, maar in alle opzichten precies gelijk."

"Dat had nog een toeval kunnen zijn," zei Buck de bartender.

Allixter knikte. "Ja. Maar wat zeg je van de ballpoint die hij in zijn zak had en de sprits die hij in zijn gereedschapskist had?"

"Wat is een sprits voor ding?" vroeg Kitty, de blonde gastvrouw met de vierkante kaken.

Barnard, ook een mecanicien, zei vlug: "Een nieuw stuk gereedschap, gloednieuw. Dat hebben we nu bij ons in plaats van draad. Als we een stroom willen laten lopen tussen twee plekken, dan drukken we op de knop van de sprits, het spul komt eruit en hecht zich aan de eerste plek. We trekken het overal naartoe waar we willen, houden het tegen de tweede plek, laten de knop los en we hebben een permanente verbinding. De buitenkant oxideert en wordt dan een goede isolator."

Kitty dronk het bier van Schmitz op ten teken dat ze het begreep.

"Hoe dan ook," vervolgde Allixter, "toen ik al die dingen daar zag rondslingeren, dacht ik ja hoor, ze hebben een contact met de Aarde. En ik wist ook dat het van één kant moest komen, want ik had beslist nog nooit een van die langneuzige Plaggen met hun gele kippenvel op Aarde gezien.

"En toen dacht ik aan de chef. Hij leek precies op het lijk. Misschien zat er iets meer leven in. En toen ik er langer over nadacht, schoten die andere vreemde dingen me weer te binnen. En toen de robot me vertelde dat hij zo in de war was dat hij alle Plags automatisch doodde, toen begreep ik het."

"Wat dan?" vroeg Schmitz.

"De Plags wilden de buis naar de planeet openhouden — ik weet niet hoe het er heet. Het zou me niks verbazen als ze een aantal van die werkwerelden hadden, allemaal met robots, en allemaal halen ze uit de planeet wat erin zit en verzenden de opbrengst naar Plag-Plagi — verrek, ik kan het nog steeds niet uitspreken. O ja, *Plagigonstok*. Dat was het.

"Nou, die robot doodde dus alle Plags zodra ze zich vertoonden. Dus moesten ze een monteur van een ander ras halen om de machine te repareren. En dat was ik."

"Zo te horen waren ze ten einde raad," bromde Buck.

Allixter zei: "Wat hadden ze te verliezen? Of ik maakte de robot, of hij maakte me dood. Verder hadden ze alleen een oorlogsschip kunnen sturen om de robot te vernietigen — en dan sneden ze zich in eigen vlees. Daarom namen ze contact op met de chef, gaven hem bevel zijn beste monteur te sturen met alles wat hij nodig had om de robot te repareren."

Nadenkend hief Schmitz zijn glas. Het bleek leeg te zijn. Hij keek vlug naar Kitty, die bezig was haar haar te fatsoeneren. "Buck — geef me nog een biertje. Ik vind dat de chef je wel een idee had kunnen geven wat je te wachten stond."

"Zodat ik alles kon verklappen? Van z'n lang zal z'n leven niet. Op deze manier zou ik denken dat het een waanzinnig toeval was geweest, als ik weer terugkwam."

Barnard vroeg: "Hoe wist je op welke manier de chef wilde ontsnappen?"

Allixter fronste veelbetekenend zijn zware wenkbrauwen. "Nou — ik heb jullie al verteld dat ik het zeker wilde weten toen ik al die Aardse spullen zag. Misschien vergiste ik me — misschien hadden we inderdaad een buis naar die Plagplaneet. Daarom vroeg ik de code aan de robot.

"En die stond niet op onze lijst, dat wist ik — het waren niet eens dezelfde eenheden die wij gebruiken. Blijkbaar hadden de Plags een eigen buizenstelsel opgezet en kwamen ze er per ongeluk achter dat wij er ook een hadden. Ze smokkelden een spion door onze buizen, en die werd de chef. Misschien zijn er nog wel meer van dat soort hier."

"Eén ding snap ik niet," zei Barnard. "Hoe kon de chef hier ademen? In dit soort lucht had hij toch moeten stikken."

Allixter dronk zijn pul uit voordat hij antwoordde. Buck duwde hem naar de tap en schoof hem boordevol terug. Allixter zei: "Heb je nooit dat litteken gezien dat de chef in zijn hals had?"

"Tuurlijk wel. Zag er heel lelijk uit. Hij moet in de weg hebben gestaan van een lang en scherp mes."

"Het was helemaal geen litteken. Het was een adembuis die onder zijn huid naar zijn keel liep. Daaruit kreeg hij zijn fluor en daardoor raakte hij zijn fluorwaterstof kwijt aan een absorptiefilter. Onze lucht zou hem geen kwaad doen, maar ook geen goed, want hij had er niets aan."

Schmitz schudde zijn hoofd. "Volgens mij zou hij zijn keel moeten verbranden."

Barnard lachte. "Weet je nog dat je hem een keer een van die kromme zwarte sigaren aanbood?"

"Ja," zei Schmitz. "Hij zei dat-ie niet snapte hoe ik die dingen overleefde."

Allixter zei: "Hij zou lang niet zoveel zuurstof nodig hebben als wij. Met een heel klein beetje kon hij een hele tijd doen. Natuurlijk lekte hij uit zijn neus en zijn mond, dat was niet te vermijden —"

Barnard sloeg met zijn vuist op de toog. "Ik heb altijd al gezegd dat de chef naar een ziekenhuis stonk!"

Schmitz zei treurig: "Wat zou er nu gebeuren? Gaat de regering een commissie sturen naar Plag-Plagi — je weet wel?"

"Nou," zei Allixter, in zijn nieuwe rol van bron van alle wijsheid, "ik weet het niet zeker. Ze hebben ons bestolen bij het leven, die Plaggen. Al onze ideeën, gereedschappen, technieken — het ging allemaal naar ze toe. Dat is niet zo erg, maar ze pasten wel op dat wij niets in ruil kregen.

"Dat was de taak van de chef. Het versturen van koopwaar — hij kon het station in wanneer er niemand was, of hij kon het verzenden via het ontsnappingsluik in zijn kantoor. Het spul werd waarschijnlijk betaald door een niet bestaand bedrijf in platina of uranium dat ze goedkoop van een of andere robotplaneet haalden. Of misschien drukten ze hun eigen geld. De veiligheidsdienst zegt dat ze een kist fonkelnieuwe biljetten van honderd frank in het kantoor van de chef hebben gevonden."

"Dus die schurken hebben mij belazerd!" brulde Buck. "Ik ben duizend frank armer geworden door nepgeld!" Het schandelijke van de misdaden van de chef scheen nu tot hem door te dringen. Hij trok geëmotioneerd met zijn schouders, die twee zakken meel leken. "Nou, die afschuwelijke hagedis met z'n lange neus, ik wou — ik wou — ik kan 'm wel met blote handen aan repen scheuren! Duizend frank heeft-ie me gekost!"

"Wat een pech," zei Allixter afwezig. "Hij heeft mij vijfhonderd frank gekost toen ik dat kostbare juweel achter moest laten. Maar goddank heb ik toevallig deze scarabee opgepikt op die grijze planeet. Eersteklas gele fluorspaat, een uniek stuk en het is het heilige zegel van de inboorlingen. Er bestaat er maar één van. De curator van het Buitenwereldmuseum zei dat hij me er achthonderd frank voor wilde geven, maar dan moest ik een maand wachten voordat hij toestemming kon krijgen. Buck, jij mag het voor zeshonderd hebben en die tweehonderd kun jij dan in je zak steken."

Buck pakte het octahedron op. "Moeten dat heilige tekens voorstellen? *Humf!* Volgens mij zijn het hanenpoten. Ik geef je er vijf frank voor en misschien kan ik hem dan weer voor tien frank lozen aan een of andere dronkenlap."

Allixter griste het fluorspaat terug met een gekwetst gezicht. "Vijf frank?" zei hij verontwaardigd. "Ik zou je nog liever mijn rechteroor verkopen!"

DOVER SPARGILLS
GRANDIOZE GAFFE

DOVER SPARGILL, NET EENENTWINTIG, beende heen en weer voor de open haard en mepte af en toe met zijn rijzweepje tegen zijn laarzen. Zijn notaris James Offbold zat in een orenfauteuil en sloeg zijn ogen ten hemel, alsof hij daar steun zocht.

Halverwege een stap bleef Dover abrupt staan. Meteen verscheen er een oplettende uitdrukking op het gezicht van Offbold, want Spargill mocht dan een onuitstaanbare idioot zijn, maar Offbold verdiende per jaar wel dertigduizend dollar aan hem. Als dat niet zo was geweest, zou Offbold liever een dagje in de hel hebben doorgebracht dan te doen wat Spargill hem opdroeg.

"Dat is dus alles?" informeerde Dover, met een flinke tik tegen zijn laarzen.

"Dat is het hele document, ja. Mag ik u mijn welgemeende felicitaties aanbieden?"

Weer bleef Dover abrupt staan en keek de ander met een vragend gezicht aan. "Felicitaties? Hoezo?"

"Omdat u nu meerderjarig bent, en een van de rijkste mensen ter wereld."

"O, het geld." Dover gooide het rijzweepje neer. Voor hem was rijkdom bijzaak, impliceerde dat gebaar. "Niet dat het niet handig is. Ik hoef me in elk geval geen zorgen te maken dat ik zelf aan de bak moet. Al denk ik af en toe wel dat mijn vader niet al te veel fantasie had. Ik heb hem tig keer manieren aan de hand gedaan om zijn fortuin te verdubbelen."

Offbold kuchte. Hij herinnerde zich de oude Howard Spargill nog goed, en zijn sluwe financiële gemanipuleer ook. "Dat ben ik niet met u eens. Uw vader was de slimste zakenman van zijn tijd. Hij is begonnen als geologisch onderzoeker en aan het eind van zijn leven was hij de eigenaar van Moon Mines, dat bijna een derde bezit van de hele maan."

Dover schudde zijn hoofd en tuitte zijn lippen. "Hij heeft niet weten te voorkomen dat Thornton Bray de andere bedrijven heeft gebundeld tot de Lunar Mineral Cooperative. Al die grond had hij makkelijk zelf kunnen kopen."

Een tikje uit de hoogte zei Offbold: "Vindt u niet dat de eigendomsrechten op een derde van de maan wel voldoende zijn? Dat is een gebied dat groter is dan Europa."

Dover fronste zijn voorhoofd. " 'Voldoende' is een woord dat in het vocabulaire van een moderne zakenman niet voorkomt. Dat zou zeker u toch moeten weten."

Offbold maakte een grommerig keelgeluid en staarde somber in het vuur, terwijl Dover een heel betoog afstak en af en toe een belangrijk punt onderstreepte met zijn rijzweepje. Hij legde uit dat in de hoogste financiële kringen het vergaren van rijkdom een spel was waarvoor niet veel meer vaardigheid nodig was dan bij het bespelen van een flipperkast. Uiteindelijk knikte Offbold bruusk, klikte het slot van zijn aktentas dicht en kwam overeind.

"Ik ga er maar weer eens vandoor. U hebt waarschijnlijk plannen voor het diner."

Dover liep met hem mee naar de deur. Daar draaide Offbold zich om, omdat hij nog een paar dingen kwijtwilde.

"U krijgt zonder enige twijfel te maken met flessentrekkers en bedriegers. Maar iemand met uw zakelijk talent —" hij kuchte even "— herkent die natuurlijk meteen."

Dover knikte energiek.

"Maar ik wil het er toch even over hebben. De mijnen worden geleid door competente mensen, en op uw zakelijke activiteiten op aarde wordt toezicht gehouden door Calmus Associates. Ik zou u ten sterkste afraden om ingrijpende wijzigingen door te voeren of nieuwe activiteiten te ontplooien. Als u wordt benaderd door iemand die geld wil hebben, om wat voor reden dan ook, stuur hem dan maar naar mij door, dan krijgt hij van mij het lid op zijn neus."

In deze trant ging Offbold nog even door. Dover luisterde met half-gesloten ogen toe en liet zijn zweepje heen en weer zwaaien.

Ten slotte drukte Offbold hem de hand en vertrok. Dover keek toe hoe hij naar zijn taxi liep.

"Domme ouwe sukkel." Hij mepte tegen zijn rijlaarzen. "Al bedoelt hij het vast goed."

Thornton Bray, de CEO van de Lunar Mines Cooperative, was een grote man met een blozend, breed gezicht, als een halve watermeloen. Hij had prominente ogen zonder wimpers en zijn wangen waren net zo glad en bol als de billetjes van een baby. Hij stak het ondertekende contract in zijn zak en schudde met een ironische glimlach zijn hoofd.

"U hebt een aardje naar uw vaartje, dat is een ding dat zeker is. Ik ben van een koude kermis thuisgekomen toen ik probeerde u te slim af te zijn."

Dover liet de rook van een dure sigaar uit zijn mondhoek kringelen. Hij mat zich een nonchalante houding aan, alsof hij wilde afdoen aan zijn overwinning op Bray en de Lunar Mineral Cooperative.

"Een ding is zeker," ging Bray verder. "U bent nu een belangrijke figuur. U gaat nog geschiedenis schrijven. De eerste mens die een hele wereld bezit. Stel je eens voor. Honderdvijftig miljoen vierkante kilometer. Zover u daar kunt kijken is alles van u."

Dover wierp een blik op de maanglobe die op zijn bureau stond. Het oppervlak was verdeeld in onregelmatige vakken, die soms grijsblauw en soms grijs waren gekleurd, al naar gelang ze aan Moon Mines of aan de Lunar Mineral Cooperative toebehoorden.

"Ja, de maan krijgt nu een kleur." Hij zweeg even. "Maar het zou van slechte smaak getuigen om..."

"Waar wilt u heen?"

"Om de naam te veranderen. Van 'maan' in 'Spargill'."

Bray dacht even na. "Daar zou u een hoop werk aan hebben." Energiek schudde hij Dover de hand. "Veel geluk ermee, meneer Spargill." Vol bewondering schudde hij zijn hoofd. "Niet dat u dat nodig gaat hebben, met dat scheermesscherpe brein van u."

Gevleid zwaaide Dover met zijn sigaar. "Als ik iets waardevols wil hebben, ga ik ervoor."

"Goedendag, meneer Spargill."

Dover zwaaide de ander nonchalant uit en richtte zijn blik weer op de globe.

Een ogenblik later zoemde de visifoon.

Over zijn schouder zei Dover: "Ja?"

"De heer Offbold," zei zijn privésecretaresse.

Dover geeuwde en liep terug naar zijn bureau. "Zet hem maar door."

Op het scherm werd een gelaat zichtbaar dat was vertrokken van woede en wanhoop. "Zeg op!" kreet Offbold. "U hebt toch geen contracten getekend, hè?"

Dover legde zijn benen op het bureau en tikte de as van zijn sigaar. "Ik heb net een voordelige deal afgesloten, als u daarop doelt. Met verreikende consequenties."

Offbolds gezicht betrok. "Wat is het slechte nieuws?"

"Moon Mines is nu de wettige eigenaar van honderdvijftig miljoen vierkante kilometer, ruim vierhonderd miljoen kubieke kilometer, vijf maal tien tot de negentiende macht ton satelliet. Anders gezegd, we hebben de Cooperative uitgekocht. Ik ben de enige eigenaar van de maan."

Offbolds ogen schoten vol tranen. "Wat hebt u betaald? Hoeveel?"

"Geen gering bedrag," gaf Dover toe, "Maar ik ben naar de maan geweest. Ik heb met eigen ogen de ertsreserves op ons land en dat van de Cooperative gezien. Offbold, het gaat helemaal goed komen."

"Hoeveel?"

"O..." Dover nam een trekje van zijn sigaar. "Tweehonderd miljoen contant."

Offbold sloeg met zijn hand tegen zijn voorhoofd.

"En onze belangen in Antarctic Energy."

"Ai."

Zuur vroeg Dover: "Wat heb je toch, Offbold?"

Offbold slaakte een diepe zucht. "Wat gaat u met de maan doen, nu die helemaal van u is?"

"Mijnbouw plegen, natuurlijk."

"Idioot!" bulderde Offbold. "Kijk je weleens een krant in?"

"Zeker, als ik daar tijd voor heb."

"Dat zou ik dan meteen maar doen." Het scherm werd grijs.

"Mevrouw Forsythe," riep Dover.

"Ja, meneer Spargill?"

"De krant van vanmiddag, graag."

Het scherm gloeide op. Dovers blik werd naar het voornaamste artikel getrokken.

WETENSCHAPPELIJKE VINDING SLAAT IN ALS BOM
Transmutatieproces gaat alles veranderen
. . . .

Frederick Dexter, de CEO van de Applied Research Foundation heeft vandaag meegedeeld dat zijn bedrijf een methode heeft ontwikkeld om het ene element in het andere om te zetten. In gezaghebbende kringen denkt men dat deze vinding een revolutie teweeg zal brengen die te vergelijken is met de Industriële Revolutie.

Dexter bracht het nieuws vanmorgen, op een persconferentie. "Het apparaat is energieneutraal. Dat houdt in dat er geen energie van buitenaf voor nodig is, mits er een correct intern evenwicht is, conform de gevestigde atomaire theorieën. Er wordt een procedé gebruikt dat equivalent is aan een temperatuur van honderden miljoenen graden, maar de energie die daarbij wordt geproduceerd wordt geabsorbeerd door het transmutatieproces, en de cel blijft min of meer op kamertemperatuur."

Dexter deelde mee dat de Foundation de transmutatoren zal gaan fabriceren en verkopen. De productie gaat meteen van start. Het formaat van de units zal sterk uiteenlopen. De meeste zijn bedoeld voor huishoudelijk gebruik, maar er komen ook zeer grote apparaten, die vele tonnen per minuut aankunnen.

Natuurlijk is Dexter ook gevraagd naar de technologische en economische gevolgen van zijn ontdekking. "Naar mijn mening," zei hij, "staan we aan de vooravond van een nieuwe Gouden Eeuw. Platina is voortaan net zo goedkoop als ijzer. En we kunnen het afval en het schroot van nu al hopeloos verouderde productieprocessen gebruiken om een overvloed aan zuivere materialen te maken. Mijnen zullen uiteraard niet langer —"

Beleefd zei Dover: "Zet u het scherm maar uit, mevrouw Forsythe."

Langzaam liep hij naar de een meter hoge globe en gaf er een zwiep aan. Het oppervlak met al zijn ruwe kraters kraste langs zijn handpalm. "Honderdvijftig miljoen vierkante kilometer," zei hij nadenkend. "Vierhonderd miljoen —"

"Meneer Spargill," zei zijn secretaresse, "de heer Offbold is weer aan de lijn."

"Zet hem maar door."

Offbold had zich weer in bedwang. Alleen aan de gespannen spieren in zijn hals was duidelijk hoeveel moeite dat hem kostte. Hij praatte langzaam en articuleerde elk woord overdreven duidelijk.

"Meneer Spargill, het is mijn taak om u op de hoogte te brengen van de staat van uw financiën. Op de eerste plaats is Moon Mines niets waard. Nihil. Ook het bedrijf dat u net hebt verworven, de Lunar Mineral Cooperative, is niets waard."

"Maar ik bezit toch de hele satelliet?" protesteerde Dover.

Offbolds ogen schitterden en hij trok sarcastisch zijn bovenlip op. "Ook al was u eigenaar van de Grote Magelhãese Wolk, voor uw bankrekening maakt dat niets uit."

Dover dacht na.

"De hele maan levert u nog geen tientje op," blafte Offbold. "Nee, dat neem ik terug. Er zijn vast wel schooljongens die er tien, voor mijn part twintig dollar voor overhebben om te kunnen zeggen dat zij eigenaar zijn van de maan. Als u zo'n aanbod krijgt, zou ik meteen toehappen, want meer gaat de maan niet opbrengen. Moon Mines, de Lunar Cooperative en Antarctic Energy kunnen we dus afschrijven. En dan die tweehonderd miljoen in contanten. We kunnen nu meteen zeventig tot tachtig miljoen vrijmaken uit kasgelden, onroerend goed, en amortiseerbare tegoeden. Ik heb een ruwe berekening gemaakt. Op basis daarvan kom ik tot de conclusie dat wat u na het voldoen van die tweehonderd miljoen nog over hebt, neerkomt op…" Hij pauzeerde even om zijn woorden meer effect te geven. "Op de Zuid-Saharaanse Ongediertebestrijding in Timboektoe en een groot stuk land in Arizona, beide verworven door uw vader als betaling in natura voor oninbare schulden."

"Verkoop ze allebei," zei Dover. "Verkoop alles. Betaal alle rekeningen en stort het restant op mijn bankrekening." Dapper voegde hij eraan toe: "Alles gaat helemaal goed komen. Dit had ik namelijk voorzien. Eigenlijk…"

"Daar begrijp ik helemaal niets van," zei Offbold ijzig.

Met holle stem zei Dover: "Elk groot bedrijf heeft baat bij een stevige periodieke reorganisatie. Hier en daar wat vet wegsnijden en…"

Offbold besloot het maar recht voor zijn raap te zeggen. "U bent opgelicht, meneer Spargill. Opgelicht."

Tijdens een gesprek met Deborah Fowler op het chique terras van het Tivoli vroeg Roger Lambro: "Weet jij toevallig waar Dover Spargill uithangt? Ik heb hem in geen tijden gezien."

Afwezig schudde ze haar blonde lokken. "Hij is helemaal uit beeld. Ik heb gehoord…" Ze maakte haar zin niet af omdat ze geen onplezierige kletspraat wilde doorgeven.

Roger Lambro was stukken minder gevoelig. "Vertel eens."

Ze draaide de steel van haar cocktailglas tussen haar vingers rond. "Ze zeggen dat hij na die grandioze gaffe op zijn land is gaan wonen." Ze hief haar mooie ogen op naar waar de maan als een bleke schim aan de namiddaghemel hing. "Misschien kijkt hij op dit ogenblik wel naar ons, Roger. Is dat geen vreemde gedachte?"

Thornton Bray stond op de met marmer belegde binnenplaats van zijn villa aan het Lago Maggiore, met in de ene hand het glas armagnac dat hij na het diner altijd dronk, en in de andere een Rosa Panatela Superior. Hij vertelde een groepje zakenvrienden een amusante anekdote over een recente deal.

"— misschien was ik bij een ander wel iets toegeeflijker geweest. Maar dat broekie, nog niet eens droog achter de oren, dacht echt dat hij *mij* een loer draaide. *Mij*, Thornton Bray!" Bray lachte zacht. "Hij dacht dat hij iets voor niets kreeg. En dus heb ik zijn spelletje meegespeeld. Zaken zijn zaken, toch? De voorzet kwam van hem. Ik hoefde hem alleen nog maar in te koppen. Ik had zijn gezicht weleens willen zien toen hij doorhad dat hij in de val was gelopen."

"Over de maan gesproken," zei een van zijn vrienden, "die ziet er vanavond wel heel mooi uit. Volgens mij heb ik hem nog nooit zo gezien. Zo, eh, kalm, parelwit."

Thornton Bray keek omhoog naar de volle maan. "Ja, hij is zeker mooi. Van de aarde af gezien dan. Als je daar ooit in een mijn hebt gewerkt, kom je met heel andere ideeën op aarde terug. Een vreselijk oord, somber en droog."

"Rare kleur heeft hij trouwens," zei een ander lid van het gezelschap. "Groen, blauw en roze, en allemaal tegelijk."

Bray gaf hem een speelse por in zijn zij. "Kom kom, Jones. Volgens mij heb jij er een te veel op. Zal ik je glas eens bijvullen? Ik neem er denk ik ook nog een."

Cornelius Armitage, hoogleraar Astronomie aan Hale University, mompelde geïrriteerd iets en poetste het oculair van zijn telescoop schoon met een prop watten.

Verderop zat een assistent in een hemelvak sterren te tellen. "Is er wat?"

"Damp in de lens. Heel ergerlijk. De maan is helemaal wazig." Hij inspecteerde het glas. "Zo. Stukken beter." En hij boog zich opnieuw over het oculair.

De assistent keek geschrokken op toen hij een nieuw geluid hoorde. De hoogleraar zat rechtop, met zijn bril op tafel. Hij wreef langs zijn ogen en knipperde herhaaldelijk. "Ik lees gewoon veel te veel. Dat moet stukken minder."

"Stopt u er voor vandaag mee?"

Armitage knikte vermoeid. "Ik ben gewoon te moe. Dan zie ik dingen."

Luitenant MacLeod keek naar de berekeningen die een student aan het Maritime Institute had gemaakt en schudde toegeeflijk zijn hoofd. "Als die cijfers kloppen, zitten we aan de vaste wal, vijfhonderd kilometer van de kust. Waarschijnlijk heb je geen rekening gehouden met de breking van het licht."

Cadet Glasskamp klemde geërgerd zijn lippen op elkaar. Niet dat het een echt probleem was, want positiebepalingen met behulp van de maan werden maar zelden meer uitgevoerd. In deze tijd had je loran en automatische positiebepaling. De hele aanpak was al drie eeuwen achterhaald, en het berekenen niet veel meer dan een zinloze exercitie.

Dat wist luitenant MacLeod ook wel, maar volgens hem bood de lastige oude aanpak betere inzichten in primaire concepten zoals die vroeger gebruikt werden. De moderne, snelle aanpak had dat voordeel niet.

Cadet Glasskamp boog zich opnieuw over zijn berekeningen. Twintig minuten later keek hij op. "Volgens mij zit er geen fout in. Misschien is er bij het observeren iets misgegaan."

"Onzin," zei de luitenant. "Dat heb ik zelf voor mijn rekening genomen." Niettemin liep hij de berekeningen van Glasskamp na, een keer, twee keer en nog een derde keer. Uiteindelijk pakte hij er de Nautische Almanak bij.

Verbijsterd kauwde hij op zijn onderlip. "Tweeëntwintig minuten? Daar kan ik niet bij. Mijn observaties klopten, helemaal."

"Misschien hebt u geen rekening gehouden met de refractie van het licht van de sterren rond de maan."

Meewarig keek de luitenant cadet Glasskamp aan. "Je spreekt van refractie wanneer licht door een atmosfeer heen gaat. De maan heeft geen atmosfeer, maar als dat wel het geval zou zijn —" hij maakte met gedempte stem wat snelle berekeningen "— de maan beweegt een halve graad per uur, dus dertig minuten. De refractie van de atmosfeer van de aarde is duizend seconden. Als er op de maan een net zo dichte atmosfeer zou zijn als op aarde, moet je dat verdubbelen, omdat het licht er twee keer doorheen gaat. Tweeduizend. Zeg twaalfhonderd. Dat is twintig minuten. Als dat zo is…Veertig chronologische minuten, en een halve graad per uur. Blijkbaar," zei de luitenant met een knipoog, "hebben we net ontdekt dat de maan een atmosfeer heeft die half zo dicht is als die van de aarde."

Die zondag verliep het ontbijt in het huis van Sir Brampton Pasmore net zo gemoedelijk en traag als altijd. Sir Brampton werkte een paar gerookte haringen weg en las er een van zijn favoriete technische tijdschriften bij, en Lady Iris bladerde door het *Times Magazine*.

Plotseling slaakte ze een verrast kreetje. "Hier staat iets in wat met jouw vakgebied te maken heeft, lieve." Ze las het voor. "'Heeft de maan een atmosfeer? Raadselachtige verschijnselen'."

"Ach wat," zei Sir Brampton sarcastisch. "Ik snap niet dat de

Times die sensationele flauwekul serieus neemt. Zoiets kun je van de Amerikanen wel verwachten, maar hier…"

Lady Iris fronste haar wenkbrauwen. "Volgens mij is het een serieus verhaal. Zo te lezen zijn er al meteorietsporen gezien."

"Waanzin," zei Sir Brampton, terwijl hij zich weer over zijn tijdschrift boog. "Nog geen tien jaar geleden is de maan uitgebreid onderzocht op de aanwezigheid van mineralen. Uiteraard voor de komst van transmutatoren. Toen was er in elk geval geen atmosfeer. Waarom zou die er nu dan wel zijn?"

Onzeker schudde Lady Iris haar hoofd. "Zou je op de maan een atmosfeer kunnen scheppen?"

"Dat is niet haalbaar, lieve."

"Ik zou niet weten waarom niet."

Sir Brampton schoof zijn tijdschrift opzij. "Kwestie van wetenschap, lieve. Jij zou het niet begrijpen, denk ik."

Scherp zei Lady Iris: "Je bedoelt toch niet te zeggen…"

"Nee, nee, uiteraard niet," zei Sir Brampton haastig. "Ik bedoelde… Alles draait om de ontsnappingssnelheid van een hemellichaam, en om hoe gassen zich gedragen. Op de maan is de zwaartekracht niet sterk genoeg om gassen vast te houden. Nou ja, niet lang. De snelheid van de gasmoleculen ligt zo hoog dat ze ontsnappen in de ruimte. Waterstof ben je meteen kwijt. Zuurstof en stikstof zouden langer worden vastgehouden, jaren misschien, maar uiteindelijk raak je die ook kwijt. Een atmosfeer op de maan kan dus gewoon niet."

Koppig tikte Lady Iris met haar vinger op het artikel. "Hier staat dat er wel een atmosfeer is. En dan is die er ook. De *Times* zit er nooit naast. Waarom kan iemand er niet even langsgaan? Dan weet je het zeker."

Sir Brampton zuchtte. "Niemand heeft nog belangstelling voor de maan, lieve. De ruïnes op Mars, die zijn pas interessant. De maan is oncomfortabel en gevaarlijk, er is daar niets meer wat we nog niet weten, en nu transmutatoren in al onze behoeften voorzien, is er geen enkele reden om erheen te gaan. Bovendien heb ik gehoord dat er een rare snoeshaan zit. Hij is officieel eigenaar van de maan en moet niets van bezoekers hebben. Die worden meteen teruggestuurd."

✳

"Kijk aan, kijk aan," fluisterde de mooie Deborah Fowler Lambro tegen haar man Roger. "Zegt de naam Dover Spargill je nog iets? Hier, lees eens." Ze gaf hem het bulletin van de nieuwsontvanger. " 'De maan wordt in gereedheid gebracht voor bewoning, meldt Dover Spargill, de eigenaar van het hemellichaam.' "

Met een triomfantelijke blik in haar ogen keek Lady Iris Sir Brampton aan. "Zie je nou wel?" Maar haar man luisterde niet. Zijn volledige belangstelling was gericht op de nieuwsbrief van de Royal Astrophysical Society.

Thornton Bray beende heen en weer, met zijn handen op zijn rug. Was het mogelijk… Nee, natuurlijk niet. En toch… Hij had Dover Spargill als een lam ter slachting geleid, een al te gemakkelijk slachtoffer voor zijn perfide plannetjes.

Hij pakte de visifoon en belde zijn advocaat, "Herman, herinner jij je nog dat we de Lunar Cooperative op poten hebben gezet?"

"Dat is al vijfentwintig jaar geleden," zei Herman Birch, een lange man met een citroengele huid en een opvallend platte schedel.

"Er zat toen een ouwe knakker, nu allang dood, die niet mee wilde doen. Hij bezat maar een paar vierkante kilometer, in de Aristilluskrater, als ik het wel heb. Toen we de Lunar Co-op aan Spargill verkochten, zat zijn stuk land er niet bij. Hoe zou het daar nu mee staan?"

Birch draaide zijn hoofd om en zei iets tegen iemand buiten bereik van de camera. Toen draaide hij zich weer om naar Bray. "Wat vind jij van al dat gepraat over een atmosfeer?"

Bray's mond vertrok zich in een geringschattende grijns. "Flauwekul. Waar moet hij die vandaan halen? Het oppervlak van de maan is een dertiende van dat van de aarde. Daar heb je miljarden en nog eens miljarden tonnen gas voor nodig."

"Misschien gebruikt hij wel transmutatoren."

"Nou en? Heb jij enig idee hoe omvangrijk zo'n project zou zijn? De maan is groot, hoor. De zwaarste transmutator die ik ken, kan honderd ton per minuut aan. Dat stelt dus helemaal niks voor."

"Misschien heeft hij eigen installaties laten bouwen."

"Waar heeft hij dan het geld vandaan? Ik weet zeker dat hij alles is kwijtgeraakt toen hij Lunar Co-op overnam. Ogenblik, dan bel ik de Applied Research Foundation en trek ik het een en ander na."

Even later zag hij een behoedzaam rond gezicht voor zich. "Ha die Sam."

Sam Abbott knikte. "Wat kan ik voor je doen, Bray?"

"Ik ben op zoek naar vertrouwelijke informatie."

"Verklaar je nader."

"Heeft Applied Research transmutatoren verkocht aan Dover Spargill?"

Abrupt spleet Sam Abbotts gezicht open in een brede grijns. "Ik zal er geen doekjes om winden, Bray. Nee. We hebben hem er niet één verkocht."

Bray knipperde met zijn ogen. "Hoe verklaar je dan al die kletspraat dat de maan een atmosfeer heeft?"

Abbott haalde zijn schouders op. "Niet. Dat is mijn werk niet."

Met een geïrriteerde blik op zijn gezicht zette Bray het gesprek met Herman Birch voort. Die knikte verstandig. "Dat stuk grond was nog te koop. Ik heb het net op jouw naam laten zetten."

Bray klemde zijn zware kaken op elkaar. "Mooi zo. Dan heb ik het recht om een bezoekje te gaan brengen aan mijn bezit. Huur maar een snelle sloep..."

Op honderdtwintigduizend kilometer van de maan ging het radaralarm af. De piloot haalde de schakelaar over. Een rauwe stem zei: "U komt in de buurt van mijn eigendom."

Bray trok zich naar de luidspreker toe. "Ik ben op weg naar *mijn* eigendom, het Niobeveld in de Aristilluskrater. Als u me een strobreed in de weg legt, bel ik de Ruimtepolitie."

De stem reageerde niet. Bray vermoedde dat er driftig werd gezocht naar overdrachtsbewijzen en eigendomsakten. Tien minuten gingen voorbij.

Een nieuwe stem zei: "Wie aan boord zegt dat hij eigenaar is van het Niobeveld?"

"Ik. Thornton Bray."

"O, Bray," zei de stem op heel andere toon. "Je spreekt met Spargill. Had meteen gezegd wie je was, joh. Heb je zin om naar mijn thuisbasis te komen?"

"Waar zit je?" vroeg Bray behoedzaam.

"In Hesiodus, aan de zuidpunt van Mare Nubium, naast Pilatus. Bij de oude mijn van Goldenrod."

Het kamp in de Hesioduskrater was gevestigd in een karakteristiek oud mijnbouwcomplex: een grote koepel van kunststof, aan de rotsen verankerd door een netwerk van kabels, die ook de lucht binnen de koepel op zijn plaats hielden. De piloot zette de sloep aan de grond, en Bray, die zijn ruimtepak al had aangetrokken, sprong eruit.

Drie mannen kwamen op hem af lopen. De helm van de eerste omsloot een gezicht dat hij herkende: dat van Dover Spargill.

Dover zwaaide. "Hoe staat het leven, Bray? Wat aardig dat je even langskomt. Wat hoor ik allemaal over het Niobeveld?"

Bray legde uit hoe het zat. "En omdat dat stuk land geen eigenaar had, besloot ik het aan te kopen."

Onder het praten keek hij oplettend om zich heen. De hemel, die hij zich herinnerde als zwart, was nu donkerblauw. "Zo te zien berusten die praatjes over een atmosfeer op waarheid."

Dover knikte. "Nou en of. Zullen we even naar de koepel lopen?" Hij ging Bray voor over een vlakte van vergruisde puimsteen. Ruim een kilometer verderop rees de wand van de krater op, een serie hoge, onregelmatig gevormde pieken. Eronder zag Bray een rij zwarte kubussen staan.

"Wat is de luchtdruk hier, Spargill?"

"We zitten inmiddels op zeven pond."

"Barometrisch? Dus tegen een kolom kwik?"

"Welnee. Dat zet mensen op het verkeerde been. Zeven pond tegen een veergewicht."

Bray snoof. "Een enorme geldverspilling, Spargill."

"Vind je dat echt? Wat jammer nou. Ik hoopte eigenlijk dat je zou inzien dat we best nuttig bezig zijn...Kijk daar eens." Hij wees naar de wand van de koepel. "Geraniums. Gewoon, buiten, op de maan. Nooit verwacht dat je ooit zoiets mee zou maken, hè?"

"Hmf. Wat heb je nou aan geraniums? Enorme geldverspilling. Alles wat je aan atmosfeer schept, gaat meteen de ruimte in. Te weinig zwaartekracht."

Dover sloot de luchtsluis toen hij en Bray binnen waren. Ze trokken hun pakken uit en Dover ging Bray voor naar de salon, waar een tiental mannen en vrouwen zaten te lezen, drinken, kaarten en bier te drinken.

"Een heel gezelschap," zei Bray verwonderd. "Werken ze voor niets?"

Dover lachte hartelijk. "Natuurlijk niet. En dit is nog maar een klein deel van de mensen die ik hier aan het werk heb gezet. In bijna alle oude mijnen zijn ploegen bezig. Kopje koffie?"

Met een bruusk gebaar sloeg Bray het aanbod af. "Mag ik vragen wat je plannen zijn?"

Dover leunde achterover in zijn stoel. "Dat is een heel verhaal, Bray. Op de eerste plaats hoop ik dat je niet rancuneus bent over wat ik heb gedaan. Ik heb je financieel behoorlijk het vel over de oren gehaald toen ik de Lunar Co-op van je overnam."

Met verstikte stem zei Bray: "Jij hebt *mij* het vel over de oren gehaald? Nou ja, laat ook maar. Maar ik ben wel heel benieuwd naar —" hij wees met zijn duim naar de hemel "— naar die maffe stunt van jou."

Geruststellend zei Dover: "Het is allemaal minder maf dan je denkt, hoor. Je moet gewoon je blik gevestigd houden op de toekomst. Zie jij wat ik zie? Bossen, akkers, grasland. De maan als groene planeet. De maan, een wereld met een miljoen meren. Over vijf jaar hebben we de luchtdruk op orde en kunnen we gewoon buiten lopen."

"Zonde van de verspilling," zei Bray plechtig. "Je krijgt nooit een stabiele atmosfeer."

Dover krabbelde op zijn hoofd. "Tja, ik kan het natuurlijk mis hebben..."

"Natuurlijk heb je het mis. Ik wil je niet graag een figuur laten slaan, Dover. Vanwege de goede relatie van vroeger wil ik best..."

"Mijn theorie," legde Dover uit, "is dat de samenstelling van de atmosfeer bepalend is voor de snelheid waarmee die in de ruimte verdwijnt. Natuurlijk verwachten we dat we nog heel lang de zaak moeten bijstellen."

"Ja, natuurlijk is..."

"Maar in feite scheppen we een heel eigen atmosfeer, die sterk verschilt van die op de aarde."

Geïnteresseerd sperde Bray zijn neusvleugels open. "Leg eens uit."

"Op de eerste plaats hebben we stikstof vervangen door xenon. Dat heeft een soortelijk gewicht dat vierenhalf keer zo hoog is. En verder gebruiken we de zwaarste isotopen van zuurstof, koolstof en stikstof, en deuterium in plaats van waterstof voor ons water. Al met al krijg je dan een behoorlijk dichte atmosfeer, fysiologisch identiek aan die op aarde, maar drieënhalf keer zo dicht. Om die reden is het verlies minimaal."

Bray liet zijn knokkels kraken. Er moest hier iets niet kloppen. Dover praatte door: "We kunnen de atmosfeer makkelijk nog dichter maken door het xenon te vervangen door radon."

"Radon! Nee toch? Dan ga je dood aan de straling."

Met een glimlach schudde Dover zijn hoofd. "Radon heeft veel isotopen, en die zijn niet allemaal sterk radioactief. Op aarde kennen we alleen de afbraakproducten van radium, thorium en actinium. Maar het nadeel van radon is dat het te zwaar is. Een flinke windvlaag en je wordt omvergeblazen. Alsof je een klap met een zak zaagsel krijgt."

"Hmmm ... Interessant," zei Bray nadenkend. Hij moest iets verzinnen om te herstellen wat hij nu toch wel als een verkeerde beslissing beschouwde: Dover de eigenaar van de hele maan laten worden. Nee, niet helemaal. Hij bezat zelf ook nog een perceel, en dat betekende dat hij recht had op de status van adviseur. Nu vooral redelijkheid uitstralen, was het devies.

Behoedzaam formuleerde hij zijn volgende vraag. "Wat wil je met al dat land gaan doen?" Met een sluwe knipoog voegde hij eraan toe: "Het voor een mooi prijsje verkopen?"

Dover maakte een wegwerpend gebaar. "Als je geen last hebt van principes zou je de zaak in percelen kunnen opdelen en die verkopen. Zo zou je multimiljardair kunnen worden ... Zei je iets?"

"Nee," zei Bray, terwijl hij moeizaam slikte. "Ik hoestte even."

"Maar ik heb heel andere plannen. Ik wil dat de maan een soort tuinstad van de aarde wordt. Een park met fraaie huizen. In elk geval geen grootschalige woningbouwprojecten, geen toeristenhotels..."

"Je gebruikt natuurlijk transmutatoren van Applied Research."

"Uiteraard. Is er een andere leverancier?"

"Niet dat ik weet."

"Het zijn speciale mammoetapparaten, die speciaal voor dit project zijn gebouwd. Er draaien er al tweeduizend. We schuiven ze onder een berg en stouwen ze vol met steen. Per week komen er twee bij. We moeten een enorme massa steen transmuteren, en daar gaat wel zo'n vijftien jaar overheen. Gemiddeld moeten we drie miljard ton per dag verwerken, alleen om de atmosfeer te creëren. Tot dusver zitten we op schema."

Bray vertrok zijn gezicht in een grimas en balde zijn vuist. Toen hij Dovers vragende blik zag, zei hij met verstikte stem: "Dan is Sam Abbott van Applied Research een vuile leugenaar. Hij zei dat hij jou geen transmutatoren had verkocht."

"Dat heeft hij ook niet. We mogen ze gratis gebruiken, op leenbasis."

"Gratis?"

Openhartig stak Dover zijn handen naar voren. "Dat was de enige manier om dit hele project van start te laten gaan. Het uitkopen van de Lunar Co-op heeft me bijna al mijn geld gelost. Maar mijn vader heeft Applied Research ooit op poten gezet, dus ze voelden een zekere verplichting naar mij toe. In zekere zin dragen we het project samen. Zij investeren de winst die ze met de verkoop van gewone transmutatoren maken hierin. Natuurlijk krijgen ze het over een tijd allemaal dubbel en dwars terug."

"Maar jij bent nog steeds de baas?"

"Ja, behalve dat perceel bij Niobe dan." Dover lachte joviaal. "Dat heb je handig aangepakt. Ik dacht dat ik de enige eigenaar was, en nu vrees ik … Ach wat. Het maakt ook niet uit."

Bray schraapte zijn keel. "Zoals je zelf zegt, zijn wij tweeën gezamenlijk eigenaar van de maan. En dus vind ik dat we een soort bestuur moeten opzetten om ons beider belangen te behartigen."

Dover keek verbaasd. "Vind je dat soort formaliteiten echt nodig? Per slot is dat stuk bij Niobe…"

Gewichtig zei Bray: "Voor mij is dat een harde eis."

"Tja." Dover aarzelde. "Heb je er al een kijkje genomen?"

"Nee. Het enige wat ik weet, is dat het een stuk grond is van vijftien bij vijftien kilometer in de Aristilluskrater."

Dover kwam overeind. "Het lijkt me een goed idee om er even heen te gaan."

Een vliegtuigje met korte vleugels steeg op uit de Hesioduskrater en vloog in noordelijke richting langs de kust van Mare Nubium.

"Allemaal puik basalt," zei Dover. "Na een paar jaar erosie heb je

schitterende rode grond. We zijn aan het experimenteren met bacteriën om het proces te versnellen."

Onder hen gleed Sinus Medii voorbij, en de oostelijke rand van
Mare Vaporum. Voor hen rezen de steile rotsen op van de Apennijnen,
met iets links daarvan de grote Eratostheneskrater.

Bray rekte zijn nek uit. "Dat is toch geen water, hè?"

"Zeker wel," glimlachte Dover. "Het Eratosthenesmeer. We gebruiken het en nog een tweede meer om waterdamp te produceren. Maar
water kost meer tijd dan lucht. De maan zal voorlopig nog wel een
droge wereld zijn."

Bruusk zei Bray: "Ik denk dat ik op mijn land een groot hotel neer-
zet — pretpark ernaast, een groot casino, een hondenrenbaan..." Met
een grijns stootte hij Dover aan. "Gelukkig zijn er hier geen ambtena-
ren van Ruimtelijke Ordening om roet in het eten te gooien, hè?"

Stijfjes zei Dover: "We hopen hier onszelf te kunnen besturen en
alles smaakvol aan te pakken."

"Hm," zei Bray. "Als ik iets meer land had, zou ik niet alles op elkaar
hoeven proppen. Persoonlijk stuit dat me tegen de borst, maar als het
niet anders kan...Ik heb alleen maar dit ene stuk, verder niks. Dus
hopen maar dat het niet al te lelijk wordt...Misschien kun je me matsen.
Als ik nou eens een stuk van de Lunar Cooperative terugkocht, voor —"

Dover schudde het hoofd. "Dat zal niet gaan."

Bray klapte zijn kaken op elkaar. "Dan moet ik het dus doen met
Aristillus. Een wolkenkrabber misschien. We maken er de uitgaans-
gelegenheid van de maan van. Een soort Quartier Latin, zoals in Parijs.
Of de Barbary Coast in San Francisco. Uit de jaren twintig, weet je
nog? Danszalen, kroegen, goktenten..."

"Klinkt interessant."

Onder hen rezen de Apennijnen op. "Prachtige bergen," zei Dover.
"Heel bijzonder. Nog twintig, dertig jaar geduld, dan zal je eens wat
zien. Daar heb je Palus Putredinis, en verderop, die drie kraters..."

"Archimedes, Autolycus en Aristillus," zei Bray. "Aristillus — de plek
op de maan om uit je dak te gaan."

"Het Aristillusmeer," zei Dover langs zijn neus weg.

Bray verstijfde in zijn stoel. Onder hen blonk water, dat viel niet te
ontkennen.

"Een prachtige krater," zei Dover. "En dus ook een prachtig meer. Duizend meter diep, meen ik."

Het vliegtuigje maakte een bocht over het kalme blauwe meer. In het midden van het meer stak een eilandje boven het water uit.

Bray vond zijn stem terug. "Dus jij hebt een meer met een diepte van duizend meter bovenop mijn land aangelegd?"

Dover knikte. "Kijk, daar." Hij wees naar een flinke waterval die langs de oostelijke wand van de krater in het meer viel. "Achter die richel staan zestig transmutatoren water en xenon aan te maken. Ik wil de rivier wel naar jou vernoemen, hoor. Bray River... Sneu voor jou dat we hebben besloten om de eerste meren in Eratosthenes en Aristillus aan te leggen. Ik durfde het je in het kamp niet te vertellen."

"Dat pik ik niet," schreeuwde Bray. "Je hebt mijn land onder water gezet, je hebt —"

Op verzoenende toon zei Dover: "Uiteraard wisten we niet dat het niet ons land was. Als ik had geweten dat jij hier een pretpark neer wilde zetten had ik er geen meer van gemaakt."

"Ik sleep je voor de rechter. Ik ga schadevergoeding eisen."

"Schadevergoeding?" zei Dover gekwetst. "Dat is toch helemaal niet —"

Woedend sloeg Bray zijn ogen ten hemel. "Ik kan bewijzen dat dat land miljoenen waard was, dat —"

"Eh — hoelang geleden heb je het ook alweer aangekocht?"

Abrupt liet Bray zijn schouders hangen. "Nu je het vraagt — Maakt ook niks uit! Jij hebt je schuldig gemaakt aan —"

"Een kind kan toch nagaan dat je een stuk land gekocht hebt dat al onder water stond?" Dover krabbelde aan zijn hoofd. "Juridisch klopt het allemaal. Maar wat je ermee kan doen... Ik zou het niet weten. Je zou er forel in kunnen uitzetten..."

SABOTAGE OP
DE ZWAVELPLANEET

I

NOLAND BANNISTER, OPZICHTER VAN Ruimteregelingskantoor 12, stond op de ruimtehaven en langs de Folger Avenue bekend als een brulkikker — een krachtig optredend man met een harde stem. Hij maakte er geen geheim van dat hij een broertje dood had aan administratief werk en hij attaqueerde zijn papierwinkel dan ook altijd met een wrokkig gemopper. Onachtzaamheid van de kant van zijn ondergeschikten beantwoordde hij met ruw en grof gedrag. Fouten van ernstiger aard deden hem in een verbeten razernij ontsteken waarbij hij wit wegtrok.

Het was Robert Smith's ongeluk om de meest grandioze stommiteit uit te halen die Bannister tijdens zijn lange en afwisselende loopbaan ooit had meegemaakt.

Zoals normaal zat Bannister vrijdagmiddag om vier uur in zijn kantoor om het werk van de afgelopen week na te gaan: schepen die vrijgegeven waren voor het vertrek, schepen die geïnspecteerd waren waarna de lading vrijgegeven was, inbeslagname van smokkelwaar, bemanningen die gecontroleerd waren of er kapers en bekende oplichters tussen zaten. Ten slotte bestudeerde hij een resumé uit de journalen van schepen die tijdens deze week waren binnengekomen, op zoek naar informatie die wellicht economische of wetenschappelijke waarde bezat.

Tegen het eind van het rapport vond hij een krabbel:

> Betreft RS Messeraria. *Supercargo bijzonder dronken toen het journaal werd opgehaald. Volgde me terug naar het kantoor en hield niet op te bazelen over planeet bewoond*

door intelligente levensvormen (duidelijk onzin). Man op
straat gemikt. Smith.

Bannister knipperde van stomme verbazing met zijn ogen terwijl hij verstijfde. Hij spoelde de film terug naar het journaal van de *Messeraria* en bekeek het met scherpe aandacht.

Het zag er heel gewoon uit, ofschoon de reputatie van kapitein Plum vervalsing niet uitsloot. Bannister vergeleek de namen van de monsterrol met een index.

Jack Fetch, stuurman. Voormalig lid van de Violette Straal. Nooit veroordeeld.

Abe McPhee, hofmeester. Zedelijke afwijkeling, weigerde reconstructieve hulp.

Owen Phelps, bootsman. Deskundig gokker en valsspeler.

Don Lowell, supercargo. Bekend als flessentrekker; een broer weigerde hem te laten vervolgen.

"Mmm," zei Bannister bij zichzelf. "Lekker stelletje." Hij las verder. Eerste en tweede machinist, poetser, messboy. Allemaal hadden ze een in meerdere of mindere mate bezoedeld verleden.

Bannister herlas het luchtige briefje van Smith. De woede steeg op in zijn keel als de nasmaak van goedkope whisky. Wie weet of supercargo Don Lowell in zijn dronken bui niet de waarheid had staan vertellen? Bannister drukte op een knop in zijn bureau.

"Ja, meneer Bannister?"

"Wie voor de duivel is die Smith? Ik heb hier een rapport van hem — alleen maar een paar nonchalante regeltjes — ondertekend met 'Smith'. Wie is dat in godesnaam?"

"Dat zal Robert Smith zijn. Een buitendienstman die we vorige week hebben aangenomen."

Met een metalen stem zei Bannister: "Ik wil hem spreken."

Hij wachtte vijf minuten. Al die tijd trommelde hij op zijn bureau. Toen gleed de deur een paar centimeter opzij en bleef in deze stand. Er was een hand op de kruk zichtbaar. De eigenaar van de hand wisselde nog wat grapjes uit met de secretaresse van Bannister.

"Kom binnen!" blafte Bannister. Woedend keek hij naar de jongeman die, nog steeds lachend, de deur nu helemaal opende.

"Smith?" zei Bannister met een fluwelen stem.

"Ja meneer?"

"Kun je raden waarom ik je heb laten komen?"

Smith fronste zijn voorhoofd. "Nee, tenzij het gaat om het goede idee dat ik een paar dagen geleden aan de zaalchef voorlegde."

"Een goed idee, zo zo," zei Bannister als een kat. "Hoelang ben je nu bij ons?"

"Ongeveer een week. Ik beklaag me niet, begrijpt u me niet verkeerd. Ik geloof alleen dat het werk wat ik doe beter door een machine gedaan kan worden."

"Wat zijn je taken precies, Smith?"

"Nou, ik zit rapporten te vergelijken, trek soortgelijke informatie na in de centrale gegevensbank en ik schrijf er toevoegingen bij of breng verbeteringen aan. Als we een automatisch leesapparaat hadden dat het materiaal keurde en verwerkte, zou ik belangrijker werk kunnen doen."

Bannister monsterde Smith vanonder zijn fronsende wenkbrauwen. "Interessant. Hoeveel denk je dat de machine die jij in gedachten hebt kost, Smith?"

De jongeman keek nadenkend. "Ik weet het echt niet. Dat is mijn terrein niet. Zo'n twintig- of dertigduizend, schat ik."

"Wie zou die machine moeten onderhouden, wie moet hem programmeren?"

Smith moest lachen om deze vraag. "Een cyberneticus natuurlijk!"

Bannister richtte zijn blik op het plafond. "En hoeveel, vraag ik me af, zou zo'n technisch expert moeten verdienen?"

Nu keek ook Smith rekenend omhoog. "Misschien vijfhonderd, zeshonderd. Of zevenhonderd voor een hele goede. U wilt natuurlijk de beste hebben."

"En hoeveel betalen wij jou voor ditzelfde werk?"

"O — driehonderd."

"Kunnen wij hieruit wellicht een conclusie trekken?"

Smith zei openhartig: "Het moet betekenen dat ik voor het bureau zevenhonderd dollar per maand waard ben."

Bannister schraapte zijn keel, maar slaagde er toch in met dezelfde vriendelijke stem verder te gaan. "Mag ik misschien je aandacht vragen voor het rapport op het scherm?"

"O, ja hoor." Smith richtte zijn blik op de vier keurige regeltjes machineschrift. Hij knikte. "Die kerel herinner ik me nog goed. Hij was er verschrikkelijk aan toe, ladderzat. Gemeen spul, alcohol." Vertrouwelijk voegde hij eraan toe: "Ik drink zelf niet, daar rotten je hersens maar van weg."

Bannister was gek op whisky en bier. Nogmaals schraapte hij zijn keel. "Wat heeft deze man precies tegen jou gezegd?"

Smith installeerde zich behaaglijk op Bannisters beste stoel en strekte zijn benen. "Hij was zichtbaar het slachtoffer van waanvoorstellingen en bovendien van een onwrikbaar achtervolgingscomplex. Hij verzekerde me dat de kapitein en de stuurman van zijn schip het op zijn leven gemunt hadden."

"Zei hij ook waarom hij in gevaar verkeerde?"

Smith lachte vlot. "O, typisch geval van paranoia. Had het zwaar te pakken. Hij beweerde dat de *Messeraria* geland was op een onbekende planeet en daar een intelligent ras vond. Hij schreef een volledig verslag in zijn dagboek, hield hij vol, maar de kapitein had het verscheurd en wiste stukken van het scheepsjournaal uit."

Bannister knikte wijs. "En waarom gebeurde dit allemaal?"

"Hij zei iets over —" Smith fronste diep "— ik geloof dat het over edelstenen ging. Nogal banaal." Hij grinnikte. "Hij had er op zijn minst iets bizars van kunnen maken — energie uit de lucht of zo, een paradijs vol beeldschone vrouwen, helderziende draken. Maar nee — alleen maar edelstenen."

Bannister knikte. "Hij was dronken, hè?"

"Zo zat als een aap."

"En nog gek ook?"

"Ach, meneer Bannister, u heeft zijn verhaal gehoord. Dat kunt u zelf wel beoordelen."

Bannisters woede en minachting waren zo hevig dat schelden niet meer toereikend zou zijn. Met een sissende stem zei hij: "Smith, je bent een bijzonder man."

Smith keek aangenaam verrast. "O, dank u wel, meneer."

"Een museumstuk. Een man met een kop vol maïskolven."

Nu keek Smith hem verbouwereerd en verward aan.

"Sinds honderdvijftig jaar verkennen wij de ruimte," zei Bannister plechtig. "We hebben warme werelden gevonden en koude, grote en kleine. We hebben dode planeten gevonden en planeten waar het wemelde van leven, we hebben insecten gevonden en vissen en hagedissen en dinosaurussen en ontzettend enge dingen die je nog niet onder een microscoop zou willen zien. Maar nog nooit — niet eenmaal, Smith — heeft er iemand melding gemaakt van intelligente wezens, een beschaafd volk."

Smith knikte. "Precies. Daarom had ik de man ook zo gauw door."

"Jij bent een onuitsprekelijke stomkop," bulderde Bannister. Jij gooit iemand op straat die beweert dat hij informatie uit de eerste hand heeft en dan heb je nog het gore lef om hier te zitten grijnzen als een koekoek! Heb je dan geen geweten? Voel je geen wroeging wanneer je je salaris in ontvangst neemt?"

"Nou," zei Smith aarzelend, "ik geloof toch dat u zich vastbijt in niets. Ik heb deze kerel meteen grondig beoordeeld toen ik het journaal ging halen. Weet u, ik ben een uitstekend mensenkenner, meneer Bannister. Gewoonlijk kan ik heel aardig voorspellen wat iemand gaat doen."

"Aha," zei Bannister. "In dat geval kun je misschien voorspellen wat ik nu ga zeggen?"

Smith keek bezorgd. "Is het 'Je bent ontslagen'?"

"Juist. Je bent ontslagen."

Zwakjes zei Smith: "Ik *zei* toch dat ik er goed in was."

Alles is nog niet verloren, dacht Smith terwijl hij over de Folger Avenue naar de ruimtehaven liep. Als hij Bannister in contact kon brengen met de supercargo, dan zou Bannister meteen zelf zien hoe totaal in de war de man was. En dan kreeg hij natuurlijk zijn baan terug, Bannister zou hem uit de grond van zijn hart zijn verontschuldigingen aanbieden, misschien zat er wel een promotie in, loonsverhoging...

Smith keerde terug naar het heden. De laan was een ononderbroken gevel van vier verdiepingen hoge, oude houten huizen die in een troebel kleurtje waren geschilderd. Op de begane grond bevonden zich cafés en eethuizen, vrijwel het ene na het andere; de paar etablissementen van andere aard ertussen hielden zich bezig met de verkoop van goedkope kleren, tweedehands goederen, wapens, ruimtesouvenirs, farmaceutische middelen tegen anderwereldse ziekten en algemeen profylactische middelen, terwijl de verdiepingen werden ingenomen door goedkope hotels, pakhuizen en af en toe een bordeel van klasse 12B.

Ondanks het vele dat vuil en van laag allooi was, bezat de Folger Avenue een rijke zeeroversachtige charme, en de geuren waren er even rijk: de muffe reuk van de pakhuizen, dranklucht uit de kroegen, vuil in de goot, parfum.

Ten slotte hielden de houten huizen op en de laan ging over in de ruimtehaven, die een groot, geschroeid ovaal terrein langs de rivier de Evan was. Aan het verste eind van het veld stonden drie schepen en op een vin van het dichtstbijzijnde schip las Smith de zilveren letters: *Messeraria*.

Hij wandelde over het terrein, met boogjes om de misvormde lenzen van gevlekt groen glas heen die door vertrekkende schepen in de bodem waren gebrand, tot aan de *Messeraria*, waarvan hij de ladder beklom.

De bootsman zat op de loopplank een krant te lezen. Het was een kleine grijshuidige man van hoogstens anderhalve meter lang en mager als een reiger. Hij liet zijn krant zakken. "Ja meneer, wat is er? Als u rekeningen komt brengen, moet u de kapitein of de supercargo hebben, en die zijn geen van beiden aan boord."

Smith knikte onverschillig. "Waar kan ik de supercargo vinden?"

"Die kan overal zijn. Probeer het eens in Het Rijstvogeltje in de Raffertysteeg, opzij van de Folger."

"Dat zal ik doen," zei Smith. "Um...was u de vorige reis ook aan boord?"

De man keek hem scherp aan. "Wat zou dat?"

"Gewoon nieuwsgierig," zei Smith vlug. "Ik hoorde dat u een tamelijk goede reis had gehad."

"Kon ermee door. Het bikken was weerzinwekkend."

"Mag ik vragen welke planeten u heeft aangedaan?"

"Waarom wil je dat weten?"

"Ik ben gewoon nieuwsgierig."

"Doe dat dan maar ergens anders."

Smith ging de ladder weer af en begon aan de terugweg over de haven. Een stem hield hem tegen. De bootsman hing over de reling van de loopplank. "Die nieuwsgierigheid van jou — kom er niet bij kapitein Plum mee aanzetten. Dat is een grote, ruwe kerel. Het zou vast niet gezond zijn. Ik vertel je dit uit de goedheid van mijn hart."

II

Smith liep de Folger Avenue door op zoek naar de Raffertysteeg. Om de twintig stappen ontdekte hij weer een nieuw zijstraatje. Na honderd meter dwalen kwam Smith tot stilstand. Hij keek hulpeloos om zich heen.

Een dikke man die een opvallend groen en wit gestreept kledingstuk droeg stond bij de muur met hevige belangstelling naar hem te kijken. Smith ging op hem toe en informeerde beleefd.

"De Raffertysteeg?" herhaalde de dikke man. "Die ligt recht achter je, jongeman."

Smith keek, zag het straatnaambord en vijfentwintig meter het straatje in een afbeelding van een vogel in groene fluorescentiebuizen. "Dan zal dat wel Het Rijstvogeltje zijn."

Smith meende dat de gestreepte kerel hem met meer dan normale interesse opnam.

"Ben je hier nieuw, jongeman?"

"Tja, ja en nee," zei Smith nadat hij zijn keel had geschraapt.

"Je moet daar wel voorzichtig zijn, hoor. Er zitten hele vreemde figuren te azen op nietsvermoedende sukkels die ze een poot kunnen uitdraaien." Hij legde een zachte hand op Smith's arm. "Kom mee, dan neem ik je mee naar de kroeg, we drinken wat en misschien kan ik je wel een dienst bewijzen."

Het viel Smith in dat de dikke man als een soort camouflage zou kunnen fungeren; hij zou minder opvallen als hij in het gezelschap was van iemand die in deze wijk bekend was. Hij knikte. "Goed. Ik moet u wel waarschuwen dat ik niet drink."

"Zo, zo," zei de dikke. "Kijk eens aan, nee maar. Zeg," hij stootte Smith met zijn elleboog aan, "heb je er ooit over nagedacht of je het leuk zou vinden om eens een reisje te maken? Je ziet eruit of je goed met getallen overweg kan. En heel toevallig weet ik nu net van een vacature waar ze een heel kalm iemand voor zoeken, zonder paperassen en zo."

Smith dacht eens na. Er zaten heel wat haken en ogen aan dit idee. Het leven in de ruimte was allesbehalve makkelijk en dan zou hij de supercargo van de *Messeraria* moeten vergeten. Hij dacht aan de verre werelden, de vreemde dingen die daar te zien waren, de naakte schoonheid van de sterren gezien in hun natuurlijk element. "Ik zou er meer over moeten weten," antwoordde hij voorzichtig. "Ik heb er nooit serieus over nagedacht."

De man knikte en duwde de deur van Het Rijstvogeltje open. Toen Smith vlak over de drempel bleef staan om aan het halfdonker te wennen, nam zijn begeleider hem bij de elleboog en loodste hem naar een tafeltje waaraan drie mannen zaten.

De dikke sprak de middelste van het drietal aan. Dit was een reus van een kerel met een laag voorhoofd, een grove bos haar die voor zijn ogen hing, een brede neus met borstelige neusgaten. Heel bizar had de man deze haren in de was gezet en er een klein snorretje van gedraaid. Er hing hier ook een eigenaardige, zure geur, die Smith deed denken aan de berenkooi in de Haight Memorial dierentuin.

"Kapitein, meneer," zei de dikke man terwijl hij zich slaafs als een hond over de tafel boog, "hier heb ik een jonge knaap die zegt dat hij heel goed kan rekenen en misschien wil hij wel een reisje maken."

De reus liet zijn slimme oogjes over Smith's keurige kledij gaan. "Zo, zo, een mooie meneer. Ooit eerder in de ruimte geweest?"

"Nou, dat niet, maar —"

"Maakt niet zo bar veel uit. Ik heb iemand nodig die kan optellen en aftrekken, die bevelen kan aannemen en die zijn mond kan houden. Deze stomme idioot hier kan geen van drieën."

Smith keek wie hij aanwees. Het was de man links van de kapitein, die slechtgehumeurd en kniezend half met zijn rug naar Smith zat. Het was de supercargo die hem dronken achterna was gewaggeld het kantoor in.

Smith zei tegen de kapitein: "U moet kapitein Plum zijn."

"Zo is het. Hier heb je Bones, mijn hofmeester —" nu gebaarde hij naar de dikke man die Smith binnen had gebracht "— dat is Jack Fetch, de stuur —" hij gaf een ruk met zijn duim naar de supercargo "— en hier hebben we Larie."

De supercargo ging rechtop zitten. "Mijn naam is Lowell."

"Harrumff!" bulderde Plum. "Als ik zeg dat je Larie heet, dan heet je zo."

Smith kreeg een vermoeden dat een jaar samen met kapitein Plum in de stalen tube van een ruimteschip vermoeiend zou kunnen zijn. Binnen luttele seconden had hij de diagnoses gesteld: megalomanie bij Plum, sadomasochisme bij Jack Fetch met zijn gezicht als een beitel, en onzekere voorkeuren bij de hofmeester, Bones. Zelfs in de onwezenlijke sfeer van de Raffertysteeg was het een overrijp en al te kleurrijk stel scheepsofficieren. Kapitein Plum met zijn neussnor. Bones met zijn groen en wit gestreepte pak. Larie Lowell met zijn waanvoorstellingen van een intelligent ras in de ruimte. Herkende hij Smith eigenlijk als de man van Ruimteregeling? Smith voelde de hete zwarte oogjes op zich gericht, zag Lowells bleke voorhoofd moeizaam nadenkend fronsen.

"Hoe heet uw schip?" vroeg Smith zenuwachtig aan Plum.

"De *Messeraria*. Mijn eigendom." Plum nam hem hooghartig op. "Ken je het?"

"Nooit van gehoord."

"Het is een mooi schip," zei Plum. "Goeie kajuiten, prima eten." Hij knipoogde sluw; zijn enorme wenkbrauw streek bijna over zijn wang. "En misschien wat extra geld aan het eind van de reis, als alles goed gaat."

"Het klinkt werkelijk heel interessant," zei Smith. "Ik zou het voorstel moeten overwegen." Hij keek even naar Lowell. "Eh — uw huidige medewerker gaat u verlaten?"

"Ja," zei Plum. "Dat gaat-ie."

Lowell zei met schorre stem, alsof zijn keel bekleed was met boomschors: "Ik heb net na zitten denken. Ik heb net een filosofische gedachte zitten bedenken, en ik kwam tot de slotsom dat er op de hele wereld niets is dat zo goed is als drank. Wat zegt u me daarvan, kaptein?"

"Ik zeg dat je die filosofie veel te fanatiek aanhangt, en je hebt alle kans dat-ie je de das omdoet voordat je veel ouder bent geworden."

"Nee! Niks is zo mooi als een lekker drankje, of het zou een van die knappe edelsteentjes moeten zijn die u daar in uw zak heeft."

De kapitein haalde uit met een boom van een arm en er klonk een doffe klap, met een natte ondertoon. Het bloed droop over de kin van de supercargo. Hij grijnsde breed en tandeloos. "Geen tanden meer, kaptein. U bent verdomde ruw in de omgang."

Smith vroeg ongekunsteld: "Wat zijn dit precies voor edelstenen? Ik stel belang in mineralen van andere planeten."

Plums ogen smeulden. "Het eerste wat je op mijn schip leert, zeun, is dat je geen vragen moet stellen. Gehoorzaam meteen als je een bevel krijgt, dan ben ik in m'n sas."

"Over sassen gesproken," zei Lowell, "ik ga nu een drankje voor ons samenstellen zoals jullie nog nooit in de geschiedenis van de wereld hebben gedronken. Net als onze vorige reis, hè kaptein?" Hij dook achteruit voordat Plum hem kon slaan. "Nee, nee, geen zieke mensen slaan. Hé, Bosco!" riep hij tegen de man achter de bar. "Kom eens hier."

"Je hebt toch poten?"

Lowell wankelde naar de bar en kwam terug met een blad vol flessen en maatbekertjes.

"Nou goed opletten," zei hij. Hij keek Smith diep in de ogen. "Goed opletten. Dit is belangrijk."

Smith bewoog zich zenuwachtig terwijl hij naar Plum keek, die op zijn beurt zo aandachtig naar Lowells bewegingen keek als een kat naar een wapperend stukje papier.

Lowell pakte een van de flessen en zwaaide ermee. "Hier hebben we Kirsch, beste witte Kirsch. Eigenlijk moet het rode Kirsch zijn. Goed, we doen net of het rode is. Het recept zegt: rode Kirsch, zesentwintig en een half cc. Heel goed. Ik zet het apart. Dan de Dubonnet. Ik schenk de fles in de kan. Nu haal ik eraf — eraf dus, zeg ik — tien cc. Vind je dat vreemd?" Hij keek Smith onderzoekend aan. "Nee? Mooi."

Plum grinnikte toegeeflijk. "Larie brouwt de Fontein van de Eeuwige Jeugd voor je."

"Een scheut van die troep en de ouderdom vliegt henen," verklaarde Jack Fetch.

Lowell stoorde zich niet aan hen. "Dit spul heet nu Fleur de Lys en het is likeur. Lys vind ik wel genoeg; dat Europese taaltje heb ik nooit zo begrepen." Met een ruk scheurde hij het etiket op de fles doormidden zodat alleen het woord 'Lys' overbleef.

Lowell raaskalt, vond Smith, en een knipoogje van kapitein Plum bevestigde zijn diagnose. Was Bannister nu maar hier!

Met zijn schorre stem zei Lowell: "Dit is belangrijk. Ik ben een ziek man, en ik zal het niet lang meer maken. Ik ben blij dat deze kennis niet met mij mee het graf ingaat. Dus: Lys, vierennegentig cc." Hij slaakte een diepe zucht, zijn schouders zakten in. "Zo, dat is het grote werk. Nu de versiering nog." Hij legde een sinaasappel en een citroen neer, drie zwarte olijven en een groene.

Bones de hofmeester boog zich plots naar voren en fluisterde Plum iets in zijn zware oor. Plums wenkbrauwen schoten omhoog en hij maaide met zijn machtige arm het blad, de flessen en de glazen tegen de vlakte. Het gerinkel van het brekende glaswerk deed alle gesprekken in Het Rijstvogeltje abrupt stokken.

Lowell hing vermoeid tegen Plum grijnzend in zijn stoel. "Wie is er hier nu gek?" hoestte hij. Plum dook zittend naar hem toe en hief zijn arm op; opeens vol medelijden kwam Smith in beweging en duwde de kapitein terug. "In hemelsnaam, kapitein, bedaar toch! De man is ziek!"

Bosco de bartender had het gebroken glas opgeveegd. "Wie gaat er betalen voor die dure likeur en al het glas? Drie flessen, Kirsch, wijn en likeur — dat komt op twintig dollar — plus vijf voor het glas."

"Haal het maar bij Lowell," zei Plum met een starende blik vanachter zijn halfgesloten ogen. "Hij heeft het besteld."

Smith zei scherp tegen Bosco: "De Kirsch en de likeur zijn niet gebroken; u heeft ze opgeraapt en weggebracht. Het glas was nog geen dollar waard. Hier — twee dollar voor een halve fles wijn en een dollar voor het glas." Hij wapperde met de bankbiljetten onder de neus van de barman. "Meer kun je hier niet halen." Hij zweeg toen hij de onheilspellende blik van Plum op zich gericht voelde.

"Jij bent wel een hele slimmerik, hè?" zei Bosco hatelijk. Mopperend nam hij het geld aan en verdween achter de bar.

Plum zei: "Ik moet zeggen dat je inderdaad wel een beetje brutaal lijkt. Daarnet heb je me geduwd; vind ik eigenlijk niet zo fijn." In een flits stond hij overeind, alsof hij op een springveer gemonteerd was. Zijn hand vloog door en trof Smith met een misselijke dreun.

Smith waggelde slap achteruit tot hij met zijn ellebogen tegen de bar tot stilstand kwam. Zijn uitzicht begon te schemeren, er brak iets in zijn hoofd. In de verte hoorde hij Fetch verzaligd, ademloos zeggen: "Die jonge gek gaat u uitdagen, kaptein; die — jonge — gek..."

Smith waadde tollend door een nachtmerrie, een woedende storm van slagen die steeds minder hard leken. Van heel ver weg hoorde hij geluiden, maar veel levendiger was het enorme gezicht van kapitein Plum, opgezwollen en log, met zijn waanzinnige neussnor, zijn starende ogen, zijn mond op en neer malend alsof hij met open mond stond te kauwen.

Smith's eigen armen en benen waren voortdurend in beweging; hij voelde de schokken en de spanning, de adem brandde in zijn keel. Zijn knokkels staken, hij zag Plum zijn evenwicht verliezen, over een stoel vallen, met zijn armen zwaaiend op de vloer dreunen. Uit zijn zak rolde een groene bal.

Smith staarde stom neer op Plum, die vanaf de grond terugstaarde met zijn wenkbrauwen als een doorlopende streep over zijn gezicht.

De groene bal lag te glinsteren en vonken. Zonder erbij na te denken griste Smith hem van de grond en rende ijlings de kroeg uit en halsoverkop de steeg uit. Toen hij de Folger Avenue insloeg, hoorde hij mensen achter zich aan rennen.

Voorop kwam Jack Fetch die holde als een wezel. Achter hem draafde de luid brullende kapitein.

Smith bleef vlak om de hoek staan.

Daar was Jack Fetch. Smith sloeg zo hard op het zwaarmoedige grijze gezicht als hij kon en de man wankelde blind de goot in. Smith rende meteen door.

Voor hem rees een taxizuil op en er was een wagen afgemeerd aan de top. Smith sprong op het plankier, de ketting begon te lopen en hij gleed omhoog in de buis. Vanaf het platform bovenop de zuil zag hij kapitein Plums enorme gestalte die als een krankzinnige kolos over de laan beende.

Smith wipte in de taxi. "Naar de Ruimteregeling," zei hij.

Bannister zat met de steen in zijn vingers, gefascineerd te kijken naar de tere sneeuwvlokachtige lovertjes die zich in de steen vormden, aangroeiden, van vorm veranderden en weer oplosten, het ene na het andere. "Ik heb nog nooit zoiets gezien. Ik zal het door een mineraloog laten bekijken. Of—" zei hij aarzelend, de steen nogmaals scherp onderzoekend "— misschien is het een zaak voor de biologische afdeling."

Smith ging op de rand van zijn stoel zitten. "Wat nu? Vindt u dat we de patrouille op kapitein Plum af moeten sturen?"

Bannister wierp een korte, koele blik op de jongeman. "Op dit moment zal hij wel op het patrouillebureau zijn om jou aan te klagen wegens diefstal van zijn steen. Ik kan niet zeggen dat je dit erg goed behandeld hebt." Met zijn blik weer op de steen zei hij: "Ik had al twee mannen uitgestuurd om Plum na te gaan; nu is hij tot alles in staat." Vrijwel meteen begon de visifoon te zoemen. "Ja?" zei Bannister nadat hij de knop had ingedrukt.

"Hier sergeant Burt, meneer. We hebben Lowell, de supercargo, op de Chenolmweg naast de Folger Avenue gevonden. Hij is gearatineerd. Zijn gezicht is geel, zijn ogen en zijn tong puilen uit. We hebben hem naar het ziekenhuis gebracht, maar ik ben bang dat er niets meer aan te doen is."

Bannister vloekte zacht. "Verwenste schurken. Hoe staat het met Plum?"

"Die houdt zich schuil."

Bannister knikte grimmig. "Blijf hem zoeken." Hij schakelde boos uit. Na een ogenblik van roerloos peinzen, zuchtte hij. "Nou, dat is dan dat. Lowell kunnen we afschrijven. Die zegt nooit meer een woord. Hij zou net zo goed dood kunnen zijn."

"In Het Rijstvogeltje was hij anders spraakzaam genoeg," zei Smith.

"Dat was een uur geleden. Daarna hebben ze hem een dosis aratine gegeven en sindsdien staan zijn hersens te koken als een pan dikke soep." Bannister ging peinzend naar Smith zitten staren.

Smith schoof onbehaaglijk over zijn stoel heen en weer.

"Ik heb een baantje in gedachten dat me iets voor jou lijkt," zei Bannister toen. "Als je het tot een goed einde brengt, krijg je promotie."

Smith fronste. "Ik weet niet zeker of—"

"Ben jij een goed Ruimteregelaar?"

"Ja, totdat u mij vanochtend ontsloeg."

Bannister maakte een ongeduldig gebaar. "Daar praten we niet meer over, je bent weer aangenomen. Begrijp je dat dit vermoeden dat er iemand contact heeft gemaakt met andere wezens heel belangrijk is, dat het nog nooit voorgekomen is? Hoe gewichtig het is dat dit bevestigd of ontzenuwd wordt?"

Smith knikte. "Jazeker."

"En een goed Ruimteregelaar is vindingrijk en moedig — nietwaar?"

"Juist."

Bannister mepte op zijn bureau. "Wij kunnen niet toestaan dat Plum deze wezens tegen ons in het harnas jaagt, als ze tenminste bestaan, of dat hij ze uitroeit met Aardse ziekten. Als ze bestaan, dan moeten wij ze vinden. En jij bent de juiste man voor deze opdracht, Smith!"

De jongeman zette een verbaasd gezicht.

"Zo zie ik het," zei Bannister. "Als er geld te verdienen valt door die planeet te plunderen, dan gaat Plum erheen zodra hij de reis georganiseerd heeft. Als hij eenmaal in de ruimte zit, met de motoren aan, dan is hij verdwenen. Dan kunnen we hem niet volgen. Tenzij wij natuurlijk een mannetje aan boord hebben. Dat is jouw taak. Hij heeft je toch al bijna aangenomen. Jij brengt hem de steen terug, je zegt dat het je spijt dat je ermee weggelopen bent en dat je graag zelf de kans krijgt om er een paar te halen."

Smith zat in elkaar gedoken op zijn stoel. "Denkt u niet dat hij boos op me zal zijn?"

"Je brengt zijn steen toch terug? Waarom zou hij boos zijn?"

"Zou hij me niet —" Smith zweeg terwijl hij zich een voorstelling probeerde te maken van Plums reactie.

"Wat?"

"Nou, denkt u ook niet dat wanneer we eenmaal in de ruimte zijn, aan boord van zijn schip, dat hij dan van de gelegenheid gebruik zal maken om mij — tja, in elkaar te slaan?"

"Welnee!" zei Bannister vol overtuiging.

"Maar ik heb hem neergeslagen in die kroeg."

"Daardoor heeft hij juist respect voor jou gekregen."

"Denkt u niet dat hij mij die aratine zou geven?"

"Wat heeft hij aan iemand die vol aratine zit? Hij wil jou hebben als lid van de bemanning."

Smith kauwde weifelend op zijn lip.

"Ik geef je een zakje hyolone mee," zei Bannister geruststellend. "Als de ruimtemotoren eenmaal lopen, gooi je dat in de stuwkast. Dan laat het schip een dun spoortje van licht na dat wij op veilige afstand kunnen volgen."

Smith leek nog steeds te aarzelen. Bannister nam hem steels op en keerde zich toen opeens naar de visifoon. "Codge, maak identiteitsbewijzen klaar voor sergeant Robert Smith —" Hij bedacht zich: hij had niets te verliezen. "Ik bedoel luitenant Robert Smith, van het Buitengewone Eskader."

Smith ging rechtop zitten. Luitenant Smith van het Buitengewone Eskader! Hij proefde de woorden in gedachten.

Bannister zag het onopvallend aan. Toen stond hij op en wenkte Smith. "Kom mee, luitenant. Ik breng je even naar de haven."

Ze vlogen over het Maudmeer, cirkelden om de Davidsonberg heen, daalden over de wijk Graymont en vlogen daarna in de taxibaan op enkele tientallen meters boven de troebele oude gebouwen van Folger.

Beneden hen lag de ruimtehaven. Gepolijste zwarte schepen lagen roerloos op de grond als enorme dode kevers.

Smith wees. "Daar ligt de *Messeraria*. Of eigenlijk —" Hij keek speurend, onzeker rond. "Daar lag hij. Bij die blinkende nieuwe glasblaar."

"Bij die nieuwe glasblaar, hè?" zei Bannister aangedaan. "Tja, luitenant Smith —" hij legde een zware nadruk op de titel "— het rijstvogeltje schijnt gevlogen te zijn."

Smith haalde diep adem. "Misschien is dat wel het beste. Ik vond het plan toch niet zo geslaagd. Maar er zijn vast wel andere opdrachten die ik kan doen."

III

Toen ze op de terugweg naar het kantoor van de Ruimteregeling waren, wees Smith naar het landingsplatform boven het St. Andrewsplein. "Daar heb je de Scheve Hoekclub, dat blauwe schild met de groene strepen. Ik ben toevallig lid. Voelt u ervoor om met mij te lunchen, om het te vieren?"

Bannister staarde hem zonder begrip aan. "Om wat te vieren, in godsnaam?"

"Mijn promotie."

"O!" Nu grijnsde Bannister verbeten. "Je promotie, natuurlijk."

Hij landde de boot en weinig later bracht Desdumes, de maître d'hôtel, hen naar een tafel.

Smith wenkte de barjongen die vlakbij wachtte. "Misschien een aperitief?"

Bannister liet zijn ontoeschietelijke houding met tegenzin varen. "Goed idee."

"Zelf geef ik mij niet over aan alcohol," merkte Smith op. "Alcohol verkankert het intellect. Maar vanzelfsprekend heb ik geen enkel bezwaar als u iets wilt drinken."

"Dat is heel geschikt van je," zei Bannister droog. Hij nam Smith van boven tot onder op met een bedaarde nieuwsgierigheid.

"Wat is er aan de hand?" vroeg Smith ongerust.

"Helemaal niets. Ik ken een vrouw die de aanblik van veren niet kan verdragen."

Smith kon deze gedachtentrein niet volgen en toen hij van opzij Bannister aanzag, meende hij op te merken dat Bannister zich misschien niet van zijn hartelijkste kant liet zien. Was het denkbaar dat Bannister hem niet echt een geschikte kerel vond? Dat zou een beletsel kunnen vormen voor verdere promotie, hoe efficiënt ook het werk dat hij afleverde.

Hartelijk zei Smith: "Mag ik iets heel bijzonders voor u bestellen? Ik weet zeker dat u zoiets nog nooit geproefd hebt."

Bannister zette een zuur gezicht. "Kamelenmelk of zoiets? Nee bedankt, ik hou me wel bij de whisky."

"Uitstekend," zei Smith. "De supercargo van de *Messeraria* beval dit drankje nogal dringend aan. Zo dringend dat ik er een aantekening van heb gemaakt. Kirsch — rode Kirsch — Dubonnet, likeur —"

"Wat nu?" zei Bannister verwonderd. "Lowell zat jou te vertellen hoe je een drankje moet maken?"

Smith diepte een verfomfaaid stukje papier op uit zijn zak. "Rode Kirsch, zesentwintig en een half cc. Dubonnet — een halve fles min tien cc. Fleur de Lys likeur, vierennegentig cc. Een sinaasappel, een citroen, vier olijven."

Stijf overeind zittend zei Bannister: "Waarom heb je dat niet eerder gezegd?"

Smith maakte een vergoelijkend gebaar. "Het ging toch alleen maar over alcohol, meer niet."

Op een stalen toon vroeg Bannister: "Zou het kunnen dat hij je een geheime boodschap wilde geven?"

Smith dacht na. "Dit wil ik wel zeggen," gaf hij slecht op zijn gemak toe. "Direct hierna werd kapitein Plum gewelddadig."

"Wat gebeurde er nu precies? Probeer je iedere bijzonderheid te herinneren."

Smith beschreef het voorval zo goed als zijn geheugen toeliet.

Fronsend tuurde Bannister naar het recept. "Hij heeft jou natuurlijk herkend en hij probeerde je te vertellen waar die geheime planeet was. De sinaasappel en de citroen lijken naar een dubbelster te verwijzen, en de drie zwarte en groene olijven duiden op de derde planeet van de zon."

"En de getallen moeten de coördinaten van de dubbelster voorstellen."

Bannister knikte kort. "Het lijkt erop."

"Het eerste getal nemen we langs de x-as," zei Smith opgewonden. "Zesentwintig en een half lichtjaar richting Poolster. Het tweede getal — nu begrijp ik het, dat is negatief. Een negatieve tien lichtjaar langs de hemelequator ofwel ruwweg tien lichtjaar naar Denebola. Het derde getal passen we af op de solstitiale lijn — vierennegentig lichtjaar naar Betelgeuze. Alle drie samen —" Hij ging aan het rekenen op het papiertje. "De wortel uit de kwadraten van zesentwintig en een half, tien, en vierennegentig. Iets in de buurt van honderd. Die richting moet grofweg gesproken —" hij kauwde op zijn potlood "— waarschijnlijk de kant van Procyon op, dat moet wel kloppen. Honderd lichtjaar richting Procyon."

Bannister stak ongeduldig zijn hand op. "Laat me denken."

Smith voelde zich gekwetst in zijn waardigheid. Toen het eten opgediend was, aten ze vrijwel zonder te spreken.

Tijdens de koffie leunde Bannister met een zucht tegen de rug van zijn stoel. "Nou, misschien wordt het een dolle jacht op spoken. Maar ik ga het riskeren en ik stuur er een kruiser achteraan."

"Dan moet ik mijn zaken zeker maar afwikkelen," zei Smith aarzelend.

"Helemaal niet nodig," zei Bannister. "Jij reist niet verder dan het magazijn in de onderste kelder."

"Maar meneer Bannister, ik geloof dat u nu niet helemaal redelijk bent."

"Redelijk of niet," gromde zijn chef, "nog zo'n fiasco van jou kan ik me niet permitteren." Hij stond op van tafel. "Nu moet ik weer aan het werk. Bedankt voor de lunch."

Smith zag de breedgebouwde Bannister vertrekken en bestelde toen nieuwe koffie.

Na enkele minuten te hebben nagedacht, liep hij naar de visifoon en belde Harry Codge in het kantoor van de Ruimteregeling op.

"Harry," zei hij tegen het rode gezicht, "heb je die identiteitspapieren voor mij al gemaakt?"

Codge knikte zuur. "Jij moet Bannisters neef zijn."

Smith negeerde de verholen aantijging. "Gooi ze in de buis, wil je? Ik ben in de Scheve Hoekclub, op het St. Andrewsplein."

Hij wandelde naar het kantoor van de club en daar arriveerde enkele ogenblikken later een kleine cilinder in het bakje. Smith prikte het schildje in de binnenkant van zijn jas en stak de kaart in zijn portefeuille, waarna hij een taxi liet komen en naar het registratiebureau vloog, dat op de ruimtehaven lag.

Hij toonde zijn nieuwe identiteitskaart aan het meisje van de receptie. "Ik wil graag de kaart van het *RS Messeraria* zien."

"Ja meneer." Het meisje trok een la open en liep die door, en nog een keer. "Dat is vreemd."

"Wat scheelt eraan?"

"De kaart zit niet op zijn plaats. Maar misschien —" Ze liep naar de andere kant en bladerde vlug een klein stapeltje roze en blauwe kaarten door. "Hier is hij. Verandering van eigenaar."

"Laat zien," zei Smith vol opwinding.

Hij bestudeerde vlug het formulier. "Twintig jaar geleden gebouwd. Eerste eigenaar — Vacuum Transport. Verkocht aan R. Plum en Chatnos Widna. Nieuwe eigenaar — Hermetic Line. Wel, wel."

"Is er iets niet in orde, luitenant? De Hermetic Line is een oud en helemaal bonafide bedrijf —"

"Nee nee," zei Smith vlug. "Niets aan de hand hoor."

Verdiept ging hij naar buiten. Het zou een mooie veer op zijn hoed zijn als hij de norse maar geïmponeerde reus van een kapitein voor

Bannister kon slepen, zodat deze hem kon ondervragen. En blijkbaar was hij niet met de *Messeraria* vertrokken.

Smith liep over de haven naar het talud dat uitkwam op de Folger Avenue.

Daar was de Raffertysteeg, en daar Het Rijstvogeltje. Plum zou hier wel niet meer rondhangen, na de gebeurtenissen van die morgen, maar het was een goede plek om zijn onderzoek te beginnen.

Hij voelde of zijn schildje nog goed zat, beende de steeg door en stapte het café in.

Naderhand lukte het Smith nooit om de nu volgende verwarring te ontleden tot afzonderlijke gebeurtenissen. Het was alsof alles zich afspeelde in één samengeperst, tijdloos moment.

Hij herinnerde zich het geluid van stoelen die schurend over de vloer werden geschoven, stemmen, een gebrul als van een stier; hij zag Plums machtige, woedende gezicht, met ontblote gele paardentanden en verwrongen lippen; hij voelde dat zijn knieën gegrepen werden, een dreun tegen de zijkant van zijn hoofd waardoor de tranen hem in de ogen sprongen, een daverende stomp in zijn maag.

De realiteit zweefde hemelwaarts, en daaronder was het zwart. Licht, beweging, geluid, kleur — alles verdween uit zijn waarneming; daarna was er niets.

Zo groot als een huis leek het gezicht van kapitein Plum de hemel te vullen. Een zwartfluwelen baret hing schelms over zijn ene oor; zijn neussnor was vers in de was gezet en zwierig gekruld. Het gezicht was zo dichtbij dat Smith de oneffenheden in de huid kon zien, de harde spieren van de wangen, de stoppels op het aambeeld van een kin.

De kleine oogjes staarden hem sluw aan. "Leef je weer, knaap? Ja? Dan bof je. Zeg me nu eens wat je met mijn mooie dingetje hebt gedaan." Hij nam Smith's kin tussen zijn duim en wijsvinger. "Hè? Waar is mijn mooie steentje dan?"

Smith kwam tot de ontdekking dat zijn armen en benen merkwaardig licht voelden. Hij stelde zijn ogen in op de achtergrond. Metaal. Plotseling doodsbang probeerde hij te gaan staan. Een gordel om zijn middel hield hem op zijn plaats.

Plum plantte zijn logge voeten tegen de wand, duwde zich evenwijdig aan de vloer af en bleef zo staan, daarmee Smith even het idee gevend dat hij krankzinnig was geworden.

"We zijn in de ruimte!" schreeuwde Smith toen. "U hebt me ontvoerd!"

Plum grijnsde van oor tot oor als een beer. "Geronseld, noemden ze dat vroeger. Broekje, je hebt geen idee wat een bofkont je bent. Ik had je net zo makkelijk af kunnen maken als je een tor dooddrukt, maar ik gebruikte mijn verstand. Jij bent zo'n opgeprikte hansworst van Ruimteregeling, maar ik heb toch iemand nodig die mijn papierhandel voor me doet, en je kwam net op het goeie moment. Precies goed. Al doende mep ik twee vliegen met een klap. Misschien wel drie." Hij telde af op zijn vingers. "Ik krijg een eerlijke medewerker. En eerlijk is-ie, als-ie weet wat goed voor hem is. In de tweede plaats ben ik een spion kwijt. En dan krijg ik ook nog wat lichaamsoefening, door af en toe met je te boksen. Je weerde je aardig, vandaar."

"Maar," riep Smith uit, "u hebt geen schip meer! U hebt het verkocht—"

"Dit is de ouwe *Messeraria* niet, zeun." Plum toonde de binnenkant van zijn muil toen hij geluidloos stormlachte. "Dit hier is de *Hond*, een kleine boot die beter geschikt is voor ons nobel doel. En nu heb je lang genoeg op je onderdelen liggen rusten: je moet aan de slag, je overtocht verdienen."

"Ik heb niet gevraagd om aan boord gebracht te worden," zei Smith.

Plums lippen klemden op elkaar en zijn hand landde stevig op Smith's wang. De jongeman voelde zijn tanden kraken en hij kreeg een beeld voor ogen van Lowell met zijn mond zonder tanden. Zich rustig houdend staarde hij Plum aan.

De kapitein grijnsde traag. "Ja hoor, ik weet best wat je denkt. Dat je rustig afwacht en me dan aanvalt als ik er niet op verdacht ben. Nou, doe je best maar, zeg ik. Betere mannen dan jij hebben dat ook gedaan, en ik blijf er lenig van. Nou, jong, overeind. Vergeet nooit dat ik niet gauw tevreden ben! De boeken moeten kloppen, je mag geen cent kwijtraken en geen cent overhouden, het moet allemaal precies goed uitkomen."

Smith maakte zwijgend de gordel om zijn middel los.

De kruiser die Bannister had besteld zou Plums boot beslist inhalen en tot stoppen dwingen, dacht hij. Maar als het tot een gevecht kwam, zou hij makkelijk samen met de boot naar de kelder gejaagd kunnen worden. En ondertussen — Een dreigende beweging van Plum maakte een eind aan zijn gepeins. "Uitgedroomd?" gromde de reus.

Smith probeerde te gaan staan. In plaats daarvan spartelde hij hulpeloos in de lucht.

Plums brullende lach van leedvermaak was bijna onverdraaglijk.

Hij beet op zijn lippen, greep zich vast aan een stang en keerde zich naar Plum. "Wat wilt u dat er gedaan wordt?"

"Naar voren, zeun, naar de kaartenkamer, dat is jouw hok. Eerst ga je al m'n ouwe kaarten keurig sorteren, en ze op volgorde in de projector douwen. Als ik op de knop druk voor een bepaalde sector, moet ik ook die sector krijgen en niet een van vijftig parsec verderop. Je bent gewaarschuwd. Naar voren!"

Smith trok zich naar de boeg van het schip. Al zijn gewrichten deden hem pijn. Hij kreeg in de gaten dat de *Hond* een kleine verkenner was, een van de 'terriërs' die gebouwd waren op wendbaarheid, landingsgemak en goedkoop onderhoud. Het was een type dat populair was bij de zonneduikers van de buitenruimte. Maar het maakte niet uit hoe snel, slinks of wanhopig Plum zijn scheepje voortdreef; als de kruiser eenmaal een magnetische vinger uitstak, ontkwam hij niet meer. Smith keek gauw even door de patrijspoort in de boeg of hij Procyon nergens zag, die ze zouden moeten passeren.

Maar nergens in zijn gezichtsveld was een ster van het type van Procyon te bekennen. Het sterrenveld leek meer op het gebied ten noorden van de Schorpioen — het sterrenbeeld Ophiuchus, recht tegenover Procyon. Hij staarde ernaar. Ergens zat er iets totaal scheef. "Waar gaan we naartoe?"

"Daar heb jij verdomme niets mee te maken," snauwde Plum. "Schiet op naar de kaartenkamer en wees blij dat ik een genadig man ben."

Smith duwde zich de kaartenkamer in en begon als versuft de kaarten te sorteren. Dit was de dood, dacht hij, en hij was in de hel. Recht voor hem bevond zich een zwart met grijs paneel, een reeks knoppen, een rooster, wijzerplaten. Smith schrok wakker. Een radio! Voor lange afstand — de zender verzond zijn met betekenis geladen straling in een dwarse balk die vonkendheet door de ruimte joeg.

Hoe ver waren ze al gekomen? Nauwelijks meer dan een lichtweek of iets dergelijks: hij hoorde aan de motoren dat ze nog bezig waren de versnelling op te bouwen.

Hij keek om naar de brug: Plum stond bij de deur naar de machinekamer te brullen.

Met trillende vingers draaide Smith aan de knoppen, richtte de antenne recht naar achter en schakelde in. Koortsig van ongeduld wachtte hij tot de zender opgewarmd was terwijl hij voortdurend luisterde naar Plums ongezouten verwensingen aan het adres van de mannen in de machinekamer.

Nog een keer controleerde Smith de richting van de zendstraal. Recht achteruit, zodat zijn bericht als een voltreffer de Aarde zou raken. Hij stelde de frequentie in op de gangbare ruimteband. Honderd stations luisterden naar die frequentie.

Nu.

Zacht maar duidelijk sprak hij in de zender: "SOS — Ruimteregeling attentie, SOS. Hier Luitenant Robert Smith aan boord van Plums schip, de *Hond*. SOS. Attentie, Bannister, Ruimteregelingskantoor 12. Hier luitenant Smith. Ik ben ontvoerd." Zijdelings hoorde hij dat Plums stem nu zweeg en hij hoorde een zwaar geritsel op de brug naar zich toekomen. Vertwijfeld boog hij zich weer naar de microfoon.

Hij zou wel geen tweede kans krijgen. Stroom aan, antenne goed, frequentie goed. "SOS. Hier luitenant Robert Smith, Ruimteregeling, ontvoerd en aan boord van Plums schip op weg naar Rho Ophiuchus." Hij zag uit zijn ooghoek dat er een duistere massa in de deuropening stond. "Ontvoerd door Plum, aan boord van zijn schip, richting Rho Ophiuchus, Robert Smith —" Langer kon hij het niet verdragen, hij *moest* omkijken. Plum stond in de deur op hem neer te staren.

"Jij zit mij te verlinken, hè?"

Smith zei dapper, maar zwak: "Het is me gelukt om het door te seinen. Je bent er geweest, Plum. Als je verstandig bent, keer je om."

"Wel, wel, wel," zei Plum honend met een hoog stemmetje. "Je tante op een houtvlot. Schiet op, ga je gang, bel ze nog maar een keer."

Met een oog op Plum en opeens vol bange twijfel, begon Smith overnieuw. "Hier luitenant Robert Smith, aan boord van de *Hond*, van kapitein Plum, onderweg naar Rho Ophiuchus —"

Plum kwam onverschillig naar voren. Zijn hand raakte Smith's wang met een geluid alsof er een halve koe op een hakblok plofte.

Verfrommeld in een hoek liggend keek Smith omhoog naar Plum die in zijn favoriete houding stond, zijn benen wijd, zijn armen op zijn rug.

"Stomme spion zonder hersens," snauwde hij.

Smith zei zwakjes: "U maakt het alleen maar erger voor uzelf als ze u grijpen."

"Wie gaat mij grijpen? Hoe gaan ze me grijpen? Hè? Zeg me dat eens!" Hij duwde met de neus van zijn laars tegen Smith.

Langzaam krabbelde Smith overeind. "Ik heb het bericht drie keer verstuurd," zei hij vermoeid. "Ze moeten het wel opvangen."

Plum knikte. "Je hebt het inderdaad verstuurd — recht naar achter. Nou reken maar dat ze het zullen opvangen. En met de snelheid waarmee wij op weg zijn, is de frequentie die zij ontvangen zo laag dat ze de trillingen op hun vingers kunnen aftellen. Aan die radio heb je niet zo veel, behalve als we stilliggen."

Smith keek woordeloos naar de zender. De snelheid van het schip zou zijn noodkreet volmaakt onverstaanbaar maken.

"Zo," zei Plum ruw. "Nu ga je weer aan je werk. En als ik je weer betrap als je met de apparatuur zit te rotzooien, dan zal ik je tamelijk slecht behandelen."

IV

Het was of het schip roerloos lag, het centrum van alles, terwijl de Melkweg langs stroomde in een heldere, zwarte stroop, met de sterren als lichtende stofjes in de vloeistof — eenzame, verloren vonken.

Twee punten bleven op hun plaats: een fletse ster aan de achterkant en een oranjegele glinstering vooruit die zich allengs in twee afzonderlijke sterren scheidde. Zo gingen de dagen voorbij. Smith sloop zo onopvallend mogelijk door het schip, met angst en vreze wachtend op de dagelijkse aframmeling die kapitein Plum hem toediende onder het mom van gymnastiek.

Tijdens deze bokspartijen droegen beide mannen magnetische sloffen en handschoenen en het treffen duurde tot Plum begon te hijgen of totdat Smith zo daas was dat hij geen amusement meer kon bieden.

Naarmate de tijd verstreek, leerde Smith Plums boksstijl steeds beter kennen: Plum kwam uit volle borst naar voren dansen met maaiende armen. Noodgedwongen leerde Smith de elementaire methoden om zich te verdedigen maar deze ontluikende vaardigheid had een averechts effect. Hoe behendiger hij de stoten afweerde, hoe listiger hij de slagen ontweek of opving, hoe woester Plum tekeerging en Smith zag dan ook duidelijk in dat het alleen maar op een extreme manier kon aflopen; of hij leerde zich onoverwinlijk verdedigen, of Plum vermoordde hem met een enkele verschrikkelijke slag.

Om dit noodlot te ontlopen, begon Smith aarzelend en op proef in de aanval te gaan. Telkens als een van Plums wanstaltige dreunen de kapitein uit zijn evenwicht bracht, viel Smith hem aan. Deze krijgslist had zo'n succes dat de kapitein merkte geen doeltreffende slagen meer te kunnen uitdelen, omdat Smith steeds op hem toesprong om zijn neus en zijn ogen te bewerken. De periode tussen twee partijen werd dan ook steeds langer. Tegelijkertijd nam Plums afkeer van Smith toe tot een obsessie.

De laatste paar wedstrijden waren verschrikkelijke episoden waarin Plum met rode ogen en luid brullend aanviel als een stier en zijn enorme maaiende armen rond liet vliegen. Iedere uithaal was voldoende geweest om Smith's botten te breken. Halve maatregelen waren erger dan niets, begreep Smith nu: hij kon kiezen. Of hij werd een slap stuk vlees waar Plum naar genoegen op in kon beuken, of hij moest Plum zoveel pijn doen dat de man er voortaan van afzag — wat ook een gevaarlijke onderneming was.

De laatste partij duurde een halfuur. Zowel Smith als Plum dropen van bloed en zweet. Plums neusgaten waren zo groot als die van een wild zwijn, zijn immense kin hing slap omlaag. Smith greep zijn kans en ramde zo hard als hij kon schuin van boven tegen Plums kaak. Hij voelde iets knappen, iets knersen en Plum wankelde achteruit met zijn handen voor zijn gezicht. Smith stond hijgend te wachten tot Plum zijn pistool zou pakken.

Plum stormde het ruim uit terwijl Smith vol bange voorgevoelens naar zijn bezemkast slofte.

Plum verscheen aan de eettafel met een pleister op zijn kaak en paars aangelopen lippen. Zijn blik streek over Smith en hij knikte grimmig, dreigend.

Later toen Smith in de kaartenkamer bezig was het brandstofverbruik af te zetten tegen de afgelegde afstand, wankelde Plum tot vlak naast hem. Toen Smith zich omdraaide, keek hij recht in het behaarde gezicht.

"Je bent een gemene schoft, wist je dat?" zei Plum.

Smith zag dat Plum met een mes van twintig centimeter lang speelde. Kalm zei hij: "Iedereen wordt gemeen als hij ertoe gedreven wordt."

"Heb je het over mij, knaapje?"

"Vat het maar op zoals u wilt."

"Je waagt je op heel dun ijs."

Smith haalde zijn schouders op. "Ik zie niet in wat ik te winnen heb door vriendelijk en beleefd te zijn. Ik verwacht niet veel van deze reis."

Deze woorden schenen Plum te verzoenen. Langzaam borg hij zijn mes weg. "Je vroeg erom, toen je met dat kinderachtige geruimteregel begon."

"Ik zie dat anders. Iemand moet de leiding hebben. In dit geval de Ruimteregeling. Het zou u beter vergaan als u omkeerde en een eerlijk verslag uitbracht over deze planeet, hoe die ook is."

"En dan al dat lekkere geld kwijtraken? Wat kan die Ruimteregeling mij verdommen? Wat hebben ze ooit voor mij gedaan?"

Smith leunde tegen zijn werktafel met het vreemde gevoel dat hij een onbegrijpelijke taal sprak. "Bekommert u zich niet om uw medemensen?"

Plum schoot nors in de lach. "De mensheid heeft zich nooit uit de naad gewerkt voor mij. En al bekommerde ik me om mijn medemensen, wat doet het er voor ze toe wat er honderd lichtjaar voorbij het niks gebeurt? Het gaat alleen maar om een bende gele kroeskoppen."

"Wilt u echt horen wat het ertoe doet?"

"Okay, kom maar op."

Smith ordende zijn gedachten. "Nou, in de eerste plaats, de kennis van de mens is maar een hele kleine fractie van wat er over het heelal te leren valt. Wij hebben ons geconcentreerd op de onderwerpen die passen bij ons soort hersens. Als we een ander beschaafd ras vinden, betekent dat een ontmoeting met een heel ander complex van wetenschappen."

Plum liet een grove uitdrukking horen. "We weten toch al te veel; nog meer en we raken verstopt. In ieder geval is er op Rho niets dat we niet al weten."

"Dat staat nog te bezien. Maar als er beschaafde wezens wonen, dan zou het eerste contact gelegd moeten worden door mensen met de juiste kennis."

"En waar blijft mijn aandeel in de buit dan? Ik heb heel wat doorgemaakt om te komen waar ik nu ben. En allemaal om ooit eens zo'n kans als deze te krijgen. Die juwelen zijn mooie dingetjes waar ik op Aarde goed geld voor kan vangen. Ik hoef alleen maar naar Rho te gaan, die stenen van de kroeskoppen scheren en teruggaan naar de Aarde — en dan is m'n kostje gekocht. Als de geleerden Rho ontdekten, zouden ze het mij toch ook niet vertellen, waar of niet? Dus waarom zou ik hun alles aan hun neus hangen? Jij ziet alles helemaal krom, jonkie."

"Als deze wezens intelligent zijn, zijn ze nu misschien op hun hoede. En dan kan het nog gevaarlijk worden om meer van die stenen weg te halen."

Plum wierp het hoofd in de nek, waarna zijn gezicht vertrok van de pijn. "Nee hoor, vergeet het maar. Op Rho zijn we zo veilig als in bed. En weet je waarom? Omdat het zo makkelijk is. Die kroeskoppen zijn blind en doof en stom. Ze lopen daar rond met die stenen op hun kop alsof ze ze ons op fluwelen kussentjes aanbieden. Eén haal met een mes, de kroeskop lazert om en de steen rolt naar het baasje. Zo gaat dat in zijn werk."

Terwijl Smith nerveus op zijn lip zat te bijten, gaf Plum met de vlakke kant van zijn mes een mep op de kaartentafel en bonkte weg.

De *Hond* naderde langzaam de grote oranje zon. De kleine gele zon hing erachter en daarvan was alleen een sikkel te zien. De planeten waren gele stofjes — een, twee, drie, vier.

Door de patrijspoort keek Smith naar de vierde planeet, die kleiner was dan de Aarde en een dikke gele dampkring had. De bodem leek dor.

Van de brug kwamen de stemmen van Plum en Jack Fetch die ruzieden waar ze het schip het best neer konden zetten. Fetch wilde voorzichtig doen. "Stel je voor dat je in hun schoenen staat, doe alsof dit de Aarde is."

"Jezus, man, dit is de Aarde toch helemaal niet. En ze dragen geeneens schoenen. Dit is Rho Ophiuchus."

"Tuurlijk, maar denk je eens in: een paar maanden geleden hadden ze een epidemie van roofovervallen. Als ze ook maar de hersens van een schildpad hebben, nemen ze voorzorgsmaatregelen. Kijk, we landen naast een van die grote kastelen. Dan komen zij langs, ze ontdekken het schip. Dan zijn we toch maar mooi in de aap gelogeerd."

Plum spuwde van weerzin op de vloer. "Welnee, die kroeskoppen leven in dromenland. Ze komen langs, ze voelen aan het schip, en ze denken dat het een nieuw soort rots is. Ze weten niet eens dat ze een zon hebben of dat er nog andere sterren zijn; precies zoals die supercargo met zijn waterhoofd zegt, ze bekijken de dingen anders dan wij."

"Juist. En misschien merken ze heel goed dat wij terug zijn, met een ander zintuig dat wij niet hebben, en dan krijgen we het gelazer in de glazen. Waarom zouden we een risico nemen? Land gewoon in dat woestijntje daar; dan kunnen we met de sloep naar de kastelen toe."

"Dat is te ingewikkeld," gromde Plum. "Dan raken er mannen verdwaald en de sloep gaat natuurlijk kapot."

Ten slotte bereikten ze een compromis. Het schip zou in het troosteloze land aan de grond worden gezet, zo dicht mogelijk bij de kastelen, zodat het schip zelf als basis kon worden gebruikt.

De troebele gele atmosfeer wervelde rond het schip toen het daalde. Fetch zat achter de besturing terwijl Plum wijdbeens voor de telescoopkijker stond. "Langzaam," riep hij tegen Fetch. "We komen te laag. Ga een beetje naar het noorden, daar zie ik een compleet dorp van grote kastelen. Nu recht naar beneden; we landen in die uitloper van de woestijn."

Bij de patrijspoort van de kaartenkamer staand zag Smith een serie grote gele, kubusvormige bouwsels. Het midden ervan leek vloeibaar te glanzen, alsof het reservoirs waren.

Het uitzicht werd afgesneden door een lage richel en toen was het schip geland. Bijna meteen hoorde Smith de sluis opengaan. In een zwaar ruimtepak gehuld wandelde kapitein Plum voor zijn raam langs en verdween uit zijn gezicht.

Met bibberende knieën door de plotseling teruggekeerde zwaartekracht liep Smith naar de brug, waar Fetch nog stond. Fetch keek hem snel even zijdelings aan en meteen weer naar buiten.

"Waarom is Plum naar buiten gegaan?" vroeg Smith.

"Kijken of de kust veilig is. Anders stijgen we weer op."

Smith tuurde naar de rokerige hemel. "Wat zit er allemaal in de atmosfeer?"

"Zwavelwaterstof, zwaveldioxide, SO_3, zuurstof, halogeenzuren, wat inerte rommel."

"Hè bah," zei Smith. "Niet zo lekkere lucht om in te wonen."

Fetch knikte. "De vorige keer vrat de lucht gaten in onze pakken, daarom zijn we zo gauw weer vertrokken. Deze keer hebben we speciale pakken."

"Wat waren dat voor vierkante tanks?"

"Daar wonen de kroeskoppen in."

Plums logge gestalte kwam weer in het zicht over de top van een heuveltje.

"Kijk," zei Fetch. "Daar heb je een kroeskop. Plum ziet hem nog niet."

Kijkend waar de stuurman wees, zag Smith een mosterdkleurig schepsel op de heuvel. Het was ruim een meter lang, een halve meter dik — een kruising van een toncactus met een zee-egel, die aan alle kanten wemelde van soepele voelarmen die onophoudelijk kronkelden, voelden, tastten. Van bovenop het lichaam kwam een groene glinstering.

"Blind, doof en stom," grijnsde Fetch als een vos. "En daar gaat Plum. Blijkbaar wil hij meteen aan de slag. Zo begerig naar buit zie je ze niet vaak."

Plum was blijven staan; nu bewoog hij zich behoedzaam naar het geelbruine wezen.

Smith boog zich naar de patrijspoort alsof hij een dramatisch toneelstuk zag opvoeren. "Blind, doof, stom," hoorde hij Fetch herhalen. Plum sprong naar voren, zijn mes flitste in de zware lucht. "Net of je snoep jat van een baby." Plum hield de groene glinstering met een triomfantelijk gebaar omhoog en de kroeskop was een omgevallen berg.

"De moordlustige bruut!" zei Smith binnensmonds. Hij voelde wel dat Fetch hem genietend stond op te nemen; verder hield hij zich kalm.

Plum stond onder de douche. Smith hoorde de spoelvloeistoffen stromen, eerst natriumcarbonaat en daarna water. De binnendeur ging open en Plum kwam stampend de brug op.

" 't Kon niet beter," verklaarde hij enorm in zijn sas. "Zes grote kastelen staan er aan de andere kant van de heuvel. We maken dit karwei snel even af en dan vertrekken we weer."

Smith mompelde iets. Plum keerde zich naar hem toe en nam hem onderzoekend op. Fetch zei gemeen: "Smith is er niet van overtuigd dat het netjes is wat wij doen."

"Wat?" Plum staarde hem wezenloos aan. "Zit je weer te griepen?"

"Moord is moord," zei Smith.

Plums ogen waren als zwarte kralen. "Ik ben er aanstonds nog een van plan."

Smith viel roekeloos uit: "We worden allemaal vermoord en dat is dan uw schuld."

Plum nam een stap naar hem toe. "Verdomde mopperpot die je bent—"

"Wacht even, kaptein," zei Fetch. "Laat hem even uitspreken, dat wil ik wel horen."

"Verplaats je eens naar het standpunt van deze wezens," zei Smith vlug. "Ze kunnen niet horen of zien; ze hebben geen idee wat het is dat hen vernietigt. Stel je een soortgelijke situatie op Aarde voor — iets onzichtbaars dat mensen vermoordt." Hij zweeg en vroeg toen heftig: "Zouden wij gewoon rustig blijven zitten en niets doen? Zouden wij onze hersens niet tot het uiterste inspannen om de moordenaars te kunnen wegvagen?"

Plums gezicht was als van hout. Hij draaide aan zijn snor.

"U weet helemaal niet hoeveel verstand deze wezens hebben," zei Smith. "Misschien wel een heleboel. Dat u ze zo makkelijk kunt vermoorden, betekent verder niets. Als er een onzichtbaar monster op Aarde neerkwam, zouden wij even hulpeloos zijn als deze wezens nu lijken. Maar niet lang. Dan zouden we vallen bedenken. En dan zou het niet lang duren voor we een paar van die bezoekers vingen en ze afstraften."

Plum lachte ruw. "Met je grote mond heb je nu net een baantje verdiend, jonkie. Trek een pak aan."

Smith verstijfde. "Waarvoor?"

"Dat dondert niet!" Plum griste een pistool uit zijn gordel. "Trek dat pak aan, anders ben je nu aan je laatste adem bezig!"

Smith liep langzaam naar de kast.

Plum zei: "Je zou best gelijk kunnen hebben met die preek. Als je ongelijk hebt, ach, dan verzinnen we wel iets anders voor jou. Als je gelijk hebt, nou!" Hij borrelde van het lachen. "Dan bewijs je ons verdomme een prima dienst!"

"O," zei Smith. "Ik moet voor lokeend spelen."

"Precies. Jij wordt de geit aan het paaltje. De sukkel die de klappen opvangt."

Smith aarzelde. Op gevaarlijke toon zei Plum: "Het pak in!"

Smith ging naar de kast en deed wat hem opgedragen was. Bij ingeving voelde hij aan het holster dat aan de gordel hing. Maar daar zat niets in.

Fetch glipte als een paling in zijn eigen pak. Bones de hofmeester en de mannen van de machinekamer trokken ook hun pak aan. De bootsman nam zijn post bij de sluis in.

Plum wenkte. "Naar buiten allemaal."

Smith ging samen met Fetch de sluis in. Een ogenblik later stonden ze op het oppervlak van Rho — een bruingele harde vlakte, hier en daar bestrooid met zwart grind en gele schilfers als stukjes kaas. De condensatie in de lucht wervelde rond als zandhoosjes.

Dit was Smith's eerste contact met de bodem van een andere wereld. Een ogenblik bleef hij staan om rond de horizon te kijken. De vreemdheid van de wereld was bijna een voelbare kracht. Geel, geel, geel — in alle tinten van crème tot olieachtig zwart. Rechts, links, boven en beneden — geen andere kleur binnen zijn gezichtsbereik dan die van de veelkleurige ruimtepakken.

Plums stem kwam knetterend door de koptelefoon. "De heuvel op — jullie moeten je verspreiden. Iedere kroeskop die je ziet, neem hem te pakken. We kunnen niet hebben dat ze de boel verlinken."

De boel verlinken? dacht Smith. Hoe zouden deze schepsels, blind en doof als ze waren, met elkaar communiceren?

Het leek wel ondenkbaar, maar ze moesten een beschaving hebben, hoe primitief die ook was, zonder communicatie. Hij draaide aan de knop van zijn radio. De hele band was stil. Hij draaide verder, bijna tot de grens van het bereik van het toestel. Toen klonk er een ruw geknetter, gespetter van miljoenen strepen en punten.

Hij luisterde er even naar, draaide de knop dan nog verder. Het gespetter fluctueerde en hield abrupt op. Smith draaide weer terug naar kapitein Plum, en net op tijd.

"— dan Bones en waar is die supercargo? Smith, jij loopt rechts aan de buitenkant. Als je op je eentje de wildernis in wilt trekken en verdwaalt, is dat jouw zorg."

Smith dacht zuur: Dat zou wel beter zijn. Zijn toekomst had niets te bieden dan een dosis aratine of een kogel.

De rij mannen begon tegen de heuvel op te lopen. Smith keek peinzend om naar het schip. Als het verlaten was, als hij erin kon komen en de sluis op slot doen, dan zou Plum aan zijn genade zijn overgeleverd. Maar de buitendeur was afgesloten en door het ronde venster zag hij het bleke gezicht van de bootsman.

Hij zuchtte en sjokte voorwaarts. Hij hoorde Plums schurende stem een uitroep van voldoening slaken. "Twee tegelijk, bij God — in één klap! Hou je ogen open, mannen. Hoe eerder we een lading bij elkaar hebben en vertrekken, hoe beter."

Smith stelde zijn ontvanger weer in op de band die hij had ontdekt. Het klikkende geluid klonk nu zo hard en scherp dat hij verrast stilstond.

Hij bevond zich tussen een verzameling scherpe bruine keien op vijfentwintig meter afstand van Bones en hij was iets achtergebleven; het was onwaarschijnlijk dat de anderen hem in de gaten hielden. Hij speurde zijn directe omgeving af. Niets te zien. Toen hij weer begon te klimmen, werd het geluid harder. Hij deed een paar stappen naar links in de richting van Bones. Het volume werd minder. Hij ging naar rechts.

Achter een hoekige, geel met zwarte rotspunt vond hij een kroeskop — een hersenloos lijkend ding dat langzaam tastend tegen de

helling omhoog scharrelde. In de top van zijn romp knipperde en flikkerde de groene steen als een elektronisch oog.

Gefascineerd boog Smith zich naar het ding. Hij merkte dat de radio
geluid maakte op hetzelfde moment dat er een vonk in de steen aan-
flitste. Iedere vonk was anders dan de vorige; hij vermoedde dat als de
radio op een oscilloscoop zou worden aangesloten, er een harmonie
met het patroon van de vonken zou blijken.

De kroeskop leek volkomen ongevaarlijk; Smith besloot een experiment te doen. Met zijn zender ingesteld op de frequentie van de
kroeskop, klikte hij met zijn tong voor de microfoon. "Tsk, tsk, tsk."

De kroeskop maakte een serie rare schokkende bewegingen naar
opzij en bleef toen staan, alsof hij verbaasd was. De voelarmen zwaaiden klaaglijk. "Kalm maar, kerel," zei Smith. Nu helde de kroeskop
gevaarlijk naar links over en de armpjes schokten grillig. Uit de luidspreker in Smith's helm kwam een boos geklik. De kroeskop stond
stokstijf. Smith keek er verwonderd naar.

Nog een keer zei hij: "Kalm maar, kerel."

De kroeskop reageerde exact gelijk aan de eerste keer. Smith lette
goed op: de voelers schenen op precies dezelfde manier te zwaaien en
knijpen.

"Kalm maar, kerel," herhaalde hij, op dezelfde toon.

Weer precies dezelfde reactie.

Smith telde: "Een, twee, drie, vier, vijf."

De kroeskop draaide naar links, bewoog bepaalde voelarmen.

Smith telde nogmaals.

Het riep opnieuw dezelfde reactie op.

"Dat is vreemd," mompelde Smith in zichzelf. "Het wezen schijnt zo
gebouwd te zijn dat het op radiosignalen reageert, alsof—"

Hij staarde naar de grond, waar een roerloze zwarte schaduw lag.

Hij keerde zich snel om. Tegen de gele hemel stond Plum afgetekend.

Zijn gezicht was bleek vertrokken van woede. Hij was aan het praten. Haastig draaide Smith aan de knop zodat hij hem kon horen.

"—maar goed dat ik even kwam kijken. Jij stond te kletsen met dat
ding, je was bezig ons te verraden. Nou, dat is echt de laatste keer." Zijn
hand ging naar zijn gordel en pakte zijn pistool.

Smith schoot koortsachtig achter de hoge steen. De straal uit het wapen trok een flakkerend rookspoor in de lucht.

Zinloos om verstoppertje te spelen, dacht Smith vertwijfeld. Zijn leven was nu niets meer waard. Als een haas klom hij tegen de hoge puntige steen op en keek van bovenaf neer op Plums nek. Plum kwam om de rotspunt heen.

De stem van Bones schalde uit de luidspreker. "Pas op kaptein: hij zit boven u."

Plum keek naar boven. Smith sprong op zijn gezicht.

Plum stortte tegen de grond. Smith viel ernaast, hij klauterde haastig overeind. Plum was bezig op te staan. Smith stampte op Plums pols. Plums vingers gingen uiteen en lieten het wapen los. Smith graaide het van de grond. In zijn helm klonken bezorgde stemmen. "Bent u in orde, kaptein?"

Smith richtte op Plum. Plum sprong opzij en viel. Uit zijn ooghoek zag Smith iemand bewegen — Jack Fetch. Snel trok hij zich terug tussen de verspreide rotsblokken. Plum lag stil op de grond. Fetch liet zich aarzelend zien. Smith hief zijn arm op. Fetch zag het en wierp zich neer toen Smith schoot. De loop van het wapen smolt knetterend tot een vormloos klompje metaal. Het kristal moest gebroken zijn toen Plum viel.

Fetch kwam gebogen naar hem toe schuiven. Smith ging achteruit.

Plum brulde: "Schiet hem niet dood, laat hem met rust. Dat zou een te snelle dood zijn. Hij vindt het hier zo fijn, laat hij hier maar gaan wonen, of in ieder geval een paar uur." Zonder erbij na te denken verhief hij zijn stem: "Smith, hoor je me?"

"Ja —"

"Als je je smoel laat zien, schieten we het eraf. We houden je in de gaten. Je moet het nu zelf rooien, spion. Zoek het maar mooi zelf uit."

V

Vanuit een spleet tussen zwarte zwavelafzettingen zag Smith de mannen verder tegen de heuvel oplopen. Hij keek op zijn zuurstofmeter. Zes uur nog.

Behoedzaam rees hij overeind en keek naar de *Hond.* De sluis zat nog op slot en was onneembaar.

Hij zag de rij bemanningsleden tegen de hemel boven de heuvel bewegen. Hij had een kans: een ervan in een hinderlaag laten lopen, zijn wapen afnemen en iedereen doodschieten. Een kans — een heel gevaarlijke, wanhopige kans.

Vlug klauterde hij tegen de helling op en keek over de top. Binnen zijn gezichtsveld waren nog geen mensen. Hij zag wel de kastelen — zes grote blokken van twintig meter hoog die gebouwd waren van een dof, op tufsteen lijkend materiaal.

Hij cirkelde over de top naar rechts. Hij klom over een berg van korrels als citroengele suiker en gleed er aan de andere kant af.

Een halve kilometer ver weg zag hij Bones. Daar had hij niets aan — Bones liep op het open terrein en had trouwens geen wapen. Hij moest Plum, Fetch, of een van de machinekamermensen hebben.

Hij draaide zijn ontvanger weer hoog. Luid geknetter betekende dat hij in de buurt was van een kroeskop. Daar stond hij, twintig meter van hem af. Smith staarde er geboeid naar. Als het wezen op willekeurige radioseinen reageerde, moest hij dan aannemen dat het geen eigen wil bezat? En door wie of wat werd het dan geleid? Wat was het doel van de wezens?

Behoedzaam ging hij op de kroeskop af. Het schepsel schoof over de grond en nu zag Smith dat er aan de onderkant een buis uithing die over de bodem veegde. Als de buis over een van de gele vlokken ging die hier en daar lagen, gaf hij een rukje en de vlok verdween.

Smith pakte zo'n vlok op. Deze bood licht weerstand en nu zag Smith dat er wat dunne draadjes aanhingen — het was blijkbaar een klein zwavelplantje. De kroeskoppen schoven over het land en verzamelden Rho Ophiuchiaanse groente. Voor eigen consumptie?

Smith overzag het dal. Vanwaar hij stond liep er een makkelijk begaanbare helling omlaag, over een zadel, en over een soort ruw aangelegd talud omhoog naar het eerste kasteel, dat een tweehonderd meter van hem af lag. Hij liep langzaam naar het zadel toe en nu kwam de bemanning van de *Hond* in het gezicht.

Over een soort pad marcheerden ze het dal in. Ze hadden het druk. Van tijd tot tijd zag Smith een mes blikkeren, een snelle groene flits, de plotseling broze kroeskop die omviel.

Hij rende naar de top van het kasteel terwijl hij over zijn schouder naar de vijf mannen keek. Zijn hand kroop naar de knop van de radio. Waarom zou hij zich niet verontschuldigen tegenover kapitein Plum, vragen of hij zijn leven terug mocht hebben? Zoiets kostbaars was die vernedering toch wel waard? Maar hij huiverde. In gedachten zag hij Plum zich verkneukelen, zijn rood aangelopen smoel, zijn wreed grijnzende lippen. Van Plum viel geen genade te verwachten. Een wanhopige hinderlaag was beter, misschien een kei van glazige bruine zwavel om van een helling naar beneden te laten rollen.

Het kasteel stond vol stroperige bruine vloeistof. Was het water? Of zuur? Het kasteel leek werkelijk een reservoir. De vloeistof ziedde en kolkte.

In de diepte rukten Plum, Bones, Fetch en de twee machinisten op over het pad en alle kroeskoppen die ze tegenkwamen en die met tussenruimten van een twintigtal meter langs de weg stonden, maakten ze dood.

Er streek iets langs Smith's benen. Geschrokken keek hij naar beneden. Het was een kroeskop die langs hem dwaalde, ontspannen als een slaapwandelaar. Het wezen bleef staan naast de tank. Het oppervlak van de vloeistof kwam in beweging; er rees een grote arm uit op, die zich om de kroeskop wikkelde en hem optilde en onder de vloeistof trok. Smith stond als aan de grond genageld, niet meteen in staat zich te verroeren. Geschrokken deinsde hij toen achteruit.

Op een tweede talud verschenen plots donkere gestalten: Fetch, Bones, de machinisten. Waar was Plum gebleven?

Toen zag hij hem aan de voet van het kasteel naar boven staan kijken. Zijn radio op de onderlinge frequentie afstemmend, hoorde Smith de stem van Fetch. "Hierboven is niets, kaptein — alleen maar vies water. Het is een soort tank."

Plum bulderde terug: "Zie je daar geen kroesjes? Daar schijnen ze toch te wonen; er zou een hele zwerm van die dingen binnenin moeten zitten. Kom weer naar beneden; laten we een van die kastelen openhakken, kijken wat erin —"

Een enorme bleke gedaante verhief zich in de tank, vier enorme armen wikkelden zich om de vier mannen.

Koortsachtig en vol ongeloof stelden ze zich teweer; Smith zag hun wanhopig spartelende gedaanten tegen de gele hemel. De armen trokken de mannen onder de vloeistof. Nog een paar seconden schetterde de radio van hun doodsnood.

Toen bulderde Plum: "Wat gebeurt hier, wat —" Zijn stem stierf plotseling weg en daarna bleef het onheilspellend stil.

Smith wankelde blindelings weg van de tank, het talud af. Dit waren verschrikkelijke wezens, het was een verschrikkelijke wereld. Hij staarde om de hoek van het kasteel.

De zwavelatmosfeer benevelde het uitzicht, alsof hij in een droom stond te kijken. Hij zag Plum staan, zwijgend, alsof de man nadacht.

Smith keek op zijn zuurstofmeter. Hij had nog vier uur te leven als hij normaal ademhaalde. Hij draaide de klep zo ver mogelijk dicht en probeerde zo oppervlakkig mogelijk te ademen en zich zo efficiënt mogelijk te bewegen.

Plotseling wist hij hoe hij met Plum kon afrekenen.

Plum keek zoekend het landschap rond. Smith zag dat hij alleen een mes had.

Langzaam ging Smith de helling af, zonder een poging om zich schuil te houden. Plum keek scherp om en hield zijn mes klaar. Kalm zei Smith: "Denk je dat je mes enig nut heeft, Plum?" Hij raapte een kubus van pyriet op, die zwaar en compact was en liep langzaam verder naar beneden. Hij merkte dat hij te diep ademde; Plum, zag hij, stond te hijgen. Hij dwong zich met zomin mogelijk lucht te ademen en iedere overbodige beweging te voorkomen.

Plum zei met een rauwe stem: "Blijf uit m'n buurt, als je prijs stelt op je gezondheid."

"Plum," zei Smith, "je loopt op je laatste beentjes, al weet je dat misschien nog niet."

"Wie zegt dat?"

Smith fluisterde half met zijn zender op groot volume. Energie kon hij missen, zuurstof niet. Laat Plum maar praten, hoe langer hoe beter. "Ik was een groentje toen je mij aan boord sleepte. Nu niet meer."

Plum verwenste hem met een dikke stem. Uitstekend, dacht Smith: woede jaagt het ademtempo op. "Ik heb wel gorilla's gezien die net zo dik waren als jij," zei hij, "maar zo lelijk was er geen een."

Plums gezicht kreeg de kleur van een verse baksteen. Hij nam een stap naar Smith toe. Deze smeet zijn pyriet, dat Plum galmend op zijn helm trof. Plum zei: "Ik snij je open, Smith."

"Lompe aap. Je zult me toch eerst moeten pakken."

Plum kwam log op hem af en Smith trok zich terug tegen de heuvel op. Plum woog honderdtwintig kilo, Smith tachtig. En Plum had nog eens tien kilo op zijn rug te dragen, zijn rugzak en de stenen.

Plum enkele meters voor blijvend ontweek Smith zijn plotselinge uitvallen lenig en steeds leidde hij Plum verder weg van de *Hond*.

Plum bleef abrupt staan. "Jij denkt zeker dat je me daar naar boven kunt lokken," zei hij hijgend. "Vergeet het maar, Smith. Ik weet niet wat er daarboven gebeurd is, maar dat zal me niet tegenhouden."

"Ik heb wel gezien wat er gebeurd is. Ik heb alles gezien. En het was allemaal precies zoals ik voorspeld had."

"Denk maar niet dat je mij kunt beetnemen, Smith."

"Je bent al beetgenomen, Plum. Maar niet door mij. Dat was het werk van datgene wat er in die tank woont."

Plum lachte honend en sloeg op zijn rugzak. "Ik heb hier dertig van die edelstenen. Als je dat beetnemen noemt..."

"Het zijn geen edelstenen. Het zijn prachtige kleine radiozendontvangertjes — beter dan alles wat we op Aarde hebben. Zulke dingen bedoelde ik nu toen ik zei dat we hier van alles zouden kunnen leren."

Plum keek hem aan met samengeknepen oogjes. "Hoe kom je daarbij?"

"Als ik gelijk heb, dan zijn de kroeskoppen die jij achterna zat in wezen geen levende schepsels." Plum kwam listig naar voren met zijn mes achter zijn rug verborgen. Laat hem maar komen, dacht Smith. Laat hem maar een uitval doen. "Ze gedragen zich meer als machines — halflevende robots, zou je kunnen zeggen, gemaakt om voedsel te verzamelen voor de bouwers van de tanks."

Plum knipperde verrast met zijn ogen. "Dat is onzin. Zo zien machines er niet uit. Die dingen leven wel degelijk."

Smith lachte. "Plum, je bent niet alleen een onaangenaam ventje, maar nog stom ook."

"O ja?" zei Plum zacht, nog een stap naderend.

"Het enige wat jij weet is wat je op Aarde hebt gezien — metaal, glas, draad. Hier hebben ze geen metaal, alleen maar zwavel. Ze gebruiken zwavel op manieren waar wij nooit aan gedacht hebben. Dat is iets wat de Aardse mensen van de wetenschap graag zouden willen weten. Zwavel, zuurstof, waterstof, nog wat sporen van het een en ander. Zij maken hun machines op een andere manier dan wij, misschien kweken ze die uit hun eigen lichaam. Dus als je dat prettig vindt om te horen, je bent geen moordenaar. Alleen maar een saboteur. Je hebt machines vernield en de bougies gestolen. Je bent verdomd lastig geweest en de mensen hier hebben een val voor jou opgesteld. Vier van de vijf hebben ze al te pakken. Een mooi resultaat van de jacht, zou ik —" Plum stormde op hem af. Smith ontweek hem niet maar stoof hem tegemoet in gebogen houding en smakte midscheeps tegen hem op.

Uit zijn evenwicht gebracht, greep Plum zich aan hem vast; ze gingen samen neer. Plum probeerde met zijn mes het taaie weefsel van Smith's ruimtepak open te scheuren.

Smith stoorde zich daar niet aan. Hij tastte naar Plums zuurstofleiding. Toen hij hem te pakken had, rukte hij hem los.

De zuurstof spatte uit de tank zodat de slang als razend op en neer ranselde. Plum gaf een hopeloze gil, liet het mes vallen, greep de slang, kneep hem dicht en stulpte hem weer over de nippel. Smith pakte het mes en smeet het ver weg tussen de stenen.

Plum stond te hoesten, want hij had wat van de schadelijke atmosfeer in zijn helm gekregen.

Smith stond het grijnzend aan te zien. "Plum, je bent zo goed als dood. Nu heb ik je waar ik je hebben wou."

Plum keek op met tranende ogen. "Hoe kom je op dat belachelijke idee? Ik hoef alleen maar terug te gaan naar het schip, op te stijgen en dan kan jij met je zakdoekje gaan zwaaien."

"Hoeveel zuurstof heb je nog?"

"Massa's. Twee uur."

"Ik vier." Hij liet dit even bezinken en vervolgde dan zacht: "Ik laat jou niet teruggaan naar het schip. Over drie uur ga *ik* terug — in m'n eentje."

Plum staarde hem ongelovig aan. Toen zei hij, snuivend van immense minachting: "Hoe wou je me tegenhouden?"

"We zouden wat kunnen boksen. Vergeet niet dat je mij onderweg een heleboel geleerd hebt."

"Dacht je dat je mij twee uur lang kon weerstaan?"

"Ik weet verdomd goed dat ik dat kan."

"Zo mag ik het horen. Goed, ga je gang maar." Plum zakte langzaam achteruit de helling af, Smith kwam hem achterna en naderde hem tot vlakbij. Plum gaf een stomp tegen Smith's helm en bracht toen zijn knie omhoog, zoals Smith verwachtte. Smith greep de knie beet en rukte eraan; Plum hinkte en viel zwaar op zijn gezicht. Smith rukte weer aan de zuurstofslang. De zuurstof baande zich met geweld een weg naar buiten. Koortsig herstelde Plum de verbinding en daarna zat hij Smith met een vreemd, bleek gezicht aan te kijken.

Behoedzaam kwam hij overeind. "Blijf uit mijn buurt, jonkie. De volgende keer dat ik je pak, breek ik je nek."

Smith lachte. "Hoeveel zuurstof heb je nog, Plum?"

Plum controleerde het vlug maar zei niets.

"Je boft als je nog genoeg voor een uur hebt. Het is een halfuur lopen naar het schip. Denk je nog steeds dat je het makkelijk haalt? Ik hoef die slang nog maar één keer los te trekken."

Plum zei hees: "Okay, Smith, je hebt gewonnen. Je hebt me verslagen; ik ben mans genoeg om het toe te geven. We vergeten onze afkeer voor elkaar, we gaan terug en er wordt niet meer gesproken over mensen die achter moeten blijven."

Smith schudde zijn hoofd. "Ik zou jou nog niet vertrouwen als je Mozes in een biezen mand was. Dat heb je me ook geleerd, Plum. Ergens spijt het me wel. Ik wil niemands dood op mijn geweten hebben, zelfs jouw dood niet. Maar als we eenmaal aan boord zouden zijn, met jou en Owen tegen mij, twee tegen een, hoelang zou ik het uithouden? Vast niet lang."

"Je beoordeelt me helemaal verkeerd, Smith."

"Nee, Plum. Een van ons blijft hier. Jij."

Plum viel aan. Smith wandelde op zijn gemak achteruit weg, Plum wegloodsend van het schip. Plum bonkte achter hem aan met belachelijk uitgestrekte armen terwijl Smith vlak buiten zijn bereik voortdraafde.

Toen bleef Plum staan met bloeddoorlopen ogen. Hij rende terug naar het schip.

Smith vloerde hem met een sprong en zijn hand had de zuurstofslang weer te pakken. Hij aarzelde. Hij kon het niet. Dat was te gemeen, te berekenend, dit langzame stelen van iemands adem.

Maar dat duurde maar een ogenblik. Weerzin of niet, hij kon kiezen tussen Plums leven en het zijne. Hij gaf een ruk. Plum krabbelde wild spartelend overeind en drukte de slang met trillende vingers op zijn plaats. Ditmaal had de slang niet zo heftig om zich heen geslagen.

Uit zijn ooghoek zag Smith iets bewegen — het was groot en zwart. Ongelovig staarde hij ernaar. Plum stond langzaam op en staarde net zo hard; samen zagen ze de kruiser van de Ruimteregeling achter de heuvels dalen naar de *Hond*.

"Nou Plum," zei Smith opgewekt, "zo te zien schijn je toch nog in leven te blijven. Het gaat je natuurlijk wel een flink poosje in een reconstructiekamp kosten, dat spreekt. Hoeveel zuurstof heb je nu nog?"

"Een halfuur," zei Plum dof.

"Nou, dan zou ik de kuierlatten maar eens aantrekken... Ik heb geen zin om je te dragen."

Noland Bannister knikte tegen Smith alsof hij nooit weggeweest was. Het kantoor leek koel en donker en wat kleiner dan Smith het zich herinnerde.

"Zo Smith, ik zie dat we jou levend teruggehaald hebben," zei Bannister. Hij rekte zich weelderig uit achter zijn bureau.

Kalm antwoordde Smith: "In mijn eentje was ik ook wel teruggekomen."

Bannister fronste. "Weet je het zeker?"

Smith nam Bannister eens grondig op. Hij zag een efficiënt, hardwerkend man die een hekel had aan kantoorwerk en zijn ergernis botvierde op zijn ondergeschikten, misschien zonder dat echt te weten. Hij zag een man die niet groter, niet intelligenter, niet vindingrijker was dan hijzelf.

"Niet dat ik niet blij was toen ik de kruiser zag," zei hij. "Dat bespaarde me het onaangename karwei om Plum te vermoorden."

Bannister fronste nog heviger.

"Wat ik zou willen weten," vervolgde Smith, "is hoe de kruiser ons heeft kunnen volgen. Die coördinaten die Lowell mij gaf deugden toch niet?"

Bannister schudde zijn hoofd. "Die coördinaten waren prima. Je hebt ze alleen op de verkeerde manier gebruikt. Jij zei: 'Lowell geeft ons getallen, en die moeten op de navigatie slaan, met andere woorden X-Y-Z-coördinaten.' Als je wat beter had nagedacht, zou je begrepen hebben dat die getallen niet sloegen op een wiskundig assenstelsel, maar op astronomische richtingen." Hij pafte een rookwolk de lucht in. "'Rode Kirsch' betekende uiteraard 'rechte klimming'. 'Dubonnet' was 'declinatie' en 'Lys' betekende 'lichtjaren'. Met die getallen kom je bovenop Rho Ophiuchus terecht: een pracht van een dubbelster. Veel tijd hebben we niet verspild." Hij leunde achterover.

Smith bloosde. "Ik heb een fout gemaakt. Goed, het zal niet weer gebeuren."

"Zo hoor ik het graag," zei Bannister goedkeurend.

"Hoe staat het met mijn nieuwe rang? Heb ik die nog?"

Bannister bestudeerde de jongeman tegenover hem. "Denk je dat je iets geleerd hebt over het werk van de Ruimteregeling tijdens die reis?"

"Ik heb alles geleerd wat kapitein Plum mij kon leren."

Bannister knikte. "Uitstekend, luitenant. Neem een weekje rust en dan heb ik wel een nieuwe opdracht voor je."

Smith knikte. "Dank u." Hij stak zijn hand in zijn zak en legde een glinsterende groene bol voor Bannister neer.

"Hier heb ik een souvenir voor u."

"Ah," zei Bannister, "een van die juwelen."

"Nee," zei Smith. "Gewoon een hele goede radio."

Joe Driebeen

Het kan nuttig zijn in het voorbijgaan eens te wijzen op die ouderwetse mineraalzoekers, die hun ervaring nog opdeden onder zware en gevaarlijke omstandigheden. Het ligt in de rede dat zij als groep eenzelvig en weinig mededeelzaam zijn. Men wint hun vriendschap slechts met moeite; het spreekt voor zich dat ze mensen met een universitaire opleiding minachten. Veel van hun vakmanschap zal weldra met hen uitsterven en dit is jammer, want in hun geest ligt kennis opgesloten die heel wel duizenden levens zou kunnen redden.

—Uittreksel uit Aanhangsel II van *Hade's praktisch handboek voor ruimteverkenning en mineraalopsporing.*

JOHN MILKE EN OLIVER PASKELL slenterden door de Hamerslagsteeg in Merlijnstad. Beiden waren pas afgestudeerd aan het Hooglands Instituut voor Techniek en ze schreden voort met een zelfverzekerde en bestudeerd achteloze tred, teneinde een uitgekookte en bekwame indruk te wekken. Onderweg werden ze vanaf veranda's begluurd door stokoude mineraalzoekers die onder elkaar mompelden.

John Milke was een blozende vent, actief en direct; onder het lopen trilden zijn wangen en zijn nette buikje. Oliver Paskell, donker, schraal en tenger, had zich voorzien van een ouderwetse bril en een kromme hangpijp.

Paskell was aanmerkelijk minder kwiek dan Milke. Terwijl Milke stoer beende, slofte Paskell; terwijl Milke de zwijgende grijze lieden op de veranda's met een hooghartig air opnam, gluurde Paskell uit zijn ooghoeken.

Milke wees. "Nummer 432, daar is het." Hij deed het poortje open en liep de veranda op met Paskell twee pas achter hem aan.

Een lange, benige man zat hen aan te kijken met bleke ogen, hard als stuiters.

Milke vroeg hem: "Jij bent Abel Cooley?"

"Dat ben ik."

"Ik begrijp dat jij een van de beste buitenmannen op de planeet bent. Wij gaan op mineraalverkenning; daarvoor hebben we een goeie manus-van-alles nodig en we willen je graag in dienst nemen. Je moet dan voor het eten zorgen, de drukpakken bijhouden, monsters laden enzovoort."

Abel Cooley nam Milke even op en richtte toen zijn bleke ogen op Paskell. Paskell draaide zijn blik opzij naar de uitgestrekte kale graniet-heuvels die zich tot duizend kilometer ten zuiden en ten westen van Merlijnstad uitstrekten.

Met een onschuldige stem zei Cooley: "Waar hadden de knapen gedacht te gaan zoeken?"

Milke knipperde met zijn ogen en fronste zijn voorhoofd. Hij had begrepen dat zulke vragen min of meer taboe waren, al had een vent natuurlijk het recht te weten waar zijn baan hem heen zou voeren. "Strikt in vertrouwen," zei Milke, "we gaan helemaal naar Malverre."

"Malverre, hè?" Cooley vertrok geen spier. "En wat dacht je daar te vinden?"

"Nou, *Pillson's Almanak* geeft een heel hoge dichtheid aan. En zoals je weet, duidt dat op zware metalen. Op het kadaster zijn geen conces-sies of activiteiten op Malverre te vinden, dus we dachten dat gebied te gaan verkennen voordat iemand ons te vlug af is."

Cooley knikte traag. "Dus je gaat helemaal naar Malverre... Nou, ik zal je zeggen wat je moet doen. Laat Joe Driebeen voor je werken. Dat zal een goeie knecht zijn."

"Joe Driebeen?" vroeg Milke verwonderd. "Waar vinden we die?"

"Die zit momenteel op Malverre."

Paskell kwam naderbij. "Hoe vinden we hem op Malverre?"

Cooley grijnsde scheef. "Maak je daar maar niet druk om. Laat dat maar aan Joe over. Die vindt jou wel."

Uit het huis kwam een man met een donkere huid, van anderhalve meter lang en een meter breed. Cooley zei: "James, deze jongens gaan verkennen op Malverre; ze zoeken een duvelstoejager. Misschien heb je interesse?"

"Momenteel even niet, Abel."

"Misschien is Joe Driebeen de man die je zoekt."

"Niemand kan op tegen Joe Driebeen."

Paskell troonde Milke mee naar de straat. "Ze maken een geintje."

Milke zei somber: "Geen zin om te proberen die ouwe kerels aan het werk te krijgen. Ze redden het best met hun pensioen; ze willen geen eerlijk baantje."

Paskell zei peinzend: "Als puntje bij paaltje komt, kon het weleens eenvoudiger zijn om alleen te gaan. Deze fossielen hebben geen benul van moderne methoden. Zelfs al vonden we iemand die ons beviel, dan moesten we hem nog inwerken op het Pinsley-aggregaat en de Hurd."

Milke knikte. "Dat betekent meer werk voor ons, maar ik geloof dat je gelijk hebt."

Paskell wees. "Daar is dat andere adres — Tom Hand, Benodigdheden."

Milke raadpleegde een lijst. "Ik hoop maar dat dit niet ook voor niks is; die extra filters hebben we nodig."

Tom Hand, Benodigdheden, was gevestigd in een groot, vuil gebouw dat door stelten van ruim een meter boven de grond werd gehouden. Milke en Paskell klommen omhoog naar het laadplatform. Een broodmagere, vrijwel kale man kwam uit de schaduw tevoorschijn. "Wat is het probleem, jongens?"

Milke tuurde op zijn lijst terwijl Paskell iets terzijde uilachtig aan zijn pijp lurkte. "Als je ons bij je technisch opzichter brengt," zei Milke, "dan zal ik die wel kunnen uitleggen wat we nodig hebben."

De oude man stak twee vieze vingers uit. "Lamaar zien wat je moet."

Kieskeurig trok Milke de lijst buiten bereik. "Ik denk dat ik liever iemand van de technische afdeling te spreken krijg."

Kribbig zei de oude man: "Zeun, hierzo hebben we niks geen afdelingen, niet technisch en niet anders. Lamaar zien wat je moet. Als we het hebben, dan weet ik dat; als we het niet hebben, weet ik dat ook."

Milke gaf hem de lijst. De oude man siste tussen zijn tanden. "Je moet wel een godvergeten zooi van die filters."

"Bij ons branden ze steeds maar weer door," zei Milke. "Ik heb de fout al gevonden — in de schakeling zit een extra belasting."

"Mm, die dingen branden nooit door. Je zult ze wel achterstevoren hebben ingezet. Deze kant hier past tegen de zwarte dinges; deze kant verbind je dan met je schakeling. Had je ze zo?"

Milke schraapte zijn keel. "Nou —"

Paskell nam de pijp uit zijn mond. "Nee, eigenlijk hadden we ze andersom zitten."

De oude man knikte. "Ik geef je er drie. Meer heb je je hele leven niet nodig. En voor die andere spullen moeten we voor wezen."

Hij nam hen mee door een donker gangpad, langs rekken volgestouwd met een naamloos allegaartje, naar een kamer die door een pokdalige houten toonbank in tweeën werd gedeeld.

Aan een tafel bij de deur zaten drie mannen te kaarten; vlakbij stond de gedrongen donkere man die James heette.

James riep met een snaakse bariton: "Geef ze een kruik zuur voor Joe Driebeen, Tom. Deze jongens gaan helemaal op Malverre verkennen."

"Zo, Malverre?" Tom nam Milke en Paskell op met onpersoonlijke belangstelling. "Ik weet niet of ik dat zou proberen, jongens. Joe Driebeen —"

Kortaf vroeg Milke: "Wat zijn we u verschuldigd?"

Tom Hand krabbelde een rekening en nam het geld aan van Milke.

Aarzelend vroeg Paskell: "Wie is Joe Driebeen... een geintje? Of is daar echt al iemand?"

Tom Hand boog zich over zijn kassa. De mannen aan de tafel lieten hun kaarten over het groene vilt zeilen. James stond met zijn rug naar hen toe.

Paskell deed de pijp weer in zijn mond en lurkte luidruchtig.

Op de terugweg zei Milke bitter: "Het is altijd hetzelfde liedje; als die ouwe kerels een geintje kunnen uithalen met vreemdelingen, dan halen ze er alles uit..."

"Maar wie of wat is Joe Driebeen?"

"Och," zei Milke, "vroeg of laat komen we daar wel achter."

Malverre stond te boek als de veertiende in een zwerm dode werelden rondom Sigma Sculptoris en zweefde rond in een zo wijde baan dat die zon eruitzag als een wat verre straatlantaarn.

Paskell bediende behoedzaam de regelinstrumenten, terwijl Milke met de radar op maximale gevoeligheid het planeetoppervlak aftastte. Milke wees op een spiegelglad oppervlak dat als een fjord tussen twee zaagtandige richels kronkelde. "Kijk daar eens, een ideale landingsplaats — perfect!"

Weifelend zei Paskell: "Het lijkt wel een keten van meren."

"Dat zijn het ook — meren van kwik." Milke keek Paskell even bestraffend aan. "Daarbeneden heerst het absolute nulpunt; alles moet dus wel vast zijn, als je dat bedoelt."

"Dat is zo," zei Paskell. "Maar het ziet er zo raar zacht uit."

"Als het vloeibaar is," zei Milke, "dan eet ik mijn hoed op."

"Als het vloeibaar is," zei Paskell, "zal geen van ons tweeën meer eten — nooit meer. Nou — vooruit dan maar."

De schok van de landing bevestigde Milke's visie. Hij rende naar de patrijspoort en keek naar buiten. "Hm, kan niks zien in die donkerte zonder mijn beeldversterker. Maar we zullen tenminste een goede vlakke ondergrond voor onze tent hebben."

Voor zijn geestesoog zag Paskell een bladzij uit *Hade's Handboek*:

> De tent voor monsterbepaling is meestal een ballon van plasticfolie die door luchtdruk zijn vorm behoudt. Gebruik ervan voorkomt onaangename, bijtende of giftige dampen binnen het schip, iets dat vroeger veel ergernis gaf. Zekere gezaghebbende auteurs raden aan het veld te verkennen alvorens de tent op te zetten; anderen zijn van mening dat het eerst opzetten van de tent het onderzoeken van de eerste oppervlaktemonsters vergemakkelijkt. Zelf geef ik in het algemeen de voorkeur aan die laatste methode.

Nonchalant zei Milke: "Sommige lui wachten liever voor ze de tent opzetten; anderen doen dat het eerst, zodat ze een plek hebben waar ze hun monsters kunnen laten. Doorgaans zet ik hem liever eerst op, zodat ik dat alvast gehad heb."

"Ja ja." zei Paskell. "Laten we hem maar opzetten."

Gekleed in drukpakken, de beeldversterkers op de helmen, gingen ze het schip uit. Paskell keek naar de overkant van het kwikmeer, tot aan de steile rotspunten — ijzig helder en zwart door hun kijkers. Het meer glansde als gewreven nikkel en eindigde vlakbij als een vinger die een engte in wees. In de tegenovergestelde richting vervaagde het aan de kromming van de horizon.

Op een toon die geestig probeerde te zijn, zei Paskell: "Ik zie Joe Driebeen nergens."

Luid klonk het proesten van Milke in de oortelefoons.

"Volgens zeggen weet hij dat we hier zijn."

Opgewekt zei Milke: "Kom, aan de slag."

Uit een buitenkast namen ze de monstertent en ze droegen hem vijftien meter over het kwik tot aan het eind van de luchtslang. Milke draaide de kraan open; de tent zwol op tot een halve bol van vijf meter breed.

Milke testte de luchtsluis met een handigheid die hij had overgehouden van veldoefeningen op de maan. Hij drukte het sluiscompartiment tegen de tent en liet de lucht de tent in stromen via een ventielflap. Toen ging hij de sluis in; hij sloot de buiteningang af, opende het binnenventiel om de sluis vol te laten lopen en ging de tent binnen.

"Werkt prima," zei hij zelfverzekerd tegen Paskell. "Kom, we gaan het materiaal halen."

Uit de kast haalden ze de opklapbare werkbank en ze droegen hem door de tentsluis. Milke zorgde voor een rek met reactiestoffen en voor de poedermolen. Paskell sleepte de oven aan en ging toen het schip in voor de spectroscoop.

"Dat moet dan voorlopig in orde zijn," zei Milke. Hij wierp een snelle blik omhoog naar Sigma Sculptoris in de verte. "Een dag duurt hier zes uur — nog zo'n twee uur licht dus. Zin om vlug even rond te kijken?"

"Kon weleens een goed idee zijn." Paskell betastte een lege lus aan zijn riem. "Ik denk dat ik mijn wapen even haal."

Milke grinnikte. "Er leeft hier niks; er heerst vacuüm en nul Kelvin. Je bent wat somber vanwege dat Joe Driebeen-verhaal."

"Vast wel," zei Paskell. "In elk geval voel ik me prettiger met een wapen op zak."

Milke volgde hem het schip in. "Je kunt er ook net zo goed maar aan wennen zo'n ding te dragen." Hij liet zijn eigen wapen in de lus glijden.

Ze kozen een koers dwars over het meer, langs de tent, over de smalle kwikvinger die naar de engte liep. "Raar spul," zei Paskell, die een splinter van de rots hakte.

"Kan geen kalk zijn," zei Milke. "Kalk is een afzettingsgesteente."

"Wat het ook is," zei Paskell, "vreemd is het wel en het ziet er ook nog uit als kalk."

De spleet werd weer wijder en de rotswanden weken haast meteen weer; voor hen strekte zich een tweede kwikmeer uit. "Dat loopt makkelijk," vond Milke. "Beter dan klauteren over rotsen."

Paskell bekeek het spiegelachtige vlak dat als een gletsjer langs uitstekende rotstongen slingerde en in een haast onmerkbare boog naar de horizon neigde. "Dat kon weleens helemaal rondom met elkaar in verbinding staan."

Milke gebaarde naar hem. "Zie je die roze steen? Rodochrosiet. En kijk daar aan het eind — dat lijkt wel gesmolten en gereduceerd, zodat het bare metaal is vrijgekomen."

"Heel bemoedigend," zei Paskell.

"Bemoedigend?" galmde Milke. "Maar het is gewoonweg fantastisch! Als we niks anders meer vinden dan deze ene ader, dan zijn we evengoed binnen ... het zou zelfs economisch haalbaar kunnen zijn om het kwik te winnen ..."

Paskell keek eens naar de zon: "Veel daglicht rest er niet; misschien ..."

"Ach, nog even die hoek om," zei Milke. "Het loopt makkelijk genoeg." Hij wees vooruit naar een grote knobbelige klomp glimmend zwart spul die uit de rotswand stak. "Kijk eens naar die bult galeniet — dat is interessant."

Paskell voelde een zoemend kloppen aan zijn zij. Hij keek omlaag naar de wijzerplaat van de meter, bleef meteen staan, liep wat naar links, draaide zich weer om en liep terug naar rechts. Hij keek omhoog naar de bult van glimmend zwarte rots. "Dat is geen galeniet, dat is uraniet."

"Goeie grutten," hijgde Milke eerbiedig, "je hebt gelijk! Zo groot als de Margan-Annis vondst ... Oliver, jongen, we zijn binnen."

Met gefronst voorhoofd zei Paskell: "Ik snap maar niet waarom deze planeet niet is ontgonnen ..." Zenuwachtig gluurde hij in de diepe schaduwen, die merkbaar langer werden. "Ik vraag me af —"

"Joe Driebeen?" lachte Milke. "Dat zijn sprookjes." Hij keek Paskell aan. "Wat is er?"

Paskell fluisterde hees: "Voel de grond eens."

Milke bleef stokstijf staan.

Boem-bons. Boem-bons. Boem-bons.

De zon daalde achter een rotsrichel; zelfs de versterkers konden in de schaduw opeens geen licht meer vinden. "Kom op," zei Paskell. Hij draaide zich om en snelde haastig terug over het meer.

"Wacht op mij," zei Milke ademloos.

Bij de richel van kalkige rotsen die de twee meren scheidde, bleven ze even staan om achterom te kijken. De bodem voelde massief en bewegingloos aan onder hun voeten.

"Vreemd," zei Milke.

"Heel vreemd," zei Paskell.

Ze passeerden de richel via de engte; de grote romp van hun schip ving nog de laatste matte straling op van Sigma Sculptoris.

Opeens bleef Paskell staan. Milke staarde hem aan en volgde toen zijn blik. "Onze monstertent!"

Ze renden vooruit naar waar het tentdoek neerlag in een gekreukte hoop. "Iemand heeft er vast een gat in geprikt," mopperde Paskell.

"Joe Driebeen soms?" vroeg Milke sarcastisch. "Eerder gewoon een lek."

Paskell schopte naar de kreukels die nu in de kou zo stijf waren als metaalplaat. "Zal verduveld veel tijd kosten om het te vinden."

"Och, zo erg is het niet. We pompen er warme lucht in —"

"En dan?"

"Nou, hij is lek. Zodra die lucht in het vacuüm terechtkomt, condenseert de waterdamp naar buiten. Dus we zoeken gewoon een stoompluimpje."

Paskell zei afgemeten: "Er is geen lek."

"O nee? Waarom ligt-ie dan —"

"We hebben de verwarming niet aangezet. De lucht daarbinnen is gestold."

Milke draaide zich om en keek uit over het meer. Paskell stopte stilletjes het snoer in de contactdoos; er begon stroom te lopen door de gloei-elementen die in het tentdoek verweven zaten.

Milke keerde zich weer om en klapte met zijn handschoenen op elkaar. "Dat is zo'n beetje alles wat we kunnen doen tot de lucht ontdooit…" Hij keek Paskell aan, die er alweer bijstond of hij luisterde. Geërgerd vroeg hij: "Wat nu weer?"

Paskell gebaarde steels naar de bodem. Milke keek gespannen omlaag. *Boem-bons. Boem-bons. Boem-bons. Boem-bons.*

"Joe Driebeen," fluisterde Paskell.

Milke keek schichtig in alle richtingen. "Maar er kan hierbuiten helemaal niks zijn." Hij draaide zich om. Paskell was verdwenen.

"Oliver! Waar zit je?"

"Ik zit in het schip," klonk het kalm.

Milke deinsde langzaam achteruit naar de scheepssluis. De nacht was gevallen over Malverre; het sterrenlicht scheen over het kwikmeer en werd door de beeldversterker bijna als maanverlichting weergegeven. Stond daar een schaduw in de engte? Gejaagd drong Milke achterwaarts tegen de sluis aan.

Die zat op slot. Hij bonsde op het metaal. "Hé, Oliver, openmaken!"

Hij keek over zijn schouder. Het leek wel of de zwarte schaduw dichterbij was gekomen.

Paskell kwam de sluis in, keek behoedzaam langs Milke naar buiten en smeet toen pas de grendels los. Milke stormde door de sluis het schip binnen. Hij zette zijn helm af. "Wat is dat voor manier, mij buiten sluiten? Stel eens dat die verdomde wat-dan-ook me op de hielen zat?"

Op praktische toon zei Paskell: "Nou, we willen hem liever niet binnen in het schip, toch?"

Milke brulde: "Als-ie mij eenmaal grijpt, kan het me niks meer schelen of-ie binnen komt of niet." Hij sprong omhoog naar de middenkoepel en liet het zoeklicht over het meer spelen. Paskell keek mee door het zijvenster. "Zie je iets?"

"Nee," morde Milke. "Ik geloof nog steeds niet dat daarbuiten iets is. Laten we eten en dan gaan slapen."

"Misschien moeten we op de uitkijk gaan staan."

"Waar moeten we dan naar uitkijken? En wat zouden we ermee opschieten als we iets zagen?"

Paskell haalde zijn schouders op. "We zouden er misschien wat mee kunnen beginnen als we wisten wat het was."

Milke zei: "Als daarbuiten *iets* is —" hij sloeg op de wapenbeugel aan zijn riem, "dan weet ik wel wat ik ermee moet beginnen... Een paar vuurstoten in zijn vel en we zullen moeten fijnzeven om de stukjes te vinden."

Het schip trilde; in de buurt van het staartstuk klonk een rauw geluid. De vloer schokte onder hun voeten. Milke keek schuins naar Paskell, die nogal nerveus aan zijn pijp lurkte. Milke rende weer naar het zoeklicht. Maar de middenkoepel zat in de weg van de bundel naar achter en het staartstuk bleef in het donker.

"Ik zie geen lor," kankerde Milke. Hij sprong omlaag naar het dek en keek weifelend naar het achtervenster.

Het getril hield op. Milke rechtte zijn rug en zette de helm weer op zijn hoofd. Langzaam volgde Paskell zijn voorbeeld.

"Neem jij de lantaarn," zei Milke. "Ik hou mijn wapen in de aanslag..."

Ze stapten de luchtsluis in. Paskell stak voorzichtig zijn hand naar buiten en richtte de lamp op de tent. "Daar is niks," bromde Milke. Hij wrong zich langs Paskell en daalde af naar de bodem. Paskell ging hem achterna en liet het licht in een kring rondschijnen.

"Wat het ook was, nu is het weg," gromde Milke. "Het heeft ons horen aankomen —"

"Kijk," fluisterde Paskell.

Het was maar een schaduwkronkel, iets groots dat bewoog.

Milke strekte zijn arm uit; zijn wapen spuwde bleekblauwe vonken. Een knal — een grote vlam van oranje licht. "Ik had hem!" schreeuwde Milke opgetogen. "In de roos!"

Hun ogen raakten weer gewend aan het grauwe licht van de lantaarn. Niets dan de glinsterende glans van het kwik en — een gekreukelde hoop rommel waar de monstertent had gestaan.

Milke was te geschokt om tekeer te gaan. "Hij heeft ons materiaal vernield — onze tent."

"Kijk uit!" gilde Paskell. De lichtbundel maakte krankzinnige zwaai-bewegingen over het meer. Milke vuurde schot na schot naar een lange gestalte; met de knallen regende het puin over hun pakken; de oranje gloed verblindde hun ogen.

Boem-bons... Boem-bons... "Naar binnen!" hijgde Milke. "Naar binnen, we houden hem niet tegen..."

De buitensluisdeur sloeg dicht. Een ademloos moment later schraapte de scheepsromp ruw schokkend over het bevroren kwikmeer. Milke en Paskell stonden verwilderd en bleek op het midden van het dek.

Aan de achtersteven kraakte metaal alsof het geperst of gewrongen werd. Milke's stem werd hoog en ijl. "We zijn niet gebouwd op zoiets —"

Het schip zwalkte opzij. Paskell stak zijn pijp in zijn zak en greep een stut. Milke sprong omhoog naar het regelpaneel. "We moeten maken dat we wegkomen."

Paskell kuchte. "Wacht, ik geloof dat het ophoudt."

De boot was rustig. Milke dacht aan het zoeklicht en schakelde het in. "Aha!"

"Wat is er?"

Milke tuurde uit het venster. Langzaam zei hij: "Ik weet eigenlijk niet. Iets als een eenbenige man met krukken... zo loopt hij."

"Is hij groot?"

"Ja," zei Milke. "Nogal groot... Ik geloof dat hij weg is, die spleet in." Hij daalde af naar het dek, ritste zijn ruimtepak open en hees zich er zenuwachtig in. "Dat was Joe Driebeen."

Paskell ging pardoes op de slaapbank zitten en tastte naar zijn pijp. "Een behoorlijk indrukwekkende vent."

Milke moest even lachen. "Ik kan me best indenken hoe hij die ouwe vogelverschrikkers de stuipen op het lijf heeft gejaagd."

"Ja," knikte Paskell ernstig. "Dat kan ik ook." Hij stak zijn pijp aan en lurkte bedachtzaam. "Onkwetsbaar kan hij niet zijn..."

Milke liet zich als een zoutzak op zijn eigen kooi vallen. "We krijgen hem wel klein — op een of andere manier."

Paskell rekte zijn hals naar het venster. "Over een paar uur wordt het licht... We kunnen volgens mij net zo goed gaan slapen."

"Ja," zei Milke. "Als Joe Driebeen terugkomt, dan zal hij ons dat vast wel laten merken."

Sigma Sculptoris goot zijn bleekste licht over het kwikmeer. Milke en Paskell namen mismoedig de restanten van hun tent in ogenschouw.

Milke's verontwaardiging lekte over het randje van de zelfbeheersing die hij zich had opgelegd. In de handschoenen klemde hij zijn handen tot vuisten en hij loerde dreigend naar de engte. "Mijn handen jeuken om die driebenige duivel eens…"

Paskell stommelde rond tussen de flarden van de tent. "Niks dan vodden."

Somber zei Milke: "Geen denken aan dat dat nog te repareren is…" Hij nam Paskell nieuwsgierig op. "Wat zoek je eigenlijk?"

"Ik vroeg me af wat hem ertoe dreef om in de tent in te breken."

"Regelrechte vernielzucht."

Maar Paskell zei nadenkend: "Eén ding valt me op —" En hij zweeg.

"Wat dan?"

"Alle reactiestoffen zijn weg."

Milke boog zich over het puin. "Alles?"

"Alle zuren. Alle basen ook. Hij heeft het gedestilleerd water laten staan, en de zouten…"

"Hm," zei Milke. "Wat zeg je me daarvan?"

Paskell haalde in zijn pak zijn schouders op. "Het geeft te denken."

"Denken aan wat, als ik vragen mag?"

"Zeker weet ik het niet." Paskell slenterde het kwik op en zocht het oppervlak af. "Was hij niet zowat hier toen je hem raakte?"

"Zo om en nabij."

Paskell bukte. "Kijk hier eens." Hij hield een dingetje omhoog, ruw, bruingrijs en zo groot als zijn duim. "Dit is een stukje van Joe Driebeen."

Milke bekeek het brokje. "Als dat alles is wat onze wapens hem kunnen aandoen — dan is hij bar stevig. Dit spul is buigzaam!"

Paskell nam het brokje weer over. "Laten we het meenemen naar binnen en het in de ontleder stoppen."

Ze gingen terug naar het schip. Paskell maakte het monster vast in een klem en met akelig veel moeite wist hij er een broos splintertje uit los te peuteren. Hij perste het plat tussen een object- en een dekglaasje en onderzocht het onder de microscoop. "Niet te geloven!"

"Laat zien." Milke zette zijn oog erboven. "Mm…dat is net als een vloerkleed — geweven in drie dimensies."

"Klopt. Geeft niet hoe je scheurt of knipt, de vezels zitten je dwars… Nu eens zien waar hij van is gemaakt."

"Jij bent de technicus," zei Milke.

✳

Een uur later keek Paskell op van de werkbank. "Het is een heel inge-wikkelde siliciumverbinding. De spectroscoop geeft silicium, lithium, fluor, zuurstof, ijzer, zwavel en selenium aan, maar ik kan het in de ver-ste verte niet benoemen."

"Noem het maar Joeleer." opperde Milke.

Paskell blies in zijn pijpenkop en keek plechtig neer op zijn werk-bank. "Ik heb een voorlopige theorie over hoe Joe vanbinnen werkt…"

"En?"

"Om te bestaan, heeft hij vanzelf energie nodig. Zijn huid vertoont geen radioactiviteit, dus gebruikt hij chemische energie. Ik kan tenmin-ste geen andere energievorm verzinnen die hij zou kunnen benutten."

Milke fronste zijn voorhoofd. "Chemische energie? Bij het absolute nulpunt?"

"Hij is geïsoleerd. Zijn inwendige temperatuur kan ik-weet-niet hoe hoog zijn."

"En wat voor chemische energie? Er is geen vrije zuurstof, geen fluor, niks…"

"Hij gebruikt vast alles wat hij krijgen kan — alles wat reageert, om maar aan energie te komen."

Milke sloeg zijn vuist in zijn hand. "We kunnen hem in een val lok-ken met, zeg, een brok bevroren zuurstof!"

"Dat zou ik wel denken, ja. Maar wat voor val?"

"Met een gewicht dat op hem valt," snauwde Milke.

"Hier op Malverre is de zwaartekracht niet bepaald hoog…we zouden wel tienduizend kubieke meter rots moeten stapelen om indruk te maken."

Milke ijsbeerde door de hut. "Ik heb het!"

"Wel?" vroeg Paskell lijzig.

"Misschien kan jij een ontsteking maken die vanuit het schip tot ontploffing wordt gebracht."

"Ja, dat is te doen."

"Goed, dan gaan we als volgt te werk. We voegen zo'n tien kilo mira-dyn bij elkaar met de ontsteking in het midden. Joe komt langs en stopt het zootje in wat voor soort maag hij ook heeft. Wij wachten tot hij een paar honderd meter van het schip is en dan laten we hem ontploffen."

Paskell kneep zijn lippen samen. "Als alles loopt zoals je het beschrijft, zou het mooi voor elkaar zijn."

"Waarom zou het niet zo lopen. Jij beweert dat Joe alles eet —"

"Niks 'beweer' — het is een theorie."

"— dat energie levert. Nou, de miradyn moet voor hem zoiets lijken als een ijsje en een snoepje en een koekje ineen. Het is hartstikke pure energie."

"Het is een afwijkend soort energie — geleverd doordat stoffen vanwege hun instabiliteit uiteenvallen. Misschien neemt hij alleen energie op uit verbindingsreacties."

"Dat zijn uitvluchten," zei Milke geërgerd. "Ik zeg dat dit idee de moeite van het proberen waard is."

Paskell haalde zijn schouders op. "Haal je miradyn maar tevoorschijn."

"Hoelang heb je nodig voor die ontsteking?"

"Twintig minuten. Ik verbind een batterij met een reservekop aan de lading."

Terwijl Milke het pakket explosieven omzichtig over het meer droeg, stond Paskell aan het venster toe te kijken. Milke nam het landschap met kiene berekening in ogenschouw, zette het pakket neer, sleepte het een paar meter naar rechts, toen weer een paar meter dichter bij de engte. Ten slotte was hij tevreden en hij keek om naar Paskell als om goedkeuring te vragen. Paskell gebaarde nonchalant en zijn hand viel zomaar tegen de ontstekingsschakelaar. Hij keek naar buiten naar Milke, sprong schielijk in zijn ruimtepak en rende het meer over.

Milke vroeg: "Wat is er loos?"

Paskell zei: "De lange-afstandsontsteking doet het niet. Ik moest hem maar eens even nakijken."

Milke gluurde hem gemelijk aan. "Hoe weet jij nou dat hij het niet doet?"

Paskell gebaarde vaagjes, knielde naast het pakket en vouwde de verpakking opzij.

"Dat kan je niet zomaar gevoeld hebben," hield Milke vol.

"Nou ja, eigenlijk raakte mijn hand per ongeluk de schakelaar en toen ging hij niet af — dus ik dacht: Laat ik maar gauw naar buiten gaan om te kijken wat er fout is."

Het leek of Milke in zijn pak in elkaar zeeg. Even was het stil. "Aha," zei Paskell. "Niks ernstigs; ik was vergeten de batterijdraden erin te steken... nu is het zaakje klaar voor de start —"

"Ik ga terug naar het schip," zei Milke zwaar.

Paskell blikte omhoog naar Sigma Sculptoris. "Ja, er zijn nog maar een paar minuten daglicht over..."

Binnen in het schip was het donker; kennelijk was de nacht al over het kwikmeer gevallen.

Milke rees van zijn kooi, waarop hij stilletjes had gezeten, en klom naar de stuurkoepel. "Niks in zicht."

Bedaard zei Paskell: "Misschien komt Joe niet terug."

Milke hield Paskell zijn rug toegekeerd en zei niets.

"Misschien heeft hij ons de hele dag beloerd," merkte Paskell op.

Milke bukte zich naar voren. "Er beweegt iets in de kloof... daar gaat het laatste daglicht. Verdorie! Nu kan ik niks meer zien... en de koepel zit weer in de weg van het zoeklicht."

Opeens schoot Paskell iets te binnen: "Gebruik de radar!"

Milke rende naar het scherm en stelde in op korte afstand. Paskell draaide de zendschotel in de juiste richting. "Houden zo!" zei Milke. "Recht zo die gaat!"

Paskell en Milke bogen zich over het scherm. Het vlak van het meer en de kloof waren duidelijk te zien. Joe Driebeen, veel dichterbij, was een onduidelijke vlek. "Kun je hem niet beter instellen?" bitste Paskell.

Milke holde naar de kast, kwam terug met een sleutelapparaat en stelde het toestel maximaal in. "Wat vind je daarvan?"

"Doe het licht uit. Ik voel me net als in een kijkdoos."

Milke kwam weer bij het scherm. Joe Driebeen was een vat met een tonnetje erop. De benen bleven vaag; flikkerende lichtslierten aan weerskanten van de romp leken wel armachtige ledematen.

"Kijk," zuchtte Milke. "Hij staat stil bij het pakket."

De grote romp leek even te aarzelen, in te zakken.

"Hij grijpt het."

De gestalte richtte zich weer op tot zijn volle lengte.

"Hij blijft staan," zei Paskell.

"Hij eet de miradyn op..."

Joe Driebeen kwam dichterbij, passeerde de grens van de radar-instelling en werd een onscherpe wolk.

Het schip bibberde even. Milke en Paskell zetten zich schrap. Er volgde niets. Stilte. Het radarscherm bleef leeg. Paskell draaide de ontvanger. Niks.

"Hij is weg," zei Milke. "Waar is de ontstekingsschakelaar?"

"Wacht," fluisterde Paskell. Hij deed het licht aan. "Kijk!"

Milke deinsde achteruit. Dicht tegen het venster gedrukt, vlak bij zijn gezicht, zat een ruwe, zilverig bruingrijze substantie.

Opeens was het venster weer zwart. Een flits van beweging ging voorbij de achtersteven.

"Lichten weer uit," siste Milke. "Terug naar de radar."

Een goudachtig oplichtende vlek nam de vorm aan van een vat met een tonnetje erop.

"Nu dan," zei Milke, "druk op de knop! Vlug! Voor hij buiten bereik raakt."

"Momentje," zei Paskell. "Stel dat hij slimmer is dan we dachten?"

"Geen tijd nu voor theorieën," gilde Milke. "Waar is de knop?"

Paskell duwde hem koppig weg. "We moesten eerst maar eens rondkijken." Hij hees zich in zijn ruimtepak terwijl Milke raasde en tierde.

Zonder zich daar iets van aan te trekken, ging Paskell van boord. Door het venster kon Milke de glans van de lamp op zijn pak zien.

De buitensluis zuchtte open en sloeg weer dicht. Paskell kwam weer het schip in. Milke hield zijn vinger bij de schakelaar. Paskell kon niets zeggen met zijn helm op en bonsde met zijn handschoen op de wand. Met zijn andere hand hield hij een bruin pakket omhoog.

Schichtig trok Milke zijn vinger terug.

Paskell pelde zich uit zijn pak. "Ik dacht al dat hij geen miradyn lustte," zei hij in bescheiden triomf. "Het verkeerde soort chemische energie. Dus liet hij deze bij het schip liggen."

"Mijn God!" zei Milke met versnelde ademhaling. "Tweemaal op een dag word ik aan gruzelementen…"

Omzichtig haalde Paskell de ontsteking weg. "Elke dag leren we weer meer over Joe Driebeen."

Milke klonk aangedaan van de emoties. "Elke dag scheelt het minder of we helpen onszelf het hoekje om."

"Morgen," zei Paskell, "proberen we het weer."

※

Bij een kop hete koffie vroeg Milke: "Wat bedoel je, weer proberen? Voor zover ik het begrijp, leggen we het loodje. Onze wapens helpen niet, hij vertikt het onze springstof op te eten. En gegarandeerd, met niks ter wereld kan je hem vergiftigen."

"Het is waar." Paskell stopte de donkere baai aan in zijn pijp. "Manieren om mensen te doden zijn op Joe Driebeen niet van toepassing."

"Geen wonder dat die ouwe bokken in Merlijnstad ons uitlachten."

Paskell pufte bedachtzaam. "Als we genoeg warmte op Joe konden concentreren, en lang genoeg "

"Kletskoek!" zei Milke. "En al hadden we een oceaan, dan konden we hem nog niet verdrinken."

Door de wolk van zijn rook zei Paskell: "Als we een plas in het kwik smolten en hij viel erin, en het kwik bevroor om hem heen —"

"Onmogelijk. Kwik is bij nul Kelvin supergeleidend. We zouden de halve planeet moeten opwarmen."

"Supergeleidend…Juist. Zo is het precies." Paskell staarde dromerig in de tabaksnevel. "Ik vraag me af tot hoever die kwik om de planeet reikt?"

"Wat maakt dat nu uit?"

"Misschien kunnen we Joe elektrocuteren."

"Poeh!" smaalde Milke. "En waarmee? Ons twee-kilowattaggregaat?"

Paskell zei: "Eerst moeten we dat kwik controleren."

"Lopend? Met Joe dreunend achter ons aan, hijgend in onze nek?"

Doodgemoedereerd zei Paskell: "Ik neem aan dat wij net zo snel kunnen lopen als Joe."

"Daar ben ik nog niet zo zeker van. Misschien rent hij als een hazewind."

"We hebben onze wapens nog."

"Nou, daar hebben we veel aan."

"Nou ja — ik denk dat we ook kunnen opstijgen en met het schip om de planeet vliegen. Dat zou eigenlijk weleens beter kunnen zijn…"

Het schip begon te dalen uit zijn lage baan. Afgeleid door zijn gepieker riep Milke verschrikt "Je zet hem haast in die engte!"

"Prima," zei Paskell. "We willen het schip zo dicht mogelijk bij die pas hebben."

"Ik zie niet in waarom," pruilde Milke. "Ik begrijp trouwens helemaal niet wat je in de zin hebt."

"We zijn van plan Joe Driebeen te elektrocuteren," zei Paskell geduldig. "We zijn de planeet rond geweest; we hebben vastgesteld dat het kwik overal doorloopt behalve bij dit vijftien meter hoge drempeltje van grijze kalk. We hebben genoeg lood en koper aan boord om die drempel te overbruggen met een redelijk zware kabel — en dat doen we dan ook. Met thermiet kunnen we een goed contact in het kwik smelten."

"En dan?"

"Terwijl jij die kabel aanbrengt, zal ik een soort buitenmodel smoorspoel in elkaar draaien die vermogen afneemt van ons aggregaat om zelf een zootje watts in die kring om de planeet op te bouwen."

Milke staarde Paskell ongelovig aan "Wat heb je daar nou aan?"

"Jij legt die kabel zo aan dat als Joe door de engte komt, hij de kabel moet vastgrijpen om hem te breken. Zodra hij dat doet, zal alle stroom die we in die kring hebben gestopt, door hem heen gaan."

Milke schudde zijn hoofd. "Dat werkt nooit."

Paskell lurkte aan zijn pijp. "En waarom niet, als ik vragen mag?"

"Denk eens aan de hysteresis in al die kilometers kwik — al die baaitjes, inhammen en kanalen. Er ontstaan miljoenen kruip- en wervelstromen..."

"Maar energieverlies is er niet," zei Paskell. "Er is geen weerstand, dus is er ook geen warmteontwikkeling."

"Maar er ontstaan veldstoringen," hield Milke vol.

"Alleen de eerste honderdste seconden. Daarna dwingen de velden onvermijdelijk een stroompatroon af dat de impedantie tot het minimum beperkt."

Milke schudde zijn hoofd. "Ik hoop maar dat je weet waar je het over hebt... Maar —" hij stak een vinger op "— we hebben nog een probleem."

"En dat is?"

"Het natuurlijk magnetisme van de planeet. Als we een stroom gaan laten lopen rond de planeet, dan vormen we een kunstmatige noord- en zuidpool. Daarmee werken we het natuurlijke veld tegen."

Paskell knipperde als een uil met zijn ogen. "Deze planeet heeft helemaal geen natuurlijk magneetveld. Daar was ik al eerder achter gekomen."

Milke stak zijn handen in de lucht. "Ga je gang, Oliver. Dit varkentje mag jij wassen."

Milke en Paskell stonden de engte te bestuderen waarover, ter hoogte van hun ogen, een in elkaar geflanste kabel hing. Vlak bij het meer ging de kabel door een lange kist, waaruit weer kabels naar het aggregaat in het schip liepen.

Plechtig zei Paskell: "Dat is een biljoen ampère dat daar door die kabel loopt."

"Een beetje meer," zei Milke, "en hij zwelt op als een vergiftigd hondje."

"Er is een praktische grens," gaf Paskell toe. "Bij nul Kelvin is de weerstand van supergeleidende metalen verschrikkelijk klein, maar toch nog meer dan niks. Als de kabel zo wordt belast dat hij sneller opwarmt dan hij de warmte kwijt kan, zal de temperatuur van de kabel stijgen tot hij de grens van supergeleiding bereikt."

"En dan?"

Paskell stak zijn armen omhoog. "Weg kabel."

Milke nam zijn handwerk eens zorgelijk op. "Misschien moesten we dat maar eens controleren."

"Hoe dan? We hebben geen warmteopnemer die gevoelig genoeg is."

Milke haalde zijn schouders op "Dan kunnen we alleen maar hopen."

"Klopt. Hopen dat Joe door de pas komt voor de kabel het begeeft." Hij keek omhoog naar de zon "Nog een uur of twee daglicht."

Milke weifelde: "Het ziet er niet erg dodelijk uit. Stel nou dat Joe de kabel grijpt en breekt, en er gebeurt niks — wat dan?"

"Iets moet er gebeuren. We hebben constant zo'n twee kilowatt op die kring. Als Joe de kabel breekt, moeten die ergens heen — zomaar opgaan in niks is er niet bij. Ze gaan door — door Joe. En als Joe daar niks van voelt, ga ik hem persoonlijk te lijf met mijn zakmes."

Milke wierp Paskell een verraste blik toe: dat was stoere taal van die bescheiden Oliver Paskell.

Paskell klapte geïrriteerd in zijn handen. "We vergeten iets."

Milke keerde zich om en keek naar het schip.

"O ja," zei Paskell.

Milke maakte een raar geluid. Hij stak zijn arm met een schok omhoog.

"Het lokaas," zei Paskell. "We moeten wat zuur neerzetten."

"Laat je lokaas maar," zei Milke schor. "Wij zijn het aas…Joe zit al achter ons…"

Paskell draaide zich om met een sprong. Joe Driebeen stond voor het schip en keek hen aan.

"Rennen," zei Milke. "Onder de kabel door omhoog…en als het niet werkt — moge God ons bijstaan…"

Joe Driebeen kwam slingerend op hen af.

Paskell stond als versteend. "Rennen!" krijste Milke. Hij vloog terug en greep Paskell bij de arm.

Paskell begon harkerig te rennen.

"Sneller," hijgde Milke. "Hij haalt ons in."

Paskell rende naar de bergwand en probeerde met zijn blote handen de steile rots te bestijgen.

"Nee, nee!" schreeuwde Milke. "Door de engte!"

Paskell ging terug, dook onder een van Joe's enorme armen door en krabbelde naar de engte.

Milke hield hem tegen. "Onder de kabel door — niet erlangs! *Eronderdoor!* Hij greep Paskell bij zijn benen en sleepte hem onder de kabel door. Joe Driebeen drentelde kalmpjes achter hen aan.

Paskell kwam overeind en keek wild om zich heen. "Rustig maar," zei Milke. "Rustig…"

Voorzichtig trokken ze zich terug de engte in. Milke hijgde. "Geen zin meer om nog te rennen. Als je bouwsel het niet doet, kunnen we ons net zo goed verzoenen met de dood."

Opeens vroeg Paskell: "Heb je het aggregaat wel aangezet?"

Milke verstijfde. "Het aggregaat? In het schip? Je bedoelt de stroom voor onze kring?"

"Ja, het aggregaat…"

"Nee, had jij het niet aangezet dan?"

"Ik weet het niet meer!"

Wanhopig zei Paskell: "Nog eventjes en je weet het. Hier komt Joe —"

Joe Driebeen hield stil bij de kabel en stapte vooruit. De kabel kwam tegen zijn borst. Hij tilde zijn armen op. "Ogen dicht," riep Paskell.

De plotselinge gloed spatte in lichtende pijlen door hun oogleden.

"Je had het aggregaat aangezet," zei Milke.

Twaalf meter verderop lag Joe Driebeen zwakjes te stuiptrekken.

"Dood is hij niet," mompelde Paskell.

Milke stond neer te kijken op de zilvergrijze kolos. "We kunnen hem niet kapotsnijden. We kunnen hem niet vastbinden. We kunnen hem niet..."

Paskell holde naar het schip. "Help me de dreghaken ophalen."

Op de terugweg van het kadasterkantoor in Merlijnstad stapten Milke en Paskell binnen bij Tom Hand, Benodigdheden, om een nieuwe tent en een vervangingsset reactiestoffen op te halen.

Aan de tafel zaten Abel Cooley en zijn vriend James te lummelen. "Aha, daar hebben we de mineraalzoekers terug van Malverre," zei Cooley.

Tom Hand kwam aangehinkt. Zijn ogen waren rood, zijn adem rook naar drank en een stel groene en blauwe plekken sierde een kant van zijn gezicht. "Nou, jongkerels," zei hij met dikke tong tegen Milke, "wat mag het zijn?"

"Allereerst hebben we een nieuwe monstertent nodig."

Van de tafel bij het raam klonk gegrinnik. James riep met zijn snaakse bariton: "Wou Joe Driebeen bij jullie te kooi?"

Milke gebaarde wat vaags; Paskell lurkte aan zijn pijp.

Tom Hand zei: "De tent kan je ophalen op het laadplatform. En verder?"

"Een set reactiestoffen." Milke reikte de lijst aan.

Vanonder zijn wenkbrauwen keek Tom Hand hen aan. "De jongens gaan dus weer op mineraalonderzoek?"

"Welzeker. Waarom niet?"

"Ik zou zo denken dat jullie je buik er wel vol van hadden."

Milke haalde zijn schouders op. "Malverre was zo gek nog niet. Een makkelijk leventje hadden we in de mineraalzoekerij niet verwacht.

Joe maakte het ons knap lastig, maar we hebben met hem afgerekend."

Hand leunde voorover, zijn rode oogjes knipperden. "Wat zeg je me
nou?"

"Iedereen mag het best weten. We hebben daar alles wat los en vast
zit aangemeld en officieel als concessie vastgelegd."

Abel Cooley zei: "Afgerekend met Joe Driebeen? O ja? Heb je hem
dan soms doodgekletst?"

"Nee hoor. Hij leeft nog. We hebben hem ergens waar hij niet kan
ontsnappen. Een onderzoeksteam van het Instituut gaat erheen om
hem te bekijken."

James kwam erbij staan. "Je hebt hem ergens waar hij niet kan ontsnappen? Ik heb Joe anders uit een net van tweeduims kabels zien
breken of het touwtjes waren. We hebben een hele berg op zijn grot
laten storten. Twintig minuten later wrong hij zich naar buiten... En nu
vertel je me dat jullie hem ergens hebben waar hij niet weg kan."

"Dat klopt," zei Paskell zacht. "Klopt precies."

Milke wendde zich tot Tom Hand. "Geef ons vierhonderd liter
waterstofperoxide en achthonderd liter alcohol."

"We moeten Joe wel in leven houden," legde Paskell langs zijn neus
weg uit.

Abel Cooley snoof. "Apekool."

Tom Hand haalde zijn schouders op en ging naar de hoeken en
gaten achter in zijn winkel.

Met oliegladde stem zei James: "Als jullie nou eens zo vriendelijk
zouden zijn om ons te vertellen wat jullie met die arme Joe Driebeen
hebben uitgevoerd?"

"Waarom niet?" zei Paskell. "Maar ik waarschuw jullie — blijf uit
zijn buurt."

"Laat die geintjes maar zitten... ik luister nog steeds."

"Nou, eerst hebben we Joe geëlektrocuteerd. Daardoor raakte hij
buiten westen."

"O ja?"

"Hem doodmaken of vastbinden konden we niet — dus terwijl hij
nog lag te stuiptrekken, deden we de dreghaken om zijn benen en toen
sleepten we hem dertig kilometer omhoog in de ruimte in een baan

om Malverre. En daar is hij nu — levend en wel, en hij zal zich wel een sukkel voelen."

James trok aan zijn kin. Hij keek Abel Cooley eens aan. "Wat dacht jij ervan, Abel?" vroeg hij.

Abel Cooley snoof en keek het raam uit.

James ging bij de tafel zitten. "Tja," zei hij met een zucht, "Joe voelt zich *vast* wel een sukkel, neem ik aan."

"Zo'n beetje net als de rest, kukels die jullie zijn," klonk de stem van Tom Hand vanachter de schappen.

Vierhonderd spreeuwen

I

Toen de bewaker het groen met zwarte uniform zag, deed hij een stap naar voren, met zijn hand op zijn wapen.

Directeur Edvard Schmidt van het Instituut zei: "Het is in orde, Leon. Doe maar open."

De bewaker aarzelde. Hij wierp een wantrouwige blik op de kleine, gedrongen man in het onbekende uniform.

"Maak nou maar open," zei de directeur berustend, alsof hij de emoties die de bewaker ervoer al achter de rug had.

Schouderophalend deed de bewaker wat hem gevraagd was, en sloeg zijn ogen niet neer toen de gedrongen man hem met een harde blik opnam.

Aan de andere kant van de muur stonden de directeur en zijn gast tegenover een aantal witte gebouwen, losjes over een met gras begroeid terrein gestrooid. Directeur Schmidt gebaarde met zijn smalle oude handen. "Zonder enige twijfel het kleinste, minst pretentieuze research-instituut ter wereld."

De man in het uniform wierp hem een snelle blik toe, die eerder meedogenloos dan vijandig was. "En waarschijnlijk ook het meest geavanceerde."

Toen Schmidt mompelde dat dat wel meeviel, zei de bezoeker met een veelbetekenende glimlach: "De Swareden hebben vele jaren geprofiteerd van hun neutrale status. U hebt uw denkvermogen niet ingezet voor tactiek en militaire doeleinden."

De groeven in het gezicht van directeur Schmidt tekenden zich heel even dieper af. "Dat is waar," zei hij bitter. "We zijn tevreden met het land dat we hebben. We hoeven de wereld niet te overheersen. Onze manier van leven komt op u misschien wel merkwaardig over, maar wij zijn er heel content mee. En we dwingen anderen niet om aan onze plannen mee te doen."

De man in het uniform glimlachte flauwtjes. "Mooi gesproken, directeur. Maar ik heb geen belangstelling voor uw opvattingen. Die zijn voor mij een reliek uit het verleden. De wereld is veranderd. En ik raad u aan om voortaan uw emoties even strak in bedwang te houden als uw intellectuele vermogens."

Directeur Schmidt zei niets. Hij keek voorbij de muren van het Instituut naar de Hellenbraun. Op de flanken van de berg rezen de groene sparren hoog op, en lag de sneeuw te gloeien in het gouden licht van de al laag staande zon. Dat belichaamde de ziel en de tradities van Suare. Niet dat de generaal en zijn slag daar iets van leken te begrijpen.

De generaal vervolgde: "Door uw wetenschappelijke werk moet u er toch van op de hoogte zijn dat alle kennis evolueert en steeds aan kracht wint. Wij van Moltroy gebruiken recent ontdekte methoden om greep te houden op ons volk, op onze toekomst en uiteindelijk ook de toekomst van de wereld. Fanatici, extremisten, individualisten —" hij proefde de woorden op zijn tong "—zijn voor deze wereld wat de dinosauriërs vroeger waren: relieken die door de geschiedenis zijn achterhaald."

Langzaam draaide de directeur zijn hoofd om. Hij moest zich moeite geven om de militair, Zoltan Vec, in de ogen te kijken. Onverschillig, vaag geamuseerd keek Vec terug. Hij gebaarde met zijn kaalgeschoren hoofd. "Kom, dan gaan we eens bij uw beroemde onderzoeksinstituut kijken."

Directeur Schmidt zuchtte. Verzet had geen zin. Zijn orders kwamen van hogerhand.

"Waar wilt u het eerste heen?"

Zoltan Vec keek in een notitieboekje. "Het Natlab."

Schmidt schudde zijn hoofd. "Dat hebben we niet."

"Wat?" zei de generaal. En toen, kil: "Onmogelijk."

"We verdelen onze kennis niet in aparte brokken, als saucijzen. Niet veel mensen hier zijn echt in iets gespecialiseerd."

Zoltan Vec streek over zijn zware onderkaak. "Ik snap uw aanpak niet. Zou u geen betere resultaten bereiken met een strakkere aanpak? Als je te maken hebt met een probleem, kijk je eerst in welk vakgebied het valt en dan wijs je het toe aan de man die daar het meeste van weet. In het leger zou ik een man die fusieraketten bedient nooit achter het stuur zetten van een Juggernaut-tank. Waarom zou je een scheikundige laten rommelen met natuurkunde of biologie?"

Directeur Schmidt had zijn afstandelijke houding herwonnen. "De vakgebieden zijn nauw verwant. Echte scheikundigen zijn er niet meer."

Zoltan Vec schudde zijn zwart bestoppelde hoofd. "In Moltroy wel. Ik heb er gisteren nog een gesproken. Hij werkt aan een stof die van modder een vaste substantie maakt. Hij zei zelf dat hij scheikundige was."

De directeur glimlachte koeltjes. "Dan zijn er in Moltroy scheikundigen. Dat is een zaak die zeker is. Maar hier hebben we ze niet."

Zoltan Vec wierp de tengere man abrupt een achterdochtige blik toe. "Uw orders laten geen ruimte voor twijfel. U dient me rond te leiden in het laboratorium en me alle assistentie te geven die ik verlang."

Schmidt bedacht dat een neutrale houding verstandiger zou zijn geweest, omdat aan vernedering toch niet viel te ontkomen. Misschien kon hij toch nog iets van zijn waardigheid redden.

"Ik houd niets voor u achter. Ik zeg alleen maar eerlijk wat ik denk. Als er al belemmeringen zijn, dan zijn die gelegen in uw beperkte begrip van onze aanpak. En dat is weer het gevolg van uw training en uw kijk op dit soort zaken."

"Zwijg!" blafte Zoltan Vec met rauwe stem. "Ik eis dat u me nu meteen naar uw afdeling Natuurkunde brengt. Daar zal ik eerst uw nieuwste nucleonische technieken inspecteren."

"Hierheen," zei Schmidt. Zoltan Vec beende achter hem aan met het air van iemand die net een tegenstander had verpletterd.

Schmidt klopte op een deur en deed die open. "Goedemiddag, Louis." Hij gebaarde naar de militair. "Dit is generaal Zoltan Vec van het leger van Moltroy. Louis Maisan."

Vec knikte en keek het vertrek rond. "Waar staat uw apparatuur?"

"Apparatuur?" Louis Maisan schudde zijn kale hoofd. "Die hebben we bijna niet. Iedereen weet dat het grootste deel van ons werk theoretisch is."

Zoltan Vec wees naar een stapel paperassen. "Wat is dat dan?"

Maisan trok zijn wenkbrauwen op. "Vanwaar uw belangstelling?"

Schmidt hief zijn hand op. "We moeten hieraan meewerken, Louis."

"Moeten, moeten…" gromde Maisan. "Het woord alleen al is waardeloos." Hij wees naar de stapel papieren. "Dat artikel is het eigendom van het Instituut, en dus mag dat erover beschikken. Maar voor mij geldt dat niet. Kijk de tekst maar door als u dat fijn vindt, maar kom bij mij niet met vragen aan."

Woordeloos beende Zoltan Vec naar voren, raapte een met een klemmetje bijeengehouden stapel paperassen op en tuurde ernaar. Na een ogenblik draaide hij zich met een van verbazing gefronst voorhoofd om naar de directeur. "Wat is dit voor wartaal?"

"Louis Maisan werkt aan het berekenen van de snelheid van mesonen in een aantal niet-fysieke dimensies. Je zou kunnen zeggen dat hij probeert te bepalen hoe snel mesonen zich binnenstebuiten draaien."

Langzaam legde Zoltan Vec de papieren terug op de tafel en noteerde iets in een boekje. Hij stak het in zijn binnenzak en liet zijn blik traag door het vertrek glijden. Schoolborden, bureaus, het onverschillige gezicht van Maisan, directeur Schmidt onaangedaan, waakzaam.

"Leidt u me maar rond. Ik wil met iedereen die hier in dienst is praten. Ik heb een lijstje met namen."

Ze liepen een lang, koel vertrek in, dat naar formaldehyde rook. Langs een wand stond onder een rij ramen een lange, lage bank met daarop duizenden flacons, afgesloten met proppen watten. Drie mannen gingen volledig op in wat ze in hun microscopen zagen. Heel af en toe bewoog er een of zei zacht iets. Ze besteedden nauwelijks of geen aandacht aan generaal Vec en de directeur.

De stem van Zoltan Vec klonk nodeloos bruusk. "En hier?"

"Hier houden we ons bezig met fotosynthese aan de hand van radioactieve tracers, atoomsubstitutie en andere technieken. In de flacons zitten oplossingen; in een aantal daarvan hopen we fotosynthese te kunnen dupliceren."

"Dan kunt u dus voedsel maken uit lucht en water."

"Tja, uiteindelijk wel. Maar voorlopig zijn we al heel tevreden met een ziertje koolstof."

Zoltan Vec draaide zich om. "In onze fabriek in het Morispillgebergte maken we tweeduizend ton gisteiwit per dag. Weet u wat dat betekent? Ranstoenen voor ons hele leger. Gaat uw proces die hoeveelheid ooit evenaren?"

"Nee, nooit," zei de directeur.

"Als ik u was," zei Vec, "zou ik deze studie stopzetten. De praktische toepassingen zijn stukken minder dan ons gistproces."

De directeur bleef staan voor deur met daarop een vrolijke karikatuur in blauw potlood, met als ogen de vierkantswortel van min 1. "Hier zijn onze wiskundigen aan het werk." Hij legde zijn hand op de deurknop en keek toen Vec vragend aan. "Hebt u belangstelling voor hun werk?"

Binnen klonk opeens een luid rumoer op. Stemmen praatten opgewonden door elkaar heen. Directeur Schmidt fronste zijn wenkbrauwen. Zoltan Vec keek hem gespannen aan. "Waarom zijn ze zo opgewonden?"

Schmidt haalde zijn schouders op en deed de deur open. Een lange jonge man met een roze gezicht en een woeste zwarte haardos liep heen en weer met een glas wijn in zijn hand en begon heftig te gebaren toen hij Schmidt zag. "Edvard! Edvard! Het is echt prachtig. En zó eenvoudig, net als Fermat heeft beschreven. We hebben vandaag geschiedenis geschreven. Dit is de ontdekking van de eeuw!"

Zoltan Vec stond al naast Schmidt. "Waar heb je het over? Voor de dag ermee."

"De verloren gegane oplossing van Fermat! Die zei in zijn Grote Stelling dat het onmogelijk is om een macht hoger dan de tweede op te delen in twee machten met dezelfde graad. Hij zei erbij dat hij daar een schitterend bewijs voor had gevonden, maar dat de marge van het papier te smal was om het daarin te noteren. En net had ik maar een ogenblik nodig om het bewijs op te schrijven. Voortaan —" de jonge man sloeg zijn wijn in één teug achterover "— zal aan het eind van het rijtje met de namen Fermat, Euler, Gauss en Riemann nog een naam worden genoemd." Hij sloeg zich op de borst. "De naam Jevinsky."

De directeur wreef over zijn kin. "Heb je de waarden van n boven 14.000 nagetrokken?"

Opgetogen zwaaide Jevinsky met zijn glas. "Hoeft niet. Het is een universeel bewijs."

"Gefeliciteerd," zei generaal Vec sarcastisch. Hij draaide zich om naar de directeur. "Zullen we verder gaan?"

Schmidt aarzelde. "Vanavond gaan we eerst samen na of het klopt," zei hij tegen Jevinsky. "Wacht dus nog maar even voor je de pers belt. Vertel het nog naar aan niemand. Straks staat het hele Instituut op zijn kop, en misschien wel voor niets."

Jevinsky knikte, zeeg als een grote kraanvogel neer op een bank en nam een hap van een plak kaas.

II

Aan de andere kant van de deur voegde Schmidt zich weer bij Zoltan Vec. "Geniale knaap, die Jevinsky. Nog erg jong, en een ongepolijste diamant, maar een van onze beste mensen."

De militair zei niets, maar beende, verdiept in zijn eigen gedachten, naast Schmidt voort. Ze betraden een binnenhof, omsloten door een gebouw in de vorm van een U.

"Onze nieuwste afdeling," zei Schmidt. "Archeologie. We hebben nog een paar vacatures. Hier hebt u een specialist, generaal. Een man naar uw hart. Hij werkt aan een project waar hij de rest van zijn leven wel mee bezig zal zijn."

Door de half openstaande deur zag Zoltan Vec een broze grijze man, die achterover leunde in zijn stoel, een pijp in zijn mond.

"Zo te zien neemt hij het er nogal van," zei de generaal zuur. "Ik heb hier nog niemand gezien die zijn werk erg serieus lijkt te nemen. In Moltroy werken mensen voor hun geld." Hij wees met zijn hoofd naar binnen. "Wat doet hij voor werk?"

Kil zei Schmidt: "Hij houdt zich bezig met het reconstrueren van de Europeaan zoals die hier in de Steentijd rondliep."

Zoltan Vec snoof. "Een nietsnut die zich verliest in dagdromen. In Moltroy zou hij aan het werk worden gezet in een schoenencombine."

Directeur Schmidt keek naar buiten, waar een vlag wapperde in de westenwind, blauw, groen en wit. "Hier in Suare, waar we geen leger hebben, zou ook u, generaal, een baan hebben die slecht bij uw talenten past. Uitsmijter in een verlopen nachtclub, om maar wat te noemen, of paardenknecht…"

Abrupt bleef generaal Vec staan en keek met toegeknepen ogen naar het smalle oude gezicht van Schmidt.

"Ja?" zei deze. "Is er iets aan de hand?"

"We gaan verder."

Ze liepen een hoek om en staken een open stuk grond over, tot ze voor een groot wit gebouw stonden.

"Hier zit Biowetenschappen. Biologie, psychologie en dergelijke."

Ze betraden een grote, lichte zaal. Er was niemand. "Hier," zei Schmidt, "tasten professor Luka en zijn zoon John Luka het bewustzijn af van eencellige dieren. Ze hebben vastgesteld dat amoeben verschillende kleuren kunnen waarnemen, kunnen horen, ruiken en warmte en koude kunnen voelen. Nu willen ze vaststellen in hoeverre ze zich hun wereld bewust zijn."

Zoltan Vec staarde even over zijn notitieboekje heen. "Wat hopen deze mannen met hun onderzoek te winnen? Er zijn duizend-en-een dingen die harder nodig zijn dan dit..."

"Gefröbel?" vulde Schmidt aan. "Is dat het woord dat u zoekt? Stel nu eens dat u te weten komt dat bacteriën zelf kunnen kiezen wie ze aanvallen. Stel dat een bacterie die op een militair van Moltroy stuit, besluit die met rust te laten en een militair van de Wereldfederatie aan te vallen."

Zoltan Vec fronste zijn wenkbrauwen; zijn harde donkere mond vertrok zich van twijfel. "Is dat soort dingen mogelijk? Houdt dit laboratorium zich daarmee bezig? Met bacteriële oorlogsvoering?"

"Zeker niet. U bent sceptisch over het onderzoek van Luka en zijn zoon. Ik gaf alleen maar een resultaat aan waartoe hun onderzoek zou kunnen leiden."

Langzaam draaide de generaal zich om en schreef toen een heel stuk in zijn notitieboekje. Toen: "Houdt u zich nog met ander onderzoek van dit type bezig?"

"Bacteriële oorlogsvoering? Nee. Er lopen een paar interessante psychosomatische studies. Een daarvan zou je kunnen betitelen als een ambitieuze projectie van wat de Luka's aan het doen zijn."

Generaal Vec probeerde dat te vatten. "Leg dat eens uit."

"Ga even mee." Schmidt duwde een roestvrijstalen deur open. Vec betrad een vertrek van grijs metaal, met banken en allerlei chirurgische apparatuur. Middenin het vertrek stonden twee witte veldbedden, met daarop twee roerloze jonge mannen.

Tussen de twee bedden stond Abel Ruan, een magere, tengere man, niet langer jong, maar nog niet van middelbare leeftijd. Zijn huid was zandkleurig, zijn hoofd langwerpig en haarloos, en op zijn lange, dunne neus rustte een montuurloze bril. Hij keek op toen hij de bezoekers zag, maar wijdde zich toen weer aan het slapende duo.

Schmidt en de generaal bleven even kijken wat hij deed, maar de generaal zag weinig wat hem interesseerde en begon algauw ongedurig te kijken. Schmidt deed alsof hij dat niet merkte, maar zei achter zijn hand: "Abel Ruan is een buitengewoon briljant wetenschapper, vernuftig en veelzijdig. Op dit moment probeert hij via het ruggenmerg de hersenen van twee mannen aan elkaar te koppelen."

"Met welk doel?" zei Zoltan Vec vlak. "De zoveelste tour de force? Of is er een praktische toepassing denkbaar?"

Abel Ruan beschikte over scherpe oren. "Generaal," zei hij, zonder zich om te draaien, "ik ben een uiterst fortuinlijk mens."

Zoltan Vec keek hem een ogenblik aan voor hij zei: "Verklaar u nader."

"Mijn hang naar kennis van allerlei aard is een obsessie voor me. Mijn leven zou ondraaglijk zijn als de regering van Suare me geen geld gaf om daaraan toe te geven."

"Waaraan ontleent u daarbij uw voldoening?" zei Zoltan Vec met een bruusk gebaar.

"Ik heb me al heel vaak afgevraagd of een mens de wereld in dezelfde vormen en kleuren waarneemt als een ander. Zou de kleur die Franz 'rood' noemt bij Jean volledig andere gevoelens bewerkstelligen, als Jean de mentale beelden die Franz waarneemt zou kunnen oproepen? Als dat zo is, en als ik dan de ogen van Franz koppel aan de hersenen van Jean, staat Jean een heerlijke ervaring te wachten, omdat hij kleuren zal waarnemen waarvan hij zich tot dan geen voorstelling kon maken, en daarnaast evenzeer onvoorstelbare vormen. Dan zou hij in een volkomen andere, vreemde wereld leven."

"Hmf," zei Zoltan Vec. "Heel interessant. En welk voordeel —" hij grijnsde humorloos "— zal de regering van Suare hebben van Jeans verbazing?"

Abel Ruan strekt zijn dunne, sproetige armen en duwde zijn bril over zijn grote neus omhoog. "Dat zullen we nooit weten, want helaas kunnen we geen blijvend contact tussen de twee bewerkstelligen."

Schmidt klakte met zijn tong. "Helemaal niets, Abel?"

Abel schokschouderde. "Een paar microvolt. Zo goed als niets. Onvoldoende om beelden te genereren. En waarschijnlijk, we verwachtten dat al, gaan de hersenen het automatisch compenseren."

Schmidt schudde het hoofd. "Jammer."

"Niettemin," zei Ruan, "hebben we andere resultaten geboekt die net zo interessant zijn."

Schmidt wierp een ongemakkelijke blik op Zoltan Vec, die zijn grote hoofd naar voren neeg. "Werkelijk?"

"Het probleem was de koppeling," zei Ruan, terwijl hij lange, witte tanden bloot lachte. "Elk brein wilde de dominante cyclus genereren, en dus ontstond geen consonantie. In een poging om dit conflict op te lossen koppelde ik het brein van een kanarie aan dat van Jean."

"En?"

Abel Ruan haalde zijn tengere schouders op. "Er gebeurde niets, tot — let op, heren, tot een van de andere vogels onrustig werd. Toen werd ook Jean dat."

Op Schmidts oude gezicht was opeens gretigheid te lezen, belangstelling. Van vermoeidheid was geen sprake meer. "Telepathie?"

Abel Ruan knikte. "Voortdurend."

Zoltan Vec streek over zijn kin. Schmidt merkte het, raakte zijn enthousiasme kwijt, werd eens te meer grijs en oud.

Sarcastisch vroeg Vec: "Wordt u ook al door uw regering betaald om aan spiritualisme te doen?"

Schmidt trok zijn hoofd tussen zijn schouders. Abel Ruan wierp zijn armen omhoog en draaide zich om.

Schmidt zei: "Hieruit blijkt wel uw onwetendheid, generaal. Hier aan het Instituut zijn we de mening toegedaan dat elke poging om begrip te bewerkstelligen tussen de twee kampen waarin de wereld is verdeeld aandacht verdient. Als mensen elkaar goed begrijpen, zouden er geen spanningen zijn, geen vijandigheid, geen oorlog...Telepathie zou een geweldig middel zijn om dat te bereiken."

Abel Ruans bril blikkerde toen hij zijn smalle hoofd naar achteren bewoog. Zijn blik kruiste de strakke ogen van Zoltan Vec. "Zoals u ziet, is doctor Schmidt een idealist. Hij gelooft dat mensen diep in hun hart fatsoenlijk zijn."

Zoltan Vec knikte kortaf. Hij zag een stoel, trok die naar zich toe en liet zich erop zakken. Een gelaarsd been stak verder naar voren dan het andere. "Hoe ver bent u met die telepathische experimenten gevorderd?"

Abel Ruan leunde tegen de muur en tikte met een potlood tegen zijn tanden. "Er zijn empirische ontdekkingen gedaan. En we hebben theoretische tests uitgevoerd."

"Zoals?"

"We hebben vastgesteld dat vogels gevoeliger zijn dan mensen. Misschien hebt u weleens een vlucht spreeuwen gezien, zwierend en wentelend alsof ze door één brein worden aangestuurd."

Zoltan Vec knikte. "Ik ben geboren op een boerderij in het Kerkhazdal."

"Wij gaan uit van golflengte, een begrip dat de lading niet helemaal dekt, omdat we niet weten hoe telepathie precies werkt. Stel u telepathie voor als een hoogfrequent signaal. Het menselijke brein kan alleen als zender en ontvanger van laagfrequente signalen functioneren. Het brein van een vogel daarentegen werkt op de juiste golflengte. Als we het brein van een vogel aan dat van een mens koppelen, functioneert het brein van de vogel als versterker."

Directeur Schmidt kuchte. "Het begint laat te worden. Generaal, wilt u ons observatorium nog bekijken?"

Zoltan Vec maakte een bruusk gebaar en bleef zitten waar hij zat. "Als nu eens twee mannen aan het brein van vogels gekoppeld werden?"

Abel Ruan glimlachte flauwtjes. "Dat experiment hebben we uitgevoerd. Het resultaat wordt bepaald door de beperkte conceptuele vaardigheden van vogels. Honger, angst, nieuwsgierigheid, kleuren, getallen tussen een en vijf — dat zijn dingen die je naar het brein van een vogel kunt sturen en die de vogel weer door kan sturen naar een ander mens. Complexere dingen lukt niet via telepathie."

"Kunnen die vogelhersens in iets draagbaars worden geplaatst?" vroeg Zoltan Vec. "Is het nodig dat de betrokken mensen passief op een brits liggen?"

Terloops zei Abel Ruan: "Er is niet meer dan een kleine zenuwverbinding vereist, van de betrokken zenuwknoop naar wat ik maar een stopcontact in de nek zal noemen. Daarna kan de draagbare unit met daarin het vogelbrein naar believen worden aan- en losgekoppeld. Maar, generaal," voegde hij eraan toe, met sardonisch blinkende brillenglazen, "ik weet zeker dat militaire communicatie beter verloopt als u gewoon uw radio gebruikt."

Zoltan Vec stond op. "Net als de wetenschap zijn ook tactieken om oorlog te voeren aan verandering onderhevig," merkte hij droog op. "In de toekomst zal een overwinning meteen in het eerste uur van de strijd worden behaald, door de combattant die voldoende offensieve kracht boven het grondgebied van de tegenstander kan concentreren. Als hij de tegenstander naar believen kan bestoken, en tegelijkertijd de eigen grenzen gesloten kan houden, zal de andere partij zich over moeten geven."

"Je geld of je leven," zei Abel Ruan.

Zoltan Vec reageerde niet, maar beende enkele stappen heen en weer. "Al onze plannen zijn gericht op een snelle overwinning in deze oorlog. Vervolgens zullen we de wereld herinrichten conform de normen van de Moltroy: orde, discipline, doelgerichtheid. Voor doelloosheid —" hij maakte een breed armgebaar, dat het hele Instituut omvatte "— dilettantisme en onverantwoordelijk optreden zal geen ruimte meer zijn."

Verslagen liet directeur Schmidt zijn schouders zakken. "Maar oorlog? Waarom moet er oorlog komen? Op het topoverleg in Grenaden zijn Moltroy en de Wereldfederatie toch overeengekomen..." Zijn stem stierf weg.

Zoltan Vec wierp hem even een blik toe en keek toen langs hem heen. Abel Ruan liet zijn tanden zien in een glimlach die wel wat weghad van een zenuwtrek. Hij leek zo nog het meest op een tandarts of een accountant die in een goed blaadje wil komen.

Directeur Schmidt staarde in de verte, zonder iets te zien. "Toch," mompelde hij, "zal Suare neutraal blijven. Dat doet ons land altijd." Die gedachte scheen hem troost te bieden, en zijn stem won aan kracht. "Suare kan buiten dit conflict blijven, hoe dat ook uitpakt."

Zoltan Vec was klaar met schrijven en sloeg zijn boekje dicht. "Gaat u verder met uw werk," zei hij tegen Abel Ruan. "Ik verwacht dat u een rijke beloning tegemoet kunt zien." Hij draaide zich om naar directeur Schmidt. "Zullen we verder gaan?"

III

Met gebogen hoofd verliet Edvard Schmidt zijn kleine huis op de helling van de Hellenbraunberg en liep de half verharde weg naar het Instituut op.

De bewaker salueerde.

"Goedemorgen, Leon," zei Schmidt werktuiglijk. Zijn stem klonk vlak.

"Goedemorgen, directeur." Leon liet hem een krant zien. "Hebt u het al gelezen? Lesmond en Couch zijn al naar Varly gevlucht. De Partij voor het Volksrecht is aan de macht gekomen, en heeft Renner in de gevangenis gegooid."

Schmidt knikte somber. "Ik heb net de radio uitgezet. Een vreselijke toestand, Leon. Ik weet niet of... Ik hoop dat ons al die ellende bespaard blijft."

Leon wees naar drie vliegtuigen, hoog in de hemel. "Ze laten er geen gras over groeien. Wat een brutaliteit! Dat zijn Blatchats. Jachtvliegtuigen uit Moltroy."

Schmidt draaide zich om. "Die zullen we nog wel vaker gaan zien. Het is een nieuwe manier om een ander land te veroveren, Leon. Geen leger meer dat een land binnenvalt, maar sluwe lieden, die als tumoren een bewind van binnenuit aantasten."

De telefoon in het wachthokje ging over. Leon nam hem aan en kwam toen weer naar buiten. "Voor u."

Na enige tijd kwam Schmidt het wachthokje uit. "Orders van het ministerie voor Binnenlandse Zaken. Niemand mag het Instituut verlaten tot de nieuwe directeur er is."

"De nieuwe directeur?" Leon hapte naar adem. "Maar..."

Schmidt werp zijn lange armen ten hemel. "Zo gaat het nou eenmaal. In ieder geval weet jij wat je te doen staat. Niemand mag hier weg."

Baze Roseau, de nieuwe directeur, was klein en dik, had een hoge, snerpende stem en kleine, ver uit elkaar staande ogen, die voortdurend naar links en rechts tegelijk leken te kijken. Meteen na zijn aankomst riep hij het personeel van het Instituut bij elkaar en sprak hen zonder veel omhaal toe, snel en gedecideerd.

"Vrienden, zoals u weet heeft de partij die voor vooruitgang is het nu in Suare voor het zeggen. Ons land is een nieuwe, dynamische entiteit aan het worden. We moeten ons aansluiten bij de krachten die richting toekomst stromen, ons gezicht opheffen naar het licht, ons teweerstellen tegen de krachten van reactie en onderdrukking. Daartoe heeft het Centrale Comité van de Partij een nieuw programma van eisen opgesteld voor het Instituut. We zijn er zeker van dat dat onze zaak zeer ten goede zal komen. Ik weet dat u allen niet tevreden was over het doelloze, besluiteloze beleid van weleer. Dat is dan ook verlaten. Er zullen ons nieuwe doelen worden gesteld en daar zullen wij met vereende krachten en vol geestdrift over ons nieuwe bestaan aan gaan werken. Ik heb hier een lijst veranderingen die onmiddellijk zullen ingaan. Die lees ik voor, zodat iedereen ervan op de hoogte is. Dat is het nieuwe beleid op het Instituut. Geen achterkamertjes meer, geen afgunst tussen afdelingen, geen rancune. We gaan samenwerken aan een gemeenschappelijk doel, en als mensen zich onvoldoende inzetten of met kritiek komen, wil ik graag horen wie het zijn. Ons programma is als volgt."

Hij vouwde een knisperend vel papier open. "Edvard Schmidt wordt assistent-directeur, belast met Personele Zaken. Abel Ruan wordt gepromoveerd tot assistent-directeur en hoofd van de Afdeling Research. Iedereen bij Research werkt onder hem, ook een aantal studenten uit Moltroy die vandaag hier arriveren. Voorlopig is dat alles. Maar ik wil er nog wel aan toevoegen dat er aan de ene kant bonussen zullen worden uitgekeerd aan medewerkers die goed werk leveren en zich loyaal opstellen, maar dat er aan de andere kant scherp zal worden toegezien op lanterfanters en personen die reactionair gedrag vertonen. Voor hen is hier geen plaats. We moeten ons allen met volle overgave in de strijd storten en ons aandeel leveren in de onvermijdelijke overwinning op onze vijanden. Dat is alles. Dank u."

Terwijl de medewerkers in een neerslachtige stemming naar buiten liepen, gebaarde Baze Roseau naar Abel Ruan. Toen ze alleen waren, beduidde hij Ruan om plaats te nemen. Zelf liep hij heen en weer, terwijl hij zich energiek in de handen wreef.

"Het is niet meer dan eerlijk, Ruan, om je mee te delen dat je werk bepaald indruk heeft gemaakt op de legertop. Er staan jou grote eer en rijkdom te wachten."

"Zozo." Abel Ruan krabde aan het dunne haar achter op zijn schedel.

Baze Roseau knikte. "Er is besloten dat je hier op het Instituut door dient te gaan met je onderzoek naar telepathie. Al het andere onderzoek wordt gestaakt."

"Hm." Abel Ruan nam zijn bril van zijn gezicht en begon nadenkend de glazen te poetsen. "Als ik het goed begrijp, is men dus tot de conclusie gekomen dat er een militaire toepassing mogelijk is voor mijn werk."

Roseau glimlachte sluw. "Tussen ons gezegd en gezwegen: dat zou heel goed het geval kunnen zijn. Generaal Vec was onder de indruk van de mogelijkheden, en in deze gespannen tijden moeten we alles benutten wat tot onze zege over de imperialisten zou kunnen leiden."

"Aha." Abel Ruan knikte begrijpend. "Wat zijn specifiek uw wensen?"

"Je moet het op deze manier bekijken. Als er oorlog uitbreekt, draait alles om het eerste uur. Onze bommenwerpers, raketdragers en jachtvliegtuigen kiezen het luchtruim. Ze zullen op een aantal plaatsen aanvallen. Daar stuiten ze op de defensie van de vijand, die op zijn beurt zijn aanvalsvliegtuigen de lucht in zal sturen. Boven de oceaan zal zich een enorm luchtgevecht ontwikkelen. Wie die slag wint, wint ook de oorlog. De zwakste plek bij onze aanval, bij elke aanval, is de coördinatie, te meer omdat beide partijen automatisch elkaars radioverkeer zullen blokkeren. Als we toch greep weten te houden op alle eenheden van onze aanvalsmacht, geeft dat ons een afgetekend overwicht en winnen we de strijd. Een perfect functionerende vorm van telepathie zou daarvoor kunnen zorgen."

"Zeker, zeker," zei Abel Ruan. "Maar tegen generaal Vec heb ik al gezegd dat door het medium waarvan we gebruik moeten maken, de hersenen van een vogel, het verzenden van exacte berichten niet mogelijk is."

"Dat bezwaar is hogerhand bekend. Daar is men met het idee gekomen om selectief te gaan fokken en zo tot betere prestaties te komen."

Abel Ruan grijnsde zijn tanden bloot. "Zoiets had ook ik al bedacht. Maar dat is een zaak van de lange termijn."

"Hoelang?" zei Baze Roseau, zijn ogen scherp en koud.

"Onmogelijk te zeggen. Op zijn minst een paar jaar."

Roseau knikte en begon weer heen en weer te lopen. "Dat is uiteraard onvermijdelijk. Welnu, we zullen op die manier te werk gaan, en zo snel mogelijk. Jij krijgt de leiding van het programma. Geen moeite is ons te veel, en geld speelt geen rol. Uiteraard krijg je een aanzienlijke salarisverhoging. Als het je lukt om een functionerend systeem te ontwikkelen, krijg je een levenslange toelage van tienduizend mark per jaar, de Orde van Butin en word je opgenomen in de elite van het land."

"Maar als mijn idee nu eens onwerkbaar blijkt te zijn? Als het me niet lukt?"

De bolle borst van Roseau kwam naar voren. "De Beweging kent het woord mislukking niet, dus over dat soort onaangenaamheden zullen we het maar niet hebben."

"Overtuigende argumenten," zei Abel Ruan. "Over en weer. We zullen zien. We zullen zien."

Dezelfde dag klopte Edvard Schmidt op de deur van Ruans kamer. Toen hij naar binnen liep, trof hij Ruan achter diens bureau aan. Zijn stoel leunde op twee poten tegen de muur, hij had zijn voeten op zijn bureau gelegd en zijn handen achter zijn hoofd in elkaar gevouwen.

Zwijgend ging Schmidt zitten en boog zich voorover, maar reageerde verbaasd toen Ruan zijn hand ophief ten teken dat hij niets mocht zeggen, zijn draagbare platenspeler naar de muur sjouwde, hem aanzette en de volumeknop ver opendraaide.

Ruan trok zijn lippen weg van zijn tanden en ging weer zitten. "Daar heeft Roseau zijn microfoon laten aanbrengen. Als hij meeluistert, krijgt hij het volkslied van Moltroy te horen, *con brio* gespeeld, en tot jij vertrekt, blijft dat zo."

Schmidt schudde het hoofd. "Ik wist helemaal niet…"

"Je kunt niet achterdochtig genoeg zijn," zei Ruan. "Ook al werk je nog zo hard voor ze."

Schmidt boog zich voorover. "Daar kom ik nu juist voor. Abel, dat project van jou gaat zo meteen lukken." En hij wierp Ruan een beschuldigende blik toe.

"Uiteraard. Daar is het me ook om te doen. Vooruitgang boeken. Ze betalen goed, ze leggen me in de watten…"

"Allemachtig, man!" De oude ogen van Schmidt fonkelden. "Wil je dat tuig nou echt helpen? Begrijp je wel wat je aan het doen bent?"

Abel Ruan haalde zijn schouders op. "Hoe eerder het oorlog wordt, hoe eerder die weer voorbij is."

"Maar als je in je opzet slaagt, wordt de hele wereld een slavenstaat."

Abel Ruan stak een sigaret op. "Wie weet. Misschien wint Moltroy de oorlog wel niet. Per slot zijn er ook wetenschappers die voor de Wereldfederatie werken."

"Maar die werken niet aan een instrument dat zo veel ingrijpende voordelen biedt als het jouwe. Abel, ben je nu echt van plan om dit project door te zetten?"

Abel Ruans ogen blonken bedachtzaam. "Dat is mijn werk."

Schmidt trok een wapen, richtte en vuurde. Ruan dook opzij, liet zich van zijn stoel vallen, graaide onder het bureau naar de benen van de oude man en trok. Schmidt tuimelde op de grond, het wapen kletterde omlaag. Ruan raapte het op en ging weer zitten.

Stijf kwam Schmidt overeind. "Waarom bel je de bewakers niet?"

Ruan schudde zijn hoofd. "Edvard, je ziet het helemaal verkeerd. Het principe waardoor ik me laat leiden is: vertrouw niemand. Behalve jou, misschien, want je hebt duidelijk gemaakt wat jouw mening is. Maar niemand is onmisbaar, besef dat wel. Als je mij had doodgeschoten, hadden duizend anderen mijn plaats in kunnen nemen. Dat is een van de redenen dat ik me met deze experimenten bezighoud. Hier heb ik de leiding. Ik stuur alles aan. Als ik weiger om nog verder hieraan mee te werken neemt een van die duizend mijn plek in en zijn we niets opgeschoten."

Schmidt probeerde te begrijpen waarop de ander doelde. "Abel, je praat heel handig om concrete dingen heen. Begrijp ik goed dat je… een soort plan hebt?"

"Als je goed over dingen nadenkt, doen zich vanzelf allerlei mogelijkheden voor. Maar niet —" hij zwaaide met het wapen "— op deze manier."

Schmidt kwam stijf overeind. "Ik heb gedaan wat mijn geweten me ingaf. Ik weet niet of ik blij moet zijn dat het me niet gelukt is, want erg duidelijk ben je niet."

"In het hele universum, tot en met het kleinste elektron, is duidelijkheid ver te zoeken," zei Ruan opgewekt. "En ik heb niet alles in de hand. Maar vergeet nooit mijn motto. Vertrouw niemand."

"Maar ondertussen," zei Schmidt somber, "werk jij aan het wapen waarmee Moltroy de wereld gaat veroveren."

IV

Generaal Zoltan Vec klikte de riem onder zijn kin los en zette de hoge helm af.

"En?" blafte maarschalk Koltig, het hoofd van de strijdkrachten van Moltroy.

"Perfect. Als ik mijn ogen sluit, zie ik hetzelfde als wat de piloten zien. Als ik ze open, kan ik bevelen doorgeven. De piloten hoeven die niet te bevestigen, omdat ik voel dat ze aankomen."

"Uitstekend." Maarschalk Koltig draaide zich om naar Abel Ruan, die zich onopvallend op de achtergrond ophield. "Hoeveel van deze helmen hebt u gemaakt?"

Abel Ruan aarzelde even. Toen zei hij: "Ongeveer vierhonderd-vijftig, maarschalk." Hij oogde mager en vermoeid, met een gelige huidskleur.

Maarschalk Koltig dacht na. "Vierhonderdvijftig. Hmm... We zetten tweehonderd gevechtsgroepen in. Dat zijn vierhonderd helmen — een voor elke vluchtleider en een voor zijn intermedium, hier op het hoofd-kwartier. We hebben er dus vijftig in reserve... Kunt u er niet nog eens vijftig maken?"

Abel Ruan schudde het hoofd. "Dat gaat een paar maanden duren. Vogelhersens zijn heel kwetsbaar. Voor elk brein dat groot en complex genoeg is om bruikbaar te zijn, gooien we er tienduizenden weg die niet aan de normen voldoen."

Weer dacht de maarschalk na. "Dan moet dit maar genoeg zijn. Desnoods halen we ze uit niet-kritieke sectoren weg, of we gebruiken radio." Hij wendde zich tot Zoltan Vec. "Generaal, u gaat nog uitge-breide proeven doen. Rapporteer aan mij." Zoltan Vec neeg zijn hoofd.

Abel Ruan schraapte zijn keel. "Ik heb een idee voor een verbeterde versie van de helm. Als ik mijn best doe, kan ik er een paar op tijd klaarkrijgen. Die kunnen worden ingezet als er zich een noodgeval voordoet. Misschien zijn er wel genoeg voor de legerstaf, of in ieder geval voor u en generaal Vec."

De maarschalk maakte een toeschietelijk gebaar. "Een uitstekend idee. Let niet op de kosten. U hebt tot dusver voortreffelijk werk verricht, Abel Ruan, en daarvoor zult u rijkelijk worden beloond."

De wetenschapper boog en ging heen.

De ochtend van I-Dag. Op honderd vliegvelden stonden bommenwerpers klaar als reusachtige bijen, niet beladen met stuifmeel, maar met nucleonische explosieven, gifschuim en -nevel, venijnige bacteriologische wapens en door overgelopen Federalisten geschreven vlugschriften. Jachtvliegtuigen en raketdragers stonden in lange, blinkende rijen te wachten, volgetankt en gevaarlijk.

In de kazernes zaten de piloten te roken, zwijgend of pratend, al naar hun aard, terwijl in de commandocentra de vluchtleiders hun nieuwe hoge helmen opzetten. In de vluchtleiding, dieper in Moltroy, zetten tweehonderd intermediums ook een helm op, met daarin een brein dat communiceerde met dat in de helm van de vluchtleiders.

De intermediums namen plaats op genummerde stoelen, die in een halve cirkel om een podium stonden, met daarop een groot scherm. Op dat scherm zou een schematische weergave van de luchtslag worden vertoond. Verschillende kleuren zouden aangeven waar aanvallen plaatsvonden, waar een van de partijen zich in het defensief liet dringen en waar zich kritieke situaties voordeden. Het scherm zou worden gevoed door de tweehonderd vluchtleiders, via de intermediums. De legerstaf, waaronder generaal Vec en maarschalk Koltig, zou aan de hand van wat het scherm liet zien strategische beslissingen nemen.

De maarschalk, een grote, bruine, besnorde man, vol rauwe energie, zat in een aanpalend kantoor koffie te drinken en naar rapporten van de inlichtingendienst te kijken. "Ze weten dat we hebben gemobiliseerd," zei hij tegen generaal Vec. "Maar we hebben het langer dan verwacht stil weten te houden. Ze roepen hun reserves op."

Vec schonk zich ook een kop koffie in. "Ik ben benieuwd hoe onze Mark IV Blatchats het doen tegen hun nieuwe Gladius Rams. Volgens mij beschikken wij over meer vuurkracht."

Koltig keek op. "Ja, die Blatchats zijn jouw lievelingetjes, hè? Maak de intermediums nog een keer duidelijk dat ik geen individuele acties wil. Geen duels met tegenstanders. We vormen een overweldigende

massa exact functionerende machines. Daar gaat het om. Geen held-
haftig gedoe. Ze moeten goed beseffen dat we gaan winnen door solide
tactiek en coördinatie. Dat voordeel mogen we niet kwijtraken doordat
piloten de held gaan uithangen."

Vec stond op. "Dat zal ik nog een keer duidelijk maken. Eens kijken... Abel Ruan zou voor ons toch speciale helmen maken? Is hij er
al?"

"Volgens mij zit hij in Zaal C. Stuur er maar iemand heen. De tijd
begint te dringen. Nog maar tweeëntwintig minuten."

Zoltan Vec sprak de wachtende intermediums toe en keerde toen terug.
De militair die hij naar Zaal C had gestuurd, salueerde.

"Abel Ruan vraagt of u naar Zaal C wilt komen voor uw helm, generaal."

"Ik kom eraan. Zeg tegen de technici dat ze het scherm nog een keer
controleren."

Maarschalk Koltig bleek al in Zaal C aanwezig te zijn. Hij zette net
een hoge helm op zijn hoofd, terwijl Abel Ruan de zenuwverbinding
tot stand bracht.

"U kunt de helm beter pas gebruiken als de slag gaande is," zei Ruan,
op de toon van een arts die uitlegt hoe een zalfje werkt. "Deze twee
breinen beschikken over heel veel energie, maar ze moeten ook harder
werken dan de andere. Dus ik zou ze pas gebruiken als het echt nodig is."

"Begrepen," zei maarschalk Koltig. "We hoeven dus alleen maar de
schakelaar om te zetten?"

"Precies. De schakelaar prikkelt het brein. Daardoor ontwaakt dat
uit iets wat je slaap zou kunnen noemen. Als u met iemand wilt communiceren, hoeft u alleen maar aan zijn kleur te denken." Hij legde een
gedrukte lijst neer. "Kijk maar. Generaal Vec is lichtblauw, ziet u wel?
En u, maarschalk, bent kastanjebruin. Als u contact wilt leggen met de
generaal denkt u aan lichtblauw. Het brein doet de rest."

"Prachtig, prachtig," riep maarschalk Koltig. "Namens onze leider,
de grote Butin, kan ik wel zeggen dat u een grote beloning wacht."

Abel Ruan schudde zijn lange, smalle hoofd. De bril op zijn neus
blikkerde. "Nee, ik hoef geen beloning, alleen de erkenning dat ik een
bijdrage heb geleverd aan een belangrijke historische gebeurtenis."

"Gesproken als een echte wetenschapper!" riep de maarschalk gekscherend. "Wereldvreemde dromers zijn het."

Abel Ruan lachte zijn brede, tandenrijke lach en draaide zich om naar generaal Vec. "Uw helm, generaal. Hebt u gehoord wat ik tegen de maarschalk zei? De helm pas gebruiken als het echt nodig is."

Generaal Vec knikte en zette voorzichtig de helm op. Hij had nooit echt kunnen wennen aan het gebruik van een tweede brein. Gespannen bracht hij de zenuwverbinding tot stand.

"Alles is geregeld," zei Abel Ruan.

Maarschalk Koltig keek op zijn horloge. "We moeten opschieten. De bommenwerpers zijn negen minuten geleden opgestegen. Over een halfuur zijn we boven het grondgebied van de Wereldfederatie."

Een koerier kwam binnen. "Er is contact gemaakt. Boven Blorland, door Jachtsquadron 819."

"Resultaten?" snauwde maarschalk Koltig.

"Nog niet binnen, maarschalk."

"819," mompelde Koltig. "Dat zal Vlucht 14 zijn." Hij toetste op een communicator '14' in en werd doorverbonden met het intermedium dat dat squadron aanstuurde.

"Hoe gaat het?"

"F-S 819 is op 90.000 voet gestuit op twaalf Gladius Rams. Ze proberen onze formatie te doorbreken, maar dat lukt niet en we hebben er drie — nee, nu net vier — neergeschoten, zonder eigen verliezen."

"Mooi. Ga zo door."

Ook elders werd contact gemaakt. Er kwamen berichten binnen over schermutselingen met vijandelijke verkenners.

"Zo te zien wachten ze ons ergens boven Ladomir op," zei Koltig, terwijl hij opstond. "Vec, we kunnen beter onze plek innemen."

Ze liepen het zaaltje uit en het grote, nu van stemmen vervulde auditorium in, waar ze op het podium plaatsnamen. Het scherm boven hen was opgegloeid. Erop was de grensstreek tussen Blorland en Ladomir te zien, met in een hoek een glimp van de Noordoceaan. Een zwarte driehoek kroop langzaam over het scherm. Dat was de grote massa bommenwerpers, de strategische luchtvloot van Moltroy. Als een aantal van deze gigantische vaartuigen door de verdediging van de vijand was gebroken, zou die zich moeten overgeven, anders zou zijn land veranderen in gesmolten brokken steen en zinderend hete gassen. Een lichtere grijze schaduw gaf de jagers aan die de bommenwerpers dekten en langs de randen beduidden lichte vlekken dat daar contact was met de verdediging van de Wereldfederatie.

Een heel eind omlaag, langs de kust van Glimmet, werd een blauwe schaduw zichtbaar, vaag omlijnd omdat de samenstelling ervan nog niet bekend was. Dat was de aanvalsmacht van de Wereldfederatie. Onderaan het scherm werden de verliezen aangegeven: tot dusver negen Blatchats van Moltroy en vijftien Gladius Rams van de Federatie.

Koltig wierp een blik op de tweehonderd intermediums. Ze zaten rechtop in hun stoel, bleek en gespannen, de ogen half gesloten, terwijl de gedachten van de vluchtleiders boven Ladomir naar het vogelbrein in hun helm snelden en vandaar naar hun eigen hersenen.

Vec zei: "Daar zal je ze hebben. Een aanval door het midden." Over het scherm liep nu een felrode lijn: het front.

Koltig schoot naar zijn bureau en gebaarde naar de schermtechnicus. De kaart werd sterk vergroot, totdat de luchtslag het hele scherm in beslag nam en de zwarte driehoek bommenwerpers in individuele toestellen uiteenviel.

Vec zei: "Ze breken door op 98."

"Raketsquadrons 12, 13 en 14, naar 98!" schreeuwde Koltig. Zijn stem schalde door de ruimte. De betrokken intermediums kwamen in actie, gaven zijn bevel door, de vluchtleiders veranderden van koers en even later was het gevaar afgewend. De verliezen liepen snel op, maar de lijst aan de kant van de Wereldfederatie was stukken langer.

"De Blatchats zijn manœuvreerbaarder," riep Vec, terwijl de driehoek bommenwerpers even vertraagde en toen weer verder schoof. Maar terwijl ze keken, gloeide de punt van die driehoek rood op en verdween.

"Bij de grote Butin," riep Koltig geschrokken. "Wat is daar gebeurd?"

Vec snauwde tegen de integrators: "2, breng rapport uit."

"Een nieuw type raket. Blijkbaar een soort duikbom. Snelheid naar schatting 8000 km/h."

"Positioneer de zware afweerschepen boven de vloot. Neem ze meteen op de korrel als ze binnen bereik zijn."

Het bevel flitste door de ruimte, in de achterhoede won een squadron aan hoogte en spreidde een paraplu van accuraat tegenvuur uit boven de bommenwerpers.

"Tweede raketaanval afgeslagen."

"Mooi zo. Mooi zo!" Koltig klapte in zijn handen. "Vec, het gaat de goede kant op. We zijn aan de winnende hand." Plotseling werd hij zich bewust van het gewicht van de helm op zijn hoofd. In de hitte van de strijd was hij die helemaal vergeten. "Hé, Vec, wat dacht je van die helmen? Daarmee kunnen we alles zelf zien."

"Helemaal waar," zei Vec.

In een oogwenk was de hele zaal in de ban van angst. De intermediums schoten overeind uit hun stoel en renden gillend in het rond, doken hoeken en gaten in, holden naar buiten.

Koltig en Vec keken toe, in de ban van een dromerig soort verbazing, niet in staat om schrik of angst te voelen.

En hoog in de lucht begonnen ook de vluchtleiders te gillen en met hun armen in het rond te wieken, en sloegen op de vlucht, voor zover dat mogelijk was.

In een oogwenk veranderde de grote armada van Moltroy in een chaotisch door elkaar buitelende massa machines.

Edvard Schmidt liet de auto stilhouden en staarde ongelovig naar de man in de wijngaard. Een tengere man in een verbleekte spijkerbroek, met een smal kaal hoofd en een smalle mond met veel tanden.

Schmidt sprong de auto uit. "Abel! Dat ik uitgerekend jou hier aantref!"

Ruan keek op. Op zijn gezicht was geen verbazing te lezen. Anders dan een iets dichtknijpen van de ogen was er geen reactie merkbaar. "Hoe gaat het, Edvard?"

"Ach, ja... Maar wat doe jij hier?"

"Dit land is van mij," zei Abel kortaf. "Ik ben hier ook gaan wonen, net aan de andere kant van de heuvel."

"Ben je gestopt met werken? En dat terwijl je nog zo jong bent."

Ruan zuchtte en stopte zijn snoeitang in zijn zak. "Blijkbaar lees je de krant niet, beste Edvard."

"Hoe bedoel je? Staat daar dan iets over jou in?"

Ruan kneep zijn lippen tot een streep en snoof sarcastisch. "Vandaag worden de grote leider Butin, maarschalk Koltig en jouw oude kennis generaal Vec opgehangen. En als ik niet anoniem — is dat het goede woord? — zou zijn gebleven, zouden ze ook Abel Ruan hebben opgehangen. De krankzinnige wetenschapper! De elektronische duivelskunstenaar! Aan de galg ermee."

Schmidt herwon zijn kalmte. Hij was zo verbaasd geweest Ruan hier aan te treffen dat hij vergeten was dat die met de despoten van Moltroy had samengewerkt.

"Tja, misschien wel. Maar Butin en de rest... Die hadden alles op touw gezet."

Bitter staarde Ruan hem aan. "En dus worden ze gewoon opgehangen? Terwijl een simpele therapie heel andere mensen van hen had kunnen maken? Maar nee. Mensen, bloeddorstig als altijd, schreeuwen om wraak. Wraak op de arme Abel Ruan, en natuurlijk ook Butin, de leider... Wraakzucht komt voort uit trots. Je laat dus weten dat niemand die jou iets aandoet daar ongestraft mee wegkomt."

"En jij dan?" vroeg Schmidt behoedzaam. "Vind jij therapie voldoende boetedoening voor jouw aandeel in de misdaden die door Moltroy zijn begaan?"

Abel Ruan lachte luid en rauw, maar er klonk wel degelijk vermaak in door.

"Edvard, ik kan niet anders dan je illusies onderuithalen. Je weet het niet, maar als *mijn* werk, *mijn* plannen, *mijn* gewaagde ideeën niet waren verwezenlijkt, zou vandaag niet Butin worden opgehangen, maar alle leden van de Raad van de Wereldfederatie!"

"Volgens mij," zei Schmidt kil, "heb jij je uiterste best gedaan om Moltroy te steunen."

"Hoe verklaar je dan de overwinning van de Federatie, des te opmerkelijker omdat kort daarvoor Moltroy op alle fronten op winst stond?"

"Omdat jouw telepathische systeem het opeens niet meer deed."

"Hah!" Abrupt ontblootte Ruan zijn tanden, en de bril op de punt van zijn lange neus blikkerde in het zonlicht. "Dat telepathische systeem functioneerde perfect, van begin tot eind, precies zoals ik gepland had."

"Leg dat eens uit."

Ruan glimlachte. "Waarom ook niet. Zodra de Moltroy-generaal het Instituut binnenliep, was duidelijk dat telepathie gebruikt zou gaan worden voor communicatie op het slagveld. Het enige was nog nodig was, was een idee, en geld om dat te ontwikkelen. Er waren in Moltroy wel duizend wetenschappers die het ook hadden kunnen doen. Maar zoals ik je een keer heb verteld, moest juist ík bij het project betrokken blijven, de leiding houden en de zaak aansturen. En dus ben ik voor het leger van Moltroy gaan werken, net als jij."

Schmidt knipperde met zijn ogen. "Ik heb niets bijgedragen aan hun oorlogsinspanning."

"Maar ook weinig gedaan om die tegen te werken. Hoe het ook zij, je weet dat we met de hersenen van spreeuwen hebben gewerkt, omdat die heel bruikbaar bleken voor telepathisch contact. De vogels waren natuurlijk steeds verder doorgefokt, en de hersenen waren zo verfijnd dat ze bijna even complex waren als die van een mens. Maar de instincten in die hersenen bleven die van een spreeuw. In het geheim heb ik twee aparte helmen gemaakt en het zo weten te regelen dat die op een kritiek ogenblik werden gebruikt. Die helmen, op het hoofd van maarschalk Koltig en generaal Vec, hebben de Wereldfederatie de overwinning bezorgd."

"Wat was daar dan zo bijzonder aan?"

Abel Ruan glimlachte zijn lange tanden bloot. "De hersenen die ik erin had gemonteerd, waren afkomstig van sperwers."

Schmidt staarde hem aan.

"Toen de hersenen van al die spreeuwen die sperwers voelden, reageerden ze net zoals een vlucht spreeuwen reageert als ze een sperwer zien. Ze raakten volledig in paniek."

Schmidt zweeg even, en zei toen: "Abel, dit is bijna niet te geloven."

Ruan haalde zijn schouders op.

"Maar toch geloof ik het! Mijn excuses. Ik wil heel graag dat je met me meegaat naar Varly, om daar de lof in ontvangst te nemen die je toekomt."

Ruan schudde het hoofd. "In de krant zouden ze me 'De Spreeuwen-man' noemen. En ik moet voor mijn wijngaard zorgen."

"Abel, eens heb je tegen Vec gezegd dat je op vele gebieden vragen had. Is dat nog steeds zo?"

"Zeker. Een van die vragen betreft een diersoort die grootse muziek componeert, het atoom heeft getemd en nu een eendrachtige wereld heeft geschapen, maar niettemin zijn oude vijanden ophangt."

"Met die vragen kun je je in het nieuwe Nationale Instituut bezig gaan houden. Een vaste aanstelling, een salaris, en je houdt nog tijd over voor je wijngaard."

Abel Ruan spreidde zijn lange, dunne armen. "Je hebt gelijk. Ik ga mee."

Samen namen ze plaats in Schmidts auto en gingen op weg naar Varly.

SJAMBAK

HOWARD FRAYBERG, CHEF PRODUCTIE van *Ken uw heelal!*, was een man van onverhoeds wisselende stemmingen; Sam Catlin, eindredacteur van het programma, was inmiddels altijd op het ergste voorbereid.

"Sam," zei Frayberg, "wat de uitzending van gisteravond betreft..." Hij zweeg even om naar de juiste woorden te zoeken en Catlin kalmeerde. Frayberg had alleen maar last van een vlaag van kritiek. "Sam, we zitten op een dood spoor. En wat erger is, het programma is saai!"

Sam Catlin haalde zijn schouders op en gaf zich niet bloot.

"*Zeewierverwerking op Alfard IX* — wie maalt er nou om zeewier?"

"Het is feitenmateriaal," zei Sam, in de verdediging, maar niet van zins zich in een hoek te laten drijven. "We brengen ze alles — kleur, feiten, romantiek, beeld, geluid, geur...Volgende week wordt het de Bols-expeditie naar het Lijpgebergte op Gropus."

Frayberg bukte zich voorover. "Sam, we pakken dat materiaal verkeerd aan...We moeten wat vrijer worden, van perspectief veranderen! Doe wat meer vanuit de menselijke invalshoek — sensatie, mysterie, spanning!"

Sam Catlin krulde zijn lippen. "Dan heb ik net wat je zoekt."

"O ja? Laat zien."

Catlin graaide onder in zijn prullenbak. "Ik heb dit net tien minuten geleden doorgenomen..." Hij streek de bladzijden glad en las. "Idee voor een aflevering, door Wilbur Murphy. Onderzoek en doe verslag van 'de ruimteruiter', de man die binnenkomende ruimteschepen te paard tegemoet rijdt."

Frayberg hield zijn hoofd schuin opzij. "Tegemoet rijdt op een *paard*?"

"Dat zegt Wilbur Murphy."

"Hoe hoog de ruimte in?"

"Maakt dat wat uit?"

"Nee, eigenlijk niet."

"Nou, als je het weten wilt, hij doet het op vijftien- tot dertigduizend kilometer hoogte. Hij wuift naar de piloot, neemt zijn hoed af voor de passagiers en rijdt dan weer omlaag."

"En waar gebeurt dat allemaal?"

"Op — op —" Catlin fronste zijn wenkbrauwen. "Ik kan het opschrijven, maar uitspreken kan ik het niet." Hij drukte het af op zijn scherm: CIRGAMESÇ.

"Sirgamesk," las Frayberg.

Catlin schudde zijn hoofd. "Zo ziet het eruit — maar die medeklinkers zijn allemaal geaspireerde keelklanken. Het is meer zoiets als 'Chrrghamesjchrrh'."

"Waar heeft Murphy die tip vandaan?"

"Dat heb ik maar niet gevraagd."

"Nou," peinsde Frayberg, "we kunnen altijd een aflevering doen over rare vormen van bijgeloof. Is Murphy in de buurt?"

"Hij zit zijn onkostennota uit te leggen bij Shifkin."

"Haal hem hier; laten we eens met hem babbelen."

Wilbur Murphy had een blonde broskuif, een brede sproetenneus en een ernstig geval van zijwaartse loens. Hij keek van zijn gekreukte voorstel naar Catlin en Frayberg. "Vonden het zeker niks, hè?"

"We dachten dat de nadruk wat anders kon wezen," legde Catlin uit. "In plaats van 'De ruimteruiter' zouden we het de werktitel 'Typisch bijgeloof op Chrrghamesjchrrh' kunnen geven."

"Jezusmina!" zei Frayberg. "Noem het toch Sirgamesk."

"In elk geval," zei Catlin, "met die invalshoek."

"Maar het is geen bijgeloof," zei Murphy.

"Maak het nou, Wilbur…"

"Ik kreeg dit als louter broodnuchter feit. Een man rijdt op een paard in de ruimte de binnenkomende ruimteschepen tegemoet!"

"Hoe kom je aan dat wilde fabeltje?"

"Mijn zwager is purser op de *Hemelse Reiziger*. Bij Riker's Planeet hebben ze aansluiting met de lokale lijn uit Cirgamesç."

"Ho even," zei Catlin. "Hoe sprak je dat uit?"

"Cirgamesç. De steward van de lokale lijn vertelde dit verhaal en mijn zwager gaf het weer door aan mij."

"Iemand houdt iemand voor de gek."

"Niet mijn zwager, en de steward was zo nuchter als wat."

"Dan hadden ze *bhang* gedronken. Sirgamesk is toch een Javaanse planeet?"

"Javaans, Arabisch, Maleis."

"Dan hebben ze een voorraadje *bhang* meegenomen, en wat *hasj*, *qat* en nog zo wat gezelligheidskruid."

"Nou, die ruiter is anders geen roesdroom."

"Nee? Wat dan wel?"

"Zover ik weet is het een man op een paard."

"Op vijftienduizend kilometer hoogte? In het luchtledig?"

"Precies."

"Zonder ruimtepak?"

"Zo luidt het verhaal."

Catlin en Frayberg keken elkaar aan.

"Nou, Wilbur," begon Catlin.

Frayberg onderbrak hem. "Wat we wel kunnen gebruiken, Wilbur, is een aflevering over Sirgamesks bijgeloof. Met nadruk op voodoo of heksen — en blote dansmeisjes — dingen die hun wortels op aarde hebben maar nu typerend zijn voor Sirgamesk. Veel kleur. Geheime rituelen, offers..."

"Niet veel ruimte voor geheim ritueel op Cirgamesç."

"Het is toch een grote planeet?"

"Nog niet zo groot als Mars. En zonder dampkring. De kolonisten wonen in bergdalen met luchtdichte deksels erover."

Catlin sloeg de bladzijden om van de *Schetsen in een notendop van de bewoonde werelden.* "Hier staat dat er oude ruïnes zijn van miljoenen jaren oud. Toen de dampkring verdween, is ook de bevolking eraan gegaan."

Frayberg raakte opgewonden. "Materiaal genoeg daar! Haal het hierheen, Wilbur! Leven! Seks! Spanning! Mysterie!"

"Goed dan," zei Wilbur Murphy.

"Maar kom niet aan met dat ruimteruiter gedoe. Er *zijn* grenzen aan wat het publiek gelooft, en laat niemand je wat anders wijsmaken."

✳

Buiten door het venster zag je Cirgamesç hangen op een afstand van dertigduizend kilometer. De steward leunde over Wilbur Murphy's schouder heen en wees met een lange bruine vinger. "Precies daar was het, meneer. Hij kwam aangereden —"

"Wat voor man was het? Zag hij er vreemd uit?"

"Nee. Het was een Cirgameski."

"O. Je hebt hem dus met eigen ogen gezien, hè?"

De steward boog en zijn wijde witte mantel viel voorwaarts. "Precies, meneer."

"Geen helm, geen ruimtepak?"

"Hij droeg een kort Singhalûts vest en een pofbroek en een gele Hadrasi hoed. Verder niets."

"En het paard?"

"Ach, het paard! Dat is een andere zaak."

"Hoe anders?"

"Het paard kan ik niet beschrijven. Ik lette op de man."

"Herkende je die?"

"Bij het voorhoofd van Allah de Heer, men kan maar beter niet al te goed kijken als zich zoiets voordoet."

"Dus — je hébt hem herkend!"

"Ik moet verder met mijn taak, meneer."

Murphy keek geërgerd fronsend de steward na en boog zich over zijn camera om het bandtransport te controleren.

Als er nu wat zou verschijnen en zijn ogen konden het zien, dan zou het tweehonderd-miljoenkoppige publiek van *Ken uw heelal!* met hem meekijken.

Verscheidene uren gingen voorbij. Cirgamesç groeide. De Sampan-bergketens reikten omhoog als donkere littekens; de vallei-sultanaten Singhalût, Hadra, Nieuw-Batavia en Boeng-Bohôt waren zichtbaar als glinsterende kippenpaadjes. De Grote Kloofkolonie van Sundaman strekte zich onderlangs het gebergte uit als een slakkenspoor.

Een versterkte stem rammelde door het schip. "Attentie, passagiers voor Singhalût en andere plaatsen op Cirgamesç! U wordt verzocht uw bagage gereed te maken voor de ontscheping. De douane van Singhalût is bijzonder grondig. Wij waarschuwen de passagiers geen wapens, verdovende middelen of springstof aan land te brengen. Dit is een onverbiddelijke regel!"

Het bleek dat de waarschuwing geen woord te veel was geweest. Murphy werd doorgezaagd met talloze vragen. Hij werd tot op zijn huid gefouilleerd. Hij werd in drie dimensies doorgelicht met een frequentiebereik dat erop was toegesneden om elk voorwerp te doen oplichten dat hij eventueel zou hebben verstopt in maag, onderbuik, holle botten of onder een laag vlees.

Zijn bagage werd met al even pietluttige aandacht doorzocht en Murphy wist niet dan met moeite zijn camera's te redden. "Waar maakt u zich toch zo'n zorgen over? Verdovende middelen heb ik niet; noch smokkelwaar..."

"Wapens gaat het om, Excellentie. Wapens, geweren, springstof..."

"Ik heb geen wapens."

"Maar deze voorwerpen dan?"

"Dat zijn camera's. Die nemen beelden, geluiden en geuren op."

De inspecteur maakte zich met een glanzende grijns van triomf meester van de camera's. "Naar mijn ondervinding zien camera's er heel anders uit; helaas zal ik tot inbeslagname moeten..."

Naderbij schreed een jongeman in een wijde witte pofbroek, een roze vest, een groene das en een ingewikkelde zwarte tulband. De inspecteur maakte vlug een onderdanige buiging, zijn armen wijd gespreid. "Excellentie."

De jongeman stak twee vingers op. "Wellicht zie je een mogelijkheid om de heer Murphy verder onnodig ongemak te besparen."

"Zoals Uwe Excellentie beveelt..." De inspecteur pakte met vaardige vingers Murphy's bezittingen weer in terwijl de jongeman welwillend toezag.

Steels bekeek Murphy zijn gezicht. De huid was glad en gekleurd als de opkomende maan; de ogen waren smal, donker en ogenschijnlijk kalm. De uitwerking was een indruk van zijden correctheid met dicht daaronder de robijnrode warmte van het bloed.

Tevreden over de ijver van de inspecteur wendde hij zich tot Murphy. "Staat u mij toe me voor te stellen, toean Murphy. Ik ben Ali-Tomás van het Huis Singhalût, en mijn vader de sultan bidt u zijn nederige gastvrijheid te aanvaarden."

"Ach, dank u, graag," zei Murphy. "Dit is een heel leuke verrassing."

"Als u mij toestaat, zal ik u begeleiden…" Hij keerde zich naar de inspecteur. "Bagage van meneer Murphy naar het paleis."

Murphy ging met Ali-Tomás naar buiten het licht in, waarbij hij zijn eigen vlugge tred moest aanpassen aan de trage kattensluipgang van de prins. Dit wordt in de watten leggen, zei hij bij zichzelf. Ik krijg een schitterende suite, met fruitschalen en jeneverkruiken, en niet te vergeten zijdezachte meisjes met een huid als pure room die me bij het baden de handdoek aanreiken…Wel, wel, wel, het is dus toch nog niet zo kwaad om voor *Ken uw heelal!* te werken! Ik zou nu eigenlijk mijn camera in stelling moeten brengen…

Prins Ali-Tomás nam hem eens belangstellend op. "Hoe groot is het publiek van *Ken uw heelal!*?"

"Wij noemen ze liever 'deelnemers'."

"Heel treffend. En hoeveel deelnemers bereikt u?"

"Och, de kijkcijferindex stijgt en daalt. We halen ongeveer twee-honderd miljoen schermen, met vijfhonderd miljoen deelnemers."

"Boeiend! En zegt u eens — hoe neemt u geuren op?"

Murphy toonde de aparte recorder aan de zijkant van de camera, waarin het gelatineuze spoor zat dat molecuulschema's fixeerde.

"En de weergegeven geuren — zijn die net als de originele?"

"Dicht in de buurt. Nooit precies, maar geen deelnemer merkt het verschil. Soms is de synthetische geur een verbetering."

"Verbazingwekkend!" mompelde de prins.

"En soms…Nou, Carson Tenlake was eropuit getrokken naar de mirrebloemen op Venus. Het was een hete dag — zoals alle dagen op Venus — en een lange klim. Bij het uitzenden waren er meer geuren van Carson dan van bloemen."

Prins Ali-Tomás lachte beleefd. "Hier slaan we af."

Ze kwamen uit op een plein geplaveid met rode, groene en witte tegels. De wereld onder het valleidak was als een bochtige trog, vol heiige warmte en gouden licht. Zo ver als het oog in beide richtingen reikte, waren de hellingen verdeeld in terrassen, gestreept in allerlei tinten groen. Her en der op de bodem van het dal stonden linnen pavil-joens, tenten, kramen en baldakijnen.

"Vanzelfsprekend," zei prins Ali-Tomás, "hopen wij dat u en uw deelnemers zullen genieten van Singhalût. Het ligt voor de hand dat wij om in te kunnen voeren ook uit moeten voeren. Wij willen dat het 'Made in Singhalût'-merkje aangename gedachten oproept op onze *batiks*, snij- en lakwerken."

Rustig rolden ze over het plein in een charabanc voorzien van het Huisembleem. Murphy rustte languit in de diepe, koele kussens. "Uw inspecteurs zijn behoorlijk tuk op wapens."

Ali-Tomás lachte voldaan. "Ons bestaan hier is ordelijk en vredig. U bent wellicht bekend met het begrip *adak*?"

"Niet dat ik weet."

"Een term, een idee van de oude aarde. Elke daad van levenden past in de ordening van een ritueel. Maar onze afstamming is getekend door hartstocht — en als onbuigzame *adak* de weg verspert aan onstuitbare emotie, dan is er beroering, soms zelfs bloedvergieten."

"Een *amok*."

"Precies. Het verdient de voorkeur dat de *amok* over geen ander wapen beschikt dan een mes. Anders zouden er twintig doden vallen tegen nu slechts een."

De wagen rolde door een smalle laan en deed voetgangers opzij stuiven zoals een scheepsboeg het schuim. De dorpslieden droegen wijde witte pofbroeken en korte open vesten; de vrouwen droegen alleen de broeken.

"Een knap slag mensen," meende Murphy.

Opnieuw lachte Ali-Tomás voldaan. "Ik ga ervan uit dat Singhalût in uw programma een schoon en verheffend schouwspel zal zijn."

Murphy dacht aan het hoofdthema van Howard Fraybergs opdracht: *"Spanning! Seks! Mysterie!"* Frayberg gaf geen snars om verheffende schoonheid. "Ik stel me zo voor," wierp hij terloops op, "dat u verscheidene belangwekkende festiviteiten te vieren hebt? Met kleurige dansen? Unieke gebruiken?"

Ali-Tomás schudde zijn hoofd. "Integendeel. Ons bijgeloof hebben wij met de voorouderverering op aarde achtergelaten. Wij zijn bedaarde moslims en gaan ons aan maar weinig feestelijkheid te buiten. Misschien ligt daarin de reden van *amoks* en sjambaks."

"Sjambaks?"

"Wij gaan daar niet prat op. U zult tersluikse geruchten horen en het is daarom beter dat ik u tevoren wapen met de onverbloemde waarheid."

"Wat is een sjambak?"

"Het zijn bandieten, zij tarten het gezag. Ik zal er u dadelijk een laten zien."

"Ik heb gehoord," zei Murphy, "van een man op een paard die ruimteschepen tegemoet rijdt. Wat zou de verklaring zijn van dat verhaal?"

"Dat kan onmogelijk een grond hebben," zei Prins Ali-Tomás. "Wij hebben geen paarden op Cirgamesç. Geen enkel."

"Maar..."

"Louter platvloers geklets. Zulke onzin kan niet interessant zijn voor die hoogst intelligente deelnemers van u."

De wagen rolde een plein op van honderd meter in het vierkant, omringd door welige bananenpalmen. Aan de overkant stond een geweldig paviljoen van goud-met-paarse zijde en met meer dan een tiental driehoekige frontons in allerlei wisselend glanzende tinten. Midden op het plein stond een zes meter hoge paal met daarop een kooi van een meter bij een halve meter, en anderhalve meter hoog.

Krom in de kooi stond een naakte man.

De wagen rolde erlangs. Prins Ali-Tomás wuifde loom. De gekooide man tuurde woest omlaag met bloeddoorlopen ogen. "Dat," zei Ali-Tomás, "is nu een sjambak. Zoals u ziet," er klonk een lichte verontschuldiging in zijn stem, "doen wij pogingen hen te ontmoedigen."

"Wat is dat metalen voorwerp op zijn borst?"

"Het kenmerk van zijn stiel. Daaraan kent u alle sjambaks. In deze onzekere tijden mogen alleen wij van het Huis onze borst bedekken — alle anderen moeten zich openlijk vertonen en zich daarmee als oprechte Singhalûsi doen kennen."

Aarzelend opperde Murphy: "Ik moet hier eens terugkomen om die kooi op te nemen."

Ali-Tomás schudde glimlachend zijn hoofd, ik zal u onze boerderijen laten zien, onze wijn- en boomgaarden. Daarvan zullen uw deelnemers genieten; zij zullen niets op hebben met de kleur van een laaghartige sjambak."

"Och," zei Murphy, "ons doel is een evenwichtige productie. Wij willen zeker de boeren aan het werk laten zien, de leden van het Huis en hun vele verantwoordelijkheden, maar ook het welverdiende lot van snoodaards."

"Precies. Voor elke sjambak zijn er tienduizend nijvere Singhalûsi. Daaruit volgt dat maar een tienduizendste deel van uw opnamen dient te worden besteed aan deze minderwaardige minderheid."

"Zo'n drie tiende seconde, hè?"

"Niet meer dan ze verdienen."

"Dan kent u mijn chef productie niet. Zijn naam is Howard Frayberg en…"

Howard Frayberg was verdiept in een bespreking met Sam Catlin en vertoonde de symptomen van wat Catlin zijn filosofische fase noemde, een fase die Catlin nota bene het meest vreesde.

"Sam," zei Frayberg, "ken jij het risico van dit vak?"

"Maagzweren," zei Catlin meteen.

Frayberg schudde zijn hoofd. "We hebben een beroepsziekte die bestreden moet worden — toenemende mentale bijziendheid."

"Jij zegt het," zei Catlin.

"Ga maar na. We zitten in dit kantoor. We denken dat we weten wat voor soort onderwerp het doet. We sturen onze mensen daarop uit. Wij tekenen hun cheques, dus komen ze terug met wat wij hadden gevraagd. We kijken ernaar, horen het, ruiken het — en al gauw geloven we er ook nog in: onze versie van het heelal, kant en klaar uit ons brein zoals Pallas Athene uit de kop van Zeus. Zie je wat ik bedoel?"

"Ik kan de woorden volgen."

"We hebben ons eigen beeld van wat er gaande is. We vragen erom en krijgen het. Dat stapelt zich maar op — en op het laatst zitten we als muizen in de val van onze eigen ideeën. Als kannibalen eten we onze eigen hersens op."

"Niemand zal je er ooit van beschuldigen dat je karig bent met beeldspraak."

"Sam, de waarheid nu. Hoeveel keer ben jij buiten de aarde geweest?"

"Ik ben eens op Mars geweest. En ik heb een paar weken in het Aristillus kuuroord op de maan gezeten."

Frayberg leunde achterover in zijn stoel alsof hij geschokt was. "En wij worden geacht een stel geleerde planetologen te zijn!"

Catlin maakte een rommelend geluid in zijn keel. "Ik ben de dierenriem niet rond geweest en wat zou dat? Daarnet heb je geniesd en toen zei ik 'gezondheid', maar een medische titel heb ik niet."

"Er komt een moment in elk mensenleven," zei Frayberg, "dat je de balans wilt opmaken, dat je een nieuw perspectief nodig hebt."

"Rustig nou, Howard. Rustig maar."

"In ons geval houdt dat in: neem je vooropgezette ideeën, bekijk ze goed, vergelijk je illusies met de werkelijkheid."

"Is dit je ernst?"

"En nog iets," zei Frayberg. "Ik wil het een en ander eens controleren. Shifkin zegt dat de onkosten schrikbarend zijn. Maar hij kan er niets tegen beginnen. Als Keeler zegt dat hij op Nekkar IV tien munits betaalde voor een brood, wie zal hem dan tegenspreken?"

"Verdorie, laat hem toch dat brood eten! Dat is goedkoper dan een safari langs de Melkweg houden om overal de prijzen op te nemen."

Frayberg bleef onverstoorbaar. Hij drukt op een knopje; er verscheen een meterbrede bol vol glinsterende stipjes. In het midden was de aarde, van waaruit rode lijntjes, de geregelde ruimtevaartroutes, uitwaaierden in alle richtingen.

"Laat eens kijken wat voor kring we kunnen maken," zei Frayberg. "Hier hebben we Gower op Canopus, Keeler zit hier bij Blauwe Maan, Wilbur Murphy zit op Sirgamesk…"

"Vergeet nou niet," mopperde Catlin, "dat we ook nog een uitzending hebben."

"We hebben materiaal genoeg voor een jaar," schamperde Frayberg. "Neem contact op met *De ruimtelijn*. We beginnen met Sirgamesk om te zien wat Wilbur Murphy uitspookt."

Wilbur Murphy werd net door prins Ali-Tomás voorgesteld aan de sultan van Singhalût. Met gekruiste benen zat de sultan, een bedaard kereltje van zeventig, op een enorm roze-met-groen luchtkussen. "Doe of u thuis bent, meneer Murphy. Wij houden ons zo weinig mogelijk aan protocol." De sultan had een droge, afgemeten stem en nogal het voorkomen van een drukbezette directeur. "U vertegenwoordigt toch het Centraal Aards Binnenlands Videonet?"

"Ik ben vaste cameraman van het programma *Ken uw heelal!*"

"Wij voeren nogal wat uit naar de aarde," peinsde de sultan, "maar niet zoveel als we wel zouden willen. We zijn erg blij met uw belangstelling voor ons en we willen u uiteraard op alle mogelijke manieren bijstaan. Morgen zal de archiefhouder u een reeks kaarten tonen waarop onze economie wordt ontleed. Ali-Tomás hier zal u persoonlijk langs de viskwekerijen geleiden. We willen u doen weten dat we hier op Singhalût ons beste beentje voorzetten."

"Dat wil ik best aannemen," zei Murphy in het nauw gebracht. "Dat is evenwel nu niet precies het materiaal dat ik zoek."

"Nee? Hoe liggen uw wensen dan?"

Tactvol zei Ali-Tomás: "De heer Murphy stelde tamelijk veel belang in de sjambak die op het plein tentoongesteld staat."

"Ach. En je hebt uitgelegd dat zulke afvalligen van geen belang kunnen zijn voor hen die in ernst onze planeet willen bestuderen?"

Murphy begon uit te leggen dat rond tweehonderd miljoen op *Ken uw heelal!* afgestemde schermen vier- of vijfhonderd miljoen deelnemers waren gegroepeerd waarvan het grootste deel niet geïnteresseerd was in ernst of studie. De sultan onderbrak hem beslist: "Ik zal u nu deelgenoot maken van iets waarlijk interessants. Wij Singhalûsi zijn ons aan het opmaken om weer vier nieuwe dalen te ontginnen, wat een gebiedsuitbreiding van tweehonderdvijftigduizend hectare betekent! Ik zal mijn fysisch-geografische modellen tot uw beschikking stellen; u mag er volledig over beschikken!"

"Ik verheug me zeer op die gelegenheid," verklaarde Murphy. "Maar morgen zou ik graag wat door het dal snuffelen om uw volk te ontmoeten, hun gebruiken waar te nemen, hun godsdienstige riten, verlovingen, teraardebestellingen..."

De sultan trok een wrang gezicht. "Wij zijn zo saai als dooie pieren. Feestdagen worden bescheiden binnenshuis gevierd; er is weinig godsdienstijver; verlovingen zijn gebaseerd op contracten tussen de families. U zult hier in Singhalût helaas weinig sensationeel materiaal vinden."

"Hebt u dan geen tempeldansen?" vroeg Murphy. "Geen slangenbezweerders, vuurdansers of voodoo?"

De sultan lachte neerbuigend. "Wij zijn juist helemaal hier naar Cirgamesç gekomen om aan het ouderwetse bijgeloof te ontsnappen. Wij leven in ordelijke rust. Zelfs de *amoks* zijn vrijwel verdwenen."

"Maar die sjambaks —"

"Te verwaarlozen."

"Nou," zei Murphy, "ik zou wel naar een paar van die oeroude steden toe willen."

"Ik zou het u niet aanraden," deelde de sultan mee. "Het zijn maar scherven en verweerde stenen. Er zijn geen inscripties, geen kunst. Dood gesteente is niet opwekkend. Welnu. Morgen zal ik een verslag aanhoren over het aanplanten van gekruiste sojabonen in het Bovenkam-district. Daar zult u bij willen zijn."

De suite van Murphy voldeed ruimschoots aan zijn verwachtingen. Hij had vier kamers met een privétuin omsloten door een bamboebosje. De wanden van zijn badkamer bestonden uit glanzend actinoliet, ingelegd met vermiljoen, jade, galeniet, pyriet en blauw malachiet, in voorstellingen van fantastische vogels. Zijn slaapkamer was een tent van tien meter hoog. Twee wanden waren van donkergroene stof; een derde was roestig goudkleurig; de vierde was open en zag uit op de privétuin.

Murphy's bed was een roze-met-gele creatie van drie bij drie meter, zo zacht als spinrag, geurend naar sandelhout. Kommen van zwart lak- en snijwerk waren gevuld met fruit; twintig wijnsoorten, likeuren, siropen en kruidendranken vloeiden naar believen uit evenzovele ebbenhouten schenktuiten.

In het hart van de tuin was een vijver met koel water, heel aangenaam in de klamme vochtigheid van Singhalût. Het enige dat ontbrak, waren de lieflijke jonge dienaressen die Murphy zich had ingebeeld. Hij nam zich voor in deze leemte te voorzien en in de Barangipan, een donker wijnhuis achter het paleis maakte hij kennis met een meisje, genaamd Soek Panjoebang, dat daar een instrument bespeelde. Hij raakte in de ban van de betoverende tonen vol zoete zwevingen uit haar *gamelan*, een instrument dat was genoemd naar een slagwerkorkest van Bali uit de oudheid. Soek Panjoebang had de tedere trekken en de doorschijnende huid van Sumatra, de lenige lange ledematen van Arabië en in haar beide grote gouden ogen een erfstuk van ergens uit het Keltische Europa. Murphy kocht voor haar een kelk met ijs-schaafsels, elk met een andere geur, terwijl hij zelf van het witte rijstbier dronk. Soek Panjoebang gaf blijk van grote belangstelling voor de aardse zeden en

Murphy had moeite het gesprek in banen te leiden. "Wielbrrr," zei ze. "Wat een grappige naam, Wielbrrr. Dacht je dat ik in de grote paleizen op aarde ook de *gamelan* zou kunnen bespelen?"

"Welja. Er is geen wet tegen *gamelans*."

"Je praat zo leuk, Wielbrrr. Ik vind het leuk je te horen praten."

"Je zult je hier in Singhalût zeker wel vervelen, op den duur."

Ze haalde haar schouders op. "Het leven is wel aardig, maar het houdt zich bezig met kleinigheden. Er is geen avontuur. We kweken bloemen, bespelen de *gamelan*." Van opzij keek ze hem schalks aan. "We bedrijven de liefde…We slapen…"

Murphy grijnsde. "Je maakt *amok*."

"Nee, nee, nee. Dat is voorbij."

"Voorbij sinds de sjambaks, hè?"

"De sjambaks zijn slecht. Maar beter dan *amok*. Als een man voelt hoe de knevel om zijn borst gaat knellen, grijpt hij niet meer zijn kris om dan de straat op te rennen — hij wordt sjambak."

Nu werd het interessant. "Waar gaat hij heen? Wat doet hij?"

"Hij steelt."

"Wie besteelt hij? Wat doet hij met de buit?"

Ze bukte zich naar hem toe. "Het is niet goed om over hen te praten."

"Waarom niet?"

"De sultan wil het niet. Overal zijn luistervinken. Als iemand over sjambaks praat, spitst de sultan zijn oren als een kat."

"Wat zou dat — als hij dat doet? Mijn belangstelling is zuiver op de graat. Ik heb er een gezien in een kooi in het dorp. Dat is marteling, zo klaar als een klontje. Ik wil er meer van weten."

"Die is erg slecht. Hij deed een monorailwagon open en de lucht blies eruit. Tweeënveertig Singhalûsi en Hadrasi zwollen op en ploften."

"En wat gebeurde er met de sjambak?"

"Hij nam al het goud en het geld en de juwelen en ontkwam."

"Ontkwam waarheen?"

"Ver weg over de Grote Vlakte van Pharasang. Maar hij was dom. Hij ging terug naar Singhalût om zijn vrouw op te halen; hij werd gegrepen en voor de mensen tentoongesteld, zodat ze elkaar zouden vertellen: 'Zo vergaat het sjambaks'."

"Waar houden de sjambaks zich verscholen?"

"Ach," ze keek afwezig de kamer rond, "daarbuiten op de vlakten. In de bergen."

"Ze moeten een onderkomen hebben — een luchtkoepel."

"Nee. Dan zou de sultan zijn patrouilleboot sturen en hen vernietigen. Ze zwerven stilletjes rond. Ze verstoppen zich tussen rotsen en bedienen hun zuurstofdistillateurs. Soms gaan ze naar de oude steden."

"Ik vraag me af," zei Murphy, in zijn bier turend, "zijn het misschien de sjambaks die te paard ruimteschepen tegemoet rijden?"

Soek Panjoebang fronste als verstrooid haar zwarte wenkbrauwen.

"Daarom ben ik hierheen gekomen," ging Murphy verder. "Dat verhaal van een man die te paard de ruimte inrijdt."

"Belachelijk; we hebben geen paarden op Cirgamesç."

"Goed, goed. De steward kan geen eed doen op het paard. Stel dan dat hij daarboven te voet was of op de fiets. Maar de steward heeft een man herkend."

"En wie was die man dan wel, als ik dat mag vragen?"

"De steward wou niks meer zeggen … En voor mij zou de naam toch niet meer geweest zijn dan wat geluid."

"Ik zou de naam misschien herkennen…"

"Vraag het hem dan zelf. Het schip staat nog op de landingsbaan."

Ze schudde langzaam haar hoofd, haar gouden ogen gericht op zijn gezicht. "Ik heb geen zin de aandacht te trekken van steward, sjambak — of sultan."

Ongeduldig zei Murphy. "Trouwens, het gaat niet om wie — maar om hóe. Hoe haalt die man adem? Het luchtledige zuigt iemands longen uit zijn mond, doet de maag barsten, zijn oren…"

"Wij hebben uitstekende doctoren," zei Soek Panjoebang huiverend, "maar helaas! ik ben er niet een."

Murphy keek haar scherp aan. In haar stem klonk de zoete klacht van haar instrument, met een spottende bijklank. "Er moet een soort onzichtbare koepel om hem heen zitten die de lucht vasthoudt," zei Murphy.

"En als dat zo is?"

"Dat is wat nieuws, en als het zo is, wil ik er meer van weten."

Soek lachte loom. "Je bent typisch een oudaarder — zorgelijk, rimpels trekkend, driftig. Je moet je ontspannen, *napaû* oefenen, van het leven genieten zoals wij hier in Singhalût."

"Wat is *napaû*?"

"Dat is onze filosofie, waarmee we zin en leven en schoonheid vinden in ieder aspect van de wereld."

"Die sjambak in de kooi zou momenteel wel met wat minder *napaû* toekunnen."

"Ongetwijfeld is hij ongelukkig," beaamde ze.

"Ongelukkig! Hij wordt gemarteld!"

"Hij heeft de wet van de sultan overtreden. Zijn leven hoort hem niet langer toe. Het behoort aan Singhalût. Als de sultan wenst het aan te wenden als waarschuwing voor andere boosdoeners, dan is het feit dat de man lijdt van weinig gewicht."

"Als ze allemaal die metalen versiering dragen, hoe kunnen ze dan hopen onopgemerkt te blijven?" Hij blikte even naar haar eigen blote boezem.

"Ze verschijnen 's nachts — glippen als spoken door de straten..." Ze keek op haar beurt naar Murphy's wijde hemd. "Je zult merken dat mensen je even aanraken, je betasten," ze legde een hand op zijn borst, "en als dat gebeurt, dan weet je dat het agenten van de sultan zijn, want alleen vreemdelingen en leden van het Huis mogen hemden dragen. Maar laat me nu voor je zingen — een lied van het Oude Land, oud Java. Je zult de taal niet verstaan, maar geen andere woorden weten zich zo te verenigen met de stem van de *gamelan*."

"Dit is pas leven," zei Murphy de volgende morgen. "In plaats van in een suite met tuin en privévijver, slaap ik gewoonlijk in een koepeltent met louter gecondenseerd voedsel te eten."

Soek Panjoebang slingerde het water uit haar sluike zwarte haar. "Misschien, Wielbrrr, zal je het jammer vinden om van Cirgamesç weg te gaan?"

"Nou," hij keek omhoog naar het doorzichtige dak, ternauwernood zichtbaar waar het zonlicht brak en gebundeld werd, "ik heb niet veel op met opgesloten zitten als een vogel in een volière... Beetje last van claustrofobie, lijkt het."

Na het ontbijt, met stroperige koffie uit kleine zilveren kopjes, keek Murphy lang en aandachtig Soek Panjoebang aan.

"Waar denk je aan, Wielbrrr?"

Murphy dronk zijn kopje leeg. "Ik dacht dat ik maar eens aan het werk moest gaan."

"En wat ga je doen?"

"Eerst ga ik het paleis opnemen en jou, terwijl je hier in de tuin je *gamelan* zit te bespelen."

"Maar Wielbrrr — toch niet *mij*!"

"Jij bent een deel van het heelal, een tamelijk interessant deel. Daarna neem ik het plein..."

"En de sjambak?"

Van achteren klonk een zachte stem. "Iemand op bezoek, toean Murphy."

Murphy draaide zijn hoofd om. "Breng maar binnen." Hij keek Soek Panjoebang weer aan. Ze was opgestaan.

"Ik behoor nu weg te gaan."

"Wanneer zie ik je weer?"

"Vanavond — bij de Barangipan."

De zachte stem zei: "De heer Rube Trimmer, toean."

Trimmer was klein en van middelbare leeftijd, met smalle schouders en een buikje, maar hij bewoog zich met hoogmoedige zwier. Zijn huid had het wasachtige uiterlijk van vergane bloei, zijn witte kuif was piekerig dun, zijn oogleden hadden een zijwaartse hang zoals amateur-fysionomen die graag in verband brengen met arglistigheid.

"Ik ben directeur-resident van de Import-Export Bank," zei Trimmer. "Ik hoorde dat je er was en ik dacht, kom, ik ga even langs."

"Ik neem aan dat je hier weinig vreemden ziet."

"Niet al te veel — er is niet veel dat ze hier brengt. Cirgamesç is geen gezellige toeristenplaneet. Te opgesloten, te benauwd. Iemand met een gevoelig gemoed wordt hier maar al te gauw mesjogge."

"Ach ja," zei Murphy, "vanmorgen dacht ik nog hetzelfde. Dat koepeldak gaat je op je zenuwen werken. Hoe houden de inheemsen het uit? Of doen die dat ook niet?"

Trimmer trok zijn sigarenkoker. Murphy sloeg het aanbod af.

"Tabak van hier," zei Trimmer. "Heel goed." Bedachtzaam stak hij op. "Nou, je zou kunnen zeggen dat de Cirgameski een gespleten ziel hebben. Ze hebben het dociele bloed van Java, plus het vuur van

Arabië. Het Javaanse deel zit bovenop, maar elke keer zie je weer even een arrogante opleving...Je weet dus maar nooit. Ik ben hier nu al negen jaar en ik ben nog steeds een vreemdeling." Hij trok aan zijn sigaar en nam Murphy op met zijn behoedzame blik. "Ik hoor dat je werkt voor *Ken uw heelal!*"

"O ja. Ik ben een van de verkenners."

"Lijkt me een reuzebaan."

"Je ziet heel wat van de Melkweg en je loopt tegen gekke verhalen op, zoals dat sjambakgedoe."

Trimmer was niet verrast en hij knikte. "Een goeie raad, Murphy, blijf van die sjambaks af. Dat is hier geen gezond onderwerp."

De directe benadering verbaasde Murphy. "Wat is er nou zo geheim aan die sjambaks?"

Trimmer keek de kamer rond. "We worden hier afgeluisterd."

"Ik heb twee opnemers gevonden en uitgeschakeld," zei Murphy.

Trimmer moest lachen. "Die waren gewoon nep. Ze verstoppen die zo dat je ze nog net zou kunnen vinden. De echte kan je niet vinden. Die weven ze in dat doek — drukgevoelige bedrading."

Murphy keek eens kritisch naar de wanden van stof.

"Trek je er maar niets van aan," zei Trimmer. "Ze luisteren meer uit gewoonte dan om wat dan ook. Als het je hindert, gaan we gewoon even aan de wandel."

De weg voerde het paleis langs de landerijen in. Murphy en Trimmer slenterden langs een vredige rivier, vol welig lelieblad en krioelend van grote witte eenden.

"Dat sjambakgedoe," zei Murphy. "Iedereen draait eromheen. Je kunt er niemand op vastleggen."

"Mij inbegrepen," zei Trimmer, ik heb hier zogezegd allerlei voorrechten. De sultan financiert zijn ontginningen via de bank, ondersteund door mijn verslagen. Maar er zit meer aan Singhalût vast dan die sultan."

"En dat is?"

Trimmer wuifde ondeugend met zijn sigaar. "Nu komen we op een onderwerp waar ik niet graag over praat. Laat ik een wenk geven. Prins Ali vindt dat het overdekken van nog meer dalen geldverspilling is, zolang Hadra, Nieuw-Batavia en Sundaman zo dichtbij liggen."

"Je bedoelt — gewapenderhand veroveren?"

Trimmer moest lachen. "Jij zegt het, ik niet."

"Hun oorlogvoeren kan nooit veel soeps worden — tenzij de soldaten met de monorail heen en weer reizen."

"Misschien denkt prins Ali dat hij alles kan oplossen."

"Sjambaks?"

"Ik heb niets gezegd," zei Trimmer uitgestreken.

Murphy grinnikte. Even later zei hij: ik heb aangepapt met een meisje dat Soek Panjoebang heet en de *gamelan* bespeelt. Ik neem aan dat ze of voor de sultan, of voor prins Ali werkt. Weet jij wie van die twee?"

Trimmers ogen twinkelden. Hij schudde zijn hoofd. "Het kan allebei. Er is maar één manier om erachter te komen."

"O ja?"

"Neem haar mee naar een plek waar absoluut geen afluistercellen zijn. Vertel haar twee dingen — een voor Ali en het ander voor de sultan. Als een van die twee reageert, dan heb je haar te pakken."

"Noem eens wat?"

"Nou, ze komt bijvoorbeeld te weten dat je een hypnotische straal kunt knutselen uit een zaklantaarnbatterij, een stukje bamboe en wat eindjes draad. Dat zal Ali doen watertanden. Hij kan niet aan wapens komen. Nergens. En dan de sultan," Trimmer begon aardigheid te krijgen in zijn listen en kauwde gretig op zijn sigaar, "vertel haar dat je een katalysator kent die klei omzet in aluminium en zuurstof onder invloed van zonlicht. De sultan zou daar zijn rechterbeen voor geven. Hij zet zich volledig in voor Singhalût en Cirgamesç."

"En Ali dan?"

Trimmer aarzelde. "Wat ik nu ga zeggen, heb ik helemaal nooit gezegd. Onthoud dat — ik heb het niet gezegd."

"Goed dan, je hebt dat nooit gezegd."

"Ooit gehoord van een *jihad*?"

"Een heilige moslimoorlog."

"Ali wil een *jihad*, geloof het of niet."

"Dat klinkt tamelijk vergezocht."

"Vergezocht is het zeker. Vergeet niet, ik heb er nooit wat over gezegd. Maar stel iemand — heel onofficieel natuurlijk — verspreidt dat gerucht bij het Vredesbureau thuis."

"Aha," zei Murphy. "Daarom ben je me komen opzoeken."

Trimmer trok een gezicht van gekwetste onschuld. "Nou bent u toch niet sportief, meneer Murphy. Ik ben gewoon een aardige man. Maar natuurlijk zou ik niet graag zien dat de bank het geld kwijtraakte dat op de sultan is vastgezet."

"Waarom stuur je zelf geen verslag?"

"Heb ik gedaan! Maar als ze van jou hetzelfde horen, een vent van *Ken uw heelal!*, dan ondernemen ze misschien wat."

Murphy knikte.

"Goed, we begrijpen elkaar," zei Trimmer opgewekt, "dan is alles duidelijk."

"Niet helemaal. Hoe moet Ali een *jihad* beginnen als hij niet beschikt over wapens, ruimteschepen of voedselvoorraden en zo?"

"Daarmee," zei Trimmer, "betreden we het terrein der veronderstellingen." Hij zweeg even en keek achterom. Een boer die een grondfrees voortduwde, boog beleefd en kruide zijn werktuig voorbij. Daarachter kwam een jonge kerel met een zwarte tulband, gouden oorringen, een zwart-rood vest, een witte pofbroek en zwarte pantoffels met krulneuzen. Hij boog en wilde ook voorbij. Trimmer hield zijn hand omhoog. "Loop niet te ver door; wij gaan over een paar minuten terug."

"Dank u, toean."

"Aan wie doe je verslag? Aan de sultan of aan prins Ali?"

"De toean zou zeker door de sluier van mijn uitvluchten heenkijken. Ik zal dus niet veinzen. Ik ben een man van de sultan."

Trimmer knikte. "Als je nu zo vriendelijk wilt zijn om zo'n honderd meter door te lopen, tot waar je fluistermicrofoon niet meer werkt."

"Als u mij toestaat, ik ga." Hij trok zich ongehaast wat terug.

"Het is vrijwel zeker dat hij voor Ali werkt," zei Trimmer.

"Niet bepaald een kien leugentje."

"Wel hoor — derde niveau. Hij gokte dat ik tweede niveau zou kiezen."

"Wat zeg je me nou?"

"Natuurlijk kon ik hem nooit geloven. Hij wist dat ik wist dat hij dat wist. Dus toen hij 'sultan' zei, zou ik moeten denken dat hij niet enkelvoudig kon liegen, maar dat hij dubbel zou liegen — dat hij dus echt voor de sultan werkte."

Murphy moest erom lachen. "Maar stel dat hij loog op het vierde niveau?"

"Ja, dan kom je er al gauw niet meer uit," gaf Trimmer toe. "Maar ik denk niet dat hij mij daar slim genoeg voor inschat…Wat doe je de rest van de dag?"

"De inleidende opnamen. Weet jij soms waar ik schilderachtige rituelen kan vinden? Mystiek gedans, mensenoffers? Ik moet wat romantiek en uitheemse traditie zien te versieren."

"Je hebt die sjambak in zijn kooi. Dichter bij de middeleeuwen zul je nergens in het aards gemenebest kunnen komen."

"Over sjambaks gesproken…"

"Geen tijd," zei Trimmer. "Ik moet nodig terug. Kom eens langs op kantoor — vanuit het paleis dwars over het plein."

Murphy keerde terug in zijn suite. De schimmige gestalte van zijn bediende verscheen en zei: "Zijne Hoogheid de sultan verlangt de aanwezigheid van de toean in de tuin van de cascade."

"Bedankt," zei Murphy. "Meteen als ik mijn camera's heb geladen."

De zaal van de cascade was een open serre tegenover een kunstmatig geconstrueerde waterval. De sultan ijsbeerde er heen en weer, gekleed in stoffige kaki beenwindsels, hoge bruine plastic schoenen en een gele sweater. Hij droeg een stokje dat hij hanteerde als een rijzweep; onder het lopen sloeg hij ermee op zijn hoge schoenen. Zodra Murphy verscheen, draaide hij zijn hoofd om en hij wees met zijn stokje naar een rieten bank.

"Gaat u toch zitten, alstublieft, meneer Murphy." Hij liep nog eens heen en weer. "Hoe is uw suite? Bevalt hij u wel?"

"Hij bevalt mij bijzonder."

"Uitstekend," zei de sultan, ik ben vereerd met uw bezoek."

Murphy wachtte geduldig.

"Ik hoor dat u vanmorgen bezoek had," zei de sultan.

"Meneer Trimmer, ja."

"Mag ik naar de aard van het gesprek vragen?"

"De aard van het gesprek was persoonlijk," zei Murphy, eigenlijk wat meer kortaf dan hij had bedoeld.

De sultan knikte weemoedig. "Een Singhalûsi zou een uur hebben verspild met het vertellen van halve waarheden — verminkt genoeg om verwarring te scheppen, maar niet zo onnauwkeurig dat ik boos zou kunnen worden voor het geval ik de hele tijd een afluistercel bij hem had gehad."

Murphy glimlachte. "Een Singhalûsi moet hier ook de rest van zijn leven nog slijten."

Een lakei rolde een beslagen koelkabinetje voor hun zetels, zette twee roemers onder de schenktuiten en trok zich weer terug. De sultan kuchte even. "Trimmer is een prima kerel, maar ongelooflijk breedsprakig."

Murphy schonk zich vier vingers van een gekoelde bleekroze drank in. De sultan sloeg met het stokje op zijn schoenen. "Zonder twijfel heeft hij u al mijn privézaken toevertrouwd, of ten minste zoveel als ik hem ervan aan de weet heb laten komen."

"Nou — hij had het over uw hoop op een toenemende omvang van Singhalût."

"Dat is geen hoop, goede vriend; dat is bittere noodzaak. Onze bevolkingsdichtheid is zeshonderd per vierkante kilometer. Wij moeten uitbreiden of stikken. Er zal te weinig voedsel om te eten zijn en te weinig zuurstof om adem te halen."

Opeens veerde Murphy op. "Van dat idee zou ik het thema van het programma kunnen maken! Het dilemma van Singhalût: uitbreiding of ondergang!"

"Nee, dat zou ongewenst zijn, ongepast."

Murphy was nog niet overtuigd. "Dat klinkt als een kraker."

De sultan lachte. "Ik zal u van een vertrouwelijke wetenswaardigheid op de hoogte stellen — al zal Trimmer me zeker voor zijn geweest." Hij gaf zijn schoenen een geërgerde mep. "Om uit te breiden, heb ik fondsen nodig. Die fondsen verwerft men het best in een sfeer van rust en vertrouwen. De suggestie van een noodtoestand zou rampzalig zijn voor mijn oogmerken."

"Aha," zei Murphy, "ik begrijp uw positie."

De sultan keek Murphy eens zijdelings aan. "Vooruitlopend op uw medewerking heeft mijn minister van Propaganda een programma van een uur opgesteld, waarin nadruk wordt gelegd op onze vooruitstrevende maatschappelijke houding, op onze welvaart en de financiële vooruitzichten…"

"Maar sultan..."

"Ja?"

"Ik kan niet toestaan dat uw minister van Propaganda mij en *Ken uw heelal!* gebruikt als een soort investeringsprospectus."

De sultan knikte mismoedig. "Ik verwachtte al dat u dat standpunt zou innemen...Goed — wat had u zelf dan gedacht?"

"Ik was op zoek naar een aanknopingspunt," zei Murphy. "Ik geloof dat dat het schrille contrast wordt tussen de ruïnesteden en de nieuwe overkoepelde dalen. Hoe de aardse kolonisten zijn geslaagd, terwijl het oervolk de uitdaging van een wegsijpelende dampkring niet aankon."

"Och," beaamde de sultan met tegenzin, "dat is zo slecht nog niet."

"Vandaag wil ik wat plaatjes schieten van het paleis, de koepel, de stad, de rijstvelden, bosjes, boomgaarden en boerderijen. Morgen ga ik eropuit naar een van de ruïnes."

"Op die manier," zei de sultan, "hebt u mijn kaarten en grafieken dus niet nodig?"

"Ach, sultan, ik zou het materiaal dat uw minister van Propaganda heeft bekokstoofd, best willen filmen en mee terugnemen naar de aarde. Howard Frayberg zou er het mes inzetten, het verknippen en uit elkaar trekken, er wat koppensnellen tussen monteren, met wat kannibalisme en tempelprostitutie, en u zou Singhalût niet herkennen als u het zag. U zou gillen van afschuw en mij zouden ze ontslaan."

"In dat geval," zei de sultan, "laat ik het over aan wat uw geweten u ingeeft."

Howard Frayberg keek rond naar het grauwe landschap van Riker's Planeet en zag uit over de bulderende Mogador Oceaan. "Sam, ik denk dat daarbuiten een verhaal te vinden is."

Sam Catlin rilde in zijn elektrisch verwarmde glazen overjas. "Daar op die oceaan? Die zit vol mensenetende plesiosaurussen — afgrijselijke dingen van twaalf meter lang."

"Stel nou dat we iets opzetten in de geest van Moby Dick? *Het witte monster van de Mogador Oceaan.* We zeilen uit op een catamaran —"

"Wij?"

"Welnee," zei Frayberg ongeduldig. "Natuurlijk niet wij. Twee of drie man personeel. Zij zeilen daar de zee op, bekijken die grijze en rode monsters, doen een of twee keer of het op een gevecht uitloopt, en al die tijd zijn ze op zoek naar de legendarische witte. Hoe klinkt dat?"

"Ik denk niet dat we onze mensen genoeg betalen."

"Wilbur Murphy zou het misschien wel doen. Die is ook bereid om op zoek te gaan naar een man die te paard zijn ruimteschip tegemoet rijdt."

"Een witte plesiosaurus die zijn catamaran tegemoet zwemt, kon hem weleens net even te ver gaan."

Frayberg wendde zich af. "Iemand moet hier toch ideeën hebben..."

"Laten we maar weer op de ruimtehaven af gaan," zei Catlin. "We hebben nog twee uur om de Sirgamesk pendel te halen."

Wilbur Murphy zat in de Barangipan en keek naar marionettenspel bij muziek van xylofoon, castagnetten, gong en *gamelan*. Het theater bevatte nog elementen uit de protohistorie van Mohenjodaro. Het was door het oude India gesijpeld, door middeleeuws Birma, Malakka, de Straat van Malakka over naar Sumatra en Java. En uit modern Java door de ruimte naar Cirgamesç in totaal vijfduizend jaar tijd en tweehonderd lichtjaren ruimte. Onderweg had het theater van lieverlee de moderne techniek opgepikt. Magnetische bundels bewogen armen, benen en lijven, stuurden de houdingen en gebaren. Het gezicht van de poppenspeler stuurde via plugjes, draden, radio en miniatuur-selsyn zijn dreigende, lachende of minachtende grimassen naar het spichtige gezichtje dat hij beheerde. De taal was die van het Oude Java en werd door misschien een derde van de toeschouwers verstaan. Tot dit gedeelte behoorde Murphy niet en toen de voorstelling voorbij was, was hij niet wijzer dan aan het begin.

Soek Panjoebang glipte in de stoel naast Murphy. Ze droeg muzikantenkledij: een sarong van bruin, blauw en zwart *batik*, en een fantastische hoofdtooi met kleine zilveren belletjes. Ze begroette hem geestdriftig.

"Wielbrrr! Ik zag je in het publiek..."

"Het was heel interessant."

"Och ja." Ze zuchtte. "Wielbrrr, neem je me met je mee naar de aarde?"

"Nou, dat weet ik nog zo net niet."

"Ik zal me heel goed gedragen, Wielbrrr." Ze kroelde tegen zijn schouder en keek sentimenteel omhoog met haar glanzende goudbruine ogen. Murphy vergat haast het experiment dat hij wilde uitvoeren.

"Wat heb je vandaag gedaan, Wielbrrr? Alle mooie meisjes bekeken?"

"O nee. Meters gefilmd heb ik. Het paleis eerst, toen de helling op naar de condensatieribben. Nooit gedacht dat er zoveel water in de lucht zat tot ik het van die ribben zag druipen! En *heet*!"

"We hebben veel zon; de rijst groeit ervan."

"De sultan zou wat van het overtollige zonlicht moeten benutten. Er is een geheim procedé... Ach, dat moest ik maar niet vertellen."

"Toe nou, Wielbrrr! Vertel me je geheimen!"

"Zoveel soeps is dat geheim nou ook weer niet. Alleen maar een katalysator die klei ontbindt in aluminium en zuurstof als er zonlicht op valt."

Soeks wenkbrauwen gingen omhoog als meeuwen die rezen op de wind. "Wielbrrr! Ik had achter jou geen geleerd man gezocht!"

"O, dus je dacht dat ik maar een schooier was, hè? Wel goed genoeg om picturama-sterren te maken van *gamelan*-speelsters, maar niet bepaald een genie..."

"Nee, nee, Wielbrrr."

"Ik weet allerlei foefjes. Ik neem bijvoorbeeld een zaklantaarn-batterij, een stukje bladkoper, wat transistors en een bamboebuisje en daar maak ik dan een verlammingspistool van dat iemand zo uit-schakelt. En weet je hoeveel dat helemaal kost?"

"Nee, Wielbrrr. Hoeveel?"

"Tien cent. Het is na twee, drie maanden uitgewerkt, maar wat geeft dat? Ik maak die uit liefhebberij — twee, drie stuks per uur krijg ik klaar."

"Wielbrrr! Je kunt wonderen doen! Hallo! We willen wat drinken!"

En Murphy liet zich in de rieten stoel onderuitzakken en nipte aan zijn rijstbier.

"Vandaag," zei Murphy, "trek ik een ruimtepak aan en rij ik buiten de vlakte op naar de ruïnes. Ghatamipol, heet het daar, geloof ik. Zin om mee te gaan?"

"Nee, Wielbrrr." Soek Panjoebang wendde haar blik af de tuin in, haar handen kregen het druk met een bloem in haar haar. Een paar minuten later zei ze: "Waarom zou je je tijd verspillen tussen die rotsen? Er zijn betere dingen te doen en te zien. En het is misschien wel — gevaarlijk." Het laatste woord liet ze er wat nonchalant uit komen.

"Gevaarlijk? Vanwege de sjambaks?"

"Ja, misschien."

"De sultan geeft me een lijfwacht mee. Twintig mannen met kruisbogen."

"De sjambaks hebben schilden."

"Maar waarom zouden ze hun leven wagen door mij aan te vallen?"

Soek Panjoebang haalde haar schouders op. Een minuutje later kwam ze overeind. "Vaarwel, Wielbrrr."

"Vaarwel? Is dat niet wat plotseling? Zie ik je vanavond niet meer?"

"Eventueel, als Allah het wil."

Murphy keek de lenige, wiegende gestalte na. Ze bleef even staan, plukte een gele bloem af en keek over haar schouder. Haar ogen, goudkleurig als de bloem en glanzend als waterjuwelen, hielden zijn blik vast. Haar gezicht had geen enkele uitdrukking. Ze draaide zich om, gooide met een luchtig gebaar de bloem weg en zette haar weg voort.

Murphy haalde diep adem. Achteraf gezien had ze best weleens bij de picturama kunnen komen…

Een uur later voegde hij zich bij zijn begeleiders aan de poort uit het dal. Twintig man met norse gezichten, gekleed in ruimtepakken voor de vlakte. Het uitstapje naar Ghatamipol viel duidelijk niet bij hen in de smaak. Murphy hees zich in zijn eigen pak, controleerde de zuurstofmanometer en de pakking rond zijn hals. "Alles klaar, kerels?"

Niemand zei wat. Het zwijgen hield aan. De poortwachter, die klaar stond om de ploeg uit te laten, moest giechelen. "Ze zijn allemaal klaar, toean."

"Nou," zei Murphy, "dan gaan we maar."

Buiten de poort controleerde Murphy zijn uitrusting een tweede keer. Geen lekken in zijn pak. Binnendruk een en buitendruk nul. Zijn twintig lijfwachten inspecteerden knorrig hun kruisbogen en slanke zwaarden.

De witte ruïnes van Ghatamipol lagen acht kilometer de Vlakte van Pharasang op. De horizon was helder, de zon stond hoog, de hemel was zwart.

Murphy's radio begon te zoemen. Scherp zei iemand: "Kijk! Daar gaat hij!" Hij draaide zich vlug om; zijn lijfwachten stonden stil en wezen. Hij zag iets vlug in de verte verdwijnen.

"Kom, we gaan door," zei Murphy. "Dat daar is niks."

"Sjambak."

"Nou, het is er maar een."

"Waar er een is, volgen de anderen."

"Daarom zijn jullie hier met zijn twintigen."

"Het is idioot! De sjambaks uitdagen!"

"Wat win je ermee?" mopperde een ander.

"Dat maak ik wel uit," zei Murphy en hij vervolgde zijn weg de vlakte op. De krijgers volgden onwillig en mopperden tegen elkaar via de intercoms.

De verweerde stadsmuren rezen boven hen uit en besloegen een steeds groter deel van de hemel. Op kwaaie toon zei de pelotonscommandant: "Nu zijn we wel ver genoeg."

"Je staat onder mijn bevel," zei Murphy. "We gaan die poort door." Hij zette zijn videocam aan en liep door de gigantische poort.

De stad zelf bestond uit teerder materiaal dan de muur en hij was bezweken onder de ijle stormen die nog een miljoen jaar na de ondergang van het leven hadden gewoed. Murphy stond versteld van de omvang van de ruïnes. Maagdelijk terrein voor de archeologie! Onmogelijk te voorspellen wat het resultaat van enkele weken opgravingen zou kunnen zijn. Murphy dacht aan zijn onkostennota. Shifkin was hier het obstakel.

Het zou geweldig veel prestige en publiciteit voor *Ken uw heelal!* betekenen als Murphy een graftombe zou ontdekken, of een bibliotheek, of kunstwerken. De sultan zou graag willen zorgen voor spitters. Het volk was fors genoeg; met een week zouden ze heel wat werk verzetten als ze geen last hadden van bijgeloof, angst en schrik.

Uit een ooghoek nam Murphy een van hen eens op. Hij zat op een zonbeschenen rotsplaat en als hij zich al ongemakkelijk voelde, dan wist hij dat uitstekend te verbergen. Eigenlijk, dacht Murphy, lijkt hij wel volstrekt op zijn gemak. Misschien was het wel helemaal geen probleem om aan goede spitters te komen…

En hier bleek ook een eigenaardig trekje van het Singhalûsi karakter.

Eenmaal buiten het dal droeg die man openlijk zijn hemd, een fraai, wijd kledingstuk in helblauw, in weerwil van de oekaze van de Sultan.

Opeens voelde Murphy hoe hij kippenvel kreeg. Hoe kon die man in leven blijven? Waar was zijn ruimtepak? De man leunde languit en loom op de rots en hij grijnsde Murphy cynisch toe. Hij droeg zware sandalen, een zwarte tulband, een wijde broek en het blauwe hemd. Verder niets.

En waar waren de anderen?

Koortsachtig wierp Murphy een blik over zijn schouder. Wel vier kilometer verderop, hollend en springend in de richting van Singhalût, zag hij twintig wanhopige gedaanten verdwijnen, en allemaal met een ruimtepak. Deze man hier... Een sjambak? Een tovenaar? Een zinsbegoocheling?

Het schepsel kwam overeind en schreed Murphy hooghartig tegemoet. Hij droeg een kruisboog en een zwaard, net als Murphy's snelvoetige lijfwachten. Maar een ruimtepak droeg hij niet. Zouden er dan toch sporen van een adembare dampkring zijn? Murphy keek gauw op zijn manometer. Buitendruk nul.

Twee andere mannen kwamen met lange, elastische passen tevoorschijn. Hun ogen stonden helder, hun gezichten bloosden. Ze kwamen op Murphy af en grepen zijn arm. Ze waren massief, stoffelijk. Er waren geen onzichtbare krachtvelden om hun hoofden.

Murphy rukte zijn arm los. "Laat me los, verdomme!" Maar in het luchtledig konden ze hem vast niet horen.

Hij keek eens over zijn schouder. De eerste man hield zijn ontblote lemmet op zo'n halve meter van Murphy's opbollende ruimtepak. Murphy staakte zijn verzet. Hij schakelde zijn videocam op automatisch. Die zou nu nog verscheidene uren doorlopen.

De sjambaks voerden Murphy tweehonderd meter verder naar een metalen deur. Ze deden die open, duwden Murphy naar binnen en sloegen hem dicht. Murphy voelde een trilling door zijn schoenen komen en hoorde een aanzwellend zoemen. Zijn manometer toonde een buitendruk van een kwart, een half, driekwart, een. Er ging een binnendeur open. Handen trokken Murphy naar binnen en gespten zijn helm los.

"Wat moet dit eigenlijk allemaal?" vroeg Murphy kwaad.

Prins Ali-Tomás wees naar een tafel. Daar zag Murphy een zaklantaarnbatterij, aluminiumfolie, kabels, een stel transistors, metalen buizen, gereedschap en nog zo wat allerlei.

"Daar ligt het," zei prins Ali-Tomás. "Aan het werk. Laat maar eens een van die verlammingswapens zien waar je zo over opschept."

"Waar moet je die voor hebben?"

"Geeft dat dan wat?"

"Ik zou het liever weten." Murphy dacht aan zijn videocam, die beeld, geluid en geuren opnam.

"Ik sta aan het hoofd van een leger," zei Ali-Tomás, "maar dat draagt geen wapens. Geef mij wapens! Dan zal ik het zwaard brengen naar Hadra, Nieuw-Batavia, Sundaman en Boeng-Bohôt!"

"Hoe? Waarom?"

"Dat ik het wil, is al genoeg. Nogmaals, ik sta erop dat je…" Hij wees naar de tafel.

Murphy moest lachen. "Stel dat ik geen wapen voor je maak?"

"Je blijft hier tot je dat doet, onder steeds moeilijker omstandigheden."

"Dan zal ik hier lang zijn."

"Als dat het geval is," zei Ali-Tomás, "moeten we je opsluiting organiseren voor de lange termijn."

Ali gaf een teken. Handen grepen Murphy bij de schouders. Een ademkap werd over zijn neusgaten gedrukt. Hij dacht aan zijn videocam en hij had wel willen lachen. Mysterie! Spanning en Sensatie! Een dramatische aflevering van *Ken uw heelal!* Medewerker vermoord door fanaten! Misdaad opgenomen met eigen camera! Wat een bloed, hoor zijn laatste adem, ruik het vergif!

De dampen verstikten hem. *Wat een mazzel! Wat een aflevering!* Langzaam over op zwart.

"Sirgamesk," zei Howard Frayberg, "elke minuut groter en helderder."

"Het moet zowat hier geweest zijn," zei Catlin, "dat Wilburs ruiter opdaagde."

"Hé, dat klopt! Steward!"

"Ja, meneer?"

"We zitten nu toch op zowat dertigduizend kilometer?"

"Haast vijfentwintigduizend, meneer."

"Hemelse cavalerie! Het idee! Ik vraag me af hoe het Wilbur vergaat."

Sam Catlin tuurde ondertussen met geknepen ogen door het venster en zei met een gespannen stem: "Vraag het hem zelf! Daar is hij — buiten, en hij rijdt op een of ander beest..."

"Dat is een spook," fluisterde Frayberg. "Een man zonder ruimtepak...Dat bestaat niet!"

"Hij ziet ons...Kijk..."

Dat was Murphy in eigen persoon die hen daar aanstaarde, en hij leek even verrast te zijn als zij. Hij wuifde. Catlin wuifde aarzelend terug.

Frayberg zei: "Dat is geen paard waar hij op rijdt. Dat is een combinatie van een ramjet met een driewielertje, en het heeft stijgbeugels!"

"Hij komt aan boord van het schip," zei Catlin. "Door het toegangsluik hieronder..."

Wilbur Murphy zat in de kapiteinshut en ademde voorzichtig de lucht in.

"Hoe gaat het nu met je?" vroeg Frayberg.

"Prima. De longen schrijnen een beetje."

"Dat verbaast me niks," gromde de scheepsarts. "Zoiets heb ik nog nooit gezien."

"Hoe *voelt* het daarbuiten, Wilbur?" vroeg Catlin.

"Het voelt vreselijk leeg. En de adem die uit je longen naar buiten sijpelt en nooit naar binnen gaat — dat is een angstig gevoel. En je mist het stromen van lucht langs je huid. Dat had ik nooit eerder beseft. Lucht voelt als — als zijde, als slagroom — het heeft een structuur..."

"Maar bevries je niet? In de ruimte hoort het absolute nulpunt te heersen!"

"Ruimte is niks. En dus niet heet en niet koud. Als je in de zon komt, word je heet. In de schaduw gaat het beter. Je verliest geen warmte door convectie, maar uitstraling en zweetverdamping houden je aangenaam koel."

"Ik begrijp er nog steeds geen snars van," zei Frayberg. "Die prins Ali, bijvoorbeeld, dat is toch een soort opstandeling?"

"Eigenlijk heb ik er wel begrip voor. Een normaal mens die onder zo'n koepel leeft, moet toch ergens stoom mee afblazen? Prins Ali besloot om op kruistocht te gaan. En ik denk dat het hem nog zou zijn gelukt ook, op Cirgamesç."

"Maar er zijn toch nog veel meer mensen onder die koepels…"

"Als het op vechten aankomt," zei Murphy, "kan een sjambak in zijn eentje twintig lui in ruimtepak aan. Een schrammetje geeft hem geen last, maar dat schrammetje doet een ruimtepak openbarsten en wie erin zit, legt het loodje."

"Op die manier," zei de kapitein, ik neem aan dat het Vredesbureau nu wel een ploeg zal sturen om orde op zaken te stellen."

Catlin vroeg: "Wat gebeurde er toen je uit je verdoving wakker werd?"

"Nou, niet zoveel. Ik voelde dit geval op mijn borst, maar ik dacht er niet erg over na. Was nog wat doezelig. Ik was halverwege de decompressie. Ze houden iemand daar acht uur in, laten de druk honderdvijfentwintig millibar per uur zakken, lekker langzaam tegen de caissonziekte."

"Was dat op dezelfde plek als waar je Ali had ontmoet?"

"Ja, daar was hun decompressiekamer. Ze moesten wel een sjambak van me maken; op een andere manier konden ze me niet gevangen houden. Nou, en langzamerhand klaarde mijn hoofd op en toen zag ik dat apparaat aan mijn borst vastzitten." Hij duwde tegen het toestel op tafel. "Ik zag de zuurstoftank, en het bloed stromen door de plastic buizen — blauwig van mij naar dat carburateurgeval en rood op de terugweg — en ik wist het hele geval uit te dokteren. Koolzuur wordt nog steeds door de longen uitgeademd, maar de ader naar de linkerboezem wordt omgeleid door die carburateur en van zuurstof verzadigd. De carburateur stopt je bloed vol zuurstof en de decompressiekamer past je aan het ontbreken van luchtdruk aan. Je hoeft maar voor één ding uit te kijken: raak niks aan met je blote vel. In de zon is alles gloeiend heet en in de schaduw is het snijdend koud. Maar verder ben je zo vrij als een vogeltje."

"Maar — hoe wist je dan weg te komen?"

"Ik zag die raketfietsen, en begon erover te denken. Terug naar Singhalût kon niet; ze zouden me zonder pardon lynchen als een sjambak. Naar een andere planeet vliegen kon ik ook niet — die fietsen hebben geen brandstof genoeg.

"Ik wist wanneer het schip aan zou komen, dus besloot ik het tegemoet te vliegen. Ik zei tegen de bewaker dat ik eventjes naar buiten moest en ik nam de benen met een van de raketfietsen. Was niet veel aan."

"Nou," zei Frayberg, "Dit is een prima onderwerp, Wilbur — een prachtig stel opnamen! Misschien kunnen we het rekken tot wel twee uur."

"Een ding zit me nog dwars," zei Catlin. "Wie was het nu die de steward de eerste keer hierboven zag? We hadden die tip van een vliegende ruiter, weet je nog?"

Murphy haalde zijn schouders op. "Misschien was het er gewoon eentje die hierboven voor de gein wat aan luchtfietserij deed. Een klein beetje te veel zuurstof en je begint allerlei bokkensprongen uit te halen. Of misschien was het iemand die vond dat hij tabak had van kruistochten.

"Er zit een sjambak in een kooi, midden in Singhalût. Prins Ali loopt erlangs, ze kijken elkaar recht in de ogen. Ali lacht wat en loopt verder. Stel dat die sjambak probeerde te ontsnappen naar het schip. Hij werd aan boord genomen, aan de sultan uitgeleverd en de sultan heeft hem ten voorbeeld gesteld…"

"Wat gaat de sultan met Ali doen?"

Murphy schudde zijn hoofd. "Als ik Ali was, zou ik hem smeren."

Er ging een luidspreker aan. "Alle passagiers, attentie. De quarantaine is zojuist opgeheven. Ontscheping van passagiers mag nu beginnen. Belangrijk: er worden geen wapens of springstoffen toegelaten op Singhalût!"

"Dit was voor mij het moment waarop het begon," zei Murphy.

PARAPSYCHE

I

JEAN MARSILE, VIJFTIEN LENTES, blond en mooi, sprong af op de stoel waar haar vader in zat. "Boe!"

Art Marsile draaide tergend langzaam zijn hoofd om. "Ik dacht dat je een afspraakje had."

Jean hees haar spijkerbroek op en streek de plooien in haar licht-blauwe sweater glad. "Dat heb ik ook."

"Waar ga je naartoe?"

"We gaan barbecueën, bij het spookhuis. Omdat het Halloween is," voegde ze eraan toe.

Aan de andere kant van de kamer klonk een minachtend, spottend gesnuif. Jean deed alsof ze het geluid niet hoorde.

Art Marsile, lang, taai, met een huid die gerimpeld en donkerbruin was van jaren in de Californische zon, nam Jean van hoofd tot voeten op met een strengheid die niet helemaal overtuigde. "Wat is dat voor een huis, dat spookhuis?" vroeg hij nieuwsgierig terwijl Jean de laatste hand aan haar toilet legde.

"Het huis waar de familie Freelock heeft gewoond. Er waart daar een spook rond — dat zeggen ze tenminste. Het is begonnen nadat Benjamin Freelock zijn vrouw had vermoord."

"Zo, *zeggen* ze dat. Heeft iemand ooit wat gezien?"

Jean knikte. "Een heleboel mensen. De Mexicanen die aan de voet van de heuvel wonen. Ze zeggen dat ze 's nachts lichtverschijnselen zien en geluiden horen."

Een schallend hoongelach klonk op aan de andere kant van de kamer. "Stelletje achterlijke pepervreters."

Art Marsile wierp een korte blik in de richting van zijn zoon Hugh, het kind van zijn eerste echtgenote, en richtte toen zijn aandacht weer op Jean. "Vind je het niet griezelig?"

Jean schudde kalm haar hoofd. "Ik geloof er helemaal niet in."

Art Marsile knikte peinzend. "Met wie ga je?"

"Don Berwick. En —" Jean noemde de anderen van het groepje.

Hugh's stem kwam van de andere kant van de kamer. Er klonk een walging in door die dik genoeg was om er plakken van te snijden. "Ze zeggen dat ze gaan barbecueën, maar ze gaan daar alleen maar naartoe om met elkaar te vrijen."

Jean maakte een schaamteloze danspas. "We moeten toch ergens vrijen?"

Art Marsile maakte een brommend geluid. "Als je er maar voor zorgt dat je niet in de moeilijkheden komt."

"Vader!"

"Het vlees is zwak, nietwaar?"

"Dat is zo, maar — nou ja…"

Hugh zei: "Ze rijden een eind een landweggetje op en laten zich vollopen met bier."

"Dat doe ik helemaal niet!"

"Jij misschien niet, maar de jongens wel."

"Ik weet dat ze bier drinken," gromde Art Marsile. "En weet je waarom ik dat weet? Omdat ik vroeger precies hetzelfde deed. En ik zou het weer doen als ik een leuk jong ding zo gek kon krijgen om met mij mee te gaan."

"Vader!" riep Jean. "Wat ben jij *slecht*!"

"Waarschijnlijk is die Don Berwick geen haar beter, dus pas op."

"Ja, vader!"

Er werd gebeld; Don Berwick, een stevig gebouwd joch van zeventien jaar met vierkante schouders, kwam binnen. Hij wisselde een paar minuten beleefdheden uit met Art Marsile en Hugh, en daarna liepen hij en Jean naar de deur. Art volgde hen naar de veranda. "Luister goed, Don. Ik wil geen gezuip hebben; en zeker niet als je een auto bestuurt waar Jean in zit. Begrepen?"

"Ja, meneer."

"Mooi. Amuseer je." Hij ging weer naar binnen. Hugh, die ondanks zijn achttien jaar al langer was dan zijn vader, stond bij de deur. Hij was mager en knokig, en zijn lange benige gezicht had een gemelijke, koppige uitdrukking. "Ik begrijp niet hoe je kunt toestaan dat ze daarnaartoe gaat."

"Ze is maar een keer jong," zei Art Marsile kalm. "Gun haar een pleziertje. Waarom ga je zelf ook niet uit, in plaats van thuis te zitten mopperen op andere mensen?"

"Ik mopper niet. Ik zeg alleen maar wat gezegd moet worden."

"Wat zou ze volgens jou dan 'moeten' doen?" vroeg Art droogjes.

"Huiswerk, om maar iets te noemen."

"Veel beter dan negens en tienen kun je niet halen, Hugh."

"Vanavond is er een godsdienstige bijeenkomst."

"En daar ga jij naartoe?"

"Ja. Walter Mott houdt een preek. Er gaat een enorm bezielende kracht van hem uit."

Art Marsile dook weer in zijn tijdschrift. "Walter Mott, de Schrik der Duivelen."

"Zo noemen ze hem, ja."

"Als jij het leuk vindt hel en verdoemenis naar je hoofd geslingerd te krijgen, is dat jouw zaak," zei Art Marsile. "Maar ik heb er geen zin in, en ik denk er niet aan Jean te dwingen naar iets dergelijks toe te gaan."

"Als ik het voor het zeggen had, zou ze gaan, of ze het nu leuk vond of niet. Het zou haar goed doen."

Art Marsile keek naar Hugh met een verbazing die met het verstrijken van de jaren eerder groeide dan afnam. "Het zou jou goed doen op zijn tijd eens een biertje te nemen en met een meisje te vrijen. Maar ik zal je er nooit toe dwingen. Ik zou nog liever doodvallen dan iemand te dwingen iets te doen voor zijn bestwil."

Hugh liep de kamer uit en kwam even later terug, gekleed in een vormloze grijze broek en het zwarte sportvest met opschrift dat hij met basketballen had gewonnen. "Ik ga," zei hij.

Art Marsile knikte, en Hugh vertrok. Art las het tijdschrift uit, zette daarna de televisie aan en keek naar een late film, terwijl hij nadacht over zijn kinderen. Van Hugh was het niet zeker of hij zijn eigen vlees en bloed was; Jean was het kind van zijn tweede vrouw. Zijn eerste vrouw was er kort na Hugh's geboorte vandoor gegaan met een muzikant die volksliedjes speelde. Hugh had uiterlijk meer weg van de muzikant dan van Art. Art verkeerde in onzekerheid over het vaderschap, maar hij probeerde Hugh het voordeel van de twijfel te gunnen. Zijn tweede vrouw was omgekomen bij een auto-ongeluk toen ze terugkeerde van een nieuwjaarsoptocht in Pasadena. Zo Art al verdriet voelde, dan liet hij dat aan niemand merken. Hij stortte zich met hart en ziel op het kweken van sinaasappels, en het ging hem voor de wind. Hij kocht nieuwe stukken grond aan, en zijn banksaldo groeide. Verkwisting kwam in zijn woordenboek niet voor. Jean en Hugh groeiden op tot pubers, en Art probeerde zijn aandacht zo eerlijk mogelijk over hen beiden te verdelen. Aangezien Art zich er niet toe kon brengen Hugh affectie te betonen, probeerde hij zijn genegenheid voor Jean zo veel mogelijk te verbergen. Maar Jean keek daar dwars doorheen. Ze knuffelde en stoeide met Art, en maakte zijn haar door de war, en had geen geheimen voor haar vader.

Hugh leefde in een compleet andere wereld. Hij speelde fanatiek basketbal, werd lid van alle schoolverenigingen, en kreeg al vlug in de meeste een leidende functie. Hij kocht een handboek over parlementaire procedures en bestudeerde het grondiger dan zijn wiskundeboeken. Op zestienjarige leeftijd was Hugh naar een openluchtbijeenkomst van een evangelische gemeente gegaan, en vanaf dat moment was de zwakke band die nog bestond tussen zijn gedachtewereld en die van Art Marsile verbroken.

In de zomer werkte Hugh in de sinaasappelkwekerij van zijn vader. Art Marsile betaalde hem het gewone jeugdloon, en hij kreeg waar voor zijn geld: Hugh was een harde, onvermoeibare werker. Met het loon dat hij verdiende, kocht hij een auto, en vervolgens een megafoon.

"Waar wil je dat ding in 's hemelsnaam voor gaan gebruiken?" vroeg Art. Hugh had al een lijst van toepassingen opgesteld: boodschappen doorgeven in de boomgaard, tijdens noodsituaties en bij reddingspogingen, berichten omroepen tijdens basketbalwedstrijden, en gewoon, om met mensen te praten. Art verzocht Hugh het ding niet te gebruiken in zijn conversaties met hem, en ook niet om er dankgebeden mee uit te spreken voor en na de maaltijd — een gebruik waartoe Hugh sinds kort was overgegaan, en dat Art verdroeg met een gezicht waarop zorgvuldig alle uitdrukking was verwijderd. Jean was minder inschikkelijk en treiterde Hugh ongenadig, tot Art er iets van zei. "Als hij er behoefte aan heeft voor en na het eten te bidden, dan is dat zijn zaak."

"Waarom kan hij dan niet in gedachten bidden? Je hoeft toch niet iedere keer dat je iets eet, God te bedanken?"

"Het is heel oneerbiedig wat je daar zegt," merkte Hugh op.

"Niet waar! Het is gewoon een kwestie van gezond verstand. Als God het niet zo geregeld had dat we honger kregen, zouden we niet hoeven te eten. Dus waarom zouden we hem bedanken voor iets dat we moeten doen om in leven te blijven? Je spreekt toch ook niet iedere keer dat je ademhaalt een dankgebed uit?"

Art greep niet in: hij hield wel van een pittig debat. En het hielp hen beiden hun gedachten op dit punt te bepalen. Het was niet de eerste keer dat ze elkaar in de haren vlogen, en het kwam steeds vaker voor naarmate de kloof tussen Hugh's toenemende evangelisatiedrift en de sceptische houding van Jean wijder werd. Art hield zijn eigen opvattingen voor zich en kwam alleen tussenbeide als de ruzie ontaardde in een scheldpartij. En vanavond, Halloween, was Hugh naar een evangelische bijeenkomst en Jean naar een barbecue die werd gehouden bij een huis waarin het spookte.

Art had verwacht dat Jean rond middernacht thuis zou komen, maar om elf uur kwam ze binnenstormen met ogen die fonkelden van opwinding. "Vader! We hebben het spook gezien!"

Art stond op en zette de televisie uit.

"Je denkt natuurlijk dat ik je in de maling neem, maar we hebben het echt gezien! Heus waar! En van een afstand die niet groter was dan die tussen jou en mij!"

Don Berwick kwam binnen. "Het is echt waar, meneer Marsile!"

"Hebben jullie gedronken?" vroeg Art achterdochtig.

"Nee, meneer!" zei Don. "Ik had beloofd dat ik het niet zou doen."

"Goed dan, vertel. Wat is er gebeurd?"

Jean bracht rapport uit. Ze waren Indian Hill op gereden naar het huis van de Freelocks, een verveloze, door weer en wind geteisterde bouwval die schuilging tussen cipressen en knoestige ceders, met deuren die scheef in hun scharnieren hingen en ramen die kapot waren. Ze waren oorspronkelijk van plan geweest de open haard aan te steken, maar het was binnen zo smerig en naargeestig dat de meisjes bezwaar hadden gemaakt. Ze hadden een vuur aangestoken in de achtertuin, op een open stuk waar geen onkruid groeide. De etenswaren werden tevoorschijn gehaald en de meisjes spreidden dekens uit op de grond; kortom, de barbecue begon al goed op gang te komen.

Jean bracht Art de details van de Freelock-moordzaak in herinnering: een afschuwelijke affaire, zonder enige twijfel. Benjamin Freelock, een chagrijnige oude man van zestig, verdacht zijn jonge vrouw van achtentwintig ervan een verhouding met zijn neef te hebben. Hij knevelde haar en hing haar aan haar polsen aan een balk in de woonkamer. Vervolgens sleepte hij het lijk van de neef de kamer binnen en hing het ook op aan de polsen, op een afstand van twee meter tegenover haar. Hij trok zijn vrouw en het lijk de kleren uit en hervatte toen zijn normale dagtaak als makelaar. Twee dagen later bracht hij zijn zo goed als bewusteloze vrouw bij haar positieven en vroeg haar of ze nu bereid was een bekentenis af te leggen. Ze kon slechts enkele onsamenhangende woorden uitbrengen. Hij goot benzine over haar heen, stak haar in brand en verliet het huis.

Het huis smeulde en rookte, maar vloog niet in brand.

Een Mexicaan die in een hutje honderd meter verderop woonde, belde de brandweer. Freelock werd opgepakt, en hij legde, schijnbaar onbewogen, een gedetailleerde bekentenis af. Hij stierf later in een gesticht voor zwakzinnige misdadigers.

De gebeurtenis had vijf jaar geleden plaatsgevonden. Het huis was aan zijn lot overgelaten en het was misschien onvermijdelijk dat er geruchten de ronde gingen doen dat het er spookte. Jean zei dat alle verhalen klopten. Hun groepje had gekheid gemaakt en alle geesten uitgenodigd mee te eten. Ze hadden hun best gedaan zo zorgeloos mogelijk te klinken, maar inwendig knepen ze hem toch wel een beetje bij de spookachtige aanblik van het huis en de herinnering aan de macabere moord. Jean had in het raam van de woonkamer een flakkerend rood schijnsel gezien. Eerst dacht ze dat het een weerspiegeling van hun vuur was, maar toen ze beter keek, zag ze dat er geen glas in de sponning zat. De anderen merkten het ook op, en de meisjes slaakten verschrikte kreetjes. Ze stonden allemaal op. In de woonkamer, duidelijk zichtbaar, hing een lichaam, kronkelend en draaiend, gehuld in vlammen. En vanuit de kamer klonk een gesnik dat door merg en been ging.

Op dat punt kon Art zich niet langer inhouden. "Iemand heeft jullie een poets gebakken."

"Nee, nee!" protesteerden Jean en Don eensgezind.

"We zijn heus niet achterlijk," zei Jean verontwaardigd. "Goed, Betty Hall en Peggy waren in alle staten en Johnny Palgrave was er niet veel beter aan toe, maar de rest van ons groepje had zijn verstand goed bij elkaar!"

Don lachte; Jean wierp hem een verontwaardigde blik toe. "Natuurlijk, we waren opgewonden," zei ze. "Wie zou dat niet zijn geweest? Maar onze ogen mankeerden niets. Niet de mijne, in ieder geval. Maar dat is nog niet alles. Don is naar *binnen* gegaan."

"Wat?" zei Art, oprecht verbaasd. "Ben je naar binnen gegaan? Waarom?"

"Om de zaak te onderzoeken."

"Je dacht zeker dat iemand het in scène had gezet, niet?"

"Nee. Het was niet in scène gezet, daar waren we het allemaal over eens. Het zat 'm niet alleen in de vlammen en het gekreun — ze waren echt, maar niet *helemaal* echt. Het was een gevoel, een soort — tja, ik kan het niet beschrijven. Maar ik denk dat het was wat die vrouw heeft gevoeld terwijl ze daar hing. Het *spookt* echt in dat huis, meneer Marsile!"

"Je bent dus naar binnen gegaan. Was dat niet een beetje ondoordacht?"

"Misschien...maar ik heb me al op jonge leeftijd voorgenomen dat als ik ooit een geest mocht zien, ik er meteen op af zou stappen. Nou, vannacht was het zover."

Don grinnikte. "Ik had wel een beetje koudwatervrees."

"Wat hebben jullie gezien? Hou me niet langer in spanning!"

"Nou, we waren weggerend en stonden bij de auto. Die twee meisjes waren nog steeds aan het gillen, en Johnny Palgrave was ervandoor gegaan. Na een tijdje liep ik terug naar de voordeur. Ik was bang. Zo bang dat ik bijna geen voet voor de andere kon zetten. Maar het leek alsof ik er niet echt door geraakt werd. Door die sfeer daar, bedoel ik. Ik liep naar de voordeur en zei tegen Jean dat ze daar moest blijven wachten —"

"O," zei Art. "Jij was dus met hem meegegaan."

"Natuurlijk. Ik wilde ook weten wat er aan de hand was."

"Ga verder."

"We keken door de deur naar binnen. Het was minder duidelijk dan het van buitenaf had geleken. Het was een beetje wazig, als een foto die dubbel belicht is. Maar de vlammen gaven genoeg licht om het andere lichaam te kunnen zien hangen."

"Het was naakt," zei Jean preuts, alsof ze vond dat de geestverschijning zich weleens wat correcter had mogen gedragen.

"We bleven een tijdje staan kijken. Er gebeurde niets. Ik ging naar binnen, raapte een stok op en probeerde het hangende spook ermee aan te raken. De stok ging er dwars doorheen."

"En toen vervaagde alles," zei Jean. "Het gekreun en de vlammen. Alles."

"Hm. Vertel je de waarheid? Je probeert toch niet een loopje te nemen met je oude vader?"

"Nee, pa! Ik zweer het!"

"Hm…En wat deden jullie toen? Als de gesmeerde bliksem naar huis rijden?"

"Ben je mal! We hadden nog niet gegeten. We gingen terug naar het vuur, aten onze hotdogs op, en reden toen naar huis. Don gaat morgenavond terug met een fototoestel."

Art keek Don nadenkend aan. Hij schraapte zijn keel en zei toen op bruuske toon: "Heb je er bezwaar tegen als ik met je meega?"

"Nee, meneer Marsile. Natuurlijk niet."

"Wat zou je ervan zeggen als we nu meteen gaan?"

"Mij best."

"Mag ik ook mee, vader?"

Art knikte. "Je bent er de vorige keer ook zonder kleerscheuren vanaf gekomen, dus ik denk niet dat wat daar gebeurt je kwaad kan doen."

II

Ze stopten bij Dons huis om zijn camera op te halen en reden toen in zuidelijke richting de stad uit, tussen zoetgeurende sinaasappelboomgaarden door en langs huizen die zichtbaar waren als vage witte vlekken. Bij de rand van de woestijn gekomen sloegen ze de weg naar

Indian Hill in. De weg was heel bochtig en voerde langs alsemstruiken, verwilderde oleanders en dwergeiken. In de verte zagen ze het huis van Freelock staan, verlicht door de stralen van de juist opgekomen maan.

"Het ziet er inderdaad spookachtig uit," zei Art. Hij sloeg de met onkruid overwoekerde oprijlaan in.

"Dat is de plek waar we de auto hebben geparkeerd," zei Jean. "En daar was ons vuur." In het licht van de koplampen werd een cirkel van as en verkoold hout zichtbaar. Art bracht de wagen tot stilstand, trok de handrem aan en pakte zijn zaklantaarn uit het handschoenkastje.

Ze bleven enkele ogenblikken zitten in het donker, luisterend en kijkend. Uit het nachtelijk duister kwam het geluid van krekels. De halfvolle maan wierp een bleek, eenzaam licht tussen de knoestige zwarte bomen door. Art opende het portier en stapte uit. Don en Jean volgden hem. Ze liepen naar het onbegroeide stuk grond, dat er vaal en grijs uitzag in het maanlicht. Steentjes knarsten onder hun voeten. Ze bleven staan, onwillig om geluiden te maken die opdringerig en ongepast leken.

"Hier stonden we, precies op deze plek," fluisterde Jean. "Zie je dat raam daar? Dat is de woonkamer."

Ze staarden naar het donkere oude huis. In de verte blafte een hond, eenzaam en melancholiek. Art mompelde: "Ze zeggen dat die dingen zich nooit voordoen als je ernaar op zoek gaat. Ze gebeuren alleen als je er niet op verdacht bent... Ik ga eens een kijkje in het huis nemen."

Hij liep om het huis heen tot hij bij de veranda aan de voorkant was. De voortuin was een woestenij, vol dode stengels van wolfsmelk en vossenstaart, die in het maanlicht de kleur hadden van beenderen. Jean en Don kwamen hem achterna. Art liep de treden naar de veranda op en bleef staan.

Jean en Don volgden zijn voorbeeld. Na een ogenblik vroeg Don: "Voelt u het, meneer Marsile? Iets kouds en... eenzaams?"

"Ja. Iets dergelijks."

Art liep langzaam verder. Het gevoel van verdriet en troosteloosheid, van dierbare herinneringen die voor altijd verloren waren, werd sterker.

Ze betraden het huis. De woonkamer was in duister gehuld. Gloeide daar niet iets? Een flakkerend rood schijnsel? Klonk daar niet gejammer, een snik? Zo ja, dan was het snel voorbij; het gevoel van verdriet en verlies hield abrupt op. Art haalde diep adem. "Zo was het de vorige keer ook," fluisterde Jean. "Alleen veel erger."

Art knipte zijn zaklantaarn aan. Don wees. "Dat is de stok die ik heb gebruikt. En daar hing die verschijning."

Buiten knerpte het grind van de oprijlaan onder de banden van een auto: een surveillancewagen van de politie. Het licht van de koplampen gleed over de treden van de veranda en bescheen Art Marsile en Don en Jean, die vlak achter hem stonden.

Een agent stapte uit de wagen. "Hallo, Art. Wat is er hier aan de hand?"

"Daar probeer ik juist achter te komen."

"We hoorden dat er hier iets had plaatsgevonden, dus we dachten: laten we maar eens een kijkje gaan nemen."

"Precies wat ik dacht."

"Iets gezien?"

"Ik durf er geen eed op te doen. Maar het is nu in ieder geval helemaal rustig, dat is zeker."

"Zo? Wel, de brigadier zei dat ik de boel moest controleren." De agent liep de treden op en liet de bundel van zijn zaklantaarn door de kamer spelen. Hij draaide zich om naar Jean en Don. "Waren jullie ook bij dat groepje jongelui dat hier vannacht is geweest?"

"Ja."

"Hebben jullie die geesten gezien?"

Don vertelde hem wat ze hadden gezien. De agent luisterde zonder iets te zeggen en liet het licht van zijn zaklantaarn nog een keer de kamer rondgaan. Hij schudde zijn hoofd. "Volgens mij heeft iemand een grap met jullie uitgehaald." Hij liep naar de surveillancewagen, pakte de microfoon en bracht rapport uit. "Nou, ik heb de boel gecontroleerd. Ik ga maar weer eens."

De wagen reed achteruit de oprijlaan af en verdween in het donker. Art, Jean en Don liepen naar hun eigen auto en volgden het voorbeeld van de politiewagen. Ze reden in stilte de heuvel af.

"Wat denk je ervan, pa?" vroeg Jean na een tijdje.

Art maakte een geluid dat van alles kon betekenen. "Er gebeuren in deze wereld heel wat vreemde dingen. Ik denk dat dit er een van is."

"Maar je gelooft ons, hè?"

"Voor de volle honderd procent."

"Maar *waarom*?" zei Don. "Waarom zouden er spoken bestaan?"

Art schudde zijn hoofd. "Dat weet niemand, en het schijnt ook geen mens iets te kunnen schelen. Het is niet erg in om in spoken te geloven. Om maar te zwijgen van spoken *zien*."

"Ik weet wat ik heb gezien," zei Don. "Het was er."

"Maar wat was het?" zei Jean. "Een geest? Een spook? Een beeld uit je geheugen? Een grap?"

"Het is een van die dingen waarop niemand het antwoord weet."

"Maar ik wil het antwoord weten," zei Don. "Er moet een reden voor zijn. Er gebeurt nooit iets zomaar. Er moet iets aan ten grondslag liggen."

Art knikte instemmend. "Dat houden ze ons in onze jeugd altijd voor. Maar als er iets gebeurt dat niet in het dagelijkse patroon past, halen mensen hun schouders op en doen alsof er niets is voorgevallen. Wonderen, voorwerpen die op eigen kracht door een kamer vliegen, geestverschijningen, poltergeisten, spoken, boodschappen van de andere kant — de kranten staan er vol mee. Maar de mensen leggen het naast zich neer en gaan over tot de orde van de dag. Ik begrijp het niet. Er ligt hier een reusachtig groot onderzoeksterrein braak — net zo groot als alle andere wetenschappen bij elkaar, misschien nog wel groter — maar niemand heeft de moed het te ontginnen. Duizenden mensen graven naar potscherven in de woestijn van Egypte of bestuderen de leefgewoonten van de veldmuizen in Pakistan…Waarom zijn er niet een paar die dit soort verschijnselen onderzoeken? Omdat het te groot en onoverzichtelijk is, te angstaanjagend, te moeilijk om te bewijzen? Misschien zijn ze bang dat ze uitgelachen zullen worden. Ik weet het niet."

"Ik heb nooit geweten dat je op die manier over deze zaken dacht, pa," zei Jean.

"Welke manier?" vroeg Art. "Ik ben maar een eenvoudige arbeider met een nuchter verstand. Als ik iets zie wat ik niet begrijp, wil ik weten wat erachter steekt. En als er iets vreemds gebeurt doe ik niet net alsof er niets aan de hand is…Ik zal jullie eens iets vertellen dat ik nog nooit aan iemand heb verteld. Maar ik wil niet dat jullie het verder vertellen."

"Ik zal zwijgen als het graf."

"Ik ook."

"Welnu, weten jullie wat een wichelroedeloper is? Sommige mensen noemen ze waterheksen."

"Jawel," zei Don. "Ze kunnen water vinden met een gevorkte stok."

"Precies. Nou, ik bezit behoorlijk wat land. Een gedeelte is geschikt voor het kweken van citrusvruchten, een gedeelte is minder geschikt. Tot de laatste categorie behoort een perceel aan de rand van de woestijn. Het is ongeveer honderdzestig hectare groot, en kurkdroog. Als ik het kon bevloeien, zou ik er misschien iets op kunnen telen, maar het irrigatiestelsel komt niet tot daar. Op een dag hoorde ik iemand over die wichelroedeloper praten en ik liet hem komen om zijn krachten op dat stuk land te beproeven. Hij liep heen en weer terwijl zijn stok in zijn handen op en neer wipte. In het begin leek hij een beetje in de war door wat hij vond, maar toen zei hij: 'Hier moet u boren, meneer Marsile. Hier zit water. Het zit op een diepte van ongeveer zeventig meter, en ik schat dat het goed is voor zo'n tachtig liter per minuut.' Toen zei hij: 'En als u hier boort, zult u olie vinden. Het zit flink diep, het zal u behoorlijk wat geld kosten om het te bereiken, maar het zit er. En niet zo'n beetje ook.'"

"Maar pa — dat heb je me nog nooit verteld!"

"Dat was ik ook niet van plan. Nog niet. Maar goed, ik boorde naar water en vond het op exact zeventig meter diepte, en ik pomp nu zo ongeveer tachtig liter per minuut omhoog. En wat die olie betreft, ik heb drie geologen naar de bodem laten kijken, en ze zeiden alle drie hetzelfde. Niets. De formaties waren verkeerd, de ligging van het terrein deugde niet, zelfs de wind kwam uit de verkeerde hoek. Dus nu weet ik het nog niet. Maar ik kan het maar niet uit mijn gedachten zetten. Een proefboring kost een slordige twintig- of dertigduizend dollar, misschien zelfs meer. Dat zou ik wel bij elkaar kunnen schrapen, maar dan moet ik een lening afsluiten, en ik hou niet van schulden."

Jean en Don zwegen. Ze reden door Orange City, staken de Los Angeles Freeway over, en kwamen bij het huis van Art Marsile onder de vier grote peperbomen.

"Kom mee naar binnen," zei Art tegen Don. "Jean kan warme chocolademelk voor ons maken. Voor koffie is het een beetje laat."

Hugh zat in de woonkamer te lezen. Zijn voeten, gestoken in zwarte sokken, hingen er lang en slap bij, als dode vissen. "Waar zijn jullie geweest?"

"We hebben het spook gezien, Hugh!" riep Jean triomfantelijk.

Hugh begon bulderend te lachen.

"Het is waar!" riep Jean.

"Ach, verkoop toch geen onzin!"

"Nou, dan geloof je het maar niet." Jean trok verachtelijk haar neus op en verdween de keuken in om chocolademelk te maken.

Hugh, nog nagrinnikend, keek Art aan. "Wat proberen ze te bekokstoven?"

"Ze hebben echt iets gezien, Hugh."

Hugh kwam verbaasd overeind. "Je wilt me toch niet vertellen dat jij in spoken gelooft?"

"Ik sluit mijn geest niet af voor dingen die ik niet begrijp," zei Art kalm. "Ze hebben iets gezien, dat staat vast. Geesten, spoken — wat maakt het uit hoe je ze noemt? Er is niemand die iets van dit soort zaken afweet. Het terrein ligt nog volledig braak."

Don zei: "Zou er een instituut of iets dergelijks bestaan waar ze dit soort dingen onderwijzen?"

"In ieder geval niet aan de universiteiten. Ik heb tenminste nog nooit gehoord dat een universiteit dergelijke colleges gaf. Wat zouden ze je trouwens kunnen leren? Het jagen op spoken? Gedachtenlezen? Er bestaat niet eens een naam voor."

Hugh lachte spottend. "Wie zou er zulke belachelijke colleges willen volgen? Geen hond toch?"

"Ik," zei Don. "Ik heb het nog nooit vanuit deze hoek bekeken, maar het is zoals meneer Marsile zegt: er is niemand die iets van dit soort zaken afweet — ondanks het feit dat dergelijke dingen dagelijks rondom ons gebeuren. Stel dat de regering honderd miljoen dollar uittrekt voor onderzoek, zoals ze ook bij de atoombom hebben gedaan. Wie weet wat ze allemaal aan het licht zouden brengen?"

"Het is geen passend onderwerp voor wetenschappelijk onderzoek," zei Hugh na een tijdje. "Het is in strijd met wat de Schrift ons leert."

"Dat vonden ze vroeger ook van de evolutieleer," zei Art, "maar je ziet nu dat de predikanten door de bocht gaan en zeggen dat die leer toch juist is."

"Niet de echte ouderwetse predikanten!" riep Hugh verontwaardigd. "Niemand zal me ooit wijs kunnen maken dat ik van de apen afstam! En niemand zal me ooit wijs kunnen maken dat er spoken bestaan, want er staat niets over in de bijbel."

Jean kwam binnen met de chocolademelk. "Ik wou dat je niet altijd die bijbel erbij haalde als we over iets praten, Hugh. Ik weet wat ik deze avond gezien heb, of het nu in de bijbel staat of niet."

"Wel, afgezien daarvan," zei Art, "het blijkt een interessant gespreksonderwerp. Iedereen vindt het reuze boeiend, maar niemand heeft de moed om het wetenschappelijk te onderzoeken."

"Ik wel," zei Don. "Ik zou niets liever doen."

Art schudde zijn hoofd. "Het zou je ontzettend veel moeite kosten, Don. Voor een studie heb je geld nodig, en niemand zou het je geven. De mensen zouden je uitlachen. Je zou alles van de grond af moeten opbouwen, je kunt nergens op terugvallen. Je zou nauwelijks weten waar je moest beginnen. Heeft wichelroedelopen iets te maken met geesten? Hoe werkt telepathie? Zijn er mensen die in de toekomst kunnen kijken? Zijn spoken levende wezens? Kunnen ze denken? Zijn het bovennatuurlijke wezens, of zijn het alleen maar sporen van iets anders, als voetafdrukken in nat zand? Als het levende wezens zijn, waar leven ze dan? Hoe ziet het eruit op de plek waar ze leven? Als ze licht uitstralen, waar komt dan de energie voor dat licht vandaan? Er zijn duizenden van dergelijke vragen."

Don bleef in gedachten verzonken zitten, zijn chocolademelk onaangeroerd.

Hugh zei hees: "Het is niet de bedoeling dat mensen die dingen weten."

"Dat kan ik niet geloven, Hugh," zei Art. "We hebben er recht op alles te weten wat ons verstand kan bevatten." Hij zette zijn beker neer. "Nou, ik ga mijn bed eens opzoeken. Blijf niet al te lang op. Welterusten." Hij verliet de kamer.

"Jeetje," zei Don, op een toon vol ontzag. "Als je er eens goed over nadenkt, is het bijna — ik bedoel, dit hele gebied ligt nog wijd open."

Jean zei: "Er is vast wel iemand die het bestudeert. We zijn tenslotte niet de enige mensen op de wereld met dergelijke ideeën."

"Ik geloof dat ik weleens wat heb gelezen over een groep mensen in

Engeland," zei Don, niet zonder tegenzin. "Een vereniging voor parapsychologisch onderzoek. Laten we morgen naar de bibliotheek gaan om uit te vissen wie dat zijn en wat ze doen."

"Best. En dan richten we de Vereniging voor Parapsychologisch Onderzoek van Orange City op."

Hugh zei kil: "Je zou beter moeten weten dan zo te praten. Het is heiligschennis."

"Klets geen onzin," zei Jean geërgerd. "Waarom zou dit in 's hemelsnaam heiligschennis zijn?"

"Omdat er een onfeilbare autoriteit is op het gebied van goed en kwaad — de bijbel. Als je zondigt, ga je naar de hel en onderga je de kwellingen van de verdoemden; en als je een christelijk leven leidt, ga je naar de hemel. Dat is de inhoud van het evangelie. Er staat niets in over geesten of spoken of al die andere zaken."

"De bijbel heeft niet noodzakelijkerwijs gelijk," zei Don.

Hugh was verbijsterd. "Natuurlijk heeft de bijbel gelijk! Ieder woord ervan is de waarheid!"

Don haalde zijn schouders op. "Hoe het ook zij, ik wil weleens weten wat dat parapsychologische onderzoek inhoudt. Ik wil weten wat geestverschijningen zijn, waar ze van gemaakt zijn, hoe ze in elkaar zitten. Er gebeurt nooit iets zonder reden; iedereen met een beetje gezond verstand zal dat beamen. Ik ben van plan erachter te komen wat die reden is."

"Ik ook," zei Jean. "Ik ben er net zo door geboeid als jij."

"Die kennis is uit den boze," zei Hugh op nadrukkelijke toon. "Jullie zullen naar de hel gaan. Jullie zullen eeuwig branden."

"Hoe komt het dat je zo'n autoriteit bent op het gebied van de hel en eeuwige folteringen?" vroeg Don.

"Ik heb vanavond gekozen," zei Hugh. "Ik heb mijn leven gegeven aan Jezus. Ik heb beloofd het Woord te verkondigen en de duivel en al zijn werken te bestrijden."

Don stond op. "Nou, dat beantwoordt mijn vraag. Slaap lekker, Jean."

Jean liep met hem mee naar zijn auto. Toen ze terugkwam, stond Hugh haar op te wachten. "Welterusten, Hugh," zei ze, en glipte langs hem heen.

"Wacht eens even," zei hij.

"Waarom?"

"Ik wil je waarschuwen voor wat je doet." Zijn stem won aan kracht. "Er is al genoeg slechtheid op de wereld zonder dat er nieuwe dingen worden uitgevonden. Don Berwick gaat naar de hel. Je wilt toch niet met hem mee, hoop ik?"

"Ik geloof niet in de hel," zei Jean op honingzoete toon.

"Het staat in de bijbel, het is het woord van God. Zij die zondigen zullen eeuwig branden, de ovens zullen zich voor hen openen, zij zullen voor eeuwig verdoemd zijn. Dat is de christelijke boodschap."

"Daar klopt geen bal van," zei Jean. "Ik heb er niet veel verstand van, maar ik weet wel dat Jezus vriendelijk en zachtmoedig was. Hij wilde dat mensen aardig tegen elkaar waren. Al dat geklets over hel en verdoemenis is je reinste flauwekul. En nu ga ik naar bed."

III

Het schooljaar eindigde. Zowel Don als Hugh behaalden hun diploma. De Koreaanse Oorlog was uitgebroken; Don en Hugh kregen beiden een brief van de president. Hugh werd afgekeurd vanwege zijn platvoeten en zijn grote lengte — hij was nu bijna twee meter lang. Don ging in dienst en werd ingedeeld bij een bataljon parachutisten. Tien maanden verstreken en Dons moeder kreeg bericht dat Don werd vermist en waarschijnlijk was gesneuveld.

De jaren gingen voorbij. Het ging Art Marsile nog steeds voor de wind, maar zijn voorspoed had weinig invloed op zijn persoonlijke levensstijl. Hugh studeerde theologie in Lawrence, Kansas, en Jean schreef zich in aan de universiteit van Los Angeles.

Drie jaar nadat Don was verdwenen, kreeg Dons moeder een brief van het Ministerie van Buitenlandse Zaken in Washington waarin stond dat sergeant Don Berwick niet dood was, zoals eerder aangenomen, en dat hij binnenkort thuis zou komen.

Twee weken later keerde Don Berwick terug in Orange City. Hij was niet erg mededeelzaam waar het zijn oorlogservaringen betrof, maar het werd al snel bekend dat hij krijgsgevangen was gemaakt, en dat hij uit een strafkamp in Mantsjoerije was ontsnapt en Japan had weten te bereiken. Hij zag er een stuk ouder uit dan drieëntwintig; hij trok onder het lopen heel licht met zijn been, en zijn gezicht was veel krachtiger dan de mensen van Orange City zich konden herinneren: zijn voorhoofd was laag en breed, zijn neus recht en stomp, zijn jukbeenderen en kaak geprononceerd, en zijn wangen hol.

De dag na zijn aankomst in Orange City zocht hij Art Marsile op. Marsile was iets magerder geworden, zijn gezicht nog iets meer getaand. Art pakte een paar flesjes bier uit de koelkast en vertelde hem het weinige nieuws: dat Jeans studie voorspoedig verliep; dat Hugh predikant was geworden en zijn naam had veranderd en zichzelf nu Hugh Bronny noemde — de meisjesnaam van zijn moeder. Toen vroeg hij: "En wat zijn jouw plannen, Don?"

Don liet zich achterover zakken op de bank. "Herinner je je die nacht dat we naar het huis van de oude Freelock zijn gegaan, Art?"

"Jazeker."

"Die nacht staat in mijn geheugen gegrift. Ik heb nadien heel wat over dat onderwerp gelezen — alle boeken die ik te pakken kon krijgen. En in Mantsjoerije had ik de tijd om eens diep na te denken. Ik wil nog steeds wetenschapper worden, Art — een nieuw soort wetenschapper. Ik ben van plan naar de universiteit te gaan. Ik wil zo veel mogelijk wiskunde, psychologie, biologie en natuurkunde leren. En daarna wil ik het zogenaamde bovennatuurlijke gebied op wetenschappelijke wijze onderzoeken."

Art knikte. "Ik ben blij dat te horen, Don. Ik wil je graag een persoonlijke vraag stellen. Hoe sta je er financieel voor?"

"Ik mag niet klagen, Art. Ik heb nog een enorme berg achterstallige soldij te goed, en de staat betaalt mijn studie."

"Uitstekend. Als je ooit krap mocht komen te zitten, zeg het dan. Ik heb aardig wat achter de hand, en je kunt zoveel krijgen als je nodig hebt."

"Bedankt, Art. Ik zal het zeker in gedachten houden. Maar ik denk dat ik me behoorlijk goed zal kunnen redden." Hij stond op en wipte onzeker van de ene voet op de andere.

Art zei op tamelijk barse toon: "Waarom blijf je niet mee-eten? Ik heb Jean gebeld en verteld dat je er was; ze kan ieder moment hier zijn."

Don ging zitten, met een hart dat vreemd heftig tegen zijn ribben bonsde. Buiten werd een autoportier dichtgeslagen. Snelle voetstappen klonken op het plaveisel, en de voordeur werd opengegooid. "Don!"

"Ik geloof waarachtig dat het waar is wat ze zeggen, dat afwezigheid de liefde doet groeien," zei Art Marsile terwijl hij grijnzend toekeek.

"Pa, je mag niet kijken terwijl ik Don zoen!"

"Oké. Maar geef me dan wel even een seintje als je klaar bent."

Don schreef zich in aan Caltech en werd toegelaten. Een jaar later trouwden hij en Jean.

Ondertussen was er ook nieuws van Hugh. Hij had zich gevestigd in Kansas en organiseerde wekelijks revival-bijeenkomsten in verschillende delen van Texas, Kansas, Oklahoma en Arkansas. Van tijd tot tijd stuurde hij strooibiljetten naar huis: "Grote Gebedsbijeenkomst. Vechtjas Hugh Bronny, Leider van de Kruistocht voor Christelijke Waarden."

Op eerste paasdag van het jaar waarin Don voor zijn kandidaats zat, reed Art naar het appartement van Don en Jean in Westwood. "Ik ga de sprong wagen," kondigde hij aan zodra hij binnen was. "Ik heb hem in feite al genomen."

"Welke sprong, vader?"

"Herinner je je dat verhaal over die wichelroedeloper nog, en dat hij had gezegd dat er olie onder mijn land zat?"

"Nou, ik ga er een proefboring tegenaan gooien. Ik heb een goed jaar gehad en ik kan me veroorloven al het geld dat voor de boring nodig is, te verliezen. Als ik olie aanboor, prima. Zo niet, dan heb ik in ieder geval zekerheid en kan ik het hele gedoe uit mijn hoofd zetten."

Don lachte. "Zo blijft het boeiend, hoe het ook zal uitpakken."

"Zo denk ik er ook over," zei Art. "De geologen zeggen van niet, de wichelroedeloper zegt van wel. We zullen wel zien wie er gelijk heeft."

"Hoelang duurt het voor je zekerheid hebt?"

Art schudde zijn hoofd. "Ze beginnen volgende maand. Ze gaan net zolang door met boren tot ze op olie stuiten — of tot mijn geld op is. Wat het eerst komt."

"Ik zal drinken op de goede afloop," zei Don. "Misschien helpt het."

"Ja, hier moet op getoost worden," zei Jean. "Als Hugh hier was, zouden we hem moeten vragen te bidden."

"Hugh komt hierheen," zei Art. "Dat is nog eens andere koek."

Jean trok een gezicht. "Ik dacht dat hij zich in Kansas had gevestigd."

"Wel, hij komt hierheen," zei Art, op de kalme toon die hij altijd gebruikte als hij met of over Hugh sprak. "Hij schijnt op zijn gebied een behoorlijk invloedrijk persoon te zijn geworden. Ze hebben hem geëngageerd voor bijeenkomsten in heel zuidelijk Californië. Hij is van plan zijn hoofdkwartier in Orange City te vestigen."

"Vader! Vertel me niet dat hij bij jou wil intrekken!"

"Als hij dat wil, is dat zijn goed recht, Jean. Het is zijn thuis."

"Je zal wel gelijk hebben. Maar ik had me min of meer voorgenomen later, nadat Don zijn graad had behaald, terug te verhuizen naar Orange City."

Art grijnsde. "Als Don zijn graad heeft behaald, gaan jullie met jullie tweetjes naar Hawaii. Op mijn kosten. Wanneer jullie terugkomen, zien we wel verder. Misschien zijn de moeilijkheden dan vanzelf opgelost. Het is heel goed mogelijk dat Hugh andere plannen heeft."

Maar Hugh had geen andere plannen. Hij arriveerde de week daarop in Orange City, lang, broodmager, met een ernstige uitdrukking op zijn gezicht. Hij was gekleed in een lichtblauw pak, en zijn hoge, iets naar voren springende voorhoofd ging gedeeltelijk schuil onder een panamahoed. Art ontving hem met alle gastvrijheid die hij kon opbrengen, en Hugh installeerde zich in zijn ouderlijk huis.

Er werd een begin gemaakt met het proefboren. Don haalde zijn kandidaats en vloog met Jean naar Honolulu voor een maand vakantie op kosten van Art.

Op hun vakantieadres ontvingen ze twee korte brieven van Art: in de eerste stond dat het boren langzaam vorderde en veel geld opslokte, en dat er op een diepte van tweehonderd meter niets was gevonden. In de tweede brief stond dat er ook op vierhonderd meter niets was gevonden en dat de boorkoppen zich nu traag een weg baanden door een laag hard gesteente. Hij vermeldde als terloops dat Hugh de hele onderneming afkeurde, vanwege het feit dat het geld dat nu aan het boren werd verspild, beter aan iets anders uitgegeven kon worden, en wel aan de Christelijke Kruistocht, een evangelische beweging die door Hugh was gesticht.

De maand ging voorbij. Don en Jean keerden terug naar Orange

City en Art haalde hen van het vliegveld. Zijn gezicht stond somber: de proefboring had nog steeds niets opgeleverd. "We zitten nu op zeshonderd meter," zei Art mistroostig. "Het gesteente wordt naarmate we vorderen steeds harder en weerbarstiger. En de bodem van de geldkist komt in zicht."

Jean sloeg haar armen om zijn hals. "Zit er maar niet over in. Het was gewoon een gok — een spel."

"Verdomd prijzig spel. En als ik speel, wil ik graag winnen."

Ze reden naar het oude huis onder de peperbomen. Ze liepen het met irissen omzoomde grindpad op en gingen het huis binnen.

"Lieve hemel!" riep Jean verbaasd. "Wat is hier aan de hand?"

"Dat maakt deel uit van Hugh's publiciteitscampagne," zei Art droog.

Jean en Don staarden sprakeloos naar de posters die met punaises aan de muren waren bevestigd. Eentje sprong er onmiddellijk uit: een grote foto van Hugh Bronny die in een microfoon sprak, zijn vuist gebald, en met een uitdrukking van grimmige vervoering op zijn gezicht. Op vier andere posters was ook een foto van Hugh zichtbaar, met daaronder in koeien van letters: "Marcheer mee in de Christelijke Kruistocht met Hugh Bronny!" "Hugh Bronny, de vijand van de Duivel!" "Voor een zuiver Amerika met Vechtjas Hugh Bronny!" Een cartoon toonde Hugh Bronny als een gespierde reus die met een bezem waarop de woorden "Het Militante Evangelie" stonden een zwerm half menselijke insecten en ander ongedierte uiteenjoeg. Een gedeelte van het ongedierte had horens en vleermuisvleugels; een ander gedeelte werd gekenmerkt door kale hoofden, grote gebogen neuzen en ogen met zware oogleden; weer een ander gedeelte was voorzien van hamer en sikkel. "Verjaag de ongelovigen, de communisten en hen die Christus verwerpen!" Een andere poster schreeuwde: "Houd Amerika zuiver!" "Kom naar de revivalbijeenkomst en hoor Vechtjas Hugh Bronny strijden voor de oude Christelijke Waarden! Ook kinderen zijn welkom. Gratis frisdrank."

Jean draaide zich uiteindelijk om naar Art. Ze opende haar mond, en sloot hem toen weer.

"Ik weet wat je wilt gaan zeggen," zei Art. "Het is inderdaad nogal platvloers. Maar…nou ja, wat Hugh doet, moet hij zelf weten. Dit is zijn thuis, hij heeft het recht om op te hangen wat hij wil."

"Maar vader, jij woont hier toch ook!"

Art knikte. "Ik kan het wel verdragen. Ik vind die posters niet leuk, maar wat schiet ik ermee op als ik Hugh dwing die dingen van de muur af te halen? Hugh verandert er niet door, en de sfeer zou er alleen maar nog slechter door worden."

"Soms denk ik weleens dat je te ver gaat in je tolerantie, pa."

"Dat staat nog te bezien. Daar komt Hugh aan. Hij heeft zeker een dutje gedaan."

Ze hoorden het geluid van een deur die werd gesloten, en langzame voetstappen in de gang.

"Hij is veranderd," zei Art zacht.

Hugh kwam de kamer binnen. Hij was gekleed in een ongestreken zwart pak, een blauw overhemd, een lange grijze das en lange puntige zwarte schoenen. Hij leek enorm lang, meer dan twee meter. Zijn hoofd leek groter en beniger dan ooit, en zijn diepliggende blauwe ogen leken te gloeien. Zijn persoonlijkheid was krachtiger geworden sinds Don hem voor het laatst had gezien; hij straalde kalmte, intensiteit en bovenal een door niets te verstoren zelfverzekerdheid uit.

Hugh bood hen geen hand aan. "Hallo, Jean. Hallo, Don. Jullie zien er goed uit."

"Dat mag ook wel," zei Jean met een nerveus lachje. "We hebben een maand lang niets anders gedaan dan in de zon liggen en slapen."

Hugh knikte somber, alsof hij wilde zeggen dat hij dergelijke frivoliteiten en zwakheden van andere mensen verwachtte, maar dat hijzelf geen tijd had voor dergelijke onzin.

"Ik ben blij dat jullie er zijn. Ik wil het met jullie hebben over dat gedoe met die olieboring. Weten jullie hoeveel geld dat tot nu toe heeft gekost?"

"Nee," zei Jean, "en ik wil het niet weten ook."

"Maar er zit daar helemaal geen olie onder de grond. Dat geld zou gebruikt kunnen worden voor een waardig christelijk doel. Ik zou er geweldige dingen mee kunnen doen."

"Nee, dat kun je niet," zei Art. "Ik heb je al eerder verteld, Hugh, ik ga geen geld steken in die Christelijke Kruistocht van je."

"En wat mag dat dan wel voor iets zijn, een Christelijke Kruistocht?" vroeg Jean.

Hugh boog zijn hoofd voorover en spreidde zijn armen. "De Christelijke Kruistocht is een goed doel, een verheven doel waaraan steeds meer mensen hun beste krachten wijden. De Christelijke Kruistocht heeft zich tot taak gesteld de krachten van de bijbel in stelling te brengen tegen de boosheid van deze wereld. De Christelijke Kruistocht heeft zich tot taak gesteld de Verenigde Staten van Amerika tot een christelijk, godvrezend land te maken. Wij geloven in een Amerika voor de Amerikanen, Rusland voor de communisten, Afrika voor de zwarten, Israël voor de joden, en de hel voor de ongelovigen!"

"Ik ben niet van plan zoiets te financieren," zei Art met een zwakke grijns.

Jean wendde zich met een gebaar van hulpeloosheid tot Don. Don haalde zijn schouders op.

Hugh's blik ging van de een naar de ander. "Ik heb gehoord dat je zojuist je graad hebt behaald," zei hij tegen Don.

"Dat klopt."

"Ben je nu een geleerde?"

"Nog niet helemaal. Ik heb me iets van de noodzakelijke achtergrond eigen gemaakt."

"En wat ga je nu doen?"

Jean zei: "Pa, laat ons de oliebron eens zien."

"Noem het nog maar geen oliebron," zei Art. "Hij is zo droog als beschuit van een maand oud. Hier in Orange City noemen ze het project 'Marsile's Megaflop'."

Hugh maakte een geluid waaruit duidelijk zijn afkeer bleek.

"Als ik olie aanboor, zullen heel wat mensen hier in de buurt op hun neus kijken, want ik heb in stilte de exploitatierechten voor de hele streek opgekocht. Ga je mee, Hugh?"

"Nee. Ik moet nog wat preken uitwerken."

Ze verlieten Orange City en reden in oostelijke richting. De donkergroene citrusboomgaarden kwamen tot een abrupt einde, en daar voorbij lagen de geelbruine heuvels en de verdorde vegetatie van de woestijn.

Ze sloegen een zijweg in en reden tussen bollen verdroogd tuimelkruid en grijsbruine rotsblokken door. Plotseling doemde weer een donkergroene sinaasappelboomgaard op. Art bracht de auto tot stilstand en wees. "Zien jullie die watertank en die windmolen? Dat is de plek waar ik volgens die wichelroedeloper naar water moest boren. De put levert genoeg om die hele boomgaard te bevloeien. En aan de andere kant van dit heuveltje..." Hij bracht de auto weer op gang en even later kwamen de kranen en de boortoren en de arbeiders in hun zweetbevlekte T-shirts en helmen in zicht. Art stopte en riep naar de ploegbaas: "Ik zie nog steeds geen spuiter, Chet."

"We zitten op het moment weer in een laag schalie, Art. Dat schiet beter op dan schist. Maar nog geen spatje olie. Weet je wat ik denk?"

"Hou maar op, ik weet precies wat je denkt. Je denkt dat ik mijn geld verspil aan een waardeloos gat in de grond. Misschien heb je gelijk. Er zit nog vierduizend dollar in de pot. Als die op zijn, zetten we er een punt achter."

"Met vierduizend zullen we niet veel verder komen. Vooral niet als we weer op een laag schist stuiten, of dat zwarte trapgesteente."

"Ga nou maar gewoon door met boren. En zorg ervoor dat je hem als de bliksem afsluit als hij begint te spuiten. Ik wil niet dat er ook maar een liter verloren gaat."

Chet grinnikte. "Meer dan een liter olie zal dat gat ook nooit produceren."

IV

Ze gingen naar Orange City terug, moe en teleurgesteld.

Jean zei grimmig: "Ik weet zeker dat we gedurende ons hele verblijf hier met Hugh overhoop zullen liggen. Verdomme, pa, hij is een fascist! Van wie heeft hij die ideeën? Niet van jou!"

Art zuchtte. "Ik denk dat hij nu eenmaal zo is. Hij heeft een goed stel hersens, maar... Ach, misschien is zijn vreemde uiterlijk er de oorzaak van dat hij zich niet normaal heeft kunnen ontwikkelen. En nu heeft hij iets gevonden waarbij zijn uiterlijk in zijn voordeel werkt. En praten heeft bij hem geen zin, want hij luistert niet."

"Ik zal proberen me in te houden."

Maar onder het eten begon de onenigheid al. Hugh wilde per se weten op welk terrein Don onderzoek wilde gaan doen. Don vertelde het hem, op zakelijke toon. "Ik ben van plan bovennatuurlijke verschijnselen te bestuderen — parapsychologisch onderzoek, zoals sommigen het noemen."

Hugh fronste op indrukwekkende, bijna angstaanjagende wijze zijn wenkbrauwen. "Ik weet niet of ik je goed heb begrepen. Betekent het dat je je gaat verdiepen in zwarte magie, hekserij, het occulte?"

"In zekere zin, ja."

"Het is allemaal bedrog, kwakzalverij!" zei Hugh vol afkeer.

Don knikte. "Vijfennegentig procent is dat inderdaad, helaas. Maar het is juist die resterende vijf procent waarin ik ben geïnteresseerd. Vooral de zogeheten spiritistische verschijnselen."

Hugh leunde naar voren. "Vind je een dergelijke studie niet getuigen van een gebrek aan eerbied? Wat er met de zielen van de doden gebeurt, gaat de mens niet aan."

"Ik ben niet van mening dat de menselijke kennis aan grenzen gebonden is, Hugh. Als zielen bestaan, zijn ze gemaakt van een of andere substantie. Misschien niet van stof zoals wij die kennen — maar het moet iets zijn. Ik wil graag weten wat dat iets is."

Hugh schudde zijn hoofd. "En hoe had je gedacht het hiernamaals te onderzoeken?"

"Op dezelfde manier waarop ik een ander onderwerp zou onderzoeken: feiten isoleren, kijken of ze kloppen, en zo niet, ze verwerpen. Als er leven is na de dood, moet dat leven zich ergens afspelen, een bestaan hebben. En als iets bestaat, kun je het onderzoeken, meten, misschien zelfs zien of bezoeken — gesteld dat we de geschikte werktuigen kunnen ontwikkelen."

"Het is heiligschennis," kraste Hugh.

Don lachte. "Kalm aan, Hugh. Laten we ons niet opwinden. Je vroeg me waarin ik geïnteresseerd was, en dat heb ik je verteld. Misschien strekt het je tot troost, te weten dat ik er helemaal niet zeker van ben dat er wel een hiernamaals bestaat."

Hugh's ogen keken hem brandend aan vanuit hun diepe oogkassen. "Je geeft dus toe dat je een atheïst bent?"

"Als je het op die manier wilt stellen," zei Don. "Ik begrijp niet waarom je dat zo'n vies woord schijnt te vinden. Atheïsme staat voor menselijke onafhankelijkheid, waardigheid en individualiteit."

"Je bent voor eeuwig verdoemd," siste Hugh.

"Ik denk daar anders over," zei Don kalm. "Ik weet natuurlijk niets zeker. Niemand kent de antwoorden op de fundamentele vragen van het leven. Waarom bestaat alles? Waarom is er niet niets? Waarom bestaat het heelal? Dat zijn de grote levensvragen; en die worden niet beantwoord door te zeggen: 'Omdat de Schepper dat zo heeft gewild.' Want die Schepper is net zo geheimzinnig en onverklaarbaar als al het andere. En als er een Schepper bestaat, zal hij zeker niet boos zijn als ik gebruik maak van de hersens en de nieuwsgierigheid waarmee Hij me heeft toegerust," zei Don met een glimlach.

Hugh stond op en knikte stijfjes. "Welterusten." Hij verliet de kamer.

Jean verbrak de stilte. "Zo, dat was dan dat."

"Het spijt me als ik onenigheid heb veroorzaakt tussen jullie," zei Don.

"Onzin," zei Art. "Als je met elkaar in debat gaat, moet je kunnen nemen en geven, is mijn stelling. Hugh's reactie was niet terecht. Je hebt je volkomen correct gedragen tegenover hem."

"Hugh vergeet dat de grondwet vrijheid van godsdienst garandeert," zei Jean verontwaardigd.

Art grinnikte en liet zijn blik over de posters aan de muur gaan. "Als die Christelijke Kruistocht werkelijk aanslaat, zal Hugh vast en zeker proberen de grondwet op dat punt te wijzigen."

"Hij zou het woord 'christelijk' eigenlijk helemaal niet mogen gebruiken," zei Jean heftig. "Christelijk staat voor zachtaardigheid en vriendelijkheid, en Hugh is een fanaticus."

Art haalde diep adem. "Ik ben niet trots op Hugh...en niet trots op mezelf, want ik heb hem opgevoed."

"Toe, vader, zeg niet van die dwaze dingen. Laten we liever praten over wat we gaan doen met het eerste miljoen dat binnenkomt als jouw bron olie gaat produceren."

Art lachte. "Jij en Don mogen op spokenjacht. En ik? Ik koop een mooi stuk weidegrond en ga racepaarden fokken."

Een week ging voorbij, twee weken. De olieput bleef droog en Arts geld was op. Hij keerde terug naar het huis, grimmig en stoffig. "Nou, dat was het," zei hij. "Ik heb de boorploeg naar huis gestuurd. Mijn spaarpot is leeg en ik ben niet van plan me in de schulden te steken."

"Je hebt volkomen gelijk, pa," stelde Jean hem gerust. "We moeten het hele geval maar zo snel mogelijk vergeten."

Art liet zijn blik door de woonkamer gaan. "Waarom staan al die koffers hier?"

"Je wist toch dat we van plan waren vandaag te vertrekken?"

"Jullie hoeven voor mij niet weg. Je thuis is hier, zolang je het hier naar je zin hebt."

"We hebben het hier naar onze zin, maar het wordt tijd dat we aan het werk gaan. En we kunnen niet iedere dag op en neer naar Los Angeles."

"Hebben jullie al een idee hoe je het gaat aanpakken?"

"Eerst moeten we geld bij elkaar zien te krijgen," zei Don. "Ik ga een aanvraag indienen voor een beurs van het Guggenheim-instituut. Ik zal de Vereniging voor Parapsychologisch Onderzoek aanschrijven en zien of ik de penningmeester kan overtuigen van het nut ons onderzoek te steunen. En misschien is een van de universiteiten bereid een studiegroep in het leven te roepen, zoals de afdeling in Duke, die zich bezighield met buitenzintuiglijke waarnemingen. En zo zijn er nog wel wat mogelijkheden."

Art schudde geërgerd zijn hoofd. "Als ik olie had aangeboord, zouden jullie je nergens meer zorgen over hebben hoeven maken."

"Ik weet het, Art. Ik heb er net zo vurig op gehoopt als jij —"

Ze droegen hun koffers naar de auto. Hugh kwam naar de deur en keek toe. Jean zoende Art en zwaaide naar Hugh. "Tot volgend weekend, pa. Vergeet die oliebron en leg je weer toe op het verbouwen van sinaasappels."

Ze reden naar Los Angeles door een striemende regenbui. Bij hun appartement aangekomen rende Jean de treden op en maakte de deur open. Don worstelde zich naar boven met de koffers. Toen hij de woonkamer binnenkwam, zag hij Jean als verstijfd in het midden van het vertrek staan. "Wat is er?" vroeg hij terwijl hij de koffers neerzette.

Jean gaf geen antwoord. Don liep naar haar toe. "Wat is er aan de hand, Jean?"

"Don," fluisterde ze, "er is iets verschrikkelijks gebeurd. Met Art."

Don staarde naar haar. "Dat kan toch niet? We hebben nog geen uur geleden afscheid van hem genomen…"

Jean rende naar de telefoon en belde Orange City. De telefoon ging over, maar er werd niet opgenomen. Jean hing op en kwam overeind. Don sloeg zijn armen om haar heen.

"Ik voel het, Don," fluisterde ze. "Ik weet dat er iets is gebeurd."

Een halfuur later ging de telefoon. Het was Hugh, die op scherpe toon riep: "Jean? Ben jij het? Jean?"

"Hugh! Is pa —"

"Hij is dood. Een vrachtwagen slipte en botste tegen hem op toen hij op weg was naar die belachelijke oliebron —"

"We komen er meteen aan, Hugh."

Jean hing op en draaide zich om. Don las het nieuws in haar gezicht. Hij kuste haar en streelde haar haar. "Ik zal koffie voor je zetten."

Jean liep met hem mee naar de keuken. "Don."

"Ja?"

"Laten we naar Ivalee gaan."

Hij keek haar aan, de koffiepot in zijn hand. "Weet je het zeker?"

"Goed dan."

"Nu meteen."

Don zette de koffiepot op het aanrecht. "Ik zal even bellen om te zien of ze tijd heeft." Hij liep naar de telefoon en belde op. "Het is in orde. Laten we gaan."

Een halfuur later belden ze aan bij een fraai wit huis in Long Beach. Ivalee Trembath deed open, een slanke vrouw van vijfenveertig met kalme grijze ogen en glanzend wit haar. Ze begroette hen rustig, eenvoudig maar vriendelijk, en ging hen voor naar de woonkamer. Als ze Jeans bleke gezicht en starende ogen al opmerkte, dan liet ze dat niet merken. Don zei: "Iva, we hebben hulp nodig — voel je je opgewassen tegen een seance?"

Ivalee keek van Don naar Jean en weer terug, liet zich langzaam in een leunstoel zakken en zei: "Ga zitten." Don en Jean namen plaats. "Willen jullie met Molly spreken?"

"Ja, graag."

Ivalee boog haar hoofd voorover en keek naar haar handen. Ze begon langzaam en diep te ademen. "Molly. Molly. Ben je daar?" Stilte. Buiten suisde een auto over het natte asfalt. "Molly?" Ivalee's hoofd zakte voorover, haar schouders en armen ontspanden.

"Hallo, Iva," zei een heldere, opgewekte stem uit Ivalee's mond. "Hallo, lui."

"Hallo, Molly," zei Don. "Hoe gaat het met je?"

"Ik heb niets te klagen. Ik zie dat het daarbeneden bij jullie een beetje regent. Dat hadden we goed kunnen gebruiken in 1906. Wat een gezicht was dat, de hele stad van voor tot achter in de fik. Dat arme Frisco! Ja ja, ik heb heel wat gezien in m'n leven." Molly's stem stierf enigszins weg; er klonk gemompel en toen zei een andere stem op ruwe toon: "Kom, kom, hou op met die onzin! Het moet nou maar eens afgelopen zijn met al dat gegluur en gewroet."

Ivalee Trembath jammerde als een slapend jong hondje en schommelde heen en weer in haar stoel.

"Wie ben je?" vroeg Don op kalme toon.

Ivalee's mond braakte een stroom woorden in een vreemde taal uit — harde, ruwe keelklanken die klonken als scheldwoorden.

Molly zei welgemoed: "O, verdwijn, Ladislaw... Dwaas schepsel — een van de rotte appels in de mand. Altijd aan het donderjagen."

Jean fluisterde hees: "Is mijn vader daar?"

"Jazeker."

"Kan hij met ons spreken?" vroeg Don.

Molly's stem klonk onzeker. "Hij zal het proberen. Hij is niet sterk..."

Een tweede stem kwam ertussen, een lage, knarsende stem die rauw klonk in Ivalee's keel; een seconde of twee spraken beide stemmen tegelijkertijd.

"Hallo, Jean. Hallo, Don." De stem klonk ver weg.

"Art?" vroeg Don. "Ben jij het?"

"Ja." De stem werd krachtiger. "Vreemde gewaarwording om door de mond van een vrouw te praten, het lukt niet helemaal. Wel, ik ben hier veilig aangekomen, ondanks de voorspellingen van Hugh. Treur niet om mijn dood. Het is een beetje eenzaam hier, maar het gaat goed met me en ik zal gelukkig worden."

Jean huilde zachtjes. "Het was zo onverwachts..."

"Dat is de beste manier. Huil nou maar niet, want anders voel ik me straks ook nog beroerd."

"Het is zo vreemd om op die manier met je te praten."

Uit Ivalee's keel klonk Arts droge lachje. "Voor mij is het ook vreemd."

"Hoe is het daar, Art?" vroeg Don.

"Moeilijk te zeggen. Op het moment is alles nogal wazig. Op een of andere manier heeft het iets van thuis."

Zijn stem stierf weg, als bij een radio die staat afgestemd op een zwakke zender die zo nu en dan wegvalt. De heldere, opgewekte stem van Molly kwam weer door. "Hij is moe, liefje. Hij is nog niet gewend aan het leven hierboven. Maar het gaat prima met hem en we zullen goed voor hem zorgen. Hij wil nog wat zeggen."

De stem veranderde weer. Het werd niet de stem van Art, maar het was wel zijn afgebeten manier van praten die uit Ivalee's mond kwam. "Luister, daarbeneden. Weten jullie nog die plek waar we aan het graven waren?"

"De oliebron?"

"Ja. Nou, we zijn te vroeg gestopt. Ik liet me als het ware even naar beneden zakken en heb daar een kijkje genomen. Niet ophouden, Don. Doorgaan met boren, want die olie zit er."

"Hoe ver is het nog, Art?"

"Moeilijk te zeggen; het is allemaal nog wat verwarrend voor me. Ik moet nu gaan. Ik spreek jullie een andere keer nog weleens. Doe de groeten aan Hugh…"

Molly's stem kwam weer terug. "Wel, dat was het, lui," zei ze. "Het is een fijne kerel."

"Molly," zei Don, "kan ik dat land waar jullie je bevinden bezoeken?"

"Jazeker," zei Molly. "Als je doodgaat." Ze grinnikte. "Wij noemen dat 'overgaan'."

"Kan ik jullie land bezoeken terwijl ik nog leef, hier op aarde?" vroeg hij.

Molly's stem werd onregelmatig zwakker en sterker, alsof er een harde wind stond. "Ik weet het niet, Donald. Mensen zoals Iva bezoeken ons ook, maar ze gaan altijd weer terug… Ik zie dat Ivalee moe is… Ik hou er dus maar mee op. Tot ziens…"

"Dag," zei Don.

"Dag," zei Jean zacht.

Ivalee Trembath hief haar hoofd op. Ze zag er moe uit, er waren lijnen rond haar mond. "Hoe was het?"

"Geweldig," zei Don. "We hadden het ons niet beter kunnen wensen."

Ivalee keek naar Jean, die nog steeds zachtjes huilde. "Wat is er gebeurd, Don?"

"Haar vader is vanavond omgekomen."

"O. Dat spijt me... Hebben jullie contact met hem kunnen maken?"

"Ja. Hij heeft met ons gesproken. Het was geweldig."

Ivalee glimlachte flauwtjes. "Het doet me plezier als ik iemand van dienst kan zijn."

"Ontzettend bedankt," zei Jean.

Ivalee gaf haar een klopje op haar schouder. "Kom maar gauw weer eens langs. Hebben jullie nog steeds dezelfde plannen?"

"Ja," zei Don. "Ze zijn niet veranderd, er zijn er alleen een paar bij gekomen. We beginnen zo spoedig mogelijk met het werk."

"Vertel de volgende keer maar verder," zei Ivalee. "Ik zie dat jullie nu graag weg willen."

"Ja," zei Jean. "Maar ik ben heel blij dat we zijn gekomen. Tot ziens."

"Tot ziens."

V

Don en Jean reden over de snelweg, tussen de andere auto's die zich voortbewogen als scholen vissen met fel oplichtende ogen; langs fosforescerende neonreclames, benzinestations met spandoeken en uithangborden, cafés, bars, zuivelwinkels, hamburgertenten, terreinen waar tweedehandsauto's te koop werden aangeboden en die werden verlicht door ritsen lampen die tussen palen waren opgehangen — schitterende guirlandes van licht die zich aaneenregen langs de weg, als fluorescerende diepzeedieren. Die pracht en straling waren Jean en Don vertrouwd, een zinderende werveling van licht en kleur en leven die nergens ter wereld kon worden aangetroffen dan alleen hier.

Jean zei: "Ik ken Ivalee niet zo goed als jij haar kent... Ik ben ervan overtuigd dat ze eerlijk is." Ze aarzelde.

Don zei: "Eerlijk is nog te zwak uitgedrukt. Ze heeft totaal niets te verbergen. Ze is de onschuldigste persoon die ik ken. Dit is de vijfde keer dat ik erbij was terwijl ze een seance deed, en het was veruit de helderste en meest directe."

"Ik trok haar eerlijkheid niet in twijfel," zei Jean. "Maar — denk je dat dat werkelijk vader was?"

Don haalde zijn schouders op. "Ik weet het niet. Het is mogelijk dat Ivalee zonder het te weten de gedachten leest van de mensen die bij haar komen. In dat geval spreken er geen geesten door haar mond, maar weerspiegelt ze alleen maar wat er in onze gedachten leeft."

"Maar hoe zit het dan met die oliebron? Hij zei dat er olie zat, dat we door moesten gaan met boren."

"Ik weet het. Dat is in ieder geval geen weerspiegeling van wat er in mijn gedachten leeft. Eerlijk gezegd heb ik er altijd aan getwijfeld of die boring wat zou opleveren. Wichelroedelopers zijn niet onfeilbaar, het zijn tenslotte ook maar mensen."

Jean knikte. "Ik heb nooit geloofd dat daar op die plek olie in de grond zat. Maar nu zegt vader — of zijn geest, wat dat ook moge zijn — dat er wel olie is. Wat moeten we nu doen?"

Don lachte grimmig. "Boren, lijkt me — als je bereid bent het risico te nemen. En als we genoeg geld bij elkaar kunnen krijgen."

"Ik ben bereid het risico te nemen... maar we moeten ook rekening houden met Hugh."

"Heeft je vader een testament laten opstellen?"

"Ja. Hugh en ik krijgen allebei de helft van de nalatenschap."

"Dat zou weleens moeilijkheden kunnen gaan opleveren. Over Hugh gesproken — moet je daar eens kijken." Hij wees naar een enorm reclamebord dat werd verlicht door krachtige schijnwerpers.

Er stond, in schreeuwende zwart-met-rode letters op een witte achtergrond:

:::::: **GROTE NATIONALE EVANGELISATIEBIJEENKOMST** ::::::
Bestrijd het kwaad
met
VECHTJAS HUGH BRONNY
Vecht mee om Amerika Zuiver,
Blank en Christelijk te houden
Bestrijd het Communisme
Bestrijd het Atheïsme
Bestrijd de Vermenging van ons Blanke Bloed

Enorme revivalbijeenkomst in het auditorium van Orange City
Twee weken lang, begindatum 19 juni

∴

Een tekening toonde Hugh als een reus met een granieten kin, een soort kruising tussen Abraham Lincoln, Uncle Sam en Paul Bunyan.

Don schudde zijn hoofd. "Ik had niet gedacht dat Hugh het zo ver zou schoppen!"

"Hij is altijd een harde werker geweest. Nogal weerzinwekkend allemaal, vind je ook niet?"

Don knikte. "Zo te zien, worden zijn bijeenkomsten door heel wat mensen bezocht."

"Blijkbaar."

Ze kwamen aan in Orange City, en hun aandacht werd opgeëist door de verdrietige dingen die gedaan moeten worden als iemand is gestorven.

Arts lichaam werd gecremeerd en zijn as werd begraven in de sinaasappelboomgaard, zonder enige vorm van officiële plechtigheid, zoals zijn wens was geweest. Hugh protesteerde heftig, totdat Arts advocaat en executeur-testamentair het testament tevoorschijn haalde en Hugh op de paragraaf wees waarin expliciet stond aangegeven wat er met zijn lijk diende te gebeuren.

Zoals Jean al tegen Don had gezegd, moest de nalatenschap gelijkelijk over Jean en Hugh worden verdeeld, "op een wijze die voor beide erfgenamen aanvaardbaar is". In het geval de beide partijen niet tot overeenstemming konden komen, had de executeur de opdracht de verschillende eigendommen voor de hoogst mogelijke prijs te verkopen en de opbrengst onder hen beiden te verdelen.

Jean, Don en Hugh bespraken de situatie op de avond dat Arts as was begraven. De erfenis bestond uit het huis, de honderdzestig hectare woestijn, en zeven sinaasappelboomgaarden van uiteenlopende grootte.

Hugh had de waarde van de verschillende onroerende goederen op schrift gesteld en deed de andere twee een voorstel. "Ik stel voor dat jullie het huis nemen. Ik moet voor mijn werk veel reizen en heb het huis niet nodig. Als compensatie neem ik de boomgaard aan Elsinore Avenue, die ongeveer evenveel waard is. De andere boomgaarden kunnen we op deze wijze verdelen." Hij liet het hun zien. "Die honderd-zestig hectare is waardeloos, en ik stel voor het land te verkopen en de opbrengst te delen."

Don zei: "De eerlijkheid gebiedt me te zeggen dat we reden hebben om aan te nemen dat er op die plek olie in de grond zit."

Hugh fronste zijn wenkbrauwen. "Wat voor reden?"

"Een reden die je misschien aannemelijk zal vinden, en misschien ook niet. Op de avond dat Art stierf, zijn we langsgegaan bij een vrien-din die medium is. Een stem, waarvan beweerd werd dat hij van Art was, sprak met ons en vertelde dat we door moesten gaan met boren omdat er olie in de grond zat."

Hugh lachte hol. "En jullie zijn bijgelovig genoeg om belang te hechten aan die 'stem'?"

"Bijgeloof is geloof in iets dat niet bestaat," zei Don. "En die stem bestaat. Ik heb hem gehoord. Hij klonk als die van Art. Jean en ik zijn bereid te gokken dat het inderdaad Art was die sprak."

Hugh schudde langzaam zijn grote hoofd. "Ik kan het niet met jullie eens zijn."

Don zei: "Ik stel voor dat we een van de boomgaarden verkopen en de opbrengst gebruiken om door te gaan met boren. Het is een gok, ja — maar er is al een flink diep boorgat."

Hugh schudde nogmaals zijn hoofd. "Ik kan mijn geld wel beter gebruiken dan het te verspillen aan een gat in de grond."

"Goed dan," zei Don. "Neem jij dan de Valencias aan Frazer Bou-levard, dan nemen wij die honderdzestig hectare. De rest verdelen we volgens jouw plan."

Hugh raadpleegde zijn lijst. "Goed. Ik ga ermee akkoord. Ik hoop dat jullie me zullen toestaan in dit huis te slapen tijdens mijn verblijf in Orange City?"

"Natuurlijk," zei Jean. "Als je zo vriendelijk zou willen zijn die pos-ters en aanplakbiljetten van de muur te halen."

Hugh kwam overeind en richtte zich in zijn volle lengte van twee meter tien op. "Zoals je wilt," zei hij koud. "Het is tenslotte jouw huis."

De verdeling van de erfenis werd officieel gemaakt. Don en Jean verkochten honderdtweeëndertig hectare sinaasappels en lieten de boorploeg weer komen.

"Goed geld naar kwaad geld gooien?" zei de ploegbaas joviaal. "Laat me u een goede raad geven, meneer Berwick. Hou uw geld in uw zak. Dit is gewoon niet de goede formatie. We zijn voorbij de blauwe Granville-schalie — dat was waar de Rodman-koepel begon — en als we de geologen mogen geloven stuiten we na zo'n tweehonderd meter dieper boren op graniet."

"We willen dat graniet weleens zien," zei Jean. "Boor maar verder, Chet, en zorg dat je klaar bent om de put af te sluiten als de olie omhoogkomt."

"Ja, mevrouw."

Drie dagen later begon er gas uit de put te komen, en op de vierde dag spoot er olie omhoog.

Chet zei met een schaapachtige grijns: "Ik heb jullie goede raad gegeven, en die hadden jullie eigenlijk moeten aannemen. Maar als jullie dat gedaan hadden, zouden jullie nooit miljonair zijn geworden."

VI

Om tien uur 's ochtends kwam Hugh de woonkamer binnen, gekleed in een roomkleurig pak en lange puntige gele schoenen. Jean keek op uit de leunstoel waar ze had zitten peinzen. Hugh legde zijn panamahoed zorgvuldig op een stoel en sloeg met de krant die hij vasthield op zijn dij.

"Zo, zus," zei hij schertsend, "er zat dus toch olie in de grond. Waarom heb je het me niet meteen verteld?"

"Je was er niet toen we het bericht ontvingen."

"Nee. Ik was aan het werk met predikant Spedelius. Het is geweldig, geweldig! Een geschenk van God. En we zullen het gebruiken om Gods werken te doen."

Jean richtte zich op in haar stoel, een flauwe, koele glimlach op haar gezicht. "Gaat je verbeelding met je op de loop, Hugh?"

"Verbeelding?" Hij zwaaide met de krant. "Het staat hier toch heel duidelijk."

"We hebben inderdaad olie aangeboord op de honderdzestig hectare."

"Dan zijn we rijk."

"Het was het stuk land dat jij niet wilde hebben, Hugh."

Hugh lachte hol. "Wat maakt dat uit? Misschien ben ik wat te haastig geweest in mijn oordeel — maar ik weet zeker dat het de bedoeling van onze vader was dat we de opbrengst zouden delen. Dat blijkt uit de hele toon van zijn testament..." Hij keek onderzoekend de kamer rond, en pakte een boek op.

" 'Een compendium van bovennatuurlijke verschijnselen', door Ralph Birchmill." Hij liet het boek vallen alsof hij zijn handen eraan brandde en keek Jean aan. "Ik zie hier nergens een bijbel," zei hij in een poging om grappig te zijn. Hij liet zijn grote magere lichaam op de bank zakken. Zijn knieën kwamen bijna ter hoogte van zijn borst. Don kwam binnen en ging vlak naast Jean zitten.

"Onze vader stond er altijd op dat we gelijkelijk deelden in al het goede," zei Hugh. "Ik neem aan dat we daar na zijn dood gewoon mee doorgaan."

"Niet in dit geval," zei Jean. "Jij zit er nu ook vrij warmpjes bij, met je sinaasappelboomgaarden."

Hugh's benige hand klemde zich om de krant, maar zijn stem klonk vriendelijk en zacht. "Dat is waar, zus. Maar ik heb meer geld nodig dan vereist is om in mijn materiële behoeften te voorzien. Ik heb plechtig beloofd in alles Gods wil te doen en me in te zetten voor de spirituele bevrijding van alle mensen en voor de Christelijke Kruistocht."

"Het spijt me, Hugh. We hebben besloten het geld een andere bestemming te geven."

Hugh spreidde zijn armen in oprechte verbazing. "Wat kan belangrijker zijn dan het verkondigen van het evangelie?"

"Dat hangt van je standpunt af. We zijn van plan het geld te gebruiken om een stichting ter bevordering van wetenschappelijk onderzoek in het leven te roepen."

"Bedoel je die zwarte magie, dat hele occulte gedoe, die aanbidding van de duivel?"

Jean zei ongeduldig: "Je weet heel goed dat we niet in zwarte magie geloven of aan duivelsverering doen."

Hugh wierp een veelbetekenende blik op het boek op Dons bureau. Hij stond met een ongeduldig gebaar op en begon door de kamer te ijsberen. "Wat willen jullie precies gaan onderzoeken?"

"Dat zal ik je graag uitleggen," zei Don beleefd. "Er zit een groot gat in de menselijke kennis, en dat gat willen wij dichten. Wij willen het gebied dat algemeen bekend staat als het bovennatuurlijke met behulp van wetenschappelijke methoden te lijf gaan. We willen een grootscheeps onderzoek doen naar spiritistische verschijnselen teneinde het bewijs te leveren voor het al dan niet bestaan van geesten, en misschien wel voor het hele concept van het hiernamaals."

Hugh deinsde met een overdreven gebaar van angst achteruit, waardoor hij bijna met zijn hoofd tegen de deurpost stootte. "Bewijs van het hiernamaals? Lijkt je dat niet wat overbodig? En oneerbiedig? Heb je de bijbel niet gelezen?"

"Ik heb geen zin een theologische discussie met je te beginnen," zei Don. "Je stelde me een vraag, en ik heb die vraag beantwoord."

Hugh knikte. "Goed. Ik zal nog een vraag stellen." Hij beende door de kamer naar Jean toe en keek op haar neer. "Dat geld, waarvan je hebt toegegeven dat het gedeeltelijk ook mij toebehoort — ben je van plan me dat te geven?"

"Nee; en ik heb niet toegegeven dat het gedeeltelijk jou toebehoort."

Hugh knikte weer. "Heb je de onbeschaamdheid om te suggereren dat die hocus pocus belangrijker is dan de Christelijke Kruistocht?"

Jean leunde achterover in haar stoel en zond hem een kille blik. "Gisteravond zijn we naar die revivalbijeenkomst van jou geweest. Weet je waarom?"

"Natuurlijk weet ik niet waarom. Tenzij —"

"Nee. We waren niet van plan ons op de knieën voor het altaar te werpen. We hadden een vermoeden dat deze kwestie aan de orde zou komen, en om tot een juist oordeel te kunnen komen, wilden we uit jouw eigen mond horen wat je te vertellen had. Nou, we hebben je gehoord."

Hugh's blik ging van Jean naar Don en weer terug naar Jean. "En?"

"Ik zal volkomen eerlijk zijn," zei Jean.

"Dat spreekt vanzelf," zei Hugh stijfjes.

"Het heeft geen zin eromheen te draaien. Ik vind je een fascist. Je noemt jezelf predikant, maar wat je predikt, is haat. Haat vermomd als schijnheiligheid. Je brengt het slechtste in de mensen naar boven. Je vroeg iedereen om naar voren te komen en zich te vernederen en boete te doen voor hun zonden — echte of ingebeelde. Als er een Schepper bestaat, dan weet ik zeker dat jij niet uit zijn naam spreekt."

Hugh zei zwaarwichtig: "Dat is niet waar. Ik verkondig het woord van de Heer."

"Hoe je het ook noemt, ik word er kotsmisselijk van. Ik zal je niet laten verhongeren, maar ik zal nooit een cent aan die Christelijke Kruistocht van je geven."

"Goed," zei Hugh. "Maar hoe zit het met de laatste wens van onze vader? Hij gaf ons de opdracht de erfenis eerlijk te verdelen." Hij hief een grote hand op. "Ik weet wat je wilt gaan zeggen. Maar jullie moeten geheime informatie hebben gehad. Jullie hebben tegenover mij geen open kaart gespeeld."

"Ik heb je alle informatie gegeven waarover ik beschikte," zei Jean verontwaardigd.

"Je kon toch niet verwachten dat ik dat verhaal over dat medium zou geloven!" jammerde Hugh.

"Wij hebben de gok gewaagd; jij speelde op zeker. Wat mij betreft is het onderwerp hiermee afgedaan."

Hugh deed een stap achteruit en bleef staan met zijn vuist in de lucht. "Goed dan! Ik waarschuw je dat ik van plan ben jou en je godslasterlijke onderzoek op alle mogelijke manieren tegen te werken. Het geld is afkomstig van de natuurlijke rijkdommen die God in de aarde heeft gestopt; je mag dat niet gebruiken om afbreuk te doen aan het woord van God!"

"Waarom laat je God zelf daar niet over beslissen?" zei Jean vermoeid. "Hij kan er op ieder moment dat hij dat wil een eind aan maken... door met bliksems te gooien."

"Ik ga weg uit dit hol des verderfs!" kreet Hugh. "Ik wil je geld niet meer. De duivel heeft het bezoedeld!" Hij liep achteruit. Zijn stem zwol aan en kreeg een doordringende klank. "Je zult je straf niet ontlopen, je zult kennismaken met de dood en de helse pijnen van het hiernamaals!"

"Ga alsjeblieft weg, Hugh."

Hugh vertrok.

"Hij is waanzinnig — of niet?" zei Jean.

Don was bezig de posters van Hugh van de muren te trekken. "Smerige dingen... Ik weet het niet."

Jean sloeg haar armen om hem heen. "Don — ik ben bang voor Hugh."

"Bang? Lichamelijk bang?"

"Ja... Hij is tot alles in staat, het kan hem niets schelen."

"Dat weet ik nog zo net niet," zei Don op luchtige toon. "Volgens mij geniet hij van dit soort dramatische scènes. Maar ik hoop dat we hem in het vervolg niet al te veel meer zullen zien. Hij is erg vermoeiend."

VII

Om vijf uur 's middags ging de telefoon. Jean nam aan en draaide zich om naar Don. "Het is een reporter van de *Los Angeles Times*."

"Laat maar komen. Wat publiciteit kan geen kwaad."

Jean maakte een afspraak, en twintig minuten later stond de journalist op de stoep. Het was een jonge vrouw van vijfentwintig, een tikje aan de mollige kant, met een rond gezicht vol sproeten, levendige ogen, een klein kort neusje en dik krullend donkerrood haar. Ze stelde zich voor als Vivian Hallsey. In de woonkamer bleef ze staan en keek glimlachend van Don naar Jean. "Jullie zien er heel anders uit dan ik had verwacht."

"Wat had je dan verwacht?" vroeg Don. Vivian Hallsey schudde haar hoofd. "Van alles, behalve dat jullie er zo normaal zouden uitzien."

Jean lachte. "Waarom zouden we er niet normaal uitzien?"

"Ik ben bevooroordeeld," zei Vivian Hallsey. "Ik heb begrepen dat jullie naar olie zijn gaan boren als gevolg van een boodschap uit de geestenwereld. Ik heb altijd gedacht dat alleen neurotische oude dametjes mediums en waarzeggers bezochten."

"Hoe het ook zij," zei Don, "wil je niet gaan zitten?"

"Bedankt. Hoe zijn jullie er nou eigenlijk achter gekomen waar je naar olie moest boren? Als het door een geest kwam, zou ik die geest weleens willen leren kennen. Ik zou ook wel een oliebron willen bezitten."

Don vertelde hoe alles in zijn werk was gegaan.

Vivian Hallsey liet haar blik door de kamer gaan en huiverde. "Het geeft me een vreemd gevoel."

"Wat geeft je een vreemd gevoel?

"Het idee dat er overal geesten zijn. De geesten van de doden, die ons in de gaten houden. We zijn dus nooit echt alleen. Het is alsof ik mijn hele leven in een glazen kooi heb gewoond...Ik schaam me dood!"

"Niet zo haastig," zei Don. "Het is nog helemaal niet zeker."

"Wat is niet zeker?"

"Dat geesten bestaan. Dat antwoord is wat al te gemakkelijk."

"'Al te gemakkelijk'!" Ze keek hem ongelovig aan. "En dat zeg jij? Jij bent degene die olie heeft aangeboord met hulp van geesten."

"Ik weet het," zei Don. "Dat is wat we veronderstellen. Maar het is mogelijk dat er andere verklaringen zijn."

Vivian Hallsey greep in vertwijfeling naar haar hoofd. "Wat denk je dan zelf van deze hele zaak?"

"Ik weet het niet. We zullen de komende jaren besteden aan het zoeken naar een antwoord. Misschien zijn we er de rest van ons leven mee bezig."

"Ik heb nooit eerder in een leven na de dood geloofd. Eerst overtuig je me van het bestaan ervan, en twee minuten later probeer je me van het tegendeel te overtuigen!"

Don lachte. "Het spijt me. Maar het feit blijft dat het misschien geen communicatie met een overledene was."

"Ik begrijp niet hoe je dat kunt zeggen!"

"Ivalee Trembath is misschien buitengewoon telepathisch begaafd. Ze heeft misschien, zonder daar bewust moeite voor te doen, onze gedachten gelezen en ons dingen verteld die we wilden geloven."

Vivian Hallsey zweeg een ogenblik. "Het komt me allemaal zo onwerkelijk voor...Ligt die andere mogelijkheid niet meer voor de hand?"

"Ik weet het niet. Ik zou het graag weten. Als er een andere wereld is, moet ze ergens bestaan. Dat is niet meer dan logisch. Ze moet plaats innemen, op een zeker punt in de ruimte bestaan. Daar draait het om. Neem bijvoorbeeld de uitdrukking: 'Dromenland'. Het betekent slapen. Maar die plek bestaat niet. Misschien bestaat het hiernamaals ook alleen bij wijze van spreken, net als 'Dromenland'. Maar als het hiernamaals wel bestaat, wil ik weten waar het zich bevindt en hoe het eruitziet. Ik heb er recht op dat te weten. De mensheid heeft het recht het te weten."

Vivian Hallsey leek niet overtuigd. "Mensen putten heel wat troost uit de hoop op een leven na dit leven. Zou het niet wreed zijn om hen die hoop te ontnemen?"

"Misschien," zei Don. "Een heleboel mensen vinden het onaangenaam om geconfronteerd te worden met nieuwe kennis. Maar het is heel goed mogelijk dat we het bestaan van het hiernamaals kunnen bewijzen."

"Je gebruikt het woord 'bewijzen'," zei Vivian Hallsey. "Hoe denk je die bewijzen te kunnen produceren?"

"Op dezelfde manier waarop geleerden trachten een bewijs te vinden voor zaken waarvan ze niet zeker zijn."

"Maar hoe begin je?"

"De eerste stap bestaat uit diep nadenken. Het probleem bij een wetenschappelijk onderzoek is altijd: hoe kom je aan harde gegevens? Welnu, het is erg moeilijk om harde gegevens te verzamelen over de zaken die onder de noemer parapsychologie vallen."

"Waarom is dat?"

"Ten eerste, omdat de onderwerpen die we willen bestuderen zo ver buiten ons bereik liggen. Ten tweede, goede mediums zijn buitengewoon schaars. Ivalee Trembath is er een uit miljoenen. Ik schat dat er in de hele Verenigde Staten nog geen twintig mensen zijn die net zo gevoelig zijn als zij. Tussen twee haakjes, hou haar naam uit de krant, want ze is geen professioneel medium — enkel een begaafde vrouw die in het onderwerp is geïnteresseerd. Ten derde, er zijn duizenden charlatans die echt lijken, en nog veel meer duizenden die na vijf minuten al door de mand vallen. Ten vierde, goede mediums waken soms angstvallig over hun gaven en willen niet dat iemand ze onderzoekt. Weer anderen hebben een afkeer van laboratoriumproeven, omdat ze het gevoel hebben dat er aan hun integriteit wordt getwijfeld."

"Maar er zijn vast wel mediums die wel willen meewerken."

"O ja. Met geld is alles mogelijk. Er zal hard moeten worden gewerkt, het zal heel wat zweetdruppels kosten. Als we een stuk of tien mediums bijeen kunnen krijgen, en vervolgens met ieder van hen gelijktijdig een seance houden..." Hij zweeg.

"Wat zou dat bewijzen?"

"Ik weet het niet. Misschien zouden we resultaten krijgen waar we iets aan hebben. We moeten ergens beginnen."

"Zouden die gelijktijdige seances de waarheid of onwaarheid van het hiernamaals aantonen?"

"Voor zover ik weet," zei Don, "heeft er nog nooit een medium iets gedaan of gezegd dat iedere mogelijkheid van telepathie, helderziendheid, voorschouw of telekinese volledig uitsloot. Telepathie en al die andere dingen zijn uiteraard ook paranormale verschijnselen — maar ze vormen geen bewijs voor het voortbestaan na de dood."

"En hoe zit het met spoken en dat soort zaken?"

"Spoken," zei Don. Hij keek Jean aan, en ze schoten allebei in de lach.

"Waar lachen jullie om?" vroeg Vivian Hallsey.

"Een spook is er de oorzaak van dat Jean en ik in parapsychologie geïnteresseerd zijn geraakt. Het is alweer een hele tijd geleden. Ik vraag me af of het nog steeds spookt in het huis van de oude Freelock ..."

"Vertel eens," zei Vivian Hallsey. "Verdraaid, jullie maken me nieuwsgierig. Als ik niet oppas — nou ja, laat maar zitten. Wat is er gebeurd in het huis van de oude Freelock?"

Don vertelde het haar.

"Denk je dat dat spook en die geest die je vertelde waar je naar olie moest boren in dezelfde categorie thuishoren?"

"Ik weet het niet. Ze hebben bepaalde eigenschappen gemeen — althans, als we ervan uitgaan dat geesten iets anders zijn dan enkel telepathische gedachtenoverbrenging. En zelfs in dat geval bestaat er misschien een verband. Dat is een van de andere punten waar we onderzoek naar zullen doen. Ik ben er tot nu toe nog niet diep ingedoken. Diverse gebieden op aarde hebben hun eigen soort geesten die uniek zijn voor dat gebied. Heel vreemd, als je erover nadenkt. Je zou toch denken dat een geest in Siberië hetzelfde is als een geest in Hawaii."

"Tenzij het allemaal hallucinaties zijn."

Don knikte. "Die mogelijkheid moeten we altijd onder ogen zien. Maar wat geesten betreft, er zijn meer bewijzen voor Engelse spoken dan voor het bestaan van Ierse elfen, om een voorbeeld te noemen. De weerwolf is beperkt tot de Karpaten en de Oeral. Maar in India zijn er weertijgers, en in Zuidoost-Azië en in Afrika weerluipaarden. In Scandinavië komen kobolds en trollen voor, en in de Caraïben hebben ze zombies. De Onas van Tierra del Fuego kenden een verschrikkelijk iets dat ze een 'tsanke' noemden. Het feit dat het karakter van al die wezens wordt bepaald door waar ze voorkomen, lijkt in een bepaalde richting te wijzen."

"Welke richting?"

"Dat mag je zelf uitpuzzelen."

Vivian Hallsey begon te lachen. "Is dit een poging me te bekeren?"

"Waarom niet?"

"Oké. Je hebt er een nieuwe volgeling bij. Ik moet hier tenslotte een artikel over schrijven. Nog een laatste vraag: hoe gaan jullie je stichting noemen?"

"Er is maar één naam mogelijk," zei Don. "De Marsile Stichting voor Parapsychologisch Onderzoek."

VIII

Er werden nog eens acht putten geslagen om de olie te kunnen oppompen, en de eigenaars van aangrenzende stukken land die de exploitatierechten hadden verkocht, trokken zich de haren uit het hoofd van spijt. Don en Jean Berwick werden benaderd door vertegenwoordigers van zes grote oliemaatschappijen, en nadat ze de verschillende voorstellen zes weken lang hadden bestudeerd en rechtskundig advies hadden ingewonnen, gingen Don en Jean in zee met Seahawk Oil. Nu waren ze eindelijk vrij om zich volledig aan de Marsile Stichting voor Parapsychologisch Onderzoek te wijden.

Maar er waren nog andere obstakels te overwinnen. Het in het leven roepen van een stichting bleek gecompliceerder dan Don en Jean hadden verwacht. Teneinde voor belastingvrijstelling in aanmerking te komen, maakten ze van de stichting een instituut zonder winstoogmerk, met een beginkapitaal van een miljoen dollar. "Eindelijk kunnen we beginnen," zei Jean. "Maar hoe? We hebben nog geen enkele lijn uitgestippeld. We weten niet eens waar we ons zullen gaan vestigen."

"Nee," zei Don peinzend. "Een instituut met zo'n imposante naam verdient uiteraard een even imposant hoofdkwartier — iets van beton en glas ter grootte van een voetbalveld. Maar ik heb eerlijk gezegd geen idee hoe we zoiets op dit moment zouden moeten gebruiken. Ik denk dat we het beste kunnen beginnen met het aantrekken van personeel en het opstellen van een programma, dan krijgen we meer zicht op welke faciliteiten er nodig zijn." Hij pakte een brief van de tafel. "Ik denk dat we uit deze hoek wel wat hulp kunnen verwachten. Deze brief is van het Amerikaanse Genootschap voor Paranormaal Onderzoek. Ze zijn geïnteresseerd in het op elkaar afstemmen van onze programma's. Een van hun mensen komt hierheen om met ons te praten."

"Dat zou geweldig zijn," zei Jean, "ware het niet dat we hun programma niet kennen. We weten zelfs nog niet eens wat ons eigen programma is."

"Daar gaan we meteen verandering in brengen." Don pakte een notitieblok en een pen, maar op dat moment werd er gebeld. Hij sprong overeind en opende de deur.

"Hallo," zei Vivian Hallsey. "Ik moest in Orange City zijn en toen dacht ik: kom, ik wip even aan."

"Uit hoofde van je werk, of gewoon voor de gezelligheid?" vroeg Don. "Niet dat het wat uitmaakt. Kom binnen."

"Ik kom voor de gezelligheid," zei Vivian Hallsey. "Maar als jullie iets spectaculairs gedaan hebben — het vinden van de Verschrikkelijke Sneeuwman, of contact maken met het verzonken Atlantis, om maar iets te noemen — zouden mijn vingers natuurlijk wel beginnen te jeuken."

"We stonden juist op het punt spijkers met koppen te gaan slaan," zei Jean. "Wil je koffie?"

"Graag. Weten jullie zeker dat ik niet stoor?"

"Natuurlijk niet. We hebben je stuk met plezier gelezen; je hebt ons niet afgeschilderd als een stel typisch Californische zonderlingen. We wilden net beginnen met trachten een programma op te stellen."

"Ga je gang. Ik ben heel benieuwd. Dat is in feite de reden dat ik hier ben."

"Wel, ons eerste probleem is, beslissen waar we zullen beginnen. Er is een overvloed aan literatuur, duizenden praktijkgevallen zijn beschreven, de archieven puilen uit met verslagen die min of meer wetenschappelijk onderbouwd zijn. Maar wij willen beginnen waar de anderen ophouden. Met andere woorden, het is niet onze bedoeling de experimenten van dr. Rhine te herhalen, en we zijn ook niet van plan het soort onderzoek te doen dat over het Borley Rectory is verricht. Het terrein is zo enorm uitgestrekt —" De telefoon ging, en Jean nam op.

"Het is dr. James Cogswell, van het Amerikaans Genootschap voor Paranormaal Onderzoek. Hij wil langskomen."

"Uitstekend. Waarvandaan belt hij?"

"Hij is in Orange City." Ze sprak enkele woorden en hing op. "Hij komt er meteen aan."

Vivian Hallsey wilde opstaan, maar Jean zei: "Nee, nee, blijf zitten. We hebben graag gezelschap."

Vijf minuten later maakte dr. James Cogswell zijn opwachting. Hij was zestig jaar oud, een neurochirurg. Kort, gezet, met pikzwart haar dat in dunne strakke banen over zijn kalende schedel was gekamd. Hij zag er tot in de puntjes verzorgd uit, en zijn omgangsvormen waren uiterst beschaafd. Don stelde zich hem voor als een vertegenwoordiger van een uitstervend ras van psychische onderzoekers, een man van de oude stempel, iemand die misschien nog had samengewerkt met mensen als Sir Oliver Lodge en William McDougall. Dr. Cogswell keek belangstellend om zich heen. Zijn gedrag had iets minzaams, wat Don in het begin ergerlijk vond maar later amusant. Het was tenslotte heel natuurlijk dat een veteraan een groepje enthousiaste maar ongetwijfeld naïeve beginnelingen wat neerbuigend behandelde.

"Ik heb begrepen dat u een grootscheeps onderzoek wilt gaan doen naar enkele van de problemen die ons beiden bezighouden," zei dr. Cogswell.

"Dat is inderdaad onze bedoeling."

Cogswell knikte. "Uitstekend. Precies wat we nodig hebben: een goed georganiseerd en gefinancierd — U beschikt toch over ruime financiële middelen?" Hij keek Don onderzoekend aan.

"Ze zijn toereikend," zei Don. "Althans, voor onze plannen van dit moment."

"Mooi. We hebben een centrale instantie nodig, een permanente staf van goed opgeleid personeel die uitvoering geeft aan een vastomlijnd programma. Mijn eigen organisatie is los gestructureerd en ongedisciplineerd; we ontvangen geen enkele steun voor ons wetenschappelijk onderzoek. We beschikken echter wel over een grote bibliotheek, en misschien kan ik u ervoor behoeden dat u zich op een terrein begeeft waar anderen u al zijn voorgegaan." Hij keek de kamer rond. "Is dit uw hoofdkantoor?"

"Tijdelijk. Totdat we weten wat we nodig hebben — wat afhankelijk is van ons programma."

"En wat is uw programma, als ik vragen mag?"

"We waren juist bezig een ruwe opzet te maken toen u binnenkwam."

"Houd ik u van uw werk?"

"Niet in het minst. U kunt ons zelfs helpen."

"Uitstekend. Ga uw gang."

"Ik was bezig juffrouw Hallsey uit te leggen dat we niet van plan zijn Rhine's werk te herhalen of een van de klassieke spookhuis studies over te doen."

"Heel goed. Dat juich ik toe."

"Wat wij willen, is onderzoeken wat ten grondslag ligt aan alle parapsychologische verschijnselen, de grootste gemene deler. Het eenvoudigste, of meest algemene, verschijnsel is natuurlijk telepathie. Het maakt deel uit van ons dagelijkse leven, hoewel waarschijnlijk niemand van ons zich rekenschap geeft van de mate waarin we het gebruiken. Telepathie bestaat, het verbindt onze hersenen met elkaar. Maar hoe? Werking op afstand zonder dat er iets aan te pas komt dat de kracht kan overbrengen is onmogelijk."

Dr. Cogswell haalde zijn schouders op. "Onmogelijk is een groot woord."

"Maar niet te groot. Vergeet niet dat we te werk gaan als wetenschappers, niet als mystici. Axioma een: werking op afstand is ondenkbaar. Axioma twee: een gevolg heeft een oorzaak." Hij hief een hand op om te voorkomen dat dr. Cogswell bezwaren uitte. "Ik ben bekend met de onzekerheidsrelatie. Maar die heeft betrekking op de grenzen van ons waarnemingsvermogen, niet op de waargenomen verschijnselen zelf. We kunnen niet tegelijkertijd de plaats en snelheid van een deeltje vaststellen, maar dat betekent niet dat die twee hoedanigheden niet op hetzelfde moment naast elkaar bestaan. Voor zover we weten, onderscheidt een stabiel radiumatoom zich in niets van een radiumatoom dat op het punt staat uiteen te vallen. Volgens de huidige stand van onze kennis is het proces volkomen willekeurig. Maar het ligt voor de hand dat als we de twee atomen nauwkeurig genoeg met elkaar konden vergelijken, we in staat zouden zijn vast te stellen welke van de twee het eerst zou desintegreren. Het knelpunt is ons gebrekkig waarnemingsvermogen. Als de twee atomen exact aan elkaar gelijk waren, en blootgesteld aan dezelfde omstandigheden, zouden ze zich op exact gelijke wijze gedragen."

"Ik ben bang," zei dr. Cogswell, een tikje gewichtig, "dat uw analyse gebaseerd is op menselijke ervaringen. U redeneert antropomorfisch, om het zo maar eens uit te drukken. Neem nu de toename van de massa van een voorwerp dat de lichtsnelheid benadert. Een dergelijk concept valt geheel buiten onze ervaringswereld — en toch bestaat het."

Don lachte. "Uw vergelijking is niet in tegenspraak met wat ik zeg, dokter. Ik beweer niet dat alle gebeurtenissen onderhevig zijn aan de wetten van Newton. De natuurkunde die betrekking heeft op snelheden gelijk aan die van het licht heeft haar eigen parameters, evenals de atomaire wisselwerkingen. En hetzelfde geldt voor parapsychologische verschijnselen."

"Goed," verzuchtte dr. Cogswell. "Gaat u verder."

"Laat ik de verschillende verschijnselen even op een rijtje zetten: telepathie, helderziendheid, voorkennis, schouwen in het verleden, telekinese, spookverschijnselen, poltergeisten, magie. Afgezien van schouwen in de toekomst en in het verleden, waarbij een verplaatsing in de tijd optreedt, is bij al deze verschijnselen een soort medium betrokken dat zo ijl is dat we het met onze huidige instrumenten niet kunnen waarnemen. Laten we het voor het gemak even gedachtenstof noemen. Of, als u dat liever hebt, een supra-normaal continuüm."

"Gedachtenstof voldoet uitstekend," zei dr. Cogswell.

Don knikte en leunde achterover in zijn stoel. "Ons eerste doel schijnt dus die gedachtenstof te zijn, dat continuüm. Waar is het van gemaakt?"

"Lieve hemel," zei Vivian Hallsey, "we weten niet eens waar onze materie van is gemaakt."

Don knikte. "Klopt. Het was slechts een retorische vraag. Ik had eigenlijk moeten vragen: hoe werkt het? Hoe verhoudt het zich tot onze eigen materie?"

"En als er geen enkele relatie is, wat dan?" opperde Vivian Hallsey op luchtige toon.

"Er moet een of andere relatie bestaan. De twee toestanden hebben te veel eigenschappen gemeen. Op de eerste plaats: tijd. En ten tweede: energie. Ectoplasma reflecteert licht, en bepaalde geestverschijningen stralen licht uit. Iets dat licht uitstraalt of reflecteert, moet een of andere relatie hebben met normale materie. En ten derde: het feit dat een groot gedeelte van de parapsychologische verschijnselen wordt opgewekt in de hersenen, die ontegenzeglijk een materiële aard hebben."

"Heel goed," zei dr. Cogswell. "Het doel is dus duidelijk: gedachten-stof. En hoe bent u van plan het onderzoek te gaan aanpakken?"

Don glimlachte. "Als ik iets over Timboektoe te weten wil komen, wat kan ik dan het beste doen?"

"Erheen gaan."

"En als ik er niet zelf heen kan?"

"Met iemand praten die er geweest is."

Don knikte. "Precies. Daarom wil ik een groep vormen van een dozijn mediums van wie vaststaat dat ze over echte gaven beschikken en integer zijn, en die geen bezwaar hebben tegen wetenschappelijke onderzoeksmethoden."

"Tja," zei dr. Cogswell treurig, "dat zouden we allemaal wel willen. We mogen werkelijk van geluk spreken als er in de hele Verenigde Staten tien of twaalf te vinden zijn."

"Als je die mediums hebt en je hebt contact gemaakt met de geesten — wat ga je ze dan vragen?" vroeg Vivian Hallsey. "En hoe controleer je wat ze je vertellen?

"Dat is een groot probleem," zei Don. "We kunnen er niet zonder meer van uitgaan dat de geesten bestaan, want het is heel goed mogelijk dat de mediums onbewust alles langs telepathische weg oppikken. Op dat punt moeten we allereerst zekerheid zien te krijgen. Daarna moeten we twee dingen vaststellen: ten eerste, of de geest van een overledene informatie kan geven die volkomen nieuw is, dus niet tot het gemeen-schappelijke gedachtengoed van de mens behoort. En ten tweede, of de geest van een overledene informatie kan verstrekken over een toe-komstige gebeurtenis die volkomen door het toeval wordt beheerst, of in ieder geval niet afhankelijk is van menselijke tussenkomst, zoals het inslaan van een meteoriet, een vulkaanuitbarsting, of de verschijning van een zonnevlek."

"Of het achteroverslaan van een stevige dubbele whisky," zei Vivian Hallsey. "Daar ben ik zo langzamerhand hard aan toe."

Dr. Cogswell negeerde haar woorden, nogal nadrukkelijk. "Dat zijn inderdaad de twee klassieke vraagstukken," zei hij. "Persoonlijk ken ik geen enkel experiment dat het onweerlegbare bewijs van het zelf-standig bestaan van geesten heeft geleverd. Alles kon tot nog toe altijd worden verklaard door een combinatie van telepathie, helderziendheid en schouwen in verleden en toekomst."

"Ik zou al tevreden zijn als ik erachter kon komen hoe telepathie werkte," zei Don. "Om mee te beginnen."

"Wat dacht je van spoken?" zei Vivian Hallsey. "Als je kon bewijzen dat spoken bestaan, zou dat ook een bewijs zijn voor het bestaan van geesten."

"Niet noodzakelijkerwijs," zei Cogswell. "Spoken zijn waarschijn-lijk de afdrukken die heftige emoties op het supranormale continuüm achterlaten. Ze hebben ongeveer net zo veel eigen leven als een drie-dimensionale film."

"Maar zijn er geen gevallen bekend van spoken die intelligent han-delen en het vermogen hebben zich aan wisselende omstandigheden aan te passen?"

Cogswell haalde zijn schouders op. "Misschien. Er schiet me zo een-twee-drie geen authentiek geval te binnen. Die diaken van Clactonwall, wellicht. Of de huilende vrouwe van Grijs Water."

"Poltergeisten," opperde Jean.

"Ja. Poltergeisten, natuurlijk."

"Er is een onfeilbare manier om achter de waarheid te komen," zei Don.

"Doodgaan," zei Cogswell.

"Ik geloof dat ik maar eens opstap," zei Vivian, "voor ik word uitge-kozen om als proefkonijn te dienen."

"Ik had eigenlijk moeten zeggen: twee manieren," zei Don. "De tweede manier is: erheen gaan — en terugkeren."

Cogswell opende zijn mond om iets te zeggen, en sloot hem toen weer. Toen: "Je bedoelt: de dood nabootsen?"

"Iets dergelijks. Is het niet mogelijk om te sterven en weer tot leven te worden gewekt?"

Cogswell haalde zijn schouders op. "Er doen nogal ongewone geruchten de ronde over dingen die in Rusland gebeuren... En aan onze eigen universiteiten wordt opmerkelijk werk gedaan met lage temperaturen. Er mag daarbij natuurlijk geen organische beschadiging van het lichaam optreden. Als grote ijskristallen de celwanden doorboren, betekent dat het einde. Een ander moeilijk punt is de zuurstoftoevoer naar de hersenen. Na tien minuten zonder zuurstof treedt er onherstelbare hersenbeschadiging op. Het is geen gemakkelijke zaak."

"Als er catalepsie optreedt, is de zuurstoftoevoer dan net zo belangrijk?"

"Nee, op geen stukken na. In feite... Wel, laat ik het maar toegeven. Ik ben zelf bij enkele van deze experimenten betrokken. We hebben een hond diepgevroren, en hem na tweeëntwintig minuten weer tot leven gewekt."

Vivian lachte. "Het enige dat jullie nu nog nodig hebben, is Bill de Hagedis!"

Dr. Cogswell trok zijn wenkbrauwen op. "Bill de Hagedis?"

"Een figuur uit *Alice in Wonderland*. Hij werd ertoe overgehaald enkele onderzoeken te plegen, met rampzalige gevolgen."

"Deze experimenten vertegenwoordigen vanzelfsprekend slechts de eerste fase," zei Don. "Als die andere wereld werkelijk bestaat, kunnen we misschien communicatiekanalen openen. Misschien kunnen we er zelfs lijfelijk heen."

Dr. Cogswell schudde zijn hoofd in eerbiedige, zij het ietwat twijfelachtige bewondering. "U heeft opmerkelijke ideeën, meneer Berwick."

"We leven in een opmerkelijke wereld," zei Don. "Bedenk wat een vorderingen er zijn gemaakt in de wetenschappen: astronomie, bacteriologie, natuurkunde. Wat zou de huidige stand van zaken de vroegere onderzoekers fantastisch voorkomen! Vergeleken met de oude ideeën van hekserij en tovenarij is onze nieuwe kennis veel en veel wonderbaarlijker! Onze wereld verandert iedere week — en het is altijd anders dan we verwachten. Neem nu het werk waar wij een bescheiden begin mee hebben gemaakt: het zal het fundament blijken te zijn van een wetenschap die net zo belangrijk wordt als alle andere takken van wetenschap bij elkaar. In de toekomst zullen de mensen het woord 'spiritist' gebruiken zoals wij 'alchemist' of 'astroloog' zeggen. Wat wij persoonlijk tot stand kunnen brengen —" Hij haalde zijn schouders op. "Wie zal het zeggen? Ik denk dat we ons al gelukkig mogen prijzen als we een paar van de juiste werktuigen kunnen ontwikkelen. Maar iemand moet er beginnen. Het verbaast me dat de mensheid er niet eerder aan is begonnen."

"Toch is dat niet echt verbazingwekkend," zei Vivian. "Het hiernamaals en het paranormale behoren tot het gebied van het bijgeloof en de religie, en daarom zijn ze taboe."

"Nog altijd, ja," zei dr. Cogswell. "Ik moet niets hebben van taboes, behalve de taboes die je belooft te zullen respecteren als je de medische eed aflegt. Op dat punt zal ik voorzichtig moeten zijn." Hij stond op. "Ik moet nu gaan. Als ik u van dienst kan zijn, laat me dat dan weten."

"U zou ons in contact kunnen brengen met een twaalftal betrouwbare mediums."

Cogswell keek bedenkelijk. "Die zijn even moeilijk te vinden als haren op een schildpad. Hoe wilt u eigenlijk te werk gaan als u die twaalf mediums hebt gevonden? Wat hoopt u te bewijzen?"

"Ik wil gewoon zien wat er gebeurt als ik seances hou met twaalf mediums tegelijk, de ene keer van elkaar gescheiden, en de andere keer in een grote groep. We zullen proberen boodschappen te verzenden van het ene medium naar het andere door middel van de geesten waarmee ze in contact staan. Ons doel is de natuurkundige aard van het hiernamaals vast te stellen."

Dr. Cogswell haalde zijn schouders op. "Het klinkt interessant, en heel ambitieus. Maar u zult heel wat moeilijkheden op uw weg ontmoeten. Om maar iets te noemen: het is noodzakelijk dat alle twaalf mediums op hetzelfde moment een optimale prestatie leveren, en in de sfeer van een laboratorium zal dat niet meevallen. En dat is nog maar erg zacht uitgedrukt."

"We zullen het gewoon moeten proberen, anders komen we er nooit achter," zei Don. "Nooit geschoten is altijd mis. Misschien dat een zo breed mogelijke benadering iets oplevert waarmee we verder kunnen werken."

Cogswell wreef over zijn kin. "Wanneer bent u van plan te beginnen?"

"Zo snel mogelijk. We zullen het Oefening Een noemen."

IX

De dag van Oefening Een was aangebroken. Om drie uur begonnen te deelnemers binnen te druppelen in het grote oude huis aan de Madronestraat 26 aan de rand van Orange City dat speciaal voor de gelegenheid was gehuurd. Tot de eersten behoorden leden van het Genootschap voor Psychisch Onderzoek, waarnemers van de afdeling psychologie van plaatselijke universiteiten, en Vivian Hallsey, die werd vergezeld door een somber uitziende man in een donker pak. Ze stelde hem op ietwat geheimzinnige toon aan Don en Jean voor als meneer Kelso. Don aarzelde en zei toen: "Bent u journalist, meneer Kelso?"

"In zekere zin, ja."

"Wij zijn voorstander van vrije nieuwsgaring — tot op zekere hoogte. Er is geen enkele reden waarom het publiek niet van onze vorderingen op de hoogte zou mogen worden gesteld. Maar ik heb wel bezwaar tegen opgeklopte sensatieverhalen, want die kunnen ons werk schaden. Het is moeilijk om gevoelige mensen ertoe over te halen aan deze experimenten mee te werken. Als ze negatief in de publiciteit komen of tot het onderwerp van spot worden gemaakt, zal het onmogelijk worden hun medewerking te verkrijgen."

"Ik begrijp het," zei meneer Kelso. "Maar ik ben hier vandaag niet uit hoofde van mijn beroep, maar als vriend van juffrouw Hallsey."

"In dat geval bent u van harte welkom."

Om vijf uur arriveerden de eerste mediums. Ze werden ieder naar een eigen kamer gebracht. De kamers waren leeg, op een kleine houten tafel, een bank en wat gemakkelijke stoelen na. De kamers waren allemaal uitgerust met een onopvallend aangebrachte microfoon die was aangesloten op luidsprekers en bandrecorders die stonden opgesteld in de voormalige woonkamer, nu omgedoopt in controlekamer. Don had overwogen in ieder vertrek een tv-camera op te stellen, verbonden met een scherm in de controlekamer, maar het plan leek weinig voordelen te bieden en hij had het laten vallen.

Van de veertien mediums die ze hadden benaderd, hadden ze er slechts acht bereid gevonden aan de experimenten deel te nemen. Op het eerste oog waren het mensen met een gemiddelde intelligentie en ontwikkeling. De oudste was grootmoeder Hogart, tweeënzestig, en de jongste haar kleinzoon van achttien, Myron Hogart. Myron was opgewonden en een beetje verlegen; grootmoeder Hogarts opmerkingen waren scherp en sceptisch; Alec Dillon hield zich afzijdig — een bleke man met een smal gezicht, ernstig en gesloten. Ze toonden weinig belangstelling voor elkaar — op grootmoeder Hogart na, die alle anderen bedriegers noemde. Om te voorkomen dat er wrijvingen optraden of, bewust of onbewust, complotten werden gesmeed, zorgde Don ervoor dat de mediums elkaar zo weinig mogelijk zagen.

Het was de bedoeling om zeven uur met het experiment te beginnen, maar Alec Dillon, ongetrouwd, van middelbare leeftijd en behept met een opvliegend temperament, kreeg last van zenuwen en wilde tijd hebben om zijn gemoedsrust te herwinnen. Het oponthoud irriteerde de anderen; er werd gemopperd. De oefening dreigde te mislukken nog voor ze zelfs maar begonnen was. Jean en dr. Cogswell haastten zich van kamer naar kamer om de gemoederen te sussen.

Don zat in de controlekamer, nerveus trommelend met zijn vingers, starend naar een paneel waarop zeven van de acht lampen brandden ten teken dat ze klaar waren om te beginnen. Vivian Hallsey en Kelso zaten zwijgend terzijde. Er zat niets anders op dan te wachten. Don draaide zich om naar Kelso en vroeg: "Ben je persoonlijk in dit soort dingen geïnteresseerd, of is je belangstelling beroepsmatig?"

"Beide," zei Kelso. "Ik heb het idee dat de natie die als eerste de toepassing van telepathie en helderziendheid weet te systematiseren, een belangrijk militair voordeel heeft op andere landen."

Don dacht na. "Waarschijnlijk heb je gelijk. Uit die hoek had ik het nog nooit bekeken. Je bent toch niet toevallig een vertegenwoordiger van de regering?"

Kelso schudde zijn hoofd. "Ik werk voor *Life*. We hebben recent een artikel geplaatst over spookhuizen. Heb je het gelezen?"

Don knikte. "Prachtige foto's."

Minuten gingen voorbij. Om vijf voor halfacht liet Alec Dillon zich met een zucht in zijn leunstoel zakken, klaar om zijn entiteit, Sir Gervase Desmond, op te roepen. In de controlekamer brandden nu alle acht lampen. Don boog zich naar voren. Voor hem bevonden zich acht intercoms en acht microfoons die verbonden waren met de koptelefoons die de technici droegen. Op deze wijze kon Don signalen en aanwijzingen geven zonder de mediums te storen.

Don sprak in de microfoon die zijn stem naar alle acht kamers bracht. "We zijn allemaal klaar om te beginnen. Denk eraan, er wordt van niemand iets geëist. We doen dit voor ons plezier. We hoeven niets te bewijzen. Niemand wordt op zijn vingers gekeken, dus ontspan je."

Uit kamer twee kwam een ontstemd gemompel; dat zou Alec Dillon wel zijn, die had een poëtische inslag en haatte alles wat naar exactheid en wetenschappelijke methoden zweemde. Als vier van hen contact maken, dacht Don, verklaar ik Oefening Een tot een succes. Gezien de omstandigheden waaronder ze hier moesten werken, zou zelfs vier contacten een opmerkelijk resultaat zijn. "Laten we beginnen."

Hij zette de bandrecorders aan, leunde achterover in zijn stoel en bereidde zich voor op een lange periode van wachten.

Uit kamer vier, de kamer van grootmoeder Hogart, kwam het geluid van het onzevader; in kamer zeven neuriede iemand een hymne; uit de andere luidsprekers kwamen flarden van gespannen conversatie, grappen, geklaag.

Don wachtte. Jean kwam de kamer binnen en ging naast hem zitten. "Het zal nog zeker vijf à tien minuten duren voor er iets komt," zei Don tegen Vivian en Kelso. "Ze moeten eerst in de stemming komen."

"Is er enige kans op materialisaties, ectoplasma, dat soort dingen?" vroeg Kelso. "Ik heb een filmpje in mijn camera gestopt dat gevoelig genoeg is om haarscherpe foto's te maken van een stel zwarte katten die aan het vechten zijn in een onverlichte kolenkelder."

Don haalde zijn schouders op. "Je weet maar nooit. Hou je camera maar in de aanslag, als je dat wilt. Voor zover ik weet, heeft geen van deze mediums ooit iets gematerialiseerd. Een echte materialisatie is zeldzaam."

"Kan een geest zich materialiseren zonder de hulp van een medium?"

Vivian zei tegen Kelso: "Als je maar lang genoeg wacht, kom je het antwoord op al je vragen vanzelf te weten."

Kelso lachte grimmig. "Maar dan zal ik niet meer in staat zijn mijn foto's te verkopen. Misschien is het dan zelfs niet meer mogelijk ze te laten ontwikkelen. Wat denk jij, Don? Materialiseren die geesten zich weleens op eigen kracht?"

Don grinnikte. "Ik zou het je niet kunnen zeggen; ik ben zelf nooit een geest geweest. Maar voor zover ik weet — Nee."

"Maar spoken komen en gaan toch naar het hun goeddunkt. En poltergeisten ook."

"O, maar dat is iets heel anders," zei Don. "Ik hou me bezig met geesten die communiceren via mediums. Spoken en poltergeisten vallen in een heel andere categorie. Er zijn drie duidelijk van elkaar te onderscheiden categorieën. Minstens drie."

Kelso keek verbaasd. "Nogal verwarrend. Hoe weet je dat er drie categorieën zijn?"

"Omdat ze zich in hun gedragingen onderscheiden. Entiteiten — waarmee ik bedoel, invloeden die zich via mediums kenbaar maken — handelen en denken min of meer zoals we van de geest van een menselijk wezen zouden verwachten. Spoken daarentegen lijken herseloze dingen; het zijn afdrukken die door intense emotionele gebeurtenissen op de parapsychologische matrix worden achtergelaten en die zich onder bepaalde omstandigheden manifesteren. Wat die omstandigheden precies zijn, weet niemand. Poltergeisten — letterlijk vertaald betekent dat 'lawaaiige geesten' — zijn onzichtbaar en houden van kattenkwaad. Ze komen voornamelijk voor in huizen waar kinderen in de puberleeftijd wonen, en het is mogelijk dat ze niets anders zijn dan een onbewuste toepassing van telekinese door de adolescent. Maar dat is slechts een theorie, meer niet. Poltergeisten zijn moeilijk te plaatsen."

"Luister," zei Jean. Uit kamer drie kwam de heldere stem van Ivalee Trembath's entiteit Molly Toogood.

"Hallo."

"Hallo," antwoordde de stem van de waarnemer van kamer drie, een theologiestudent genaamd Tom Ward. "Hoe voel je je vanavond?"

"Prima. Ik geloof niet dat ik je ken."

"Dat klopt, we hebben elkaar nooit eerder ontmoet."

Jean gaf Don een signaal; uit de kamer van de jonge Myron Hogart kwam ook geluid: zijn entiteit klopte op de tafel. Bijna op hetzelfde moment produceerde grootmoeder Hogart in kamer vier een schel gefluit.

"Hallo, brutaaltje," zei grootmoeder Hogart. "Je ziet er parmantig uit in dat roze jurkje van je."

"Ja, mevrouw," antwoordde het hoge stemmetje van een klein meisje. "Ik heb mijn mooiste kleren aangetrokken omdat ik blij ben u te zien."

"Deze aardige jongeman is dr. Cogswell."

"Hoe maakt u het?" zei de overgegane geest. "Ik heet Pearl, ik ben zwart, en ik ben geboren in Memphis, Tennessee."

De andere luidsprekers begonnen nu ook klanken te produceren; er was plotseling te veel om naar te luisteren.

Jean zei zacht en vol verbazing: "Ze hebben allemaal contact gemaakt — niet een uitgezonderd!"

Twee of drie minuten gingen voorbij. Gebabbel, geroddel, begroetingen en kletspraatjes stroomden uit de luidsprekers.

Don boog zich naar de microfoons die in verbinding stonden met de koptelefoons van de waarnemers en zei: "Stel de eerste vraag."

Tom Ward, de theologiestudent in kamer drie, legde Molly de eerste van het lijstje vragen voor.

"Hoe ziet het eruit waar je nu bent?"

De verschillende antwoorden kwamen binnen via de luidsprekers en werden vastgelegd op de band.

"Tweede vraag," zei Don.

In iedere kamer behalve nummer drie werd de vraag gesteld: *"Ken je Molly Toogood? Kan je haar op dit moment zien?"*

De antwoorden kwamen langzaam binnen, aarzelend, en werden op de band opgenomen.

Vervolgens werd in alle kamers behalve nummer twee de vraag gesteld: *"Ken je Sir Gervase Desmond?"*

Dat was de entiteit van Alec Dillon. Terwijl de antwoorden uit de andere zeven kamers binnenkwamen, leverde Sir Gervase, een dandy uit het Regency-tijdperk, op lijzige, laatdunkende toon kritiek op Alec. Alec, die niet volledig in trance was, verdedigde zich, en ze ruzieden tot de geamuseerde waarnemer ingreep.

Don had de indruk dat de twee stemmen van Alec en Sir Gervase zich vermengden en tegelijkertijd spraken; de bandopname zou later zijn indrukken bevestigen of ontkennen. Een interessante situatie: twee stemmen die tegelijkertijd door een en hetzelfde strottenhoofd werden geproduceerd! Natuurlijk leverde het membraan van een luidspreker moeiteloos dezelfde prestatie, maar het klankvoortbrengende mechanisme van het strottenhoofd, de luchtpijp, de tong, tanden en lippen was oneindig veel ingewikkelder dan het membraan van een luidspreker…Don zette de gedachte van zich af; het werd te gecompliceerd en er gebeurde te veel waar hij op moest letten. Hij moest zich niet te veel laten meeslepen door zijn verwondering, hield hij zichzelf voor. Alles wat hij hoorde en zag, alles wat er bestond, paste in een logisch schema, was onderworpen aan een stelsel van wetten, aan de kringloop van oorzaak en gevolg. Wat er gebeurde, viel misschien ver buiten de grenzen van de klassieke natuurkunde en de gewone menselijke ervaringswereld — maar de wetten moesten er zijn, wachtend om door de menselijke geest ontdekt te worden.

De conversatie in de acht kamers begon onsamenhangend te worden.

"Derde vraag," zei Don.

In alle acht kamers vroeg de waarnemer: *"Hoe ziet onze wereld er voor jullie uit?"* En nadat de antwoorden waren opgenomen: *"Hoe ziet je medium eruit?"* Iedere waarnemer verving de woorden 'je medium' door de naam van zijn medium.

De vierde vraag: *"Is ex-president Franklin D. Roosevelt aanwezig? Kun je op dit moment in contact met hem treden? Wat denkt hij van de huidige regering?"*

De vijfde vraag: *"Is Adolf Hitler aanwezig? Wordt hij gestraft voor zijn misdaden op aarde?"*

De zesde vraag: *"Heb je ooit Jezus Christus gezien? Mohammed? Boeddha? Mahatma Gandhi? Heb je ooit Jozef Stalin gezien?"*

Toen de zevende vraag: *"In het jaar 3244 voor Christus stierf in Thebe een Egyptische klerk die Mahnekhe heette. Is het mogelijk met hem te communiceren? Is hij op dit moment aanwezig?"*

Achtste vraag: *"Zie je jezelf als een ziel? Een onbelichaamde geest? Een persoon?"*

De negende vraag: *"Hoe weet je wanneer je medium in contact met je wil treden? Waarom antwoord je?"*

De tiende vraag: *"Is er iets op aarde waaraan je behoefte voelt? Kan een levend persoon het je brengen?"*

De elfde vraag: *"Eet je, slaap je? Wat voor voedsel eet je? In wat voor onderkomen slaap je?"*

Twaalfde vraag: *"Kennen jullie een dag en een nacht? Is het bij jullie nu dag of nacht?"*

Dertiende vraag: *"Vind je dit soort vragen vervelend? Ben je bereid ons te helpen om meer over het hiernamaals te weten te komen?"*

X

De vragen werden niet allemaal op dezelfde wijze en hetzelfde tijd-stip gesteld en beantwoord. In veel gevallen kletste de entiteit maar wat raak, of mompelde, of weigerde te spreken, of werkte op andere manieren tegen. De waarnemers konden niets doen om orde op zaken te stellen. Sir Gervase Desmond voelde zich door vraag tien kennelijk in zijn kuif gepikt, want hij verliet Alec Dillon, die in een diepe slaap viel. Tegen de tijd dat vraag elf aan de beurt was, begon grootmoeder Hogart moe te worden, en haar stem werd zwakker; de kleine Pearl nam eerbiedig afscheid. Na vraag tien stonden alleen Ivalee Trembath, de jonge Myron Hogart, mevrouw Kerr (een dikke, kalme vrouw), en meneer Bose (een magere kleurling) nog in contact met de geesten-wereld. Deze vier bleven tot het eind van Oefening Een fris. Kwart voor tien werd de laatste vraag gesteld en beantwoord.

Kamer	Medium	Entiteit	Identiteit	Geb. datum
1	Kenward Bose	Kochamba	*Senegalees opperhoofd, als slaaf naar New Orleans gebracht*	1830
2	Alec Dillon	Sir Gervase Desmond	*Engels edelman*	1790
3	Ivalee Trembath	Molly Toogood	*Californische koloniste*	1845
4	Grootmoeder Hogart	Pearl	*Jong zwart meisje*	1925
5	Mevr. Kerr	Marie Kozard	*Parijse demi-mondaine*	1900
6	Mevr. Vascelles	Lula	?	?

| 7 | Joanne Howe | Dr. Gordon Hazelwood | *Huisarts uit Massachusetts* | 1900 |
| 8 | Myron Hogart | Lew Wetzel | *Romanpersonage* (?) | ? |

Grootmoeder Hogart en Alec Dillon sliepen al. Mevrouw Kerr viel na afloop van het experiment meteen in slaap. Het merendeel van de anderen ontspanden zich met thee, koffie, bier of een longdrink.

Don en dr. Cogswell bezochten alle kamers en bedankten de deelnemers. Jean betaalde mevrouw Kerr, grootmoeder Hogart en mevrouw Vascelles hun gewone honorarium uit. Alleen Myron Hogart leek geïnteresseerd in de resultaten van het experiment; voor de anderen was het een gewone seance geweest zoals er zo veel waren.

Tegen elf uur was iedereen vertrokken. Don, Jean, Vivian Hallsey, Kelso, dr. Cogswell en Godfrey Head, een wiskundehoogleraar aan de universiteit van Los Angeles, kwamen bijeen in de bibliotheek. Er heerste een opgeruimde stemming. De massale seance was beter verlopen dan wie ook had durven hopen.

"Don!" riep dr. Cogswell. "Laten we meteen die banden afspelen en de belangrijkste gegevens in een schema onderbrengen."

"Zoals je wilt," zei Don. "We kunnen vanavond Vraag Een uitwerken."

De bandrecorders werden in een rij geplaatst, en de verschillende antwoorden op de eerste vraag werden een voor een afgespeeld. Er werd een lijst opgesteld van de belangrijkste elementen die naar voren kwamen.

Vraag 1: *Hoe ziet het eruit waar je nu bent?*

1. *Kochamba:* "Witte vlakten" — "gouden muren, de Heerschare" — "glanzend in het stralend-witte licht van onze Heer" — "de gouden torens, de gazons en bloementuinen, als in het prachtigste park van de wereld, met standbeelden van engelen, en overal de heerlijkheid van het Koninkrijk dat gekomen is." — "In de verte liggen de onderkomens voor de lui die lager op de ladder staan, maar ze zijn moeilijk te zien, en niet ver hiervandaan ligt de hel." — "Nee, de hel ligt niet onder ons — in ieder geval niet zo erg diep."

2. *Sir Gervase Desmond:* "Het is hier bijzonder aangenaam, dat spreekt vanzelf; anders zou ik hier niet zijn, nietwaar? Iedereen is heel verzorgd en elegant gekleed; de heren en hun dames, bedoel ik. Het heeft iets weg van het publiek bij de paardenrennen. Er zijn uiteraard geen paarden, en er worden ook geen weddenschappen afgesloten, wat ik betreur. Maar het is hier prachtig, prachtig, en alles lost op in een gouden waas, en al dat zilver en dat stralende water, en de juwelen liggen voor het opscheppen, sakkerloot! Veel te mooi voor iemand als jij, Dillon."

3. *Molly Toogood:* "Het lijkt wel alsof ze tegenwoordig nergens anders meer belangstelling voor hebben. Ik heb het al vaker gezegd, maar ik zal het nog maar eens een keer zeggen: het is net als op aarde, alleen veel mooier. En natuurlijk kunnen we het oude land zien wanneer we maar willen."

4. *Pearl:* "Tja, grootmoeder, ik weet niet of ik het wel kan beschrijven, want het is zo prachtig, daar kan ik geen woorden voor vinden. Maar we zijn allemaal hier, en we wachten op je. Alle volwassenen, en ze doen allemaal wat ze graag doen. Het is echt heel mooi, alles is goud en groen, en in de verte zie je het grote licht van God, en zijn prachtige stad."

5. *Marie Kozard:* (geen antwoord)

6. *Lula:* "Prachtig, liefje — ik weet zeker dat je het hier heerlijk zou vinden. Alle mensen lopen rond in ballen van licht, en hoe belangrijker de man of vrouw is, hoe helderder het licht is. En dan die schitterende paleizen, en zonsopgangen en zonsondergangen, alsof de hemel vol pauwenstaarten is." (In antwoord op de vraag: Welke kleding dragen de belangrijke mensen?) "Gewoon, de kleren die ze altijd droegen. Napoleon, bijvoorbeeld, draagt zijn driekantige steek en witte kniebroek. En George Washington heeft een bepoederde pruik op. Hij ziet er precies uit als op de schilderijen."

7. *Dr. Gordon Hazelwood:* (geen begrijpelijk antwoord)

8. *Lew Wetzel:* "Het valt moeilijk te zeggen, want alles is nogal vaag. Waar je ook kijkt, al die paleizen en gebouwen lossen op in nevels. Toen ik hier voor het eerst kwam, was alles heel anders. Er waren nog niet van die grote wolkenkrabbers. Het had meer weg van Frankrijk. Nu staan er allemaal van die grote gestroomlijnde dingen van glas en staal."

De eerste vraag werd getabellariseerd. Toen dat gedaan was, was het twee uur. Don slaakte een zucht en maakte een blikje bier open. "Zo. Laten we eens kijken wat we hebben."

Godfrey Head liet zijn blik over de lijst gaan. "Iedereen lijkt het erover eens dat het hiernamaals een prachtig zonnig land is vol paleizen en gouden kastelen waar mensen rondlopen in mooie kleren."

"Er wordt nogal vaak melding gemaakt van nevels," zei dr. Cogswell. "Dingen die oplossen in een waas — en hier: Lula zegt dat de hemel vol pauwenstaarten is."

"Wat ontzettend jammer dat de geesten geen foto's kunnen nemen," zei Kelso bedroefd. "Stel je voor, een grote fotoserie over het hierna-maals. Dat nummer zou lopen als een trein."

"Er is me nog iets opgevallen in wat Lula zei," zei Don. "De mensen 'lopen er rond in ballen van licht', maar de belangrijke personen zijn het helderst."

"De belangrijke personen schijnen nogal groot in aantal te zijn," zei Jean nadenkend. "Ik vind het overigens wel heel vreemd dat ze het hiernamaals allemaal anders beschrijven. Ze zitten daar allemaal bij elkaar — tenminste, dat nemen we aan — maar toch wijken hun beschrijvingen van elkaar af, hoewel ze ook veel gemeenschappelijks hebben. Ik vind het maar raar."

"Ik denk dat we er goed aan doen als we alles niet te letterlijk nemen," zei Godfrey Head. "We moeten rekening houden met de onbewuste vooroordelen van het medium. Wanneer we de verschillende gezichts-punten met elkaar in overeenstemming willen brengen, zullen we moeten zoeken naar de eigenschappen die ze gemeenschappelijk heb-ben, naar de grootste gemene deler, om het zo maar eens te zeggen."

Don trommelde met zijn vingers op het bierblikje. "Ik weet niet of ik het daar wel mee eens ben. In ieder geval niet voor honderd procent. Ik geloof niet dat het verstandig is om alleen de consistente verklaringen eruit te pikken. Als we de schijnbaar onbelangrijke dingen weglaten, zijn we niet bezig met leren, maar met het bevestigen van het beeld dat we al van het hiernamaals hebben."

"Hoe zit het met die 'wolkenkrabbers' van Wetzel, die 'gestroomlijnde dingen'? Tussen twee haakjes, wie zou die Lew Wetzel zijn? Zijn naam komt me bekend voor."

"Het is een personage uit een roman. *De hertendoder* van James Fenimore Cooper, als ik het me goed herinner."

Head liet zich achteruitzakken in zijn stoel. "Dit is werkelijk waard om even bij stil te staan. Hoe kan een romanpersonage een geest hebben? Het lijkt te dwaas voor woorden!" Hij keek dr. Cogswell aan. "Weet je zeker dat die Myron Hogart betrouwbaar is? Vertrouw je hem?"

"Volkomen."

"Misschien werd de spanning hem te veel — het gevoel dat hij niet achter mocht blijven bij de rest…"

"Nee," zei dr. Cogswell. "Ik heb Wetzel vijf of zes keer eerder horen spreken."

"Is hij werkelijk het personage uit die roman?"

"Ja. Ik heb hem er vragen over gesteld, en hij zegt dat wat of wie hij ook moge zijn, hij is daar, en een andere verklaring voor zijn aanwezigheid kan hij niet geven."

"Het is natuurlijk mogelijk dat Cooper zich bij het schrijven heeft gebaseerd op een bestaand iemand."

"Ja, dat is inderdaad mogelijk. Heel waarschijnlijk, in feite."

"Maar wat moeten we dan met die wolkenkrabbers!" riep Head uit. "We zullen toch een of andere vorm van selectie moeten toepassen."

"We moeten heel voorzichtig te werk gaan," hield Don vol. "We mogen geen dingen verwerpen, eenvoudig omdat ze inconsistent zijn of niet in onze theorieën passen."

"Maar deze mensen kunnen toch niet allemaal gelijk hebben!" protesteerde Head. "We moeten tot een consensus kunnen komen — voor dat doel zijn we tenslotte hier bijeen!"

"Misschien spreken ze vanuit verschillende delen van het hiernamaals. Ik vind Wetzels commentaar op de wolkenkrabbers buitengewoon veelzeggend. Het zou kunnen betekenen dat het hier-namaals aan veranderingen onderhevig is, net als onze eigen wereld."

"Of dat het de onze weerspiegelt," zei Jean.

"Of dat het hiernamaals en de entiteit alleen in de verbeelding van het medium bestaan," bromde Head.

Don knikte. "Je raakt precies het tere punt. De volgende vraag was bedoeld om daar wat duidelijkheid over te krijgen."

Jean las de vraag hardop voor: Ken je Molly Toogood? Ken je Sir Gervase Desmond?"

"Stel dat Molly en Sir Gervase waren herkend en beschreven, dan zouden we nog steeds niet uit de moeilijkheden zijn," merkte Don op. "Want dan zou nog steeds de mogelijkheid bestaan dat er telepathische communicatie plaatsvindt tussen de mediums."

"Wat een heel redelijke verklaring zou zijn," zei Godfrey Head.

"De vraag leverde weinig of niets op, als ik me goed herinner," zei Don. "Ik heb de indruk dat geen van hen een van de anderen kent." Hij keek op zijn horloge. "Het is al laat. Zullen we er voor vandaag een punt achter zetten?"

Head en Cogswell knikten. Ze stonden op. "Tussen twee haakjes," zei Head, "is een van jullie naar het auditorium geweest om die Hugh Bronny te horen preken?"

"Ik niet," zei dr. Cogswell. "Waarom vraag je dat?"

"Dill, van onze afdeling politicologie, had me gevraagd mee te gaan. Dill is verontrust. Hij zegt dat die Hugh Bronny een heel gevaarlijk persoon is, een soort Hitler in de dop. De man heeft charisma en kan praten als Brugman, dat lijdt geen twijfel. Maar de reden dat ik hem ter sprake breng, is omdat hij een aanval deed op 'door de duivel geïnspi-reerde geleerden die knoeien met zaken die alleen God aangaan.' Hij zei dat die geleerden leven probeerden te scheppen in reageerbuizen, en ook dat ze zondaars de hemel probeerden binnen te smokkelen. Als het aan hem lag, zou het de Parapsychologische Stichting verboden worden activiteiten te ontplooien — desnoods met geweld. En het was duidelijk dat hij het meende."

Jean voelde zich slap worden. "Heeft hij de stichting bij name genoemd?"

"Ja. In feite was de Marsile Stichting zijn belangrijkste doelwit."

"Heeft hij iets gezegd dat zou kunnen worden opgevat als laster?" vroeg Don op luchtige toon.

"Hij noemde je een goddeloze geleerde die onder een hoedje speelde met de duivel. Als je kunt aantonen dat hij met kwade opzet handelde en dat je reputatie is geschaad, kun je hem voor de rechter slepen."

"Dan zou ik waarschijnlijk eerst moeten bewijzen dat ik niet onder een hoedje met de duivel speelde," zei Don met een wrange glimlach.

Dr. Cogswell zei: "Misschien kunnen we onze mediums meenemen naar de rechtbank en hen de duivel laten oproepen, zodat die kan getuigen."

"Ik denk dat er wat moeilijkheden zouden zijn bij het afleggen van de eed," merkte Don op.

"Genoeg gedold," zei Head. "Welterusten, iedereen."

Kelso, Vivian Hallsey en dr. Cogswell namen een paar minuten later afscheid. Don en Jean waren alleen.

Don draaide zich om naar Jean en pakte haar handen in de zijne. "Moe?"

"Ja. Maar niet zo moe dat ik —" Ze zweeg plotseling en staarde over zijn schouder. Don draaide zich om. "Wat is er?"

"Er staat iemand buiten — bij het raam."

Don holde naar de deur en liep de veranda op. Jean volgde hem naar buiten toe.

"Heb je zijn gezicht gezien?" vroeg Don.

"Ja. Ik dacht dat het ..." Ze kon zijn naam niet over haar lippen krijgen. "Hugh?"

Ze drukte zich tegen hem aan. "Ik ben bang voor hem, Donald."

Don verhief zijn stem. "Hugh! Waarom kom je niet tevoorschijn, Hugh? Waar zit je?"

Een lange gedaante dook op uit het donker. Hugh stapte het grindpad op. Het licht van de straatlantaarns weerkaatste geel op zijn benige gezicht. Diepe schaduwen vulden zijn oogkassen en de holten onder zijn jukbeenderen.

Jean zei op scherpe toon: "Waarom bel je niet gewoon aan, Hugh? Waarom gluur je door het raam naar binnen?"

"Je weet heel goed waarom," zei Hugh. "Ik ben gekomen om met mijn eigen ogen te zien wat er hier in dit huis plaatsvindt."

"Iets belangwekkends gezien?" vroeg Don.

"Ik zag slechte mannen en vrouwen deze plek verlaten."

Don zei op droge, scherpe toon: "Ik heb gehoord dat je lasterpraat-jes over ons rondstrooit."

"Ik predik, naar beste kunnen, het heilige woord van God."

Don bestudeerde hem een ogenblik, zijn mond gekruld in een minachtende glimlach. "Je bent misschien een naar macht dorstende hypocriet, Hugh, of alleen maar gestoord. Maar een ding ben je zeker niet: een christen."

Hugh staarde terug, met ogen als poelen van heet blauw glas. Hij zei met een zware stem: "Ik ben een christelijke predikant. Ik wandel op het heilige pad. Niets kan me daar vanaf brengen, en zeker niet een hatelijke atheïst als jij."

Don haalde zijn schouders op en draaide zich om om naar binnen te gaan.

"Wacht!" beval Hugh schor.

"Waarom?"

"Je hebt zojuist kwaad van mij gesproken. Je hebt me beschimpt. Je ontkende dat ik een christen —"

"Christus leerde ons elkaar lief te hebben en onze naasten als broe-ders te behandelen. Jij bent geen christen. Jij bent een volksmenner, een oproerkraaier. Je roept op tot haat, en daarbij ben je nog dom ook. Je bent erger dan welke atheïst ook."

Hugh trok zijn lippen op in een pijnlijke, ongemakkelijke grijns, waardoor lange gele tanden bloot kwamen. "Hier zul je spijt van krij-gen," zei hij eenvoudig.

Don keek achterom naar Jean. "Laten we naar huis gaan."

XI

Don en Jean reden niet naar huis, maar de woestijn in, langs Indian Hill. Jean keek omhoog in de richting van het Freelock-huis, dat onzichtbaar was in het donker. Don ging langzamer rijden. "Zin om naar boven te gaan en op spoken te jagen?" vroeg hij schertsend.

"Nee, dank je," zei Jean op ferme toon.

"Bang?"

"Nee, niet meer. Ik ben niet bang voor de spoken. Het is de sfeer die daar hangt die me kippenvel bezorgt..." Ze omklemde zijn arm. "Toch heeft het huis een bepaald plekje in mijn hart, want daar heb ik besloten dat ik met je wilde trouwen."

Don lachte. "En je dacht waarschijnlijk dat je je keus had laten vallen op een aardige, doodnormale jongeman met goede vooruitzichten in het bedrijfsleven."

"Nee," zei Jean. "Ik wist dat je aardig was en, hoe zal ik het zeggen... redelijk normaal. Maar ik wist dat je niet het soort man was dat genoegen zou nemen met een saai baantje."

"Gaf je niet de hoop op toen uit Korea het bericht kwam dat ik waarschijnlijk dood was?"

"In zekere zin... maar op een of andere manier wist ik dat je nog leefde."

"Dat waren drie moeilijke jaren. Ik denk dat ik al die tijd half buiten zinnen ben geweest. Verdraaid!"

"Wat is er?"

"Ik ben al het Russisch en het Chinees vergeten waarop ik zo ijverig heb zitten blokken. Ik betwijfel of ik nu zelfs maar om een glas water zou kunnen vragen."

Ze sloegen een zijweg in, reden drie kilometer de donkere woestijn in, parkeerden de auto en stapten uit.

De nacht was helder en stil, de hemel was bezaaid met sterren en het windje voerde de geur van salie en creosootstruik aan.

"We horen eigenlijk in bed te liggen," zei Don.

"Ik weet het." Jean leunde tegen hem aan. "Maar ik zou toch geen oog dicht kunnen doen. Niet na wat er vanavond gebeurd is." Ze staarde omhoog naar de hemel. "Kijk, Don, al die sterren, en de melkwegstelsels daar voorbij, tot in de oneindigheid. Zou het hiernamaals misschien net zo enorm groot zijn als onze wereld?"

Don schudde zijn hoofd. "We zullen die vraag op de volgende massaseance moeten stellen."

"En waar is het hiernamaals, Don? In onze geest? Overal om ons heen? Of ver weg in een andere dimensie?"

"We kunnen alleen maar gissen. Ik geloof niet dat het in onze geest is, of in een andere dimensie. Althans, geen dimensie die een formele of mathematische relatie tot de onze heeft."

"'Als het bestaat — dan bestaat het op een bepaalde plaats!' — om de woorden van de eminente onderzoeker van het occulte, professor Donald Berwick, te citeren." Ze keek hem aan over haar schouder, een glimlach om haar mond.

"Precies! Het probleem is: waar is die bepaalde plaats? Misschien moeten we er zelf heen om het antwoord te kunnen vinden."

Ze draaide zich om en keek hem recht in de ogen. "Luister goed, meneer Berwick. Ik wil niet dat je met dergelijke ideeën speelt. Zoals doodgaan om een persoonlijk onderzoek te kunnen instellen."

Don lachte. "Nee. Ik wil voorlopig nog niet dood." Hij kuste haar. "Het leven is veel te leuk. Maar misschien is het mogelijk om de grens tussen de beide werelden te exploreren, tijdens een periode van extreme verdoofdheid of bewusteloosheid. Of misschien zelfs tijdens de slaap."

"Donald!" riep Jean. "Slapen! Dromen! Denk je dat —"

Don lachte weer. "Het zou nogal amusant zijn als bleek dat iedereen iedere nacht kleine uitstapjes naar het hiernamaals maakte, nietwaar? Toch is het niet onmogelijk, niet ondenkbaar. Onze droomwereld is ontegenzeglijk een wereld van de geest. Ze is tastbaar, je kunt haar ervaren met de zintuigen, we voelen, horen, zien, proeven. Maar droomwerelden —" Hij zweeg even, en begon toen te lachen. "Ik stond op het punt te zeggen dat droomwerelden een functie zijn van individuele ervaring, en daarom onmogelijk het hiernamaals kunnen zijn. Maar toen herinnerde ik me ineens de resultaten van Vraag Een."

Jean legde haar handen op zijn schouders en schudde hem door elkaar. "Als de droomwereld inderdaad het hiernamaals blijkt te zijn, dan wil ik niet dat je erheen gaat."

"Maak je geen zorgen! Bovendien, worden we niet altijd weer veilig wakker? Maar ik ben er niet van overtuigd dat de droomwereld dezelfde is als de geestenwereld. Dromen veranderen zo snel, niets blijft een minuut hetzelfde."

"Hoe weet je dat het hiernamaals zich niet op dezelfde manier gedraagt?"

"Dat leid ik af uit de antwoorden op Vraag Een. En van andere verslagen, in de boeken van Eddy, Stewart Edward White, en Frank Mason. Zij — of liever gezegd, de entiteiten met wie ze in contact traden — beschreven het hiernamaals als een utopie: mooier en glori-euzer en gelukkiger dan onze eigen wereld."

Jean knikte. "Dat strookt min of meer met wat we vanavond hebben gehoord."

"Min of meer. Maar er zijn verschillen. Merkwaardige verschillen." Hij pakte Jeans hand en ze wandelden langzaam over het bleke lint van de weg. "De mensen die ik heb genoemd, zijn eerlijk en intelli-gent, en ze hebben geprobeerd zo objectief mogelijk te zijn. Stewart Edward White had contact met ene Betty; Mason met dr. MacDonald, en Eddy... die naam ben ik vergeten, Eerwaarde huppeldepup. Al die geesten hebben het hiernamaals beschreven, en de beschrijvingen komen in grote lijnen met elkaar overeen. Maar de details verschillen aanmerkelijk van elkaar."

"We moeten natuurlijk wel rekening houden met de individuele gesteldheid van het medium, de overgegane entiteit, en zelfs de auteur."

Don knikte instemmend. "Een ander punt is het merkwaardige feit dat de stand van de wetenschap in het hiernamaals gelijke tred schijnt te houden met die in onze eigen wereld. Soms lopen ze iets achter, maar ze zijn nooit verder dan wij. Om een voorbeeld te geven: dr. MacDonald werd gevraagd het medium Bib Tucker te behandelen. Hij schreef kruiden voor die op dat moment onbekend waren doch zestig jaar eerder gebruikt werden. Maar toen Mason hem in 1920 een vraag stelde over de aard van elektriciteit, gaf dr. MacDonald een antwoord dat de toenmalige stand van de wetenschap weerspiegelde. Hij beschreef het als een fase van atomaire energie. Dat is inconsistent en onovertui-gend — als we ervan uitgaan dat dr. MacDonald werkelijk een geest is."

Ze bleven staan. Don raapte een steen op en wierp hem het donker in. "Als we dr. MacDonald zien als een functie van de auteur Mason, het medium Bib Tucker en de andere leden van die bepaalde groep, wordt hij geloofwaardiger."

"Bedoel je dat die dr. MacDonald een illusie is? Dat Molly Toogood en alle anderen zinsbegoochelingen zijn?"

"Nee. Ik geloof dat ze wel degelijk bestaan. Ik filosofeer maar zo'n beetje. Misschien zijn spoken, geesten en verschijningen geestelijke scheppingen die een werkelijk bestaan gaan leiden zodra genoeg men-sen in hen geloven."

Jean bewaarde een twijfelachtig stilzwijgen. Don liet zijn arm om haar middel glijden. "Het bevalt je niet, hè?" Ze begonnen terug te lopen naar de auto.

"Nee," zei Jean. "Er is te veel dat onverklaard blijft door die theorie van jou. Het handelen uit vrije wil, bijvoorbeeld — zoals mijn vader die naar ons toe komt en ons vertelt dat we verder moeten gaan met boren."

Don knikte. "Daar heb je gelijk in. Maar aan de andere kant, neem nu de entiteit van Myron Hogart, Lew Wetzel. Voor zover we weten heeft hij buiten die roman nooit bestaan. En die groteske spoken: denk eens aan al die vrouwen in lange gewaden, de mannen die met ketens rammelen, de lichtgevende monniken die hun hoofd in hun handen dragen. Lijkt het je niet redelijk te veronderstellen dat dat voortbrengselen van de geest zijn? We moeten in ieder geval rekening houden met de mogelijkheid."

"Wat het ook zijn," zei Jean, "ik verlang er niet naar ze te zien. Ik doe wel heel dapper, maar eerlijk gezegd ben ik vaak bang...We moesten maar weer eens naar huis gaan."

"Heb je het koud?"

"Een beetje. Maar die kou komt niet van buiten... Soms griezel ik van het werk dat we doen. Het staat zo ver af van het gewone leven. En het is zo nauw verbonden met de dood. Ik hou niet van de dood, Don."

Don kuste haar. "Ik ook niet. Laten we naar huis gaan."

XII

Om acht uur de volgende avond kwamen Don, Jean, dr. Cogswell, Kelso, Godfrey Head en Howard Rakowsky bijeen in het huis in de Madronestraat. Cogswell introduceerde Rakowsky, een korte, donkere, veerkrachtige man die werkte voor de afdeling San Francisco van het Genootschap voor Parapsychologisch Onderzoek. Don vroeg Rakowsky naar zijn persoonlijke theorieën betreffende spiritistische verschijnselen, zoals hij deed bij de meeste mensen die in het onderwerp waren geïnteresseerd.

Rakowsky haalde zijn schouders op. "Ik heb al zoveel gezien, dat ik het moeilijk vind er iets concreets over te zeggen. Vijfennegentig procent is bedrog. Maar de vijf procent die overblijft —" Hij schudde zijn hoofd. "Ik ben geneigd te geloven dat het is wat ze zeggen dat het is: berichten van de zielen van de doden."

Don knikte. "Ik ben een nuchtere Schot. Ik was sceptisch, totdat ik iets meemaakte dat mijn wereldbeeld op zijn grondvesten deed schudden. Ons wereldbeeld, moet ik eigenlijk zeggen. Op een zekere avond zagen Jean en ik een prachtig, in vlammen gehuld spook. Het schokte me genoeg om me aan te zetten tot lezen. Ik vond een heleboel eerlijke verslagen — maar geen van de onderzoeken die er in beschreven stonden voldeed aan wetenschappelijke criteria. Voor zover ik weet, is onze Oefening Een van vorige avond de eerste in zijn soort."

"Je hebt ontzettend veel geluk gehad," zei Rakowsky. "Goede mediums zijn erg zeldzaam."

"Om maar te zwijgen over entiteiten die bereid zijn mee te werken," zei Cogswell.

"Het ging heel goed," zei Don, "ondanks het feit dat we nog steeds niets hebben bewezen."

Kelso knipperde verbaasd met zijn ogen. "Maar jullie hebben toch bewezen dat er een of andere vorm van leven na de dood is?"

"Ik ben bang van niet," zei Don. "Eigenlijk zou ik liever niet te veel nadruk op dat punt leggen. Er zijn heel wat mensen die zich uit interesse bezighouden met paranormale zaken, en als zo iemand een bericht uit het geestenrijk krijgt, denkt hij meestal dat het bewijst dat de dood niet definitief is, en dat hij heeft aangetoond dat er leven is voorbij het graf. En omdat hij ook maar een mens is, is hij dolblij. Hij neemt niet de moeite zijn bevindingen te verifiëren, en als hij dat wel doet, interpreteert hij de uitkomsten gewoonlijk zodanig dat ze bevestigen wat hij wil geloven."

Rakowsky's zwarte wenkbrauwen waren omhooggegaan. "Je klinkt alsof je zelf ook je twijfels hebt."

"Ik geloof niet dat het harde bewijs geleverd is," zei Don. "Pas als alle andere theorieën zijn onderzocht en weerlegd, zal ik geloven in een leven na de dood."

"Ik heb in de loop van de tijd heel wat theorieën gehoord," zei Rakowsky, "en over het algemeen is het eenvoudiger ervan uit te gaan dat er leven na de dood is. Vooral —" hij wierp een schalkse blik op de aanwezigen "— omdat we dat allemaal graag willen geloven. Meneer Berwick inbegrepen."

Don knikte. "Mij inbegrepen." Hij draaide zich om naar de bandrecorders. "Ik zal jullie een nieuwe theorie geven zodra we klaar zijn met ons werk van vanavond." Hij keek op zijn lijst. "Vraag Drie: 'Hoe ziet onze wereld er voor jullie uit?'"

Berwick zette bandrecorder nummer een aan. De stem van de waarnemer stelde de vraag. De warme, diepe stem van Kochamba, die evenzeer verschilde van de droge, hese klanken van Henry Bose als honing van azijn, antwoordde: "We hebben jullie wereld achter ons gelaten. Wij verblijden ons hier aan de voeten van de discipelen." Dat was het enige dat hij over het onderwerp te zeggen had.

"En nu," zei Don, "Sir Gervase Desmond, op nummer twee."

"Jullie wereld?" teemde Sir Gervase, met een stem waarin verachting en verbazing om de voorrang streden. "Sinds ik hier ben, heb ik niet eenmaal achterom gekeken. Ik neem aan dat ze er nog steeds is, maar ik kan je verzekeren, beste kerel, dat het me geen fluit interesseert. 'Hoe ziet Alec Dillon eruit?' Tja, daar vraag je me wat. Het is nog nooit bij me opgekomen daar aandacht aan te besteden. Een lelijke vent, nu ik hem eens wat beter bekijk. Heeft een gezicht als van een zieke hagedis."

Molly, die door Ivalee Trembath sprak, was vriendelijker. "Nou, gewoon zoals de wereld er altijd heeft uitgezien. En wat Ivalee zelf betreft; nou, ik hoor die mooie stem van haar — hij bereikt me via de trillingen, zoals ze dat noemen — en voor ik het weet, ben ik in gesprek met allerlei mensen die ik niet ken."

De andere antwoorden op Vraag Drie weken niet veel af van de eerste.

Don parafraseerde Vraag Vier: "Is ex-president Franklin D. Roosevelt daar? Kun je hem zien, of voelen? Hoe denkt hij over de huidige regering?" Don keek de anderen om beurten aan. "De reden voor deze vraag ligt voor de hand. We willen erachter komen of een aantal entiteiten gelijktijdig contact kunnen leggen met een bepaald persoon, en zo ja, of ieder van hen hetzelfde antwoord krijgt van die persoon."

"Dat zou nog steeds niets bewijzen," merkte Godfrey Head op. "Alles staat op losse schroeven zolang we niet hebben bewezen dat telepathie geen rol speelt. En dat zal moeilijk zijn, zo niet onmogelijk."

Cogswell lachte. "Als we ooit iets vinden dat jouw goedkeuring kan wegdragen, weten we dat we op het goede spoor zitten."

"We kunnen niet pretenderen op wetenschappelijk verantwoorde wijze bezig te zijn als we vervallen in mystiek," zei Head koppig.

"Ik ben het volkomen met je eens," zei Cogswell gewichtig.

"Op dat punt zijn we het dus met elkaar eens," zei Don. "Wel, laten we maar eens luisteren naar de antwoorden."

Hij speelde de banden af. De antwoorden klonken verward. Sir Gervase Desmond schold Alec Dillon de huid vol voor zijn onbeschaamdheid; andere overgeganen mompelden en foeterden. De flegmatieke Molly zei dat ze hem weleens zag, in de verte. Hij droeg een zwarte mantel en zat gewoonlijk achter een bureau of in een stoel.

"Is hij nog steeds gehandicapt?" vroeg de waarnemer.

"Het is een groot man," zei Molly. "Hij heeft veel macht."

Geen van de geesten zei iets over Roosevelts opinie ten aanzien van de huidige regering, en geen van hen was bereid hem ernaar te vragen.

Alle banden werden afgespeeld en de gegevens gerangschikt, en toen ze klaar waren, was het na middernacht. De tafel was bezaaid met lege bierblikjes en de asbakken waren vol.

Don pakte met een vermoeid gebaar de lijst van gegevens en liet zich achterover in zijn stoel zakken. "Dit is in grote lijnen wat we te weten zijn gekomen. 'Is Hitler in het hiernamaals?' Ja. Volgens twee berichten doet hij zich daar voor als een gedaante met een enorme dichtheid. Blijkbaar wordt hij gestraft. Kochamba zegt dat hij gewoon ouderwets in de hel zit. Wetzel zegt dat hij in de buitenste regionen rondzwerft als een verloren ziel."

"Tegenstrijdigheid," mompelde Head.

"Tenzij hij een gedeelte van de tijd in de hel doorbrengt, en een gedeelte van de tijd rondzwerft," merkte Rakowsky op. "Niet onmogelijk."

Don ging verder. "Vraag Zes: religieuze leiders. Jezus wordt soms gezien als een groot stralend licht, en soms als een man van groot formaat. Hij is wijs, vriendelijk, een groot leraar. Mohammed en de boeddha zijn er ook, en ze worden op dezelfde manier beschreven. Evenals Gandhi. En nu wat Stalin betreft, de aartsatheïst: blijkbaar zijn er twee versies van Stalin, de ene vriendelijk, de andere boosaardig.

Volgens het weinige dat Pearl erover vertelde, wordt de vriendelijke gedaante kleiner en vager, en krijgt de boosaardige gedaante steeds meer vastheid. Hij schijnt straf te ondergaan, net als Hitler." Don keek de anderen in de kamer aan. "Ik beschouw dit als belangrijk. Samen met de antwoorden op de volgende vraag bevestigt het in feite een vermoeden dat de laatste tijd al steeds sterker was geworden."

Rakowsky, Cogswell, Head en Kelso keken hem nadenkend aan. Om Jeans mond speelde een glimlach.

"Vermoeden?"

"Ik heb een theorie betreffende het hiernamaals die ik jullie zo meteen zal voorleggen."

"Van theorieën gaan er dertien in een dozijn," zei Rakowsky.

"Ik weet misschien een experiment waarmee we deze theorie kunnen toetsen. Maar laten we verder gaan. Die Egyptische klerk. Niemand kent hem. Niemand kan hem produceren — als we Lula's vage en badinerende antwoorden niet meerekenen.

"Achtste Vraag. De entiteiten die antwoord gaven op deze vraag, maakten zich er nogal vrolijk over. 'Natuurlijk zijn we personen! Net als jullie!'

"Negende vraag: 'Hoe weet je wanneer je medium in contact met je wil treden?' Dr. Gordon Hazelwood, Molly en Pearl zeggen dat het net is alsof iemand hun naam roept. Sir Gervase weet het eenvoudig niet."

"Hooghartige klootzak."

"Tiende vraag. Ze hebben niets nodig en willen niets hebben." Don liet zijn blik snel over de rest van de lijst gaan.

"Elf. Hier beginnen de mediums aan het eind van hun Latijn te komen. Het grootste deel van de antwoorden komt van Molly en Wetzel. Ze zeggen dat ze rusten en slapen, dat ze huizen hebben. Molly woont in een oude boerderij, en Wetzel in een houten hut. Soms slaat hij een kamp op in de wildernis. Het lijkt erop alsof ze ongeveer leven zoals ze op aarde hebben geleefd. Eten is niet belangrijk — ze doen het niet regelmatig — maar van tijd tot tijd nemen ze iets tot zich. Ze zijn niet duidelijk over lichamelijke processen. Pearl giechelde, en Molly reageerde geschokt en beledigd.

"Twaalf. Geen overeenstemming. Blijkbaar is er zowel duisternis als licht. Molly zegt dat het altijd dag is. Wetzel zegt dat er dag en nacht zijn. Marie Kozard zegt dat het altijd min of meer avond is.

"Dertien: 'Vind je dit soort vragen vervelend? Ben je bereid ons te helpen om meer over het hiernamaals te weten te komen?' De antwoorden zijn niet eenduidig. Molly zegt dat het oké is; ze wil helpen. Wetzel wil er niet mee lastig worden gevallen, en Kochamba vindt het een slechte zaak."

"Jammer dat Joanne Howe geen beter medium is," gromde Cogswell. "We zouden van die Hazelwood een heleboel te weten kunnen komen. Hij is de intelligentste van het stel."

Don wierp de papieren op tafel. "Dat was het."

"Al met al een indrukwekkende hoeveelheid gegevens," zei Cogswell zwaar. "We hebben erg veel geluk gehad."

Rakowsky bromde iets onverstaanbaars. "Het vertelt ons niets nieuws... De antwoorden wijken niet opvallend van elkaar af, en ze stemmen ook niet opvallend overeen."

Don zei: "Ik ben korter op dit terrein bezig dan wie ook van jullie. Misschien is dat een nadeel, en misschien ook niet. Het komt me voor dat we heel wat significant materiaal hebben verzameld — aangenomen dat onze mediums de waarheid hebben gesproken."

Cogswell keek hem geduldig aan; Head haalde zijn schouders op. Rakowsky zei: "Hoe luidt die theorie waar je het over had?"

Don ging er eens goed voor zitten en keek iedereen om beurten aan. "Jullie hebben allemaal Jung gelezen, mag ik aannemen?"

"Vanzelfsprekend," zei Cogswell.

"Jullie zijn allemaal bekend met het idee van het collectieve onbewuste."

"Ja."

"Jung gebruikt de term om er het reservoir van menselijke symbolen en ideeën mee aan te duiden. Ik stel voor de betekenis van het woord uit te breiden zodat het alle menselijke gedachten, herinneringen, idealen en emoties omvat."

"Dat mag je doen," zei Rakowsky. "Het is jouw theorie."

"Ik beweer," zei Don, "dat het zogeheten hiernamaals identiek is aan het collectieve onbewuste van het menselijke ras."

XIII

Op de gezichten verschenen uiteenlopende uitdrukkingen van verbazing. Godfrey Head plukte peinzend aan zijn kin; Rakowsky knipperde ietwat boos met zijn ogen; Cogswells dikke lippen waren vertrokken in een sceptische grijns; Kelso keek somber en teleurgesteld.

"In dat geval neem je dus definitief aan dat er geen leven na de dood is!" zei Rakowsky.

Don grinnikte. "Ik wist wel dat mijn theorie niet met applaus zou worden ontvangen."

Cogswell zei zuur: "Die 'theorie' van jou is op het eerste gezicht onlogisch."

Dons grijns kreeg iets geforceerds. "Deze 'theorie' verklaart spiritistische verschijnselen zonder zich te beroepen op persoonlijke onsterfelijkheid. Maakt dat haar onlogisch? Zijn we hier niet bijeen om de waarheid te achterhalen, ongeacht hoe akelig die ook mag blijken te zijn?"

"Natuurlijk willen we de waarheid te weten komen," zei Rakowsky. "Maar tot dusver —"

Cogswell viel hem in de rede. "Ik hou vol dat de eenvoudigste verklaring de beste is. De algemeen geaccepteerde theorie is —"

"Laten we luisteren naar wat meneer Berwick te vertellen heeft," zei Head ongeduldig.

Ze keken allemaal Don aan, lichtelijk vijandig.

Don lachte. "Een theorie die niet bewijst dat er leven is na de dood zal het altijd zwaar te verduren krijgen. Laten we onszelf geen rad voor ogen draaien. De meesten van ons moeten niets hebben van religieuze dogma's — maar toch willen we geloven in een leven na de dood. Dat is de reden waarom we dit soort onderzoek doen. We proberen iets te *bewijzen*, niet te weerleggen. Het is erg moeilijk om je eigen emoties hier buiten te laten. Maar als we dat niet doen, als we niet ons uiterste best doen afstand te bewaren, zijn we geen geleerden. Dan zijn we mystici."

"Ga door," gromde Rakowsky. "Laat eens wat meer horen over die theorie van je."

"Hypothese is waarschijnlijk een beter woord. Ze gaat uit van een minimum aantal veronderstellingen. We hoeven geen rekening te houden met occulte zaken als het 'doel van het leven', de 'voorbeschikte richting van de evolutie', het 'voor altijd onbekende'. We kunnen dit probleem waardig benaderen, als vastberaden mannen die proberen een hoeveelheid gegevens te systematiseren, in plaats van als nederige zoekers die uit zijn op openbaringen of 'onthullingen van bovenaf'."

"Een ontroerende toespraak," gromde Cogswell. "Ga door."

"Een ogenblikje," interrumpeerde Godfrey Head. "Ik wil even kwijt dat ik het op een punt van harte met meneer Berwick eens ben. Ik heb wat van de literatuur van het psychische onderzoek gelezen, en een gedeelte ervan maakte op mij nogal een onaangename indruk. De entiteiten uit de andere wereld bezigen voortdurend uitdrukkingen als 'meer mag ik je niet vertellen', 'je bent nog niet rijp om deze kennis te ontvangen', 'jullie zijn nog maar net begonnen iets te leren'. Ik heb me altijd afgevraagd waarom ze geen kennis overdroegen als ze werkelijk over zoveel kennis beschikten als ze beweerden."

"Betty White heeft een beschrijving gegeven van wat zij het 'onbelemmerde heelal' noemde," zei Rakowsky.

Head knikte. "Dat heeft ze inderdaad gedaan — in pretentieuze bewoordingen, en vol van ideeën die, zo verzekerde ze meneer White, heel, heel moeilijk waren. En meneer White vond ze dan ook braaf heel, heel moeilijk. Maar ze zijn in werkelijkheid niet zo moeilijk. Als meneer White vragen stelt over zaken waarvan Betty vindt dat ze ongeoorloofd zijn, krijgt hij een uitbrander en wordt hem verteld dat hij zich tot het onderwerp moet bepalen. Het is een eigenschap van de spiritistische literatuur die me altijd heeft geërgerd."

Don lachte. "Mij ook. Maar laten we verder gaan. Wat bevat het collectieve onbewuste allemaal? Ten eerste, het leven zoals we dat dagelijks om ons heen zien: onze steden, wegen, auto's, vliegtuigen, de beroemdheden van het moment. Ten tweede, denkbeeldige plaatsen of locaties die van ons verwijderd zijn in ruimte en tijd maar die we allemaal min of meer kennen: de hemel, de hel, sprookjesland, het Land van Oz, het Griekenland en Rome uit de oudheid, Tahiti, Parijs, Moskou, de noordpool. Ten derde, beroemde mensen, althans, stereotypen van beroemde mensen: George Washington zoals hij werd geschilderd door Gilbert Stuart; Abraham Lincoln zoals hij staat afgebeeld op het biljet van een dollar — of was het het biljet van vijf dollar? Ten vierde, de concepties, conventies en symbolen van het raciale onbewuste — dat iets anders is dan het collectieve onbewuste. Het Amerikaanse onbewuste maakt vanzelfsprekend deel uit van het veel grotere onbewuste van het menselijke ras. Het Amerikaanse onbewuste bestaat op haar beurt weer uit kleinere onderafdelingen. Het Californische onbewuste verschilt van het onbewuste van Nevada. Het onbewuste van ons zessen is anders dan het onbewuste van zes willekeurig gekozen mensen die hier in de buurt wonen. Alle delen tesamen vormen een weefsel dat er van een afstand homogeen uitziet — het collectieve onbewuste van het Genus Homo. Als we dichterbij komen, blijkt het weefsel bont geschakeerd te zijn, tot we uiteindelijk terechtkomen bij de onbewuste geest van een enkel mens. Wanneer een mens zich bewust wordt van een ander persoon, vormt zich in zijn onbewuste een beeld van die persoon. Hoe meer mensen die persoon kennen, en hoe sterker hun gevoelens ten opzichte van hem zijn, des te krachtiger wordt het beeld dat in hun onbewuste leeft.

"Denkbeelden worden opgenomen in het weefsel van het collectieve onbewuste — ook aan de fantasie ontsproten beelden als spoken en natuurgeesten en elfen. Hoe meer geloof eraan wordt gehecht, des te intenser worden de beelden, tot uiteindelijk zelfs mensen die er niet in geloven, ze kunnen zien.

"Wanneer iemand sterft, blijft zijn beeld voortleven in de geest van de mensen die van hem hielden. Door die toewijding, en het geloof dat de mensen erin hebben, wordt het onbewuste beeld sterker; het neemt een stoffelijke vorm aan, verstuurt boodschappen, enzovoort. Maar we moeten in gedachten houden dat het spiritistische beeld slechts een functie is van de levende geest van de mensen die de dode hebben gekend. Het praat en handelt zoals de personen die nog leven denken dat het zou moeten praten en handelen."

"Luister nu eens even," riep Cogswell uit, "er zijn zeker een twaalftal authentieke gevallen bekend van geesten die informatie verstrekten waarover geen enkel levend persoon beschikte!"

Don knikte. "Ik ga uit van de veronderstelling dat de entiteiten — ik weet zo gauw geen beter woord voor ze — handelen vanuit de persoonlijkheid die hun door de levenden wordt toegeschreven. Laten we eens aannemen dat John Smith slecht is, vol verachtelijke verborgen karaktertrekken. Niemand weet dit. Zijn familie en vrienden weten niet beter dan dat hij vriendelijk en vrijgevig is. Dan sterft hij. Zijn dood wordt door iedereen betreurd. Standbeelden worden opgericht. Dan stuurt zijn geest via een medium berichten naar deze wereld. Maar treedt in deze berichten zijn verborgen slechtheid aan het licht? Nee. Ze bevestigen slechts het gunstige beeld dat iedereen van John Smith had."

Cogswell huiverde. "Je schildert een situatie die net zo walgelijk en ongeloofwaardig is als het karakter van die John Smith."

Godfrey Head zei met een grijns: "Dr. Cogswell stelt 'walgelijk' gelijk aan 'ongeloofwaardig'."

Cogswell begon tegen te sputteren. Don hief een hand op om hen tot kalmte te manen. "Het is noodzakelijk dat het voor onszelf duidelijk is waarom we dit onderzoek doen. Als het alleen is om onze hoop te bevestigen, kunnen we er beter mee ophouden en lid worden van een kerk. Als het ons te doen is om de waarheid —"

"Je theorie is interessant, Berwick," zei Cogswell boos, met een rood aangelopen gezicht, "maar ze is te gemakkelijk, te voor de hand liggend. Ze is niet overtuigend."

Rakowsky lachte. "Kalm aan, dokter. De fout van Berwicks ideeën ligt niet in het feit dat ze niet overtuigend zouden zijn — wat hij zegt, klinkt zinnig genoeg — maar in het feit dat ze in strijd zijn met de feiten."

" 'Feiten'?" vroeg Don. "Welke feiten?"

Cogswell pulkte aan zijn lip. "Betty White heeft ons een heel gedetailleerde beschrijving van het hiernamaals gegeven. De bijzonderheden die ze naar voren bracht zijn — onweerlegbaar."

"Ik wil niet al te diep op de zaak ingaan," zei Don. "Maar ik wilde nog wel iets opmerken in verband met het 'onbelemmerde heelal'. De geest van Betty White sprak via haar echtgenoot; maar ze sprak als de geïdealiseerde versie van Betty White. Haar beeld van het collectieve onbewuste strookte precies met het beeld dat White en zijn vriend Darby ervan hadden."

"Ik moet toegeven," zei Rakowsky, "dat Berwicks theorie ingenieus in elkaar zit. Maar net als alle andere theorieën is ze onmogelijk te verifiëren."

"Daar ben ik nog niet zo zeker van." Don stond op. "Stel dat iemand dit collectieve onbewuste, dit hiernamaals, wilde exploreren. Hoe zou hij dat moeten aanpakken?"

"Het klassieke antwoord is: sterven," zei Rakowsky.

"En nadat hij gestorven is — wat dan?"

"Dan is hij een entiteit in de geestenwereld."

"Dat is waar. Maar wel zoals de mensen die nog leven zich hem herinneren. Hij lijdt onder de zwakheden en slechte karaktertrekken die zij hem toeschrijven."

"Ik begrijp waar je heen wilt," zei Head. "Een entiteit — laten we het maar entiteit noemen — kan alleen optimaal in dat zogeheten hiernamaals functioneren als de levenden hem zich herinneren als een persoon met optimale kwaliteiten."

"Juist! Sterk, intelligent, vindingrijk, om maar wat eigenschappen te noemen."

Jean lachte. "Hij moet ook nieuwsgierig zijn, zodat hij ernaar verlangt zijn omgeving aan een onderzoek te onderwerpen. En hij moet de wil hebben om in contact te treden met de wereld die hij verlaten heeft."

Dr. Cogswell liet zijn vuist neerkomen in zijn handpalm.

"Hoe zit het dan met Houdini? Hij had al die eigenschappen, en hij was bekend bij een groot publiek. Maar hij heeft nooit iets van zich laten horen."

"Een belangrijk punt, wat je daar naar voren brengt. Maar ik denk dat ik er een antwoord op weet. Hoe stond Houdini bekend? Wat was zijn reputatie?"

"Hij stond bekend als een intelligent, vindingrijk man, dat is zeker."

"Ja," zei Don. "Maar hij stond er ook om bekend dat hij een scepticus was in hart en nieren — iemand die beweerde dat spiritisme honderd procent bedrog was."

"Inderdaad, dat klopt."

"Een paar mensen verwachtten iets van hem te zullen horen, maar het grote publiek was doordrongen van Houdini's eigen scepticisme. Daarom zwerft de geest van Houdini nu door het hiernamaals als de eeuwige belichaming van het scepticisme, iemand die nergens in gelooft, zelfs niet in zijn eigen bestaan."

Cogswell keek Don bewonderend aan, zij het niet helemaal van harte. "Daar heb je je goed uit weten te redden."

"Het gaat er mij niet alleen om indruk te maken met vlotte antwoorden," zei Don. "Ik probeer aan te tonen dat mijn theorie bestand is tegen alle bezwaren die ertegen kunnen worden ingebracht."

"We hebben nog niet alle bezwaren naar voren gebracht. Maar wat ben je eigenlijk van plan te gaan doen?"

"Ik wil het hiernamaals onderzoeken. Dat betekent dat ik het collectieve onbewuste wil onderzoeken. Er loeren ongetwijfeld gevaren: boemannen, draken, demonen, afzichtelijke monsters zoals die voorkomen in films, kortom, alle stereotypen van de angst. Ze kunnen me misschien zelfs kwaad doen; ik wil er dus niet als een slappeling naartoe."

"Don!" zei Jean angstig.

"Ernaartoe? Wat bedoel je daarmee?" vroeg Rakowsky. "In de klassieke betekenis van het woord?"

"Lieve hemel, nee!" zei Don. "Ik ben niet van plan mezelf te doden. Ik doel op diepe bewusteloosheid, opgewekt door verdovende middelen of op andere wijze. Er zijn natuurlijk ook methoden om een lichaam te doden, zodanig dat het voor de wet dood is, en het daarna weer tot leven te wekken. Dr. Cogswell is op dat terrein beter thuis dan ik."

Dr. Cogswell koos zijn woorden zorgvuldig. "Die methoden zijn er — maar ze verkeren nog volledig in het experimentele stadium. Tot dusverre hebben we alleen honden gedood en weer tot leven gewekt; we hadden tot nu toe niet de beschikking over menselijke vrijwilligers."

Don zei: "Natuurlijk proberen we eerst de minder drastische middelen. Tussen twee haakjes, is er onder jullie nog iemand die de reis wil maken? Ik heb mezelf alleen naar voren geschoven vanuit een gevoel van verantwoordelijkheid."

"We laten jou alle eer," zei Head. "Althans, wat mij betreft."

Don vroeg aan Cogswell: "Wat is de beste manier om een diepe bewusteloosheid tot stand te brengen, waarbij het metabolisme bijna volledig tot stilstand is gekomen en de hersens niet langer functioneren?"

"Er is een nieuw middel dat in de anesthesie wordt toegepast en misschien aan je eisen voldoet."

"Heb je er bezwaar tegen het te gebruiken?"

"Nee. Niet in het minst. Wanneer wil je — gaan? Is 'gaan' het juiste woord?"

"Het geeft mijn bedoeling weer. Denk je dat we aanstaande zaterdag alles gereed kunnen hebben?"

"Ik heb zaterdag een operatie," zei Cogswell. "We zouden het op zondag moeten doen."

"Best. Zondag dan."

Kelso kwam tussenbeide. "Ik begrijp het niet. Verwacht je dat je je alles zult herinneren wat je hebt meegemaakt als je weer wakker wordt?"

"Nee," zei Don. "Wat ik ontdek, moet gerapporteerd worden via de entiteiten van drie of vier van onze meest betrouwbare mediums — Ivalee, Myron Hogart, meneer Bose en mevrouw Kerr. Als ik in staat ben mijn lichaam te verlaten en rond te kijken in het hiernamaals, zullen Kochamba of Molly Toogood of Lew Wetzel me misschien opmerken. Dat hoop ik in ieder geval."

"Het klinkt interessant," zei Kelso. "Je kunt zeker geen camera meenemen?" voegde hij er hoopvol aan toe.

"Als jij een manier bedenkt, neem ik die camera mee."

Kelso schudde hulpeloos zijn hoofd. Cogswell zei: "We zullen bepaalde voorbereidingen moeten treffen. Het ziekenhuis zou de meest geschikte plek zijn. Maar ik vrees dat mijn reputatie als arts eronder zou lijden als —"

"In de toekomst zal de stichting zelf over alle benodigde apparatuur beschikken," zei Don. "Maar in de tussentijd zou het erg prettig zijn als we het experiment hier konden uitvoeren, in dit huis."

"Dat gaat je een hoop geld kosten," zei Cogswell.

"Dat maakt niet uit," zei Don. "Wat het ook kost, we kunnen het betalen."

XIV

Om elf uur op zondagochtend was alles gereed. In drie van de slaapkamers op de eerste verdieping zaten Ivalee Trembath, Myron Hogart en mevrouw Kerr in ontspannen houding, de ogen gesloten, trachtend in contact te komen met hun entiteiten. Godfrey Head, Rakowsky en

Tom Ward traden op als waarnemers. Don Berwick lag op een bank in de woonkamer. Jean zat vlak naast hem. Elektroden waren aan zijn borst, polsen en nek bevestigd. Zijn ademhaling, hartslag en bloeddruk werden geregistreerd. Cogswell had zijn uitrusting over de kamer verspreid: verschillende verdovende middelen, injectienaalden, een zuurstofmasker, een zuurstoftank. Hij had voor de gelegenheid een professionele anesthesiste aangetrokken, een verbaasde jonge vrouw die maar niet begreep waarom een gezonde kerel in vredesnaam bewusteloos gemaakt wilde worden op een mooie zomerochtend als deze.

"Klaar?"

"Klaar."

Vivian Hallsey, aan het controlepaneel, gaf een signaal aan de drie kamers op de eerste verdieping. Cogswell diende Don een injectie toe en de anesthesiste plaatste het masker over zijn mond.

Na vijf minuten lag Don volledig bewegingloos. Cogswell ging naast hem zitten en keek naar de meters die zijn lichaamsprocessen registreerden. De ademhaling was langzaam en oppervlakkig, het hart klopte traag en de bloeddruk was laag.

Vivian Hallsey trok een gezicht tegen Jean terwijl ze naar boven wees, en ze schudde haar hoofd. Ivalee Trembath was er niet in geslaagd de betrouwbare Molly Toogood te bereiken, en Marie Kozard van mevrouw Kerr had het te druk met haar eigen zaken. Alleen Myron Hogart was in trance gegaan. Hij lag bijna net zo roerloos als Don. Alleen zijn lippen en vingers bewogen af en toe krampachtig.

Godfrey Head zei, zacht en kalm: "Is Lew Wetzel daar, Myron? Kunnen we met Lew Wetzel spreken?"

Uit Myrons mond kwam een stroom ruw klinkende wartaal. Toen klonk er een zware, ontspannen lach. "Hoorde je dat? Dat was een indiaan."

"Hallo, Lew."

"Hallo, meneer. Versta je dat indianentaaltje?"

"Nee, Lew, ik ben bang van niet. Hoe is het daarboven?"

"Het gaat zo z'n gewone gangetje. Mooie dag vandaag."

"Zie je mijn vriend Don Berwick daar ook?"

"Don Berwick. Is het een verkenner? Of een pelsjager?"

"Hij is afkomstig uit mijn eigen tijd. Hij is een geleerde die probeert achter bepaalde dingen te komen."

"Ik zie hem nergens."

"Waarschijnlijk is hij nog niet overgegaan. Hij is nu bewusteloos, en zijn bezoek is maar tijdelijk. Kijk naar hem uit."

"Ik hou niet van die figuren die even langskomen en dan weer naar beneden gaan. Waarom past hij niet een beetje beter op zichzelf?"

"Hij wilde je spreken. Hij wilde je de hand schudden."

"In dat geval is hij welkom."

"Wil je opletten of je hem ziet, Lew?"

"Dat kan ik niet beloven," zei Lew kribbig. "Als hij nog niet is overgegaan, zal het heel moeilijk zijn om hem te vinden. Het praten met jullie daarbeneden zuigt alle energie uit je lijf...Ja, er is hier iemand. Hij ziet er bleek en slapjes uit — te zwak om te praten."

"Vraag hem hoe hij heet."

"Hij zegt dat hij Donald Berman heet."

"Donald Berman, hè? Weet je het zeker?"

"Natuurlijk weet ik het zeker, lelijke schavuit."

"Zou het misschien Donald Berwick kunnen zijn?"

"Ik heb er genoeg van mijn woorden in twijfel te horen trekken, meneer. Ik praat niet meer met jou."

Godfrey Head smeekte en trachtte hem te bepraten, maar Lew Wetzel bleef koppig zwijgen. Myron Hogart bewoog, jammerde, schokte met zijn hele lichaam, en opende zijn ogen. "Heb je met Lew gepraat?"

Godfrey knikte. "Hij kwam, en we hebben even met elkaar gesproken."

"Ben je te weten gekomen wat je wilde?"

"Hij was wat lichtgeraakt vandaag."

Myron zuchtte. "Soms is hij in zo'n bui."

In de andere kamers zaten nog steeds mevrouw Kerr en Ivalee Trembath. Mevrouw Kerr zong hymnen, maar Ivalee zweeg. Hun entiteiten weigerden zich te manifesteren.

Twee uur later keerde Don tot het bewustzijn terug, geholpen door een paar vleugjes zuurstof. Hij staarde een tijdje naar het plafond, diep in gedachten. Toen draaide hij zijn hoofd om en onderzocht de gezichten die zich over hem heen bogen.

"Herinner je je iets?" vroeg Jean.

Don fronste zijn voorhoofd. "Het is net alsof ik wakker word uit een droom. Er waren gedaanten, en lichten. Ik herinner me een gezicht; een man met bleekblauwe ogen. Hij leek boven me uit te torenen, alsof ik een kind was. Hij droeg leren kleding, aan de randen afgezet met franje...Lew Wetzel?"

Jean knikte. "Hij is de enige die doorkwam."

"Wat heeft hij gezegd?"

"Vertel ons eerst wat je gezien hebt."

"Meer is er niet. Behalve dat ik leek te vliegen...Het is volkomen vervaagd. Als een droom die ik een week geleden heb gedroomd."

XV

"Ach, we kunnen niet iedere keer zo enorm veel succes hebben," zei Don. "Dit voorval heeft ons alleen maar een voorproefje gegeven...Ik wou dat die Lew Wetzel de hik had gekregen!"

De groep zat in de achtertuin van het ouderlijk huis van Jean in Orange City. In de barbecue gloeide houtskool, en biefstukken lagen in een marinade van olie, knoflook, kruiden en wijn.

Kelso vroeg aan dr. Cogswell: "Zou een ander verdovend middel misschien beter werken?"

Cogswell schudde zijn hoofd. "Ik weet het echt niet. We tasten volledig in het duister."

"En opium?"

"Opium? Bedoel je — opium?"

"Ja. Volgens de overleveringen helpt het je om je geest los te maken van je lichaam zodat je kunt dartelen over bloeiende weiden. Of misschien mescaline?"

Cogswell schudde weifelend zijn hoofd. "Opium en mescaline wekken weliswaar hallucinaties op, maar het proces speelt zich af in de hersenen; het is een strikt cerebrale aangelegenheid."

Don slaakte een geërgerde zucht. "Dokter, hoeveel inspanning zou het kosten om de apparatuur voor een gesimuleerde dood op ons onderzoeksadres in de Madronestraat te installeren?"

"Heel wat inspanning, en een grote hoeveelheid geld."

Jean wendde zich haastig af en liep weg om de biefstukken op de gril te leggen.

In Cogswells ogen verscheen een peinzende uitdrukking. "De uitrusting waarvan onze stichting zich bedient, is verouderd. We hebben een heleboel ideeën die we graag zouden verwerken in een nieuw ontwerp, maar onze financiële middelen zijn beperkt. Mijn collega's zouden verrukt zijn als ik kon melden dat er fondsen beschikbaar werden gesteld."

"Oké," zei Don. "Je kunt er de voormalige eetkamer en keuken voor gebruiken. Breng alle veranderingen aan die je nodig acht."

Kelso vroeg: "Ben je werkelijk van plan die kunstmatige dood uit te proberen, Don?"

"Nee, ik ben niet van plan mezelf als proefkonijn te gebruiken voor de nieuwe apparatuur. Eerst moet alles uit en te na getest zijn. Als ze een tiental honden 'gedood' en weer tot leven gewekt hebben, en een tiental mensapen, waaronder een aantal orang-oetangs, ben ik misschien bereid de kans te wagen."

Kelso dacht even na. "Is er geen andere manier, eentje waarbij je geen risico loopt?"

Jean keek hoopvol over haar schouder.

"Als jij een manier weet, zullen we hem uitproberen."

Kelso wreef over zijn kin. "Als we een chimpansee konden trainen om —"

Don knipte met zijn vingers. "Dat is een vraag die we beslist moeten stellen: zijn er dieren in het hiernamaals? Neem me niet kwalijk; wat wilde je chimpansees laten doen?"

Kelso schudde zijn hoofd. "Ik mag een boon worden als ik het weet."

Don wendde zich tot Cogswell. "Hoeveel tijd gaat het kosten om een nieuwe tank te installeren?"

Cogswell dacht een ogenblik na. "Ongeveer anderhalve maand — om en nabij."

"En nog eens twee maanden om het spul te testen — zeg drie of vier maanden in totaal. Klopt dat een beetje?"

Cogswell knikte.

"Die tijd kunnen we nuttig besteden," zei Don. "Kelso, misschien kun je ons op dit punt van dienst zijn."

"Ik zal het met plezier proberen."

"Als mijn theorie juist is, dat het collectieve onbewuste een hiernamaals in de matrix van de gedachtenstof creëert, en dat de eigenschappen van een geest worden bepaald door zijn reputatie; dat bekendheid en beroemdheid de geest sterker maken — als dat allemaal waar is, zou ik er veel baat bij hebben als het grote publiek mij zag als een vindingrijk en doortastend man."

Kelso knikte nadenkend. "Met andere woorden, je wilt publiciteit?"

"Van een bepaald soort. En zo veel mogelijk. Het beeld dat bij het publiek van Donald Berwick moet ontstaan, is dat van een efficiënte, vindingrijke man met een onverzadigbare nieuwsgierigheid, iemand die graag naar vreemde, onbekende plaatsen reist en de eigenschap heeft de grootste gevaren te kunnen doorstaan zonder dat hem een haar wordt gekrenkt. Ze moeten hem zien als een waaghals die altijd het geluk aan zijn kant heeft en altijd wint."

"Nou, nou," zei Kelso. Hij haalde een hand door zijn haar. "Ik durf het niet aan om gewoon een verhaal uit mijn duim te zuigen."

"Dat is ook niet nodig," zei Jean op gedempte toon. "Je hoeft alleen maar een paar feiten te publiceren."

"Feiten? Betreffende de stichting? Dat zou ik graag doen. Ik kan mezelf wel schoppen dat ik geen foto's van die massaseance heb genomen — hoewel we dat altijd nog opnieuw in scène kunnen zetten, natuurlijk."

Jean schudde haar hoofd. "Ik heb het niet over het werk van de stichting…Vertel hem over je ontsnapping uit het Chinese gevangenenkamp, Don."

Don grijnsde schaapachtig. "Dat is een lang verhaal."

"Vertel."

"De biefstukken zijn gaar," zei Jean. "We kunnen beter eerst eten."

Onder de koffie ging Don er eens goed voor zitten. "Ik waarschuw je, het klinkt volkomen ongeloofwaardig. Toentertijd leek het allemaal heel normaal, maar nu —" Hij schudde zijn hoofd. "Van tijd tot tijd bekijk ik de foto's om mezelf ervan te overtuigen dat het allemaal echt is gebeurd."

Hij zweeg even, en stak van wal. "Tegen het eind van de Koreaanse Oorlog werd ik krijgsgevangene gemaakt en, om redenen die alleen de Chinezen weten, overgebracht naar een kamp in Mantsjoerije, in de buurt van een stad genaamd Taoan, samen met tien andere Amerikanen. We kwamen niet voor op de lijsten van het Rode Kruis en werden na beëindiging van de oorlog niet gerepatrieerd. Ik denk dat ze van plan waren ons een speciale hersenspoeling te laten ondergaan, met de bedoeling geheim agenten van ons te maken.

"Ik heb daar twee jaar gevangen gezeten. Ik wist dat ik verloren zou zijn als ik me ging vervelen, daarom stortte ik me op de studie van Russisch en Chinees. Ik deed erg mijn best — ik had toch niets anders te doen. Ze waren maar al te graag bereid me te helpen, omdat ze dachten dat hun technieken vrucht begonnen af te werpen.

"Die twee jaar waren heel zwaar. Zes van mijn maten stierven. Twee werden gedood toen ze probeerden te ontsnappen, drie stierven aan ziekten en ondervoeding, en eentje werd doodgeslagen wegens een of ander vergrijp. Op een dag kreeg het kamp bezoek van een Russische kolonel. Hij leek een beetje op mij…Om een lang verhaal kort te maken, ik doodde hem, verborg zijn lichaam onder een van de barakken, trok zijn uniform aan en reed in zijn jeep het kamp uit. Ik ging naar een plaats die Tsitsihar heette, langs een spoorlijn die aansloot op de Trans-Siberische spoorlijn.

"Tegen die tijd was alles in rep en roer. Ik ontdeed me van de jeep en door te bluffen slaagde ik erin een plaats te bemachtigen aan boord van een trein die naar het Westen ging. Ik bleef twee dagen en nachten aan boord van die trein. Ik kwam langs Tsjita en bereikte een plaats genaamd Oelan-Oede, in de buurt van het Baikalmeer. Ik zag mezelf al Moskou binnenrijden en op mijn gemak naar de Amerikaanse ambassade wandelen. Maar ik had pech. Ik liep een 'collega' tegen het lijf en salueerde verkeerd. Ik sprong uit de trein en rende weg over het spoorwegemplacement, met de Russen op mijn hielen — het leken de Keystone Cops wel, maar ik kon er niet om lachen. Ik sprong in de cabine van een locomotief, duwde de stoker een pistool in zijn rug en verborg me terwijl mijn achtervolgers voorbijrenden. Ik dwong de stoker de locomotief op gang te brengen, en we reden terug richting Tsjita. Ik zag geen andere ontsnappingsmogelijkheid. Toen we dertig kilometer van Oelan-Oede verwijderd waren, bond ik de stoker vast en reed zelf naar Tsjita. Toen we het spoorwegemplacement bereikten, vertraagde ik de snelheid tot ongeveer vijftien kilometer per uur. Toen sprong ik eruit en liet de locomotief aan zijn eigen lot over. Honderd meter verder knalde hij tegen een rangeerlocomotief.

"Hierna wordt het allemaal een beetje warrig. Ik zal me ertoe beperken te zeggen dat ik achterna werd gezeten door de straten van Tsjita. Ik hield me schuil in een bordeel, stal een koffer en wat burgerkleren en mengde me onder een groep van tachtig Russische technici die in een konvooi vrachtwagens onderweg waren naar Harbin. Ik zag geen kans er tussenuit te knijpen en ik werd samen met hen aan het werk gezet: machines installeren in een fabriek waar cement gemaakt werd.

"Ik stal een auto en reed noordwaarts naar een stad aan de Siberische grens — Jiamusi, aan de Songhua-rivier. Ik verborg me aan boord van een aak en bereikte op die manier Tongjiang, aan de grens met Rusland. Ik peddelde de rivier over en reed met een lokale bus naar Chabarovsk. Daar wist ik, na een maand van gekonkel en geïntrigeer, een vliegbiljet te bemachtigen naar Sachalinsk, op het eiland Sachalin. Vandaar liep ik in zuidelijke richting naar Korsakov, en ik glipte aan boord van een vissersboot. Toen de eigenaar opdook, dwong ik hem naar het zuiden te varen. Hij zette me 's ochtends heel vroeg af op Hokkaido. Ik ging naar het dichtstbijzijnde politiebureau, en ze brachten me naar een Amerikaans legerkamp. En dat is in het kort het verhaal," zei Don.

Kelso vroeg zacht: "En je geeft het me zomaar, gratis en voor niks?"

"Als je denkt dat het zin heeft. Ik heb ook nog een paar foto's die ik onderweg heb genomen. Het was een Russische camera, niet erg goed, maar — het zijn foto's."

Kelso bekeek de foto's. "Als dit geen hoofdartikel wordt, is mijn naam geen Robert Kelso."

"Wacht maar tot je de details hoort," zei Jean. "Je hebt nu alleen nog maar de grote lijnen gehoord."

Donald Berwick stond op de omslag van *Life*, gekleed in een Russisch kolonelsuniform. Hij was afgebeeld terwijl hij staarde naar een grote kaart van Oost-Azië waarop zijn ontsnappingsroute met zwart stond aangegeven. Heel zijn houding straalde daadkrachtige mannelijkheid uit, zijn scherpgesneden profiel wekte de indruk van doortastende viriliteit. *Bofkont Berwick* luidde de tekst op de omslag. In zijn hand droeg hij, duidelijk zichtbaar, een polaroidcamera. Het ding viel duidelijk uit de toon, maar Kelso had volgehouden dat de camera onontbeerlijk was.

"Als dit dolzinnige plan ook maar een greintje kans van slagen heeft," zei Kelso, "wil ik er foto's van hebben. Je moet in het hiernamaals terechtkomen met een fototoestel in je hand. Want ik zal en ik moet er foto's van hebben!"

"Hij kan wel foto's nemen, maar wat heeft dat voor zin?" zei Head. "Hij kan ze moeilijk op de post doen."

"Hij moet zich materialiseren. Ik wil dat hij zichzelf toont terwijl hij foto's laat zien, als een man die ansichtkaarten verkoopt. Ik zorg dat er een fotograaf gereed staat. De hoofdredacteur van *Life* zal snotteren van ontroering, dat verzeker ik je; en anders eet ik mijn hoed op."

"Denk je dat hij die foto's zal durven publiceren?"

"Wie zou zo'n primeur aan zich voorbij laten gaan?"

"Vergeet niet de nadruk te leggen op het feit dat de camera zelf zijn foto's ontwikkelt," zei Don. "En ook dat er altijd een filmpje in zit; anders heeft het geen zin."

Jean bracht hem het tijdschrift. "Hier, lees dit eens. Je bent beroemd."

Don kreunde theatraal. "Bofkont Berwick."

"Als je denkt dat de omslag erg is, moet je het verhaal eens lezen."

Don sloeg het artikel op en las. "O, hemel... Ze hebben een soort kruising van Voorzitter Mao en Tarzan van me gemaakt."

"Uitstekend!" zei Jean. "Precies wat je wilde."

Don keek op met een verlegen grijns. "Ik heb er natuurlijk zelf om gevraagd, maar als ik dit lees, krullen de tenen in mijn schoenen."

"Je hebt in ieder geval behoorlijk wat indruk gemaakt," zei Jean. "Kijk. In de *Orange City Herald* staat ook een artikel: 'Bofkont Berwick, de plaatselijke held!'"

Don las het artikel, grijnzend en blozend. "In dit stuk ben ik op jeugdige leeftijd een atletisch wonderkind, later een oorlogsheld, vervolgens een student die op een haartje na de belangrijkste beurs van het land heeft gemist, en een bodemonderzoeker met een griezelig goed ontwikkeld gevoel voor waar olie kan worden gevonden." Hij haalde een hand door zijn haar. "Ik voel nu al de druk van deze onechte persoonlijkheid. Hij wordt met de minuut sterker!"

Jean legde haar hand over de zijne en gaf er een kneepje in. "Die persoonlijkheid is minder onecht dan je misschien denkt. Jij bent echt zo."

"Onzin!"

"Het beeld is wat overtrokken, maar jij bent het. En kijk nu hier eens naar." Ze wees naar een kolom aan de andere kant van de pagina. Hugh Bronny's gezicht staarde Don vanaf het papier uitdagend aan.

PREDIKANT GAAT IN POLITIEK

Bronny stelt zich verkiesbaar als gouverneur,
wil de "Christelijke Kruistocht" als derde partij,
naast de republikeinen en de democraten.

Hugh Bronny, predikant en leider van wat hij de 'Christelijke Kruistocht' noemt, heeft vandaag aangekondigd dat hij zich kandidaat stelt voor het gouverneurschap van de staat Californië. Op een persconferentie in zijn hoofdkwartier te Orange City toonde hij een petitie die, naar hij beweerde, de handtekeningen van een miljoen stemgerechtigden bevatte — genoeg om de aandacht en respect van zowel de democraten als de republikeinen op te wekken. "Ik ben van plan de ouderwetse christelijke principes tot uitgangspunt van het regeringsbeleid te maken." verklaarde 'Vechtjas' Hugh Bronny. "De Christelijke Kruistocht is op weg gegaan om de natie terug te voeren naar het fundamentele idee van God — een onbezoedelde blanke Amerikaanse God. We zullen de verkiezingen in deze staat dit jaar met ruime meerderheid winnen; over twee jaar zullen we congresleden van de Christelijke Kruistocht naar Washington sturen, en in 1968 zullen we een president in het Witte Huis hebben!"

"Die vent is niet goed snik," zei Don.

"Het is toch uitgesloten dat Hugh gouverneur zou worden!" zei Jean.

Don schudde zijn hoofd. "Ik denk dat er in Californië nog altijd meer gezonde mensen wonen dan gekken."

"Ik moet voortdurend aan Hitler denken," zei Jean. "De Duitsers

stemden ook op hem op grond van een vergelijkbaar verkiezingspro-
gramma."

"Ja. Er zijn inderdaad heel wat parallellen te trekken. Hitler speelde
in op de laagste instincten van de Duitsers, en Hugh doet hetzelfde met
de Amerikanen."

De bel van de voordeur ging. Don liep naar het raam. "Als je over de
duivel spreekt — het is Hugh!"

Jean liep naar de deur, maar bleef toen staan. "Wat zou hij in vredesnaam willen?"

"Er is maar een manier om daar achter te komen." Jean deed de deur
open. Met een lach die licht hysterisch klonk, riep ze: "Maar Hugh! Je
hebt een nieuw pak!"

Hugh droeg een zwarte jas voorzien van een dubbele rij knopen en
schoudervullingen, een broek van grijs flanel, en schoenen van zacht
zwart leer.

"Nou en?" vroeg Hugh grimmig. "Ik ben de volgende gouverneur
van deze staat, en als zodanig moet ik er netjes uitzien." Hij keek achterdochtig van Jean naar Don. "Wat zit er achter al die publiciteit die je
op dit moment krijgt? Oorlogsheld! Fantastische ontsnapping! Het is
puur bedrog."

"Je hebt het mis," zei Don.

"Wil je zeggen dat al die kletskoek waar is?"

"De feiten spreken voor zich."

"Vooruit," zei Hugh smalend. "Geef eens wat bijzonderheden. Ik
ken je te goed, Don. Mij maak je niets wijs."

"Het is allemaal waar," zei Don. "Geloof het of niet. Denk je dat ze
iets zouden publiceren dat ze niet konden verifiëren?"

Hugh maakte een snuivend geluid. Toen zei hij: "Ga je me nog vragen of ik binnen wil komen of hoe zit dat?"

"Hugh," zei Jean, "je wordt met de dag gekker."

Hugh's ogen kregen een vreemde glans. "Je praat tegen een heel
belangrijk man, zus."

"Wat wil je?"

"Wel —" Hugh aarzelde. "Zoals jullie weten, ga ik de politiek in. Ik
heb geld nodig, en jij hebt geld dat mij toebehoort. Ik wil het hebben."

"Het behoort jou niet toe en je krijgt geen cent," zei Jean.

"Wat doe je met al dat door God gegeven geld?"

"We zijn van plan een laboratorium en onderzoekscentrum te bouwen."

"Voor je Stichting voor Atheïstische Godslastering?"

"Je mag het noemen zoals je wilt."

"Wat voeren jullie uit met al die dieren in dat huis in de Madronestraat? Honden, apen, mensapen?"

Don vroeg: "Hoe ben je dat te weten gekomen, Hugh?"

"Ik heb mijn ogen niet in mijn zak zitten. Wat doen jullie met die beesten?"

"We ontwikkelen een nieuwe medische techniek."

"Jullie doden ze en brengen ze weer tot leven!"

"Hoe weet je dat?" vroeg Don achterdochtig.

"Zoals ik al zei, ik heb mijn ogen niet in mijn zak zitten. Ik wil weten waarom jullie dit doen. Zijn jullie van plan dezelfde duivelse techniek op een mens toe te passen?"

"Je stelt wel erg veel vragen."

Hugh boog glimlachend zijn grote hoofd. "Vriendschappelijke belangstelling."

"Jij bent geen vriend."

"Ik ben een vriend voor iedereen. Voor alle helder denkende, godvrezende mensen."

"Ik vrees niemand. En mijn vriend ben je ook niet. Zou je nu misschien zo vriendelijk willen zijn te vertrekken?"

Hugh inspecteerde doodkalm de manchetten van zijn smetteloos witte nieuwe overhemd. "Ik ben hier gekomen om mijn zus en mijn ouderlijk huis te bezoeken. Daar heb ik recht op. Hoewel mijn tijd kostbaar is, heb ik de moeite genomen hierheen te komen om wat inlichtingen in te winnen."

"Als het om geld gaat," zei Don, "weet je wat het antwoord is. Je krijgt niets."

"Ik sleep jullie voor de rechter."

"Op welke gronden?"

"Jullie wisten dat er olie was. Jullie vroegen me de helft van het stuk grond te accepteren, omdat jullie wisten dat ik er recht op had."

"En hoe wisten we dat er olie in de grond zat?" vroeg Don.

Hugh keek hem nietszeggend aan.

Don zei droog: "Je geeft dus toe dat de geest van je overleden vader ons opdroeg verder te gaan met boren?"

"Nee," zei Hugh, zonder een spier van zijn gezicht te vertrekken. "Geesten van de overledenen aanbidden God, of lijden in de hel. Ze bemoeien zich niet met aardse zaken. En het kan me niet schelen hoe jullie het te weten zijn gekomen van die olie. Dat geld is van mij. En ik heb het nu nodig."

Jean zei sluw: "Een kandidaat voor het gouverneurschap heeft vast wel iets beters te doen dan op de stoep van het huis van zijn zus om geld te bedelen."

"Het is mijn geld," zei Hugh koppig. "Als je denkt dat je het mij ongestraft kunt onthouden, heb je het mis. Want ik zal terugvechten. Ze noemen me niet voor niets Vechtjas Hugh Bronny." Hij zond hen een kille blik uit zijn blauwe ogen, draaide zich om en beende weg.

Jean keek hoe hij zich verwijderde. "Hij is veranderd, Don. Het heeft iets te maken met de andere kleren die hij draagt... Hij is nu een belangrijk man."

Don knikte. "Hij verovert zich een eigen plek in het collectieve onbewuste. Vechtjas Hugh Bronny... Kom, laten we maar eens gaan kijken hoe het met ons experiment staat."

Ze reden naar het oude houten huis aan de andere kant van de stad. Van binnen bereikten hen geluiden die op grote activiteit wezen: het gieren van een elektrische boor en het gekrijs van een cirkelzaag die zich door hout beet.

Don en Jean gingen het huis binnen en liepen door een nieuwe metalen deur die toegang gaf tot een grote, kale, helverlichte ruimte. Witgeverfde kasten namen een van de wanden in beslag. Daar tegenover stonden zuurstoftanks, een ijzeren long en geavanceerde elektrische apparatuur. Uit de vloer kwamen pijpen die naar een koelinstallatie in de kelder leidden. Een lange tank met glazen wanden rustte op een roestvrijstalen onderstel in het midden van het vertrek.

Don maakte een hoofdbeweging in de richting van de tank. "Dat is 'm dan. De veerboot naar het hiernamaals. Hoe heette de boot van Charon ook alweer? Cerberus? Nee, dat was de naam van die hond."

Jeans vingers klemden zich om zijn arm. Don keek haar aan met een wrange glimlach. "Wat is er?"

"Ik maak me zorgen."

"Dat komt door Hugh. Hij heeft je van streek gebracht."

"Hij is een maniak!"

"Ik denk dat je hem zo wel kunt noemen. Als ik een uurtje vrij heb, zal ik eens proberen me in hem te verplaatsen, om erachter te komen hoe hij de wereld ziet." Hij stak zijn hoofd door de deur die naar de aangrenzende kamer voerde. Een man die bezig was met een elektrische boor knikte hem toe. Hij was ongeveer vijfenveertig, met een gezet maar stevig lichaam. Een lok blond haar hing tot in zijn ogen. Hij hield op met boren en liep naar Don toe.

"Dokter Clark," zei Don, "ik had niet verwacht dat je je eigen apparatuur zou installeren."

"Een kwestie van de puntjes op de i zetten," zei Clark. "Alles werkt prachtig, beter dan we hadden gehoopt."

"Er is dus geen gevaar bij?" vroeg Jean bezorgd.

"Na de eerste twee dagen is er geen enkel dier meer overleden. Gisteravond hebben we een chimpansee anderhalf uur lang onderkoeld, en vanochtend was ze weer zo fris als een hoentje."

Don wierp een blik in de tank. "Maak het zo comfortabel mogelijk, dokter — ik moet een lange reis maken."

XVI

Het was hetzelfde vertrek; het tijdstip was twee weken later. Negen mannen en drie vrouwen zaten of stonden op hun post.

De dokters Clark, Aguilar en Foley stonden naast de tank met de glazen wanden. Godfrey Head, Howard Rakowsky, Kelso, Vivian Hallsey en een fotograaf zaten op stoelen links van de deur. Aan de andere kant zaten Jean en Ivalee Trembath. Dokter James Cogswell stond samen met Donald Berwick aan het voeteneind van de tank.

Don droeg een blauwe badstof badjas. Zijn gezicht was kalm, maar de huid van zijn kaken stond strak gespannen. Hij draaide zijn hoofd om en ontmoette Jeans blik. Hij glimlachte, zei iets tegen Cogswell, liep door de kamer naar Jean toe en nam haar hand in de zijne.

"Ik doe mijn best om flink te blijven, maar het helpt niet erg," fluisterde ze.

"Je hoeft nergens bang voor te zijn," zei Don. "Ze hebben de techniek al zo vaak geoefend dat ze het nu in hun slaap kunnen doen."

"Ik heb gehoord dat mensen die tot leven worden gewekt niet altijd... geestelijk volwaardig meer zijn."

"Zoiets zal heus niet gebeuren."

"En nog iets — dat stuk in de krant van vandaag. Ben je niet bang dat het negatieve reacties zal wekken?"

Don haalde zijn schouders op. "Misschien. Misschien niet. Het vervolmaakt in ieder geval het beeld dat het publiek van mij heeft. Ik sta nu echt in de belangstelling..."

Op datzelfde moment stond Vechtjas Hugh Bronny op het spreekgestoelte van het auditorium van Orange City en las het artikel voor aan zeventienduizend ademloos luisterende volgelingen. Zijn grote magere lichaam leunde voorover en de blik in zijn ogen deed denken aan die van een hond die bij het snuffelen in een vuilnisbak een vette kluif heeft gevonden. Onder het lezen hief hij telkens zijn hoofd op om zijn blik over zijn toehoorders te laten gaan. In zijn ogen zag de zaal eruit als een overbelichte foto: lampen die een felle gloed verspreidden, onleesbare schaduwen, een nevel van tabaksrook. Het mozaïek van bleke gezichten was vaag, onscherp. Hij zag het publiek niet langer als mensen. Ze vormden met elkaar een unieke substantie, kneedbaar als was, maar geladen met een energie die hem stimuleerde en opwond, als de wandeling aan de rand van een afgrond.

Vechtjas Hugh Bronny las met triomfantelijke stem de laatste zin van het artikel. Het publiek was muisstil. Hugh voelde de zeventienduizend harten kloppen, zag het glanzen van zeventienduizend paar ogen die op hem waren gericht. Hij voelde macht door zich heen stromen, als gloeiende lava. Deze mensen wachtten tot hij hun zou vertellen wat ze moesten doen; ze wilden door hem geleid worden. Hij kon vorm geven aan hun gedachten zoals een pottenbakker speelt met zijn klei.

"Ik zal het artikel nog een keer voorlezen," zei Hugh met een keelstem, "zodat jullie je, samen met mij, kunnen verbazen over de onbeschaamdheid van dit duivelsgebroed." Hij liet zijn blik over de

toehoorders gaan en verhief zijn stem tot snerpende hoogte. "Die athe-
isten!" Hij tuurde in de zee van gezichten. "Die smerige vandalen voor
wie zelfs Gods eigen hemel niet veilig is!" Hij zweeg even. Het leek
alsof iedereen in het publiek de adem inhield. Niet het minste geluid
was hoorbaar.

Hugh liet zijn stem dreigend een octaaf zakken. "Als dit jullie en mijn
bloed niet doet koken, dan ben ik de naam Vechtjas Hugh Bronny niet
waard, dan zijn jullie de naam Christelijke Kruisvaarders niet waard!"

Hij boog zich over het krantenknipsel en las het voor.

BOFKONT BERWICK STAAT OP HET PUNT GEHEIM
VAN PSYCHISCHE REGIONEN TE DOORGRONDEN
door Vivian Hallsey

Drie maanden geleden kende bijna niemand Don Berwick.
Nu is hij het gesprek van de dag. Overal praten de mensen
over Bofkont Berwick. Op dit moment echter staat hij aan de
vooravond van een avontuur waarbij vergeleken al de andere
avonturen in zijn opwindende leven verbleken — mits hij het er
levend afbrengt. Vanavond om negen uur zal Donald Berwick
worden gedood. Volgens alle medische en wettelijke definities
zal hij dood zijn. Zijn hart zal niet meer kloppen; zijn longen
zullen geen lucht meer pompen. Berwicks lichaam zal geen
teken van leven meer vertonen, geen enkel vonkje. Hij zal zijn
'overgegaan' naar het gebied aan gene zijde van de dood.

Om halftien zullen de dokters Cogswell, Clark, Aguilar en
Foley van het Medische Onderzoekscentrum Los Angeles proberen Donald Berwick weer tot leven te wekken met behulp
van technieken die tijdens de Tweede Wereldoorlog zijn uitge-
dacht, later verbeterd, en nu, naar men zegt, geperfectioneerd.
Men hoopt dat Bofkont Berwick zijn naam eer zal aandoen en
om tien uur weer onder de levenden zal zijn.

Waarom wordt dit experiment ondernomen? Zet u schrap,
lezer, en bereid u voor op een schok. Donald Berwick heeft
zich bereid verklaard het meest gewaagde onderzoek van zijn
leven uit te voeren (hoewel het een reis is die vroeg of laat ieder

van ons moet maken). Hij zal trachten terug te keren met een beschrijving van het land voorbij het graf, zo er al een dergelijk land bestaat.

Hugh keek op, frommelde het krantenknipsel zorgvuldig tot een bal ineen en wierp het met een gebaar van walging weg.

"Ziedaar, Christelijke Kruisvaarders, wat ze van plan zijn. Jullie zullen zeggen, met woede in jullie harten: God zal deze mensen straffen. Voorwaar, ik zeg jullie, God zal Donald Berwick en de zijnen stellig straffen! Hij heeft mij gezonden —" Hugh richtte zich in zijn volle lengte op, zijn armen uitgestrekt. Zijn stem schalde als een bazuin. "Hij heeft mij gezonden! Hij heeft mij gezonden als zijn sterke wrekende arm!" In Hugh's stem klonk plotseling de overtuiging, en ieder hart in de zaal voelde een steek, en alle kelen krompen ineen, hapten naar lucht, verwijdden zich in een diep, hees gekreun. "Hij heeft mij gezonden! En ik zal jullie leiden! Allereerst zullen wij optrekken tegen de duivel Berwick! Daarna tegen de boze krachten die ons geliefde Amerika willen bezoedelen en vernietigen! Ik mag niet tegen jullie zeggen, ga naar de Madronestraat nummer 26, maak daar jullie wensen kenbaar. Ik mag jullie niet aansporen — zoals ik misschien graag zou willen — om dat vervloekte oord des verderfs tot de laatste steen toe af te breken. Nee! Ze zouden zeggen dat ik tot oproer had aangezet! Ik kan dat niet zeggen! Nee, broeders! Het enige dat ik kan zeggen, is dat ik daar zelf naartoe ga! Nu is de tijd gekomen voor Christelijke Kruisvaarders om zich af te vragen hoe ze de wil van God het beste kunnen dienen. Door in de kranten te lezen over godslastering en heiligschennis? Of door te vechten? Het adres, broeders en zusters, Kruisvaarders! Madronestraat 26. Ik zal er zijn!"

XVII

Don keek op zijn horloge. "Het is bijna tijd. Ik zou nu eigenlijk zenuwachtig moeten zijn, maar dat ben ik niet." Hij grijnsde. "Gewoon een saaie avond, zoals er zoveel zijn."

Head zei droog: "Je begint zelf ook in het beeld van Bofkont Berwick te geloven."

Don grijnsde weer. "Dat archetype heeft een hypnotiserende kracht. Ik kan er niets aan doen, de namaakpersoonlijkheid neemt het roer over." Hij ving Jeans blik op en lachte. "Ik zal me ertegen verzetten."

Clark en Aguilar voerden een laatste, vluchtige inspectie van de tank uit.

De fotograaf schoot hier en daar wat plaatjes.

Don liet zijn blik over de aanwezigen gaan en las in hun ogen een mengeling van bezorgdheid en nieuwsgierigheid, verborgen onder zakelijkheid. "Iedereen is op zijn gemak, zo te zien." Hij porde Cogswell in diens welgevulde ribben. "Kop op, dokter. Ik ben het die wordt doodgemaakt, niet jij."

Cogswell mompelde ongelukkig: "Denk je dat er genoeg tijd zal zijn om te materialiseren?"

"Ik zal mijn best doen."

Dokter Foley pakte Berwicks elleboog. "Kom, Bofkont, het is tijd voor de grote duik."

Don trok de badjas uit. Hij droeg het Russische kolonelsuniform om hem in staat te stellen zich volledig te identificeren met het beeld dat het grote publiek van hem had. Om zijn nek hing een polaroid-camera, en de holster op zijn heup bevatte een .45 legerpistool.

"Neem alles goed in jullie op," zei Don. "En denk eraan: ik heet Bofkont Berwick! Concentreer je daarop! Vooral op dat 'Bofkont'." Hij klom in de tank en strekte zich uit.

Foley zette een tijdklok in werking. Clark en Aguilar gaven hem injecties in zijn rechter- en linkerdij, en daarna de rechter- en linker-schouder. Na een minuut haalde Foley een schakelaar over. Onder de tank begonnen motoren te zoemen. Het glas begon snel te beslaan, en Dons lichaam werd meer en meer aan het oog onttrokken.

Na twee minuten herhaalden Clark en Aguilar de injecties. Foley bracht een band van een zacht materiaal rond een van Dons polsen aan en wikkelde een metalen lint rond zijn nek. Wijzerplaten op het instrumentenpaneel lieten polsslag en lichaamstemperatuur zien. De naald die de hartslag mat trilde en begon te dalen: zestig, vijfenvijftig, vijftig, vijfenveertig. De temperatuurmeter bleef dertig seconden op zevenendertig graden hangen, en begon toen snel te dalen. Op het moment dat de meter tweeëndertig graden aangaf, haalde Foley een tweede schakelaar over. Het gezoem van de motoren onder de tank werd hoger.

Don was nu bewusteloos. Zijn hartslag daalde snel: twintig — vijftien — tien — vijf... De naald kwam trillend tot stilstand. De temperatuur zakte: dertig graden, vijfentwintig, twintig. Clark en Foley reikten in de tank en bewogen Berwicks benen en armen. De temperatuur zakte verder: tien graden Celsius, vijf graden, ver onder kamertemperatuur.

Aguilar draaide aan een knop. Het zoemen van de motoren daalde in toonhoogte. De naald van de temperatuurmeter daalde langzamer en kwam tot stilstand bij twee graden boven nul.

Foley en Aguilar maakten de glazen overkapping van de tank dicht, en Clark draaide een ventiel open. Het geluid van pompen werd hoorbaar.

Cogswell wendde zich tot de anderen. "Op dit moment is hij, volgens de gangbare opvattingen, dood. De pompen verwijderen de lucht uit zijn longen; de tank wordt gevuld met stikstof."

Foley stak zijn handen door twee gaten in de zijwand van de tank die toegang gaven tot twee luchtdichte rubberen handschoenen die lang genoeg waren om het lichaam van Don mee te bereiken. Foley steunde het wasbleke hoofd met een klamp en drukte elektroden tegen diverse plaatsen op Dons geschoren schedel. Aguilar hield een wijzerplaat in het oog, en mompelde: "Nee... nee... niets. Geen activiteit." Cogswell draaide zich om naar de anderen. "Hij is nu voor de wet dood."

Kelso zei: "Is het goed als we foto's van de tank nemen?"

Cogswell gaf hem een knikje.

Kelso wenkte de fotograaf.

Jean keek verwachtingsvol naar Ivalee Trembath, maar deze zei: "Nee... Niet hier. Het is hier te druk, er is te veel dat afleidt."

"Wil je naar een andere kamer?" vroeg Rakowsky haar.

"Ja, graag."

Rakowsky en Jean brachten haar naar een van de kamers boven. Rakowsky werd zich plotseling bewust van rumoer op straat en keek naar buiten. Hij tikte Jean aan. "De straat staat vol auto's."

De auto's stonden bumper aan bumper, als een school zwarte vissen met gloeiende ogen. Motoren brulden en remmen piepten. Portieren zwaaiden open, en mannen en vrouwen met verwrongen gezichten werkten zich naar buiten en wurmden zich tussen de andere auto's door naar het trottoir. Ze begonnen te zingen — vals en uit de maat. Plotseling werd de melodie herkenbaar.

"Luister," zei Jean.

"'Voorwaarts, Leger van Christus'," zei Rakowsky.

Jean huiverde. "Het klinkt heel vreemd — als muziek uit de toekomst. Wat doen die mensen hier? Een conventie? Een bijeenkomst?"

"Een demonstratie," zei Rakowsky.

"Een aanval," zei Ivalee Trembath.

Stemmen stegen op in de nacht, de gezichten keken omhoog, bleek als oesterschelpen. Een lange gedaante, groter en duidelijker aanwezig dan de naamloze menigte, beende naar de deur.

Rakowsky mompelde: "Ik ga de politie bellen."

Hugh's benige vuist bonsde hol op de deur. "Doe open, doe open, in de naam van de Here God. Open deze vervloekte deur!"

Jean ontwaakte plotseling uit haar verdoving en merkte dat ze een zware aardewerken vaas in haar handen had. Het raam voor haar stond open. Ivalee had haar armen om haar heen geslagen en riep: "Jean! Jean! Niet doen!" Jean ontspande zich en zette de vaas neer. "Wat verschrikkelijk!" fluisterde ze. "Ik had hem bijna vermoord..."

Het gebons klonk opnieuw. "Voor de laatste maal!" schalde de stem van Hugh. De deur beneden ging open en de kalme stem van Godfrey Head werd hoorbaar.

"Ik heb de politie gewaarschuwd. U verstoort een kritisch wetenschappelijk experiment. Ik geef u de raad te vertrekken voor u zich moeilijkheden op de hals haalt."

"Antichrist!" kraste de stem van Hugh. "Opzij." Hij legde een grote hand op Heads magere borstkas en duwde. Kelso stapte de veranda op. Hugh probeerde ook hem opzij te duwen, maar Kelso plantte een benige vuist op Hugh's mond. De kracht van de vuistslag deed Hugh achteruit wankelen, de veranda af.

Uit de verte kwam het spookachtige gehuil van sirenes naderbij. Het leek de menigte te stimuleren, hun stemming te intensiveren.

Hugh keerde zich wankel om naar de menigte. Uit zijn mond droop donker bloed, zijn overhemd was gescheurd. "Ze hebben mijn bloed doen vloeien! In de naam van mijn bloed, voorwaarts! Het moment is gekomen! We zullen een vuur ontsteken dat de hele wereld in vlam zal zetten! Voorwaarts, Kruisvaarders, soldaten van Christus! Te vuur en te zwaard—voorwaarts!"

De menigte brulde en golfde naar voren. Jean ving een afschuwelijke glimp op van Godfrey Head die aan zijn das van de veranda werd gerukt en onder de aanstormende massa verdween.

Een enorme jongeman met een rond, glad gezicht en lange bakkebaarden die een leren jasje droeg rende de hal in en sloeg zijn armen om die van Kelso heen. Ze vielen met een smak op de grond, met Kelso onder.

Hugh beende ernaartoe en schopte Kelso. De jongeman sprong op en schopte ook, met zware laarzen, nog eens en nog eens.

Hugh keek om zich heen, majestueus, met vlammende ogen. "Vuur en zwaard!" werd er achter hem geschreeuwd.

Een vrouw die eruitzag als een stenografiste die aan tuberculose leed, begon met hoge, onvaste stem te zingen: "Voorwaarts, leger van Christus!" De jonge man met het ronde, gladde gezicht gilde: "Dood de duivels! Dood de atheïsten!"

De fotograaf nam snel enkele foto's en trok zich toen behoedzaam terug naar het eind van de hal. Hugh negeerde hem. De vier dokters stapten naar voren, zo kalm en waardig dat Hugh een ogenblik uit het veld geslagen was.

"Wilt u zo vriendelijk zijn dat stelletje oproerkraaiers opdracht te geven te verdwijnen?" zei dr. Aguilar korzelig.

Rakowsky stapte naar voren. "Ik plaats u onder arrest. Als u probeert te ontsnappen, schiet ik u neer."

"Ontsnappen?" bulderde Hugh. "Opzij!"

De dokters waren ontzet. Hun gezag, dat in het ziekenhuis en het laboratorium altijd onaantastbaar was, had gefaald; plotseling werden ze gewone mannen. Ze vochten.

Hugh hield met een uitgestrekte arm dr. Aguilar op een afstand en liep naar de deur van het vertrek waar Don lag. Jean dook op in de deuropening. Hugh gaf haar een slag in het gezicht, en ze wankelde achteruit.

Hugh bleef een ogenblik in de deuropening staan. Cogswell, zijn gezicht vertrokken van angst, deed een stap naar voren. "Ga weg, verdwijn!"

Hugh gaf Cogswell een blik vol verachting en richtte toen zijn aandacht op de tank waar Donald Berwick lag, koud, roerloos, dood. De meetinstrumenten toonden geen hartslag. De lichaamstemperatuur was twee graden.

Jean stond met haar rug tegen de tank. Ivalee had een stoel gegrepen en stond klaar om zich te verdedigen. James Cogswell staarde Hugh aan als een kikker die een slang ziet.

"Verdwijn, Hugh," fluisterde Jean. "Ik vermoord je als..."

Hugh's ogen schoten vonken. "Niemand kan me tegenhouden! Ik ben de nieuwe Messias!" Hij deed een stap naar voren. Cogswell slaakte een schorre kreet en viel hem aan. Hugh haalde uit met zijn lange magere arm en liet zijn hand neerkomen op Cogswells rode wang. Cogswell werd tegen de muur gesmakt en zakte ineen. Hugh stapte naar voren.

Jean rende naar de andere kant van de tank. Ivalee liet de opgeheven stoel neerkomen, maar iemand achter Hugh weerde hem af.

Jean opende de glazen overkapping van de tank en trok het pistool uit Dons holster. Het metaal was zo koud dat het brandde op haar huid. Ze richtte het pistool en haalde de trekker over. Er gebeurde niets. Hugh lachte. Hij pakte de tank aan de onderkant beet en trok, maar de tank was met bouten in de vloer verankerd en verschoof geen millimeter. Hugh gromde om zijn figuur te redden. Jean bekeek het pistool en frummelde koortsachtig aan de veiligheidspal. De pal verschoof. Ze richtte opnieuw. Hugh hief een voet op en trapte tegen het glas, dat rinkelend aan scherven viel. Hugh reikte naar binnen en pakte Dons koude arm.

Jean schoot. De kogel begroef zich in Hugh's schouder. Zijn gezicht vertrok even, maar hij scheen de pijn niet te voelen. Hij trok aan Dons arm, en het lichaam gleed uit de tank en op de grond.

Jean deed een stap naar voren, richtte en schoot. Hugh greep verbaasd naar zijn buik. Jean haalde nog een keer de trekker over, en nog eens. Hugh's knieën bogen door. Plotseling spoot er bloed uit een gat in zijn hals. Zijn knieën begaven het en hij viel languit op de grond. Jean richtte haar pistool op de gezichten in de deuropening, de gedaanten achter Hugh. Ze doken weg en maakten zich uit de voeten.

"Jean," zei Ivalee, "het huis staat in brand."

"Brand!" werd er in de hal geroepen. Ivalee liep naar Cogswell en probeerde hem overeind te trekken. Hij werkte niet mee en zijn adem rochelde in zijn keel. Vanuit de hal kwam het geluid van schuifelende voeten, gevolgd door een merkwaardige stilte. Toen klonk het geluid van rennende voeten, en een kreet, eerder van angst dan van pijn.

Ivalee rende de hal in. Jean zag de weerkaatsing van de vlammen op haar gezicht. Een ogenblik smolten het zilver van haar haar en het ijs van haar gezicht ineen tot een legering van goud. Ze draaide zich om naar Jean. "We kunnen er niet meer via de voorkant uit."

Jean liep snel naar het lichaam van Don en knielde ernaast neer. Ze wreef over de wangen, die koud waren en vochtig van condens.

"Jean," zei Ivalee zacht, "voor Don is het te laat."

"Maar Iva — we kunnen toch wel iets doen — we moeten iets doen... De dokters — die kunnen hem weer tot leven wekken..."

Rookwolken kolkten de kamer binnen. "We moeten hier weg," zei Ivalee.

Jean keek ontzet naar Dons lichaam. "We mogen hem niet —"

Ivalee trok haar overeind. "We kunnen niets meer voor hem doen, Jean."

"Maar — hij leeft eigenlijk nog, Iva. De dokters kunnen hem weer tot leven wekken! Het is zo afschuwelijk! Ik kan hem niet in de steek laten!"

"Hij is dood, Jean. De dokters zouden hem tot leven hebben kunnen wekken in de tank — met de juiste apparatuur en de juiste middelen. Don is dood, Jean. En die arme kleine Cogswell ook."

"Dr. Cogswell — *dood*?"

"Ja, liefje. Kom, we mogen hier niet langer blijven."

Ze loodste Jean met zachte dwang naar de hal. Een muur van vlammen blokkeerde de weg naar de voordeur.

"We moeten de trap op, naar boven," zei Ivalee. "Dat is onze enige kans."

Ze renden de trap op, achtervolgd door hitte en rook. Ze strompelden de kamer aan de voorkant in, en Ivalee liep naar het raam terwijl Jean tegen de muur leunde, verdoofd van verdriet.

"De straat staat vol auto's," zei Ivalee. "De brandweer is gedwongen om slangen uit te rollen vanaf de hoek. Luister, de menigte is nog steeds aan het zingen. Ze weten niet dat Hugh dood is."

Het gezang vulde de hele straat, golvend en aanzwellend in triomf. Jean wankelde naar het raam. "Kunnen we eruit springen?"

"Het is te hoog," zei Ivalee.

Zoeklichten vingen het huis in hun bundels. Brandweermannen sleepten slangen aan over het trottoir, hollend, schreeuwend, mensen opzij duwend. De spuitstukken waren droog, er kwam geen water uit. De brandweermannen draaiden zich om en keken woedend naar de hoek van de straat, gooiden de slangen neer en renden terug.

"De diensttrap aan de achterkant," zei Jean. "Misschien kunnen we daarlangs naar beneden."

Ze renden naar de achterkant van het huis. Achter hen lekten de vlammen uit het trapgat omhoog. Jean opende de deur die toegang gaf tot de diensttrap, maar gooide hem snel weer dicht toen ze de vlammen en de rook zag.

Ivalee liep naar het ouderwetse glas-in-loodraam en probeerde het te openen, maar zonder succes.

"We zijn hier slechter af dan aan de voorkant," zei Ivalee. Ze draaiden zich om en keken de gang in waardoor ze gekomen waren. Het trapgat dat naar beneden leidde functioneerde als schoorsteen; de bovenste trapspijlen werden al verteerd door het vuur.

Jean greep een stoel en zwaaide hem tegen het gebrandschilderde raam. Het glas brak, maar het lood hield de stukken bijeen. De lucht was heel heet en brandde in hun kelen. De rook leek via hun longen hun bloed binnen te sijpelen, en hun hersens. Alles begon te zweven voor Jeans ogen, en haar knieën knikten.

Ze hoorde achter zich een geluid, voelde een golf koele lucht. Er werd een sterke arm om haar heen geslagen. Ze keek op. "Don!" Haar krachten verlieten haar en langzaam gleed ze weg in bewusteloosheid.

Uren later kwam ze bij in het ziekenhuis. In de kamer naast de hare lag Ivalee.

De verpleegster kon haar niet vertellen wat er was gebeurd.

De volgende dag werden zij en Ivalee uit het ziekenhuis ontslagen. Ze namen een taxi naar Jeans ouderlijke huis aan de andere kant van de stad. Twee journalisten stonden daar te wachten, maar Ivalee stuurde hen weg. Ze waren alleen.

Jean keek Ivalee aan, met ingevallen wangen en droge ogen. "Iva —" zei ze. "Net voor ik flauwviel — heb ik hem gezien. Don. Levend."

Ivalee knikte. "Hij heeft ons naar buiten gedragen."

"Maar hoe? Hij was — dood."

"Ik heb hem ook gezien." Ivalee ging zitten. "Ik zal proberen of ik hem kan vinden — of op een andere manier iets te weten kan komen." Ze bedekte haar ogen met een sjaal.

Overal in Amerika brachten kranten het verhaal over de brand die het huis in de Madronestraat had verwoest. De koppen luidden:

BOFKONT BERWICK HEEFT PECH
LOOPBAAN EINDIGT IN RELIGIEUS OPSTOOTJE

De dood van Vechtjas Hugh Bronny stond soms vermeld in hetzelfde artikel, en soms in een andere kolom:

> Leden van de Christelijke Kruistocht hebben zich overgegeven aan een ware orgie van religieuze extase. Een uur voor zijn dood had Hugh Bronny zijn volgelingen nog toegesproken met de woorden: "Verenig jullie in de Kruistocht. Ik ben de nieuwe Messias!"
>
> Volgens de Eerwaarde Walter Spedelius volgde Hugh Bronny's dood het patroon van het lijden van Christus. "Christus is gestorven om de mensheid haar zonden te tonen. Hugh Bronny is gestorven om ons uit het moeras te trekken en naar het zuivere leven te leiden. Hij was een grote geest, een heilige, een profeet, en we zullen hem, nu hij dood is, volgen zoals we deden toen hij nog leefde."

XVIII

Donald Berwick lag in de tank. Hij voelde het gewicht van de camera op zijn borst, en de massa van het pistool in de holster. Boven hem zweefden de gezichten van Clark, Foley en Aguilar. Hij verlegde zijn blik en ving door het glas een glimp op van Jean. Toen voelde hij de naalden in zijn huid glijden, en de banden die om zijn pols en hals werden aangebracht. De motoren onder hem gierden. Het werd plotseling koud. Hij sloot zijn ogen. Toen hij probeerde ze weer te openen, kon hij het niet — zijn spieren waren al verdoofd.

Hij voelde het leven uit zich wegvloeien, als de zee tijdens eb. Hij had het koud, toen plotseling warm; en daarna, een laatste helder moment lang, door en door steenkoud. Alle gevoel verliet hem en hij stierf.

Hij had niet het gevoel dat hij zijn lichaam verliet. Een andere fase in het leven van Donald Berwick diende zich aan, en het leek alsof het altijd al zo was geweest. Alleen was hij zich er nu pas van bewust.

Donald Berwick keek vanuit een nieuw en vreemd perspectief het vertrek rond. Er waren andere gedaanten aanwezig, en na een ogenblik herkende hij hen. Ze waren transparant en deinden heen en weer als zeewier, onderaan verankerd aan kleine harde kogels die de vorm van een mens hadden. Een van die harde kogeltjes lag in de buurt van zijn eigen voeten, koud, stil en afgesneden: de oude Donald Berwick.

De nieuwe Donald Berwick voelde een steek van medelijden. Toen maakte hij de balans op van zichzelf. Hij had zijn geheugen nog; hij herinnerde zich zijn volledige leven. Plotseling besefte hij dat hij tijdens zijn voorbereidingen iets over het hoofd had gezien. Bij het scheppen van het archetype "Bofkont Berwick" had hij een belangrijke bron van kracht genegeerd. Wie kende Donald Berwick beter dan hijzelf? Hij inspecteerde zijn eigen gedaante: het uniform, het pistool, de camera, het was er allemaal. Hij vergeleek de camera met zijn horloge. De camera was harder, helderder, meer solide. Tweemaal zo hard, dacht Berwick.

Jean — hij haalde de soepel deinende gedaante van Jean eruit. Haar ogen waren op hem gericht. Dit was Jean: een composiet van haar eigen onbewuste en dat van iedereen die haar kende. Op kleine punten anders dan de Jean die hij kende, maar het verschil was niet groot...

Ivalee Trembath: haar kalme vorm van zilver en ijs was minder opvallend. Rond haar mond lag een zachte, weemoedige trek. En de anderen — maar later, later. Eerst een foto om de droomcamera te testen. Hij stelde het diafragma in, richtte en drukte de sluiter in. En nu snel een blik gaan werpen op dit hiernamaals, en dan weer hier terug-komen... Hoe verstreek de tijd eigenlijk? Snel of langzaam? Hij keek op zijn horloge. De wijzers zwalkten heen en weer, vooruit, achteruit. Wel, dacht Don, het is blijkbaar zo laat als je denkt dat het is. En dan nu... de straat op.

De muren losten zich op. Hij bewoog zijn voeten, en het volgende moment stond hij op straat. Alles zag er bijna precies zo uit als hij het zich herinnerde. Auto's bewogen zich voort als geestverschijningen, doken op en verdwenen tenzij hij zich erop concentreerde... Plotseling zag hij dat de straat vol met auto's stond.

Don dacht: naar boven! Als ik een gedachte ben, kan ik reizen als een gedachte! En hij steeg op en zweefde in de nachtelijke hemel. Onder hem lag de stad; het tapijt van lichtjes spreidde zich naar alle kanten uit... Maar dit was niet de echte stad. Deze stad was samengesteld uit ontelbare droombeelden en fantasieën. De lichtjes verspreidden een zachtere gloed, als kristallen bollen, en in de verte losten de huizen zich op in het niets.

En ik ben een gedachte. Naar het noorden, dan! Onder hem gleden bergen voorbij, gehuld in donkere naaldbossen, en voor hem doemde een rotsrichel op, wit en grijs. En vreemd genoeg was het vroeg in de ochtend. Berwick ging op een bergpiek staan en keek in alle richtingen, iedere richting afzonderlijk en allemaal tegelijk.

China! Hij voelde geen beweging; hij was een gedachte.

Hij was in China. Dit was niet het echte China, het was een samen-gesteld China, een stereotype, of liever gezegd, een verzameling onderling strijdige stereotypen die samen het collectieve onbewuste beeld van China vormden: de saaie grauwheid van communistisch China, de pracht en praal van het oude keizerrijk. Hij herinnerde zich zijn polaroid. Hij trok de foto eruit en bekeek hem. Redelijk. Niet slecht. Hij stopte de foto in zijn zak.

Hij stelde het toestel in en fotografeerde een pagode, met op de voorgrond een riksja zoals je alleen kon tegenkomen in een komische opera. Op de achtergrond verhieven zich de wazige bergen en sierlijke wilgen van oude Chinese rolschilderingen. Onder zich zag hij andere gezichten en gedaanten.

Hij dacht zichzelf naar de grond toe. Dit was de oude havenkade, in Sjanghai. Hij concentreerde zich erop. Plotseling nam alles vaste vorm en massa aan. Hij stond op straat. Een arbeider in een flapperend blauw jasje draafde in zijn richting, bleef staan, liep om hem heen en keek achterom.

He, dacht Don, ik ben gematerialiseerd. Dat ging vrij gemakkelijk. Ik zal teruggaan naar Orange City en in het huis in de Madronestraat materialiseren.

Hij dacht: omhoog. Langzaam zweven. Over de Stille Oceaan... Hij zag de maan. Durfde hij het aan? Maar natuurlijk, zo was zijn aard nu eenmaal. Hij was tenslotte Bofkont Berwick, die nergens bang voor was!

Hij dacht: maan. En hij was op de maan. Sneller dan het licht, even snel als een gedachte. Hij stond op een zilver-zwarte vlakte, een beeld zoals het gepenseeld zou kunnen zijn door een schilder met veel verbeelding.

Hij trok de foto van China uit de camera en richtte het toestel op het maanlandschap. De gedachte aan zijn lichamelijke processen kwam in hem op... Haalde hij adem? Hij voelde druk in zijn borst. Toen materialiseerde hij plotseling. Hij stond op het oppervlak van de maan, in werkelijkheid. Zijn aderen zwollen op onder zijn huid, zijn oogballen puilden uit hun kassen, een ijzige kou zoog de warmte uit zijn lichaam. Hij had tijd voor een korte gedachte: hij was al dood; waar zou hij nu naartoe gaan als hij stierf?

Hij liet zich terugglijden naar het onbewuste. En de maan werd weer het stereotype uit het onbewuste. Don zocht de hemel af. Daar! Mars!

Snel als een gedachte, sneller dan het licht!

Hij stond in een zwak verlichte rode woestijn, en een ijle wind suisde in zijn oren. De zeebodem van het oude Barsoom? Hij draaide zijn hoofd. Daar in de verte lag een vervallen stad — een massa witte stenen, schots en scheef door elkaar geworpen. Horden groene krijgers bewogen zich tussen de ruïnes. Don keek nog eens goed. Het waren hoge groene planten die deinden in de wind. Hij nam een foto, en dacht toen aan de kanalen... Hij stond naast een breed kanaal dat tot de rand was gevuld met grijs water. Aha! dacht Don. De kanalen van Mars bestonden dus werkelijk! Toen lachte hij om zijn eigen domheid:

de kanalen bestonden alleen in de geest, in het collectieve onbewuste. Was hij eigenlijk wel op Mars, of was het enkel een gedachte? Hij concentreerde zich. Hij stond op koud, droog zand, onder een donkere onbewolkte hemel. Dit was werkelijk Mars. Hoe was hij hier gekomen? Waren geest en heelal een? Was de zogeheten "echte" wereld slechts een van de vele onwerkelijkheden, die pas een vaste vorm kregen als de geest en de materie zich met elkaar vermengden?

Hij keek op zijn horloge. Hoe laat was het? Hij was om negen uur in de tank gestapt. De wijzers van het horloge wezen negen uur aan. Hij was toch zeker al tien minuten dood. Hij keek weer: het horloge wees tien over negen aan. Of was het niet langer dan een minuut geweest? Het horloge wees een minuut over negen aan. Het was inderdaad zo laat als hij wilde dat het was. Goed dan. Terug naar de aarde. Op deze wijze zou hij meer dan voldoende tijd hebben om alles te onderzoeken.

Hij was in de ruimte en dook op de aarde af. Een zalig gevoel van vrijheid doorvoer hem. Don voelde zich zo uitgelaten dat hij begon te zingen. Het was geweldig om dood te zijn! Daar was de aarde, die mooie, vertrouwde aarde, met haar miljarden zielen!

Was het werkelijk de aarde, of was het een gedachte? Voor de eerste keer kwam het bij hem op zich af te vragen waar alle andere zielen waren. Waar waren de geesten van de doden? En de engelen? Jezus Christus? Mohammed en zijn hoeri's? Hij dacht zichzelf naar een fantastisch gouden land, met een hemel waarin witte wolken dreven. Daar wandelden inderdaad stralende gevleugelde wezens, en daar, in de verte, lag een blinkende stad van glas en goud. En daar was een uitbarsting van licht, een verblindende gedaante met een zachtmoedig gezicht. Het duurde slechts een ogenblik. Toen zag hij een uitgestrekte tuin, met gazons en bloemen en marmeren paviljoenen, en rijen koele cipressen en populieren, en gedaanten met tulbanden op die nipten aan ijsdrankjes, en oogverblindend mooie jonge vrouwen...

Er bestaan geen valse godsdiensten, dacht Don. Wat de mens geloofde, *bestond*. Alles wat een mens kon bedenken, kon hij in werkelijkheid bereiken. De religies spraken de waarheid, God bestond echt. Maar ze waren functies van de Mens; de geest van de Mens was de Schepper.

Waar was Molly Toogood, Ivalee's entiteit? En de dwalende geesten van de doden? Hij zag Molly, een aardig ogende vrouw: misschien niet zo helder of massief als hij was. Ze knikte hem toe. Hij werd zich bewust van andere gedaanten, fragieler dan Molly. Waar was Art Marsile? Hij keek om zich heen, en — wonder boven wonder — daar stond hij voor het oude huis onder de peperbomen. Hij liep naar de voordeur. Art stak zijn hoofd uit het raam. "Hallo, Don. Ik heb op je gewacht. Heb je tijd voor een praatje?"

Don keek naar het huis, half in de verwachting dat Jean naar buiten zou komen hollen, blond en mooi en fris. "Nee," zei Art. "Ze is niet hier, Don. Het is haar tijd nog niet. Ik zou maar gaan kijken hoe het met haar is, als ik jou was. Er is daar beneden gedonder, Donald — zoals gewoonlijk."

Een gedachtenflits. Don stond op de veranda van het huis in de Madronestraat 26. De straat was vol menselijke kogeltjes, waarboven zielen dansten als broze ballonnen. Maar één ziel was niet broos. Don herkende hem: Hugh Bronny. Bronny's ziel was lang en breed, en gloeide met een intens vuur. Het kogeltje van Hugh Bronny kwam naar het huis toe, en de ziel — noem het maar een ziel, bij gebrek aan een beter woord — keek Don recht in de ogen.

"Ga weg," zei Don.

De ziel opende zijn mond, maar het kogeltje negeerde Dons woorden en bonsde op de deur.

Don dacht zichzelf het laboratorium in. Hij keek toe hoe het kogeltje van Hugh Bronny het vertrek binnenmarcheerde. Hij probeerde te praten met de prachtige verschijning die aan het kogeltje van Jean verankerd was, maar ze was te veel van streek en haar aandacht werd te veel in beslag genomen door de gebeurtenissen.

De kogeltjes bewogen, als glanzend kwikzilver. Hij onderzocht zijn lichaam. Dood — maar met het potentieel voor leven. Hij probeerde zijn voeten in het koude kogeltje te laten glijden, maar hij kon geen ingang vinden; zijn voeten gleden af.

Het kogeltje van Hugh Bronny vernietigde het kogeltje van Don Berwick. Jeans ziel flakkerde en kronkelde. Haar lichaamskogeltje greep het pistool.

Don hoorde de schoten als doffe tikken, alsof er onder water twee stenen tegen elkaar ketsten. Hugh's ziel leek op te zwellen, te vonken,

massiever te worden. Het was een monsterlijke, dreigende aanwezigheid. De ziel leek op Hugh, maar hij was sterk en hard en gespierd.
Het gezicht was zoals Hugh het waarschijnlijk altijd graag had willen
hebben: hard, onverzettelijk en vol geloofsijver.

Het kogeltje van Hugh was dood. De ziel van Hugh Bronny was
bevrijd. Hij kwam op Don af. Een ogenblik lang keken ze elkaar recht
in de ogen.

Hugh reikte naar hem met zijn gespierde armen. Don sloeg ze opzij.
Het contact was hard, maar elastisch, alsof er twee zware stukken rubber tegen elkaar aan werden geslagen.

Hugh verwijderde zich en verdween. Don keek achterom naar het
huis. Het stond in brand. Waar waren de mannen die met hem samengewerkt hadden? Cogswell — "Hallo, doctor," zei Don tegen de bleke
ziel die naast hem stond. "Ik zie dat je dood bent."

"Ja," zei de ziel van dr. James Cogswell. "Het gaat heel gemakkelijk,
hè?" De ziel bekeek Don met iets van verbazing. "Lieve hemel, wat zie
jij er hard en sterk uit. Verbijsterend."

"We hebben er hard genoeg voor gewerkt," zei Don. "Een heleboel
mensen geloven in me."

"Er zijn er maar weinig die in mij geloven," zei Cogswell verwonderd. "En toch ben ik hier!"

"Je geloofde toch in jezelf, niet?"

"Ja, natuurlijk."

"Dat is het belangrijkste."

"Interessant," zei Cogswell. "Het is hier buitengewoon fascinerend.
Wel, ik moet er eens vandoor. Er valt hier veel te onderzoeken."

"Tot kijk," zei Don.

Het huis stond in lichterlaaie. De zielen van Jean en Ivalee flakkerden
terwijl Jean en Ivalee door het huis holden, op zoek naar een uitgang.

Jeans ziel keek Don smekend aan.

"Natuurlijk," zei Don zacht. Hij dacht zich de kamer binnen, concentreerde zich, en materialiseerde.

De vrouwen waren aan het eind van hun krachten. Achter hen knet-
terden de vlammen.

Jean hief haar hoofd op en keek hem stomverbaasd aan. Hij tilde
haar op — wat was ze licht! — en liep naar het raam.

Een probleem! Hij was nu in een vleselijk lichaam, en als zodanig onderhevig aan de wetten van de zwaartekracht. Het was bijna tien meter naar beneden, en die kon hij net zomin overbruggen als Jean.

Don dacht zichzelf naar het dak, materialiseerde daar, rukte de antennekabel van de radio los en liet hem voor het raam langs naar beneden hangen.

Hij materialiseerde weer in de kamer, waar de rook nu heel dik was. Hij bevestigde de antennekabel rond het bewusteloze lichaam van Jean en liet haar naar de grond zakken. Hij dacht zichzelf naar beneden, maakte haar los, en herhaalde het proces met Ivalee. Toen droeg hij het tweetal via de achteringang naar de straat achter het huis.

Hij gebaarde naar een man die langsreed in een auto. De man negeerde hem. Don materialiseerde naast hem in de auto. De mond van de man viel open, en gesmoorde geluiden ontsnapten aan zijn keel.

"Stop hier," zei Don. "Een eindje terug liggen twee gewonde vrouwen die vervoer nodig hebben."

De man knikte heftig en bracht de wagen tot stilstand. Don legde de twee vrouwen op de achterbank.

"Breng ze naar het ziekenhuis."

"J-ja, meneer."

Don liet zijn greep op de realiteit verslappen, en hij zweefde weg naar het hiernamaals.

XIX

De politie arresteerde alle Christelijke Kruisvaarders die ze kon identificeren. De volgende dag kregen ze een boete en werden ze streng toegesproken door de rechter. Daarna werden ze op vrije voeten gesteld. Terwijl ze naar buiten marcheerden, hieven ze uitdagend hun strijdlied 'Voorwaarts, Leger van Christus' aan.

De Eerwaarde Walter Spedelius probeerde het auditorium van Orange City te huren, maar hij kreeg nul op het rekest. Hij organiseerde een massabijeenkomst op de boerderij van ene Thomas Hand, aan de rand van de stad. En daar, op een veld dat werd verlicht door acht grote vuren, nam Eerwaarde Spedelius de fakkel van Hugh Bronny over.

"Voorwaar, broeders," dreunde hij op de gezwollen toon van de

evangelieprediker, "onze broeder Hugh leefde en stierf als een christelijke heilige, als een kruisvaarder uit de oudheid! Hij gaf zijn leven
om ons de weg te tonen, zoals Jezus Christus, ja, Jezus de Christus,
vele jaren geleden deed. En waarlijk, broeders, ik zeg jullie dat Hugh
Bronny, Vechtjas Hugh Bronny, hier vanavond bij ons is. En ik zeg
jullie, broeders, dat we hem niet teleur zullen stellen. We zullen blijven
vechten in de naam van Jezus en Mozes en de profeet Elijah en de profeet Hugh Bronny — en we zullen blijven vechten tot in dit prachtige
land van ons het Koninkrijk Gods is gevestigd."

De Christelijke Kruisvaarders waren nieuws. Journalisten en foto-
grafen stroomden toe, en kranten en tijdschriften over het hele land
kondigden de nieuwe kruistocht aan. Voorstanders van apartheid, anti-
semieten en patriotten haastten zich om hun steun aan de beweging te
betuigen.

De oppositie roerde zich. Een tiental progressieve organisaties ver-
oordeelden de beweging, en in de belangrijkste kranten verschenen
redactionele artikelen waarin felle kritiek werd geuit op Vechtjas Hugh
Bronny, Walter Spedelius en de Christelijke Kruistocht. Te midden van
het tumult vielen de berichten over Bofkont Berwick nauwelijks op.
Hij had geen nieuwswaarde meer.

XX

Donald Berwick leefde en bewoog zich in het gebied voorbij de tijd.
Hij werd zich bewust van een kracht die aan hem trok; en aangezien
hij niet meer was dan een gedachte die zich ophield te midden van alle
andere gedachten die ooit bestaan hadden, reageerde hij.

Ivalee Trembath riep hem. Zij en Jean zaten in de woonkamer van
het huis van de oude Marsile.

Don keek de deinende ziel die met de voeten aan Ivalee's lichaamskogeltje was verankerd aan. De ziel sprak: "Bevrijd me, Donald, en
neem een tijdje mijn plaats in, dan kan ik gaan zwerven. En wanneer je
weer weg wilt, zal ik terugkomen."

Het was vreemd om met Ivalee's mond te spreken en met haar
oren te horen. Het gebruik van haar ogen en spierstelsel leek, voor het
moment althans, onmogelijk.

"Hallo, lieve Jean," zei Don.

"Hallo, Don. Hoe is het met je?"

"Heel goed. Het is hier precies zoals we hadden verwacht. Ik heb foto's voor Kelso."

"Don — ik mis je ontzettend."

"Ik mis jou ook, Jean…"

"Je hebt ons uit dat brandende huis gehaald. Je bent gematerialiseerd."

"Ja."

"Is het moeilijk om zoiets te doen?"

"Toen niet. Ik was op dat moment op het hoogtepunt van mijn kracht. Ik ben nu niet zo sterk meer."

"Dat begrijp ik niet, Donald."

"Ik ook niet. Hoe sterker ik ben, hoe makkelijker het voor mij is om te materialiseren."

"Ben je zwakker — omdat de mensen niet meer zoveel aan je denken?"

"Ja. Ik geloof van wel. Min of meer."

Jeans stem trilde. "Dan moet Hugh nu wel heel sterk zijn."

"Ja," zei Don. "Ik heb hem gezien. Hij straalt een enorme macht uit. Je zou hem niet meer herkennen."

"Is hij — net zo beklagenswaardig als hij op aarde was?"

"Hij is anders. Hij is nog even boosaardig. Maar zijn kleingeestige, verachtelijke eigenschappen zijn verdwenen. Hugh is nu groots in zijn boosaardigheid."

"Wat gebeurt er als hij je ziet?"

Don zweeg even, en zei toen op zakelijke toon: "Hij heeft geprobeerd me te vermoorden."

"Je vermoorden!"

"Klinkt vreemd, hè? Ik ben tenslotte al dood. Maar zo werkt het nu eenmaal."

"Hoe kan hij je doden? Je hebt geen lichaam, je bent — een gedachte?"

"Een gedachte kan een andere gedachte overweldigen en verdrijven, vernietigen, het tot iets heel ijls en ongrijpbaars maken — iets dat alleen maar verachting oproept."

"Probeert Hugh dat met jou te doen?"

"Ja."

Jean zweeg een ogenblik. Toen: "Weet je wat hierbeneden aan de gang is?"

"Niet helemaal. Ik ben een tijdje — weg geweest."

Jean legde het uit, en Don zweeg enkele minuten.

"Don," zei Jean timide, "ben je er nog?"

"Ja. Ik denk na."

Hij zweeg weer een minuut. Jean keek gespannen naar het slappe lichaam van Ivalee. Haar handen frummelden met een stukje lint.

"Jean."

"Ja, Don."

"Dit is een strijd tussen twee tegengestelde ideeën. Hugh vertegenwoordigt het ene idee, en ik het andere. Ik moet Hugh bestrijden. Ik moet hem doden, of het *idee* van Hugh."

"Maar Don — ben je daar wel sterk genoeg voor?"

"Ik weet het niet."

"Op welke manier kun je hem bestrijden?"

"Net als op aarde. Met tanden en nagels en de blote vuist."

"Als je verliest — zal ik je dan ooit nog zien?"

De stem begon zwakker te worden, te vervagen. "Ik weet het niet, Jean. Duim voor me. Ik zie Hugh in de verte... Hij komt hierheen."

Ivalee huiverde, mompelde en bleef toen stil liggen. Plotseling was de kamer gevuld met een donderend geraas, alsof er een trein passeerde. Het gedaver stierf weg tot een zwak gerommel, en hield op.

"Iva," zei Jean zachtjes. "Iva."

Geen reactie. Jean luisterde. Het was heel stil in de kamer, maar de lucht leek te knetteren als cellofaan.

Jean stond langzaam op en liep naar de telefoon.

Hugh Bronny keek neer op Donald Berwick. Ze stonden op een kale vlakte die zich tot in het oneindige uitstrekte, en waarvan het verwrongen perspectief aan een surrealistisch schilderij deed denken.

Hugh was gekleed in zijn zwarte jas met de dubbele rij knopen. Zijn buitengewoon gespierde armen vulden de schouders volledig op. Zijn ogen vlamden als elektrische booglampen, zijn gezicht was groot als een schild, de spieren van zijn benen waren als gevlochten strengen van koper.

"Donald Berwick," zei Hugh, "ik haatte je op aarde, en ik haat je hier."

"Je kunt niet anders dan me haten," zei Don, "want je bent de vlees-geworden haat — zowel hier als op aarde."

"Nee," zei Hugh. "Ik was een groot religieus leider; en nu ben ik een heilige."

"Woorden kunnen de feiten niet verhullen."

Hugh deed dreigend een stap naar voren. "Ik zal je wegvagen, ellen-dige lafbek die je bent."

Jean belde Godfrey Head op. "Godfrey — ik moet je spreken."

"Het spijt me, Jean, ik heb geen tijd. Ik moet naar een bijeen-komst van de faculteit. Twee van de curators van de universiteit zijn Kruisvaarder geworden; hou je het voor mogelijk?"

"Godfrey — ik heb net met Donald gesproken. Hij bevecht Hugh Bronny, nu, op dit moment. We moeten hem helpen."

Het werd stil aan de andere kant van de lijn. Toen: "Hem helpen? Hoe?"

"Neem me mee naar die bijeenkomst… Ik neem aan dat jullie alle-maal anti-Bronny zijn?"

Godfrey Head maakte een snuivend geluid. "Uiteraard. Maar wat kan je doen?"

Jean lachte bitter. "Ik ben miljonair. Ik kan een heleboel doen."

Hugh's hand schoot naar voren en greep Dons schouder. De vingers begroeven zich in het vlees als de tanden van een hooivork in een baal hooi.

Een zwaard, dacht Don, en hij hield een zwaard in zijn hand. Hij zwaaide en hakte. Het wapen ketste af op Hugh's nek. Hugh greep het lemmet en ontrukte het zwaard aan Dons greep.

"Ik zal je tot atomen hakken," riep hij, "ik zal je tot poeder wrijven, ik zal de herinnering aan jou uitwissen, ik zal je wegblazen als rook…" Hij haalde uit met het zwaard. Don sprong achteruit. Het zwaard suisde langs zijn borst en liet een rode striem achter.

Hij dacht zwaard, en in zijn hand verscheen weer een zwaard. Hugh liet een bulderende lach horen. Toen stapte hij naar voren, zwaaiend met het zwaard.

Godfrey Head sprak op bedeesde toon de verzamelde faculteitsleden toe. "Een vriendin van mij wil het woord tot u richten. Ik waarschuw u: bereid u voor op een verrassing. Wat u te horen gaat krijgen, komt misschien op u over als ongekend en schokkend. Maar houdt in gedachten dat we ons erop beroemen een intellectuele elite te vormen, en we zijn verplicht de verantwoordelijkheden te dragen die aan die status zijn verbonden. Want anders zijn we niet meer dan een groepje academisch gevormde blaaskaken." Zijn vriendelijke gezicht gloeide van opwinding, en hij keek zijn verbaasde toehoorders aan alsof ze hem persoonlijk hadden uitgedaagd.

"Deze bijeenkomst is belegd teneinde onze houding tegenover de Christelijke Kruistocht te bepalen. Wat Jean Berwick u gaat vertellen, heeft betrekking op dat onderwerp." Hij wenkte Jean naast hem te komen staan. "Dit is Jean Berwick. Luister goed naar wat ze te vertellen heeft, en denk goed na, want ik geloof dat voor ons en alle andere intelligente mensen de tijd is gekomen om een keuze te maken."

Jean beklom het spreekgestoelte, broos en gespannen. "Mijn naam is Jean Berwick. Mijn echtgenoot Don Berwick is onlangs omgekomen bij wat we de eerste daad van agressie van de Christelijke Kruisvaarders kunnen noemen. Hij is dood, maar hij vecht nog steeds door — in de geest." Ze glimlachte flauwtjes. "En hij heeft onze geestelijke steun nodig.

"Ik wil u een voorstel doen — een voorstel met een veel grotere reikwijdte dan wat u vanavond had verwacht te zullen horen. Waarom ik u heb uitgekozen? Omdat u de eerste grote groep van invloedrijke en intelligente mensen bent die ik kon bereiken, en omdat u weet wat de implicaties van de Christelijke Kruistocht zijn. Ik wil de Christelijke Kruistocht verpletteren, haar van de aardbodem wegvagen. Een of twee volksmenners in de gevangenis stoppen is niet genoeg; de Christelijke Kruistocht is een idee. Om dat idee uit te bannen, moeten we een tegengesteld idee lanceren dat sterker en inspirerender is.

"Wat is die zogeheten Christelijke Kruistocht eigenlijk? Het is haat, gedwongen conformisme, fanatisme, onverdraagzaamheid. Zijn de Kruisvaarders christelijk? Ze aanbidden een kwaadaardige en wraakzuchtige God, die zijn volgelingen beloont als ze zich aan zijn gezag onderwerpen, en zijn tegenstanders veroordeelt tot de martelingen van de hel. Christus zou zich in walging afkeren van een dergelijke God. Welke doctrine kunnen wij daar tegenover stellen? Een kruistocht voor menselijke waardigheid, en het recht op — de verplichting tot — non-conformisme. Een kruistocht die even hartstochtelijk is als Bronny's kruistocht voor orthodoxie! Een onafhankelijkheidsverklaring waarin we afstand nemen van iedere vorm van religiositeit en waarin we stellen dat mensen de meesters van hun lot zijn. Dit zijn de punten waar het om draait: menselijke waarden tegenover bijgelovigheid; beschaving tegenover barbarisme; geloof in de mens tegenover geloof in dogma's.

"Wat verwacht ik hier vanavond van u? Ik wil dat u de uitdaging waar onze kennis van goed en kwaad ons voor stelt, aanneemt. Ik wil dat u het manifest dat ik in grote lijnen heb geschetst, onderschrijft en het maakt tot een banier waar intelligente mannen en vrouwen zich omheen kunnen scharen.

"We staan op het punt de ruimte te gaan exploreren; we kunnen reeds beschikken over ongelimiteerde hoeveelheden energie. De dreiging van buitenaf die het communisme vertegenwoordigt is veel minder gevaarlijk dan de dreiging van binnenuit die is belichaamd in de Christelijke Kruistocht. Grote mogelijkheden wachten ons, en grote problemen. Hoe zullen we ze tegemoet treden: met de molensteen van het verleden rond onze nek? Of als trotse, onderzoekende, onafhankelijke mensen van de toekomst?

"Wat is uw antwoord? Als u het met mij eens bent, klap dan. En als u het niet met mij eens bent —" ze glimlachte "— mag u mij uitfluiten."

Ze wachtte. Tien seconden lang was het stil, seconden waarin je de toehoorders bijna kon horen denken. Oprecht enthousiasme streed tegen voorzichtigheid en conventionaliteit.

Plotseling begon iemand te klappen. Anderen volgden, het geluid zwol aan en vulde de zaal.

Jean ontspande zich op het spreekgestoelte. "Ik ben het niet die u heeft toegesproken; ik ben geen redenaar. Het was Donald Berwick die door mijn mond tot u sprak. Als Hugh Bronny het verleden symboliseert, dan is Donald Berwick de maatstaf voor de toekomst."

✳

Hugh lachte Don uit. "Sla dan. Je kunt me niet verwonden. Je zwaard is bot."

Don keek naar zijn zwaard en zag dat het van tin was. Uit een ooghoek ving hij een lichtflits op, en hij dook ineen. Hugh's zwaard suisde over zijn hoofd.

Pistool, dacht Don, en hij had een .45 in zijn hand.

Hugh's zwaard werd een monsterachtig grote revolver die gele projectielen spuwde die zo groot waren als handgranaten.

Don richtte en vuurde.

Er waren tegenwerpingen. Een levendige man met scherpe trekken zei: "Behelst uw voorstel een atheïstisch manifest? Dat kunnen we niet doen. Er zijn onder ons vele christenen, en moslims, joden, een paar boeddhisten, orthodoxe hindoes — naast vrijdenkers, unitariërs, agnostici en atheïsten."

"Nee," zei Jean, "ik vraag u niet het atheïsme te onderschrijven, of enig ander geloof. Het enige dat wij verklaren en accepteren, is dat er een mysterie is dat inherent is aan het universum en aan het waarom van het bestaan. Het staat iedereen vrij te denken wat hij wil. Ik verzet me niet tegen atheïsme, maar tegen een opgedrongen theïsme, en ieder ander opgedrongen dogma, zelfs dat van onszelf."

"Ik begrijp wat u bedoelt. In dat geval kunt u verzekerd zijn van mijn steun."

Godfrey Head richtte zich tot de voorzitter. "Ik stel voor dat we de bijeenkomst onderbreken, opdat we onmiddellijk bijeen kunnen komen als de Stichting voor Intellectuele Vrijheid — met als doel het opstellen van de verklaring waartoe Jean Berwick het voorstel heeft gedaan."

Don haalde de trekker van zijn pistool over. De kogel boorde zich in de loop van Hugh's enorme wapen. Hugh vuurde, en het gele projectiel gonsde langs Dons oor en explodeerde ergens achter hem.

Hugh sprong op hem af, en ze grepen elkaar beet. Een enorme arm omcirkelde Dons keel. Hugh drukte met zijn volle gewicht op Don in een poging hem op de grond te krijgen.

Don haalde wanhopig uit met zijn vuist en raakte Hugh op zijn neus. Hij voelde het kraakbeen breken. Toen bezweek hij onder het gewicht van Hugh en viel met een smak op de grond. Hugh's handen gingen naar Dons keel.

"Ik ruk je je kop van je romp," siste Hugh. "Ik scheur je aan stukken..."

De volgende dag maakte de Stichting voor Intellectuele Vrijheid zich aan de natie en de wereld bekend. De stichting werd meteen fel aangevallen door bepaalde georganiseerde godsdiensten, in het bijzonder door de Christelijke Kruistocht, en toegejuicht door mensen die zich pijnlijk bewust waren van het feit dat angst en onzekerheid hen ertoe hadden gebracht geloof te hechten aan twijfelachtige dogma's.

En wie was Jean Berwick? De vrouw van Bofkont Berwick — die gedood was toen hij zich verzette tegen de Christelijke Kruistocht!

Met een enorme krachtsinspanning wist Don Hugh van zich af te werpen. Ze krabbelden overeind en keken elkaar aan. Hugh had iets van zijn verpletterende zelfvertrouwen verloren, maar hij was zo mogelijk nog woester. Don werd groter, massiever.

Ze straalden beiden een koel blauw licht uit. De omgeving had een verandering ondergaan; ze stonden nu in een vallei tussen twee rijen lage zwarte heuvels.

"Hugh," zei Don, "ik zou je met mijn blote handen kunnen doden... Maar ik geef er de voorkeur aan je met mijn geest te vernietigen."

Jeffrey Hannevelt, voorzitter van de Vereniging van Unitariërs en van de Stichting voor Intellectuele Vrijheid, zei tegen de journalisten die hem interviewden: "We zouden Walter Spedelius, Casper Johnson en Gerald Henrick voor het gerecht kunnen dagen, en misschien zouden ze veroordeeld worden wegens samenzwering of staatsgevaarlijke activiteiten. Maar dat is niet genoeg. We moeten hen belachelijk en ongeloofwaardig maken. We zijn moderne mensen en hebben ons eigen lot in handen. Een nieuw tijdperk in de beschaving breekt aan, er is een heel nieuw cultuurpatroon aan het ontstaan. Het is aan ons hoe dat patroon uiteindelijk zal worden. Wat willen we? Het soort wereld waar mensen van dromen en waarop iedereen op hoopt? Of een wereld waarin de mensen moeten kruipen voor machthebbers en autoritaire denkbeelden — politiek, religieus, of anderszins? U weet wat het antwoord is. We hebben de mogelijkheid ons te ontwikkelen tot een niveau waarop de mensheid bereid is de verantwoordelijkheid voor haar eigen daden op zich te nemen, en waar ieder mens een individu is met een vrije wil."

"Zouden we kunnen stellen dat het in deze zaak draait om rationaliteit tegenover irrationaliteit? Goed tegenover kwaad?" vroeg een journalist.

"Het is te groot om in woorden te kunnen vatten," zei Jeffrey Hannevelt. "Maar de omschrijving wetenschap tegenover bijgeloof benadert het nog het meest."

Hugh dacht een knots in zijn handen en sprong ermee naar voren om Don te verpletteren. Don liep achteruit en projecteerde een glazen koepel over Hugh heen.

De koepel trok zich samen rond Hugh tot hij hem paste als een jas. Hugh verzette zich, en Don dacht een sterkere glazen huid om Hugh heen. Hugh zette een tegengedachte in, en het glas barstte en brak. Hugh stapte eruit als een vlinder die zijn cocon verlaat.

Hugh dacht een vlammenwerper. Vlak voor de vlam hem bereikte, dacht Don een metalen wand tussen hem en Hugh. De stroom vlammen boog af.

Don werd gered doordat Hugh naar boven keek; hij dacht zichzelf een kilometer achteruit. Op de plaats waar hij had gestaan, sloeg een stuk ijzer ter grootte van een kleine asteroïde in.

Don dacht een bekervormige hoeveelheid uranium links van Hugh en een kegelvormige hoeveelheid uranium rechts van Hugh, en dacht de twee vervolgens naar elkaar toe. Hugh zag de twee massa's naar elkaar toe flitsen maar vermoedde geen gevaar omdat ze niet op hem leken gericht. Met een blik van verachting deed hij een stap achteruit.

De twee massa's kwamen samen. Don dacht zichzelf duizend kilometer ver weg.

Gedachten zijn sneller dan straling, sneller dan schokgolven. De helse gloed verblindde Don, maar verder bleef hij ongedeerd.

Waar Hugh had gestaan bevond zich nu een gloeiende krater.

XXI

Op het terras van Godfrey Heads strandhuisje vijftien kilometer ten zuiden van Santa Barbara zaten Jean, Ivalee, Howard Rakowsky en Godfrey Head en zijn vrouw. Ze genoten van de stilte. Het was een zwoele avond, en de Stille Oceaan lag vlak en kalm, glinsterend onder een halvemaan.

"Zagen jullie dat?" zei Jean plotseling.

Godfrey Head zocht de hemel af. "Wat? Waar?"

"Een flits! Een groot licht!"

"Ik heb niets gezien," zei Head.

Rakowsky schudde zijn hoofd. Ivalee zei niets.

"Misschien hebben ze een atoombom laten ontploffen in Nevada."

De telefoon ging. Godfrey Head nam op, en ze hoorden zijn stem: "Hoeveel? Werkelijk?... Dat is geweldig. Het ziet ernaar uit dat we toch iets goeds tot stand hebben gebracht."

Hij kwam terug naar het terras. "Dat was Claiborne uit Los Angeles. De Christelijke Kruisvaarders hebben een enorme bijeenkomst georganiseerd in Gardena."

"O ja?"

"Er kwamen welgeteld driehonderd en twaalf mensen opdagen. Er loopt ook een aanhoudingsbevel tegen Spedelius. Verduistering van gelden."

"Die hebben het dus wel gehad," zei Rakowsky. "Vreemd. Als dergelijke bewegingen opkomen, lijken ze vreselijk gevaarlijk. Maar als de zeepbel gebarsten is en je ziet alles in het juiste perspectief, begrijp je niet dat je je er ooit zo druk over hebt gemaakt."

Godfrey vroeg aan Jean: "Hoe zit het met het parapsychologische onderzoek?"

"We gaan zo snel mogelijk weer beginnen. We hebben ons eigenlijk nog maar nauwelijks verdiept in de grote vragen. Wat is gedachtenstof? Dat is de fundamentele vraag. Bestond de gedachtenstof al voor de mens er was, voor er leven op aarde bestond? Heeft de geest zich aangepast aan een bestaande oceaan van gedachtenstof, of is gedachtenstof een voortbrengsel van de geest? Stel dat er leven op andere planeten is, gebruikt dat leven dan dezelfde gedachtenstof als wij? Hoe koppelen de chemische processen van de hersenen met de immateriële processen van de gedachtenstof? Wat is het mechanisme? Waar is de verbindende schakel?"

Rakowsky hief zijn hand op. "Dat is al ruimschoots genoeg om ons verscheidene maanden bezig te houden."

"Het zal natuurlijk niet meer zijn zoals vroeger. Ik wil niet terug naar Orange City… Misschien kunnen we hier ergens een laboratorium bouwen, langs de kust…" Ze stond op. "Excuseer me, ik ga een strand-wandeling maken."

"Wil je gezelschap?" vroeg Head.

"Nee, dank je."

Ze keken haar na terwijl ze wegliep. "Arm kind," zei Rakowsky. "Ze heeft heel wat meegemaakt."

Ivalee glimlachte. "Er staat Jean iets geweldigs te wachten."

Jean zat op een half in het zand begraven houten balk. Ze keek op — een man stond voor haar. Ze sprong overeind en deed een paar stappen achteruit.

"Je hoeft niet bang te zijn, Jean."

Het hart bonsde haar in de keel. "Ik ben niet bang."

Hij pakte haar handen en kuste haar. Zijn gezicht voelde warm aan, en zijn wangen waren bedekt met een stoppelbaard.

"Donald," zuchtte ze. "Je voelt echt aan."

"Ik ben echt."

"Ik wou dat het waar was, Donald…"

De branding ruiste zacht, en de sterren volgden de aloude patronen. Haar stem klonk ijl en ver weg.

"Ga zitten," zei Don, "dan zal ik het je uitleggen. Het is geen lang verhaal."

Ze liet zich langzaam op de balk zakken. "Hoe — hoelang kun je blijven?"

"Tot ik doodga."

"Maar — je bent al dood."

"En nu leef ik weer."

"Don, hou me niet voor de gek, als het niet waar is."

"Het is waar. Ik ben gestorven. Ik was een gedachte — hard en intens en afgerond. Ik materialiseerde. Weet je nog? Maar ik was niet hard en massief genoeg, geen echte materie, daarom gleed ik terug. En naarmate de gedachte aan intensiteit verloor, werd ik zwakker. Totdat ik met Hugh Bronny vocht. In het begin was hij heel sterk — een reus."

Jean knikte. "Op hetzelfde moment bestreden wij de Christelijke Kruisvaarders — en die waren in het begin ook heel sterk. Maar we hebben gewonnen — vanavond, om precies te zijn."

"Vanavond heb ik Hugh Bronny gedood."

Jean slaakte een zucht en lachte vermoeid. "Een dode die gedood wordt."

"Hij is niet volledig vernietigd. De kringloop gaat in het hiernamaals namelijk gewoon door. Wat er van Hugh over is, is de geest van zijn geest — een meelijwekkende, krachteloze verschijning."

"Ik begrijp het niet, Donald."

"Ik ook niet. Maar plotseling was ik heel sterk — intenser dan ik ooit geweest ben. Ik verlangde er hartstochtelijk naar bij jou te zijn. En hier ben ik."

"Ben je echt? Ben je het helemaal? Niet enkel de buitenkant?"

"Kijk naar me — raak me aan."

Ze deed het. "Zou het niet een — illusie kunnen zijn? Een zinsbegoocheling?"

"Ik ben echt. Misschien omdat het de eenvoudigste manier is. Een materieel lichaam moet zich kunnen bewegen. Wat ligt er meer voor de hand dan spieren die het in staat stellen zich te bewegen? En wat ligt er meer voor de hand dan materieel bloed om de spieren van voedsel en zuurstof te voorzien? En wat ligt er meer voor de hand dan materiële longen voor het uitwisselen van zuurstof en een materiële maag voor het verteren van voedsel? Is er een makkelijkere manier om een normaal menselijk wezen te simuleren dan door een menselijk wezen te *zijn*? Daar is helemaal niets mystieks of occults aan. Het is gewoon een kwestie van gezond verstand. Koolstofatomen vormen zich als ze onder hitte en druk worden samengeperst tot diamant, niet omdat diamant mooi is of omdat diamant een verborgen betekenis heeft — maar omdat dat nu eenmaal de vorm is waarin koolstofatomen kristalliseren. Heel eenvoudig. En zo is het bij mij ook gegaan."

"Don, kun je hier — voor altijd blijven?"

"Tot ik doodga. Ik ben nu van vlees en bloed."

Jean keek langs het strand naar de lichtjes van het strandhuisje. "Zullen we teruggaan en het aan de anderen vertellen?"

"Liever niet. Waar staat je auto?"

"Iets verderop, langs de weg."

"Kom, laten we gaan."

"Maar Howard dan, en Godfrey — Ivalee —"

"We bellen hen wel op vanuit Orange City."

Jean lachte zacht en gaf een klopje op zijn wang. "Zal ik mijn koffer gaan halen?"

"Haal liever je chequeboek," zei Don. "Ik had eigenlijk een zak vol twintigdollarbiljetten moeten materialiseren."

"Dat is valsemunterij," zei Jean. "Hoe kunnen we dit ooit aannemelijk maken?"

"Mijn terugkeer, bedoel je? Gewoon: Bofkont Berwick strompelde het brandende huis uit, leed een tijdlang aan geheugenverlies en kwam uiteindelijk weer bij zijn positieven."

"Er zit niets anders op dan het zo te brengen." Ze maakte aanstalten om te gaan, en aarzelde. "Kan ik ervan op aan dat je niet zult dematerialiseren?"

"Ja. Ik zal in de auto op je wachten."

Vijf minuten later arriveerde ze met haar koffer bij de auto. Ze zag hem niet. "Donald?" Ze keek in de auto. "Don! Waar ben je?" Een verschrikkelijke angst greep haar aan.

"Hier ben ik, achter je. Wat is er?"

"Niets." Ze stapte in en smeet het portier dicht. "Ik was even… bang."

"Je hoeft nergens bang voor te zijn." Hij startte de motor en zette de koplampen aan. De auto draaide de weg op en reed weg in zuidelijke richting, naar Los Angeles. De achterlichten werden een paar rode stippen en smolten samen tot een enkel lichtpuntje, dat even later verloren ging in het donker.

ZEIL 25

I

HENRY BELT KWAM de vergaderkamer inlopen, stapte op het podium en ging achter de lessenaar zitten. Een keer keek hij de kamer rond; een snelle, felle blik die zich nergens aan hechtte en bijna beledigend onverschillig over de acht jongemannen streek die tegenover hem zaten. Hij stak zijn hand in zijn zak en haalde er een potlood en een rood boekje uit, die hij voor zich op de tafel legde. De acht jongemannen keken in diepe stilte toe. Ze leken sterk op elkaar. Ze waren allemaal gezond, gladgeschoren en pienter en ze hadden dezelfde waakzame, oplettende uitdrukking op hun gezicht. Elk van hen kende de legenden over Henry Belt en stuk voor stuk hadden zij hun eigen plannen en hun eigen voornemens.

Henry Belt leek een vertegenwoordiger van een heel andere soort. Hij had een breed en vlak gezicht dat strak stond van spieren en kraakbeen; zijn huid had de kleur en het aanzien van varkensvet. Zijn schedel was bedekt met grove witte stoppels. Zijn ogen waren lepe spleetjes; zijn neus een misvormde bobbel. Hij had zware schouders, korte en kromme benen en zoals hij voor de acht jongemannen zat, leek hij een plompe hagedis tussen een groep sierlijke jonge kikkers.

"Allereerst," zei Henry Belt met een grijns waarin enkele tanden ontbraken, "wil ik duidelijk maken dat ik niet van jullie verwacht dat je me aardig vindt. Gebeurt dat wel, dan zal ik onaangenaam verrast zijn. Want het zou betekenen dat ik jullie niet stevig genoeg achter je broek heb gezeten."

Hij leunde naar achter en overzag de zwijgende groep. "Jullie hebben verhalen over mij gehoord. Waarom hebben ze mij niet uit de dienst getrapt? De onverbeterlijke, arrogante, gevaarlijke Henry Belt.

De dronkenlap Henry Belt. Dat laatste is uiteraard laster. Henry Belt is nog nooit van z'n leven dronken geweest. Waarom dulden ze mij? Daar is maar één reden voor, en dat is een heel eenvoudige: uit noodzaak. Niemand wil dit baantje hebben. Alleen iemand als Henry Belt kan ertegen: jaar na jaar in de ruimte met niets om naar te kijken behalve een half dozijn jonge larven met vragende smoelen. Hij neemt ze mee naar buiten, hij brengt ze weer terug. Niet allemaal, en niet alle exemplaren die terugkomen zijn astronauten geworden. Maar allemaal lopen ze een straatje om als ze hem aan zien komen. Als je 'Henry Belt' tegen ze zegt, worden ze bleek of juist knalrood. Niet een ervan kan erom lachen. Sommigen van hen hebben nu hoge banen. En ze zouden me de zak kunnen geven als ze dat wilden. Vraag ze maar waarom ze dat niet doen. Henry Belt is een ramp, zullen ze zeggen. Hij is doortrapt, hij is een tiran. Zo gemeen als een bijl en zo wispelturig als een vrouw. Maar een reis met Henry Belt blaast het schuim van het bier. Hij heeft heel wat mannen te gronde gericht, hij heeft er een paar vermoord, maar degenen die het overleven zijn er trots op dat ze kunnen zeggen: Ik ben opgeleid door Henry Belt!

"Nog iets wat ze jullie misschien zullen vertellen: dat Henry Belt geluk heeft. Maar stoor je daar niet aan. Jullie worden mijn dertiende klas en dat is het ongeluksgetal. Ik heb tot dusver tweeënzeventig padvinders zoals jullie meegenomen en ik ben twaalf keer teruggekomen, wat gedeeltelijk aan Henry Belt lag en gedeeltelijk geluk was. De reizen duren gemiddeld twee jaar — hoe kan iemand dat verdragen? Er is er maar één die dat kan: Henry Belt. Ik heb meer tijd in de ruimte doorgebracht dan welke levende ziel ook, en nu zal ik jullie een geheimpje vertellen: dit wordt mijn laatste reis. De laatste tijd schrik ik 's nachts wakker met vreemde visioenen. Na deze klas hou ik ermee op. Ik hoop dat jullie knapen niet bijgelovig zijn. Een vrouw met witte ogen heeft me gezegd dat ik in de ruimte dood zou gaan. Ze zei nog andere dingen, en die zijn allemaal uitgekomen. Wie weet? Als ik deze laatste tocht overleef, ben ik van plan een huisje op het land te kopen en rozen te gaan kweken." Met zijn handen in zijn zakken drukte hij zijn rug tegen de leuning van de stoel en bezag het groepje kalm geamuseerd. De jongeman die het dichtst bij hem zat, rook een drankkegel. Hij keek Belt scherp aan. Was de man nu al zat?

Belt vervolgde: "We zullen elkaar heel goed leren kennen. En jullie zullen je afvragen welke maatstaven ik aanleg bij mijn beoordeling. Ben ik objectief en eerlijk? Zet ik mijn vijandige gevoelens opzij? Natuurlijk zal er geen sprake zijn van vriendschap. Nou, mijn systeem werkt als volgt. Ik schrijf alles op in een rood boekje. Hier is het. Om te beginnen schrijf ik jullie namen op. U daar, meneer? Hoe heet u?"

"Ik ben kadet Lewis Lynch, meneer."

"En u?"

"Edward Culpepper, meneer."

"Marcus Verona, meneer."

"Vidal Weske, meneer."

"Marvin McGrath, meneer."

"Barry Ostrander, meneer."

"Clyde von Gluck, meneer."

"Joseph Sutton, meneer."

Henry Belt noteerde de namen in zijn rode boekje. "Zo werkt het systeem. Als jullie iets doen dat mij irriteert, krijg je strafpunten. Aan het eind van de reis tel ik die op, doe er hier en daar nog een paar bij naar het me invalt, en daardoor laat ik me leiden. Duidelijker kan het niet. Welke dingen irriteren mij? Ah, dat is moeilijk te voorspellen. Als je te veel praat: strafpunten. Als je nors en zwijgzaam bent: strafpunten. Als je luiert en de kantjes eraf loopt en je drukt voor het vieze werk: strafpunten. Als je overdreven ijverig bent en de hele tijd loopt te redderen: strafpunten. Kruiperig gedrag: strafpunten. Opstandigheid: strafpunten. Zingen en fluiten: strafpunten. Als je een niet kapot te krijgen verveeloor bent: strafpunten. Je snapt wel dat ik moeilijk kan aangeven hoe je je wél moet gedragen. Eén hint die je talrijke slechte aantekeningen kan besparen: geen geklets. Ik heb schepen gekend waar zo heftig geroddeld werd dat je er de stuurraketten mee kon stoken. Ik spioneer. Ik hoor alles. Ik hou niet van geroddel, vooral niet als het over mij gaat. Ik ben een gevoelig man, en mijn rode boekje gaat heel snel open als ik denk dat ik beledigd word." Hij zweeg even. "Nog vragen?"

Niemand zei iets.

Belt knikte. "Verstandig. Zo vroeg in het spel kun je beter niet te koop lopen met je onwetendheid. Hier komt wat informatie uit de losse pols. Ten eerste kun je aantrekken wat je wilt. Ik heb de pest aan uniformen.

Ik draag nooit een uniform. Ik heb nog nooit een uniform gedragen. Ten tweede, als je een godsdienst hebt, hou die dan voor je. Ik heb de pest aan godsdiensten. Ik heb altijd al de pest gehad aan godsdiensten. Om maar meteen antwoord te geven op de vraag die nu door jullie koppen gaat: nee, ik zie mijzelf niet als God. Maar zo mogen jullie mij wél zien, als je dat wilt. En dit —" hij stak het rode boekje omhoog "— mogen jullie beschouwen als het Syncretisch Compendium. Mooi zo. Vragen?"

"Ja meneer," zei Culpepper.

"Kom maar op, meneer."

"Heeft u bezwaar tegen alcoholische dranken aan boord, meneer?"

"Voor de kadetten ja, inderdaad. Ik geef toe dat we het water toch mee moeten nemen en dat de organische ingrediënten gekringloopt kunnen worden, maar helaas wegen de flessen veel te veel."

"Ik begrijp het, meneer."

Henry Belt stond op. "Een laatste woord. Heb ik al gezegd dat ik de baas ben op het schip? Als ik spring zeg, dan moeten jullie springen. Als ik huppelen zeg, moeten jullie huppelen. Als ik zeg dat je op je kop moet gaan staan, dan hoop ik ogenblikkelijk twaalf voeten te zien. Best mogelijk dat jullie vinden dat ik onredelijk ben — jullie zouden niet de eersten zijn. Na mijn tiende reis verklaarden verscheidene kadetten heftig dat ik onredelijk was geweest. Ik weet niet waar jullie ze zouden kunnen vinden om ze uit te horen, want ze zijn allemaal al lang geleden uit het ziekenhuis ontslagen. Maar nu begrijpen we elkaar wel. Of beter, jullie begrijpen mij, want het is niet nodig dat ik jullie begrijp. Wat wij gaan doen is natuurlijk gevaarlijk werk. Jullie veiligheid kan ik niet garanderen. Allesbehalve, vooral omdat we de ouwe Vijfentwintig toegewezen hebben gekregen, en die had al eeuwen geleden naar de sloop gemoeten. Jullie zijn nu met z'n achten. Er gaan maar zes kadetten mee. Voordat deze week afgelopen is, beslis ik wie hier blijven. Nog vragen?...Prima. Cheerio." Met de allerlichtste wankeling kwam hij van het podium af en weer ving Culpepper een alcoholgeur op. Hinkend op zijn magere benen alsof hij pijn aan zijn voeten had, verdween Henry Belt naar de gang.

Een ogenblik bleef het stil. Toen zei Von Gluck zacht: "Mijn hemel."

"Wat een tirannieke ouwe gek!" mopperde Weske. "Zoiets heb ik nog nooit meegemaakt! Pure megalomanie!"

"Rustig," zei Culpepper. "Vergeet zijn bevel niet: geen geroddel."

"Ach!" mompelde McGrath. "Dit is een vrij land en ik zeg verdomme wat ik wil."

"Meneer Belt zal zeker toegeven dat het een vrij land is," zei Culpepper. "En hij beoordeelt je ook zoals hij wil."

Weske hees zich overeind. "Nog een wonder dat niemand hem vermoord heeft."

"Ik zou het maar niet proberen," zei Culpepper. "Hij lijkt me ijzersterk." Met een gebaar stond hij op. Op zijn gezicht stond een peinzende frons. Hij stak zijn hoofd om de hoek van de deur en keek de gang in. Henry Belt stond naast de deur tegen de muur gedrukt. "Meneer," zei Culpepper vlot, "ik vergat te vragen wanneer u wilt dat we weer bij elkaar komen."

Belt wandelde weer naar de lessenaar. "Laten we het nu maar doen." Hij ging zitten en sloeg zijn rode boekje open. "U, meneer Von Gluck, maakte de opmerking 'Mijn hemel' op een kwetsende toon. Een strafpunt. Meneer Weske, u bediende zich van de woorden 'tirannieke ouwe gek' en 'megalomanie' in verband met mij. Drie strafpunten. Meneer McGrath, u merkte op dat vrijheid van meningsuiting de officiële leer van dit land is. Momenteel ontbreekt ons de tijd om dieper op deze theorie in te gaan, maar ik meen dat deze verklaring in de huidige context een ondertoon van insubordinatie had. Een strafpunt. Meneer Culpepper, uw onverstoorbare kalmte irriteert me. Ik zag liever dat u meer onzekerheid tentoonspreidde, of zelfs onbehagen."

"Het spijt me, meneer."

"Maar u dacht eraan uw collega's mijn regel in herinnering te brengen, en daarom zal ik u geen slechte aantekening geven."

"Dank u, meneer."

Henry Belt ging ontspannen zitten en staarde naar het plafond. "Luister goed, want ik heb geen zin om alles te herhalen. Maak desgewenst maar aantekeningen. Onderwerp: zonnezeilen, theorie en praktijk van. Hier zouden jullie al vertrouwd mee moeten zijn, maar ik neem het door om misverstanden te voorkomen.

"Ten eerste. Waarom vermoeien wij ons met zeilen terwijl nucleaire straalschepen zoveel sneller, betrouwbaarder en veiliger zijn, en bovendien makkelijker te navigeren én rechtstreeks naar het reisdoel te varen? Het antwoord is drieledig. In de eerste plaats is een zeil geen slechte manier om zware vrachten langzaam maar goedkoop door de ruimte te vervoeren. Ten tweede is de actieradius van het zeil onbeperkt, aangezien wij de mechanische druk van het licht gebruiken als stuwkracht en daarom geen aandrijving, reactiemassa of energiebron mee hoeven te nemen. Het zonnezeil is veel lichter dan met kernenergie aangedreven schepen en kan een grotere bemanning vervoeren in een grotere romp. Ten derde is er geen betere manier om iemand op te leiden voor de ruimte dan het omgaan met het zeil. Natuurlijk berekent de computer de stand van het zeil en de koers. Zonder de computer zouden we nergens zijn. Toch maakt het werken met het zeil je vertrouwd met de elementaire krachten van de kosmos: licht, zwaartekracht en ruimte.

"Er zijn twee types zeil, het zuivere zeil en het samengestelde zeil. Het eerste type werkt uitsluitend met zonne-energie terwijl het tweede nog een secundaire krachtbron heeft. Wij krijgen Zeil 25, dat van het eerste type is. Het zeilschip bestaat uit een romp, een grote paraboolreflector die zowel als radar- en radioantenne dienstdoet als reflector voor de generator, en het zeil zelf. De lichtdruk is uiteraard uitermate klein — op deze afstand van de zon in de orde van grootte van ongeveer 70 gram per hectare. Noodgedwongen moet het zeil dus buitengewoon groot en ook buitengewoon licht zijn. Wij gebruiken een fluorsiliconenfilm van 0,025 mm dik met een opgedampte laag lithium om hem ondoorschijnend te maken. Ik meen dat de lithiumlaag een twaalfhonderd moleculen dik is. Zo'n folie weegt ongeveer 1.450 kilogram per vierkante kilometer. Hij is bevestigd aan een hoepel van dunwandige buizen, vanwaar stagen van monokristalijzer naar de romp lopen.

"We proberen een gewichtsfactor van eenentwintighonderd kilo per vierkante kilometer te bereiken, wat een versnelling oplevert van tussen 1/100 en 1/1000 g, afhankelijk van de afstand tot de zon, de helling van het zeil, de omloopsnelheid rond de zon, de mate van reflectie van het oppervlak. Versnellingen van deze orde van grootte lijken minuscuul, maar als je het narekent is het cumulatieve effect ervan enorm. 1/100 g levert een snelheidsvermeerdering van dertienhonderd kilometer per uur per uur op, negenentwintigduizend kilometer per uur per dag, ofwel acht kilometer per seconde per dag. Met dit tempo zijn interstellaire afstanden makkelijk te overbruggen — als je het zeil maar goed hanteert, maar dat hoef ik er nauwelijks bij te zeggen.

"De voordelen van het zeil heb ik al genoemd. Het kan goedkoop worden gebouwd en het is goedkoop in het gebruik. Er is geen brandstof en geen reactiemassa nodig. Al reizend door de ruimte vangt het enorme zeiloppervlak diverse ionen, die uitgestoten kunnen worden via de plasmastraal die zijn energie krijgt van de parabolische reflector om aldus de versnelling nog extra te verhogen.

"De nadelen van het zeil zijn dezelfde als de nadelen van het zweefvliegtuig en het zeilschip en bestaan erin dat we bepaalde natuurkrachten heel precies en zorgvuldig moeten aanwenden.

"De maten van het zeil zijn niet aan bepaalde grenzen gebonden. Op Vijfentwintig werken we met ongeveer tien vierkante kilometer zeil. Voor deze reis monteren we een nieuw zeil omdat het oude nogal versleten en verweerd is.

"Dat is alles voor vandaag." Opnieuw hinkte Henry Belt van de lessenaar weg en de gang in. Deze keer werd er na zijn vertrek niet gepraat.

II

De acht kadetten sliepen op één zaal, gingen samen naar school en deelden een tafel in de mess. "Jullie denken al dat je elkaar goed kent," zei Henry Belt. "Wacht maar tot we in de ruimte zijn. De overeenkomsten, de zaken waarover jullie het eens zijn worden dan onzichtbaar, terwijl de verschillen blijven."

In verschillende werkplaatsen en laboratoria zetten de kadetten allerlei instrumenten en apparaten in elkaar, demonteerden ze en monteerden ze opnieuw, zoals computers, pompen, generators, gyroplatforms, sterrenzoekers en communicatietoestellen. "Het is niet genoeg als je handig bent," zei Henry Belt. "Handvaardigheid is niet voldoende. Vindingrijkheid, creativiteit, het vermogen om succesvol te improviseren — die zijn belangrijker. Maar we zullen jullie wel testen." En na verloop van tijd werden alle kadetten naar een kamer gebracht waarvan de vloer bezaaid was met bergen onderdelen, machinehuizen, draden, raderen en de ingewanden van een tiental verschillende mechanismen. "Deze test duurt zesentwintig uur," kondigde Belt aan. "Elk van jullie heeft een identieke berg onderdelen en gereedschap. Jullie mogen geen onderdelen of informatie uitwisselen. Degenen die ik ervan verdenk dat ze het toch doen, worden zonder getuigschrift van school gestuurd. Wat ik wil dat jullie nu gaan bouwen is ten eerste een normale Aminex Mark Nine computer. Ten tweede een servomechanisme dat een massa van tien kilo op Mu Hercules moet kunnen oriënteren. Waarom kies ik juist Mu Hercules?"

"Omdat het zonnestelsel zich in de richting van Mu Hercules voortbeweegt en we daardoor parallaxfouten vermijden, meneer. Hoe verwaarloosbaar die fouten ook zijn."

"Die laatste toevoeging riekt naar scherts, meneer McGrath, en leidt slechts de aandacht af van degenen die hun best doen om mijn instructies nauwkeurig in zich op te nemen. Een strafpunt."

"Het spijt me, meneer. Ik wilde alleen tonen dat ik mij bewust ben van het feit dat voor veel praktische doeleinden zo'n mate van accuratesse onnodig is."

"Dat is wel zó'n elementair punt, kadet, dat we er niet eens op in hoeven gaan. Ik stel prijs op bondigheid en precisie."

"Ja meneer."

"Ten derde moeten jullie uit deze materialen een communicatiestelsel maken met een vermogen van honderd watt dat gesprekken over en weer tussen de Tycho Basis en Phobos mogelijk maakt, op iedere golflengte die jullie geschikt achten."

Alle kadetten begonnen op dezelfde manier, door de materialen op stapeltjes te sorteren en vervolgens de testinstrumenten te kalibreren en controleren. Daarna liepen de verrichtingen uiteen. Culpepper en Von Gluck, die tot de conclusie kwamen dat het niet alleen een test van technisch vernuft was maar ook een ergernisproef, ontstaken niet in opwinding toen verscheidene onmisbare onderdelen hetzij ontbraken, hetzij niet functioneerden, en daarom gingen ze met elk van de drie projecten alleen zover als uitvoerbaar. McGrath en Weske, die met de computer begonnen, stonden al spoedig woedend met de handen in het haar te prutsen. Lynch en Sutton bleven koppig bezig met de computer; Verona hield niet op met de communicator.

Culpepper slaagde er als enige in een van de drie instrumenten te voltooien en wel door stukken van twee gebroken kristallen bij te zagen, te polijsten en aan elkaar te lijmen totdat hij een primitieve en inefficiënte maar functionerende laser had.

De dag na deze proef verdwenen McGrath en Weske uit de slaapzaal — of dat uit eigen beweging gebeurde of op bevel van Belt, wist niemand.

Na de test kregen de kadetten weekendverlof. Lynch ging naar een cocktailparty en raakte daar in gesprek met een luitenant-kolonel Trenchard, die medelijdend het hoofd schudde toen hij hoorde dat Lynch les kreeg van Henry Belt.

"Ik ben zelf ook naar boven geweest met Ouwe Gruwel. Echt, het was een wonder dat we ooit teruggekomen zijn. Twee derde van de reis was hij dronken."

"Hoe weet hij dan steeds te voorkomen dat hij voor de krijgsraad wordt geroepen?" vroeg Lynch met een onwillekeurige blik over zijn schouder, uit angst dat Belt achter hem stond met zijn rode boekje.

"Dat is heel eenvoudig te verklaren. Alle hoge bazen schijnen les van hem te hebben gehad. Uiteraard kunnen ze hem allemaal wel kelen maar ze zijn er ook allemaal trots op. En misschien hopen ze wel dat op een mooie dag een van de kadetten hem sloopt."

"Is dat ooit geprobeerd?"

"O zeker. Ik heb hem zelf eens een optater willen geven. Ik bofte dat ik er met een gebroken sleutelbeen en twee verstuikte enkels afkwam. En hij was niet eens boos. Goeie ouwe Henry, de klootzak. Als je levend terugkomt — en dat is geen flauwekul — dan maak je een goeie kans om aan de top te komen."

Lynch huiverde. "Is het twee jaar met Henry Belt waard?"

"Ik heb er geen spijt van. Nu niet," zei Trenchard. "Met welk zeil ga je?"

"De ouwe Vijfentwintig."

Trenchard schudde meewarig zijn hoofd. "Dat is een oudje. Die zit met touwtjes aan elkaar."

"Dat heb ik gehoord," zei Lynch triest. "Als ik niet zo ijdel was hield ik er morgen nog mee op. Ik kan best verzekeringspolissen leren verkopen, of op een kantoor gaan werken…"

*

De volgende avond kwam Belt met het grote nieuws. "Dinsdagmorgen gaan we omhoog. Dan moeten jullie gepakt en gezakt klaarstaan. Voor die tijd kun je nog een laatste blik op het decor van je jeugd werpen. We blijven ettelijke maanden weg."

Dinsdagochtend namen de kadetten hun plaats in de engelenwagen in. Na enige tijd verscheen Belt. "Jullie laatste kans om je hachje te redden. Hebben er nog mensen bedacht dat ze eigenlijk toch geen astronauten zijn?"

De piloot van de engelenwagen was een grapjas. "Kom, Henry, gedraag je. Je maakt alleen jezelf bang."

Henry Belt keerde hem woest zijn donkere, vlakke gezicht toe. "Is dat zo, heerschap? Ik betaal je tienduizend dollar als je van plaats ruilt met een van deze kadetten."

De piloot schudde zijn hoofd. "Voor honderdduizend nog niet, Henry. Binnenkort laat je geluk je in de steek en dan zweeft er voor eeuwig een treurige doodskist door de ruimte."

"Daar reken ik op. Als ik aan een dikke buik dood wilde gaan, nam ik jouw baan wel."

"Als je nuchter wist te blijven, Henry, geven ze je misschien wel een kansje."

Belt grijnsde als een wolf. "Als ik dronken ben, ben ik nog altijd stukken beter dan jij als je nuchter bent, kerel, behalve met m'n mond. In alle opzichten die je maar kunt bedenken, van fandango tot catch-as-catch-can."

"Ik zou me schamen als ik een oude man mishandelde, Henry. Je hebt niets te vrezen."

"Nou bedankt. Als je dan zover bent, wij zitten te wachten."

"Hou je hoed maar vast. Ik tel af..." Het projectiel zette zich af tegen de grond, spande zich verschrikkelijk in, rees op en scheerde de hemel in. Een uur later wees de piloot naar buiten. "Daar hangt jullie boot, de ouwe 25. En de 39 hangt ernaast. Die is net terug uit de ruimte."

Henry Belt staarde ontsteld naar buiten. "Wat hebben ze met het schip uitgevoerd? Wat zijn dat voor versieringen? Dat rood? En dat wit? En het geel? En dat blokpatroontje?"

"Daar mag je een of andere idiote walslurp voor bedanken," zei de piloot. "Er kwam bevel van beneden om de schepen een beetje op te tutten voor een kudde bezoekende parlementsleden. En zo geschiedde."

Belt wendde zich tot de kadetten. "Kijk goed naar deze onzin. Het resultaat van ijdelheid en onwetendheid. Het gaat ons dagen kosten om de verf er weer af te halen."

De engelenwagen zweefde naar de twee zeilen. 39 was net binnen uit de ruimte en zag er keurig en glanzend uit naast de toegetakelde 25. In de sluis van 39 wachtte een groep mannen. Hun bagage zweefde in de ruimte aan het eind van lijnen.

"Kijk naar die mannen," zei Belt. "Ze zijn vrolijk en kwiek. Ze hebben een pleziertochtje rond de planeet Mars gemaakt. Ze zijn slecht geoefend. Als jullie terugkomen, ben je broodmager en vertwijfeld. Jullie worden goed geoefend."

"Als jullie het overleven," merkte de piloot op.

"Dat valt nu eenmaal niet te voorspellen," zei Belt. "Zo heren, maak uw helm vast, dan stappen we over."

De kadetten gehoorzaamden. Belts stem klonk over de radio. "Lynch en Ostrander blijven hier om de lading te lossen. Verona, Culpepper, Von Gluck en Sutton springen met lijnen naar het schip; laad de bagage over en berg die netjes op."

Belt ontfermde zich over zijn eigen bagage, die uit enkele grote kisten bestond. Hij duwde ze de ruimte in, klemde er lijnen aan en stootte ze af in de richting van 25, waarna hij ze achterna sprong. Hij trok zichzelf en de kisten de sluis in en verdween naar binnen.

De kadetten losten de lading. De bemanning van de 39 stapte over op de pont en deze daalde af richting Aarde.

Toen alles opgeborgen was, verzamelden de kadetten zich in de grote kajuit. Henry Belt verscheen in de deur van de schipperskajuit. Hij droeg een zwart T-shirt dat strak aansloot op de gespierde omtrekken van zijn bovenlichaam en een korte zwarte broek. Zijn magere benen staken in sandalen met magnetische draden in de zool.

"Heren," zei hij zacht. "Eindelijk zijn we dan alleen. Wat zegt u van de omgeving? Meneer Culpepper?"

"Het is een ruim schip, meneer. Het uitzicht is buitengewoon."

Belt knikte. "Meneer Lynch? Wat zijn uw indrukken?"

"Ik ben bang dat ik nog even moet wennen, meneer."

"Ah. En u, meneer Sutton?"

"De ruimte is groter dan ik verwachtte, meneer."

"Juist. De ruimte is onvoorstelbaar. Een goede astronaut is groter dan de ruimte of hij negeert hem. Dat is allebei lastig. Wel, heren, ik zal nu enkele opmerkingen maken en daarna trek ik me terug en geniet van de reis. Omdat dit mijn laatste tocht is, ben ik van plan helemaal niets te doen. Het runnen van het schip laat ik geheel aan u over.

"Ik maak alleen van tijd tot tijd mijn opwachting om welwillend glimlachend rond te kijken of om — helaas! — aantekeningen te maken in mijn rode boekje. Formeel gesproken voer ik het gezag, maar jullie zes mogen de volledige macht over het schip uitoefenen. Als u ons veilig terugbrengt naar de Aarde zal ik goedkeurende aantekeningen in mijn boekje maken. Als u ons naar de kelder jaagt of in de zon laat storten, dan zult u dat erger vinden dan ik, aangezien het mijn lot is om in de ruimte te sterven. Meneer Von Gluck, bespeur ik daar een meesmuilende grijns op uw gelaat?"

"Nee meneer, dat is een bedachtzame flauwe glimlach."

"En wat is er zo amusant aan het denkbeeld van mijn verscheiden, als ik vragen mag?"

"Dat zal een grote tragedie zijn, meneer. Ik mijmerde slechts over de hardnekkigheid in deze tijd van, ja, niet precies bijgeloof, maar laat ons zeggen de overtuiging dat er een subjectieve kosmos bestaat."

Henry Belt maakte een aantekening in zijn rode boekje. "Ik begrijp echt niet wat u met dit barbaarse jargon bedoelt, meneer Von Gluck, maar het is duidelijk dat u zichzelf heel wat mans waant als wijsgeer en dialecticus. Daar heb ik geen bezwaar tegen, zolang uw opmerkingen geen ondertonen van boosaardigheid en impertinentie verhullen, waarvoor ik buitengewoon gevoelig ben. Wat de hardnekkigheid van bijgeloof aangaat, alleen een verarmde geest waant zichzelf de schatkamer van absolute kennis. Hamlet bracht dit onderwerp ter sprake tegenover Horatio, herinner ik me, in het bekende werk van William Shakespeare. Ikzelf heb angstaanjagende en onthutsende dingen gezien. Waren dat zinsbegoochelingen? Manipuleerde de kosmos mijn geest of de geest van iemand — of iets — anders dan ikzelf? Ik weet het niet. Daarom raad ik u aan een soepele houding in te nemen ten opzichte van zaken waarover de waarheid nog niet vaststaat. En wel om deze reden: de kracht van een onverklaarbare ervaring kan een te broze geest heel makkelijk vernietigen. Ben ik zo duidelijk genoeg?"

"Volmaakt duidelijk, meneer."

"Uitstekend. We gaan verder. We zullen een wachtrooster opstellen waarbij elk van u op zijn beurt samenwerkt met elk van de andere vijf. Zo hoop ik het ontstaan van speciale vriendschappen en klieken te voorkomen. Zulke verhoudingen irriteren mij, en dat weerspiegelt zich in mijn aantekeningen.

"U heeft het schip geïnspecteerd. De romp is een sandwich van lithiumberyllium, isolatieschuim, vezelmateriaal en een binnenhuid. Heel licht, en de romp blijft eerder star door de luchtdruk dan door de sterkte van het materiaal. Daardoor hebben we voldoende ruimte om de benen te strekken en ons allemaal enige privacy te verschaffen.

"De schippershut is hier links; onder geen beding mag iemand daar binnengaan. Als u mij wilt spreken, klop dan aan. Als ik kom, prima. Kom ik niet, ga dan weg. Rechts ziet u zes kamertjes die u nu onder elkaar mag verloten. Elk van u heeft evenveel recht op privacy als ik. Houd uw privébezittingen in uw kamer. Het is weleens voorgekomen dat ik rondslingerende artikelen die ik bij herhaling in de grote kajuit tegenkwam, in de ruimte heb geworpen.

"Uw rooster ziet er zo uit: twee uur studie, vier uur wacht, zes uur vrij. Ik eis geen bepaald tempo van vorderingen in uw studie, maar ik raad u aan uw tijd goed te gebruiken.

"Onze bestemming is Mars. Spoedig zullen we een nieuw zeil construeren en dan, terwijl de baansnelheid toeneemt, controleert en test u zorgvuldig alle instrumenten aan boord. Elk van u berekent de helling van het zeil en de koers en onderling vereffent u alle eventuele afwijkingen die zich mogen voordoen. Ik zal mij niet met de navigatie bemoeien. Ik geef er de voorkeur aan als u mij niet in een ramp stort. Mochten er rampen plaatsgrijpen, dan komt dat de verantwoordelijke personen op een heel slechte aantekening te staan.

"Zingen, fluiten en neuriën zijn verboden, evenals het ophalen van de neus, neuspeuteren, smakken met de lippen en het laten knakken van knokkels. Ik keur angst en hysterie af, en dat blijkt uit mijn beoordeling. Niemand gaat meer dan één keer dood en we zijn goed op de hoogte van de risico's van deze door u zelf gekozen onderneming. Aan practical jokes zullen wij niet doen. U kunt onderling vechten, zolang u mij niet stoort en geen instrumenten vernielt, maar ik raad het u toch af, aangezien het tot wrok leidt, en ik heb meegemaakt dat kadetten elkaar vermoordden. Ik raad u aan elkaar kalm en onbevangen te bejegenen. Het gebruik van de microfilmprojector is natuurlijk naar uw keuze. De radio mag u niet gebruiken, niet voor het zenden van berichten noch voor het ontvangen daarvan. Ik heb de radio trouwens buiten bedrijf gesteld, dat doe ik altijd. Hiermee leg ik er de nadruk op dat wij op eigen kracht moeten vertrouwen, of we het nu halen of niet. Heeft iemand vragen?...Mooi zo. U zult merken dat als u zich allemaal angstvallig correct en accuraat gedraagt, wij na verloop van tijd gezond en wel terug zullen keren met een minimum aan strafpunten en zonder slachtoffers. Maar ik moet wel zeggen dat dit bij de vorige twaalf reizen niet gelukt is."

"Misschien wordt dit de eerste keer, meneer," zei Culpepper.

"We zullen zien. Nu mag u de kamers verdelen, uw bagage opbergen en het schip in het algemeen op orde brengen. Morgen bezorgt de pont het nieuwe zeil en dan gaat u aan het werk."

III

De pont leverde een grote baal buiswerk van acht centimeter doorsnede af. De buis bestond uit flinterdun lithium dat gehard was met beryllium en versterkt met vezels van monokristalijzer. De totale lengte was dertien kilometer. De kadetten bevestigden de buizen aan elkaar en lijmden de voegen. Toen de buis vierhonderd meter lang was, werd hij in een boog getrokken met een lijn die tussen de twee uiteinden was gespannen en daarna werden er weer nieuwe buisdelen aan vastgemaakt. Naarmate het werk vorderde, beschreef het verste eind van de boog een enorme bocht en uiteindelijk kwam hij weer terug naar de romp. Toen de laatste buis op zijn plaats zat, werd het losse eind binnengehaald en vastgezet zodat er een grote hoepel met een middellijn van vierduizend meter ontstond.

Henry Belt kwam af en toe naar buiten in zijn ruimtepak om toe te kijken en soms maakte hij een korte, sardonische opmerking waaraan de kadetten weinig aandacht besteedden. Ze vonden het enorm opwindend om gewichtloos te zijn en boven de grote, met wolken overdekte wereldbol te zweven terwijl de continenten en oceanen onder hen door draaiden. Alles leek mogelijk, zelfs de oefenreis met Henry Belt! Als hij hun werk kwam inspecteren, grijnsden ze elkaar toegeeflijk toe. Belt leek plotseling een nogal meelijwekkend creatuur, een zielige vagebond die nergens goed in was behalve in dronken gesnoef. Wat een geluk dat zij minder naïef waren dan Belts vorige klassen! Die hadden hem serieus genomen, en hij had een schrikbewind uitgeoefend en hen tot lillende brokjes angst gereduceerd! Maar dat overkwam deze bemanning niet, allesbehalve! Zij hadden Belt door. Geef hem gewoon geen aanleiding om je uit te kafferen, doe je werk en blijf vrolijk. De oefenreis duurt maar een paar maanden en dan begint het ware leven. Maak er eenvoudig het beste van en negeer Henry Belt zoveel mogelijk.

De groep had zijn leden al gewogen en was tot een serie handzame etiketten gekomen. Culpepper was minzaam, vlot, gemoedelijk. Lynch: een opgewonden standje, een ruziezoeker, iemand die altijd gelijk moest hebben. Von Gluck: het artistieke temperament, bedreven met zijn handen en fijngevoelig. Ostrander was preuts, kieskeurig, al te precies en te netjes. Sutton somber, argwanend, altijd bezig zich met anderen te meten. Verona was de stevige doordouwer, een ruwe bolster maar volhardend en betrouwbaar.

De glanzende hoepel wentelde om de romp en nu bracht de pont het zeil, een dikke rol donker glanzend materiaal. Uitgevouwen en afgerold, en daarna nog vele malen uitgevouwen, werd het een taaie, glanzende film zo dun als goudblad. Helemaal uitgeslagen was het een wazig glinsterende schijf die al rimpelde en bobbelde onder het licht van de zon. De kadetten bevestigden de film aan de hoepel, trokken hem zo strak als een trommelvel en lijmden hem op zijn plaats. Nu moest het zeil zorgvuldig met de zijkant naar de zon worden gehouden, anders zou het zich snel verwijderen met een stuwkracht van ongeveer vijftig kilo.

Vanaf de rand werden gevlochten ijzerdraden naar een ring achterop de parabolische reflector geleid. Hiernaast viel het enorme instrument in het niet, precies zoals de romp naast de reflector verbleekte. Nu was het zeil gereed om te vertrekken.

De pont bracht de laatste benodigdheden: water, voedsel, reserve-onderdelen, een nieuw magazijn voor de microfilmviewer en de post. En toen beval Henry Belt: "Onder zeil gaan."

Dit bestond uit het draaien van het zeil totdat het het zonlicht opving terwijl de romp zich rond de Aarde van de zon af bewoog, en het zeil evenwijdig aan de zonnestralen richten tijdens het deel van de tocht in de richting van de zon; kortom, het opbouwen van een baan-snelheid die na verloop van tijd de banden van de aardse zwaartekracht zou slaken zodat Zeil 25 richting Mars zou zweven.

In deze periode controleerden de kadetten ieder uitrustingsstuk aan boord van het schip. Sommige van de instrumenten ontlokten hun een grimas van ontzetting en weerzin: 25 was een oud schip en antiek uitgerust. Henry Belt scheen zich te vermaken met hun gemopper. "Dit is een oefenreis, geen pleziertochtje. Als u vertroeteld had willen worden, had u een baantje op de grond moeten nemen. Ik waarschuw u, heren, ik heb geen sympathie voor mensen die overal gebreken zien. Als u een voorbeeld wilt om uw gedrag naar te richten, kijk dan naar mij. Ik aanvaard alle wisselvalligheden blijmoedig. U zult mij nooit horen vloeken of mij verbijsterd met mijn armen zien zwaaien als het geluk een keer neemt."

De zwaarmoedige, peinzende Sutton, die meestal het beschroomdst van de kadetten was, waagde een onbezonnen grapje. "Als wij u tot voorbeeld namen, meneer, dan konden we ons niet meer verroeren tussen alle kratten whisky."

Daar verscheen het rode boekje. "Buitengewoon brutaal, meneer Sutton. Hoe kunt u zich zo makkelijk tot boosaardige opmerkingen verlagen? U zult de scherpe kantjes van uw geestigheid moeten inslik-ken, anders wordt u niet populair."

Sutton bloosde hevig en zijn ogen glinsterden. Zijn mond ging al open, maar hij sloot hem vastberaden weer. Henry Belt, die beleefd had gewacht, wendde zich af. "De heren zullen merken dat ik streng vasthoud aan mijn eigen gedragsregels. U kunt de klok op mij gelijkzetten. Er be-staat geen betere, opgewektere scheepsmaat dan Henry Belt. Een eerlij-ker man zult u nergens vinden. Meneer Culpepper, u wilde iets zeggen?"

"Niets van belang, meneer. Ik ben alleen dankbaar dat ik deze reis niet maak met een minder opgewekte, eerlijke en stipte man dan u."

Belt woog het gezegde. "Eigenlijk kan ik geen aanstoot nemen aan deze opmerking. Weliswaar bespeur ik een zweem van zurigheid en rakelingse laster, maar ja, ik geef u het voordeel van de twijfel en ik aanvaard uw opmerking zonder er iets achter te zoeken."

"Dank u, meneer."

"Maar ik moet u waarschuwen, meneer Culpepper, dat uw gedrag een zekere ongedwongenheid heeft die mij zorgen baart. Ik geef u de raad meer ernst te maken met een vertoon van oprechtheid, wat het risico op een misverstand zal verkleinen. Iemand die minder ruimhartig was dan ik, zou uw opmerking heel goed brutaal gevonden kunnen hebben en u een strafpunt hebben gegeven."

"Ik begrijp het, meneer, en ik zal mijn best doen om de kwaliteiten die u noemde te cultiveren."

Belt had niets meer te zeggen. Hij liep naar het raam en keek naar het zeil. Onmiddellijk keerde hij zich op zijn hakken om. "Wie heeft de wacht?"

"Sutton en Ostrander, meneer."

"Heren, heeft u niet naar het zeil gekeken? Het is overstag gegaan en is bezig zijn achterkant naar de zon te keren. Over tien minuten zitten wij verstrikt in honderd kilometer staglijnen."

Sutton en Ostrander kwamen ijlings in actie. Henry Belt schudde misprijzend het hoofd. "Hier ondervindt u aan den lijve precies wat bedoeld wordt met de woorden 'onachtzaamheid' en 'onoplettendheid'. U twee hebt een ernstige fout gemaakt. Dit is een voorbeeld van slecht zeemanschap. Het zeil moet altijd zo'n positie hebben dat de stagen gespannen blijven."

"Er schijnt iets mis te zijn met de sensor, meneer," hakkelde Sutton. "Die hoort ons te waarschuwen wanneer het zeil achter ons zwaait."

"Ik vrees dat ik u een extra strafpunt moet geven wegens het verzinnen van een smoes, meneer Sutton. Het is uw taak om u zich ervan te vergewissen dat alle waarschuwingsseinen te allen tijde goed functioneren. Men moet de instrumenten nimmer zien als een surrogaat voor waakzaamheid."

Ostrander keek op van het regelbord. "Iemand heeft de schakelaar uitgezet, meneer. Ik zeg dit niet als smoes maar als verklaring."

"Het onderscheid tussen die twee is vaak wazig, meneer Ostrander.

Knoop mijn woorden over het onderwerp waakzaamheid alstublieft goed in uw oren."

"Ja meneer, maar — wie heeft de schakelaar uitgedaan?"

"Zowel u als meneer Sutton zijn in theorie druk bezig zulke ongelukjes en voorvallen te voorkomen. Heeft u niet gezien wie dat deed?"

"Nee meneer."

"In dat geval zou ik u van nieuwe onoplettendheid en plichtsverzuim kunnen betichten."

Ostrander keek Belt een poos lang weifelend, schuins aan. "De enige van wie ik mij herinner dat hij in de buurt van het regelbord is geweest, meneer, bent uzelf. En ik weet zeker dat u zoiets niet zou doen."

Belt schudde treurig zijn hoofd. "In de ruimte moet u er nooit op rekenen dat de anderen zich rationeel gedragen. Nog maar enkele ogenblikken geleden beschuldigde meneer Sutton mij ten onrechte van een ongewone dorst naar whisky. Stel dat dit het geval was. Stel, zuiver als voorbeeld van ironie, dat ik inderdaad whisky had gedronken en dat ik inderdaad dronken was?"

"Ik zal beamen dat alles mogelijk is, meneer."

Belt schudde weer zijn hoofd. "Dat soort opmerking, meneer Ostrander, ben ik van meneer Culpepper gaan verwachten. Een betere reactie zou zijn geweest: 'Voortaan zal ik mijn best doen om iedere denkbare eventualiteit op te vangen.' Meneer Sutton, maakte u een sissend geluid tussen uw tanden?"

"Ik haalde adem, meneer."

"Ademt u alstublieft minder geestdriftig. Een achterdochtiger persoon dan ik zou u wellicht een slechte aantekening geven wegens mokken en het koesteren van zwartgallige gedachten."

"Het spijt me, meneer. Ik zal in stilte ademhalen."

"Uitstekend, meneer Sutton." Belt begon heen en weer te dwalen door de kajuit. Hij keek onderzoekend naar instrumentenkastjes, fronste als hij vlekjes op glanzend metaal tegenkwam. Ostrander mompelde iets tegen Sutton en beiden hielden Belt nauwlettend in de gaten terwijl hij rondliep. Even later wankelde Belt naar hen toe. "U toont grote belangstelling voor mijn doen en laten, heren."

"Wij waakten tegen een nieuwe onwaarschijnlijke eventualiteit, meneer."

"Heel goed, meneer Ostrander. Ga zo door. In de ruimte is niets onmogelijk. Dat kan ik u persoonlijk garanderen."

IV

Henry Belt stuurde alle bemanningsleden naar buiten om de verf van het oppervlak van de paraboolreflector weg te halen. Toen dit gebeurd was, werd het licht van de zon geconcentreerd op een groot oppervlak met foto-elektrische cellen. De zo opgewekte energie werd gebruikt om plasmastralen op gang te brengen die de ionen uitstootten welke door het enorme zeil werden opgevangen, zodat de versnelling van het schip nog meer toenam en de ontsnappingssnelheid steeds dichter werd benaderd. En ten slotte, op het moment dat de computer had aangewezen, vertrok het schip van de Aarde en zweefde de ruimte in op weg naar de baan van Mars. Met een versnelling van 1/100 g nam de snelheid vlug toe. De Aarde werd klein en het schip hing geïsoleerd in de ruimte. De uitbundige stemming van de kadetten maakte plaats voor een bijna treurige plechtigheid. Het beeld van de verdwijnende en slinkende Aarde is een ontzagwekkend symbool dat gelijkstaat met een eeuwig verlies, met het sterven zelf. De meer ontvankelijke kadetten — Sutton, Von Gluck, Ostrander — konden niet met droge ogen naar achter kijken. Zelfs de minzame Culpepper voelde ontzag voor de luister van het schouwspel — de zon een ondraaglijk fel gat in de ruimte, de Aarde een mollige parel rollend op zwart fluweel tussen myriaden fonkelende diamanten. En weg van de Aarde, weg van de zon, opende zich een verheven panorama van een totaal andere dimensie. Voor het eerst kregen de kadetten een vaag idee dat Henry Belt inderdaad vreemde visioenen had gezien. Hier was de dood, hier was vrede, eenzaamheid, sterrenstralende schoonheid die geen vergetelheid in de dood beloofde, maar de eeuwigheid... Stromen en plassen van sterren... de bekende sterrenbeelden, de sterren met hun fiere namen die zich presenteerden als helden: Achernar, Fomalhaut, Sadal Suud, Canopus...

Sutton durfde niet te kijken. "Het komt niet doordat ik bang ben," zei hij tegen Von Gluck, "of ja, misschien is het wel angst. Het lokt me, trekt me erheen... Op den duur zal ik er wel aan wennen."

"Ik weet het niet zo zeker," zei Von Gluck. "Het zou me niets verbazen als de ruimte een verslaving kon worden, een behoefte — zodat je altijd koortsig en ademloos bent wanneer je op Aarde bent."

Het leven werd allengs een sleur. Henry Belt leek geen mens meer maar een grillig aspect van de natuur, als een storm of de bliksem; en net als een natuurramp kende Belt geen gunstelingen, en hij vergaf geen enkele geringschatting. Op de kamers van de kadetten na ontsnapte geen enkel hoekje van het schip aan zijn aandacht. Altijd stonk hij naar whisky, en de kadetten vroegen zich stiekem af hoeveel drank Belt wel niet aan boord had gebracht. Maar hoe hij ook stonk of op zijn benen waggelde, zijn ogen bleven schrander en kalm, hij sprak zonder een letter in te slikken en zijn stem bleef vreemd helder en zoetgevooisd.

Op een dag toen hij iets zatter dan normaal leek, stuurde hij iedereen in zijn ruimtepak naar buiten om het zeil te controleren op meteoorgaten. Het bevel leek wel zo vreemd dat de kadetten hem ongelovig aanstaarden. "Heren, u aarzelt; u rept zich niet; u luiert zelfvoldaan. Denkt u soms dat u aan de Rivièra bent? In uw pakken, in looppas, en degene die het laatst aangekleed is krijgt een strafpunt!"

Culpepper bleek de laatste te zijn. "Zo, meneer," zei Henry Belt. "U heeft een slechte aantekening verdiend. Is het beneden uw waardigheid om zich met de anderen te meten?"

Culpepper dacht na. "Ach, misschien is dat het wel, meneer. Iemand moest die aantekening krijgen, en ik vond dat ik net zo goed in aanmerking kwam als de anderen."

"Een betreurenswaardige instelling, meneer Culpepper. Ik zie dit als een opzettelijke uitdaging."

"Het spijt me, meneer. Zo bedoelde ik het niet."

"Meent u dan dat ik mij vergis?" Belt nam Culpepper nauwlettend op.

"Ja meneer," antwoordde Culpepper met ontwapenende eenvoud. "U vergist zich totaal. Mijn houding is niet uitdagend. Ik zou het eerder fatalisme noemen. Ik bekijk het zo. Als ik zoveel strafpunten blijk te verzamelen dat u mij afkeurt, dan betekent dat misschien wel dat ik gewoon niet geschikt ben voor dit werk."

Ditmaal wist Henry Belt niets te zeggen. Toen grijnsde hij als een wolf. "We zullen zien, meneer Culpepper. Ik verzeker u dat ik op dit moment nog allesbehalve overtuigd ben van uw capaciteiten. Nu gaat iedereen naar buiten. Controleer de hoepel, het zeil, de reflector, de spanten en de sensor. U blijft twee uur buiten. Als u terugkomt wil ik een uitgebreid rapport horen. Meneer Lynch, ik geloof dat u tijdens deze wacht de leiding heeft. U brengt verslag uit."

"Ja meneer."

"Nog een ding. U zult zien dat het zeil de vorm van een lens heeft gekregen door de voortdurende stralingsdruk. Het fungeert dan ook als lens, en het brandpunt ligt vermoedelijk achter de romp. Maar reken daar niet al te vast op. Ik heb iemand levend zien verbranden op zo'n plek. Denk daaraan."

Twee uur lang zweefden de kadetten door de ruimte, voortgestuwd door gastanks en richtpistolen. Allen genoten ervan behalve Sutton, die het te kwaad kreeg met zijn emoties. De praktische Verona werd waarschijnlijk het minst beïnvloed door de ervaring en hij inspecteerde het zeil zo zorgvuldig dat zelfs Henry Belt er tevreden mee kon zijn.

De volgende dag begon de computer te haperen. Ostrander had wacht en hij klopte op Belts deur om het euvel te melden.

Belt verscheen in zijn deur. Hij was blijkbaar in zijn slaap gestoord. "Wat zijn de problemen, meneer Ostrander?"

"We zitten in last, meneer. De computer is ermee opgehouden."

Belt wreef over zijn stoppelige haardos. "Dat is geen ongewoon voorval. Wij bereiden ons voor op deze mogelijkheid door alle kadetten grondig te onderrichten in het monteren en repareren van computers. Heeft u het defect kunnen analyseren?"

"De lagers die de gegevensschijven dragen zijn gebroken. De as heeft een speling van ettelijke millimeters en het gevolg is een grote warboel in het aanbod van gegevens aan de analysator."

"Een boeiend probleem. Waarom legt u het aan mij voor?"

"Ik vond dat u op de hoogte gebracht moest worden, meneer. Ik geloof niet dat we een reservelager hebben."

Belt schudde treurig zijn hoofd. "Meneer Ostrander, u herinnert zich wat ik aan het begin van de reis zei, namelijk dat de heren geheel verantwoordelijk zijn voor de navigatie?"

"Zeker, meneer. Maar —"

"Dat geldt dus ook voor deze situatie. U zult de computer moeten repareren of zelf de berekeningen maken."

"Ja meneer. Ik zal mijn best doen."

V

Lynch, Verona, Ostrander en Sutton demonteerden het apparaat en haalden de versleten lagers weg. "Verrekt stuk antiek!" zei Lynch. "Waarom geven ze ons geen behoorlijke spullen? Als ze ons beslist willen vermoorden, waarom schieten ze ons dan niet gewoon dood? Dat spaart een hoop moeite."

"We zijn nog niet dood," zei Verona. "Heb je een reservelager gezocht?"

"Natuurlijk. Er is helemaal niets dat erop lijkt."

Verona keek er weifelend naar. "We zouden wel een mof van antifrictiemetaal kunnen maken, denk ik, en die bijwerken tot hij past. We zullen trouwens wel moeten — tenzij jullie ontzettend snel kunnen rekenen."

Sutton keek vluchtig naar buiten en gauw weer naar binnen. "Zouden we het zeil niet moeten innemen?"

"Waarom?" vroeg Ostrander.

"We mogen niet al te snel gaan. We vliegen nu al met achtenveertig kilometer per seconde."

"Mars is nog ver weg."

"En als we hem missen, schieten we er voorbij. En waar gaan we dan heen?"

"Sutton, je bent een pessimist. Schande dat zo'n jong mens al zo somber is." Dat kwam van Von Gluck, die bij het regelbord aan de andere kant van de kajuit stond.

"Ik ben liever een levende pessimist dan een dode komiek."

De nieuwe mof werd keurig gegoten, gepolijst en aangebracht. Bezorgd controleerden de kadetten hoe de gegevensschijven reageerden. "Nou," zei Verona bedenkelijk, "het wiebelt wel. In hoeverre dat invloed heeft op de werking van het ding moeten we nog zien. We kunnen het iets verminderen door het te corrigeren met een paar papiertjes ertussen..."

Zo geschiedde en het slingeren van de as leek minder te worden. "Nu — de gegevens erin," zei Sutton. "Laten we maar eens kijken hoe we ervoor staan."

Ze voerden de coördinaten in het toestel en de wijzer kwam in beweging. "De helling van het zeil moet vier graden toenemen," zei Von Gluck. "We gaan te ver naar links. En de geprojecteerde koers…" Hij drukte knoppen in en keek hoe de lichtende lijn zich over het scherm bewoog en toen om een stip zwaaide die het zwaartekrachtcentrum van Mars voorstelde. "Volgens mij wordt het een elliptische passage op ongeveer dertigduizend kilometer afstand. Dat is met onze huidige versnelling en zo moeten we regelrecht terug naar de Aarde worden geslingerd."

"Geweldig. Fantastisch. Pak ze, Vijfentwintig!" zei Lynch. "Ik heb gehoord dat sommige kerels zich plat op hun gezicht laten vallen en de Aarde zoenen als ze geland zijn. Maar ik koop een grot en ik kom er de rest van mijn leven niet meer uit."

Sutton nam een kijkje bij de gegevens schijven. De as liep nog steeds onzuiver, niet veel, maar duidelijk waarneembaar. "Goeie hemel," zei hij schor. "Het andere eind zit ook los."

Lynch begon te vloeken; Verona's schouders zakten in. "Laten we dan maar weer aan de slag gaan."

Ze maakten een nieuw lager en bevestigden het. De schijven wiebelden en schuurden. Mars, nu een okerkleurige schijf, naderde steeds dichter van opzij. Nu de computer niet te vertrouwen was, berekenden de kadetten de koers met de hand. De uitkomsten verschilden iets van die van de computer. Ze keken elkaar moedeloos aan. "Nou," gromde Ostrander, "ergens zit er een fout in. Ligt het aan de instrumenten? Aan de berekeningen? Aan de koersbepaling? Of zit het in de computer?"

Culpepper zei op gedempte toon: "In ieder geval slaan we niet te pletter."

Verona bestudeerde de computer nog een keer. "Ik snap niet waarom de lagers niet beter werken…De ophanging…kan die verschoven zijn?" Hij haalde de zijkant van de kast weg en bestudeerde het inwendige. Toen haalde hij gereedschap.

"Wat ben jij van plan?" wilde Sutton weten.

"Ik wil proberen de ophangsteunen te draaien. Volgens mij zit het 'm daarin."

"Blijf er toch af! Als jij dat ding naar God helpt, doet hij het nooit meer!"

Verona keek de anderen vragend aan. "En? Hoe luidt uw vonnis?"

"Misschien kunnen we het beter opnemen met de ouwe," zei Ostrander nerveus.

"Allemaal heel leuk — maar je weet al van tevoren wat hij gaat zeggen."

"We loten met kaarten. Schoppenaas gaat het hem vragen."

Culpepper was de gelukkige. Hij klopte op Belts deur. Belt reageerde niet. Culpepper wilde nog een keer kloppen, maar weerhield zich.

Hij ging terug naar de anderen. "Laten we maar wachten tot hij zich vertoont. Ik stort liever neer op Mars dan dat ik Henry Belt met z'n rooie boekje tevoorschijn tover."

Het schip sneed de baan van Mars met een ruime voorsprong op de rode planeet. Mars kwam naar hen toe vallen met een eigenaardige, schuchtere grandeur: een kennelijk enorme, bolvormige massa, maar de details waren zo helder en scherp getekend, en er was zo weinig perspectief, dat er niets viel te zeggen over de absolute grootte of de afstand. In plaats dat het zeil met een scherpe ellips terugvloog naar de Aarde, beschreef het een stompe hyperbool en koerste verder weg, nu met een snelheid van tegen de tachtig kilometer per seconde. Mars verdween naar achter en opzij. Vooruit lag een nieuw ruimtevolume. De zon was zichtbaar kleiner. De Aarde was niet meer te onderscheiden van de sterren. Mars verdween snel en definitief en de ruimte leek eenzaam en verlaten.

Henry Belt was in twee dagen niet boven water gekomen. Eindelijk klopte Culpepper op zijn deur — eenmaal, tweemaal, drie keer. Er keek een vreemd gezicht naar buiten. Belt zag er verwilderd uit en zijn huid leek wel van mislukt deeg. Zijn ogen waren rood en gloeiden en zijn haar leek onmogelijk slordig voor een mat van stoppels.

Maar hij zei met zijn gewone heldere stem: "Meneer Culpepper, uw genadeloze lawaai heeft mij gestoord. Ik ben helemaal niet blij met u."

"Dat spijt me, meneer. We waren bang dat u misschien ziek was."

Belt antwoordde hier niet op. Hij keek langs Culpepper naar de kring van ernstige gezichten. "De heren zien er buitengewoon bedroefd uit. Heeft deze veronderstelde ziekte van mij u zo aangegrepen?"

"De computer is kapot," flapte Sutton eruit.

"Nou, dan moet u hem repareren."

"We zouden de ophanging moeten veranderen. Als we het niet goed doen —"

"Meneer Sutton, valt u mij alstublieft niet lastig met huishoudelijke details."

"Maar meneer, het begint ernstig te worden! We hebben uw raad nodig. Het is al niet gelukt om bij Mars om te keren."

"Tja, dan hebben we altijd Jupiter nog. Moet ik u de fundamentele elementen van de astrogatie uitleggen?"

"Maar de computer heeft het begeven — voorgoed."

"Wel — als u nog terug wilt naar de Aarde, dan zult u met pen en papier moeten gaan zitten rekenen. Waarom moet ik u alles voorkauwen?"

"Jupiter is heel ver weg," zei Sutton met een schril stemmetje. "Waarom kunnen we niet gewoon omkeren en naar huis gaan?"

"Ik zie nu dat ik het u te makkelijk heb gemaakt," zei Henry Belt. "U ziet werkeloos toe; u kletst wartaal terwijl de machines kapotgaan en het schip doelloos rondzwalkt. Iedereen trekt zijn ruimtepak aan voor een inspectie van het zeil. Vooruit nu. Een beetje actie, heren. Wat zijn jullie nu? Wandelende lijken? Meneer Culpepper, vanwaar die aarzeling?"

"Het kwam net bij me op, meneer, dat we de asteroïdengordel naderen. Als officier van de wacht acht ik het mijn plicht om de koers te wijzigen zodat we dat gebied passeren."

"Dat mag; daarna helpt u de rest met de inspectie van de romp en het zeil."

"Ja meneer."

De kadetten trokken hun pak aan. Sutton deed dit met de grootst mogelijke weerzin. Vervolgens begaven ze zich in de donkere leegte en daar was het nu echt eenzaam.

Toen ze weer binnenkwamen, was Henry Belt naar zijn hut verdwenen.

"Zoals meneer Belt zei, hebben we niet veel keus," zei Ostrander. "Mars hebben we gemist, dus dan maar naar Jupiter. Gelukkig staat hij op een gunstige plaats — anders zouden we naar Saturnus of Uranus moeten zeilen."

"Die zitten achter de zon," zei Lynch. "Jupiter is onze laatste kans."

"Laten we het dan echt goed doen. Ik stel voor dat we nog een laatste poging doen om die verrekte lagers in orde te brengen…"

Maar nu leek het slingeren en wiebelen afgelopen te zijn. De schijven draaiden volmaakt en de accuratessemonitor brandde groen.

"Geweldig!" riep Lynch. "Voer hem z'n cijfers. Hijs de zeilen! Volle kracht vooruit! Regelrecht naar Jupiter. Allemachtig, wat een trip!"

"Wacht maar tot het afgelopen is," waarschuwde Sutton. Sinds hij weer binnen was na de inspectie, was hij aan de zijkant blijven staan. Zijn wangen waren hol en zijn ogen staarden. "Het is nog niet voorbij. En misschien is dat ook niet de bedoeling."

De overige vijf deden of ze hem niet hoorden. De computer braakte stromen getallen en hoeken uit. Ze hadden nog een miljard mijl voor de boeg. De versnelling was wegens het verminderende zonlicht niet zo groot meer. Het zou minstens een maand duren voordat Jupiter dichtbij kwam.

VI

Met zijn grote zeil uitgespreid voor de zon vluchtte het schip als een geest — naar buiten, altijd naar buiten. Stuk voor stuk hadden de kadetten in stilte dezelfde berekening gemaakt en ze hadden allemaal dezelfde uitkomst gekregen. Als de zwaai rond Jupiter niet heel precies in zijn werk ging, als het schip niet terug geslingerd werd als een steen aan een touw, dan kregen ze geen nieuwe kans. Saturnus, Uranus, Neptunus en Pluto bevonden zich helemaal aan de andere kant van de zon en het schip, dat met honderdvijftig kilometer per seconde vloog, kon niet geremd worden door de tanende aantrekkingskracht van de zon, en evenmin kon het voldoende versnellen met zeil en stuwstraal om een concentrische cirkel te beschrijven. De aard van het zeil maakte het onbruikbaar als rem; de stuwkracht was altijd buitenwaarts gericht.

In de romp leefden en dachten zeven mannen en de psychische verhoudingen borrelden en pruttelden als gist in een vat overrijp fruit. De fundamentele overeenkomst tussen de zeven, de menselijke gelijkheid, was geheel verloren gegaan; alleen de verschillen manifesteerden zich. Elk van de zes studenten zag iedere kadet nog slechts als een wandelende Eigenschap en Henry Belt als een onbegrijpelijk Ding, dat op onvoorspelbare momenten uit zijn hut kwam en dan stil rondsloop met de blinde, wezenloze grijns van een Attisch heldenstandbeeld.

Jupiter doemde op en werd geweldig groot. Eindelijk binnen het bereik van de zwaartekracht van de gasreus gekomen, schoof het schip er zijdelings heen. De kadetten besteedden steeds meer aandacht aan de computer en ze controleerden alle instructies twee keer. Verona was hierin het ijverigst; Sutton stond kwellingen uit en verviel tot gepruts. Lynch gromde en vloekte en zweette; Ostrander beklaagde zich op een janktoon en Von Gluck werkte met de kalmte van een fatalist. Culpepper leek onaangedaan, bijna zorgeloos en zijn onverstoorbare manier van doen verbijsterde Ostrander, maakte Lynch woedend en Sutton begon hem boosaardig te haten. Verona en Von Gluck daarentegen leken kracht te putten uit Culpeppers vredige aanvaarding van de situatie. Henry Belt zei niets. Soms kwam hij zijn hut uit om de grote kajuit en de kadetten te inspecteren met de onbevangen belangstelling van een bezoeker in een gesticht.

Het was Lynch die de ontdekking deed. Hij reageerde met een vreemd grommend geluid van pure ellende, wat een vragende echo van Sutton opriep. "Mijn God, mijn God," mompelde Lynch.

Verona stond meteen naast hem. "Wat is er verkeerd?"

"Kijk. Dit tandrad. Toen we de schijven terugdeden, hebben we dit hele geval één streepje verschoven. Deze witte stip en die daar moeten synchroon lopen. Maar ze staan één tand uit elkaar. Het betekent dat alle uitkomsten consequent zijn en met elkaar overeenstemmen omdat ze allemaal met dezelfde factor afwijken."

Verona reageerde ogenblikkelijk. Hij nam het huis weg en verwijderde verschillende onderdelen. Voorzichtig pakte hij het tandrad en stelde het goed in. De andere kadetten stonden eroverheen gebogen terwijl hij bezig was, behalve Culpepper, die de wacht had.

Belt maakte zijn opwachting. "De heren zijn beslist vlijtige navigators," zei hij na een poosje. "Perfectionisten, zou ik bijna zeggen."

"We doen ons best," knarste Lynch. "Het is een schande dat ze ons de ruimte insturen met zo'n machine."

Daar verscheen het rode boekje. "Meneer Lynch, ik geef u een slechte aantekening. Niet omdat u privégevoelens heeft, want die zijn natuurlijk uw zaak, maar omdat u ze uitspreekt en daardoor bijdraagt aan een ongezonde sfeer van wanhoop en hysterisch pessimisme."

Lynch liep rood aan, te beginnen met zijn hals. Hij boog zich zonder een woord over de computer. Maar Sutton riep plotseling uit: "Wat verwacht u dan van ons? Dacht u dat wij vissen of insecten waren? We kwamen hier om te leren, niet om te lijden, of om voor alle eeuwigheid door te varen!" Hij lachte gruwelijk. Belt luisterde geduldig. "Stel je voor!" riep Sutton. "Wij zeven hier in dit blikje, voor eeuwig!"

"Wij sterven allemaal als het onze tijd is, meneer Sutton. Ik reken erop in de ruimte te sterven."

"Ik ben niet bang voor de dood." Maar Suttons stem stierf weg toen hij naar het raam keek.

"Ik vrees dat ik u twee strafpunten moet toekennen voor die uitbarsting, meneer Sutton. Een goed astronaut bewaart zijn waardigheid tegen elke prijs en slaat die hoger aan dan zijn leven."

Lynch keek op van de computer. "Zo, nu heb ik de gecorrigeerde aflezing. En weet u wat die betekent?"

Belt keek hem beleefd vragend aan.

"We gaan Jupiter missen," zei Lynch. "We passeren hem, net als met Mars. Jupiter trekt ons rond en stuurt ons weg in de richting van de Tweelingen."

De stilte was te snijden. Sutton leek geluidloos iets te fluisteren. Henry Belt wendde zich tot Culpepper, die bij het raam stond en Jupiter fotografeerde.

"Meneer Culpepper?"

"Ja meneer?"

"U lijkt zich geen zorgen te maken om het vooruitzicht dat meneer Sutton ons schilderde."

"Ik hoop dat het zo'n vaart niet loopt, meneer."

"Hoe stelt u zich voor dit lot te ontlopen?"

"Ik neem aan dat we per radio om hulp zullen vragen, meneer."

"U vergeet dat ik de radio onklaar heb gemaakt."

"Ik herinner me dat ik een kist gezien heb waar 'radio-onderdelen' op staat. Dat was in de straalgondel aan stuurboord."

"Helaas moet ik u uit de droom helpen, meneer Culpepper. Die kist is van een verkeerd etiket voorzien."

Ostrander sprong overeind en liep de kajuit uit. De anderen hoorden dat hij kisten verplaatste. Even bleef het stil. Toen kwam hij terug. Hij keek Belt woedend aan. "Whisky. Flessen whisky."

Belt knikte. "Zei ik toch."

"Maar nu hebben we dus geen radio," zei Lynch met een verwrongen stem.

"We hebben ook nooit een radio gehad, meneer Lynch. U was gewaarschuwd dat het van uw eigen vindingrijkheid af zou hangen of we weer thuiskwamen. U heeft gefaald, en al doende heeft u niet alleen uzelf maar ook mij verdoemd. Overigens moet ik u allen tien strafpunten geven wegens een onvolledige controle van de lading."

"Strafpunten," zei Ostrander naargeestig.

"Zo, meneer Culpepper," zei Belt. "Wat stelt u nu voor?"

"Ik weet het niet, meneer."

Verona zei op verzoenende toon: "Wat zou u doen, meneer, als u in onze schoenen stond?"

Belt schudde zijn hoofd. "Ik ben buitengewoon verbeeldingsrijk, meneer Verona, maar bepaalde sprongen van het intellect gaan mijn vermogens te boven." En daarmee trok hij zich terug in zijn hut.

Von Gluck keek Culpepper nieuwsgierig aan. "Hij heeft gelijk. Het kan je geen bal schelen."

"O jawel. Maar ik geloof dat meneer Belt ook naar huis wil. Hij is een veel te goeie astronaut om niet heel goed te weten wat hij doet."

Belts deur gleed open. Belt stond op de drempel. "Meneer Culpepper, bij toeval hoorde ik die opmerking, en ik noteer nu tien strafpunten voor u. Uw houding drukt een kalmte uit die even gevaarlijk is als de totale angst van meneer Sutton. U vertrouwt op mijn vermogens; meneer Sutton durft zich niet te verlaten op de zijne. Het is niet de eerste keer dat ik u gewaarschuwd heb tegen deze slechte eigenschap van u."

"Het spijt me zeer, meneer."

Belt keek de kamer rond. "Schenk geen aandacht aan meneer Culpepper. Hij vergist zich. Zelfs als ik deze ramp kon afwenden, zou ik geen hand uitsteken. Want ik reken erop in de ruimte te sterven."

VII

Het zeil was vectorloos, met de rand naar de zon gehangen. Jupiter was een vlekje achter het schip. Er waren vijf kadetten aanwezig in de grote kajuit. Culpepper, Verona en Von Gluck zaten gedempt te praten. Ostrander en Lynch lagen opgerold met opgetrokken knieën en het gezicht naar de wand. Sutton was twee dagen daarvoor uitgestapt. Nadat hij rustig zijn ruimtepak had aangetrokken, was hij in de sluis gegaan en in de ruimte gesprongen. Een kleine stuwer gaf hem extra snelheid en voordat een van de andere kadetten hem tegen kon houden, was hij verdwenen.

Hij had een briefje achtergelaten. "Ik vrees de leegte om de verschrikkelijke verlokking van zijn glorie. Toen we naar buiten gingen om het zeil te inspecteren, raakte ik al even in vervoering, maar ik verzette me ertegen. Nu we toch moeten sterven, zal ik op deze manier sterven, door deze zwarte straling te omhelzen, door mij totaal te geven. Treur niet om mij. Ik zal waanzinnig sterven, maar de waanzin zal extase zijn."

Toen ze Henry Belt het briefje lieten zien, haalde hij alleen zijn schouders op. "Meneer Sutton had misschien wat te veel fantasie en was te emotioneel om een goed astronaut te worden. In een noodsituatie zou men niet op hem kunnen rekenen." En zijn sardonische blik leek de rest van de klas te omvatten.

Kort daarna vervielen Lynch en Ostrander tot roerloze hulpeloosheid. De minzame Culpepper, de pragmatische Verona en de gevoelige Von Gluck bleven over.

Buiten het gehoor van Henry Belt zaten ze zacht te praten. "Ik geloof nog steeds," zei Culpepper, "dat er een manier moet bestaan om aan deze puinhoop te ontkomen, en dat Belt weet welke manier dat is."

Verona zei: "Ik wou dat ik het kon geloven…We hebben het al honderd keer nagelopen. Als we naar Saturnus of Neptunus of Uranus uitwijken, dan brengen de vectoren van de stuwkracht plus onze vaart ons ver voorbij de baan van Pluto voordat we in hun buurt komen. De plasmastralen zouden ons kunnen laten stoppen als we genoeg energie hadden, maar het zeil kan daar niet voor zorgen, en een andere energiebron hebben we niet."

Von Gluck sloeg met zijn vuist in zijn hand. "Heren," zei hij zacht, op een verrukte toon.

Culpepper en Verona staarden hem aan, vrolijkten op door zijn stralende gezicht.

"Heren," herhaalde Von Gluck, "ik geloof dat we wel voldoende energie bij de hand hebben. We gebruiken het zeil. Weten jullie nog? Het staat bol. Het kan als spiegel fungeren. Het heeft een oppervlak van veertien vierkante kilometer. Het zonlicht is hier dun gezaaid — maar als we er maar genoeg van bijeenharken —"

"Ik snap het!" zei Culpepper opgewonden. "We draaien de romp totdat de reactor in het brandpunt van het zeil staat en dan zetten we de straalpijpen aan!"

Verona zei weifelend: "Dan zijn we nog steeds onderworpen aan de lichtdruk. En wat erger is, de straalpijpen hebben ook effect op het zeil. Ofwel — het een valt tegen het ander weg. Dus komen we nog nergens."

"Als we het middelste stuk uit het zeil weghalen — net genoeg zodat het plasma erdoorheen kan — dan is dat ook opgelost. En wat de stralings-druk betreft — met de plasma-aandrijving komen we vast sneller vooruit."

"Waar maken we plasma van? We hebben geen brandstof."

"We nemen alles wat geïoniseerd kan worden. De radio, de compu-ter, jouw schoenen, mijn overhemd, Culpeppers camera, Henry Belt z'n whisky..."

VIII

De engelenwagen kwam omhoog naar Zeil 25 dat naast Zeil 40 in een baan lag. Zeil 40 maakte zich gereed om met een nieuwe bemanning uit te varen.

Henry Belt zei: "Heren, ik verzoek u dringend geen rommel, afval of oude kleren aan boord achter te laten. Niets is vervelender dan begin-nen met een slordig schip. Terwijl we wachten tot de pont klaar is, stel ik voor dat u het schip voor het laatst nog grondig inspecteert."

De lichter zweefde naderbij en stopte. Drie mannen sprongen naar Zeil 40, dat een paar honderd meter achter de 25 hing. De drie man-nen begonnen aan de lijnen te trekken die ze hadden meegenomen en sleepten kisten en bundels door de leegte naar het zeil.

De vijf kadetten en Henry Belt stapten in ruimtepak in het zonlicht. Onder hen lag de Aarde uitgespreid, groen en blauw, wit en bruin, met de dierbare contouren die tranen in de ogen brachten. De kadetten die vracht overbrachten naar nummer 40 wierpen onder het werk nieuwsgierige blikken op de bemanning van Zeil 25. Eindelijk waren ze klaar en de zes mannen van de 25 gingen aan boord van de pont.

"Veilig en wel terug, hè Henry?" zei de piloot. "Ik sta iedere keer weer verbaasd."

Belt antwoordde niet. De kadetten verstouwden hun spullen en vervolgens, staand voor het raam, wierpen ze een laatste blik op Zeil 25. De pont begon aan de terugweg; de twee zeilen leken te stijgen.

De pont dook de atmosfeer in en er weer uit om te remmen, herhaalde dat enkele malen en stak dan zijn vleugels uit en maakte een glijvlucht naar de Mojavewoestijn, waar hij zacht landde.

Met plotseling knikkende knieën onder de zwaartekracht waar ze weer aan moesten wennen, strompelden de kadetten achter Henry Belt aan naar de bus die hen naar het kantorencomplex vervoerde. Daar stapten ze uit en nu gebaarde Belt het vijftal dat ze bij elkaar moesten gaan staan.

"Hier neem ik afscheid van u, heren. Ik ga mijn weg, u de uwe. Vanavond zal ik mijn rode boekje nalopen en na diverse correcties zal ik mijn officiële verslag opstellen. Maar ik kan u nu wel vast een officieus resumé van mijn bevindingen geven.

"Ten eerste is dit niet mijn beste en ook niet mijn slechtste klas geweest. Meneer Lynch en meneer Ostrander, volgens mij bent u ongeschikt voor een gezagsfunctie of voor een situatie waarin u bloot kunt komen te staan aan langdurige druk van de emoties. Ik kan u niet aanbevelen voor een taak in de ruimte.

"De heren Von Gluck, Culpepper en Verona voldoen alle drie aan mijn minimale eisen voor een aanbeveling, hoewel ik de woorden 'speciaal aanbevolen' alleen bij de namen 'Clyde von Gluck' en 'Marcus Verona' zal noteren. U heeft het zeil teruggebracht naar de Aarde door middel van in wezen onberispelijke navigatie. Het houdt in dat ik nog minstens één ruimtereis zal moeten maken om mijn lot te vervullen.

"Hier eindigt dus onze relatie. Ik vertrouw erop dat u er iets van opgestoken heeft." Belt knikte de vijf stuk voor stuk even toe en hobbelde toen om de hoek van het gebouw.

De kadetten keken hem na. Culpepper stak zijn hand in zijn zak en haalde twee kleine metalen voorwerpen tevoorschijn die hij de anderen toonde. "Herkennen jullie ze?"

"Hmmf," zei Lynch toonloos. "Lagers voor de computerschijven. De originele exemplaren."

"Gevonden in de bak voor kleine reserveonderdelen. Daar lagen ze eerst niet."

Von Gluck knikte. "De machine scheen altijd direct na de zeil-inspectie te haperen, herinner ik me."

Lynch haalde sissend adem. Hij draaide zich op zijn hakken om en beende weg. Ostrander volgde hem. Culpepper haalde zijn schouders op. Een van de lagers gaf hij aan Verona en de andere aan Von Gluck. "Souvenirs — of medailles. Jullie hebben ze verdiend."

"Bedankt, Ed," zei Von Gluck.

"Dank je," mompelde Verona. "Ik maak er een speldje van."

Niet in staat elkaar in de ogen te zien, keken de drie naar de hemel, waar de eerste sterren van de schemering verschenen. Toen liepen ze het gebouw in waar familie en vrienden en vriendinnen stonden te wachten.

Verantwoording

Zwart stof
Oorspronkelijk verschenen als "Planet of the Black Dust", *Startling Stories*, Vol. 14:1, zomer 1946, p. 70–78
Vertaling: Pon Ruiter
Eerste publicatie in deze bundel

Recht vooruit
Oorspronkelijk verschenen als "Ultimate Quest" onder het pseudoniem John Holbrook, *Super Science Stories*, Vol. 7:2, september 1950, p. 41–52
Voorkeurstitel van de auteur: "Dead Ahead"
Vertaling: Jaime Martijn
Eerder verschenen in *Alambar*, Meulenhoff, 1981

De betoverde prinses
Oorspronkelijk verschenen als "The Enchanted Princess", *Orbit Science Fiction*, Vol. 1:4, november 1954, p. 109–127
Vertaling: Annemarie van Ewyck
Eerder verschenen in *De tempel van Han*, Meulenhoff, 1993

De Pottenbakkers van Firsk
Oorspronkelijk verschenen als "The Potters of Firsk", *Astounding Science Fiction*, Vol. 45:3, mei 1950, p. 88–103
Vertaling: Jaime Martijn
Eerder verschenen in *Slaven van de Klau*, Meulenhoff, 1980

De bezoekers

Oorspronkelijk verschenen als "Winner Lose All", *Galaxy*, Vol. 3:3, december 1951, p. 92–106

Voorkeurstitel van de auteur: "The Visitors"

Vertaling: Pon Ruiter

Een eerdere vertaling van Elvin Post verscheen als "De winnaar verliest…alles" in *Vancextasy*, Meulenhoff, 1994

De planeetmachine

Oorspronkelijk verschenen als "The Plagian Siphon", *Thrilling Wonder Stories*, Vol. 39:1, oktober 1951, p. 64–88

Voorkeurstitel van de auteur: "The Uninhibited Robot"

Vertaling: Jaime Martijn

Eerder verschenen in *Slaven van de Klau*, Meulenhoff, 1980

Dover Spargills grandioze gaffe

Oorspronkelijk verschenen als "Dover Spargill's Ghastly Floater", *Marvel Science Fiction*, Vol. 3:5, november 1951, p. 114–125

Vertaling: Pon Ruiter

Eerste publicatie in deze bundel

Sabotage op de zwavelplaneet

Oorspronkelijk verschenen als "Sabotage on Sulfur Planet", *Startling Stories*, Vol. 26:2, juni 1952, p. 92–114

Vertaling: Jaime Martijn

Eerder verschenen in *Alambar*, Meulenhoff, 1981

Joe Driebeen

Oorspronkelijk verschenen als "Three-Legged Joe", *Startling Stories*, Vol. 28:3, januari 1953, p. 87–98

Vertaling: Venugopalan Ittekot

Herziene vertaling: Zeno ter Brughe

Eerder verschenen als "Joop Driebeen" in *De tempel van Han*, Meulenhoff, 1993

Vierhonderd spreeuwen
Oorspronkelijk verschenen als "Four Hundred Blackbirds", *Future*,
Vol. 4:2, juli 1953, p. 66–80
Vertaling: Pon Ruiter
Een eerdere vertaling van Elvin Post verscheen als "Vierhonderd
merels" in *ZomerSF*, Meulenhoff, 1993

Sjambak
Oorspronkelijk verschenen als "Sjambak", *If*, Vol. 2:3, juli 1953,
p. 4–25
Vertaling: Venugopalan Ittekot
Herziene vertaling: Zeno ter Brughe
Eerder verschenen in *De tempel van Han*, Meulenhoff, 1993

Parapsyche
Oorspronkelijk verschenen als "Parapsyche", *Amazing*, Vol. 32:8,
augustus 1958, p. 71–144
Vertaling: Ruud Bal
Eerder verschenen in *De tempel van Han*, Meulenhoff, 1993

Zeil 25
Oorspronkelijk verschenen als "Gateway to Strangeness", *Amazing*,
Vol. 36:8, augustus 1962, p. 6–30
Voorkeurstitel van de auteur: "Sail 25"
Vertaling: Jaime Martijn
Eerder verschenen in *Slaven van de Klau*, Meulenhoff, 1980

Jack Vance werd in 1916 geboren in een welgesteld Californisch gezin dat tegen het einde van zijn kindertijd moeilijke tijden doormaakte. Als jonge man probeerde hij een aantal onbevredigende baantjes uit alvorens aan de Universiteit van Californië in Berkeley mijnbouwkunde, natuurkunde, journalistiek en Engels te gaan studeren. Hij ging van school toen de oorlog uitbrak en werd matroos op de koopvaardij. Later werkte hij als rolbrugmachinist, landmeter, keramist en timmerman, voordat hij zich door het produceren van een gestage stroom aan SF, mysterieromans en korte verhalen als voltijds schrijver vestigde.

Hij was meer dan zestig jaar actief als schrijver, en voor zijn werk ontving hij onder andere drie *Hugo Awards*, een *Nebula Award*, een *World Fantasy Award* œuvreprijs, en een *Edgar* van de *Mystery Writers of America*. De *Science Fiction & Fantasy Writers of America* kroonden hem tot Grootmeester, en hij werd opgenomen in de roemruchte *Science Fiction Hall of Fame*.

In zijn werk overschreed Jack Vance vaak de grenzen van het genre: van weemoedige fantastiek (de zeer invloedrijke *Stervende Aarde* verhalen) tot interstellaire space opera (de vijfdelige *Duivelsprinsen* reeks), van heldhaftige fantasy (de *Lyonesse* trilogie) tot de mysterieuze moorden die een sheriff in landelijk Californië moet oplossen (de *Joe Bain* boeken).

Toen hij reeds op leeftijd was, vormde zich een internationale groep van Vance-fans die zich tot doel stelde om het complete œuvre van Vance in de oorspronkelijke staat te herstellen, daarbij tientallen jaren van redactionele ingrepen en ongewenste wijzigingen ongedaan makend. Dit resulteerde in de toonaangevende Engelse *Vance Integral Edition* die als 44 hardcover delen in een beperkte oplage verscheen.

In 2013, kort nadat hij zijn eerste jazz-album had opgenomen, overleed Jack Vance op 96-jarige leeftijd in het huis dat hij eigenhandig had gebouwd in de beboste heuvels buiten Oakland. In het jaar van zijn honderdste geboortedag begint Spatterlight met het uitgeven van een nieuwe Nederlandse editie. In 62 paperbacks verschijnen zowel alle Vance verhalen die al eerder zijn uitgegeven, alsook alle titels die nog niet eerder in het Nederlands verkrijgbaar waren.

Colofon

Dit boek is gezet uit 11,5 pt Adobe Arno Pro.

Deze uitgave kwam tot stand met de hulp van Wil Ceron
en Evert Jan de Groot.

Omslagontwerp: Howard Kistler

Typografisch ontwerp: Joel Anderson

Zetwerk: Joel Anderson

Management: John Vance, Koen Vyverman